westermann

TEAM 9/10

Wirtschaft-Politik NRW G9

Herausgegeben von Wolfgang Mattes

Erarbeitet von Karin Herzig und Wolfgang Mattes

Druck A[2] / Jahr 2022
Alle Drucke der Serie A sind im Unterricht parallel verwendbar.

Illustrationen: Reinhild Kassing, Kassel
Umschlaggestaltung: Alexandra Brand, Paderborn
Fotos: Alamy Stock Photo, Lander Loeckx (U1), Alamy Stock Photo, shane partridge (U4)
Druck und Bindung: Westermann Druck GmbH, Georg-Westermann-Allee 66, 38104 Braunschweig

ISBN 978-3-14-**122194**-7

Inhaltsverzeichnis

10	Vorwort
11	Die wiederkehrenden Elemente in diesem Buch
12	Arbeitsaufträge richtig verstehen

1 Jugendliche und gesellschaftliches Engagement
Wofür setzen wir uns ein?

16	1. Soziales Engagement: Was bringt das?	Fallbeispiele kriterienorientiert bewerten
22	2. Zeichen setzen gegen Rassismus – wollen und schaffen wir das?	Den Umgang mit rassistischen Sprüchen trainieren
26	3. Wie wichtig ist dir die Vielfalt in der Demokratie?	Die Bedeutung von Diversität begründen
30	4. Wie denkst du über Politik?	Sich selbst und andere befragen
34	Kompetenzstation	

2 Auf dem Weg zur Berufswahl
„Wie plane ich meine berufliche Zukunft?"

38	1. Schule … und was dann?	Eine Berufswahlmappe anlegen
40	2. Was sind die Besonderheiten der unterschiedlichen Ausbildungswege?	Unterschiedliche Wege in die berufliche Zukunft ermitteln
44	3. Worauf kommt es in einem Betriebspraktikum an?	Die eigene Vorgehensweise planen
50	4. Wie können wir planvoll vorgehen?	Eine persönliche Strategie zur beruflichen Orientierung entwickeln
54	5. Anforderungen in der Arbeitswelt: Was wird von Schulabgängerinnen und -abgängern erwartet?	Grundlegende Kompetenzerwartungen darstellen
60	Kompetenzstation	

3 Demokratie in der Bundesrepublik Deutschland

Wie kann Demokratie lebendig gestaltet werden?

64	1. Wie viel Bürgerbeteiligung braucht die Demokratie?	Die Bedeutung von Partizipation beurteilen
70	2. Wie wichtig sind die Parteien?	Aufgaben der Parteien in der Demokratie erläutern
76	3. Welche Aufgaben haben die politischen Einrichtungen?	Kurzvorträge in Gruppen vorbereiten
82	4. Wenn du Chefin oder Chef von Deutschland wärst …	Entscheidungen treffen aus Sicht des Bundeskanzlers
86	5. Das Wahlsystem zum Deutschen Bundestag: klug oder zu kompliziert?	Wahlsystem und Wahlrechtsgrundsätze erklären
92	6. Hass und Hetze im Internet: Wie führte dieses Problem zu einem neuen Gesetz?	Den Weg der Gesetzgebung visualisieren und präsentieren
98	7. Sollen Abgeordnete sich nur nach ihrem Gewissen richten?	Ihre Stellung zwischen freiem Mandat und Fraktionsdisziplin erläutern
100	8. Warum ist Gewaltenteilung wichtig?	Die Bedeutung von Machtkontrolle begründen
104	9. Wie sehr gefährden politischer Extremismus und Rassismus die Demokratie?	Die Problematik extremistischer Kriminalität beurteilen
110	Kompetenzstation	

4 Medien und Politik

Wie wichtig sind die Medien für uns und die Demokratie?

114	1. Alltag ohne Smartphone: undenkbar?	Über die Vor- und Nachteile von „always online" diskutieren
116	2. Welchen Einfluss haben Medien auf unser Bild von der Welt?	Ein Video analysieren
122	3. Welche Aufgaben haben Medien in der Demokratie?	Funktionen erläutern und beurteilen
126	4. Pressefreiheit – unverzichtbar und dennoch gefährdet?	Fälle zu Chancen und Grenzen bewerten
130	5. Mehr Mitwirkung durch digitale Medien: Chance und Gefahr zugleich?	Auswirkungen auf die Demokratie darstellen und bewerten
132	6. Fake News im Netz: Warum sind die gefährlich?	Strategien zum Umgang entwickeln
136	Kompetenzstation	

5 Grund- und Menschenrechte

Wie wirksam beschützen sie Freiheit und Menschenwürde?

140	1. Warum sind Grundrechte ganz besondere Rechte?	Ihre Bedeutung im Alltag erklären
144	2. Gleiches Recht für alle – gilt das immer?	Grundrechtsverletzungen analysieren
148	3. Streitfall Datenschutz: Wie weit darf der Staat beim Schutz der Bevölkerung gehen?	Die erweiterte Videoüberwachung öffentlicher Plätze beurteilen
150	4. Menschenrechte weltweit – ein uneingelöstes Versprechen	Menschenrechtsverletzungen analysieren
156	Kompetenzstation	

6 Soziale Sicherung heute und morgen

Wie viel Schutz kann und soll der Staat den Menschen bieten?

160	1. Sozialstaat in Deutschland: Was geht das Jugendliche an?	Merkmale der sozialen Sicherung erläutern
164	2. Was leistet die Sozialversicherung?	Informationen in Schaubilder umwandeln
168	3. Sind wir Jugendlichen die Verliererinnen und Verlierer des demografischen Wandels?	Auswirkungen der Veränderungen auf die soziale Sicherung erörtern
172	4. Menschen ohne Job und Geld – Wie fängt das soziale Netz sie auf?	Politische Maßnahmen zur Grundsicherung beurteilen
174	5. Sind große Einkommensunterschiede sozial gerecht?	Vorstellungen von sozialer Gerechtigkeit am Beispiel Steuern entwickeln
178	6. Armut im Sozialstaat – Warum betrifft das öfter die Frauen?	Das Problem im Hinblick auf Gleichberechtigung beurteilen
180	7. Kinderarmut in Deutschland – eine Herausforderung für den Sozialstaat?	Eine Fallstudie zu einem aktuellen Problem erstellen
186	Kompetenzstation	

7 Unternehmen – die Motoren der Wirtschaft
Was sind ihre Aufgaben und Herausforderungen?

190	1. Können auch Schülerinnen und Schüler ein erfolgreiches Unternehmen gründen?	Ideen zur Gründung einer Schülerfirma entwickeln
196	2. Was haben Fitnessworld und C&A gemeinsam?	Unternehmen der Region in einem Kurzvortrag präsentieren
202	3. Von der Beschaffung bis zur Lieferung: Wie funktionieren Unternehmen?	Betriebliche Organisationsformen erläutern
206	4. Geht es Unternehmen nur ums Geldverdienen?	Lösungsvorschläge für Zielkonflikte entwickeln
210	5. Welchen Einfluss haben Arbeitnehmerinnen und Arbeitnehmer in Unternehmen?	Regelungen zur Mitbestimmung auf einen Fall anwenden
212	6. Müssen die Unternehmen nachhaltiger und klimaschonender als bisher arbeiten?	Maßnahmen zum Umwelt- und Klimaschutz bewerten
216	Kompetenzstation	

8 Wirtschaft und Umwelt
Gibt es Wege zur Vereinbarkeit von Ökonomie und Ökologie?

220	1. Wirtschaft und Umweltschutz: unvereinbare Gegensätze?	Veränderungen im Verhältnis der Ökonomie zur Ökologie analysieren
224	2. Was gehört zu einer nachhaltigen Wirtschaftsweise?	Nachhaltigkeit erläutern und eigene Handlungsmöglichkeiten prüfen
229	3. Welche Art von Wirtschaftswachstum können wir uns noch leisten?	Unterschiedliche Vorstellungen vom Wachstum der Wirtschaft beurteilen
232	4. Sind staatliche Wirtschafts- und Umweltpolitik miteinander vereinbar?	Schwerpunkte beschreiben und Zusammenhänge erläutern
238	Kompetenzstation	

9 Die globalisierte Wirtschaft
Welche Chancen und Herausforderungen bietet sie?

242	1. Die ganze Welt ein Markt: Wie funktioniert die globalisierte Wirtschaft?	Schaubilder zum Welthandel analysieren
248	2. Wo soll das neue Werk der Klimix AG gebaut werden?	Eine Entscheidung aus der Sicht der Geschäftsleitung treffen
250	3. Freihandel oder Protektionismus: Was fördert die wirtschaftliche Entwicklung mehr?	Chancen und Risiken des Freihandels beurteilen
254	4. Was sind die Licht- und Schattenseiten der Globalisierung?	Einen eigenen Standpunkt formulieren und vertreten
258	5. Raus aus der Kohle – und wie geht es weiter?	In einer Talkshow über die globale Energiewende diskutieren
266	6. Kann es gelingen, den weltweiten Klimawandel zu begrenzen?	Ein Szenario entwickeln
270	Kompetenzstation	

10 Die Europäische Union
Wie sehr brauchen wir das vereinte Europa?

274	1. Welche Bedeutung hat die EU für meine Region?	Leistungen der Gemeinschaft beschreiben und beurteilen
280	2. Die Europäische Union: Was ist das eigentlich?	Wahlthemen bearbeiten
287	3. Was bringt uns der europäische Binnenmarkt?	Vor- und Nachteile analysieren
290	4. Wie wird in Europa für Europa Politik gemacht?	Komplizierte Zusammenhänge einfach erklären
296	5. Gibt es zu viel Streit um nationale Interessen in der EU?	Vor- und Nachteile der Verfahrensweisen in der EU beurteilen
298	6. Vor welchen Herausforderungen steht die Gemeinschaft?	Probleme beschreiben und bewerten
302	7. Soll die EU weitere Staaten aufnehmen oder nicht?	Über Pro und Kontra Erweiterung diskutieren
304	8. Wie sehr fühlst du dich als Europäerin oder Europäer?	Einstellungen zur EU für ihre Weiterentwicklung beurteilen
306	Kompetenzstation	

11 Friedenssicherung als Aufgabe internationaler Politik

Welche Chancen gibt es für eine friedlichere Welt?

310	1. Welche Gefahren bedrohen den Frieden?	Aufgaben von Friedenspolitik beschreiben
314	2. Beispiel Nahostkonflikt: (kein) Frieden in Sicht?	Einen Konflikt analysieren
320	3. Was leisten Nichtregierungsorganisationen für den Frieden?	Friedenspolitische Aktivitäten beurteilen
322	4. Internationale Organisationen: Was leisten NATO und UNO für den Frieden?	Kurzvorträge bewerten
330	5. Wie soll der Weltsicherheitsrat entscheiden?	Eine Sitzung des Rates im Rollenspiel durchführen
332	6. Warum werden deutsche Soldaten im Ausland eingesetzt?	Eine Pro-Kontra-Diskussion führen
336	Kompetenzstation	

12 Migration

Warum zählt sie zu den großen Herausforderungen globaler Politik?

340	1. Warum hat Shoan seine Heimat verlassen?	Ursachen von Migration untersuchen
344	2. Heimisch werden in der Fremde – Herausforderungen und Chancen von Migration	Einen Perspektivwechsel vornehmen
350	3. Brauchen Geflüchtete besseren Schutz?	Eine Meinungsrede zum Thema gestalten
354	Kompetenzstation	

Methodenkarten

	Nr.	Methode	Thema
19	1	Fallbeispiele kriterienorientiert bewerten	Soziales Engagement Jugendlicher
39	2	Die Berufswegplanung dokumentieren	Meine persönlichen Überlegungen zur Berufswahl
71	3	Brainstorming	Parteien
94	4	Politische Urteilsfähigkeit	Gesetze beurteilen
119	5	Videoanalyse	YouTube-Nachrichtenvideo
146	6	Eine Fallanalyse durchführen	Grundrechtsverletzungen
166	7	Schaubilder erstellen	Entwicklungen im Sozialstaat
195	8	Expertenbefragung	Chancen und Risiken unternehmerischer Selbstständigkeit
205	9	Eine Betriebserkundung durchführen	Aufbau und Abläufe in einem Unternehmen
226	10	Schaubildrallye	Nachhaltigkeit
268	11	Ein Szenario entwickeln	Klimawandel
278	12	Ein persönliches Portfolio erstellen	Europa
315	13	Konfliktanalyse	Nahostkonflikt
328	14	Bewertung von Kurzvorträgen	UNO, NATO
352	15	Eine Meinungsrede gestalten	Soll die UNO Geflüchtete besser schützen?

Info

24	Rassismus
28	Diversität, Vielfalt
31	Politik
51	Berufe und freie Berufswahl
66	Möglichkeiten politischer Beteiligung
84	Bundeskanzler/Bundeskanzlerin als Chef/-in der Regierung
123	Medien und ihre Aufgaben
127	Pressefreiheit
142	Grundrechte im Grundgesetz
153	Menschenrechte
163	Soziale Sicherung
192	Unternehmensgründung
200	Unternehmensformen
208	Unternehmensziele
214	Nachhaltigkeit in Unternehmen
222	Ökologie und Ökonomie
234	Ziele staatlicher Wirtschafts- und Umweltpolitik
244	Wirtschaftliche Globalisierung
293	Das Entscheidungsverfahren in der EU
312	Frieden
335	Bundeswehr
342	Migration

356	Glossar
368	Hilfekarten
373	Register
375	Bildquellenverzeichnis

Vorwort: Liebe Schülerinnen und Schüler!

Mit dieser Neubearbeitung von ***TEAM*** wollen wir euch die Grundlage bieten für einen interessanten und lehrreichen Unterricht in Wirtschaft und Politik. Auch möchten wir dazu anregen, dass alle in der Klasse aktiv am Unterricht teilnehmen können. Ziel sollte sein, dass die Klasse immer mehr zu einem produktiven Lern- und Leistungsteam wird, in dem alle die Chance haben, mit nachhaltiger Wirkung zu lernen und ihre Kompetenzen zu erweitern. Dafür steht der Name TEAM.

Kompetent lernen: Was ist das?

Das Foto zeigt Schülerinnen und Schüler einer zehnten Klasse während einer Präsentation vor Publikum zum Thema Jugend und Politik. In der Vorbereitung haben sie sich in das Thema eingearbeitet und eine Befragungsaktion in ihrer Schule durchgeführt. Auf die Präsentation haben sie sich vorbereitet, indem sie den Vortrag untereinander aufgeteilt und Folien mit PC gestaltet haben. Vor dem Auftritt vor Publikum haben sie den Vortrag in der Gruppe geübt. Während der Präsentation sind alle konzentriert und hoch motiviert. Damit haben diese Schülerinnen und Schüler einen Weg gefunden, ihre persönlichen Kompetenzen zu entwickeln. Sie haben methodisch kompetent gearbeitet, ihr Wissen erweitert, sich ihr eigenes Urteil gebildet und gelernt, sich erfolgreich zu präsentieren.
Vier Bereiche gehören zum kompetenten Lernen und zur politischen Bildung:

- die **S**ach- und Analysekompetenz,
- die **M**ethodenkompetenz
- die **U**rteilskompetenz,
- die **H**andlungskompetenz.

Die Kompetenzampel mit dem Kunstwort **SMUH** (S M U H) zeigt an, welcher der vier Bereiche auf den entsprechenden Seiten im Vordergrund steht.

Aufträge bearbeiten – strukturiert vorgehen mit System

Die durchnummerierten Arbeitsaufträge zu den Materialien in diesem Buch haben unterschiedliche Funktionen, wir haben ihnen verschiedene Farben zugeordnet.

1. Stufe 1: Es geht ums Verstehen
Bei den grünen Aufträgen geht es um das Verstehen des zugehörigen Materials. Sie helfen euch dabei, Wichtiges aus den Inhalten herauszuarbeiten. Es sollten immer alle mit diesem Auftrag beginnen.

2. Stufe 2: Hier wird analysiert
Blau sind die Aufträge, bei denen es um das Analysieren von Texten und anderen Materialien geht, also um das genaue Untersuchen nach Plan. Wenn es mehrere davon gibt, könnt ihr auch eine Auswahl treffen oder die Arbeit aufteilen.

3. Stufe 3: Selbstständig weiterdenken
Die orange markierten Aufträge fördern das Nachdenken über das, was gelernt wurde. Da geht es um das Beurteilen von beschriebenen Problemen, um eigene Lösungsvorschläge und Stellungnahmen oder auch um die Vorbereitung für ein Klassengespräch oder eine Diskussion. Oft sind diese Aufträge dazu geeignet, in Partner- oder Gruppenarbeit bearbeitet zu werden.

S. 368 Manche Aufgaben in diesem Buch sind mit diesem Symbol versehen. Dann steht dir eine Hilfekarte zur Verfügung, die du verwenden kannst, falls du Hinweise zum besseren Verständnis benötigst.

Die wiederkehrenden Elemente in diesem Buch

Infoseiten

INFO

Hier erhältst du grundlegende Informationen zu einem Thema. Wichtiges daraus kannst du dir aufschreiben und einprägen.
Schwerpunkt: Sach- und Analysekompetenz

Methodenkarten

Methodenkarte

Hier bekommst du Hilfen und Regeln zur Anwendung von Methoden, die das Lernen erleichtern.
Schwerpunkt: Methodenkompetenz

TEAM kontrovers

S M U H

Hier erfährst du unterschiedliche Ansichten zu strittigen Themen. Sie sollen dich dazu anregen, selbst Stellung zu beziehen und mit anderen zu diskutieren.
Schwerpunkt: Urteilskompetenz

Aktiv lernen

AKTIV LERNEN

Hier hast du die Gelegenheit, Aufgabenstellungen eigenverantwortlich zu bearbeiten – oft zu zweit oder in Gruppenarbeit.
Schwerpunkt: Handlungskompetenz

Kompetenzstationen

Kompetenzstation

Hier wiederholst du das Gelernte mithilfe von interessanten Aufgaben. Du kannst dabei auswählen, was du bearbeiten möchtest, und alle Kompetenzbereiche trainieren.

Selbstständig lernen mit Medien

Immer wenn ihr diesen Hinweis und dieses Logo seht, geht es darum, dass ihr zusätzliche Medien für das Lernen nutzt – und zwar möglichst selbstständig –, entweder allein oder in Teams. Immer geht es dabei um die Förderung von Medienkompetenz.

> **Medienkompetenz**
> Du erwirbst Fähigkeiten, die es dir ermöglichen, alle Arten von Medien sinnvoll für deine persönliche Bildung zu nutzen, deren Qualität zu bewerten und dabei deine Rechte zu schützen.

Texte in drei Sprachvarianten

@ | WES-122194-001
Text einfacher
Text ausführlicher

Das Buch enthält Texte, die aus anderen Quellen übernommen wurden. Oft wurden diese gekürzt oder so bearbeitet, dass sie von möglichst allen Schülerinnen und Schülern bearbeitet und verstanden werden können.
Wer eine ausführlichere Fassung lesen möchte, kann das tun. Wer noch Schwierigkeiten mit der deutschen Sprache hat, kann den Text in einer einfach gehaltenen Sprachform bearbeiten. Unter dem aufgeführten Webcode findest du einen Link, mit dem du deine gewünschte Sprachvariante auswählen kannst.

@ | WES-122194-023 Der Band enthält Webcodes, die zu interessanten und geprüften Internetseiten führen. Dorthin gelangt man, indem man den Webcode in die Suchmaske unter **www.westermann.de/webcodes** eingibt.

▶II F Zu einigen Materialien und Themen stehen euch **Erklärfilme** zur Verfügung. Gebt dazu auf **www.westermann.de/team-122194** den Online-Schlüssel ein, den ihr auf der hinteren Umschlaginnenseite eures Buches findet.

Arbeitsaufträge richtig verstehen

„Ich versteh' die Aufgabe nicht!"
Wahrscheinlich hast du diesen verzweifelten Ausruf schon einmal gehört. Damit dir das nicht passieren kann, solltest diese kurze Anleitung durchlesen.
Bei den Arbeitsaufträgen solltest du stets auf die Verben achten, also auf das, was du tun sollst. Der Fachbegriff für diese Verben lautet Operatoren. Der Operator drückt aus, welche „Operation" (= welche Tätigkeit) auszuführen ist. Hier die ausgewählten Beispiele:

„Nenne"

Wenn du etwas nennen sollst, geht es um ein stichwortartiges Aufzählen.
„Nenne drei Unternehmen, die du kennst."

„Beschreibe"

Steht das Verb beschreiben in einem Auftrag, heißt das, dass du etwas, was du gelesen oder angeschaut hast, sachlich richtig mit deinen eigenen Worten wiedergeben sollst.
„Beschreibe, was in dieser Karikatur dargestellt ist."

„Fasse zusammen"

Etwas zusammenfassen ist, was man im Deutschunterricht unter einer Inhaltsangabe versteht. Du gibst die wichtigsten Inhalte eines Vorgangs, eines Falles oder eines anderen Textes in kurzer Form sachlich richtig wieder.
„Fasse zusammen, was die Schülerinnen und Schüler in dem vorliegenden Fall unternommen haben."

„Erkläre"

Wenn du etwas erklären sollst, stellst du deine durch einen Text oder durch ein anderes Material gewonnenen Kenntnisse mit eigenen Worten so dar, dass andere Personen danach möglichst ebenso gut informiert sind wie du selbst.
„Erkläre, was man unter Rollen und Rollenerwartungen versteht."

„Erläutere"

Wenn es darum geht, etwas zu erläutern, ist der Auftrag umfangreicher. Hier verdeutlicht man eine Thematik oder ein Problem durch zusätzliche Beispiele und weitere Informationen.
„Erläutere an selbst gewählten Beispielen, wie Konflikte entstehen und warum Konfliktlösungen manchmal schwierig sind."

„Arbeite heraus"

Etwas herausarbeiten bedeutet, dass du einem Text oder einem Schaubild Informationen unter einem ganz bestimmten Gesichtspunkt entnehmen sollst.
„Arbeite aus dem Text heraus, welche Merkmale der Demokratie darin genannt werden."

„Analysiere"

Analysieren bedeutet, dass du ein Material genau untersuchst und dabei Schritt für Schritt systematisch vorgehst.

„Analysiere das Schaubild, indem du sagst, wovon es handelt, was die Zahlen bedeuten und welche Informationen daraus du dir für lange Zeit merken möchtest.“

„Begründe"

Wenn du etwas begründen sollst, wird von dir erwartet, dass du mindestens einen Grund in deiner Antwort formulierst.

„Findest du diesen Fall interessant? Urteile spontan und begründe deine Ansicht.“

„Beurteile"

Beurteilen ist mehr als zu sagen, ob man etwas gut oder schlecht findet. Es bedeutet, dass du zu einer bestimmten Sache oder zu einem Problem deine Ansicht formulierst und darüber hinaus in der Lage bist, diese durch stichhaltige Argumente* zu unterstützen. Du formulierst die Gründe, warum dein Urteil so und nicht anders ausfällt. Diese Gründe werden auch als Kriterien* bezeichnet.

„52 Prozent aller Jugendlichen in Deutschland halten es für wichtig, die Vielfalt der Menschen anzuerkennen und zu respektieren. Wie beurteilst du dieses Ergebnis einer Umfrage?

Das Urteilen bezieht sich hier auf eine Sache und weil das so ist, spricht man von einem **Sachurteil**.

„Bewerte"

Wenn du einen Fall, einen bestimmten Zustand oder eine Entscheidung bewertest, machst du deutlich, worin du das Wertvolle darin oder die Verletzung deines persönlichen Wertempfindens siehst. Du fügst hier deiner Beurteilung deine ganz persönliche Meinung hinzu, die du dann möglichst auch überzeugend begründest.

„Wie bewertest du, was das Netzwerk ‚Schule ohne Rassismus – Schule mit Courage‘ für die Demokratie leistet?“

Es geht hier um deine persönliche Einstellung und weil das so ist, spricht man von einem **Werturteil**.

Beurteilen betont das klare, sachlich begründete Denken.

Bewerten fügt dem die Emotionen hinzu.

Präge dir zum Operator *bewerten* ein Herz als Symbol ein. Dann weißt du immer, was andere an deiner formulierten Antwort besonders interessiert.

„Nimm Stellung zu …"

Wenn du aufgefordert wirst, zu einem Thema, einem Problem oder einer Entscheidung Stellung zu nehmen, wird von dir erwartet, dass du dich möglichst umfassend dazu äußerst. Stellungnahmen können aus einer Kombination von Sach- und Werturteilen bestehen.

„Formuliere deine Stellungnahme zu den Zielen und zur Bedeutung des vom Bundestag beschlossenen Gesetzes gegen die Verbreitung von Hass und Hetze in Netz.“

Viele Arbeitsaufträge in diesem Buch können auch individuell außerhalb des Präsenzunterrichts am PC oder Notebook bearbeitet werden.

*** Merke ✓**

Argument bedeutet „Beweis“. Mit Argumenten will man beweisen, dass eine persönliche Beurteilung richtig ist.

*** Merke ✓**

Kriterien sind die besonderen Merkmale oder Maßstäbe, auf die sich eine Beurteilung stützt. (Einzahl = Kriterium)

1 Jugendliche und gesellschaftliches Engagement

Wofür setzen wir uns ein?

1. Allein nachdenken

Wie viele Jugendliche sind deiner Ansicht nach dazu bereit, drei Tage ihrer Ferien (72 Stunden) damit zu verbringen, einen Spielplatz für die Kinder im Ort neu zu gestalten – so wie es die Jugendlichen auf dem Foto tun?*

2. Zu zweit beraten

Welche Beispiele jugendlichen Engagements kennt ihr aus eigener Erfahrung oder aus Erzählungen anderer?

3. In der Klasse sammeln

In der Demokratie leben Menschen unterschiedlicher Herkunft, unterschiedlichen Geschlechts und Glaubens miteinander. Was muss jeder Einzelne leisten, damit das Zusammenleben funktionieren kann?

Im Verlauf dieses Kapitels könnt ihr …

- Beispiele jugendlichen Engagements erläutern und bewerten,
- begründen, warum Rassismus unvereinbar mit demokratischen Werten ist,
- erörtern, wie man mit rassistischen Sprüchen und Naziparolen umgehen soll,
- Sachtexte zum Thema Demokratie analysieren und beurteilen.

Eigene Schwerpunkte könnt ihr setzen, indem ihr …

- ein Plakat oder ein anderes Medienprodukt entwerft gegen Rassismus für Demokratie,
- die grundlegenden Unterschiede zwischen Demokratie und Diktatur visualisiert und erläutert,
- andere Schülerinnen und Schüler über deren Einstellungen zu Demokratie und Politik befragt.

Die 72-Stunden-Aktion ist eine Initiative des Bundes der Katholischen Jugend (BDKJ), in der Jugendliche in ganz Deutschland sich unentgeltlich für soziale Projekte engagieren können. Informationen dazu findest du unter www.72Stunden.de.

1 Soziales Engagement: Was bringt das?
Fallbeispiele kriterienorientiert bewerten

A Zwei Ansichten zum Einstieg

„Ich glaube, dass nur ein kleiner Teil der Jugendlichen bereit ist, sich für andere einzusetzen."

„Ich bin sicher, dass viele Jugendliche gerne an sozialen Hilfsprojekten teilnehmen, auch wenn sie dafür ihre Freizeit opfern müssen."

Welcher der beiden Ansichten stimmst du eher zu? Urteile spontan, vergleiche mit deinen Tischnachbarinnen und -nachbarn. Tauscht eure Ansichten in der Klasse aus.

Drei Beispiele jugendlichen Engagements werden hier auf drei Seiten vorgestellt. Sie können in Dreiergruppen bearbeitet werden. Teilt dazu die Arbeit auf. Jedes Gruppenmitglied bearbeitet ein Beispiel und bewertet es anhand von Kriterien aus der Methodenkarte im Anschluss. Die Fälle und die Bewertungen können dann der Reihe nach in den Gruppen vorgestellt und besprochen werden.

Baumpflanzaktion: „Gutes für die Natur und die Menschen tun"

B Fall 1: Schülerinnen und Schüler forsten Wald auf

■ Seit „Fridays for Future" steht überall in Deutschland das Bäumepflanzen wieder hoch im Kurs. Schließlich ist der Wald in unseren Breitengraden immer noch der CO_2-Fresser und Klimaschützer schlechthin. Das wussten auch Schülerinnen und Schüler in der Stadt Velbert-Neviges (NRW). Mehr als 200 halfen aktiv mit, als es darum ging, eine zerstörte Waldfläche im Wald von Neviges wieder aufzuforsten.

An einem Freitagvormittag im November 2019 zogen die Schülerinnen und Schüler mehrerer Schulen sowie Mitglieder des örtlichen Jugendparlaments mit Hacke und Schaufel am Morgen in den Wald. Zwei Flächen, die ein Sturm mit dem Namen „Kyrill" und andere Wetterextreme zuvor verwüstet hatten, sollten neu hergerichtet werden.

Mitarbeiterinnen und Mitarbeiter der technischen Betriebe hatten schon mal Vorarbeit geleistet und das meterhohe Brombeergestrüpp entfernt. Jetzt galt es, die Setzlinge fachgerecht in den Boden zu bringen. Forstwirt Peter Thunecke erklärte, wie tief die Jungbäume in die Erde müssen, um eine gesunde Wurzel auszubilden. Insgesamt konnten an diesem Tag durch die aktive Mitarbeit der Jugendlichen mehr als 200 Bäume in einer Mischung aus Roteichen, Rotbuchen, Douglasien, Küsten- und Weißtannen gepflanzt werden. „Wir pflanzen Arten, die möglichst gut mit veränderten klimatischen Bedingungen umgehen können", erklärte der Forstwirt dazu. Auch mache die Durchmischung den Wald widerstandsfähiger gegen Stürme und andere Unwetter.

Die Arbeit an den steilen Hängen machte den Schülerinnen und Schülern sichtlich Spaß. Unter anderem wurden Elena, Sam und Stanislaw während der Pflanzaktion befragt, warum sie gerne dabei mitmachen. Die Antwort fiel bei den dreien übereinstimmend gleich aus: „Wir wollen etwas für die Umwelt tun, dazu beitragen, den Ausstoß an

Kohlendioxid zu verringern und einfach etwas für die Natur und für andere Menschen tun."
Der Bürgermeister der Stadt äußerte gegenüber der örtlichen Presse seine Freude darüber, dass er so viele Jugendliche zu der Baumpflanzaktion begrüßen durfte. ■

(vom Autor zusammengefasst nach eigenen Recherchen vor Ort)

C Fall 2: Jugendliche helfen Senioren im Umgang mit dem PC

■ Manche ältere Menschen tun sich immer noch schwer mit den Möglichkeiten, die das Internet ihnen bietet. Um Seniorinnen und Senioren zu helfen, die sich damit nicht abfinden wollen, führten Schülerinnen und Schüler in Bad Laasphe (NRW) in ihrer Freizeit ein mehrwöchiges Projekt durch. Näheres dazu erklärt der folgende Bericht:

Einen möglichen Weg zum Ziel „Senioren und Computer" zeigt ein Projekt auf, das unter dem Motto „Jung für Alt" vom Kneipp-Verein Bad Laasphe gemeinsam mit Lehrer/innen und Schüler/innen des Städtischen Gymnasiums auch in diesem Jahr wieder angeboten wird.
Die Schulung für PC und Internet richtet sich an ältere Menschen, die bisher keine oder wenig Erfahrung im Umgang mit einem Computer haben – und sich diese Kenntnisse erarbeiten möchten. Angemeldet haben sich drei absolute Anfängerinnen und 18 Frauen und Männer mit Grundkenntnissen. Der Kurs geht über sechs Wochen und findet jeweils donnerstags von 14 bis 15 Uhr im Computerraum des Städtischen Gymnasiums statt. Ein zweiter Kurs läuft am gleichen Tag von 15 bis 16 Uhr.
Und dann heißt es bei der Auftaktveranstaltung: „Ran an den Computer", Schülerinnen und Schüler der Klassen 9 und 10 – unter ihnen Damian, Olaf, Jennifer und Birte – haben gemeinsam mit ihrem Informatiklehrer das Projekt gut vorbereitet. [...]
Die Aufregung auf beiden Seiten legt sich schnell. Kein Anfänger wird belächelt, kein Fortgeschrittener muss sich als Störenfried

Jung und Alt am PC: „Die Aufregung legt sich schnell!"

fühlen. [...] Ein 79-jähriger Teilnehmer kennt sich mit Tablet und Smartphone aus, verfügt über Kenntnisse der Bearbeitungsprogramme Word und Excel. Erweitern möchte er bei dem Kurs allerdings sein Wissen zur Bildbearbeitung. „Ich hab da aber ein paar Defizite", lächelt der frühere Postbeamte. [...]
Fach-Chinesisch wandert zwischen ihm und seinem jungen „Lehrer" hin und her, von Airbrush und Klonwerkzeug ist die Rede, Accounts werden eingerichtet, Begriffe wie „Jpg", „Gif" oder „Tiff" erläutert und über cleveres Speichermanagement gesprochen.
So wird die Zusammenarbeit von Schülern und Senioren zu einer ausgesprochen erfolgreichen Unterrichtseinheit. ■

(Aus. Wolfgang Thiel: Jugendliche helfen Senioren im Umgang mit dem PC, in Westfalenpost online vom 21.01.2017, in: https://www.wp.de/staedte/wittgenstein/jugendliche-helfen-senioren-im-umgang-mit-pc-und-internet-id209344529.html, letzter Zugriff: 18.08.2021, verändert)

D Fall 3: Clara und Annica engagieren sich ehrenamtlich

■ Clara G. und Annica H. besuchen beide unterschiedliche Gymnasien in Berlin. Clara engagiert sich in der Arbeitsgemeinschaft „Community Service" an ihrer Schule und organisiert Hilfsprojekte. Annica ist Jugendsprecherin der Mitglieder der Berliner Jugendfeuerwehr. Der Frankfurter Allgemeinen Zeitung gaben die beiden 2020 ein Interview. Hier Ausschnitte:

@ | WES-122194-002
Beispiele im Internet
Hier könnt ihr nach weiteren Beispielen für jugendliches Engagement suchen. Aktivitäten, die ihr besonders positiv bewertet, könnt ihr auswählen und in der Klasse vorstellen.

Was habt ihr zuletzt im Rahmen eurer ehrenamtlichen Tätigkeit gemacht?
CLARA: Wir waren vor Kurzem bei der Berliner Tafel, um dort zu helfen. Außerdem haben wir im Seniorenheim Musik für die älteren Menschen gemacht und mit ihnen geredet. Als nächstes wollen wir Hilfsorganisationen in Australien nach den katastrophalen Buschbränden finanziell unterstützen. Dazu werden wir unter anderem einen Kuchenbasar veranstalten.
ANNICA: Jugendliche dürfen ja noch nicht an richtigen Einsätzen der Feuerwehr teilnehmen, das wäre zu gefährlich. Ich mache vor allem Öffentlichkeitsarbeit. Wir Landesjugendsprecher überlegen zum Beispiel, was die Feuerwehr für ihre jugendlichen Mitglieder tun kann und wie sich neue Jugendliche gewinnen lassen.

Unter fachlicher Anleitung engagieren sich Jugendliche bei der freiwilligen Feuerwehr

Hat sich jemand für eure Arbeit bedankt?
CLARA: Ja, auf jeden Fall. Das ist das Schöne an der Sache, dass man den Leuten viel Freude macht, auch wenn man gar nicht immer so viel Zeit investiert. Gerade die älteren Leute sind sehr dankbar und haben das auch deutlich gezeigt. Wir bekommen also viel zurück.
ANNICA: Als wir im Sommer das Abendprogramm für unser Feuerwehr-Ferienlager organisiert haben, kamen die erwachsenen Betreuer und haben sich bedankt. Insgesamt bekommen wir Jugendlichen viel Wertschätzung in der Feuerwehr. Das sehe ich auch als Dankeschön.
Welche Rolle spielt für euch, dass gemeinnützige Arbeit den Lebenslauf aufpoliert?
CLARA: Irgendwann realisiert man schon, dass ehrenamtliches Engagement für manche Sachen wichtig ist, zum Beispiel für Bewerbungen an Universitäten im Ausland. Die Teilnahme am Community Service wird an unserer Schule auf dem Zeugnis bescheinigt. Außerdem werden zum Abitur Auszeichnungen für besondere Leistungen verliehen. [...]
In der Politik wird überlegt, eine Dienstpflicht für Jugendliche nach der Schulzeit einzuführen. Eine gute Idee?
ANNICA: Ein Ehrenamt übernimmt man, weil das Herz dafür schlägt. Wenn man es machen muss, steckt man keine Energie rein. Der einzige Vorteil wäre vielleicht, dass Jugendliche die Möglichkeit hätten, sich im Rahmen dieser Dienstzeit zu orientieren, was sie später beruflich machen möchten.

(Aus: Katja Gelinsky: Feuerwehr ist viel mehr als Brände löschen, in Frankfurter Allgemeine Zeitung online vom 03.03.2020, in: https://www.faz.net/aktuell/stil/leib-seele/zwei-schuelerinnen-berichten-von-ihrem-ehrenamt-16647193.html, letzter Zugriff: 18.08.2021)

Tipp: Bearbeitung in Gruppenarbeit

1. Was tun die Jugendlichen? Fasse den von dir gewählten Fall mit eigenen Worten zusammen.

2. Begründe (im Austausch mit deiner Gruppe), ob du das, was die Jugendlichen im Fall 1, 2 oder 3 geleistet haben, für nachahmenswert hältst oder nicht.

3. Erstellt in Form eines Tafelbildes eine Liste a) der Themen und b) der gesellschaftlichen Probleme, für die sich die Jugendlichen in den drei Beispielen engagieren. S. 368

4. Verfasst für eines der Beispiele eine Bewertung anhand der in der Methodenkarte auf der folgenden Seite vorgestellten Kriterien. (Lest dazu die Methodenkarte in der Gruppe.)

5. „Soziales Engagement: Was bringt das?" Formuliert euer Urteil zu dieser Frage und stellt es in der Klasse vor.

Selbstständig weiterlernen mit Medien
- Recherchieren bei YouTube: Mithilfe der angegebenen Internetadressen findest du dort zahlreiche Filmbeiträge. Wähle aus, bewerte und präsentiere ein nachahmenswertes Beispiel.

Fallbeispiele kriterienorientiert bewerten
Thema: Soziales Engagement Jugendlicher

Worum geht es?

Das Verhalten anderer zu bewerten bedeutet, darüber zu entscheiden, wie man das, was andere tun, aus persönlicher Sicht einschätzt. Jede Bewertung ist eine Entscheidung auf der Basis dessen, was man selbst als wertvoll oder wertlos einschätzt. Der Unterschied zwischen beurteilen und bewerten besteht darin, dass bei einer Bewertung immer auch Gefühle eine Rolle spielen.

Merke: bewerten = beurteilen + ♥

Wie macht man das?

Im Alltag genügt es oft, etwas nur gut oder nicht gut zu finden, Daumen hoch, Daumen runter, cool oder uncool. Alltägliche Bewertung geschehen meist ganz spontan. Dabei verzichten wir oft darauf, unsere Sicht der Dinge ausführlich zu begründen. Jede Meinungsäußerung enthält eine Bewertung. Geht es um das Verhalten von Menschen, sollten wir uns der Mühe unterziehen, begründet zu bewerten. Kann man selbst keine Begründung für seine Bewertung liefern, muss man damit rechnen, nicht besonders ernst genommen zu werden.

Klug sind Bewertungen, wenn man ...

- darüber nachdenkt, was man für positiv oder für negativ hält an dem, was andere tun,
- die Kriterien benennen kann, anhand derer man seine Bewertung begründet,
- sie nicht beleidigend oder verletzend formuliert werden, sondern auf eine respektvolle Art,
- sich zuerst informiert, bevor man bewertet und nicht umgekehrt,
- sich selbstkritisch prüft, ob der eigene Informationsstand ausreicht, um ein Verhalten anderer begründet zu bewerten oder ob man sich zunächst noch genauer informieren sollte.

Kriterien zur Bewertung sozialen Engagements

Als Kriterien bezeichnet man ganz allgemein die Prüfmaßstäbe oder auch die besonderen Merkmale, die man als Grundlage einer Bewertung benutzt (Singular: Kriterium). Sie können je nach Gegenstand der Bewertung unterschiedlich sein. Der persönlichen Bewertung des sozialen Engagements von Kindern, Jugendlichen und Erwachsenen lassen sich vier allgemeine Kriterien zugrunde legen. Bei ihrer Verwendung kannst du eine Gewichtung vornehmen und je nach Art des Engagements mal eines oder mehrere Kriterien besonders betonen.

1. **Zeit und Aufwand**
   Wie viel Zeit, Aufwand und Arbeit wurde eingesetzt?
2. **Nützlichkeit für die Gesellschaft**
   Wie groß ist der Nutzen für Mensch und Natur?
3. **Motive und Werte***
   Welche Motive (= Beweggründe) und Werthaltungen lassen sich in den Aktivitäten erkennen und verdienen es, als besonders wertvoll hervorgehoben zu werden?
4. **Vorbildlichkeit**
   Wie sehr lädt das Verhalten zur Nachahmung ein?

* Solche Werthaltungen sind zum Beispiel: Hilfsbereitschaft, Schutz der Natur und Umwelt, Lust auf Verbesserung des Zusammenlebens, Verbesserung der Chancen und der Mitwirkung anderer Menschen, Festigung und Förderung der Demokratie u. a.

E Zahlen, Themen und Motive

*** Merke ✓**

altruistisch = uneigennützig, selbstlos. Substantiv: Altruismus

*** Merke ✓**

Selbstwirksamkeit = Vertrauen darauf, aus eigener Kraft etwas Sinnvolles bewirken zu können

Soziales Engagement bedeutet, dass man sich aktiv für andere Menschen oder allgemein für die Verbesserung der gesellschaftlichen Verhältnisse einsetzt, ohne dass man dafür eine Entlohnung in Form von Geld erwartet.
Wenn man sich in einem Verein oder anderswo über einen längeren Zeitraum sozial engagiert, spricht man auch von einer ehrenamtlichen Tätigkeit. Man wendet dazu auf freiwilliger Basis Zeit und Arbeit auf, um anderen zu helfen oder um einen Beitrag für den Schutz von Natur und Umwelt zu leisten.
Etwa jeder dritte Jugendliche in Deutschland gibt an, sich regelmäßig in der Freizeit sozial zu engagieren. Das ermittelte die Shell-Jugendstudie aus dem Jahr 2019.

@ | WES-122194-001
Text ausführlicher

Warum hast du dich freiwillig engagiert oder engagierst dich freiwillig?

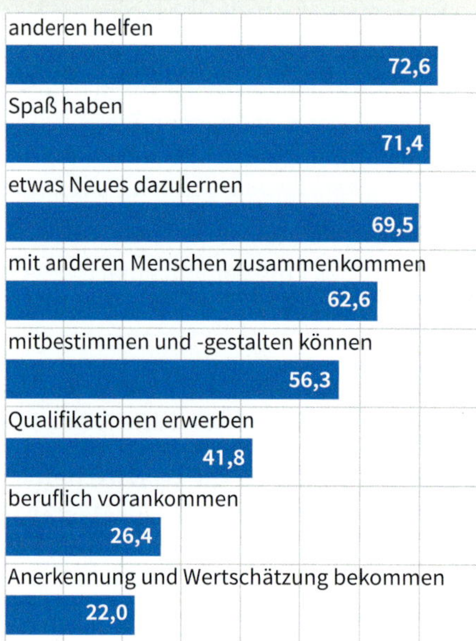

Quelle: DKJS, befragt wurden Jugendliche, die als engagiert gelten, insgesamt 318; Mehrfachnennungen möglich

Eine Befragungsaktion der Deutschen Kinder- und Jugendstiftung (DKJS) erbrachte dazu weitere Informationen.

Jugendliche wollen mitgestalten

Junge Menschen wünschen sich, mitgestalten zu können, und sie wollen einbezogen werden. Vor allem möchten sie von Erwachsenen Vertrauen entgegengebracht bekommen, dass sie wirklich etwas bewegen und verändern können. Dies verdeutlicht das Ergebnis der Befragung der Teilnehmenden zu den Gründen ihres Engagements: Neben den Motiven „anderen zu helfen“ und „Spaß zu haben“ wird „Mitbestimmung“ als wichtiger Grund angegeben. […]
Die Themenfelder, für die sich junge Menschen interessieren, sind sehr vielfältig und knüpfen oft an ihre Lebenswelt an. […] Die Befragten, die sich bereits freiwillig engagieren, sind vor allem in den Bereichen Schule (55,5 %) sowie außerschulische Bildungs- und Jugendarbeit (35,3 %) und „anderen helfen“ (27,4 %) aktiv. […]
Das meistgenannte Motiv ist „anderen helfen” (72,6 %) zu wollen. Auch in den Diskussionen fiel dieser Grund sehr häufig: „Man freut sich, wenn man anderen hilft, es gibt ein gutes Gefühl.“ […] Dieses Ergebnis unterstreicht, dass die Jugendlichen und jungen Erwachsenen mit ihrem Engagement etwas Sinnvolles, Sinnstiftendes tun möchten. Neben dem altruistischen* Motiv geben die jungen Menschen an, dass auch „Spaß haben” für sie ein wichtiger Antriebsfaktor ist (71,4 %). Sehr viele von ihnen sprechen davon, dass sie gern mit anderen Menschen zusammenkommen möchten. […] Eine Teilnehmerin nennt diesen Punkt als wichtiges Motiv für ihr Engagement: „Wenn man allein arbeitet, kann man nichts verändern; Engagement ist für mich ein Gruppending.” Gemeinsames Arbeiten mit Gleichgesinnten schafft Befriedigung und macht es möglich, Selbstwirksamkeit* zu erfahren.

(Aus: Ana-Maria Stuth, Peggy Eckert, Franziska Wendt, Almut Ryssel: u_count gemeinsam Gesellschaft gestalten, hrsg. von: Gemeinnützige Deutsche Kinder- und Jugendstiftung GmbH, Berlin 2020, S. 22, 24)

1. Definiere die Begriffe soziales Engagement und Ehrenamt.

2. Erläutere anhand von Text und Schaubild Themen und Motive für das soziale Engagement von Jugendlichen.

3. Gelegentlich ist von Erwachsenen zu hören, die Jugend von heute zeige zu wenig Bereitschaft für soziales Engagement. Bewerte diese Aussage auf der Basis der Untersuchungsergebnisse und deiner persönlichen Erfahrungen.

F TEAM kontrovers: Soll man Jugendliche dazu verpflichten, sich sozial zu engagieren?

Zu den Qualitätsmerkmalen einer Demokratie gehört die aktive Mitgestaltung möglichst vieler. Mitmachen in Form von sozialem Engagement ist daher ausdrücklich erwünscht. Auch die Schule soll dazu beitragen, Jugendliche zum Mitmachen in der Demokratie anzuregen. So steht es in den Schulgesetzen der Bundesländer. Wie soll dieser Wunsch auf Mitmachen in der Praxis aussehen? Wollen Schülerinnen und Schüler dazu aufgefordert werden, sich für andere und anderes einzusetzen, oder wollen sie ganz unbeeinflusst selbst entscheiden, ob sie sich engagieren oder nicht? Dazu könnt ihr euch hier euer persönliches Urteil bilden und miteinander diskutieren.

Nein, es zählt nur Freiwilligkeit!

Was für Erwachsene gilt, muss auch für Jugendliche gelten. Kein Erwachsener lässt sich gerne dazu auffordern, sich sozial oder auch politisch zu engagieren. Niemand will dazu gezwungen werden, zur Wahl zu gehen, einer Bürgerinitiative beizutreten oder gar einer politischen Partei. Wenn Erwachsene das tun, geschieht es aus eigenem Wollen. Bei Jugendlichen muss es genauso sein.

Soziales Engagement zählt nur, wenn es freiwillig ist. Hilfe für andere Menschen, für Tiere oder für die Umwelt muss aus dem Herzen kommen und nicht durch Aufforderung von außen.

Ebenso wie Jugendliche das Recht haben müssen, sich sozial zu engagieren, sollten sie auch das Recht haben, sich nur um ihre privaten Interessen zu kümmern, um ihre Freunde zum Beispiel oder um ihre Familie. Akzeptiert werden muss auch, wenn Schülerinnen und Schüler sich auf ihre persönlichen Interessen und ihre Leistungen in der Schule konzentrieren. Schließlich nutzt es der Gesellschaft auch, wenn junge Leute mit guten Zeugnissen die Schule verlassen.

Ja, Jugendliche brauchen Anregung und Vorbilder!

Mit dem sozialen Engagement ist es genauso wie mit dem Lernen im Allgemeinen. Oft hilft es, wenn man durch andere dazu aufgefordert wird. Es schadet auch nichts, wenn ein gewisser Druck dahinter steht. Das hilft, persönlichen Egoismus und Bequemlichkeiten zu überwinden. Die Freude stellt sich ein, wenn man erst einmal das Gefühl hat, etwas Gutes getan zu haben. Von selbst kommt man oft gar nicht auf solche Ideen. Der Spaß wird noch größer, wenn man an hilfreichen Projekten gemeinsam mit anderen teilnimmt.

Erwachsene können nicht erwarten, dass Kinder und Jugendliche immer von selbst wissen, wofür sie sich engagieren können. Sie brauchen Anregungen. Positive Beispiele und vorbildliche Aktivitäten anderer sind sehr hilfreich, weil sie der Auslöser sein können, das eigene Denken und Handeln zu verändern. Es ist immer gut, wenn Jugendliche dazu aufgefordert werden. Wird man in der Schule zu sozialem Engagement angeleitet, lernt man daraus Wichtiges für sein eigenes Leben und für das Zusammenleben in der Gesellschaft.

1. Entscheide spontan: Welcher Position stimmst du eher zu, 1 oder 2?

2. Liste alle Argumente stichwortartig auf, die zur Begründung beider Positionen angeführt werden. S. 368

3. Überdenke deine erste Reaktion noch einmal. Bleibt sie gleich oder verändert sie sich?

4. Formuliere deinen Standpunkt und bringe ihn in die Diskussion ein.

Tipp: Die Aufgaben 2 und 3 können auch zu zweit oder in Gruppen besprochen werden.

2 Zeichen setzen gegen Rassismus – wollen und schaffen wir das?

Den Umgang mit rassistischen Sprüchen trainieren

A Eine Einstiegsübung

In diesem Unterkapitel geht es auch um das Netzwerk „Schule ohne Rassismus – Schule mit Courage".

- Was ist dir darüber bekannt?

Notiere einige Stichworte und tausche dich mit anderen darüber aus.

Plakat des Netzwerks „Schule ohne Rassismus – Schule mit Courage"

B Schülerprojekte gegen Rassismus

Beispiel 1: Die erste Netzwerkschule – bis heute dabei

Als erste Schule in Deutschland wurde dem Dortmunder Immanuel-Kant-Gymnasium (IKG) am 21. Juni 1995 der Titel „Schule ohne Rassismus" verliehen. Pate war damals der bekannte Fernsehjournalist Friedrich Küppersbusch. Damals übersetzten die Schülerinnen und Schüler Texte in verschiedene Sprachen. Über die neuen Aktivitäten erfahren wir in der Festschrift des Netzwerks Schule ohne Rassismus – Schule mit Courage anlässlich ihres 25-jährigen Bestehens 2020:

Nach einer längeren Flaute ist die Schule seit sieben Jahren wieder voll dabei. Jeden Dienstagmittag treffen sich engagierte Schülerinnen und Schüler mit drei Lehrer*innen – Nicole Tröger, Matthias Oidtmann, Rüdiger Koch – in der Aktiven-AG. Als jüngste große Aktion tat sich das Gymnasium mit sechs weiteren Dortmunder Schulen zusammen: Gemeinsam verzierten Schüler*innen einen Stadtbahn-Wagen mit Motiven gegen Rassismus und für Toleranz und Vielfalt. Die Linie verbindet den Dortmunder Westen mit dem Stadtviertel Dorstfeld, wo immer wieder Neonazis Schlagzeilen machen. So setzen sieben Schulen zusammen ein sichtbares Zeichen für Respekt und Miteinander.

(Aus: Jeanette Goldar: 25 Jahre Schule ohne Rassismus – Schule mit Courage, hrsg. von der Aktion Courage e. V. 2020, S. 20)

Beispiel 2: „Gemeinsam sind wir bunt"

Hunderte Mädchen und Jungen der Realschule plus in Puderbach bilden einen Kreis auf dem Schulhof. Sie halten Teelichter in der Hand. Konrektorin Natanja Neitzert ordnet kurz die Menge, jeder findet seinen Platz. Jetzt bittet sie um Ruhe für eine Gedenkminute an die Opfer der rassistischen Anschläge in Hanau und in Halle.* Drei Jugendliche zeigen ein großes Plakat mit der Aufschrift: „Gemeinsam sind wir bunt".
Nur für wenige Augenblicke sind noch Stimmen zu hören, die sekündlich leiser werden. Stille. Die Teilnehmer sind für eine Minute völlig in sich gekehrt, gedenken der Opfer. Mit der Aktion hat die Realschule plus ein Zeichen gegen Rassismus gesetzt […].
Zwei Jungen aus der Schülervertretung machten in einer Ansprache deutlich, welche Gemeinschaft sie sein wollen: „Rassismus, Hass und Intoleranz haben in unserem alltäglichen Leben nichts zu suchen."

(Aus: Lars Tenorth: Realschule setzt Zeichen gegen Rassismus, Rhein-Zeitung Koblenz vom 29.02.2020, S. 14, verändert)

1. Fasse den Inhalt eines der beiden Beispiele mit eigenen Worten zusammen.

2. Bewerte spontan: Wie wichtig und wie nachahmenswert sind solche Projekte?

* In den Städten Hanau und Halle gab es 2020 rassistisch motivierte verbrecherische Anschläge mit unterschiedlicher Täterschaft, bei denen zahlreiche Menschen ihr Leben verloren.

C Seit mehr als 25 Jahren: Das Netzwerk „Schule ohne Rassismus – Schule mit Courage"

Als ein Beispiel für die Möglichkeit, etwas zu tun, zählt das Netzwerk „Schule ohne Rassismus – Schule mit Courage" des eingetragenen Vereins „Aktion Courage e. V.". 2020 feierte diese Aktion ihr 25-jähriges Bestehen. Auf der Homepage wird über die Ziele und das bisher Geleistete berichtet:

Das Netzwerk ist auf über 3300 Schulen mit mehr als zwei Millionen Schülerinnen und Schülern angewachsen.* An den Schulen haben Tausende von Aktionen gegen Menschenfeindlichkeit und für eine Gesellschaft, in der die Würde aller Menschen zählt, stattgefunden. […]
Kinder und Jugendliche sind im Netzwerk Schule ohne Rassismus – Schule mit Courage aktiv, weil es sie stört, wenn Menschen wegen ihrer Hautfarbe, ihrer Herkunft oder aufgrund ihrer Religion beschimpft, gemobbt oder gar körperlich bedroht werden.
Schule ohne Rassismus – Schule mit Courage ist ein Projekt für alle Schulmitglieder. Es bietet Schülerinnen und Schülern, Pädagoginnen und Pädagogen die Möglichkeit, das Klima an ihrer Schule aktiv mitzugestalten. Und zwar, indem sie sich bewusst gegen jede Form von Diskriminierung, Mobbing und Gewalt wenden. […]
Es würde jeden Rahmen sprengen, all die Aktionen zu würdigen. Sie reichen von Konzerten gegen Rassismus und gemeinsamen Demonstrationen in der Stadt über Diskussionsrunden mit Politiker*innen bis hin zu Gedenkveranstaltungen, Projekttagen und Ausstellungen. Genauso finden Theatervorstellungen, Workshops, Vernetzungstreffen und Kunstaktionen statt. An fast jedem Tag im Jahr finden bundesweit mehrere Aktionen für ein diskriminierungssensibles Miteinander an den Courage-Schulen statt.

(Aus: Schule ohne Rassismus: Wer wir sind und was wir machen, Redaktion Sanem Kleff, in: schule-ohne-rassismus.org, Berlin, o.D., letzter Zugriff: 10.04.2021)

* In Nordrhein-Westfalen gehörten im Frühjahr 2021 mehr als 900 Schulen zum Aktionsbündnis.

Auf der Homepage des Aktionsbündnisses www.schule-ohne-rassismus.org findet ihr alles, was man über die Ziele, die Aktionen und die Beitrittsbedingungen wissen sollte.

@ | WES-122194-001
Text ausführlicher

@ | WES-122194-003
Hier findet ihr weitere Adressen, die sich mit dem Thema Rassismus auseinandersetzen.

1. Erläutere anhand von Material C, was seit der Gründung von „Schule ohne Rassismus – Schule mit Courage" passiert ist, welche Ziele erreicht wurden und noch erreicht werden sollen.

2. Ist Rassismus ein Thema, mit dem sich Schülerinnen und Schüler vom Grundschulalter an auseinandersetzen sollten? Nimm Stellung zu dieser Frage. S. 368

Selbstständig weiterlernen mit Medien

- Suche eine der unter dem Webcode genannten Internetadressen aus und informiere andere über die Gestaltung und die Inhalte der Homepage.
- Sammelt gemeinsam eigene Projektideen. Falls eure Schule dazugehört, könnt ihr euch auch über die bereits durchgeführten Aktionen informieren, z. B. durch Fragen an die SV.
- Entwirf ein Plakat – gegen Rassismus, für Toleranz und Demokratie.

D Rassismus

Teil 1: Merkmale

Rassisten glauben, man könne die Menschheit in unterschiedliche Rassen einteilen, um daraus abzuleiten, dass die Rasse, der man scheinbar angehört, allen anderen überlegen ist. Rassen gibt es als Unterscheidungsmerkmal aber nur bei Tieren. Es gibt zum Beispiel Hunde- und Pferderassen. Kein Hund kann Nachkommen mit einem Pferd haben. Jede Frau und jeder Mann auf der Welt können sich lieben und gemeinsame Kinder haben – ganz einfach, weil sie Menschen sind.

Rassisten denken zum Beispiel, dass „Weiße" zu besseren und größeren Leistungen fähig sind als Menschen mit einer anderen Hautfarbe.

Rassismus zeigt sich häufig in der Form von Fremdenfeindlichkeit und der Ausgrenzung von Minderheiten. Alle, die anders sind als man selbst, werden als minderwertig empfunden, herabgewürdigt und oft sogar aggressiv bekämpft. Die Opfer sind häufig Angehörige von Minderheiten, die anders leben, eine andere Religion haben oder nur irgendwie anders aussehen. Dabei sind die Rassisten sich oft gar nicht im Klaren darüber, dass ihr Denken und Handeln rassistisch ist. Sie glauben, dass sie auf der Seite der Guten stehen. Zur schlechten Seite gehören alle, die irgendwelche anderen Merkmale aufweisen als man selbst.

Wer sich zum Neonazitum bekennt, vertritt eine extreme Form des Rassismus. „Neo" bedeutet „neu" und „nazi" kommt von Nationalsozialismus. Neonazis nehmen sich den Nationalsozialismus der Hitlerzeit zum Vorbild. Sie haben meist folgende Einstellungen:

- Sie missachten Menschen anderer Herkunft und anderen Aussehens.
- Sie stellen die eigene Nation über alle anderen.
- Sie hassen Ausländer und Juden.
- Sie wollen die Demokratie abschaffen.
- Sie missachten den Rechtsstaat.
- Sie wollen die Herrschaft des Rechts durch die Herrschaft des Stärkeren ersetzen.
- Sie bekämpfen und missachten Andersdenkende.

Teil 2: Ursachen und Unvereinbarkeit mit demokratischen Werten

Die Ursachen für rassistisches Denken und Handeln können unterschiedlich sein. Zum einen gibt es Menschen, die Fremdartiges nicht als Bereicherung, sondern als Störung oder gar als Bedrohung empfinden. Mangelnde Bildung gilt als besonders häufige Ursache. Wer sich nicht genauer mit einem Problem beschäftigen will oder kann, sucht gerne nach Sündenböcken, die man dafür verantwortlich machen kann. Dann sind es eben „die Ausländer", die an allem schuld sind. Es gibt auch Menschen, die andere gerne herabsetzen, um sich selbst besser zu fühlen. Sie glauben, dass sie selbst mehr wert sind, in dem sie andere schlecht machen. Rassismus dient oft als ein aggressives Ventil, um mit der Unzufriedenheit mit dem eigenen Leben fertigzuwerden.

Rassismus geht immer mit Intoleranz einher und kann daher niemals mit den Werten einer Demokratie vereinbar sein. Zu deren Wesensmerkmalen gehört das friedliche Zusammenleben unterschiedlichster Menschen in Freiheit, gegenseitigem Respekt und Gleichheit aller vor dem Gesetz. Zum Recht auf die eigene Freiheit muss immer gehören, die Freiheit anderer anzuerkennen und zu schützen.

1. Stelle zusammen, was menschenverachtend am Denken und an den Aktivitäten von Rassisten bzw. Neonazis ist.

2. Beschreibe, worin mögliche Ursachen rassistischen Denkens und Handelns liegen können.

3. Begründe, warum Rassismus und Demokratie unvereinbar sind.

4. Überlege, welchen Beitrag Aufklärung bzw. Bildung zum Schutz vor Rassismus und zur Förderung demokratischer Einstellungen leisten können. Stelle deine Überlegungen in der Klasse vor.

E Wie können wir mit rassistischen Sprüchen und Naziparolen umgehen?

Stellt euch folgende Situation im Unterricht vor:

Eure Lehrerin oder euer Lehrer fragt, wie ihr euch eure berufliche Zukunft vorstellt. Da platzt mitten in das Gespräch hinein der 14-jährige Mitschüler Paul mit folgender Äußerung: „Das ist doch ein Witz, das wir Deutschen uns anstrengen müssen, eine gute Arbeit in unserem Land zu finden, bloß weil die ganzen Ausländer uns die besten Lehrstellen wegnehmen!“ Und ein anderer mit Namen Heiner fügt hinzu: „Eigentlich haben die Neonazis recht, wenn sie sagen, Deutschland muss wieder uns Deutschen gehören.“

Wie sollte man mit einer solchen Situation umgehen? Um Antworten auf diese Frage geht es bei dieser Übung.

Euer Auftrag

1. Bearbeitet zunächst die zehn Vorschläge allein und sucht die Verhaltensweisen heraus, die ihr für klug und hilfreich und die ihr nicht für sinnvoll haltet.

2. Setzt euch dann zu zweit oder in Kleingruppen zusammen und versucht, euch auf eine gemeinsame Vorschlagliste von klugen Reaktionen zu einigen.

3. Stellt eure Vorschläge in der Klasse vor.

4. Einigt euch in der Klasse auf eine Liste der Topreaktionen. (Das können auch andere sein als die hier vorgeschlagenen.) Vielleicht gelingt es auch, eine Wandzeitung zu entwerfen mit Vorschlägen zum Thema „So sollten wir mit rassistischen Sprüchen und Naziparolen umgehen“.

Vorschlag: Man sollte in dieser Situation …		☺	☹
1	nicht weiter auf die Äußerungen eingehen, weil man so deutlich macht, dass das mit dem Thema des Unterrichts nichts zu tun hat.		
2	die beiden Schüler ernst nehmen und sie erklären lassen, seit wann und warum sie so denken.	?	
3	alle Schülerinnen und Schüler in der Klasse berichten lassen, aus welchem Land ihre Familie ursprünglich stammt.		
4	eine Gruppenarbeit planen, in der die beiden mit Schülerinnen und Schülern nicht deutscher Herkunft gemeinsam etwas erarbeiten müssen.		?
5	die beiden überlegen lassen, wie sich ihr Leben ab dem nächsten Tag verändern würde, wenn alle Ausländerinnen und Ausländer Deutschland verlassen würden.		
6	ihnen unter Androhung einer Strafe strikt verbieten, solche und ähnliche Äußerungen noch einmal zu wiederholen.		
7	sich nach dem Unterricht mit der SV in Verbindung setzen, um dort zu überlegen, was die Schulgemeinschaft gegen Rassismus und Neonazitum unternehmen kann.	?	
8	ein Rollenspiel planen und durchführen, in dem die beiden sich in die Situation eines von Rassismus bedrohten ausländischen Jugendlichen hineinversetzen müssen.		?
9	in einem Unterrichtsprojekt über die Verbrechen in der Zeit des Nationalsozialismus aufklären.		
10	der Lehrerin oder dem Lehrer das Handeln überlassen. Schließlich ist das nicht das Problem der anderen Schüler/-innen der Klasse.		

3 Wie wichtig ist dir die Vielfalt in der Demokratie?

Die Bedeutung von Diversität begründen

A Eine Einstiegsübung für alle

Fans aus mehreren Ländern feiern gemeinsam bei einer Fußballübertragung.

- Welche Gedanken zur Bedeutung von Vielfalt im Zusammenleben löst dieses Foto in dir aus? Notiere Stichworte dazu und tausche dich mit anderen darüber aus.

B Eindrücke zum Thema Vielfalt

Mal weiß, mal dunkelhäutig

Harry Potters Freundin Hermine wurde in einem Theaterstück über den berühmten Zauberer von der dunkelhäutigen Schauspielerin Noma Dumezweni gespielt. In den Harry Potter-Filmen spielt die Rolle die weißhäutige Britin Emma Watson. Die Verfasserin der Harry Potter-Romane J. K. Rowling freute sich über die unterschiedliche Besetzung der Rolle. „Braune Augen, krauses Haar", so hatte sie Hermine im Buch beschrieben. Ob hell- oder dunkelhäutig, spielte keine Rolle. „Ich liebe die dunkle Hermine!", erklärte die berühmte Autorin auf Twitter.

Unternehmen – stolz auf Vielfalt

„Wir sind stolz auf die große Vielfalt in unserem Unternehmen. Vielfalt ist unser Antrieb für Ideen, Erfindergeist und Erfolg. Spitzenleistungen sind unabhängig von Geschlecht, Alter oder Herkunft. Mit unserem Engagement bei den Christopher Street-Day-Paraden* zeigen wir, dass Daimler für Toleranz, Offenheit und Wertschätzung steht."

(Wilfried Porth, „Wir leben Vielfalt" – Daimler und Mercedes-Benz Bank weiten Engagement beim Christopher Street Day aus, Mercedes Benz 2017, Stuttgart)

Deutschland – Keiner gleicht dem anderen

„In Deutschland leben fast 82 Millionen Menschen und keiner gleicht dem anderen: Leute mit blonden, braunen und schwarzen Haaren, mit heller und dunkler Haut, mit großem und kleinem Körperbau. Viele leben in Städten, andere in Dörfern. Das Deutschland von heute ist bunt und vielfältig!"

(Solvejg Hoffmann, Typisch Deutsch?, in: Deutschland typisch deutsch? Zeitschrift Geolino online vom Oktober 2020, in: https://www.geo.de/geolino/mensch/bunte-vielfalt_30127664-30166604.html, letzter Zugriff: 26.10.2021)

* In den Christopher-Street-Day-Paraden demonstrieren Menschen gegen die Benachteiligung von Homosexuellen und Personen eines dritten Geschlechts, das weder als weiblich oder männlich zu beschreiben ist.

C Stimmen aus Wirtschaft und Politik

Wirtschaft – Vielfalt sichert Erfolg

Der 2011 gegründete gemeinnützige Verein „Charta der Vielfalt e. V." setzt sich für die Verwirklichung von Vielfalt in Wirtschaft und Gesellschaft ein. Man möchte Unternehmen und andere Einrichtungen dazu gewinnen, die Urkunde „Charta der Vielfalt" anzuerkennen. Zahlreiche Unternehmen in Deutschland haben sich verpflichtet, an der Verwirklichung der darin genannten Ziele mitzuarbeiten. Hier Ausschnitte aus dem Dokument:

Wir können wirtschaftlich und als Gesellschaft nur erfolgreich sein, wenn wir die vorhandene Vielfalt anerkennen, fördern und nutzen. [...] Die Diversität der Mitarbeitenden mit ihren unterschiedlichen Fähigkeiten und Talenten eröffnet Chancen für innovative und kreative Lösungen.
Die Umsetzung der „Charta der Vielfalt" in unserer Organisation hat zum Ziel, ein wertschätzendes Arbeitsumfeld für alle Mitarbeitenden zu schaffen. [...] Die Anerkennung und die Förderung vielfältiger Potenziale schaffen wirtschaftliche Vorteile für unsere Organisation.
Wir schaffen ein Klima des gegenseitigen Respekts und Vertrauens. Dieses hat positive Auswirkungen auf unser Ansehen in Deutschland sowie in anderen Ländern der Welt.

(Aus: Urkunde Charta der Vielfalt im Wortlaut – Für Diversity in der Arbeitswelt, Charta der Vielfalt e. V., online, Berlin: https://www.charta-der- vielfalt.de/ueber-uns/ueber-die-initiative/urkunde-charta-der-viel falt-im-wortlaut/, letzter Zugriff: 01.10.2021)

Politik – Einheit in Vielfalt

Bei einer Veranstaltung zur Feier des dreißigjährigen Bestehens der deutschen Einheit am 3. Oktober 2020 hielt der zu dieser Zeit amtierende Bundespräsident Frank-Walter Steinmeier eine Rede in Potsdam. Einen Teil dabei widmete er der Bedeutung von Vielfalt für eine lebendige Demokratie.

Heute leben wir in einem wiedervereinten Land, ohne zu erwarten, dass alle gleich sein müssen. „Wir sind das Volk", das heißt doch „Wir alle sind das Volk": Bayern, Küstenbewohner, Ostdeutsche haben ihr eigenes Selbstbewusstsein. Landbewohner ticken anders als Städter.
Christen, Muslime, Juden und Atheisten sind Teil unseres Landes.
Ossis und Wessis gibt es weiterhin, aber diese Unterscheidung ist für viele längst nicht mehr die entscheidende. Durch das Zusammenwachsen von Ost und West, durch Zuwanderung und Integration ist unser Land in den letzten dreißig Jahren vielfältiger und unterschiedlicher geworden.
Das friedliche Miteinander der vielen verschiedenen Menschen in unserem Land, dieses immer wieder zu organisieren, das ist die Aufgabe, vor der wir heute stehen. Eine Aufgabe, die, wie wir alle wissen, nicht immer einfach ist. Aber es ist eben Ausdruck der Freiheit, die dieses Land auszeichnet, für die so viele vor uns gekämpft haben, und ohne die wir nicht leben wollen.
Unsere Einheit ist eine Einheit in Freiheit und Vielfalt, eine Einheit, die Deutschland immer auch europäisch definieren muss! Wir haben uns entschieden [...] für ein europäisches Deutschland.
Das genau ist der Weg, den wir weitergehen wollen.

(Aus: Festakt zum Tag der Deutschen Einheit. Der Bundespräsident online: www.bundespraesident.de/SharedDocs/Reden/DE/Frank-Walter-Steinmeier/Reden/2020/10/201003-TdDE-Potsdam.html, letzter Zugriff: 20.07.2021)

@ | WES-122194-001
Text einfacher
Text ausführlicher

1. Beschreibe, Ziele und Chancen, welche die „Charta der Vielfalt" für den Bereich der Wirtschaft nennt.
2. Nenne die Beispiele für Vielfalt, die der Bundespräsident Steinmeier in seiner Rede erwähnt.
3. Sind wir auf einem guten Weg, das friedliche Miteinander verschiedener Menschen zu organisieren? Bewerte Schwierigkeiten und Chancen aus deiner persönlichen Sicht.

Selbstständig weiterlernen mit Medien

- Eine Erfolgsgeschichte recherchieren.
  Öffne dazu den Link „Erfolgsgeschichten" auf der Homepage des Vereins „Charta der Vielfalt". Wähle eine Geschichte zum Thema Vielfalt aus und stelle sie vor.

D Diversität, Vielfalt

1. Erkläre am Beispiel Schule die Merkmale von Diversität.

2. Definiere die Begriffe Diskriminierung und Toleranz.

3. Begründe, warum Diversität und Toleranz Merkmale einer lebendigen Demokratie sind.

4. Wie gut gelingt es den Menschen in Deutschland, Vielfalt zu akzeptieren? Bewerte die Situation aus deiner persönlichen Sicht. S. 368

Tipp: Ein eigenes Symbolbild gestalten.

Diversität in Form eines Symbolbildes illustriert

Teil 1: Diversität und Demokratie

Wenn die Schulgemeinschaft ein Schulfest plant, ist es immer hilfreich, wenn viele daran beteiligt sind. Die einen können gut organisieren, andere sorgen für die Musik, wieder andere bereiten Speisen vor usw. Besonders lebendig wird das Fest, wenn Eltern und Kinder in- und ausländischer Herkunft etwas Besonders aus ihrem Lebensumfeld dazu beitragen oder etwas gemeinsam auf die Beine stellen. Das ist ein Beispiel für Diversität.

Wörtlich kann man den aus dem Englischen stammenden Begriff mit „Vielfalt" übersetzen. Dabei geht es um mehr als um eine korrekte Bezeichnung. Diversität ist vielmehr Praxis und Ziel in einer lebendigen Demokratie. Sie erfordert es, die Vielfalt der Menschen anzuerkennen und als beschützenswerte Grundlage für das Zusammenleben zu betrachten.

In der Demokratie ist die Anerkennung von Vielfalt keine freiwillige Veranstaltung, die man entweder mag oder nicht. Sie ergibt sich verpflichtend aus der geltenden Rechtsordnung. Das Grundgesetz bestimmt, dass niemand wegen seines Geschlechts, seiner Sprache, seiner Heimat und Herkunft, seines Glaubens, seiner politischen und religiösen Anschauungen benachteiligt oder bevorzugt werden darf. So bestimmt es Artikel 2 des Grundgesetzes. Die Achtung vor den Gesetzen bildet die gemeinsame Basis, welche den Bestand der Demokratie in ihrer Vielfalt garantiert.

Teil 2: Diskriminierung und Toleranz

Diversität hat die Aufgabe, Vielfalt zu schützen und Diskriminierung zu vermeiden. Darunter versteht man alle Formen der Benachteiligung von Menschen auf Grund ihres Geschlechts, ihrer Herkunft und Hautfarbe, ihrer Religion, ihrer sexuellen Orientierung. Auch wegen ihrer Überzeugungen, ihres Aussehens, ihrer Sprache oder wegen einer Behinderung können Menschen diskriminiert werden. *Discriminare* ist ein lateinisches Wort und bedeutet „Ausschluss". Es geht um alle Formen von Benachteiligungen, bei denen grundlegende Rechte missachtet werden. Diskriminierung wird vermieden durch die Bereitschaft und Befähigung, mit der Einzigartigkeit und der Unterschiedlichkeit der Menschen leben zu können. Die Schlüssel sind Diversität und Toleranz.

Tolerant ist, wer anderen Menschen offen begegnet und sie mit ihren besonderen Persönlichkeitsmerkmalen respektiert. Das heißt nicht, dass man alles gut finden muss, was andere denken und tun. Man muss dies aber erdulden können, auch dann, wenn die eigenen Sichtweisen anders sind. Duldsamkeit ist ein anderes Wort für Toleranz.

Toleranz sollte nicht mit Gleichgültigkeit verwechselt werden. Sie muss Grenzen haben. Sie gilt nicht gegenüber denen, die Vielfalt nicht respektieren, andere diskriminieren und Hass oder gar Gewalt verbreiten. Zu einer lebendigen Demokratie gehört auch, dass sie sich vor denen schützt, die Vielfalt zerstören wollen.

E Wie soll der Umgang mit Vielfalt aussehen?

In dieser Übung könnt ihr selbst darüber entscheiden, bei welchen Gelegenheiten Vielfalt zu respektieren und zu fördern ist und bei welchen sie in der Demokratie keine Rolle spielen darf.

Euer Auftrag:

1. Wähle aus der Aufzählung alle Aussagen aus, die du richtig und wichtig findest.
2. Vergleiche deine Entscheidung mit anderen in einer Partner- oder Gruppenarbeit.
3. Sprecht gemeinsam über die Beispiele, die ihr als nicht oder nur als teilweise richtig und wichtig bezeichnet habt, und begründet warum.
4. Wählt je zwei Beispiele aus, die ihr positiv und negativ bewertet, und stellt sie in der Klasse vor.
5. Wählt je zwei Beispiele aus, die ihr positiv und negativ bewertet, und stellt sie in der Klasse vor.

Ich finde es richtig und wichtig, wenn …		Ja, das stimmt.	Nein, das stimmt nicht.	teils, teils
1.	die Menschen unterschiedliche Meinungen haben und gemeinsam darüber diskutieren.			
2.	alle Mitglieder in einer Sportmannschaft nach ihren eigenen Regeln spielen.			
3.	alle ihre unterschiedlichen Religionen frei und nach ihren eigenen Vorstellungen praktizieren.			
4.	die Mitarbeiterinnen und Mitarbeiter in einem Unternehmen aus verschiedenen Ländern kommen.			
5.	jeder Mensch lieben kann, wen sie oder er will, und das auch zeigen kann.			
6.	Lehrerinnen und Lehrer ihre Schülerinnen und Schüler unterschiedlich behandeln.			
7.	alle selbst darüber entscheiden, ob sie gerne Fleisch essen oder lieber Vegetarier oder Veganer sind.			
8.	die Menschen frei entscheiden können, ob sie für oder gegen Diskriminierung sind.			
9.	es bei der Höhe von Gehältern keine Rolle spielen darf, ob die Arbeit von Frauen oder Männern gemacht wird.			
10.	es verschiedene politische Parteien gibt, die sich in ihren Programmen unterscheiden.			
11.	in einem Wohngebiet in einem Dorf oder einer Stadt Menschen aus unterschiedlichen Herkunftsländern miteinander leben.			
12.	auch denjenigen alle Freiheiten zustehen, die für die Abschaffung der Demokratie eintreten.			

4 Wie denkst du über Politik?
Sich selbst und andere befragen

A Ergebnisse einer Befragung von Jugendlichen, die in einem Jugendparlament aktiv sind

„Ich denke, Politik ist ein sehr wichtiges Thema, das auch jeden etwas angeht. Ich bin froh, in Deutschland in einer Demokratie zu leben und dass es möglich ist, sich zu engagieren. Was mich häufig ärgert, ist, wenn wir Jugendlichen nach unserer Meinung gefragt werden, diese dann aber entweder ignoriert oder nicht für voll genommen wird.“ Sera, 16 Jahre

„Ich persönlich interessiere mich sehr für Politik. Meiner Meinung nach ist es wichtig, dass jeder die Möglichkeit hat, sich politisch zu engagieren. Sowohl Erwachsene als auch Jugendliche sollten sich aktiv mit Politik auseinandersetzen, da sie durch Wahlen einen großen Teil zu unserer Demokratie beitragen können. Die dabei entstehenden unterschiedlichen Meinungen sind wichtig. Nur über sie kann diskutiert, gestritten oder protestiert werden. Das hält unsere Demokratie lebendig und regt das Finden von Lösungen auf Probleme an.“ Mara, 16 Jahre

„Für Themenbereiche, die mich selbst betreffen oder interessieren, setze ich mich gerne ein und besuche auch die eine oder andere öffentliche Sitzung des Jugendgemeinderats. Andere Themen interessieren mich eher weniger. Hin und wieder schaue ich die Nachrichten, um zu wissen, was die Politik beschlossen hat. Das kommt aber eher selten vor. Ich bin der Meinung, dass jeder, der wählen geht, sich vorher mit der Politik und den Themen auseinandersetzen sollte, um darüber informiert zu sein, für was und für wen er stimmt.“ Julian, 14 Jahre

„Mir ist wichtig, dass man nicht nur über Politik meckert, sondern selbst etwas macht. Deshalb bin ich Mitglied in unserem Jugendparlament geworden. Mein Verständnis von Politik ist, dass man nicht nur Ziele für sich selbst hat, sondern sich für andere einsetzt. Für mich hat Politik eine so große Bedeutung, dass ich später wahrscheinlich in eine politische Partei eintreten werde.“ Louis Phillip, 16 Jahre

„Politik betrifft uns alle, denn durch sie wird unsere Gegenwart und Zukunft maßgeblich beeinflusst. Gerade ich als Jugendliche werde noch lange mit den Konsequenzen heutiger politischer Entscheidungen leben müssen. Ich finde, ein Großteil der Politiker und Politikerinnen verliert das Wesentliche aus dem Blick, das ist für mich der Einsatz für eine globale und generationenübergreifende Gerechtigkeit. Klimaschutz muss ernsthaft angegangen werden, wir brauchen ein gut ausgestattetes Gesundheitssystem. Wir müssen auch die Menschen im globalen Süden in den Blick nehmen und noch so viel mehr. Dabei möchte ich mitgestalten können.“ Elly, 17 Jahre

1. Welche der abgedruckten Meinungen findest du am überzeugendsten? Wähle aus und begründe deine Wahl.
2. In der Demokratie hat man das Recht, sich nicht für Politik zu interessieren. Wie bewertest du persönlich dieses individuelle Freiheitsrecht?
3. Formuliere deine eigene begründete Antwort auf die Frage im Titel dieser Seite. S. 368

B Politik

Teil 1: Politik ist mehr als Parteien und Politiker

Viele Menschen denken beim Wort Politik zunächst an Politiker/-innen und Parteien. Politik umfasst aber weit mehr als das. Alle, die versuchen, ein Problem zu lösen, das mit dem Zusammenleben der Menschen zu tun hat, handeln politisch. Das trifft auf Schülersprecherinnen und Schülersprecher zu, die sich in der SV um die Lösung eines Problems in der Schule kümmern, und ebenso auf Berufspolitiker/-innen, die auf einer internationalen Konferenz über Klimaschutz beraten. Politik kennt viele Ebenen und viele Akteure. Wer sich nicht für sie interessiert, kann dennoch nicht verhindern, dass sein Leben stark durch sie beeinflusst wird. Eine kleine Gruppe von Menschen wählt Politik als Beruf. Das heißt nicht, dass andere ausgeschlossen sind. In der Demokratie ist politische Mitwirkung möglichst vieler zugleich Grundlage und Ziel. Politisches Desinteresse großer Teile der Bevölkerung gilt demgegenüber eher als Gefahr für ihren Bestand.

Der Ursprung des Wortes

Das Wort Politik haben wir von den alten Griechen übernommen. Das griechische Wort *polis* bedeutet Gemeinschaft oder Stadt. Sie verstanden darunter, dass man etwas Nützliches für das Leben in der Gemeinschaft tut und daran mitwirkt, kluge Entscheidungen zu treffen. An dieser Erklärung für Politik hat sich bis heute nicht viel geändert. Sie erklärt, worum es auch heute in der Politik in einer Stadt, einem Land und weltweit geht. Ziel der Politik ist immer, ein Problem zu lösen, das für eine große Zahl von Menschen von Bedeutung ist. Auf der Entscheidungsebene geht es um verbindliche Regeln. In der politischen Ordnung sind das die Gesetze.

Teil 2: Politik als geregelter Streit

Wenn die SV in deiner Schule sich für mehr Mitbestimmungsrechte der Schülerinnen und Schüler einsetzt, wird es mit Sicherheit eine Gruppe anderer Menschen geben, die die Mitwirkungsrechte der Schülervertretung schon jetzt für völlig ausreichend hält. In der „großen Politik" ist es genauso: Wenn eine Partei sich für die Erhöhung einer bestimmten Steuer einsetzt, wird es eine andere geben, die das genaue Gegenteil will. Es gehört zur Demokratie, dass die Menschen verschiedene Meinungen und Interessen haben und daher auch unterschiedliche Vorstellungen über die Lösung von Problemen. Diese Meinungsvielfalt spiegelt sich in den unterschiedlichen Zielen und Programmen der Parteien. Zur demokratischen Politik gehört, dass es mehrere Parteien gibt, die mit ihren Lösungsvorschlägen um die Stimmen der Wählerinnen und Wähler werben.

1. Erkläre, was Politik bedeutet und was an der Definition der alten Griechen heute noch aktuell ist.
2. Erläutere an einem selbst gewählten Beispiel, wie Politik in das Alltagsleben vieler Menschen eingreift.
3. Beschreibe die Bedeutung von Meinungsvielfalt, Konflikten und Mehrheitsentscheidungen für die Gestaltung von Politik.
4. Suche nach einem politischen Thema, an dem sich aufzeigen lässt, dass die Menschen unterschiedliche Ansichten vertreten. Stelle das Problem vor und erkläre, worin sich die Ansichten dazu unterscheiden. S. 368

Eine politische Talkshow: Politik als Streit mit Worten

Regeln für Fairness

Wo es Meinungsunterschiede gibt, können Konflikte und Streit nicht ausbleiben. Aber es muss Regeln geben, damit der politische Streit friedlich und fair verlaufen kann und damit man zu Entscheidungen kommt. Eine wichtige Regel ist, dass bei Abstimmungen die Mehrheit entscheidet. Das bedeutet zugleich, dass die Minderheit die Entscheidungen der Mehrheit akzeptiert. Allerdings müssen Minderheiten genauso das Recht haben, ihre Meinungen zu vertreten, wie diejenigen, die in der Mehrheit sind. Der Schutz von Minderheiten ist eines der bedeutsamsten Merkmale demokratischer Politik.

C Einstellungen zu Demokratie, Politik, Werten und Problemen

Auf dieser Seite findest du Zitate aus der 18. Shell-Jugendstudie aus dem Veröffentlichungsjahr 2019. Die Studie enthält die Ergebnisse einer Befragung von insgesamt 2 572 Jugendlichen im Alter von 15 bis 25 Jahren. Sie wird vom Mineralölkonzern Shell herausgegeben und von einem Wissenschaftsteam der Universität Bielefeld durchgeführt.
Achte beim Lesen besonders auf die Zahlenangaben im Text.

Demokratiezufriedenheit

Für die große Mehrheit der Jugendlichen in Deutschland ist die Demokratie als Staatsform selbstverständlich. Ganz konkret sind fast vier von fünf Jugendlichen (77 %) mit der Demokratie, so wie sie in Deutschland besteht, eher oder sehr zufrieden. [...]

Wie zufrieden bist du – alles in allem – mit der Demokratie, wie sie in Deutschland besteht?

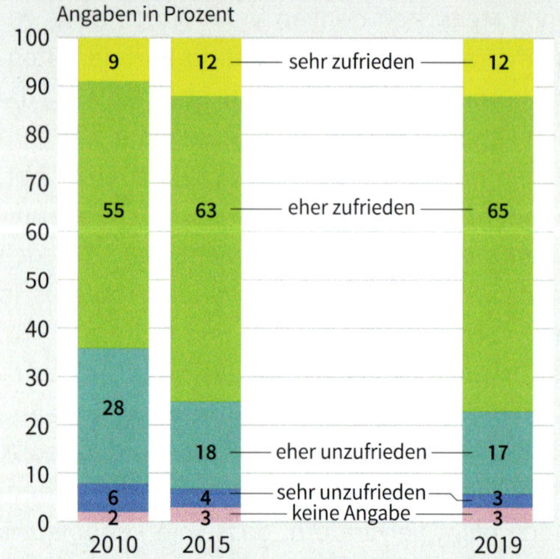

Quelle: Shell-Jugendstudie 2019, S. 91

Politik und Gesellschaft

Das politische Interesse von Jugendlichen hat sich im Jahr 2019 weiter stabilisiert. Als stark interessiert bezeichnen sich 8 % der Jugendlichen und weitere 33 % sehen sich als interessiert. [...] Jeder zweite Jugendliche, der das Abitur anstrebt oder erreicht hat, bezeichnet sich als politisch interessiert. [...] Studierende bezeichnen sich zu 66 % als politisch interessiert, sie sind damit die Gruppe mit dem größten politischen Interesse.

Häufig genannte Probleme

Waren es bis 2010 noch die wirtschaftliche Lage und steigende Armut sowie Angst vor Arbeitslosigkeit oder davor, keinen Ausbildungsplatz zu finden, die von Jugendlichen schwerpunktmäßig als Probleme genannt wurden, so hat sich das Bild seitdem deutlich verändert. Aktuell benennen fast drei von vier Jugendlichen die Umweltverschmutzung als das Hauptproblem, das ihnen Angst macht, gefolgt vor der Angst vor Terroranschlägen (66 %) sowie dem Klimawandel (65 %). [...]

Werte

Toleranz: Jugendliche in Deutschland sind weitgehend in ihrer großen Mehrheit tolerant gegenüber anderen Lebensformen. [...]
Soziale Gerechtigkeit: Zu 59 % ist die Mehrheit der Jugendlichen überzeugt, dass es in Deutschland alles in allem sozial gerecht zugeht. Differenziert man die Abfrage noch ein wenig, sind es sogar 79 %, die zustimmen. [...]
Engagement: Der Anteil der Jugendlichen, die sich nach eigenen Angaben sozial, politisch beziehungsweise ganz einfach für andere Menschen engagieren, liegt seit langer Zeit zwischen 33 und 40 %. Allerdings sagen inzwischen immer mehr Jungen und Mädchen, dass sie sich in diesem Sinne überhaupt nicht einsetzen. [...]

(Aus Shell Deutschland (Hrsg.), Jugend 2019 – Eine Generation meldet sich zu Wort, Beltz Verlag, Weinheim 2019, Zitate zusammengestellt von S. 14 bis 19)

1. Erkläre die Bedeutung folgender im Text genannter Prozentzahlen: 77 %, 65 %, 59 %.

2. Wie hat sich die Einstellung junger Leute zur Demokratie zwischen 2010 und 2019 verändert? Beschreibe die Entwicklung anhand der Daten im Schaubild.

3. Vergleiche die allgemeinen Untersuchungsergebnisse mit deinen persönlichen Einstellungen zur Demokratie, Politik, zu Problemen und Werten. Wo siehst du Abweichungen, wo Übereinstimmungen? Begründe dein Urteil.

D Wie denken Mitschülerinnen und Mitschüler über Politik und Demokratie?

Mit einer Befragung könnt ihr herausfinden, wie andere Schülerinnen und Schüler über diese Frage denken. Ihr könnt dazu den Fragebogen auf dieser Seite verwenden. Natürlich könnt ihr euch auch weitere Fragen überlegen und den Fragenkatalog erweitern. In der Klasse lässt sich die Befragung in Form von Partnerinterviews durchführen. Dazu übernehmen alle abwechselnd die Rolle des Fragers und des Befragten. Aufwändiger wird die Aktion, wenn ihr Schülerinnen und Schüler aus anderen Klassen in die Befragung einbezieht. Ausgestattet mit Kopien des Fragebogens kann jede und jeder von euch einen oder mehrere Schüler/-innen in einer großen Pause interviewen. Ihr könnt die Fragebögen auch in anderen Klassen verteilen und am nächsten Tag einsammeln. Wenn ihr eine umfangreiche Befragungsaktion plant, solltet ihr vorher die Erlaubnis der Schulleitung einholen. Achtet darauf, dass die Befragung anonym erfolgt und der Datenschutz garantiert ist. Der Fragebogen kann Angaben wie Alter und Geschlecht enthalten, wenn euch dies für die Auswertung als wichtig erscheint.
Fallen viele ausgefüllte Fragebögen an, kann ein Team die Auswertung am PC vornehmen. Mit den Ergebnissen könnt ihr z. B. eine Wandzeitung gestalten. Sprecht in der Klasse über die einzelnen Ergebnisse.
Gibt es Überraschungen oder entsprechen sie euren Erwartungen?

Vorschlag für die Gestaltung eines Fragebogens

Thema: Jugend und Politik
Persönliche Angaben: Mädchen ☐ Junge ☐

1. **Wie zufrieden bist du – alles in allem – mit der Demokratie, so wie sie in Deutschland besteht?**
   ☐ sehr zufrieden ☐ eher zufrieden
   ☐ eher unzufrieden ☐ sehr unzufrieden

2. **Wie schätzt du dein persönliches Interesse an Politik ein? Würdest du sagen, dass du**
   ☐ sehr interessiert, ☐ ziemlich interessiert,
   ☐ ein wenig interessiert oder ☐ gar nicht interessiert bist?

3. **Welche der folgenden Meinungen hältst du für richtig, welche für falsch?**

	richtig	falsch
a) Politik betrifft uns alle.	☐	☐
b) Politik ist ein schmutziges Geschäft.	☐	☐
c) Alle sollten etwas von Politik verstehen.	☐	☐
d) Politik ist nur für Erwachsene wichtig.	☐	☐

(und andere Ansichten)

4. **Für wie bedeutsam hältst du die folgenden Themen aus dem Bereich der Politik?**

	sehr	einigermaßen	kaum bedeutsam
Kriege	☐	☐	☐
Klimawandel	☐	☐	☐
Umweltschutz	☐	☐	☐
Kriminalität	☐	☐	☐
Arbeitslosigkeit	☐	☐	☐

(Die Themenliste kann erweitert werden.)

5. **Kannst du ein oder zwei Merkmale nennen, die für dich besonders wichtig sind in der Demokratie?**

A ______________________________

B ______________________________

Selbstständig weiterlernen mit Medien

Ihr könnt das Programm GrafStat zur Erstellung und Auswertung eures Fragebogens benutzen. Das Programm und alle Infos dazu findet ihr bei der Bundeszentrale für politische Bildung unter www.bpb.de/ternen/grafstat.

Was interessiert dich besonders? Was kannst du richtig gut?

Wähle, wie du vorgehen möchtest:

Möglichkeit 1: Ich arbeite individuell und suche mir zwei, drei oder mehr Aufgaben aus.

Möglichkeit 2: Ich arbeite mit einer Partnerin, einem Partner zusammen. Gemeinsam schaffen wir mehr als allein.

Möglichkeit 3: Wir bilden Gruppen, teilen die Aufgaben auf und lösen alles gemeinsam.

Was ich weiß

S M U H

Ich kann …

1. mehrere Gründe nennen, die Jugendliche dazu veranlassen, sich sozial zu engagieren.

2. drei Merkmale und drei Werte nennen, die unverzichtbar für das Zusammenleben der Menschen in der Demokratie sind.

Wozu ich meine Meinung formulieren und begründen kann

S M U H

Ich kann zu folgenden Diskussionspunkten meine Meinung formulieren und diese mit Argumenten begründen.

1. Ist soziales Engagement eine lohnende Sache oder vor allem eine zusätzliche Arbeit?

2. Ist Rassismus ein Thema, mit dem wir uns in der Schule beschäftigen sollten, oder sollte das besser außerhalb der Schule geschehen?

Was ich methodisch gelernt habe

S M U H

Ich kann …

1. mindestens drei Kriterien nennen, anhand derer man bewerten kann, worin die besondere Qualität eines von Jugendlichen gestalteten Hilfsprojektes besteht.

2. zum Thema Diversität eine Mindmap entwickeln und vervollständigen mit den vier Hauptästen Definition, Ziele, Chancen und Probleme.

Worüber ich mitreden kann

S M U H

Mit ein wenig Nachdenken kann ich (auch zusammen mit anderen) vor der Klasse eine, zwei oder drei Minuten frei sprechen:

1. Welche Bedeutung haben Mitmachen und soziales Engagement für den Bestand der Demokratie?

2. Warum sind Rassismus und Demokratie unvereinbar und wie kann man mit rassistischen Sprüchen umgehen?

Acht Merksätze zum Einprägen

1	Ein wichtiges Qualitätsmerkmal sozialen Engagements Jugendlicher ist, dass …
A	man ein wenig Geld damit verdienen kann.
B	man selbst Vorteile davon hat.
C	es nur begrenzte Zeit in Anspruch nimmt.
D	es freiwillig geschieht.

2	Ein längeres soziales Engagement in einem Verein oder einer gemeinnützigen Organisation bezeichnet man als …
A	Ehrenamt.
B	Zusatzjob.
C	Hilfsdienst.
D	Projektarbeit.

3	Ein altruistisches Motiv für das eigene soziale Engagement zu haben, bedeutet, dass man …
A	sich einen persönlichen Vorteil dadurch verspricht.
B	uneigennützig zum Wohle anderer handelt.
C	vornehmlich etwas für ältere Menschen tun möchte.
D	nur mit vielen anderen Jugendlichen zusammen aktiv werden möchte.

	as Vertrauen darauf, aus eigener Kraft etwas Sinnvolles für sich elbst und für andere leisten zu können, bezeichnet man als …
	goismus.
	gozentrik.
	elbstwirksamkeit.
	pferbereitschaft.

6	Ein wichtiges Ziel von Vielfalt besteht in der Vermeidung von …
A	Distanzierung.
B	Disziplinierung.
C	Diskriminierung.
D	Disqualifizierung.

5	Der Anteil der Jugendlichen in Deutschland, die sich in irgendeiner Form für soziale Zwecke engagieren, beträgt nach den Untersuchungsergebnissen der Shell-Jugendstudie 2019 etwa …
A	die Hälfte aller Jugendlichen.
B	ein Drittel.
C	ein Fünftel.
D	zehn Prozent aller Jugendlichen.

7	Die wichtigste Aufgabe von Diversität ist, …
A	die Vielfalt der Lebensform zu schutzen.
B	Benachteiligungen zu akzeptieren.
C	die Individualität zu überwinden.
D	falsche Meinungen zu widerlegen.

8	Das im Begriff Politik steckende griechische Wort Polis bedeutet wörtlich übersetzt …
A	Streit oder Konflikt.
B	Programm oder Partei.
C	Herrschaft oder Macht.
D	Gemeinschaft oder Stadt.

!
- Bei richtiger Lösung kommen A, B, C und D je zweimal vor.
- Übernimm die Merksätze in dein Heft und präge sie dir ein.

2 Auf dem Weg zur Berufswahl

„Wie plane ich meine berufliche Zukunft?"

1. Allein nachdenken

Das Foto entstand auf einer Ausbildungsmesse für Schulabgänger/-innen. Welche Fragen würden dich als Besucher/-in einer solchen Veranstaltung interessieren?

2. Zu zweit beraten

Versetzt euch in die Rolle der Chefin/des Chefs einer großen Firma oder einer staatlichen Behörde. Welche Erwartungen hättet ihr in dieser Position an das Verhalten zukünftiger Auszubildender?

3. In der Klasse sammeln

Sammelt in der Klasse in einem Brainstorming alle Berufe, die euch spontan einfallen. Beendet die Übung erst, nachdem ihr eine zuvor vereinbarte Mindestanzahl erreicht habt.

Bei der Arbeit an diesem Kapitel könnt ihr ...

- unterschiedliche Ausbildungswege in das Berufsleben beschreiben,
- eine Strategie zum planvollen Vorgehen für eure Berufswahl entwickeln,
- Anforderungen und Erwartungen erarbeiten, auf die es in einem Praktikum ankommt,
- Gründe für eine praktische Berufsausbildung und für ein Studium einander gegenüberstellen und individuell entscheiden, was für euch ein geeigneter Weg sein kann.

Eigene Schwerpunkte könnt ihr setzen, indem ihr ...

- euer persönliches Portfolio anlegt, das euch von jetzt an bei der Berufswegplanung begleiten wird,
- anhand ausgewählter Internetadressen weiter zum Thema Berufswahl recherchiert,
- in einem Rollenspiel gemeinsam beratet, welchen Azubi ihr in einer Firma einstellen würdet.

1 Schule … und was dann?

Eine Berufswahlmappe anlegen

A Keine Lust auf Berufswahl

Gehörst du auch zu den Jugendlichen, die noch überhaupt keine Lust verspüren, sich jetzt schon mit der späteren Berufswahl zu beschäftigen? „Es ist doch noch so viel Zeit bis dahin“, denkst du vielleicht. Allerdings: Schon am Anfang der zehnten Klasse steht eine wichtige Entscheidung an: Möchtest du weiter auf das Gymnasium gehen, um das Abitur zu machen? Oder ist vielleicht eine praktische Berufsausbildung nach dem mittleren Schulabschluss für dich der richtige Weg? Und nach dem Abitur: Muss es ein akademisches Studium sein oder möglicherweise auch dann zunächst eine praktische Ausbildung?

Je früher man sich diese Fragen stellt, desto intensiver kann man Erfahrungen sammeln, sich selbst prüfen, Informationsangebote nutzen, andere befragen, die eigenen Interessen und Fähigkeiten erforschen, Entscheidungen treffen und gegebenenfalls korrigieren.

Untersuchungen haben ergeben, dass Fehlplanungen am ehesten vermieden werden können, indem man früh mit der Planung beginnt. Wahrscheinlich hast du bereits in Klasse 8 erste Überlegungen dazu angestellt und eine Potenzialanalyse* durchgeführt. In diesem Schuljahr kannst du darauf aufbauen und deine Berufswegplanung fortsetzen.

* Eine Potenzialanalyse dient dazu, die eigenen Fähigkeiten und Interessen zu ermitteln. Unter fachlicher Anleitung geschieht das in der Regel ab Klasse 8.

1. Was sind die grundlegenden Fragen, die du dir frühzeitig stellen solltest? Nenne und notiere sie, damit du sie im Auge behalten kannst.

2. Bildet Partnerschaften und tauscht euch im Gespräch über eure bisherigen Überlegungen, Schritte und Erfahrungen zur Berufswahl aus.

3. Ergänzend zu den Unterlagen, die alle im Rahmen der Berufswegplanung erhalten, gestalten die Gymnasialschülerinnen und -schüler in Baesweiler (NRW) ihr eigenes, ganz persönliches Berufs-Portfolio als Teil ihrer Planung. Überflüssig, weil zu viel Arbeit, oder sinnvoll und hilfreich? Urteile selbst.

B Portfolio hilft bei der Planung

Das „Portfolio“ hilft Baesweiler Gymnasiasten bei der Berufswahl – Informationen werden hier bereits ab der neunten Klasse gesammelt, um die Berufsorientierung zu erleichtern.

„Wenn man es schafft, dass Schüler früh ihren beruflichen Weg finden, dann ist das auch volkswirtschaftlich ein Gewinn“, beschreibt Andreas Haupts jene Grundidee, die dazu führen soll, dass sich die Jugendlichen bereits frühzeitig damit beschäftigen, welchen Studiengang oder welchen Beruf sie nach dem Abitur angehen möchten. Das, so Haupts im Gespräch mit unserer Zeitung, sei auch im Sinne der Landesregierung, die zunehmend Projekte zur Berufsfindung unterstützt. In Baesweiler hat man diesen Trend bereits seit Jahren erkannt und ein sogenanntes „Berufs-Portfolio“ entwickelt. Was das genau ist, erklärt Haupts: „Jeder Schüler ab der neunten Jahrgangsstufe sammelt alle Unterlagen, die berufsrelevant sind, nicht in unterschiedlichen Heftern, sondern zentral in einem Ordner, dem ‚Berufs-Portfolio‘.“ Dadurch, so Haupts weiter, erhalten die Jugendlichen bis zum Ende ihrer gymnasialen Laufbahn eine vollständige Übersicht ihrer persönlichen berufsorientierten Maßnahmen. „Das kann bei Vorstellungsgesprächen in vielerlei Hinsicht vorteilhaft sein“, so Haupts.

(Aus: Günther von Fricken: Schon früh auf die Berufswahl vorbereiten, in: Baesweiler Super Mittwoch vom 27.08.2014, Nr. 35/2014, Ausgabe B1-310, S. 1)

Die Berufswegplanung dokumentieren

Thema: Meine persönlichen Überlegungen zur Berufswahl

Worum geht es?

In NRW und in allen anderen Bundesländern gibt es den Berufswahlpass, der dir eine wichtige Hilfe bei der Planung deiner beruflichen Zukunft sein wird. Du erhältst darin eine Fülle von Planungshilfen und Informationen über alle Bereiche, die für die Berufswegplanung von Bedeutung sind.

Die weiteren Schritte deiner Planung werden darin dokumentiert. In NRW gibt es den Berufswahlpass für die Sekundarstufe I und II, so dass er dir für deine gesamte Schulzeit ein wichtiger Begleiter sein kann. Der Berufswahlpass liegt in gleicher Form für alle Schülerinnen und Schüler vor.

Darüber hinaus kann es sinnvoll sein, deine persönlichen Überlegungen zur Berufswahl in einem weiteren Ordner zu dokumentieren, den du nach deinen ganz persönlichen Wünschen und Vorstellungen gestaltest. Du kannst darin zum Beispiel Fotos und Zeichnungen einfügen, Gesprächsnotizen, Artikel aus Zeitungen und Zeitschriften und vieles andere, was dich beim Nachdenken über die Zeit nach der Schule beschäftigt.

Eine solche Sammlung von Unterlagen wird auch als *Portfolio* bezeichnet (aus lateinisch *folion* = Blatt und *portare* = tragen). Ursprünglich verstand man darunter eine Mappe von Arbeiten, mit denen sich Künstler und Architekten in der Zeit der Renaissance um Aufträge bewarben. Deine persönliche Dokumentation kann ebenfalls etwas über dich und deine Vorstellungen aussagen. Gestalte deine persönliche Berufswahlmappe so, dass es dir Freude macht, deine Arbeit ausgewählten Personen zu zeigen.

Bei der Dokumentation von Materialien über den Betrieb, in dem du ein Praktikum absolviert hast, musst du darauf achten, nur solche Informationen zu verwenden, die keine Betriebsinterna preisgeben und nicht dem Datenschutz unterliegen. Fotos anderer Personen darfst du nicht ohne deren Zustimmung in deine Sammlung aufnehmen.

Meine persönliche Berufswegplanung

Die folgenden Punkte sollen dir helfen, deine Berufswegplanung auf individuelle Art zu dokumentieren

- **Bisherige Aktivitäten**
  Was ich bis jetzt unternommen habe
- **To-Do-Liste**
  Was ich in nächster Zukunft unternehmen werde
- **Zielvorstellungen, Wünsche**
  Wie ich mir mein berufliches Leben in 10 oder 20 Jahren vorstelle
- **Interessen, Fähigkeiten, Talente**
  Was ich gut kann, gerne mache und was mich interessiert bzw. nicht interessiert
- **Erfahrungen mit Leuten**
  Berufe anderer Leute, die mir auch gefallen könnten
- **Interessante Studiermöglichkeiten**
  Studiengänge, die eventuell in Frage kommen
- **Hitliste von Berufen**
  Berufe, über die ich mich informiert habe, Hitliste meiner Favoriten
- **Materialpool**
  Interessantes, Hilfreiches, Downloads, die ich weiter benutzen werde

2 Was sind die Besonderheiten der unterschiedlichen Ausbildungswege?

Unterschiedliche Wege in die berufliche Zukunft ermitteln

@ | WES-122190-001
Text ausführlicher

Hier kannst du dich über die grundsätzlich unterschiedlichen Ausbildungswege informieren. Mithilfe einer Mindmap lassen diese sich übersichtlich darstellen. Hat man einmal die Grundlagen im Blick, lässt es sich leichter gezielt recherchieren.

A Praktische Berufsausbildung im „dualen System"

Das duale System der beruflichen Bildung ist eine wesentliche Säule für die Deckung des Fachkräftebedarfs in Deutschland. Mehr als die Hälfte eines Altersjahrgangs wählt diesen Weg als Einstieg in eine qualifizierte Berufs- bzw. Erwerbstätigkeit. [...]

Für den Zugang zur Ausbildung im dualen System bestehen formal keine Zugangsvoraussetzungen; die Ausbildung im dualen System steht grundsätzlich allen offen. Die Mehrzahl der Auszubildenden verfügt bei Ausbildungseintritt jedoch über den Mittleren Schulabschluss [...].

Das System wird als dual bezeichnet, weil die Ausbildung an zwei Lernorten stattfindet: im Betrieb und in der Berufsschule.

Der erfolgreiche Abschluss befähigt zur unmittelbaren Berufsausübung als qualifizierte Fachkraft in einem von derzeit etwa 330 anerkannten Ausbildungsberufen.

Die Jugendlichen werden wöchentlich an drei bis vier Tagen im Betrieb und an bis zu zwei Tagen in der Berufsschule ausgebildet. Die Betriebe übernehmen die Kosten der betrieblichen Ausbildung und zahlen dem Auszubildenden eine Ausbildungsvergütung. Die Höhe der Vergütung steigt mit jedem Ausbildungsjahr. [...] Während der Ausbildung sind die Auszubildenden in der Regel zum Besuch der Berufsschule verpflichtet und werden dazu vom Betrieb freigestellt.

(Aus: Berufliche Ausbildung im Dualen System, hrsg. vom Sekretariat der Ständigen Konferenz der Kultusminister der Länder, Andreas Schmitz (Redaktion), online: www.kmk.org/themen/berufliche-schulen/duale-berufsausbildung.html, letzter Zugriff: 01.10.2021)

B Ausbildung in einer Berufsfachschule

Eine ganze Reihe von Berufen kann man ausschließlich auf einer Berufsfachschule erlernen, das betrifft vor allem Tätigkeiten in der Gesundheitsbranche, im Sozialwesen, im gestalterisch-künstlerischen Bereich oder in den Informationstechnologien. Zu den bekanntesten und beliebtesten schulischen Ausbildungen oder Berufen zählen: im Gesundheitswesen: Alten- und Krankenpflege, Logopädie, Ergotherapie und Heilerziehungspflege [...], im sozialen Bereich Erzieher/-in. [...]

In Deutschland gibt es sowohl staatliche als auch private Berufsfachschulen. Während der Besuch einer staatlichen Schule in der Regel kostenfrei ist, werden an privaten Schulen monatliche Gebühren erhoben. Wie hoch das Schulgeld ist, legen die Anbieter selbst fest. [...]

Der Großteil der Berufsfachschulen erwartet von den Bewerberinnen und Bewerbern einen Real- oder mittleren Schulabschluss. In manchen Fällen genügt auch der Hauptschulabschluss. [...] Bis zu einem vollwertigen anerkannten Berufsabschluss drückt man aber – je nach Ausbildung – zwei bis drei Jahre die Schulbank.

Anders als bei einer betrieblichen Ausbildung erhalten Schülerinnen und Schüler an Berufsfachschulen in der Regel keine Ausbildungsvergütung. Ausnahmen bilden einige Gesundheitsberufe.

(Aus: Bundesministerium für Bildung und Forschung: Ausbildung oder Studium? Ausgabe 2018, S. 10 f.)

C Akademische Ausbildung mit Abitur

Eine akademische Ausbildung führt über ein Studium an einer Universität oder einer Fachhochschule. Man benötigt dazu eine Hochschulzulassungsberechtigung. Im Normalfall besteht diese aus dem Abitur (= allgemeine Hochschulreife) oder der Fachhochschulreife.
Der kürzeste Studiengang ist das Bachelor-Studium. Es dauert sechs bis acht Semester und endet mit einem berufsqualifizierenden Abschluss. Ein Bachelor-Abschluss ist die Voraussetzung für ein anschließendes Masterstudium. Es dauert noch einmal zwei bis vier Semester. Ein Masterabschluss ist die Voraussetzung für eine Promotion. Ein Studium ist noch keine Berufsausbildung. Wer zum Beispiel Medizin studiert oder Jura oder auch für ein Lehramt, durchläuft nach seinem Studienabschluss noch eine praktische Ausbildung. Dies endet mit einer zweiten Prüfung und einem weiteren Examen. Vor Beginn eines Studiums muss man sich um einen Studienplatz bewerben und an einer Universität einschreiben. Für mehrere Fächer gibt es Zulassungsbeschränkungen. Man braucht also gute bis sehr guten Noten im Abiturzeugnis. Für die frei zugänglichen Fächer muss man lediglich die für die Einschreibung vorgesehenen Fristen einhalten. Studieren kann man in vielen Fächern mittlerweile auch ohne Abitur, wenn man zuvor eine qualifizierte Berufsausbildung durchlaufen hat.

D Duales Studium

Das Duale Studium ist eine Kombination aus einem akademischen Studium und einer praktischen Berufsausbildung. Man lernt die praktische Ausbildung in einem Betrieb oder einer Behörde und studiert zugleich an einer Fachhochschule oder Universität. Die Studierenden benötigen zusätzlich zum Studienplatz auch einen betrieblichen Ausbildungsplatz und müssen sich um beides frühzeitig bemühen. Am Ende verfügt man über eine doppelte Qualifikation, nämlich einen Berufs- und Studienabschluss.
Vorteilhaft ist, dass man bereits während der Ausbildung etwas verdient und in der Regel gute Chancen hat, später von der ausbildenden Firma oder Behörde übernommen zu werden. Daher wird dieser Weg in den Beruf bei Abiturientinnen und Abiturienten immer beliebter.
Andererseits werden bei dieser Ausbildungsform vergleichsweise hohe Anforderungen bezüglich Fleiß und Ausdauer gestellt.

Neben den hier vorgestellten Wegen gibt es weitere, die von Bundesland zu Bundesland unterschiedliche Bezeichnungen haben. Mit einem mittleren Schulabschluss kann man sich zum Beispiel auch für eine mittlere Beamtenlaufbahn entscheiden, mit dem Abitur für den gehobenen Dienst – unter anderem bei der Polizei. Egal, für welchen Ausbildungsweg du dich entscheiden wirst, sie muss nicht endgültig sein. Es gibt immer Möglichkeiten, von einem Ausbildungsgang in einen anderen zu wechseln. Wenn du ungefähr deine Richtung kennst, wird die Berufsberatung dir mehrere Wege präzise aufzeigen können.

@ | WES-122194-004 Hier findest du die geeigneten Adressen für deine Recherche.

1. Was sind die besonderen Merkmale der unterschiedlichen Ausbildungswege? Beschreibe sie.

2. Lege eine Mindmap an, mit der du die Ausbildungswege in Stichworten zusammenfasst und übersichtlich visualisierst.

3. Groß unterrichtet Klein: Bereite einen mündlichen Vortrag vor, mit dem man jüngere Schülerinnen und Schüler aus den Klassen 6, 7 oder 8 über die Besonderheiten der unterschiedlichen Ausbildungswege informieren kann.

Selbstständig weiterlernen mit Medien

- Recherchiere einen Beruf deiner Wahl und stelle ihn in der Klasse vor.

E Was spricht für eine praktische Berufsausbildung, was für ein Studium?

Euer Auftrag:

1. Erstellt mithilfe der Texte in den Kästen eine Tabelle. (Das geht auch zu zweit.)

Vorteile einer praktischen Ausbildung	Vorteile eines Studiums

2. Sucht nach weiteren Gründen, die entweder für den einen oder anderen Weg sprechen.

3. Entscheidet individuell: Was kann für mich der bessere Weg sein?

Mit einer praktischen Berufsausbildung kannst du nach dem mittleren Schulabschluss beginnen oder nach dem Abitur und auch sonst zwischendurch.
Für das Studium, egal ob „normal“ in Vollzeit oder als duales Studium, ist das Abitur Voraussetzung.
Hier findest du eine Sammlung der Vorzüge der beiden Wege.

❶ Bei einer betrieblichen Ausbildung im Dualen System bekommt man eine Ausbildungsvergütung. Je nach Ausbildungsberuf schwankt diese zwischen 300 und 1 000 Euro im ersten Lehrjahr.

❷ Auch wenn ein Studium nicht immer stressfrei ist, bietet die Hochschule nach wie vor viel Raum für persönliche Entfaltung, Kontakte, Wissenserweiterung und neue Denkanstöße.

❸ Du lernst praktische Dinge, die du sofort umsetzen kannst, und trägst unmittelbar zum Erfolg eines Unternehmens bei. Außerdem herrscht Fachkräftemangel in Deutschland. Absolventen mit einer praktischen Berufsausbildung werden in den meisten Betrieben händeringend gesucht.

❹ Für viele Berufe ist ein Studium die unverzichtbare Voraussetzung, zum Beispiel für Ärztinnen, Juristen, Lehrer/-innen, Sozialpädagogen, Betriebs- und Volkswirtinnen und viele andere.

❺ Zwar sind die Einkommen vieler Akademiker/-innen in den vergangenen Jahren eher gesunken, dennoch verdienen sie im Durchschnitt mehr als Erwerbstätige ohne Studium und sind auch seltener arbeitslos.

❻ Bei den meisten Ausbildungen hast du spätestens nach drei Jahren den Abschluss in der Tasche. Du wirst früher finanziell auf eigenen Beinen stehen, als es mit einem Studium der Fall ist.

❼ Wer sich bereits in der Schule gerne mit theoretischen Inhalten auseinandersetzt und wem es nichts ausmacht, sich dabei über längere Zeit hinweg in Büchern und Ähnlichem zu „vergraben“, ist für ein Studium geradezu prädestiniert.

❽ Bei einer praktischen Ausbildung hat man fest geregelte Arbeitszeiten. Arbeit und Freizeit lassen sich besser voneinander abgrenzen. Auch sind die Wochenenden in der Regel arbeitsfrei.

❾ Auch mit einer praktischen Berufsausbildung steht dir der Weg in ein Fachhochschul- oder Universitätsstudium weiterhin offen. Mit Abitur ist das selbstverständlich. Mit mittlerem Schulabschluss plus Ausbildung gibt es Wege zur Weiterbildung einschließlich Studium.

❿ Mit einem Studium muss man sich nicht frühzeitig auf einen bestimmten Beruf festlegen. Egal, für welches Studienfach man sich entscheidet, es stehen einem mehrere Berufe offen.

F Handwerksberufe – gefragt wie nie

Schon in der Bibel ist von Bauern, Fischern und Zimmerleuten die Rede, also von Bauhandwerkern. Ihre Fertigkeiten sind heute teilweise mehr denn je gefragt. Zum Beispiel aufgrund des Baubooms gibt es vielerorts deutlich mehr Aufträge als die Handwerksbetriebe sofort abarbeiten können. Das Ergebnis: oft wochen- oder monatelange Wartezeiten.

Karrieremöglichkeiten

Das heißt, die Karrieremöglichkeiten in diesem Handwerksberuf sind heute so gut wie lange nicht. Gleiches gilt für technische Professionen wie Mechatroniker, Industriemechaniker oder Elektroniker. Die Arbeitslosigkeit ist sehr niedrig. In vielen Regionen Deutschlands gibt es weit mehr offene Stellen als Stellensucher.

Wer langfristig denkt, kann zudem Mut daraus schöpfen, dass viele Handwerksberufe davor gefeit sind, von Robotern oder digitalen Assistenten erledigt zu werden.

[...]

Jobsicherheit

„Das stärkste Argument für diese Berufe ist die Jobsicherheit", sagt André Schaefer von der Online-Jobplattform Stepstone. [...] Heute wolle fast jeder studieren, folglich tummelten sich auf dem Arbeitsmarkt extrem viele Akademiker, aber nicht so viele Handwerker. [...]

Gehälter

Handwerkliche Fachleute können in gefragten Bereichen durchaus hohe Gehälter erzielen – vor allem dann, wenn sie einen eigenen Betrieb haben. „Handwerker verdienen nicht unbedingt weniger als Menschen mit einem Studium", sagt Schaefer. Dank Lehre steigen junge Männer und Frauen schon früh ins Berufsleben ein. Wer sich dann fortbildet und einen Meisterabschluss macht, kann locker mit Akademikern vieler Fachrichtungen mithalten. [...]

Praxisbezug

Handwerkerin und Handwerker im Betrieb – mit Werkzeug plus PC

Für die Zufriedenheit der Arbeitnehmer ist ein hohes Gehalt in den handwerklichen und technischen Berufen nicht immer entscheidend. Was viele Handwerker an ihrem Beruf lieben, ist der starke Bezug zur Praxis. „In vielen Studiengängen und auch Jobs geht es sehr theoretisch zu. Wer in einem Handwerksbetrieb beschäftigt ist, hat täglich das Produkt seiner Arbeit vor Augen", sagt Schaefer.

Digitalisierung

Die Informationstechnologie macht vor handwerklichen Berufen natürlich nicht halt. Software oder D-Druckverfahren gehören zum Alltag. „Die zunehmende Digitalisierung wird die Arbeit auch für Handwerker verändern", sagt Schaefer. Wie Akademiker müssen auch Handwerker immer wieder Neues für ihren Beruf lernen.

Vor 20 Jahren hat ein Elektriker noch vorwiegend Leitungen verlegt und Schlitze geklopft. Heute müssen sich Elektriker vermehrt in Richtung Steuertechnik fortbilden – Stichwort Smart Home – um mit den Erwartungen des Marktes mitzuhalten, merkt Schaefer an.

(Aus: Daniel Eckert: Werd doch Meister, in: WELT am Sonntag Nr. 6 vom 09.02.2020, S. 32)

@ | WES-122194-001
Text einfacher
Text ausführlicher

1. Fasse die Vorzüge handwerklicher Berufe zusammen, die der Autor in diesem Text nennt.

2. Beschreibe eine Jugendliche oder einen Jugendlichen, für die oder für den eine Ausbildung im Handwerk genau das Richtige sein wird. S. 368

3. Beurteile die im Text genannten Vorzüge handwerklicher Berufe.

Tipp: Frage deine Eltern und andere Personen, wie diese über eine Ausbildung im Handwerk denken.

3 Worauf kommt es in einem Betriebspraktikum an?

Die eigene Vorgehensweise planen

A Die besondere Chance nutzen

Praktikum heißt Praxis testen. Du wirst – vielleicht zum ersten Mal – für längere Zeit die Arbeitswelt erleben. Viel Neues kommt da auf dich zu: Achtstundentag, ungewohnte Pausenzeiten, viele neue Gesichter und Tätigkeiten, die du bisher noch nie beobachten konntest und selbst noch nie gemacht hast. In deinem Betriebspraktikum sollst du Erfahrungen sammeln, die dir deine spätere Berufswahl erleichtern. Vielleicht findest du heraus, dass du genau in dem Berufsfeld gelandet bist, in dem du deine Zukunft siehst. Vielleicht entdeckst du aber auch, dass ein Beruf, der dir zuvor als Wunschberuf erschien, nun doch nicht zu dir passt. In beiden Fällen können die Erfahrungen wichtig sein. Ob dein Praktikum sein Ziel und deine Erwartungen erfüllt, hängt von der Vorbereitung ab, von deinem Verhalten während des Praktikums und der Auswertung deiner Erfahrungen.

B Richtig oder falsch?

Das könnt ihr für die Fälle auf dieser Seite zu zweit überlegen.

1. Lena ist seit einer Woche Praktikantin in der Spedition Interfracht und hat bereits einen guten Kontakt zu einigen Kolleginnen. Bei einem Mittagessen in der Betriebskantine erfährt sie, dass diese Kolleginnen sich Sorgen um ihre Arbeitsplätze machen. Abends ruft Lena mehrere ihrer Freundinnen an. Allen sagt sie: „Weißt du schon das Neueste? Die Firma Interfracht steht kurz vor der Pleite."

2. Paul macht sein Praktikum in einem Autohaus. Weil er die Arbeit als anstrengend empfindet, verlängert er seine Frühstückspause um zehn Minuten. Als ein Azubi im dritten Lehrjahr ihn ermahnt, in Zukunft die Zeiten einzuhalten, sagt Paul zu ihm: „Diese Arbeit ist überhaupt nichts für mich und du als Azubi hast mir gar nichts vorzuschreiben."

3. Emilian macht ein Praktikum im Bürgeramt der Stadtverwaltung. Beim Einstellungsgespräch hat er gesagt, dass er sich gut mit Computern auskennt. Als ein Mitarbeiter ihn bittet, ein digitalisiertes Formular am PC auszufüllen, versteht Emilian auf Anhieb nicht, was er machen soll. Obwohl es ihm peinlich ist, fragt er nach: „Könnten Sie mir bitte noch einmal zeigen, wie das gemacht werden muss?"

4. Am ersten Tag in der Großgärtnerei ist Büsra froh, dass eine nette Kollegin sie eine Stunde lang durch den Betrieb führt. Büsra sieht, dass alle Mitarbeiter damit beschäftigt sind, kleine Setzlinge einzutopfen.
„Entschuldige Büsra", sagt die Mitarbeiterin, „ich muss jetzt an die Arbeit. Eine Lieferung steht an und wir haben heute alle hier eine Menge zu tun." Büsra steht nicht lange rum. Freundlich fragt sie: „Sagen Sie mir bitte, was ich tun kann. Ich möchte gerne helfen."

1. Welche Verhalten von Lena, Paul, Emilian und Büsra würdest du in einem Feedback a) lobend verstärken und b) als unangemessen kritisieren? Begründe deine Bewertungen.

2. Welche Lehren über das Verhalten in einem Praktikum kannst du für dich aus den vier Fällen ableiten? Beschreibe sie.

Was auch noch interessant sein kann:

- Rollenspiel: Feedbackgespräche zu den Fällen könnt ihr als gespielte Dialoge zu zweit vorbereiten.

C Verhaltensregeln und Erwartungen

Benehmen

Betriebe bieten freiwillig Praktikumsplätze an. Verhalte dich so, dass der Betrieb immer wieder erneut bereit sein wird, Praktikantinnen und Praktikanten anzunehmen.

Regeln

In jedem Betrieb gibt es eine Betriebsordnung mit verbindlichen Regeln für Arbeitsbeginn und Ende, für die Pausenzeiten und anderes mehr. Über den Sinn dieser Regeln kann nicht diskutiert werden. Du musst sie kennen und einhalten.

Engagement

Betriebe beschweren sich, wenn Praktikantinnen oder Praktikanten keinerlei Initiative ergreifen und schätzen es sehr, wenn diese von sich aus erkennen, wo sie mithelfen oder mitanpacken können.

Kritik

Wer Neues anfängt, muss damit rechnen, Fehler zu machen. Reagiere nicht unwirsch auf Kritik, sondern zeige, dass du bereit bist, aus deinen Fehlern zu lernen. (Sprich mit deiner Lehrerin, deinem Lehrer oder den betreuenden Mitarbeiterinnen und Mitarbeitern, wenn du dich wiederholt unfair behandelt fühlst.)

Nachfragen

Wenn man einen Arbeitsauftrag nicht verstanden hat, sollte man nachfragen. Das ist in jedem Fall besser als mit negativen Folgen fehlerhaft zu arbeiten.

Diskretion

Betriebsinterne Vorgänge dürfen nicht nach außen getragen werden. Auch als Praktikantin und Praktikant gilt für dich der Grundsatz absoluter Verschwiegenheit.

Handeln auf eigene Faust

Benutze keine Maschine oder Werkzeug, bevor man dich dazu aufgefordert und sie dir erklärt hat.

In der Arbeitswelt gibt es eine Reihe von Erwartungen, die in allen Betrieben, egal ob groß oder klein, für eine positive Bewertung der Mitarbeiterinnen und Mitarbeiter herangezogen werden. Sie gelten auch für Praktikantinnen und Praktikanten.

Überlege:

A Diese Erwartung werde ich sicher erfüllen können.

B Daran muss ich noch arbeiten.

C Hier bin ich mir nicht sicher und muss Eltern oder gute Freunde fragen.

		A	B	C
1.	Pünktlichkeit	?		
2.	Zuverlässigkeit			
3.	Belastbarkeit		?	
4.	Lernbereitschaft			
5.	Ausdauer	?		
6.	Kontaktfähigkeit		?	
7.	Kritikfähigkeit			
8.	Sorgfalt	?		
9.	Sauberkeit		?	
10.	Höflichkeit			
11.	Selbstständigkeit	?		
12.	Teamfähigkeit		?	
13.	Fleiß			

1. Notiere die Erwartungen, die du gut erfüllst, und die, an denen du noch arbeiten solltest. Setze dich mit einer Freundin, einem Freund zusammen und höre dir an, wie eine andere Person dich einschätzt.

Selbstständig weiterlernen mit Medien

- www.take!care.nrw.de: Auf dieser Internetseite des nordrhein-westfälischen Ministeriums für Arbeit und Soziales erfährst du unter anderem, welche Arbeiten im Praktikum erlaubt sind und welche nicht. Erstelle dazu eine Übersicht.

D Wie finde ich in eigener Regie eine passende Praktikumsstelle?

Die Suche nach einem Praktikumsplatz solltest du nicht dem Zufall überlassen. Auch solltest du nicht einfach das erstbeste Angebot wahrnehmen, nur damit du für die Praktikumsdauer versorgt bist. Besser ist es, die Suche gezielt anzugehen, auch dann, wenn du noch nicht genau weißt, welche berufliche Richtung du nach dem Schulabschluss einmal einschlagen möchtest. Wichtig ist, dass du die Sache so weit wie möglich selbst in die Hand nimmst und dich nicht darauf verlässt, dass Eltern oder Lehrer/-innen es schon für dich richten werden. Schließlich ist Eigeninitiative schon Bestandteil deiner persönlichen Qualifikation. In einem ersten Schritt kannst du darüber nachdenken, was auf gar keinen Fall für dich infrage kommt. Wer sich die Hände nicht gerne schmutzig macht, sollte nicht in eine Gärtnerei oder eine Kfz-Werkstatt gehen, und wer Küchendämpfe nicht vertragen kann, sollte sich nicht als Koch oder Köchin versuchen. Bei der Suche kommt es auf Zielgenauigkeit und eine gute Strategie an. Die folgende Checkliste soll dir dabei eine Hilfe sein.

1. Schritt: Welche Art von Praktikumsstelle kommt infrage?

Finde heraus, welche Art von Betrieb deinen Interessen am ehesten entspricht.

Betriebsart	Beispiele
Handwerksbetrieb	Tischlerei, Heizungsbau, Kfz-Werkstatt, Uhrmacher
Handelsbetrieb	Kaufhäuser, Fachgeschäfte für Elektroartikel, Computertechnologie, Autobranche, Speditionsunternehmen
Dienstleister	Arzt- oder Rechtsanwaltspraxis, Bank, Versicherung, Hotel, Fitness, Energielieferanten, IT-Unternehmen, Post, Bahn, kommunale Verkehrsunternehmen
Produktionsbetrieb	Landwirtschaft, Hersteller diverser Güter (Fenster, Türen, Möbel, Elektroartikel, Fahrzeuge)
Verwaltung, öffentliche und private Einrichtungen	Kommunale Verwaltung, Stadtwerke, soziale Hilfsdienste, Einrichtungen für Seniorinnen und Senioren, Krankenhäuser, Kitas

2. Schritt: Betriebe in der eigenen Umgebung finden

Nachdem du herausgefunden hast, welche Betriebsart oder welche Betriebsarten für dich infrage kommen, solltest du mit der Recherche beginnen. Denke daran, dass der Betrieb nicht zu weit von deiner Schule und deinem Wohnort entfernt sein sollte. So kannst du vorgehen:

- Du fragst Eltern, Verwandte und Bekannte, wenn du weißt, welche Betriebsart dich interessiert.
- Du recherchierst im Internet, indem du die Betriebsart als Suchbegriff eingibst und den gewünschten Betriebsort.
- Unter www.praktikum.info.de findest du Praktikumsangebote für deine Region. Weitere Angebote kannst du mithilfe der Industrie- und Handelskammern und der Handwerkskammern finden (www.ihk.de; www.handwerk.de).

Erstelle allein oder erstellt gemeinsam eine Liste von Betrieben, die infrage kommen. Stellt weitere Informationen darüber zusammen. Dabei helfen euch die Internetauftritte. Vielleicht könnt ihr euch auch vor Ort über den Betrieb informieren.

3. Schritt: Kontakt aufnehmen

Nach den Vorbereitungsarbeiten beginnt nun die konkrete Suche nach einem Praktikumsbetrieb. Der erste Kontakt geschieht meist telefonisch. Auf das Telefongespräch sollte man sich vorbereiten, weil es schon bei diesem ersten Kontakt darauf ankommt, einen möglichst guten Eindruck zu hinterlassen. Ihr könnt auch zu den ausgewählten Betrieben hingehen, aber auch dann solltet ihr euch zuvor telefonisch anmelden, euer Anliegen vortragen und um einen Termin bitten. Auf jeden Fall solltet ihr bereits über den Betrieb informiert sein, bevor ihr Kontakt aufnehmt. Um welche Art von Betrieb handelt es sich? Was geschieht dort? Wie lange gibt es ihn schon? Wie viele Menschen sind dort beschäftigt?

4. Schritt: Bewerbungsunterlagen zusammenstellen

Größere Betriebe erwarten häufig schriftliche Bewerbungen. Das ist besonders der Fall, wenn sich viele Praktikantinnen und Praktikanten bewerben und der Betrieb eine Auswahl treffen möchte. Zu eurem Bewerbungsschreiben gehören:

- ein Anschreiben. Darin teilt ihr mit, warum gerade dieser Betrieb ganz oben auf eurer Wunschliste für euer Praktikum steht,
- ein tabellarischer Lebenslauf,
- ein freundliches und aktuelles Foto im Format eines Passfotos,
- eine Kopie des letzten Zeugnisses.

Hilfen für deine schriftliche Bewerbung findest du unter:

www.planet-beruf.de
www.arbeitsagentur.de

5. Schritt: Der erste Tag im Praktikum

Nun stelle dir vor, die Suche war erfolgreich und der erste Tag im Praktikum steht an. Du wirst wahrscheinlich ein wenig aufgeregt sein. Das ist gar nicht schlimm, denn du zeigst damit, dass du die Sache wichtig nimmst, die jetzt auf dich zukommt. Bereite dich gedanklich vor. So vermeidest du unnötige Fehler und machst schon von Beginn an einen guten Eindruck.

Die Kleidung: Als Schülerin oder Schüler, die/der nur für kurze Zeit zum Betrieb gehört, gilt für dich keine besondere Kleiderordnung. Achte darauf, dass du gepflegt aussiehst. Versuche nicht, übertrieben cool, lässig oder schrill auszusehen.

Die Begrüßung: Sprich deinen Vor- und Nachnamen deutlich aus, schaue deine Gesprächspartner/-innen an, gib einen festen Händedruck, versuche, deutlich zu machen, dass du dich auf das Praktikum freust.

Die Einweisung in die Arbeit: Gehe höflich auf die Kolleginnen und Kollegen zu, höre gut zu, wenn man dir etwas erklärt, stelle Fragen, damit man sieht, dass du interessiert bist.

Weitere Hilfen zur Praktikumssuche und zur Praktikumsauswertung findest du in deinem Berufswahlpass.

1. Schreibe dir aus dieser Checkliste alle Informationen heraus, die dir für dich ganz persönlich als wichtig erscheinen.

2. Setzt euch zu zweit oder zu dritt zusammen und recherchiert mithilfe des Internets über Betriebe vor Ort.

Was auch noch interessant sein kann:

- ausgewählte Firmen mithilfe von Plakaten vorstellen (Diese sollten Angaben über die in Schritt 3 formulierten Fragen enthalten.)

E Wie präsentiere ich mich angemessen am Telefon?

Wenn du dich auf der Suche nach einem Praktikumsplatz mit einer Firma in Verbindung setzt, solltest du gut vorbereitet sein und am Telefon angemessen auf alle Nachfragen reagieren können. Damit das gelingt, könnt ihr hier das richtige Telefonieren in dieser Angelegenheit üben.

Euer Auftrag:

Bildet Dreiergruppen. Abwechselnd übernehmt ihr dann die Rolle der Bewerberin bzw. des Bewerbers und die Rolle des Ansprechpartners in der Firma. Der Dritte in der Runde hört sich das Gespräch an und gibt dem Praktikumsbewerber am Ende ein Feedback zu seinem Verhalten am Telefon. Wählt einen der Betriebe aus, über den ihr euch im Vorfeld informiert habt.

Vier Dinge, die in der Vorbereitung zu klären sind

Du solltest

1. den genauen Termin für das Praktikum im Kopf haben,
2. so gut es geht über die Firma informiert sein,
3. Gründe angeben können, warum du dich bei dieser Firma um ein Praktikum bewirbst,
4. sagen können, für welchen späteren Ausbildungsberuf du dich interessierst.

Unbedingt beachten: Blatt und Stift zurechtlegen!

Acht Fragen, mit denen du im Verlauf des Gesprächs rechnen musst

1. Wie kommst du ausgerechnet auf unsere Firma?
2. Was weißt du denn schon über uns?
3. Was möchtest du später einmal werden?
4. Mit den letzten Praktikantinnen und Praktikanten haben wir leider keine guten Erfahrungen gemacht. Deshalb möchten wir eigentlich keine mehr einstellen.
5. Wer betreut dich während der Praktikumszeit?
6. Der Name deiner Schule sagt mir nichts. Warum heißt die Schule so?
7. Bei uns wollen immer viele Leute ein Praktikum machen. Warum sollten wir dich nehmen?
8. Was möchtest du noch über unsere Firma wissen?

Wie sollte man das Telefongespräch beginnen?

Guten Tag, mein Name ist ... Ich bin Schülerin/Schüler des Pestalozzi-Gymnasiums. Ich möchte mich gerne über die Möglichkeiten eines zweiwöchigen Praktikums in Ihrer Firma informieren. Können Sie mich mit jemandem verbinden, der dafür zuständig ist? (Wenn du mit der zuständigen Person verbunden wirst, musst du vielleicht deine Anfangssätze noch einmal wiederholen.)

F Wie werte ich meine Praktikumserfahrungen aus?

In einem Praktikumsbericht fasst du die wichtigsten Informationen zu deinem Praktikumsbetrieb und zu deinen Aufgaben und Tätigkeiten im Praktikum zusammen und bewertest die gewonnenen Erfahrungen. Deine Aufzeichnungen sollen dir helfen, deine Praktikumserfahrungen für die Planung deines weiteren Berufsweges möglichst gewinnbringend zu nutzen. Wenn es in der Schule feste formale Vorgaben dazu gibt, solltest du dich daran halten.
Grundlegend für die Berichte können die folgenden Gliederungspunkte sein:

Einleitung:
- Meine Praktikumsvorbereitung
- Gründe für die Auswahl des Praktikumsbetriebs

Hauptteil
- Vorstellung des Unternehmens
- Ablauf des Praktikums und ausgewählte Tätigkeiten

Schlussteil
Bewertung der gewonnen Erfahrungen

Grundlage deines Praktikumsberichts sollten deine täglichen Aufzeichnungen sein. Nimm dir täglich etwa 20 Minuten oder eine halbe Stunde Zeit, um deine Arbeit und Eindrücke zu dokumentieren.
Beginne mit deiner Dokumentation vor dem ersten Praktikumstag. Die folgenden Fragen solltest du vor Praktikumsbeginn für dich beantworten:
- Warum habe ich mich für diesen Platz entschieden?
- Wie lauten die beiden wichtigsten Erwartungen für mein Praktikum?
- Was werde ich tun, um mich den Menschen von meiner positiven Seite zu zeigen?

Füge deiner Berufswahlmappe ein Blatt hinzu, auf dem du die Antworten auf diese Fragen vor Praktikumsbeginn notierst.
Im Verlauf des Praktikums wirst du Tagesberichte erstellen. Sammele sie in deinem Portfolio oder Berufswahlpass. Du kannst auch verwenden, was der Betrieb dir an Informationen zur Verfügung stellt: Beispiele deiner eigenen Tätigkeiten, Zeichnungen, Werbeprospekte etc. Wenn du Fotos machen möchtest, musst du erst die Erlaubnis der Firmen- oder Einrichtungsleitung einholen. Achte auf den Datenschutz und verwende keine vertraulichen Informationen über Mitarbeiterinnen und Mitarbeiter und Betriebsinterna.
Deine täglichen Aufzeichnungen werden dir als Vorlage für deine abschließende Bewertung dienen. Bei der Bewertung kannst du dich an den folgenden Fragen orientieren.

Auswertungsfragen
1. Wie sehr hat es meine Erwartungen erfüllt?
2. Was habe ich an Neuem über Berufe und Arbeitswelt erfahren?
3. Wie bewerte ich die Bedeutung des Praktikums für meine weitere Berufswegplanung?
4. Wie gehe ich jetzt weiter vor?

Der Bericht als Präsentation

Praktikumsberichte können auch als PC-Präsentation in Folienform verfasst und so einem Publikum zugänglich gemacht werden. Dabei ist wichtig, dass die Präsentation klar strukturiert gestaltet ist.

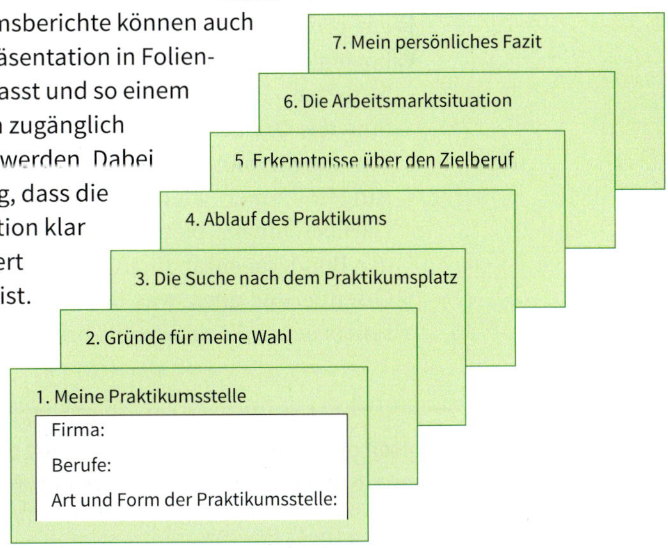

1. Notiere aus dieser Seite alle Hinweise, die du als hilfreich für deine Praktikumsdarstellung und -auswertung empfindest.

4 Wie können wir planvoll vorgehen?

Eine persönliche Strategie zur beruflichen Orientierung entwickeln

A Angebote der Berufsberatung

TEAM führte ein Interview mit einer Berufsberaterin

Für die meisten Schülerinnen und Schüler ist die Entscheidung über die Berufswahl sehr schwierig. Wie sollen sie das Problem angehen?

Wichtig ist, dass man sich einen persönlichen Plan erarbeitet, nach dem man vorgehen will. Planvolles Vorgehen gibt ein Gefühl der Sicherheit. Falsch ist, wenn man die Sache einfach vor sich herschiebt. Ausbildungs- oder Studienabbrüche sind so oft vorprogrammiert.

Es heißt immer, dass man sich am Anfang über seine Interessen und beruflichen Ziele Klarheit verschaffen soll. Die Frage ist nur: Wie macht man das?

Zur Ermittlung der eigenen Interessen, Stärken und Schwächen steht allen Jugendlichen ein großes Angebot an seriösen Verfahren kostenlos zur Verfügung. Eine professionell begleitete Potenzialanalyse sollte am Anfang des Orientierungsprozesses stehen und mit zunehmendem Alter und neuen Erfahrungen immer wieder überdacht werden. Darüber hinaus bietet das Online-Angebot der Bundesagentur für Arbeit für eine erste Orientierung alles, was man zur Ermittlung seines persönlichen Profils braucht.

Für Gymnasiasten ist es wichtig, schon ab Klasse 9 darüber nachzudenken, ob Abitur plus Studium das Ziel sein soll, oder ob nicht auch eine praktische Berufsausbildung nach dem mittleren Schulabschluss oder auch nach dem Abitur für sie der geeignetere Weg ist. Speziell im Handwerk bieten sich gute Zukunftsperspektiven.

Wie hilft die Berufsberatung der Arbeitsagentur den Jugendlichen?

Zu unseren wichtigsten Serviceeinrichtungen gehören die Berufsinformationszentren, die jeder unter dem Namen BIZ kennt. Es gibt Infomappen und Filme über alle Ausbildungsberufe, Ausbildungswege, auch über Studiengänge, Auslandsaufenthalte und anderes mehr. Mit dem BIZ-Computer hat man die Möglichkeit, sich selbst zu erkunden und Ausbildungsmöglichkeiten in der Region zu recherchieren. Man kann sogar seine Bewerbung hier gestalten und versenden. Oft gehen ja die Schulklassen geschlossen ins BIZ. Darüber hinaus rate ich jedem Jugendlichen, das kostenlose Angebot im BIZ so oft zu nutzen wie er kann.

Was können Schülerinnen und Schüler sonst noch tun?

Neben den Pflichtpraktika unter schulischer Leitung können freiwillige Praktika in den Ferien eine wertvolle Hilfe sein. Hier kann man sich am besten darüber Klarheit verschaffen, welche beruflichen Tätigkeiten einem Freude machen und welche nicht.

Müssen sich die Schülerinnen und Schüler auf den Besuch beim Berufsberater vorbereiten?

Wenn sie zu einem Gespräch angemeldet sind, sollten sie es tun. Wenn mir jemand gegenübersitzt, der überhaupt nicht weiß, was er will, dann kann das Gespräch unbefriedigend verlaufen. Wenn aber jemand bereits ungefähr weiß, in welche Richtung seine Berufswahl gehen soll, dann können wir ganz konkrete Hilfen anbieten.

1. Welche Antworten der Berufsberaterin empfindest du als hilfreich? Nenne sie und notiere sie in deinem Berufswahlordner.

2. Freiwillige Praktika in den Ferien werden als wertvolle Hilfen empfohlen, vielen ist die Ferienzeit aber zu schade, um sie mit dieser Art von Arbeit zu verbringen. Wie denkst du darüber? Begründe dein Urteil.

B Berufe und freie Berufswahl

Teil 1: Das Grundrecht auf freie Berufswahl

Die freie Berufswahl ist ein Grundrecht in Deutschland. Im Artikel 12, Absatz 1, Satz 1 des Grundgesetzes heißt es dazu:

> „Alle Deutschen haben das Recht, Beruf, Arbeitsplatz und Ausbildungsstätte frei zu wählen."

Freie Berufswahl bedeutet freie Auswahl unter vielfältigen Möglichkeiten und auch, dass man selbst für die Wahl des Berufes verantwortlich ist. So gehört die Berufswahl zu den wichtigsten Entscheidungen, die man in seinem Leben trifft. Ob man zufrieden oder unzufrieden sein wird im Leben, hängt nicht unerheblich vom gewählten Beruf ab.

Das Grundrecht auf freie Berufswahl beinhaltet nicht, dass man keine Voraussetzungen erfüllen muss, um einen Beruf zu ergreifen. Niemand kann eine Arztpraxis eröffnen, ohne dazu die entsprechende Ausbildung durchlaufen zu haben. Für die Mehrzahl der Berufe sind die Ausbildungsverläufe durch gesetzliche Vorgaben geregelt. Zurzeit gilt das in Deutschland für die etwa 330 *anerkannten Ausbildungsberufe.*

Ein Ausbildungsberuf ist anerkannt, wenn es für die Ausbildung eine in Gesetzesform festgelegte Ausbildungsordnung gibt, die im gesamten Bundesgebiet in gleicher Weise gilt. Rechtlich gibt es für die anerkannten Ausbildungsberufe keine Vorgaben für bestimmte Schulabschlüsse. Die Betriebe entscheiden selbst, welche Ausbildungsvoraussetzungen sie bei Bewerbungen erwarten.

Alle Berufe können gleichberechtigt von Frauen und Männern ausgeübt werden. In rechtlicher Hinsicht gibt es keine Unterschiede bezüglich der Zugehörigkeit zu einem Geschlecht.

Grundsätzlich stehen auch Menschen mit Behinderung alle Ausbildungen in einem anerkannten Ausbildungsberuf offen. Oft sind dazu in den Ausbildungsstätten besondere Vorkehrungen zu treffen oder die Ausbildung erfolgt in speziell dafür eingerichteten Lernorten.

1. Erkläre, was das Grundrecht auf freie Berufswahl beinhaltet und was nicht.

2. Erläutere an Beispielen den Unterschied zwischen einem anerkannten Ausbildungsberuf und einem Beruf ohne Ausbildung.

3. Manche Jugendliche träumen von einer beruflichen Karriere, ohne zuvor eine vorgeschriebene Ausbildung zu absolvieren. Bewerte Chancen und Risiken einer solchen Einstellung.

Teil 2: Recht auf Selbstständigkeit

Das Recht, selbst zu entscheiden, ist grundlegend für die freie Berufswahl. Dazu gehört auch das Recht auf unternehmerische Selbstständigkeit. Alle Deutschen und alle Bürgerinnen und Bürger aus einem Land der Europäischen Union können entscheiden, ob sie hierzulande als selbstständiger Unternehmer oder in anderer Form freiberuflich ihren Lebensunterhalt verdienen wollen.

Daneben üben viele Menschen berufliche Tätigkeiten aus, für die man keine vorgeschriebene Ausbildung braucht. Das gilt zum Beispiel für Musiker/-innen, Schriftsteller/-innen, Maler/-innen, freiberuflich arbeitende Journalisten, IT-Spezialisten und andere. Nicht wenige Jugendliche träumen vom Beruf Model oder Influencer. Für solche freiberuflichen Tätigkeiten bedarf es keiner besonderen Genehmigung außer einer Steuernummer beim Finanzamt. Man kann Erfolg haben in solchen Berufen, geht aber ein vergleichsweise höheres Risiko ein.

Wer einen gewerblichen Betrieb gründen will, hat ebenfalls das Recht dazu. Benötigt wird dazu eine Anmeldung beim Gewerbeaufsichtsamt. Will man z. B. ein Restaurant betreiben oder eine medizinische Praxis eröffnen, ist die Genehmigung an bestimmte Voraussetzungen und Qualifikationsnachweise gebunden.

Viele Expertinnen und Experten ermuntern junge Menschen dazu, den Weg in die berufliche Selbstständigkeit zu wagen. Für Jugendliche, die eine freiberufliche Tätigkeit im Auge haben, gilt demgegenüber der dringende Rat, nicht auf einen guten Schulabschluss und möglichst einen Abschluss in einem anerkannten Ausbildungsberuf zu verzichten.

C Fünf erste Schritte zur Berufswegplanung

Im Buchhandel werden zahlreiche Ratgeber für die Berufswahl angeboten

1. Verschaffe dir Klarheit über deine Interessen.

Beschäftige dich ab jetzt mit den Fragen: Wo liegen meine Interessen? Was kann ich gut? Was will ich noch besser können? Dazu helfen dir die vielen Tests und Selbsterkundungsbögen, die du im Internet und in zahlreichen kostenlosen Broschüren findest. Sogenannte Potenzialanalysen unterstützen dich dabei, deine Stärken und Schwächen kennenzulernen. Fange umgehend mit deinen Recherchen an, auch wenn ab jetzt noch viel Zeit bis zur Entscheidung vergehen wird. Im Buchhandel werden zahlreiche Ratgeber zur Berufswahl angeboten. Es lohnt sich, eines dieser Bücher systematisch durchzuarbeiten. Frage andere, wie sie deine Fähigkeiten und Talente einschätzen. Lass dich beraten, achte aber auch darauf, dass du deine Entscheidungen eigenverantwortlich triffst. Für deine ersten Recherchen reicht die Internetadresse der Bundesagentur für Arbeit aus: www.planetberuf.de (siehe WebQuest).

2. Lerne mindestens 10 Berufe kennen.

Bleibe am Ball, wann immer du jemandem begegnest, der deiner Meinung nach einen interessanten Beruf ausübt. Erkundige dich, welche Tätigkeiten dazugehören, welche Fähigkeiten man dazu braucht und wie die Ausbildung funktioniert. Recherchiere weiter im Internet und mit der neuesten Ausgabe von „Beruf aktuell“. Besuche Jobmessen und informiere dich über die Vielzahl der Studiengänge an Universitäten und Fachhochschulen. Expertinnen und Experten sind der Ansicht, dass es für jeden Schulabgänger mehr als 20 geeignete Berufe gibt. Nimm dir eine feste Anzahl von Berufen vor, die du innerhalb des kommenden Schuljahres näher kennenlernen möchtest. Dokumentiere deine Auswahl in deiner Berufswahlmappe.

3. Wähle dein Praktikum mit Sorgfalt aus.

Im Verlauf des neunten Schuljahres wirst du wahrscheinlich ein Betriebspraktikum als ein- oder zweiwöchige Blockveranstaltung durchführen. Überlass die Suche nach einem Praktikumsplatz nicht dem Zufall. Besser ist es, die Suche gezielt anzugehen, auch wenn du noch nicht genau weißt, welche berufliche Richtung du einmal einschlagen wirst. Zunächst lohnt es sich darüber nachzudenken, was auf gar keinen Fall für dich infrage kommt. Im Internet findest du bei seriösen Anbietern Plätze für Schülerpraktika in deiner Region (siehe WebQuest). Sehr sinnvoll kann es sein, wenn du zusätzlich zu deinem Pflichtpraktikum weitere freiwillige Praktika in der Ferienzeit absolvierst. Auch Universitäten bieten Schnupperkurse für Gymnasiasten an.

4. Prüfe, welcher Ausbildungsgang für dich der richtige sein wird.

Sowohl mit dem Mittleren Schulabschluss als auch mit Abitur steht dir eine Fülle von Ausbildungswegen offen. Natürlich kannst du schon nach dem Mittleren Schulabschluss eine praktische Berufsausbildung beginnen. Auch nach dem Abitur gibt es Alternativen zum Hochschulstudium. Ein Studium ist im eigentlichen Sinn noch keine Berufsausbildung, vielmehr bereitet es diese vor. Entscheidet man sich zum Beispiel für ein Jura- oder Betriebswirtschaftsstudium, stehen nach erfolgreichem Abschluss mehrere berufliche Möglichkeiten offen. Interessante Möglichkeiten bietet auch das Duale Studium, das aus einer Kombination aus einer Berufsausbildung in einem Unternehmen und dem Studium an einer Universität oder Fachhochschule besteht. Recherchiere deine Möglichkeiten im Internet.

Gute Planungshilfen bietet der Ordner zum Berufswahlpass, der euch über den gesamten Prozess der Berufsplanung begleiten kann.

5. Besuche vorbereitet ein Berufsinformationszentrum.

An kaum einem anderen Ort kannst du dich so umfassend über Wege in die berufliche Zukunft informieren wie in einem BIZ der Bundesagentur für Arbeit. Einfach nur so dorthin zu gehen, bringt in der Regel wenig. Besser ist eine gezielte und vorbereitete Recherche. Nutze dazu die Überlegungen und Erfahrungen, die du in den Schritten 1 bis 3 gesammelt hast. Nimm deine Berufswahlmappe mit. Suche dir im Vorfeld eine begrenzte Zahl von Berufen aus, über die du dich gezielt informieren wirst. Bleibe auch offen für neue Anregungen.

Notiere aus „Beruf aktuell" deine persönlichen Charts der Berufe. Überprüfe und überarbeite deine Liste von Zeit zu Zeit.

D WebQuest Berufsorientierung

Der Sinn der WebQuest-Methode besteht darin, dass man das Internet mithilfe ausgewählter Internetadressen gezielt befragt. Das Besondere daran ist, dass alle Lernenden sich dazu verpflichten, nur Internetadressen zu benutzen, die ihnen für Recherche empfohlen werden. Für das WebQuest zur Berufsorientierung könnt ihr Teams bilden, die sich nach der Recherche gegenseitig über die Ergebnisse informieren.

Team 1: Welche Möglichkeiten zur persönlichen Potenzialanalyse sind hilfreich und interessant?
www.planet-beruf.de
www.bwp-nrw.de
www.talente-check.info

Team 2: Wie können wir die Informationen über Praktika sinnvoll nutzen?
www.meinpraktikum.de
www.planet-beruf.de
www.azubiyo.de

Team 3: Was sollte jede und jeder von uns über die Ausbildungswege nach dem Mittleren Schulabschluss und nach dem Abitur wissen?
www.berufsorientierung-nrw.de
www.berufskunde.de

Team 4: Wie werden verschiedene Ausbildungsberufe im Netz vorgestellt?
www.berufe.tv
www.deinerstertag.de
www.ausbildung.de

So könnt ihr die Ergebnisse eurer Recherchen präsentieren:
- Wie ist die Homepage aufgebaut?
- Wer ist der Betreiber?
- Wie aktuell sind die Informationen?
- Wie kann man sie sinnvoll nutzen?

Tipp: Gebt für die Recherchen zusätzlich zu den Adressen jeweils euer spezielles Thema als Suchbegriff ein. So kommt ihr schneller zum Ziel.

@ | WES-122194-005
Hier kommt ihr zu den genannten Adressen.

1. Erstelle mithilfe der Informationen in den fünf Schritten eine Liste mit konkreten Ratschlägen für den Prozess der ersten Orientierung über die berufliche Zukunft.

2. Überlege dir eine weitere interessante Frage zur Berufsorientierung. Plane dazu ein eigenes WebQuest. Stelle die dazu geeigneten Adressen in der Klasse vor.

5 Anforderungen in der Arbeitswelt: Was wird von Schulabgängerinnen und Schulabgängern erwartet?

Grundlegende Kompetenzerwartungen darstellen

A Ausbilder informieren

Eva Matern, Diplom-Ingenieurin, Leiterin eines Architekturbüros

Ich wünsche mir, dass unsere Auszubildenden mit dem Herzen dabei sind. Wenn man Freude an seiner Arbeit hat, kommt man auch zu sehr guten Ergebnissen. Kreativität, die Lust am Gestalten und Konstruieren, räumliches Vorstellungsvermögen und mathematische Kenntnisse sind Grundvoraussetzungen, um in diesem Berufsfeld glücklich zu werden. Außerdem sind Teamfähigkeit und Lernbereitschaft essenziell, um gemeinsam das bestmögliche Ergebnis zu erreichen.

Pasquale Buccio, Inhaber eines Stuckateurbetriebs mit 20 Mitarbeiterinnen und Mitarbeitern

Zu den Hauptaufgaben von Stuckateurinnen und Stuckateuren gehört das Gestalten, Verputzen und Isolieren von Decken, Wänden und Fassaden, oft in denkmalgeschützten Häusern. Von neu eingestellten Azubis erwarte ich, dass sie Interesse und Engagement zeigen. Sie sollten sich gut in das Arbeitsteam einfügen. Großen Wert lege ich auf einen respektvollen Umgangston. Wir arbeiten oft an verschiedenen Orten mit sehr teuren Maschinen. Da ist ein sorgfältiger und verantwortungsbewusster Umgang erforderlich. Pünktlichkeit, Gewissenhaftigkeit und Pflichtbewusstsein sind natürlich in unserem Beruf genauso wichtig, wie in allen anderen Handwerksberufen auch.

Rüdiger Buschmann, Inhaber einer Kanzlei für Steuerberatung

Unsere Auszubildenden lernen in ihrer dreijährigen Ausbildung alle Aspekte kennen, die im Steuerwesen und anderen Geldfragen von Bedeutung sind. Sie müssen logisch denken und sich mündlich und schriftlich gut ausdrücken können. Gute Englischkenntnisse sind ebenfalls unverzichtbar. Sie sollten gerne mit Menschen arbeiten, sorgfältig in ihrer Arbeit sein und Texte klar und verständlich formulieren können. Gute Umgangsformen sind wichtig wie auch eine hohe Lernbereitschaft und Teamgeist. Grundkenntnisse in den gängigen Softwares sollten Auszubildende ebenfalls mitbringen.

Uwe Bernard, Gesamtausbildungsleiter beim Technologie- und Dienstleistungsunternehmen Bosch

Die Bereitschaft zu lebenslangem Lernen ist essenziell, um in unserem Unternehmen erfolgreich arbeiten zu können. Dazu gehört es auch, sich eigenmotiviert weiterzubilden und die zur Verfügung stehenden Möglichkeiten zu nutzen, vor allem auch E-Learning-Formate. In unserer vernetzten Welt sind digitale Kompetenzen so wichtig wie die Grundrechenarten. Über Eigenverantwortung und Zielstrebigkeit hinaus legen wir bei Bosch großen Wert auf Soft Skills wie Einfühlungsvermögen, Teamfähigkeit und Fairness.

1. Arbeite aus den Antworten der Ausbilder/-innen die geforderten Erwartungen der Reihe nach heraus. (Notiere sie stichwortartig.)

2. Welche davon hältst du auch im Privatleben für wichtig? Wähle aus und begründe deine Wahl.

3. „Soziale Kompetenzen wie Teamgeist kann man doch nicht erlernen“, meint Alex. Beurteile, ob er damit Recht hat oder nicht.

B Wie wichtig sind Soft Skills für den Erfolg in der Arbeitswelt?

Angenommen, dass …
Für eine Stelle in einem Ingenieurbüro sind zwei Bewerber in die Endauswahl gekommen. Johannes hat exzellente Noten. Im Vorstellungsgespräch wird deutlich, dass er von Teamarbeit wenig hält. Er zeigt kein sonderlich gepflegtes Erscheinungsbild und redet nur das Notwendigste. Ferenc hat ebenfalls gute Noten. Im Vorstellungsgespräch wirkt er offen und freundlich. Er macht deutlich, wie sehr er sich darauf freut, mit neuen Kolleginnen und Kollegen zusammenzuarbeiten. Auch bringt er einiges an Vorwissen über den neuen Job mit und zeigt sich hoch motiviert.

12 wichtige Soft Skills

Persönliche Kompetenzen
1. Zuverlässigkeit, Pünktlichkeit
2. Verantwortungsbereitschaft, Selbstständigkeit
3. Ausdauer, Durchhaltevermögen
4. Interesse, Motivation
5. Sorgfalt, Gewissenhaftigkeit
6. Fähigkeit zur Kritik und Selbstkritik
7. Beachtung eines gepflegten Erscheinungsbilds

Soziale Kompetenzen
8. Teamfähigkeit (Bereitschaft mit anderen zusammenzuarbeiten)
9. Kommunikationsfähigkeit (Bemühung um eine gute Ausdrucksweise)
10. Höflichkeit, Freundlichkeit (gutes Benehmen)
11. Toleranz (Bereitschaft andere Meinungen zu respektieren)
12. Interkulturelle Kompetenz (Fähigkeit zur Zusammenarbeit mit unterschiedlichen Menschen)

Soft Skills – Lernen von Kindheit an

Der Begriff bedeutet übersetzt „weiche Kompetenzen“. So bezeichnet man zusammengefasst alle persönlichen und sozialen Kompetenzen, die einen befähigen, gut mit anderen Menschen, aber auch mit sich selbst umzugehen. Internationale Studien weisen nach, dass beruflicher Erfolg nur etwa zur Hälfte von den fachlichen Kompetenzen abhängt. Die anderen 50 Prozent gründen auf den Soft Skills. Anders als zum Beispiel Vokabeln kann man sie nicht von einem Tag auf den anderen lernen. Man muss sie über einen langen Zeitraum hinweg trainieren.
Das Lernen von Soft Skills kann schon im Kindesalter beginnen, zum Beispiel, wenn Eltern ihrem Kind kleine Aufgaben im Haushalt zuweisen, die es selbstständig zu erledigen hat. Lernt das Kind, Süßigkeiten oder Spielzeug mit anderen zu teilen, wird der Grundstein für die später so wichtige Kooperations- und Teamfähigkeit gelegt. In der Schule lernt man Soft Skills zum Beispiel, indem man in einer Gruppe mit anderen eine Präsentation gestaltet oder sich sonst wie aktiv am Schulleben beteiligt. Man lernt sie auch, indem man offen auf neue Mitschüler/-innen zugeht und sie bei der Aufnahme in die Klassengemeinschaft unterstützt.
Die Fähigkeit zum Umgang mit Menschen unterschiedlicher Herkunft, Sprache und Kultur spielt heute in der modernen Arbeitswelt eine immer größere Rolle. Man nennt sie *interkulturelle Kompetenz*. An kaum einem anderen Ort lässt sich diese Kompetenz so gut trainieren wie in der eigenen Klasse und Schule.
Jedes Erlernen von Softskills beginnt mit einem Nachdenken über sich selbst: „Wie wirkt das, was ich tue, auf andere?“, ist dabei eine der Schlüsselfragen.
Wer an seinen Soft Skills arbeitet, ebnet für sich selbst den Weg zum beruflichen Erfolg. Das Besondere daran: Von Soft Skills profitiert man auch im Privatleben.

1. In dem oben erwähnten Beispiel aus einem Ingenieurbüro fiel der Personalchefin die Entscheidung nicht schwer. Erkläre selbst, warum.

2. Erläutere jemandem, der noch nichts von Soft Skills gehört hat, deren Bedeutung für den beruflichen Erfolg.

3. Warum wird interkulturelle Kompetenz in der Arbeitswelt von morgen eine immer größere Rolle spielen? Beurteile die Bedeutung dieser Aussage (und suche nach Beispielen, wie sie sich in Schule und Freizeit trainieren lässt). S. 368

C Was erwartet die Wirtschaft von den Schulabgängern?

@ | WES-122194-001
Text ausführlicher

Unternehmen erwarten, dass einfache Sachverhalte mündlich und schriftlich klar formuliert und aufgenommen werden können. Im Geschäftsleben muss man sich gut ausdrücken und den richtigen Ton treffen. Das gilt für den persönlichen Umgang ebenso wie für Telefonate und für jede Art von Korrespondenz. Um diesen Anforderungen gerecht zu werden, sind ausreichende Kenntnisse der Rechtschreibung und der Grammatik erforderlich.
In allen Berufen ist präzises Rechnen und die richtige Anwendung mathematischer Formeln Grundvoraussetzung. Egal ob im Verkauf, der Buchhaltung, im IT-Bereich oder bei der Programmierung einer Maschine: Das Beherrschen der Grundrechenarten, das Rechnen mit Dezimalzahlen und Brüchen, der Umgang mit Maßeinheiten, Dreisatz und Prozentrechnen sowie die Grundlagen der Geometrie sind notwendig, um den Anforderungen im Unternehmen gerecht zu werden. Informations- und Kommunikationstechnologien sind allgegenwärtig in der Lebens- und Arbeitswelt. Grundkenntnisse in der Nutzung von rechner- und internetgestützten Anwendungen sind unverzichtbar. Ebenso wichtig ist ein reflektierter und kritischer Umgang mit moderner Technik und Neuen Medien.
Englisch ist Weltsprache. Einfache Sachverhalte sollten daher auf Englisch verstanden und ausgedrückt werden können. Die Fähigkeit zu alltäglicher Konversation auf Englisch wird insbesondere in international tätigen Unternehmen erwartet. [...]
Am Arbeitsplatz ist Teamwork gefragt, dazu gehören Offenheit und Toleranz. Kenntnisse der eigenen Kultur und der Kultur des Anderen fördern gegenseitiges Verständnis. Man sollte daher in Grundzügen vertraut sein mit den wichtigen Etappen der Geschichte Europas und der Welt, relevanten sozialen und politischen Konzepten wie Demokratie, Gerechtigkeit, Gleichberechtigung, Staatsbürgerschaft und Bürgerrechten, aber auch den großen Religionen. Die Arbeitswelt befindet sich in ständigem Wandel. Lern- und Leistungsbereitschaft sind Grundbedingung für Erfolg in Ausbildung und Berufsleben.

(Aus: Was erwartet die Wirtschaft von den Schulabgängerinnen und Schulabgängern, IHK online: https://www.ihk-krefeld.de/de/media/pdf/aus-und-weiterbildung/ausbildung/flyer-was-erwartet-die-wirtschaft-von-den-schulabgaengern-.pdf, letzter Zugriff: 01.10.2021)

1. Auf welche Kompetenzen legen Unternehmen und Personalchefs Wert? Legt dazu eine Tabelle an und ordnet die im Text genannten Befähigungen ein.

Sprachliche Fähigkeiten (lesen, schreiben, sprechen)	Mathematische Fähigkeiten	Soziale Kompetenzen

2. Betrachte das Schaubild. Aus der Sicht der Unternehmen sind die positiven Erwartungen der Schlüssel für eine erfolgreiche Ausbildung. Bewertet diese Einschätzung aus der Sicht eines Unternehmers.

D Was braucht man, wenn man nach dem Abitur studieren will?

Eine persönliche Erfahrung

Nach meinem Fachabitur habe ich Wirtschaftsinformatik studiert, weil mich Computer schon immer fasziniert haben. Trotzdem empfand ich die ersten Semester als große Herausforderung. Ohne die Fähigkeit, abstrakt zu denken und sich in hoch komplizierte Themen einzuarbeiten, geht im Studium gar nichts. Ich habe es dabei zum ersten Mal geschafft, Durchhaltevermögen zu entwickeln und über viele Stunden konzentriert an einer Sache zu arbeiten. Man darf sich auch von Rückschlägen nicht entmutigen lassen. Mit der Zeit kann man sich eine Menge an Kompetenzen erarbeiten, die man zu Beginn eines Studiums noch nicht hat. Ich habe im Laufe meines Studienganges bis zum Masterabschluss gelernt, anspruchsvolle Projekte vom Beginn bis zum Ende durchzuführen, und bin heute in der Lage, mich immer wieder in neue Themen einzuarbeiten.

Christoph Seemann, IT-Berater, 37 Jahre

Studierende an der Universität Freiburg: Konzentriert an einer Sache arbeiten …

Studierfähigkeit nach Aussagen von Professoren

Das „Centrum für Hochschulentwicklung" in Deutschland veröffentlichte 2016 die Ergebnisse einer Befragung von mehr als 9000 Professorinnen und Professoren zum Thema: Welche Fähigkeiten und Voraussetzungen sollen Studierende je nach Studienfach mitbringen?

Aufgelistet nach Studiengängen wurde darin deutlich, dass unterschiedliche Studiengänge auch unterschiedliche Kompetenzen erfordern. Zum Beispiel erfordern die naturwissenschaftlichen und technischen Studiengänge eine hohe Begabung für Mathematik, technisches Verständnis und Interesse an naturwissenschaftlichen Erkenntnissen und Theorien.

In den sozial- und wirtschaftswissenschaftlichen Studiengängen (auch BWL und VWL) kommt es auf ein besonderes Interesse am aktuellen Zeitgeschehen an, an der Lust am Umgang mit Theorien und Modellen und auch an rechtlichen und gesetzlichen Regelungen.

Daneben nannten die Professoren auch die Summe der Kompetenzen, welche die allgemeine Studierfähigkeit ausmachen. Besonders häufig genannt wurden:

Abstraktes/logisches/analytisches Denkvermögen, selbstständiges, selbstorganisiertes und diszipliniertes Lernen und Arbeiten, Lernbereitschaft/Einsatz und Leistungsbereitschaft.

(Zusammengefasst nach: Ergebnisse einer Befragung von Professoren im Rahmen des CHE Hochschulrankings, CHE gemeinnütziges Centrum für Hochschulentwicklung Gütersloh 8/2016, im Internet unter www.che.de; Zugriff 10.03.2021)

1. Fasse die Erfahrungen des IT-Beraters Christoph Seemann über die Studienanforderungen mit eigenen Worten zusammen.

2. Worin bestehen nach den Aussagen von Professoren besondere Anforderungen in naturwissenschaftlichen und in sozial- und wirtschaftswissenschaftlichen Studiengängen? Vergleiche sie.

3. Was kannst du von nun an tun, um die hier genannten allgemeinen Kompetenzen zur Studierfähigkeit in der verbleibenden Schulzeit zu trainieren? Entwickele dazu eigene Ideen. Tauscht euch gemeinsam darüber aus.

E Rollenspiel: Welche Auszubildenden würdet ihr einstellen?

Cajan Haloumi, 18 Jahre

Schulabschluss	Abitur (Durchschnitt 1,7)
Zeugnisnoten (Punkte)	Mathematik 14; Deutsch 12; Englisch 7;
Bemerkungen	*„hat mit gutem Erfolg im Schulorchester mitgespielt und war im Bereich des Schulsanitätsdienstes tätig"*
Praktika	zweiwöchiges Praktikum in einer Spedition plus zwei freiwillige Praktika in einer Kita in den Schulferien
Bewerbungsunterlagen	sehr ordentlich und übersichtlich; überzeugende Begründung der Bewerbung
Vorstellungsgespräch	gut über die Firma informiert, freundlich, sehr zurückhaltend; gutes Englisch, Türkisch und Kenntnisse in Spanisch
Testergebnis PC	behob Programmierungsfehler selbstständig, arbeitete konzentriert, erbat zweimal zusätzliche Informationen
Testergebnis Rollenspiel	gutes Benehmen, spricht zu wenig, reagiert eher hilflos auf schwieriges Kundenverhalten

Janosch Kaminsky, 21 Jahre

Schulabschluss	Abitur (Durchschnitt 3,0) plus 2 Semester Jura
Zeugnisnoten (Punkte)	Mathematik 8; Deutsch 10; Englisch 9;
Bemerkungen	keine
Praktika	1 Monat Praktikum in einem Softwareunternehmen, 1 Monat in einem Anwaltsbüro in Frankreich
Bewerbungsunterlagen	optisch sehr anschauliche Unterlagenmappe, zweiseitige Begründung der Bewerbung (zu ausführlich)
Vorstellungsgespräch	freundliches Auftreten, erklärt den Studienabbruch ehrlich, ist gut über die Firma informiert; spricht Englisch und Französisch
Testergebnis PC	durchschnittliche Computerhandhabung; betont, in Sachen IT-Kompetenz noch vieles lernen zu müssen
Testergebnis Rollenspiel	geht auf die Menschen zu, kann Kunden überzeugen und für sich einnehmen

Ihr spielt ein Auswahlverfahren in einem Unternehmen der IT-Branche durch. Die Firma IT-Power-GmbH hat sich erstmalig dazu entschlossen, zwei Ausbildungsplätze als IT-System-Kauffrau/-Kaufmann zu besetzen. IT-Power hat sich in den zehn Jahren ihres Bestehens von einem Ein-Personen-Betrieb zu einem Unternehmen mit 28 Mitarbeiterinnen und Mitarbeitern entwickelt. Die Firma verkauft Systemlösungen in der Computertechnik und richtet sie ein, berät und betreut Kundinnen und Kunden, führt Schulungen und Reparaturen durch. Vier Bewerbungen für die beiden Ausbildungsplätze gingen ein. Vorstellungsgespräche und ein Test wurden bereits durchgeführt. Der Test bestand aus zwei Teilen: Aufgabenlösungen am PC, Durchführung eines Kundenberatungsgesprächs in einem Rollenspiel.

Was wird von einer Kauffrau/einem Kaufmann für IT-Technik erwartet?

IT-Kaufleute planen und verwirklichen kundenspezifische Systemlösungen in der Informationstechnik und stehen ihren Kunden für alle Fragen rund um die eingerichteten Computersysteme zur Verfügung. IT-System-Kauffrau/-Kaufmann ist ein anerkannter Ausbildungsberuf mit dreijähriger Ausbildungsdauer. Rechtlich ist kein bestimmter Schulabschluss vorgeschrieben. Bewerber/-innen mit Mittlerem Schulabschluss haben Chancen, wenn sie eine besondere Eignung erkennen lassen. Neben einer Begabung für Mathematik und allem, was mit Technik zu tun hat, benötigen IT-Kaufleute eine Vielzahl überfachlicher Kompetenzen. Der Erfolg ihrer Arbeit hängt ganz wesentlich davon ab, wie kundenfreundlich sie ihre vielfältigen Dienstleistungen gestalten können. Gute Englischkenntnisse sind unverzichtbar.

So könnt ihr vorgehen:

Die Methode für dieses Lernspiel ist ein Gruppenmixverfahren. Dabei werden innerhalb der Unterrichtsstunde die Arbeitsgruppen zweimal neu gebildet.

1. Jeder trifft seine Vorentscheidung
Vergleicht die Anforderungen an IT-System-Kaufleute mit dem, was die Bewerberinnen und Bewerber anzubieten haben. Trefft eure persönliche Vorentscheidung und fertigt Stichworte für die Begründung an.

2. Beratung in der ersten Arbeitsgruppe
Bildet Gruppen, wobei jede Gruppe aus Mitarbeiterinnen und Mitarbeitern der Firma IT-Power-GmbH besteht. Stellt der Reihe nach eure Vorentscheidungen vor. Diskutiert eure Auswahl und trefft nach einer zuvor vereinbarten Zeit eine Entscheidung nach dem Mehrheitsprinzip. Jedes Gruppenmitglied erhält nun einen farbigen Punkt oder eine Zahl.

3. Beratung in der zweiten Arbeitsgruppe
Gruppenmitglieder mit dem gleichen farbigen Punkt (oder mit gleicher Zahl) setzen sich nun in neuen Gruppen zusammen. Zunächst stellen alle Teilnehmer/-innen vor, wofür sich die erste Gruppe entschieden hat. Anschließend wird erneut diskutiert und abgestimmt.

4. Entscheidung
Sprecherinnen und Sprecher aus den zweiten Arbeitsgruppen stellen die letzte Mehrheitsentscheidung vor. Eingestellt werden die Bewerberinnen und Bewerber, die die meisten Gruppenentscheidungen in den Zweitgruppen erhalten haben.

5. Auswertung
Sprecht nach dem Spiel gemeinsam darüber, welche Erkenntnisse ihr daraus für eure eigene Berufswegplanung ableiten könnt.

Cedric Flesch, 17 Jahre

Schulabschluss	Abitur (Durchschnitt 2,6)
Zeugnisnoten (Punkte)	Mathematik 14; Deutsch 11; Englisch 7;
Bemerkungen	*„hat mitunter Leitungsaufgaben in einer Informatik-AG übernommen"*
Praktika	keine Praktikumsnachweise
Bewerbungsunterlagen	wirken nachlässig zusammengestellt, Begründung der Bewerbung fällt sehr kurz aus
Vorstellungsgespräch	ist wenig über die Firma informiert, zeigt hohes Spezialwissen in Informationstechnologie, nachlässige Kleidung (Shorts), Defizite in Englisch
Testergebnis PC	meistert alle Übungen; findet Fehler, kennt zahlreiche Programme
Testergebnis Rollenspiel	selbstbewusstes Auftreten, drückt sich fachlich richtig, aber kompliziert aus, wirkt sehr selbstbewusst

Sarah Markwort, 18 Jahre

Schulabschluss	Gymnasium, bis zur Versetzung in Jahrgangsstufe 11
Zeugnisnoten (Punkte)	Mathematik 13; Deutsch 6; Englisch 7;
Bemerkungen	*„hat sich als Klassensprecherin engagiert für die Mitgestaltung des Schullebens eingesetzt"*
Praktika	freiwilliges soziales Jahr beim Roten Kreuz
Bewerbungsunterlagen	ordentlich, aber mehrere Rechtschreibfehler, Passfoto musste nachgereicht werden
Vorstellungsgespräch	zeigt sich ausführlich über die Firma informiert, drückt sich mündlich sehr gut aus, Kleidung im Freizeitlook
Testergebnis PC	geschickt und schnell am PC, zeigt, dass sie in ihrem sozialen Jahr viel über IT-Technik gelernt hat
Testergebnis Rollenspiel	sehr natürliches, teilweise forsches Auftreten, freundlich lächelnd, übernimmt schnell die Führung in einem Gespräch

Was interessiert dich besonders? Was kannst du richtig gut?

Wähle, wie du vorgehen möchtest:
Möglichkeit 1: Ich arbeite individuell und suche mir zwei, drei oder mehr Aufgaben aus.
Möglichkeit 2: Ich arbeite mit einer Partnerin, einem Partner zusammen. Gemeinsam schaffen wir mehr als allein.
Möglichkeit 3: Wir bilden Gruppen, teilen die Aufgaben auf und lösen alles gemeinsam.

Was ich weiß

Ich kann ...

1. erklären, was das Grundrecht auf freie Berufswahl bedeutet und was man unter einem „anerkannten Ausbildungsberuf" versteht.

2. mindestens vier unterschiedliche Erwartungen nennen und beschreiben, die nahezu alle Wirtschaftsunternehmen an Bewerberinnen und Bewerber stellen.

Wozu ich meine Meinung formulieren und begründen kann

Ich kann zu folgenden Diskussionspunkten meine Meinung formulieren und diese mit Argumenten begründen.

1. Soll man sich frühzeitig um die Berufswahl kümmern oder ist dazu auch noch Zeit gegen Ende der Schulzeit?

2. Überwiegen die Chancen oder die Gefahren, wenn man für den Traum von beruflicher Selbstständigkeit als Model, Musiker/-in oder Influencer/-in auf eine anerkannte Berufsausbildung verzichtet?

Was ich methodisch gelernt habe

Ich kann ...

1. erläutern, was man unter einer Potenzialanalyse versteht und wie man dabei vorgehen kann.

2. einer anderen Person vier oder mehr Tipps geben, die man beim Anlegen einer persönlichen Berufswahlmappe beachten sollte.

Worüber ich mitreden kann

Mit ein wenig Nachdenken kann ich (auch zusammen mit anderen) vor der Klasse eine, zwei oder drei Minuten frei sprechen:

1. Worauf sollte man bei der Vorbereitung, Durchführung und Nachbereitung eines Betriebspraktikums achten?

2. Auf welche Soft Skills kommt es an auf dem Weg zu einem erfolgreichen Studium und Berufsleben?

Acht Merksätze zum Einprägen

1	Die freie Berufswahl ist ein …
A	Werbespruch in Deutschland.
B	Plan für die Zukunft.
C	ungeregeltes Versprechen.
D	Grundrecht in Deutschland.

2	Berufe, für die es eine bundeseinheitliche Ausbildungsordnung gibt, nennt man …
A	Bundesberufe.
B	Berufe für Selbstständige.
C	anerkannte Ausbildungsberufe.
D	akademische Berufe.

3	Das System der praktischen Berufsausbildung wird als „Duales System“ bezeichnet, weil die Ausbildung …
A	an zwei Lernorten stattfindet.
B	in der Regel zwei Jahre dauert.
C	in zwei zeitliche Abschnitte untergliedert ist.
D	zweimal wiederholt werden kann.

4	Die Hilfsangebote der Bundesanstalt für Arbeit für den gesamten Prozess der Berufswegplanung findet man im Internet unter der Bezeichnung …
A	Beruf für morgen
B	Planet Beruf.
C	Berufe für alle
D	Welt der Berufe.

5	Unter einem „Dualen Studium“ versteht man eine Kombination aus …
A	einem naturwissenschaftlichen und einem sprachlichen Studium.
B	einer Ausbildung im Inland und im Ausland.
C	einem akademischen Studium und einer praktischen Berufsausbildung.
D	dem Studium eines Haupt- und eines Nebenfaches.

6	Die Anzahl der Semester bis zum Abschluss in einem Bachelor-Studiengang an einer Hochschule beträgt in der Regel …
A	3 – 5.
B	4 – 6.
C	6 – 8.
D	9 – 10.

7	Ein angeschlossenes Masterstudium ist die Voraussetzung für …
A	ein Diplom.
B	ein erstes Staatsexamen.
C	einen Bachelor-Abschluss.
D	eine Promotion.

8	Die Fähigkeit und Bereitschaft zur Zusammenarbeit mit Menschen unterschiedlicher Herkunft, Sprache und Kultur bezeichnet man als …
A	gemischte Kompetenz.
B	vielfältige Kompetenz.
C	generalisierende Kompetenz.
D	interkulturelle Kompetenz.

!
- Bei richtiger Lösung kommen A zweimal, B einmal, C dreimal und D einmal vor.
- Übernimm die Merksätze in dein Heft und präge sie dir ein.

3 Demokratie in der Bundesrepublik Deutschland

Das Foto zeigt Jugendliche im Gespräch mit Politikerinnen und Politikern

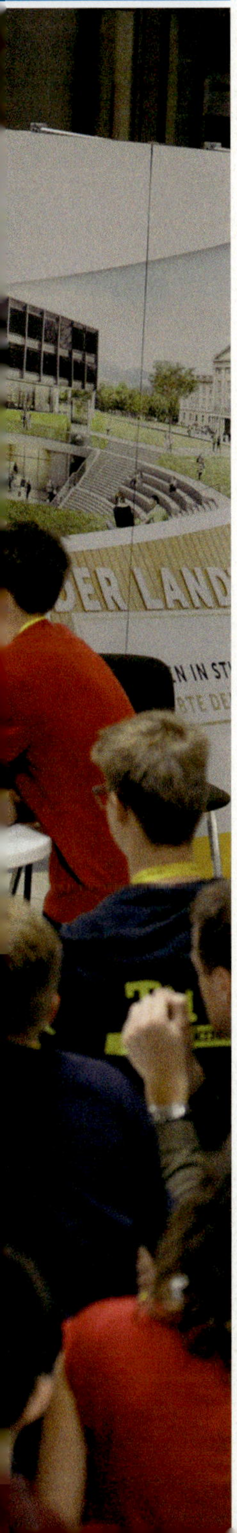

Wie kann Demokratie lebendig gestaltet werden?

1. Allein nachdenken
Was würdest du die Politikerinnen und Politiker fragen, wenn du an einem Gespräch mit ihnen teilnehmen könntest?

2. Zu zweit beraten
Welche Vorstellungen verbindet ihr mit dem Begriff „lebendige Demokratie"?

3. In der Klasse sammeln
Aus welchen Gründen ist es wichtig, dass die Menschen in der Demokratie über deren Einrichtungen und Entscheidungsprozesse Bescheid wissen?

Bei der Arbeit an diesem Kapitel könnt ihr ...

- untersuchen, was Menschen unternehmen, um ihre politischen Interessen zu vertreten,
- die Bedeutung und Aufgaben der Parteien erklären,
- euren Mitschülerinnen und Mitschülern die Aufgaben der fünf wichtigsten Verfassungsorgane erläutern,
- am Beispiel eines Bundesgesetzes gegen die Verbreitung von Hass und Hetze im Internet darstellen, wie ein Gesetz entsteht,
- darüber diskutieren, ob Extremismus und Rassismus die Demokratie bedrohen.

Eigene Schwerpunkte könnt ihr setzen, in dem ihr ...

- darüber diskutiert, ob Volksentscheide in Zukunft auch bei Entscheidungen für Deutschland eingeführt werden sollen,
- zu selbst gewählten Themen Programme der Parteien recherchieren und vergleichen,
- den Prozess der Gesetzgebung in einem Erklärvideo erläutern.

1 Wie viel Bürgerbeteiligung braucht die Demokratie?
Die Bedeutung von Partizipation beurteilen

A Eine Einstiegsübung

Welche Möglichkeiten politischer Mitwirkung fallen dir spontan ein?
Nenne sie und sammelt gemeinsam.

B Der Fall: Bürgerinnen und Bürger wollen Tempo-300-ICE-Trasse in NRW verhindern

ICE zwischen Hannover und Bielefeld – volle Fahrt mit Tempo 300

■ Zwischen Bielefeld und Hannover soll eine neue Bahn-Trasse für ICEs entstehen. Die Entscheidung darüber trifft der Bundestag. Zur Durchführung beschloss er am 21. Januar 2020 per Gesetz ein beschleunigtes Genehmigungsverfahren. Über den genauen Verlauf der Trassenführung wurde noch nicht entschieden. Die Planung sieht verschiedene Varianten vor, eine davon verläuft quer durch das Gebiet der Gemeinde Vlotho im Kreis Herford. Auf der neuen Trasse sollen in Zukunft die ICEs mit bis zu 300 Stundenkilometern hindurchfahren und so die Fahrzeit zwischen Bielefeld und Hannover auf exakt 31 Minuten verkürzen. Dies ist aus Sicht der Planer notwendig, um den sogenannten „Deutschlandtakt" zu erreichen: An wichtigen Knotenbahnhöfen sollen die Züge künftig immer zur gleichen Zeit abfahren. So entstehen optimale Umsteigemöglichkeiten.

Gegen den Plan, die neue ICE-Trasse über Vlothoer Gebiet zu bauen, wurde im Oktober 2020 die Bürgerinitiative WiduLand gegründet. Die Gründung entsprach dem Wunsch vieler Bürgerinnen und Bürger. Den kompletten Neubau einer solchen Strecke lehnen die meisten von ihnen ab. Ihrer Ansicht nach wäre es sinnvoller, die bereits bestehende Bahntrasse zu sanieren und zu modernisieren. Das würde unnötige weitere Naturzerstörungen und Belastungen für die Tier- und Pflanzenwelt verhindern. Darüber hinaus wären die Kosten für die Modernisierung geringer als für einen Neubau.

Zur Gründungsversammlung am 22. Oktober 2020 kamen 20 Bürgerinnen und Bürger. Bis zum März 2021 stieg die Zahl der Mitglieder auf mehr als 1 500 an.

Die Initiative suchte den Kontakt zu den gewählten Kommunalpolitikerinnen und -politikern. Der Bürgermeister von Vlotho und der lippischen Nachbargemeinde Kalletal kündigten an, das Engagement der Bürgerinnen und Bürger zu unterstützen und die Pläne ebenfalls verhindern zu wollen.

Zur weiteren Durchsetzung ihrer Forderungen organisierten Bürgerinnen und Bürger eine Online-Petition. Darin forderte sie den Bundestag auf, auf den Neubau von Trassen zu verzichten und umweltverträglichere Lösungen zu prüfen. Die Petition* gelangte mit 35 000 Unterschriften zum Petitionsausschuss des Deutschen Bundestages.

Am 25. November 2020 veröffentlichte das Bundesministerium für Verkehr und digitale Infrastruktur (BMVI) gemeinsam mit der Deutschen Bundesbahn Pläne für fünf mögliche Streckenführungen. Zugleich wurde ein Dialog- und Beteiligungsforum angekündigt. Dabei soll es um die angemessene Berücksichtigung der Interessen der Bürgerinnen und Bürger vor Ort und um die Belange des Umwelt- und Naturschutzes gehen. ■

* Zum Begriff Petition findest du auch Informationen im Glossar

C „Wir wollen Natur- und Klimaschutz"

Im April 2021 führte TEAM ein Interview mit dem Mitglied der Bürgerinitiative „WiduLand" Marion K.

TEAM: Warum sind Sie Mitglied der Bürgerinitiative geworden?

Als ich von dem geplanten Neubau der Strecke erfahren habe, war ich sehr erschrocken. Die Landschaft in unserer Umgebung ist weitestgehend intakt. Der Kurort Bad Salzuflen ist darauf angewiesen, dass es in der Umgebung unberührte Natur zur Naherholung gibt. Schließlich möchte ich selbst nicht den Lärm aushalten müssen, der die Lebensqualität in unserem ganzen Dorf sehr stark beeinträchtigen würde.

TEAM: Was möchten Sie erreichen?

Wir wollen erreichen, dass die Bahn neben einem Neubau der Trasse Bielefeld – Hannover auch den Ausbau der bereits bestehenden Strecke prüft. Unsere Bürgerinitiative WiduLand ist nicht gegen die Bahn. Wir wollen Naturschutz und Klimaschutz. Dazu gehören auch Investitionen in die Bahn. Das ist absolut klar.

Wir fordern deshalb eine Überarbeitung des Deutschlandtaktes. Es darf nicht nur darum gehen, dass mit Tempo 300 31 Minuten Bahnfahrt eingespart werden, dass dafür weiterhin Landschaft zerstört wird. Die Bedürfnisse der Menschen und der Schutz der Natur und der Tiere sollten im Vordergrund stehen.

TEAM: Was hat die Initiative bisher unternommen?

Wir versuchen natürlich, die Bürgerinnen und Bürger vor Ort umfassend zu informieren über Infostände, Newsletter und die sozialen Medien. Wir bemühen uns auch um Kontakt zur Lokalpresse. Wegen der Corona-Pandemie sind wir leider sehr eingeschränkt. Aber wir haben dennoch verschiedene Aktionen ins Leben gerufen, unter anderem eine Fackel-Mahnwache. Wir haben auch ein Logo für unsere Initiative entwickelt, ein oranges Dreieck, das sich jeder als Zeichen seines Protestes in den Garten stellen kann.

Dirk Schitthelm, Vorsitzender von „WiduLand"

TEAM: Können Sie sich auch einen Kompromiss vorstellen?

Ja, natürlich – allerdings nicht mit einem Trassen-Neubau. Die Naturzerstörung durch den Bau riesiger Brücken und Tunnel und der damit einhergehenden Zerschneidung von Verkehrswegen wäre so massiv, dass das Leben für die Menschen in der Region unwiederbringlich beschädigt würde.

TEAM: Glauben Sie, dass die Bürgerbeteiligung sich lohnt?

Auf jeden Fall. Wenn wir uns nicht zusammentun und uns gemeinsam für unsere Region einsetzen würden, könnten wir unsere Interessen nicht durchsetzen. Wir nutzen dazu die Möglichkeiten, die uns als Bürgerinitiative zur Verfügung stehen.

TEAM: Vielen Dank für das Gespräch.

1. Beschreibe den Anlass für die Gründung der Bürgerinitiative und die Maßnahmen, die sie bisher unternommen hat.

2. Ermittele Gründe für und gegen den Bau einer neuen Bahntrasse und stelle sie einander gegenüber.

3. Viele Menschen denken, man solle solche Entscheidungen den dafür gewählten Politikerinnen und Politikern überlassen. Andere halten eine möglichst umfangreiche Mitwirkung der Bürgerinnen und Bürger an politischen Entscheidungen für unverzichtbar. Wie beurteilst du diese beiden Auffassungen?

Selbstständig weiterlernen mit Medien

- Beim Erscheinen dieses Buches war noch nicht endgültig über den Ausbau dieser Bahnstrecke entschieden. Recherchiere selbst den weiteren Verlauf der Ereignisse und stelle das Ergebnis vor.

D Möglichkeiten politischer Beteiligung

1. Nenne die Formen der politischen Beteiligung, die im Teil 1 des Textes genannt werden.

2. Beschreibe die im Textteil 2 genannten Möglichkeiten zivilgesellschaftlichen Engagements.

3. Erläutere, was die Besonderheiten zivilgesellschaftlichen Engagements sind und welche Bedeutung es hat für den Bestand und die Weiterentwicklung der Demokratie.

4. Beurteile die Bedeutung der sozialen Medien für die politische Beteiligung von Jugendlichen. Haben sich durch deren Nutzung die Mitgestaltungsmöglichkeiten verbessert?

5. „Politische Bildung ist Voraussetzung politischer Partizipation.“ Überprüfe diese These anhand deiner persönlichen Erfahrungen.

Teil 1: Formen der Einflussnahme

Beispiel einer spontanen Aktion Jugendlicher: „Fight every Crisis“ – Aktion zum Klimaschutz in Berlin während der Corona-Krise im April 2020

Unter politischer Beteiligung versteht man alles Handeln von Personen oder Gruppen, das zum Ziel hat, die politischen Verhältnisse zu beeinflussen. Alle Formen der Mitwirkung werden unter dem Begriff *Partizipation* zusammengefasst. Partizipieren bedeutet, dass man sich als Teil der Gesellschaft versteht und bereit ist, sich einzubringen und mitzugestalten. Zu den grundlegendsten Formen des aktiven Mitmachens in der Politik gehören die Teilnahme an Wahlen, die Unterstützung und Mitgliedschaft in einer Partei und die Interessenvertretung in einem Verband oder Verein. Eine aktive Teilnahme am politischen Leben hat aber nicht nur damit zu tun. Es beginnt bereits damit, dass man seine politische Bildung verbessert.

- Man informiert sich über das politische Tagesgeschehen,
- führt Gespräche über politische Themen im Familien- und Freundeskreis,
- bildet sich ein eigenes Urteil zu umstrittenen Themen,
- nimmt an Hilfsaktionen teil,
- beteiligt sich an einer genehmigten Demonstration.

Für Kinder und Jugendliche beginnt das Mitmachen oft in der Schülervertretung an der eigenen Schule und durch die Mitarbeit in einem örtlichen Kinder- und Jugendparlament.

Neue Wege der Jugendbeteiligung

Jugendliche nutzen ihre politischen Einflussmöglichkeiten in besonderer Weise über die sozialen Medien. Diese Form der Partizipation hat sich im Verlauf der Corona-Pandemie ab 2020 weiter verstärkt. Online finden Workshops statt, in denen diskutiert und gemeinsam gelernt wird. Es werden Bilder, Filme, Podcasts und andere selbst produzierte Sendungen gepostet. Besonders öffentlichkeitswirksam ist die wachsende Bereitschaft zur Teilnahme an Demonstrationen und anderen spontanen Aktionen. Nicht wenige Jugendliche nutzen auch den Hörfunk und das Fernsehen, um ihre Ansichten und Forderungen einzubringen und mit Berufspolitikerinnen und -politikern auf Augenhöhe zu diskutieren.

Trotz dieser vielfältigen Möglichkeiten beklagen Jugendliche oft ein bestehendes Ungleichgewicht zwischen den Einflussmöglichkeiten der jungen Generation auf die Politik im Vergleich zur Entscheidungsmacht der erwachsenen Berufspolitiker/-innen und Parteienvertreter/-innen.

Demgegenüber sind viele Erwachsene davon überzeugt, dass gerade die Formen der jugendlichen Einflussnahme auf die Politik dazu geführt haben, dass die drängenden politischen Probleme mehr Aufmerksamkeit erfahren und konsequenter behandelt werden. In besonderer Weise gelte das für den Klima- und Naturschutz, die Achtung der Menschenrechte und die Sicherung und Akzeptanz der Vielfalt in der Demokratie.

Teil 2: Die Bedeutung der Zivilgesellschaft

Die meisten der in der Öffentlichkeit bekannten Politikerinnen und Politiker üben ihr politisches Amt hauptberuflich aus.

Eine lebendige Demokratie lebt aber auch davon, dass die Bürgerinnen und Bürger sich in ihrer Freizeit politisch engagieren. Man unterscheidet daher zwischen zivilgesellschaftlichen Mitmachmöglichkeiten und professioneller Politikgestaltung.

Zivil ist man, wenn man privat ist. Im Bereich der Zivilgesellschaft übernehmen Bürgerinnen und Bürger durch ihr privates Engagement Verantwortung für andere Menschen und für die Gestaltung der gesellschaftlichen und politischen Verhältnisse. Alle Altersgruppen gehören dazu.

Zivilgesellschaft und professionelle Politik bilden keine Gegensätze. Beide Ebenen sind vielmehr aufeinander angewiesen. Sie brauchen den gemeinsamen Dialog als wechselseitige Bereicherung.

Nahezu alle Expertinnen und Experten stimmen darin überein, dass die Chancen der Zivilgesellschaft in der Bereicherung und Erweiterung der Demokratie bestehen. Mit einer möglichst breit gestreuten zivilgesellschaftlichen Beteiligung werde die Demokratie zu einer Lebensform, in der alle sich mit ihren Meinungen und Interessen einbringen und ihre grundrechtlich garantierten Freiheitsrechte wahrnehmen können.

Gemeinsam müsse allen Aktivitäten sein, dass die Beteiligten die Spielregeln der Demokratie akzeptieren. Dazu gehören die Achtung der Gesetze und die Bereitschaft, auch Andersdenkenden die Rechte zuzubilligen, die man für sich selbst in Anspruch nimmt. Wo Engagement sich in Hass und Gewalt zeigt, sind die Grenzen demokratischer Freiheit überschritten.

Formen zivilgesellschaftlichen Engagements

Zivilgesellschaftliches Engagement zeigt sich oft in spontanen Hilfsaktionen. Man unterstützt Flüchtlinge und andere notleidende Menschen, trifft sich zu Baumpflanzaktionen, macht öffentlich mit einem Theaterstück oder einem Rockkonzert auf besondere Probleme aufmerksam und vieles andere mehr.

Face-to-Face-Beteiligung: Hier treffen sich Bürgerinnen und Bürger mit Berufspolitikern, um über politische Probleme gemeinsam zu beraten

Dauerhaft engagieren sich viele in gemeinnützigen Vereinen, deren vielfältige Aktivitäten dem Wohl der Allgemeinheit dienen.

Um eine politische Forderung in der eigenen Region durchzusetzen, engagieren sich Bürgerinnen und Bürger oft in einer Bürgerinitiative*. Im Unterschied zu einer Partei oder einem Interessenverband verfolgen Bürgerinitiativen in der Regel ein ganz bestimmtes Ziel und lösen sich wieder auf, wenn das Ziel erreicht ist oder der Kampf aufgegeben wird.

Eine oft genutzte Möglichkeit der Einflussnahme wird zunehmend die Teilnahme an *Online-Petitionen*. Darunter versteht man das im Grundgesetz garantierte Recht, sich mit Bitten und Beschwerden an die zuständigen Stellen und die gewählten Volksvertretungen zu wenden (siehe Artikel 17 GG).

Es gehört zu den Zielen staatlicher Politik, das zivilgesellschaftliche Engagement zu fördern. Dazu wurde im Laufe der Jahre eine Reihe von Elementen einer direkten Demokratie in die bestehenden Ordnungen eingefügt. Auf kommunaler Ebene ist das unter anderem der Bürgerentscheid und auf Landesebene der Volksentscheid.* In beiden Fällen können die Bürgerinnen und Bürger direkt, also nicht über die gewählten Vertreterinnen und Vertreter, über eine politische Angelegenheit oder auch über ein Landesgesetz entscheiden.

* Zu den Begriffen Bürgerinitiative, Bürgerentscheid und Volksentscheid findest du weitere Informationen im Glossar.

E Soll das Volk in der Bundespolitik direkt mitbestimmen?

Aktion in Berlin für eine Änderung des Grundgesetzes, für Volksentscheide auf Bundesebene

Beispiel Schweiz: Volk stimmt über Gesetzesinitiativen ab

In der Schweiz gehören Volksabstimmungen zur Tradition. Dabei macht das Volk es der Regierung nicht immer leicht. So sprachen sich die Schweizer 2010 mehrheitlich für eine automatische Abschiebung kriminell gewordener Ausländer aus. Diese Entscheidung brachte die Regierung in arge Bedrängnis, weil sie feststellte, dass diese Entscheidung ein Verstoß gegen die Europäische Menschenrechtskonvention darstellt. 2016 fand der Vorschlag der Regierung Zustimmung, für den Gotthard-Tunnel zwischen der Schweiz und Italien eine zweite Röhre mit Kosten von knapp 3 Milliarden Schweizer Franken zu bauen. Bis 2027 soll der Bau beendet sein.

Während der Corona-Pandemie kam es im September 2020 zu einer Abstimmung über eine Begrenzung des Zuzugs von Menschen aus Ländern der EU in die Schweiz. Mit mehr als 60 Prozent der Stimmen lehnten die Schweizer eine solche Begrenzung ab.

1. Was unterscheidet die Ausgestaltung der Demokratie in der Schweiz und in anderen Staaten von der Wirklichkeit in der Bundesrepublik Deutschland? Erläutere die Unterschiede (auch anhand konkreter Entscheidungsbeispiele).

Direkte Demokratie durch Bürger- und Volksentscheide

Die Bundesrepublik Deutschland ist eine repräsentative Demokratie. Die Bürgerinnen und Bürger wählen die Abgeordneten als ihre Vertreterinnen und Vertreter (= Repräsentanten) in den Bundestag. Eine direkte Mitbestimmung der Bürgerinnen und Bürger bei aktuellen politischen Entscheidungen des Bundes ist im Grundgesetz bislang nicht vorgesehen. Anders sieht es in den Kommunen und in den Bundesländern aus. Dort gibt es Bürger- bzw. Volksentscheide. Das sind Formen direkter Demokratie, bei denen die Bürgerinnen und Bürger sozusagen in die Rolle des Gesetzgebers schlüpfen. In den vergangenen Jahren hat es im deutschen Bundestag wiederholt Gesetzesvorlagen zur Einführung von Volksentscheiden auf Bundesebene gegeben. Doch keiner der Gesetzesvorschläge fand bisher die dafür erforderliche Mehrheit. Der Grund: Gesetze, die die Verfassung ändern, müssen im Bundestag und im Bundesrat mit Zweidrittelmehrheit verabschiedet werden. So legt es das Grundgesetz fest. In jüngster Zeit sind die Stimmen derer immer lauter geworden, die eine direkte politische Beteiligung des Volkes an grundlegenden politischen Entscheidungen fordern. Man verweist dabei auf andere Mitgliedstaaten der Europäischen Union, in denen Volksentscheide längst selbstverständlich sind (z. B. in Italien und Frankreich). Nach Ansicht vieler Kritiker/-innen des aktuellen Zustandes sind die Bürgerinnen und Bürger in Deutschland zu sehr in die Rolle des passiven Beobachters von Politik gedrängt. Sie fordern ein Mehr an aktiver Beteiligung. Befürwortung und Gegnerschaft lassen sich nicht eindeutig nach Parteizugehörigkeit einordnen. In allen großen Parteien gibt es Befürworter und Gegner und beide Seiten führen gewichtige Argumente ins Feld.

F TEAM kontrovers: Pro und Kontra Volksentscheide auf Bundesebene

Argumente – Argumente – Argumente – Argumente – Argumente – Argumente – Argumente		
1.	Volksentscheide auf Bundesebene sind eine Bereicherung der Demokratie, weil die Wählerinnen und Wähler auch über die Wahl hinaus politisch aktiv sein können.	
2.	Am Beispiel der Schweiz kann man sehen, dass die Demokratie mit Volksentscheiden hervorragend funktioniert.	
3.	Bundespolitische Entscheidungen, zum Beispiel über Fragen der Altersversorgung, des Gesundheitswesens, des Umweltschutzes oder der Reform des Arbeitsmarktes sind viel zu kompliziert. Der normale Bürger ist da überfordert.	Pro ?
4.	Junge Leute werden durch die Möglichkeit von Volksentscheidungen über Fragen der Bundespolitik besser an die Politik herangeführt. So können sie spüren, dass sie politisch etwas bewegen können.	Kontra ?
5.	Volksentscheide führen dazu, dass kleine Gruppen von Bürgerinnen und Bürgern, die sich in den anliegenden Entscheidungen gut auskennen, ihre Interessen auf Kosten der Allgemeinheit durchsetzen.	Pro ?
6.	Volksentscheide auf Bundesebene werden dazu führen, dass die wichtigen politischen Entscheidungen noch langsamer zustande kommen als das bisher schon der Fall ist. Die Lösung drängender politischer Probleme würde so noch weiter hinausgezögert.	Kontra ?
7.	In schwierigen Zeiten muss das gewählte Parlament auch unpopuläre Entscheidungen treffen können, die die Mehrheit der Bevölkerung wenig begeistern. Das geht aber nur in der repräsentativen Demokratie.	Pro
8.	Die gewählten Politikerinnen und Politiker müssen bei ihren Entscheidungen viel genauer auf die Stimmung in der Bevölkerung achten, weil sich das Volks sonst in Volksentscheiden darüber hinwegsetzen kann.	

2. Legt eine Tabelle an und ordnet darin die Argumente „Pro und Kontra Volksentscheide auf Bundesebene“. (Das geht zügig in Partnerarbeit.)

3. Betrachtet die Pro- und Kontra-Argumente und bewertet sie im Zusammenhang. Welche der beiden Auffassungen führt zu einer Bereicherung der Demokratie und zu besseren politischen Entscheidungen?

4. Bilde dir ein eigenes Urteil und diskutiere mit anderen.

2 Wie wichtig sind die Parteien?
Aufgaben der Parteien in der Demokratie erläutern

Hier könnt ihr zusammentragen, was ihr bereits über die Parteien in Deutschland wisst. Als Methode für das gemeinsame Sammeln wird ein **Brainstorming** empfohlen. Schaut euch die Stichworte zu den Parteien an und beginnt dann mit der empfohlenen Übung.

Tipp: Mithilfe der angegebenen Internetadressen könnt ihr euch genauer über die Programme und Ziele der Parteien informieren.

A Parteien in Stichworten

SPD Soziale Politik für Dich.

Sozialdemokratische Partei Deutschlands, älteste Partei Deutschlands, gegründet 1875 als Arbeiterpartei, versteht sich als Volkspartei und im Besonderen als Partei der Arbeitnehmerschaft, sieht soziale Gerechtigkeit als Programmschwerpunkt, ist im Bundestag und in allen Landtagen vertreten. www.spd.de

CDU

Christlich Demokratische Union, gegründet 1945, bezeichnet sich als „Volkspartei der Mitte", will viele Wählerschichten ansprechen, Orientierung an christlichen Wertvorstellungen, seit 1949 im Bundestag und in allen Landtagen vertreten (außer Bayern). www.cdu.de

CSU

Christlich-Soziale Union, gegründet 1945, nur in Bayern wählbar, im Bundestag mit der CDU in Bündnispartnerschaft, legt besonderen Wert auf die Interessenlage in Bayern. www.csu.de

BÜNDNIS 90 DIE GRÜNEN

Bündnis 90/ Die Grünen, Gründung in der heutigen Form 1993 durch Zusammenschluss der West-Grünen mit „Bündnis 90" aus der ehemaligen DDR, im Bundestag und in allen Landtagen vertreten, sieht als Leitgedanken grüner Politik „ökologische, ökonomische und soziale Nachhaltigkeit". www.gruene.de

Freie Demokraten FDP

Freie Demokratische Partei, gegründet 1945, liberale Partei, steht für Freiheit und Eigenverantwortlichkeit, im Bundestag seit 1949, scheiterte 2013 an der Fünf-Prozent-Hürde, zog 2017 wieder in den Bundestag ein, ist nicht in allen Landtagen vertreten. www.fdp.de

Alternative für Deutschland, gegründet 2013, zunächst als Antieuropartei, seit 2017 im Bundestag. In ihrem Grundsatzprogramm betont die Partei unter anderem den Grundsatz der „gelebten deutschen Kultur" und setzt sich für mehr Volksabstimmungen nach Schweizer Vorbild ein. www.afd.de

DIE LINKE.

Die Linke, gegründet 2007 (als Nachfolgeorganisation der ehemaligen PDS), kämpft für Alternativen zum Kapitalismus, betont den Wert der Gleichheit, will Reiche stärker belasten, um Armut zu bekämpfen, im Bundestag seit 1998 (zunächst als PDS), ist nicht in allen Landtagen. www.die-linke.de

Viele kleine Parteien

Neben den hier genannten existieren zahlreiche Kleinparteien, die oft nur wenigen Wählerinnen und Wählern bekannt sind. Bei den Bundestagswahlen 2021 hatte man zum Beispiel die Möglichkeit, 46 verschiedenen Parteien seine Stimme zu geben. Den Kleinparteien gelingt es in der Regel nicht, den bei Wahlen erforderlichen Stimmenanteil von fünf Prozent zu erreichen – eine Voraussetzung, um Abgeordnete in den Bundestag senden zu können.

Brainstorming
Thema: Parteien

Worum geht es?

Über die Parteien in Deutschland habt ihr sicherlich schon vieles gelesen, gehört und gesehen. Vielleicht habt ihr euch auch schon mit deren programmatischen Aussagen beschäftigt und habt eigene Ansichten dazu.
Einige grundlegende Informationen über die größeren Parteien in Deutschland konntet ihr auch der Übersicht auf der linken Seite entnehmen. Hier könnt ihr nun alles einbringen, was ihr bereits über die Parteien wisst und auch, wie ihr über sie denkt.
Die geeignete Methode dazu ist das *Brainstorming*. Übersetzt heißt das „Gedankenwirbel". Alles, was einem an Wissen und Gedanken zu einem gestellten Thema in den Sinn kommt, kann man mit dieser Methode sammeln. Man erfährt dabei auch, was einem noch an Informationen zur eigenen Urteilsbildung fehlt und was man noch in Erfahrung bringen möchte.

Wie macht man das?

Damit sich möglichst alle beteiligen können, solltet ihr einige Regeln beachten:
- Lasst euch das Thema des Brainstormings eine Weile durch den Kopf gehen.
- Notiert dann in ein, zwei Stichworten eure Gedanken dazu.
- Nehmt euch fest vor, mindestens einen Beitrag zum Brainstorming einzubringen.

Für die Durchführung des Brainstormings sollte eine Zeit vereinbart werden (5 bis 10 Minuten). Zwei oder mehrere Schüler/-innen notieren sichtbar für alle Stichworte zu den Beiträgen der Teilnehmer/-innen.

Regeln

- In dieser Zeit wird nur gesammelt.
- Die Äußerungen werden nicht kritisiert, und es wird auch nicht darüber diskutiert.

Über die besonders wichtigen und die weniger wichtigen Beiträge kann man sich hinterher verständigen. Wenn eine Mitschülerin/ein Mitschüler bereits etwas sagt, was man selbst auch sagen wollte, meldet man sich trotzdem. In einem Brainstorming kann es ruhig Wiederholungen geben. Formuliert eure Beiträge immer ganz persönlich:

Ich weiß ..., Ich denke ..., Mir fällt dazu ein, ...

B Die Funktion der Parteien in der Demokratie

Die Doppelseite enthält vielfältige Informationen zum Thema Parteien. Als Merk- und Visualisierungshilfe wird die Erstellung einer Mindmap empfohlen. Das geht auch in Partnerarbeit.

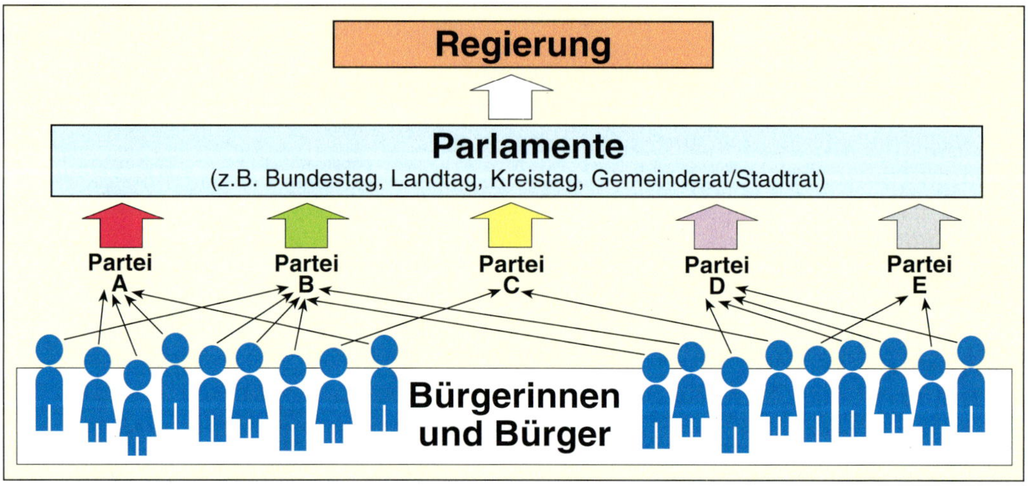

@ | WES-122194-001
Text einfacher
Text ausführlicher

Parteiendemokratie Deutschland

Artikel 21 des Grundgesetzes §

Parteien

(1) Die Parteien wirken bei der politischen Willensbildung des Volkes mit. Ihre Gründung ist frei. Ihre innere Ordnung muss demokratischen Grundsätzen entsprechen.

Parteien sind Vereinigungen von Bürgerinnen und Bürgern, die gemeinsame Interessen und gemeinsame politische Vorstellungen haben. Parteien wollen in Wahlen politische Macht in Parlamenten und Regierungen gewinnen, um ihre politischen Ziele zu verwirklichen.

Die Demokratie in Deutschland ist eine Parteiendemokratie. Wer sich aktiv politisch beteiligen und nicht nur alle vier Jahre bei der Wahl über Programme und Kandidaten abstimmen will, die andere beschlossen und aufgestellt haben, der kann dies nur über die Mitarbeit in einer Partei tun. Eine realistische Chance, nach Bundes- oder Landtagswahlen in ein Parlament einzuziehen, haben heute ebenfalls nur noch Kandidatinnen und Kandidaten, die von einer Partei aufgestellt worden sind. Auch im Bundestag und in den Landtagen bestimmen die Fraktionen der Parteien das Geschehen. Trotz dieser herausragenden Bedeutung für das politische Leben in Deutschland sind noch nicht einmal 2% der Wahlberechtigten Mitglieder einer politischen Partei – Tendenz fallend.

Parteigründung

Nach dem Grundgesetz steht es allen Bürgerinnen und Bürgern frei, eine Partei zu gründen [Art. 21 GG]. Ihr Aufbau muss allerdings demokratischen Grundsätzen entsprechen, und sie muss öffentlich Rechenschaft geben, woher ihre Geldmittel kommen. Parteien, die die freiheitliche demokratische Grundordnung beseitigen wollen, sind verboten. Über den Antrag für ein solches Verbot, den nur die Bundesregierung, der Bundestag oder der Bundesrat stellen können, entscheidet das Bundesverfassungsgericht. [...]

Aufgaben

Für das Funktionieren der Demokratie in Deutschland sind die Parteien unentbehrlich. Sie sammeln politisch Gleichgesinnte, legen ausformulierte politische Programme vor, die jeweils bestimmte Vorstellungen und Interessen in der Gesellschaft bündeln und Lösungswege für politische Probleme vorschlagen (Programmfunktion). Außerdem bieten sie ein politisch ausgebildetes Führungspersonal an (Rekrutierungsfunktion). Erst dies macht Wählerinnen und Wählern bei Bundes- und Landtagswahlen eine Auswahl möglich. Sie können sich zwischen unterschiedlichen Politik-Angeboten und zwischen verschiedenen Personen entscheiden. Ferner transportieren die Parteien unablässig politische Meinungen aus der Bevölkerung in die Parlamente und Regierungen, sodass der Kontakt zur Basis für „die da oben" nicht verloren geht. Die Rechte und Pflichten regelt ein spezielles Parteiengesetz.

(Aus: Eckarth Thurich: Pocket Politik, Demokratie in Deutschland, Stichwort Parteien, hrsg. von der Bundeszentrale für politische Bildung, Bonn 2011, S. 94 f.)

Die Finanzen der Parteien

Parteien brauchen zur Erfüllung ihrer Aufgaben erhebliche Finanzmittel. Sie müssen eine weitverzweigte Organisation von der Gemeinde bis zum Bund mit zahlreichen hauptamtlichen Mitarbeitern unterhalten, Veranstaltungen durchführen, Informations- und Werbematerial herstellen und verteilen sowie Wahlkämpfe bestreiten.
Die Einnahmen der Parteien setzen sich im Wesentlichen aus Mitgliedsbeiträgen, Spenden und Steuermitteln zusammen. Mit den Mitgliedsbeiträgen können die Kosten, vor allem bei den kleineren Parteien mit verhältnismäßig wenigen Mitgliedern, nicht bestritten werden. Spenden sollen möglichst begrenzt bleiben, um die Einflussnahme von Interessengruppen auf die Parteien zu verhindern.

(Aus: Horst Pötzsch, Die deutsche Demokratie, hrsg. von der Bundeszentrale für politische Bildung, Bonn 2009, S. 45 f.)

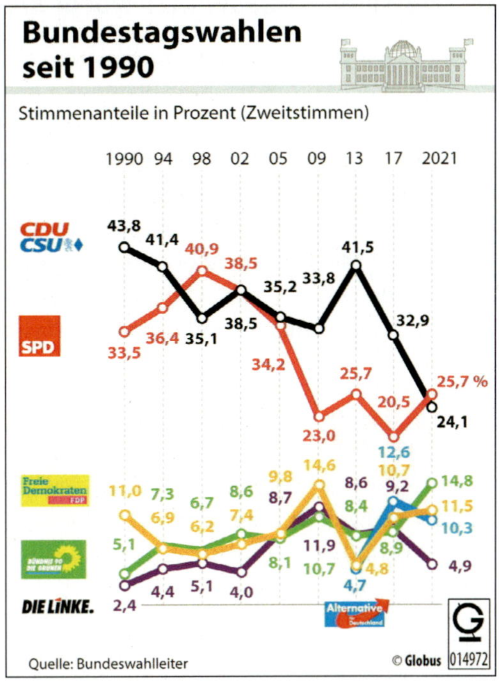

Die Finanzierung der Parteien aus Steuermitteln hängt von der Anzahl der Wählerstimmen bei Landtags-, Bundestags- und Europawahlen ab. Es gilt der Grundsatz: Je mehr Stimmen, desto mehr Geld. Für jede Zweitstimme gibt es einen jährlichen Zuschuss aus der Staatskasse von circa einem Euro für die ersten vier Millionen Stimmen und 83 Cent für jede Stimme darüber (Stand 2020). Geld bekommen allerdings nur die Parteien, die bei Landtagswahlen mindestens 1,0 Prozent der abgegebenen Stimmen erhielten und bei Bundestags- und Europawahlen mindestens 0,5 Prozent.

(Anmerkung des Autors, Stand 2020)

Aus dem Parteiengesetz §

in der Fassung vom 23. August 2011

§ 25 Spenden

(1) Parteien sind berechtigt, Spenden anzunehmen. Bis zu einem Betrag von 1000 Euro kann eine Spende mittels Bargeld erfolgen. Parteimitglieder, die Empfänger von Spenden an die Partei sind, haben diese unverzüglich an ein für Finanzangelegenheiten von der Partei satzungsmäßig bestimmtes Vorstandsmitglied weiterzuleiten.

1. Was ist eine Partei? Definiere den Begriff.

2. Erkläre, warum die Bundesrepublik Deutschland oft als Parteiendemokratie bezeichnet wird.

3. Was sollte man über die Gründung, die Aufgaben und die Finanzierung von Parteien wissen? Stelle Informationen dazu in einer Mindmap zusammen und erläutere diese mit eigenen Worten. (Das geht auch zu zweit.) S. 368

4. Fasse zusammen, was das Schaubild über die Anzahl und Stimmenanteile der Parteien im Deutschen Bundestag aussagt.

C Beispiel Klimaschutz: Wofür steht welche Partei?

Vor den Bundestagswahlen informieren die Parteien über ihre Ziele in ihren Wahlprogrammen. Im Bundestagswahlkampf zur Wahl im September 2021 waren darin der Klimaschutz für viele Menschen das wichtigste Thema.
Die folgende Zusammenfassung aus den Wahlprogrammen der Parteien zur Bundestagswahl 2021 wurde von der Redaktion der Jugendseite des Deutschen Bundestages verfasst (www.mitmischen.de; Stand Juli 2021). Die Redaktion nimmt für sich in Anspruch, überparteilich und neutral zu sein.

Tipp: Die Kurzbeschreibungen vermitteln euch eine erste Orientierung über die Standpunkte der Parteien. Wer es genauer wissen will, sollte weiter recherchieren und dazu auch die Internetauftritte der Parteien nutzen.

@ | WES-122194-001
Text ausführlicher

CDU „Wir setzen verbindlich die Treibhausgasneutralität Deutschlands bis 2045 um." Ein Zwischenziel ist, bis 2030 die Treibhausgasemissionen um 65 Prozent gegenüber 1990 zu reduzieren. [...] Konsumprodukte müssen eine CO_2-Bilanz ausweisen können. Deutschland soll „Wasserstoff-Land Nr. 1" werden [...] Mit einer Rohstoffsicherungsstrategie will die Union „Recycling maximieren und Rohstoffsicherheit garantieren". Dieselfahrverbot und Tempolimit auf Autobahnen lehnen CDU und CSU ab. Alternative wie synthetische Kraftstoffe sollen gefördert werden. Die Ladeinfrastruktur für E-Autos soll beschleunigt ausgebaut werden.

SPD Soziale Politik für Dich. Deutschland soll bis spätestens 2045 „komplett klimaneutral" sein. Das will die SPD z.B. durch die Verkehrswende bis 2030 erreichen. [...] Neue kommunale Busse und Bahnen sollen bis 2030 klimaneutral fahren. „Wir werden ein Tempolimit von 130 km/h auf Bundesautobahnen einführen." Supermärkte, Schulen und Rathäuser etwa sollen mit Solaranlagen ausgestattet werden [...]. Das Bahnfahren in Europa will die Partei günstiger als das Fliegen machen. Strom soll spätestens bis zum Jahr 2040 vollständig aus erneuerbaren Energien kommen [...].Die Partei will „mehr Tempo beim Ausbau der Stromnetze, Bahnstrecken, Wasserstoffleitungen und Ladesäulen für Elektroautos".

BÜNDNIS 90 DIE GRÜNEN Die Partei will den Atomausstieg und die Vorgaben des Pariser Klimaabkommen im Grundgesetz verankern. Das 1,5-Grad-Ziel beim globalen Temperaturanstieg will die Partei durch ein „Klimaschutz-Sofortprogramm" erreichen. Klimaneutralität und „100 Prozent erneuerbare Energien" sollen bis 2035, der Kohleausstieg bis 2030 erreicht werden. Statt fossiler Energien soll Sonnen- und Windenergie genutzt, Öl- und Gasförderung bis 2025 gestoppt werden. Die Partei will in den kommenden vier Jahren „1,5 Millionen neue Solardächer" bauen. Statt auf „wertvollem Ackerland" sollen Photovoltaik-Anlagen „etwa über Parkplätzen, neben Autobahnen und Schienen" entstehen. [...]

Freie Demokraten FDP Die Erderwärmung soll auf 1,5 Grad Celsius begrenzt werden, den Weg zur Klimaneutralität überlässt die Partei „dem Erfindergeist" in Technik und Wissenschaft. „So können wir Klimaschutz marktwirtschaftlich und wissenschaftlich sicher erreichen." Die FDP strebt einen weltweit einheitlichen CO_2-Preis an. Für die Landwirtschaft soll es einen „Nationalen Aktionsplan für Gewässer und Wassermanagement" geben [...]. Ein pauschales Verbot von Verbrennungsmotoren lehnt die FDP ab. [...] Stattdessen will sie die Verkehrsführung und den ÖPNV* verbessern.

* Merke ✓
ÖPNV = Öffentlicher Personennahverkehr

Den Klimaschutzplan 2050 der Bundesregierung und Dekarbonisierungsmaßnahmen* lehnt die **AfD** ab. Sie fordert „einen öffentlichen, freien Diskurs über die Ursachen von Klimaveränderungen“. Jegliche Form der CO_2-Besteuerung soll abgeschafft werden. Windenergieanlagen sollen nur noch an Standorten zugelassen werden, an denen „keine Beeinträchtigungen für Mensch, Tier oder das Landschaftsbild“ zu erwarten sind. [...] Die AfD setzt sich „für die Verstromung von Braun- und Steinkohle als Energiequelle“ ein. [...] Die AfD unterstützt und fördert den motorisierten Individualverkehr „als beliebteste Möglichkeit der Fortbewegung“.

DIE LINKE. „Um das Klima zu retten, ist ein grundlegender Wandel unserer Gesellschaft notwendig“, heißt es im Wahlprogramm. Die Linke will Atomkraftwerke sofort abschalten und den Kohleausstieg bis spätestens 2030 umsetzen. Fossile Energien sollen bis 2035 durch erneuerbare Energien ersetzt werden. [...]. Die Linke setzt sich zudem für autofreie Innenstädte ein. Beim Tempolimit will Die Linke Fahrten auf Autobahnen auf 120 km/h und auf Landstraßen auf 80 km/h begrenzen, innerorts sollen 30 km/h gelten. [...] Ticketpreise im öffentlichen Nahverkehr will Die Linke „bis zum Nulltarif senken“ [...]. Bis 2025 will Die Linke bundesweit für alle Gebäude einen „Klima-Chack“.

*** Merke ✓**

Dekarbonisierung = Abkehr von der Nutzung der Kohle zur Stromerzeugung

(Aus: mitmischen.de – Das Jugendportal des Deutschen Bundestages online: https://www.mitmischen.de/bundestag-wissen/artikelseiten/die-wahl-zum-bundestag/wofuer-steht-welche-partei, letzter Zugriff: 01.10.2021)

1. Formuliere zu den sieben Texten je eine kurze und passende Überschrift.

2. Worin siehst du bei diesem Thema die Gemeinsamkeiten und worin Unterschiede zwischen den Parteien? Charakterisiere sie.

3. Beurteile die Programme der Parteien, indem du die Aussagen heraussuchst, die dich in positiver Weise überzeugen, und diejenigen, mit denen du dich nicht einverstanden erklären kannst.

D Eigene Internetrecherchen starten

Mit einer gezielten Internetrecherche könnt ihr euch vertiefend mit den aktuellen Standpunkten der Parteien zum Klimaschutz und mit weiteren Themen auseinandersetzen. Informationen dazu findet ihr bei den folgenden Adressen. Bei dieser Auswahl könnt ihr davon ausgehen, dass neutral und überparteilich berichtet wird.

www.bpb.de
Die Bundeszentrale für politische Bildung stellt eine Fülle von Informationen zu den unterschiedlichen Parteiprogrammen zur Verfügung.

www.mitmischen.de
Auf der vom Bundestag betriebenen Homepage könnt ihr euch in der Rubrik Bundestagswissen über grundlegende Ziele der im Bundestag vertretenen Parteien informieren.

www.wahlprogramme-vergleichen.de
Zu eingegebenen Suchbegriffen liefert diese Suchmaschine die dazu passenden Aussagen der Parteien aus den veröffentlichten Programmen.

Ihr könnt direkt in den Internetauftritten der Parteien recherchieren und dabei auch solche Parteien berücksichtigen, die nicht im Landtag oder im Bundestag vertreten sind. Ein Vergleich unterschiedlicher Positionen wird mit dieser Art der Recherche allerdings aufwendiger.

Tipp: Bildet zu zweit oder dritt Rechercheteams. Verständigt euch im Team auf ein politisches Thema – zum Beispiel Digitalisierung, Arbeit und Soziales, Bildung und Forschung, Migration/Asyl, Sicherheit, Internationale Beziehungen, Aussagen zur EU. Stellt die unterschiedlichen Standpunkte übersichtlich zusammen, damit ihr sie präsentieren, gemeinsam besprechen und darüber diskutieren könnt.

@ | WES-122194-006
Hier kommt ihr zu den genannten Adressen.

3 Welche Aufgaben haben die politischen Einrichtungen?

Kurzvorträge in Gruppen vorbereiten

A Eine Einstiegsübung für alle:

Die fünf wichtigsten Einrichtungen in der Bundesrepublik Deutschland werden in den Fotos gezeigt. Sammelt gemeinsam, was ihr bereits darüber wisst.
Tipp: Brainstorming

In jeder Demokratie ist die staatliche Macht auf verschiedene Einrichtungen verteilt (= Institutionen). Mit diesen verhält es sich so ähnlich wie mit den Organen in einem Körper: Herz, Gehirn, Leber, Lunge, Nieren. Alle sind unverzichtbar, haben aber unterschiedliche Aufgaben. Alle haben ihre eigenständige Bedeutung, aber alle arbeiten auch zusammen und kontrollieren sich gegenseitig. Bei den politischen Einrichtungen in einem Staat spricht man daher auch von Organen. Sie werden als **Verfassungsorgane*** bezeichnet, weil ihre Rechte und Pflichten in der Verfassung, also im Grundgesetz für die Bundesrepublik Deutschland, aufgeschrieben sind.

Die wichtigsten Verfassungsorgane in der Bundesrepublik Deutschland sind:

- der Bundestag,
- die Bundesregierung,
- der Bundesrat,
- der Bundespräsident,
- das Bundesverfassungsgericht.

In dieser Einheit kann jede und jeder von euch zur Expertin oder zum Experten für eines der Verfassungsorgane werden. Ihr informiert die anderen über die Ergebnisse eurer Arbeit und werdet von anderen informiert.

* Weitere Informationen zu den Verfassungsorganen findest du im Glossar.

B Wir machen uns zu Expertinnen und Experten für eines von fünf Verfassungsorganen

Methode Gruppenpuzzle

Mit dieser Methode vertretet ihr eines der Verfassungsorgane und steht in Kontakt mit den Vertreterinnen und Vertretern der anderen vier. Das entspricht dann der Art der Zusammenarbeit zwischen den Verfassungsorganen in der Wirklichkeit.

1	2	3	4	5

Die Arbeitsaufträge für alle Gruppen:

1. Was ist dieses Organ?
2. Wie wird es gebildet?
3. Wie setzt es sich zusammen?
4. Was sind seine wichtigsten Aufgaben?

Erster Schritt: Fünfergruppen bilden

Diese Gruppen sind eure Stammgruppen. In dieser ersten Phase setzt ihr euch nur kurz zusammen. Ihr sichtet die Seiten 78 bis 80 und teilt dann die Materialien 1 bis 5 jeweils einem Mitglied in der Gruppe zu. Danach begeben sich alle in die Expertengruppen, in denen sich alle diejenigen zusammensetzen, die sich mit dem gleichen Verfassungsorgan beschäftigen werden. (Bei kleineren Gruppen entfällt die Bearbeitung einzelner Materialien oder ihr entscheidet euch, zwei davon zu übernehmen.)

Zweiter Schritt: Arbeit in den Expertengruppen 1, 2, 3, 4, 5

Alle Mitglieder aus den Stammgruppen, die das gleiche Material zu bearbeiten haben, treffen sich in einer sogenannten Expertengruppe und bereiten dort eine Präsentation für die anderen Mitglieder ihrer Stammgruppe vor. Zur Veranschaulichung entwickelt ihr eine Mindmap, welche die Antworten auf die vier Arbeitsaufträge visualisiert (siehe oben). Hilfreich ist, wenn in jeder Gruppe ein Grundgesetz vorhanden ist. So könnt ihr die Bestimmungen über euer Bundesorgan aus erster Hand nachlesen. Eventuell könnt ihr mithilfe des Internets weitere Informationen besorgen. Kurze Informationstexte über die Bundesorgane findet ihr unter www.mitmischen.de, www.hanisauland.de, www.deutschland.de.

Dritter Schritt: Rückkehr in die Stammgruppen

Mit euren fertigen Präsentationen und euren Mindmaps dazu kehrt ihr in eure Stammgruppe zurück und präsentiert dort der Reihe nach. Am Ende dieser Gruppenarbeitsphase sollten alle in der Lage sein, das Quiz auf Seite 81 zu lösen und die fünf Verfassungsorgane mit ihren Aufgaben, ihrer Zusammensetzung und ihren Verbindungen zueinander zu präsentieren. Sollten euch nur Einzelstunden zur Verfügung stehen, könnt ihr diese dritte Phase in eine Folgestunde verlegen.

C Vorträge in den Stammgruppen

Gruppe 1 Bundestag

Grundgesetz, Artikel 38 bis 48, www.bundestag.de

Der BUNDESTAG ist das Parlament, das heißt die Volksvertretung, der Bundesrepublik Deutschland. Er setzt sich zusammen aus den Vertretern des Volkes der Bundesrepublik. Sie heißen Bundestagsabgeordnete und werden alle vier Jahre von den Bürgern der Bundesrepublik in den Bundestagswahlen gewählt.

Tritt nach einer Wahl ein Bundestag zusammen, wählt er seinen Präsidenten, das heißt seinen Vorsitzenden, und mehrere Stellvertreter. Sie bilden das Präsidium, den Vorstand des Bundestages.

Der Bundestagspräsident leitet die Sitzungen des Bundestages. Er kann den Bundestag jederzeit zu einer Sitzung einberufen. Er muss ihn einberufen, wenn ein Drittel der Abgeordneten oder der Bundespräsident oder der Bundeskanzler es verlangen.

Der Bundestag verhandelt grundsätzlich öffentlich, das bedeutet, jeder Bürger kann den Beratungen zuhören. Die Hauptaufgaben des Bundestages sind:

- Gesetze zu beschließen, die vorher in den Ausschüssen eingehend beraten worden sind;
- den Bundeskanzler zu wählen;
- die Arbeit der Bundesregierung zu kontrollieren, das heißt zu beaufsichtigen und zu überwachen. [...]

Der Bundestag bewilligt den Haushaltsplan, den ihm die Bundesregierung vorlegt. In einem Haushaltsplan sind alle Einnahmen und Ausgaben eines Staates aufgestellt, soweit man sie für ein Jahr voraussehen kann. [...]

Zu den Abgeordneten des Bundestages kann jeder Bürger gewählt werden, der selbst wählen kann. [...]

Tipp: die angegebenen Artikel im Grundgesetz nachschlagen

(Alle Textauszüge auf dieser und den beiden nachfolgenden Seiten aus: Hilde Kammer und Elisabet Bartsch: Jugendlexikon Politik, Rowohlt Taschenbuch Verlag, Hamburg, überarbeitete Ausgabe Juni 2011)

Gruppe 2 Bundesregierung

Grundgesetz, Artikel 62 bis 69, www.bundesregierung.de

BUNDESREGIERUNG heißt die Regierung eines Bundesstaates. Die Bundesrepublik Deutschland ist ein Bundesstaat. Ihre Bundesregierung besteht aus dem Bundeskanzler und den Bundesministern. Der Bundeskanzler ist der Chef der Bundesregierung. Die Bundesregierung regiert die Bundesrepublik. Sie ist die oberste ausführende, man sagt auch vollziehende Gewalt: Sie hat die Verantwortung, dass die vom Bundestag beschlossenen Gesetze ausgeführt werden. [...]

Die Bundesregierung bringt Gesetze ein, das bedeutet, sie schlägt Gesetze vor, wie auch Bundesrat und Bundestag. Sie regelt außerdem die Beziehungen der Bundesrepublik zu anderen Staaten. Die Bundesregierung wird entweder von einer Partei gebildet oder es schließen sich mehrere Parteien zu einer Koalition, das heißt zu einem Bündnis, zusammen. Man spricht in diesem Fall von einer Koalitionsregierung. [...]

In der Bundesrepublik bestimmen drei Prinzipien, das heißt drei Grundsätze, die Zusammenarbeit zwischen dem Bundeskanzler und den Bundesministern:

Das Kanzlerprinzip: Der Bundeskanzler bestimmt die Richtlinien der Politik und ist dadurch den Ministern übergeordnet.

Das Ressortprinzip: Jeder Bundesminister leitet seinen Aufgabenbereich – das ist ein Ressort – in eigener Verantwortung. [...]

Das Kollegialprinzip: Meinungsverschiedenheiten zwischen den Bundesministern werden von der Bundesregierung per Mehrheitsbeschluss entschieden. [...]

Die Tätigkeit der Bundesregierung wird vom Bundestag beaufsichtigt und überwacht.

Gruppe 3 Bundesrat

Grundgesetz, Artikel 50 bis 53, www.bundesrat.de

Die Bundesrepublik Deutschland ist ein Bundesstaat; sie besteht aus 16 Bundesländern. Die Interessen der Bundesländer vertritt der BUNDESRAT. Durch ihn wirken die Bundesländer bei der Gesetzgebung und bei der Verwaltung des Bundes mit.
Der Zustimmung des Bundesrates bedürfen alle Gesetze, die die Verwaltung der Bundesländer betreffen, außerdem Gesetze, die das Grundgesetz ändern, und Gesetze, die Verträge mit anderen Staaten enthalten. Diese Gesetze werden als Zustimmungsgesetze bezeichnet. Gegen die anderen Gesetze kann der Bundesrat Einspruch erheben, der aber vom Bundestag zurückgewiesen werden kann. Die vom Bundesrat abgelehnten Gesetze müssen im Bundestag erneut beraten werden. Eine Aufgabe hat der Bundesrat also bei der Gesetzgebung, die zweite Aufgabe ist seine Mitwirkung bei der Verwaltung. [...]
Jedes Bundesland schickt mindestens drei Vertreter in den Bundesrat. Länder mit über zwei Millionen Einwohnern schicken vier, mit über sechs Millionen schicken fünf, mit über sieben Millionen sechs Vertreter. Die Vertreter der Bundesländer sind Mitglieder der jeweiligen Landesregierungen. Sie werden nicht gewählt, sondern von ihren Regierungen in den Bundesrat entsandt. Sie müssen die Anweisungen ihrer Regierungen befolgen. [...] Mitglieder des Bundesrates haben Zutritt zu den Sitzungen des Bundestages und können dort sprechen. [...] Die Bundesregierung muss den Bundesrat über ihre Pläne unterrichten.
Der Präsident, der Vorsitzende des Bundesrates, wird auf ein Jahr gewählt.

Gruppe 4 Bundespräsident

Grundgesetz, Artikel 54 bis 61, www.bundespraesident.de

An der Spitze der Bundesrepublik Deutschland steht als Staatsoberhaupt der BUNDESPRÄSIDENT. [...] Der Bundespräsident wird für die Dauer von fünf Jahren von der Bundesversammlung gewählt. Er kann für fünf Jahre wiedergewählt werden, das jedoch nur ein Mal. Die Bundesversammlung setzt sich zur Hälfte aus allen Mitgliedern des Bundestages zusammen, zur anderen Hälfte aus Mitgliedern, die die Landtage der Bundesländer gewählt haben. Zum Bundespräsidenten kann jeder Deutsche gewählt werden, der über 40 Jahre alt ist und das Recht hat, zu wählen und gewählt zu werden.
Der Bundespräsident ist nicht für die Politik der Bundesregierung verantwortlich. [...] Die Aufgaben des Bundespräsidenten ergeben sich aus seiner Aufgabe als Staatsoberhaupt: Er repräsentiert, das heißt, er vertritt die Bundesrepublik nach außen und nach innen. Es stehen ihm dafür unter anderem die folgenden Rechte zu:

- Er empfängt und beglaubigt Botschafter fremder Staaten,
- er unterzeichnet Verträge mit anderen Staaten, die durch seine Unterschrift in Kraft treten,
- er unterzeichnet nach eigener Entscheidung die vom Bundestag beschlossenen Gesetze und verkündet sie im Bundesgesetzblatt,
- er ernennt den vom Bundestag gewählten Bundeskanzler,
- er kann begnadigen, das bedeutet, er kann die Strafe eines Verurteilten mildern oder aufheben,
- er verleiht das Bundesverdienstkreuz.

Gruppe 5 Bundesverfassungsgericht

Grundgesetz, Artikel 92 bis 94,
www.bundesverfassungsgericht.de

Das BUNDESVERFASSUNGSGERICHT mit Sitz in Karlsruhe wird als „Hüter der Verfassung“ bezeichnet. Es hat darüber zu wachen, ob die vom Bundestag und Bundesrat verabschiedeten Gesetze mit dem Grundgesetz vereinbar sind. Es achtet darauf, dass die Regierung sich bei der Ausübung der Macht an die geltenden Gesetze hält. Das Bundesverfassungsgericht wird nicht von sich aus, sondern nur auf Antrag tätig. Auch einzelne Bürger können in Karlsruhe Verfassungsbeschwerde einlegen, wenn sie sich in ihren Grundrechten verletzt fühlen. Dies geht allerdings erst, wenn der vorherige Rechtsweg ausgeschöpft ist. In der Organisation der staatlichen Ordnung in der Bundesrepublik nimmt das Bundesverfassungsgericht eine herausragende Stellung ein, weil es Regierung und Parlament kontrolliert und die Unabhängigkeit der Gerichte garantiert. Das Bundesverfassungsgericht besteht aus zwei Senaten mit je acht Bundesrichtern. Je zur Hälfte werden die Richter vom Bundestag und vom Bundesrat gewählt. Immer wieder beschäftigt sich das Bundesverfassungsgericht mit Fällen, die in der Öffentlichkeit mit großer Aufmerksamkeit verfolgt werden. Dazu gehört zum Beispiel die Frage, ob der Einsatz deutscher Soldaten bei UN-Einsätzen im Ausland mit dem Grundgesetz vereinbar ist oder nicht, ob eine rechtsradikale Partei wie die NPD verboten werden soll und vieles andere mehr. Manchmal werfen Kritiker dem Bundesverfassungsgericht vor, dass es sich zu sehr in die Politik einmischt und Entscheidungen trifft, die eigentlich nur dem Bundestag, Bundesrat und der Bundesregierung zustehen.

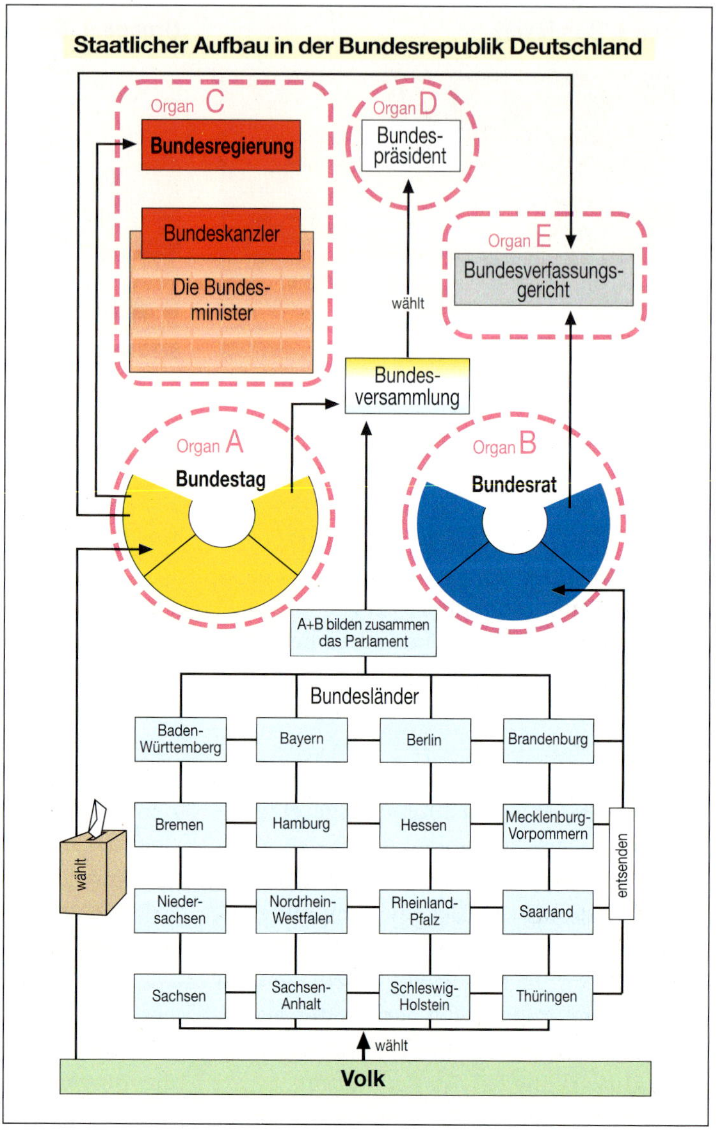

Tipp: Mehr zur Rolle des Bundesverfassungsgerichtes kannst du im Kapitel Erweiterung 1 zum Thema Gewaltenteilung und Machtkontrolle erfahren.

1. Informiere die Mitglieder deiner Stammgruppe darüber, (a) was das von dir bearbeitete Verfassungsorgan ist, (b) wie es gebildet wird, (c) wie es sich zusammensetzt und (d) was seine Aufgaben sind.
2. Veranschauliche deine Vorstellung mit deiner vorbereiteten Mindmap.
3. Gemeinsam in der Stammgruppe könnt ihr mit dem Schaubild oben zusammenfassen, welche wichtigen Verfassungsorgane es gibt und in welcher Verbindung sie zueinander stehen.
4. Löst in eurer Stammgruppe zum Abschluss gemeinsam das Quiz in „Aktiv lernen“.

D Quiz – 5 in 15
Welches Verfassungsorgan hat welche Aufgabe?

Der Bundestag | **Der Bundespräsident** | **Der Bundesrat** | **Das Bundesverfassungsgericht** | **Die Bundesregierung**

1. beschließt nach eingehender Beratung nach dem Mehrheitsprinzip die Bundesgesetze.
2. führt für die Zeit zwischen zwei Bundestagswahlen die Regierungsgeschäfte.
3. Durch ihn wirken die Bundesländer bei der Gesetzgebung und Verwaltung des Bundes mit.
4. vertritt als Staatsoberhaupt die Bundesrepublik Deutschland im In- und Ausland.
5. wird als „Hüter der Verfassung“ bezeichnet.
6. unterzeichnet die Verträge mit anderen Staaten und die vom Parlament beschlossenen Gesetze.
7. Jedes der 16 Bundesländer entsendet in ihn mindestens drei, höchstens sechs Vertreter.
8. besteht aus dem Bundeskanzler/der Bundeskanzlerin und den Bundesministern/Bundesministerinnen.
9. wählt den Bundeskanzler/die Bundeskanzlerin.
10. wacht darüber, ob die Gesetze mit der Verfassung übereinstimmen.
11. kann vom Bundestag beschlossene Gesetze ablehnen und dafür sorgen, dass sie erneut beraten werden.
12. wird vom Bundeskanzler geleitet, der die Richtlinien der Politik bestimmt.
13. kontrolliert (beaufsichtigt und überwacht) die Arbeit der Bundesregierung.
14. wird im Abstand von fünf Jahren von der Bundesversammlung gewählt.
15. kontrolliert, ob Entscheidungen anderer Gerichte mit den Grundsätzen der Rechtsprechung übereinstimmen.

Alles verstanden? Mit diesem Quiz könnt ihr testen, ob ihr die wichtigsten Aufgaben und Merkmale der fünf Verfassungsorgane kennt.

Euer Auftrag:

1. Alle Gruppenmitglieder legen eine Mindmap mit fünf Hauptsträngen zu den fünf Verfassungsorganen an.

2. Zu jedem Organ fügt ihr dann jeweils drei zutreffende Informationen aus der Auflistung auf dieser Seite hinzu.

3. Im Team eurer Stammgruppe solltet ihr jetzt in der Lage sein, die Verfassungsorgane und deren Verhältnis zueinander kurz und verständlich vorzustellen.

Tipp: Ihr könnt ein eigenes Quiz über die Verfassungsorgane erstellen.

4 Wenn du Chefin oder Chef von Deutschland wärst …

Entscheidungen treffen aus der Sicht des Bundeskanzlers

A Eine Einstiegsübung

Vielleicht hast du dir die folgende Frage schon einmal gestellt: *„Was würde ich tun, wenn ich einen Tag lang Bundeskanzlerin oder Bundeskanzler wäre?“* Überlege still, notiere deine Idee und tausche dich mit anderen darüber aus.

Im Zentrum der Macht und des öffentlichen Interesses: Bundeskanzlerin Angela Merkel, im Amt von 2005 bis 2021, länger als alle anderen Kanzler der Bundesrepublik

B Richtlinien der Politik

„Der Bundeskanzler bestimmt die Richtlinien der Politik und trägt dafür die Verantwortung.“

So schreibt es das Grundgesetz im Artikel 65 vor. Damit ist die Kanzlerin oder der Kanzler die Person mit den größten Machtbefugnissen in Deutschland. Natürlich üben Bundeskanzler diese Macht nicht alleine aus. Sie handeln in Absprache mit ihrer Regierungsmannschaft. Bei wichtigen Entscheidungen sind sie auf die Zustimmung des Parlaments angewiesen.

Sie werden von den Medien kritisiert. Und schließlich brauchen sie auch die Unterstützung der Bevölkerung – vor allem dann, wenn sie bei der nächsten Wahl zusammen mit ihrer Partei wiedergewählt werden wollen.

Wie soll man vor diesem Hintergrund in schwierigen Situationen Entscheidungen treffen? Mithilfe der folgenden Fälle könnt ihr es versuchen.

C Drei Fälle

Drei Fallgeschichten zeigen die Kanzlerin oder den Kanzler in schwierigen Entscheidungssituationen. Empfohlen wird, sie in Dreiergruppen zu bearbeiten. Jedes Gruppenmitglied liest einen Fall, stellt ihn in der Gruppe vor und schlägt vor, wie er oder sie in der Situation entschieden hätte.

1. Den Wählern die unangenehme Wahrheit sagen?

Im Wahlkampf haben du und deine Partei versprochen, dass ihr nach der Wahl ein Gesetz auf den Weg bringen werdet, das berufstätigen Eltern eine bessere finanzielle Unterstützung garantiert. Aufgrund schwieriger wirtschaftlicher Verhältnisse im Land bleiben nach deiner Wahl zur Kanzlerin/zum Kanzler die Steuereinnahmen hinter den Erwartungen zurück. Eigentlich sind Erhöhungen der staatlichen Leistungen für Familien in Milliardenhöhe jetzt nicht mehr bezahlbar. Man könnte sie nur über Kredite finanzieren und das bedeutet, dass die Schuldenlast des Staates weiter anwächst.

Was machst du in dieser Situation?

- *Ich würde der Bevölkerung mitteilen, dass die Einlösung dieses Wahlversprechens wegen der unvorhersehbar eingetretenen Schwierigkeiten auf einen späteren Zeitpunkt verschoben werden muss.*
- *Ich würde das Gesetz trotzdem auf den Weg bringen und es notfalls über einen neuen Kredit finanzieren.*
- *Ich würde das Versprechen einlösen und darauf hinwirken, die Steuern zu erhöhen, damit mehr Geld zur Verfügung steht.*

2. Die Regierungskoalition platzen lassen?

Aus der Bundestagswahl ist deine Partei mit 40 Prozent der Stimmen als stärkste Kraft hervorgegangen. Um eine Parlamentsmehrheit hinter dir zu haben, mit der du regieren kannst, brauchst du allerdings mehr als 50 Prozent. Du lädst daher eine kleinere Partei, die 11 Prozent der Stimmen erhielt, zu Koalitionsverhandlungen* ein. Ihr habt fest vor, gemeinsam eine Regierung zu bilden. Über viele Punkte konntet ihr euch auf ein gemeinsames Regierungsprogramm einigen, so zum Beispiel in der Außen- und Verteidigungspolitik, im Umweltschutz und in der Sozialgesetzgebung. Doch jetzt, beim Thema Gesundheitspolitik, gibt es einen unüberbrückbaren Streit. Während du und deine Partei mehr Geld für die Verbesserung des staatlichen Gesundheitssystems einplanen wollt, setzt dein Verhandlungspartner auf eine Verkürzung der Ausgaben für Gesundheit. ■

Was machst du in dieser Situation?

- *Wenn keine Aussicht auf Einigung besteht, würde ich die Verhandlungen abbrechen.*
- *Ich würde diesen Punkt einfach ausklammern und die Entscheidung vertagen.*
- *Ich würde den Partner so lange bearbeiten, bis er sich ebenfalls für mehr staatliche Hilfen einsetzt.*

3. Die Regierung eines anderen Landes kritisieren?

Die Regierung eines fernen Landes hat dich und einige deiner Ministerinnen und Minister zu einem offiziellen Regierungsbesuch eingeladen. Du nimmst diese Einladung gerne wahr, weil es der erste Besuch seit Langem ist und weil das Treffen dir die Chance gibt, die bisher angespannten politischen Beziehungen zu diesem Land und seiner Regierung zu verbessern. Das besuchte Land ist keine freiheitliche Demokratie. Es gibt keine Meinungsfreiheit und keinen Schutz grundlegender Menschenrechte. Nachrichtenagenturen berichten, dass politisch Andersdenkende verfolgt und inhaftiert werden. Mehrere Hilfsorganisationen in Deutschland erwarten von dir, dass du die Menschenrechtsverletzungen bei deinem Besuch ansprichst und die Regierung dazu aufforderst, die Verfolgung Andersdenkender umgehend einzustellen.
Andere Gruppen wiederum fordern dich ebenso eindringlich dazu auf, dieses Treffen nach langer Zeit keinesfalls durch Kritik an der ausländischen Regierung zu belasten. Dies gefährde zu sehr den erwarteten Erfolg. ■

Wie wirst du dich bei deinem Besuch verhalten?

- *Ich würde es von der Stimmung und vom Verlauf des Besuches abhängig machen, ob ich das Thema anspreche oder nicht.*
- *Ich würde die Verletzung der Menschenrechte auf jeden Fall ansprechen.*
- *Ich würde die Menschenrechtsverletzungen nicht ansprechen, weil ich mich in meiner Rolle als Bundeskanzler/-in nicht in die Regierungsführung des fremden Landes einmischen würde.*

* Zum Begriff Koalition findest du auch Informationen im Glossar.

1. Stellt die drei Fälle der Reihe nach vor und versucht, euch auf eine gemeinsame Lösung zu verständigen.

2. Für welchen Fall fällt die Suche nach einer Lösung am schwierigsten? Nennt ihn und begründet die Schwierigkeit seiner Lösung.

3. Wenn du Chefin oder Chef von Deutschland wärst … Welche Chancen und Möglichkeiten hättest du? Welche Rücksichten müsstest du nehmen? Formuliere dazu dein persönliches Urteil. S. 369

D Bundeskanzler/Bundeskanzlerin als Chef/-in der Regierung

1. Erkläre, wie der Bundeskanzler gewählt wird und welchen Einfluss die wahlberechtigte Bevölkerung darauf hat, wer Kanzlerin oder Kanzler wird.

2. Begründe, warum sich das Amt des Bundeskanzlers mit der Rolle einer Steuerfrau oder eines Steuermannes vergleichen lässt.

3. Was macht man, wenn man regiert? Erläutere Aufgaben, Zusammensetzung und wichtige Aktivitäten der Bundesregierung?

4. Überlege dir selbst ein Beispiel, mit dem du aufzeigen kannst, wie eine Regierung gestaltend auf die Lebensverhältnisse der Menschen im Land Einfluss nimmt.

Teil 1: Deutschlands Chefin oder Chef

Die Bundeskanzlerin oder der Bundeskanzler ist Chef der Bundesregierung und füllt damit das Amt aus, das in Deutschland mit der größten Macht ausgestattet ist. Die herausragende Bedeutung dieses Amtes legt das Grundgesetz im Artikel 65 fest.

Artikel 65 GG §
Der Bundeskanzler bestimmt die Richtlinien der Politik und trägt dafür die Verantwortung.

Bei der Amtsbezeichnung Bundeskanzler verwendet das Grundgesetz nur die männliche Form.

Das Amt des Bundeskanzlers wie eine Steuerfrau oder ein Steuermann auf einem Schiff

Der Bundeskanzler besitzt die Richtlinienkompetenz. Gemeint ist damit, dass er die Regierungsgeschäfte lenkt und die Richtung vorgibt, in die sich die Politik bewegen soll. Für die Zeit seiner Wahl trägt er die Verantwortung für die gesamte Regierungspolitik. Kommt es in der Gruppe der Minister/-innen zum Beispiel zu Auseinandersetzungen über die Lösung eines politischen Problems, trifft die Kanzlerin/der Kanzler letztendlich die Entscheidung und trägt dafür die volle Verantwortung.

Die Wahl

Bundeskanzler werden nicht direkt vom Volk, sondern vom Bundestag gewählt. Gewählt wird, wer von seiner Partei für das Amt nominiert wird und dann eine Mehrheit im Bundestag findet. Indirekt bestimmt so das Volk mit, wer Bundeskanzler/-in wird. Es entscheidet ja in der Bundestagswahl über die Mehrheitsverhältnisse im Parlament. Offiziell ernannt werden Bundeskanzler (und Bundesminister) vom Bundespräsidenten. Abgewählt werden kann ein Bundeskanzler nur durch ein konstruktives Misstrauensvotum. Das bedeutet, dass der Bundestag zuerst einen Nachfolger wählen muss, bevor es den Bundespräsidenten ersucht, den Bundeskanzler zu entlassen.

Teil 2: Regieren – was heißt das eigentlich?

Das Wort *regieren* kommt aus dem Lateinischen und bedeutet *leiten* oder *lenken*. Eine Regierung lenkt den Staat und gestaltet die politischen Verhältnisse an höchster Stelle. Zu ihren wichtigsten Aufgaben gehört, dass sie Probleme löst und verbindliche Entscheidungen trifft. In der Demokratie hat eine Regierung den „Willen des Volkes" zu berücksichtigen. Das bedeutet, dass sie die Vielzahl der Meinungen und Interessen in der Bevölkerung in ihre Beratungen und Entscheidungen einbezieht.

Die deutsche Regierung besteht aus dem Bundeskanzler und den Bundesministern. Zu ihren wichtigsten Aktivitäten gehören die Ausarbeitung und das Einbringen neuer Gesetzesvorschläge. Damit verwirklicht sie ihre politischen Ziele und wirkt gestaltend auf die Lebensverhältnisse der Menschen ein.

Die Regierung gestaltet die Politik nach innen und nach außen. Innenpolitisch ist sie verantwortlich für alle politischen Entscheidungen, welche die Bundesrepublik als Ganzes betreffen. Dabei muss sie die Rechte der Bundesländer und der selbstständigen Gemeinden beachten und zunehmend auch die Zuständigkeiten der Europäischen Union. Nach außen gestaltet sie die Beziehungen zu allen anderen Ländern.

E Was sind die besonderen Merkmale guten Regierens?

Über das gute Regieren haben sich schon viele Menschen Gedanken gemacht. Es gibt sogar Forscherinnen und Forscher, die sich unter der Überschrift „Good Governance“ mit den Merkmalen guten Regierens befassen. Die Bewertung der Merkmale hängt natürlich vom Standpunkt der Betrachterin/des Betrachters ab. Hier findet ihr eine Liste von Merkmalen, denen man zustimmen, die man aber auch ablehnen kann. Dazu ist euer Urteil gefragt.

Euer Auftrag:

1. Geht die Liste zunächst in Einzelarbeit durch und ordnet ihnen die Bewertungen 2, 1, 0 zu. Notiert das eurer Ansicht nach wichtigste und das schlechteste Merkmal.
2. Stellt eure Auswahl der Reihe nach in der Gruppe vor. Einigt euch gemeinsam auf die fünf wichtigsten Merkmale guten Regierens.
3. Stellt euer Ergebnis in der Klasse vor. Begründet eure Entscheidung und vergleicht sie mit den Ergebnissen anderer.

Tipp: Ihr könnt eine Mindmap erstellen, in der ihr das Ergebnis eurer Beratung visualisiert.

2 = wichtiges Merkmal | **1 = teils, teils** | **0 = schlechtes Merkmal**

	Eine gute Regierung	2	1	0
1	**Partizipation** legt Wert darauf, dass möglichst viele Personen und Gruppen an den politischen Beratungen und Entscheidungen mitwirken können.		?	
2	**Nachhaltigkeit** denkt bei ihren politischen Entscheidungen nicht nur an die nächste Wahl, sondern auch an die Sicherung und Verbesserung der Lebensverhältnisse zukünftiger Generationen.			
3	**Effizienz** reagiert sofort auf neu entstehende Probleme oder Krisen und trifft wirksame Entscheidungen auf der Basis klar formulierter Ziele.	?		
4	**Verständlichkeit** benutzt bei der Erklärung ihrer Politik eine Sprache, die möglichst alle Menschen im Land verstehen.			
5	**Taktik** überfordert die Menschen nicht mit vielen Plänen und vielen neuen Gesetzesvorhaben, sondern teilt nur mit, was sie als Nächstes vorhat.		?	
6	**Offenheit** berichtet gegenüber den Medien auch über Meinungsverschiedenheiten und Diskussionen innerhalb der Regierungsmannschaft.			
7	**Tempo** entscheidet so schnell wie möglich und hält sich dabei nicht lange mit Widersprüchen und Diskussionen auf.	?		
8	**Wahrhaftigkeit** teilt der Bevölkerung ihre Pläne und Ziele klipp und klar mit und mutet den Menschen auch Opfer zu, wenn sie diese für richtig und notwendig hält.			

5 Das Wahlsystem zum Deutschen Bundestag: klug oder zu kompliziert?

Wahlsystem und Wahlrechtsgrundsätze erklären

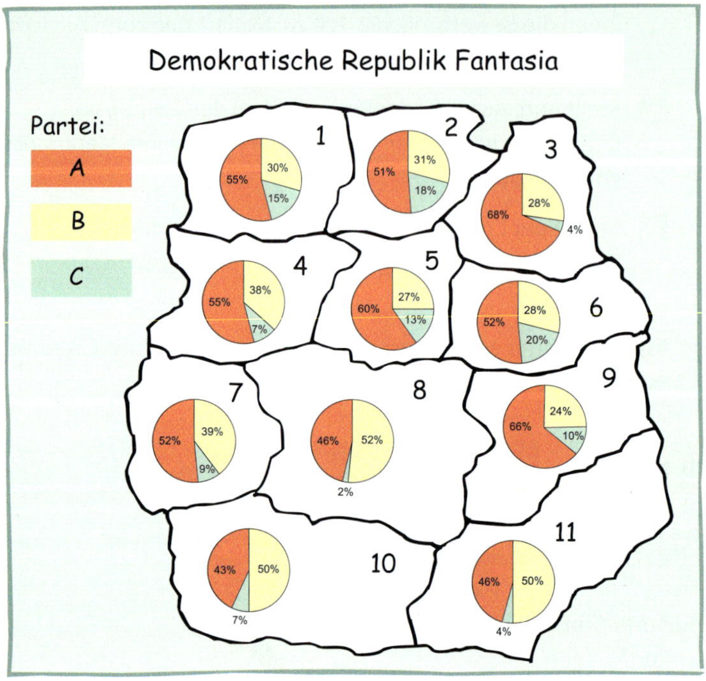

Wahlen sind die wichtigste Form politischer Beteiligung und zugleich das wirksamste Mittel zur Kontrolle der Regierenden. Mithilfe des Beispiels auf dieser Doppelseite könnt ihr herausfinden, wie sich Wahlen auf unterschiedliche Art und Weise auszählen und organisieren lassen. Vor diesem Hintergrund könnt ihr dann beurteilen, ob das Wahlrecht zum Deutschen Bundestag klug gestaltet wurde oder ob es zu kompliziert ist.

A Der Fall: Parlamentswahlen in „Fantasia": Gleiches Wahlergebnis führt zu unterschiedlicher Sitzverteilung im Parlament

■ In der neu gegründeten demokratischen Republik „Fantasia“ finden zum ersten Mal Parlamentswahlen statt. Zu diesem Zweck hat man das Land in elf Wahlkreise eingeteilt. Pro Wahlkreis wird es einen Sitz im Parlament geben. Zur Wahl stellen sich drei Parteien mit ihren jeweiligen Kandidatinnen und Kandidaten (Partei A, B und C). Unter diesen Parteien werden die elf Parlamentssitze aufgeteilt werden. Man hat beschlossen, zwei unabhängige Kommissionen mit der Auszählung der Stimmen und der Verteilung der Sitze im Parlament zu beauftragen. Dies soll garantieren, dass keine Fehler vorkommen. Am Abend nach der Wahl verkünden die Vorsitzenden der Auszählkommissionen der gespannt wartenden Öffentlichkeit das Ergebnis. ■

Die Kandidaten von Partei A haben in 8 Wahlkreisen die Mehrheit der Stimmen erhalten, die von Partei B in 3. Demnach erhält Partei A 8 Sitze im Parlament und Partei B 3. Partei C geht leer aus, weil sie keinen Wahlkreis gewinnen konnte. Insgesamt erhielt Partei A 54 Prozent der gültigen Stimmen, Partei B 36 Prozent und Partei C 10 Prozent.

Die errechneten Prozentzahlen stimmen. Doch in der Sitzverteilung irrt der Kollege. Partei A wird 6 Parlamentssitze erhalten, Partei B 4 Sitze und Partei C wird mit einem Sitz in das Parlament einziehen.

Politiker, Presse und Bevölkerung sind verwirrt. Welcher der beiden Sprecher hat recht? Wie kann es zu solch unterschiedlichen Auswirkungen kommen?

B Die beiden Kommissionssprecher treffen sich zu einem Gespräch

FRAU VERHÄLT: Welches Wahlsystem haben Sie bei der Auszählung der Stimmen verwendet?

HERR MEHRHEIT: Wir haben das Mehrheitswahlsystem angewendet.

FRAU VERHÄLT: Was bedeutet das?

HERR MEHRHEIT: Beim Mehrheitswahlsystem wird das Land in so viele Wahlkreise eingeteilt, wie das Parlament Sitze hat. Da Fantasia ein Parlament mit elf Sitzen hat, haben wir elf Wahlkreise eingeteilt. Sie können das auf der Karte sehen. In jedem Wahlkreis wählen die Bürgerinnen und Bürger einen der Kandidaten, die sich zur Wahl stellen. Es zieht jeweils der Kandidat ins Parlament ein, der die meisten Stimmen in seinem Wahlkreis erhält. Partei A hat in acht von elf Wahlkreisen die Mehrheit der Stimmen erhalten. Partei B in drei der elf Wahlkreise. Also erhalten Partei A acht und Partei B drei Sitze. Da Partei C in keinem Wahlkreis die Mehrheit der Stimmen erzielen konnte, erhält sie auch keinen Parlamentssitz.
Wie kommt ihre Sitzverteilung zustande, liebe Kollegin?

FRAU VERHÄLT: Wir haben das Verhältniswahlsystem angewendet.

HERR MEHRHEIT: Was bedeutet das?

FRAU VERHÄLT: Beim Verhältniswahlsystem braucht man eigentlich keine Wahlkreiseinteilung. Man zählt alle abgegebenen Stimmen landesweit aus. Die Sitze im Parlament werden dann nach dem Anteil der Wählerstimmen verteilt. Bekommt eine Partei 54 Prozent der Stimmen, so stehen ihr auch 54 Prozent der Sitze im Parlament zu. Dadurch ist auch Partei C – ihrem Anteil von zehn Prozent der Stimmen entsprechend – in unserem Parlament vertreten.

HERR MEHRHEIT: Ehrlich gesagt finde ich es besser, wenn wir das Mehrheitswahlsystem zur Sitzverteilung verwenden. Es sorgt für klare Mehrheiten im Parlament. Kleine radikale Parteien haben keine Chance, ins Parlament einzuziehen. So fällt das Regieren leichter. Außerdem wählt man hier eine Person. Man kennt die Kandidatinnen und Kandidaten. Das verschafft den Wählerinnen und Wählern ein persönlicheres Verhältnis zur Politik. Beim Verhältniswahlrecht gibt es oft keine eindeutigen Mehrheitsverhältnisse, sodass das Land schwer zu regieren ist.

FRAU VERHÄLT: Dafür ist das Verhältniswahlsystem viel gerechter. Man wählt eine Partei und keine bestimmte Person. Da die Parteien so viele Sitze bekommen, wie ihnen nach der Stimmenverteilung zustehen, finden alle Stimmen Berücksichtigung. Beim Mehrheitswahlrecht bleiben viele Stimmen unberücksichtigt. Kleine Parteien haben beim Verhältniswahlsystem viel eher eine Chance, den Sprung in das Parlament zu schaffen.

HERR MEHRHEIT: Das Mehrheitswahlsystem haben wir uns von Großbritannien, dem Mutterland der parlamentarischen Demokratie, abgeguckt.

FRAU VERHÄLT: Das von mir vertretene Verhältniswahlrecht wird in vielen Demokratien angewendet und auch bei den Wahlen zum Europäischen Parlament.

BEIDE: Wir müssen für unser Land eine Entscheidung treffen.

1. Wie sind in Fantasia die Unterschiede in der Sitzverteilung im Parlament zustande gekommen? Beschreibe, was das Schaubild zeigt.

2. Wie ist es möglich, dass man bei gleichem Wahlergebnis zu einer unterschiedlichen Sitzverteilung im Parlament kommt? Erkläre es.

3. Du kannst nun erläutern, wie die beiden unterschiedlichen Wahlsysteme – Mehrheitswahl und Verhältniswahl – funktionieren und welche Vor- und Nachteile sie haben. Fertigt dazu eine Übersicht an.

	Mehrheitswahl	Verhältniswahl
Funktionsweise Vorteile Nachteile		

4. Urteile selbst: Wie würdest du entscheiden? (Für welches System man sich bei den Bundestagswahlen in Deutschland entschieden hat, erfährst du auf der folgenden Seite.)

C Die Bundestagswahl: Wie funktioniert sie?

Partnerinterview

Stell dir vor, du sollst nach der Bearbeitung dieser Doppelseite als Interviewpartnerin bzw. -partner über das Wahlsystem für die Bundestagswahlen zur Verfügung stehen. Als Expertin bzw. Experte erwartet man von dir zutreffende Antworten auf folgende Fragen:

1. Können Sie uns erklären, was man unter dem personalisierten Verhältniswahlrecht versteht?
2. Wozu ist die Erststimme und wozu die Zweitstimme da?
3. Was bedeutet „Fünfprozentsperrklausel"?
4. Wie kann es zu den sogenannten „Überhangmandaten" kommen?
5. Würden Sie uns bitte zusammenfassend sagen, was alle Wahlberechtigten mindestens über die Wahlen zum Bundestag wissen sollten?

1. Bildet Partnerschaften und lest euch den Text gegenseitig vor.

2. Führt das Interview durch. Dabei könnt ihr die Rolle des Fragestellers und des Antwortgebers in einem zweiten Durchgang tauschen.

3. Erläutert zu zweit den Ablauf der Bundestagswahl anhand des Schaubildes.

@ | WES-122194-001
Text einfacher

Das Wahlsystem der personalisierten Verhältniswahl

Die erste deutsche Demokratie hatte nur wenige Jahre Bestand. Sie dauerte von 1918 bis zur „Machtergreifung" Hitlers 1933. Im Parlament dieser sogenannten Weimarer Republik gab es für die Parlamentswahlen ein reines Verhältniswahlrecht ohne Zulassungsbeschränkungen. Das hatte zur Folge, dass es viele Parteien im Parlament gab, die sich nicht auf gemeinsame Beschlüsse einigen konnten. So hatten Hitler und die Nationalsozialisten leichtes Spiel, die Demokratie zu zerstören. Nach der Katastrophe des „Dritten Reiches" haben die Verfassungsväter Deutschland ein Wahlsystem gegeben, das die Fehler der Weimarer Republik vermeiden sollte. Der Parlamentarische Rat, der das Grundgesetz erarbeitete, einigte sich auf ein Mischmodell aus Verhältniswahl und Mehrheitswahl. Dieses Wahlsystem wird als **personalisiertes Verhältniswahlrecht** bezeichnet. Es soll die Vorteile des Mehrheits- und Verhältniswahlrechts miteinander verbinden. Die Wähler haben dabei zwei Stimmen. Maßgeblich für die Sitzanteile im Bundestag ist das Zweitstimmenergebnis.

Die Erststimme

Mit der Erststimme wählt man einen Abgeordneten seines Wahlkreises. Damit ist sichergestellt, dass jede Region im Bundestag vertreten ist, jeder Wahlkreis Gesicht und Gewicht hat. [...] Der Kandidat, der im Wahlkreis die meisten Stimmen bekommt, hat damit das Direktmandat gewonnen und ist zum Bundestagsabgeordneten gewählt – unabhängig davon, wie seine Partei ansonsten bei den Wahlen abschneidet. Sein Mandat kann ihm niemand mehr nehmen.

Die Zweitstimme

Mit der Zweitstimme bestimmt der Wähler grundsätzlich, in welchem Kräfteverhältnis die Parteien im Bundestag vertreten sind. Sie ist entscheidend für die Mehrheitsverhältnisse im Parlament und daher die wichtigere der beiden Stimmen. Der Stimmzettel, den die Wähler im Wahllokal ausgehändigt bekommen, ist nach dem Prinzip der personalisierten Verhältniswahl konzipiert und weist deshalb deutlich zwei Stimmen aus. Da in der personalisierten Verhältniswahl jeder Wähler zwei Stimmen hat, ermöglicht ihm dieses System das sogenannte Stimmensplitting – das Aufteilen seiner beiden Stimmen auf unterschiedliche Parteien.

Die Fünfprozentsperrklausel

Zu den Grundlagen des Wahlsystems in Deutschland gehört, dass es eine Hürde gibt, die die Parteien überspringen müssen, um in den Bundestag einziehen zu können. Eine Partei muss mindestens fünf Prozent aller Zweitstimmen erreichen, um im Bundestag vertreten zu sein. Wählerstimmen für eine „Unterfünfprozentpartei“ werden bei der Sitzverteilung nicht berücksichtigt. Eine Ausnahme gibt es, wenn es einer kleinen Partei gelingt, in mindestens drei Wahlkreisen die Direktmandate zu gewinnen.

Überhangmandate

Es kommt auch vor, dass eine Partei mehr Sitze im Parlament erhält, als ihr nach den Prozenten der Zweitstimme zustehen. Man bezeichnet diese Sitze als Überhangmandate. Sie entstehen, wenn eine Partei in einem Bundesland mehr Direktmandate gewinnt, als ihr dort nach dem Zweitstimmenanteil eigentlich zustünden. Ein Beispiel: Partei X erhält nach ihrem Zweitstimmenanteil 20 Sitze. In 22 Wahlkreisen siegen ihre Kandidaten, die sich direkt um ein Mandat beworben haben. Folge: Partei X erhält 20 Sitze plus zwei weitere als Überhangmandate.
Das Parlament wird um zwei Sitze vergrößert. Zum Ausgleich müssen dann die anderen Parteien ebenfalls mehr Sitze bekommen.

(Zusammengestellt und bearbeitet nach: Sönke Petersen, Stichwort Wahlen – Grundpfeiler der Demokratie, hrsg. vom Deutschen Bundestag, Juli 2013, S. 8 ff.)

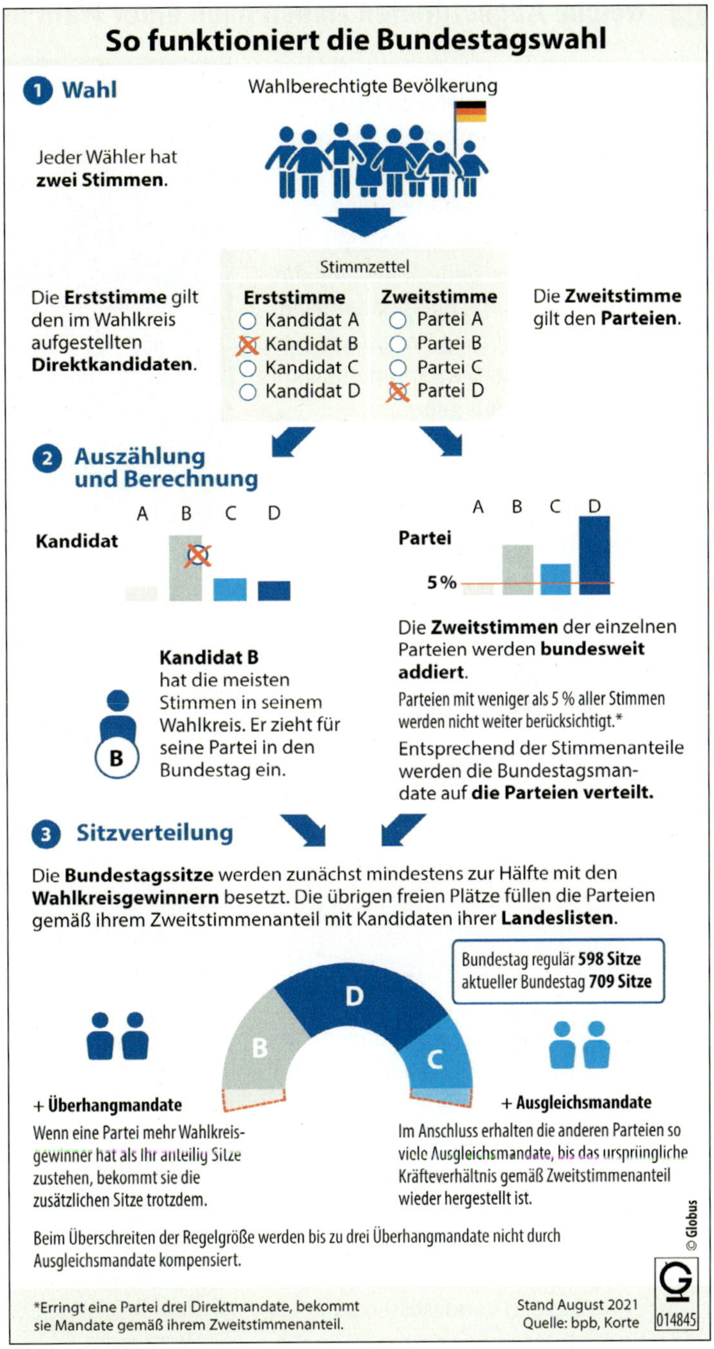

Seit 2021 gibt es Ausgleichsmandate erst, wenn eine Partei mehr als drei Überhangmandate erzielt. Nach der Bundestagswahl vom 26.09.2021 hat der Bundestag aufgrund der Überhangmandate 735 Sitze.

D Welche Abgeordneten ziehen nach einer Wahl in den Bundestag ein?

Welche Kandidatinnen und Kandidaten ziehen nach einer Wahl in das Parlament ein, wenn das Wahlsystem ein personalisiertes Verhältniswahlrecht ist, bei dem die Wählerinnen und Wähler eine Erst- und eine Zweitstimme haben? Mit den Vorgaben auf dieser Seite könnt ihr das entscheiden. Der Einfachheit halber wählen wir ein Parlament, das insgesamt aus zwölf Sitzen besteht. Die Parlamentswahl hat folgendes Ergebnis gebracht:

Partei A erhielt 51, Partei B 34 und Partei C 15 Prozent.

Nach dem Umrechnungsschlüssel ergibt sich daraus folgende Sitzverteilung:

Partei A = 6 Sitze, Partei B = 4 Sitze, Partei C = 2 Sitze.

1. Wer nimmt für die Parteien A, B und C Platz im Parlament?
2. Zeichnet die Umrisse dieses zwölfköpfigen Parlaments in euer Heft.

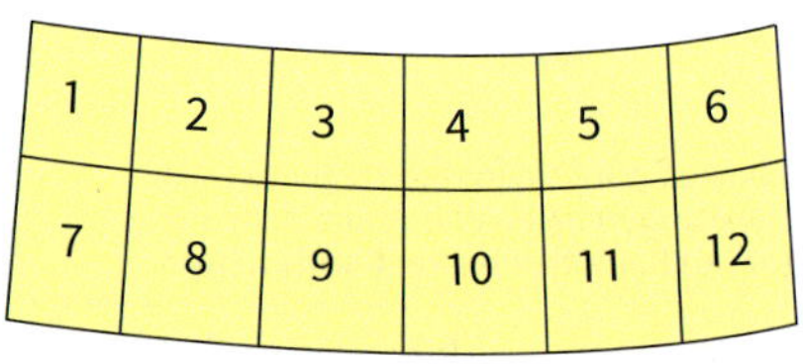

3. Schraffiert dann in verschiedenen Farben die Zahl der Sitze, die jeder Partei zustehen.
4. Verteilt dann die Sitze an die Personen. Zuerst kommen diejenigen ins Parlament, die aus den sechs Wahlkreisen als Sieger hervorgegangen sind.
5. Die sechs weiteren freien Plätze füllt ihr dann aus den Landeslisten auf.
6. Stellt das Parlament namentlich in der Klasse vor.

Zu Beginn dieser Einheit über das Wahlrecht zum Deutschen Bundestag stand die Frage, ob es zu kompliziert sei. Was meint ihr: Ist es das oder ist es ein klug gewähltes Wahlrecht?

Amtliches Endergebnis nach Auszählung der Zweitstimmen:
Partei A = 51 % = 6 Sitze   Partei B = 34 % = 4 Sitze
Partei C = 15 % = 2 Sitze

Einzelergebnisse aus den Wahlkreisen nach Auszählung aller Erststimmen:

1	Ceylin Hiob	A	51 %	2	Herrmann Pit	A	45 %
	Marion Jung	B	30 %		Nesrin Kua	B	40 %
	Paul Klein	C	19 %		Dirk Fuchs	C	15 %
3	Brigitte Mohn	A	40 %	4	Volker Maus	A	60 %
	Sven Holz	B	51 %		Sandra Blume	B	30 %
	Harald Fips	C	9 %		Hassan Stark	C	10 %
5	Friedel Wald	A	40 %	6	Anna Sachs	A	48 %
	Hanna Rosch	B	45 %		Kurt Hamm	B	37 %
	Simone Daum	C	15 %		Gerd Stein	C	15 %

Landesliste der Partei A
Listenplatz:
1. Ceylin Hiob
2. Raul Engan
3. Petra Kuhn
4. Volker Maus
5. Theo Scholtes
6. Gudrun Land
7. Yasin Schrader
8. Anna Sachs

...

Landesliste der Partei B
Listenplatz:
1. Holger Boor
2. Margot Taucher
3. Hermann Herz
4. Nicole Schön
5. Sven Holz
6. Hanna Rosch

...

Landesliste der Partei C
Listenplatz:
1. Simone Daum
2. Gerd Stein
3. Hassan Stark
4. Petra Butter
5. Dirk Fuchs
6. Paul Klein

...

E Die Wahlrechtsgrundsätze für die Wahl zum Deutschen Bundestag

Hier könnt ihr die Merkmale zusammenstellen, die zu einer demokratischen Wahl gehören, und mithilfe einer Mindmap erläutern.

Die Abgeordneten des Deutschen Bundestages werden alle vier Jahre neu gewählt. Bei der Wahl müssen fünf Bedingungen erfüllt sein. Diese sind im Artikel 38 des Grundgesetzes festgelegt. Man nennt sie Wahlrechtsgrundsätze, weil sie garantieren, dass die Wahlentscheidung auf demokratische Art und Weise zustande kommt. Sie gelten im Übrigen für alle Wahlen, an denen wahlberechtigte Bürgerinnen und Bürger teilnehmen können: also auch für die Kommunal- und Landtagswahlen und für die Wahlen zum Europäischen Parlament.

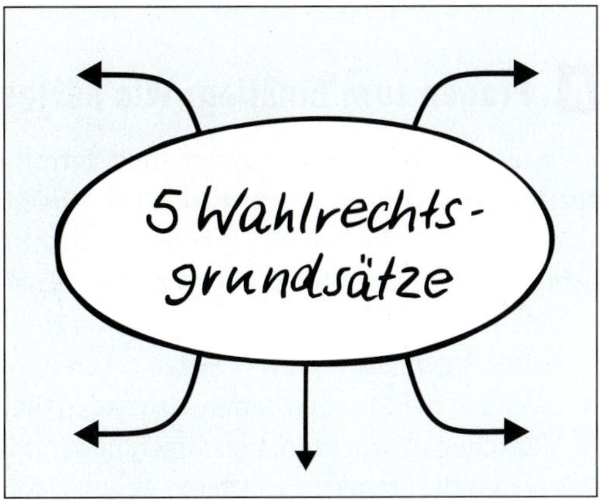

Artikel 38 Grundgesetz §

(1) Die Abgeordneten des Deutschen Bundestages werden in allgemeiner, unmittelbarer, freier, gleicher und geheimer Wahl gewählt.

Was passt wo?

Die Wahlen sind ?, wenn jede Wählerin und jeder Wähler ohne Druck und Bedrohung zur Wahl gehen kann, wenn sie oder er eine Auswahl unter verschiedenen Möglichkeiten hat und wenn die Wähler nicht zur Stimmabgabe gezwungen werden.

Die Wahlen sind ?, wenn im Wahllokal dafür gesorgt wird, dass jeder Wähler seine Stimme unbeobachtet abgeben kann, und wenn niemand dazu gezwungen wird, seine Wahlentscheidung zu verraten.

Die Wahlen sind ?, wenn kein Unterschied in der Bewertung verschiedener Stimmen gemacht wird. Früher war es so, dass die Wahlstimme eines Adeligen ein viel höheres Gewicht hatte als die Stimme einer Arbeiterin oder eines Arbeiters.

Die Wahlen sind ?, wenn jeder das Wahlrecht hat, unabhängig vom Geschlecht, vom Einkommen, von der Religion usw. Einschränkungen bestehen nur bezüglich des Wahlalters und der Staatsangehörigkeit. Man darf auch nicht entmündigt sein oder wegen einer Verurteilung in einem schweren Fall sein Wahlrecht verloren haben.

Die Wahlen sind ?, wenn die Wahlberechtigten ihre Kandidatinnen und Kandidaten direkt in den Bundestag wählen. Sie geben in ihrem Wahlkreis ihre Stimme der Person, die nach ihrem Willen in den Bundestag einziehen und sie dort vertreten soll.

Der Professor meint, seine Stimme müsste mehr zählen als die anderer Leute.

1. Entwickelt zu den Wahlrechtsgrundsätzen in Artikel 38 des Grundgesetzes eine Mindmap. Fasst dazu die Erklärungen kurz und verständlich zusammen. (Das geht auch zu zweit.)

2. Übt euch darin, die Bedingungen einer demokratischen Wahl mithilfe eurer Mindmap mündlich zu erklären.

Tipp: Bereitet ein Rollenspiel in Form einer Diskussion vor: **A** Ein Professor meint, seine Stimme müsste mehr zählen als die anderer Leute, weil er gebildeter sei. **B** Die Chefin eines Betriebes will in Vorstellungsgesprächen wissen, welche Partei die Bewerberinnen und Bewerber wählen.

6 Hass und Hetze im Internet: Wie führte dieses Problem zu einem neuen Gesetz?

Den Weg der Gesetzgebung visualisieren und präsentieren

A Fragen zum Einstieg: Wie hättest du entschieden?

Im Internet gibt es eine zunehmende Verrohung der Kommunikation. In den sogenannten sozialen Netzwerken werden Menschen beleidigt und bedroht. Sogar vor Morddrohungen schrecken manche Schreiber/-innen nicht zurück. Auch Hass auf Meinungsfreiheit und Missachtung der Demokratie gehören zu den Motiven.

- Soll der Staat die Betreiber/-innen der Netzwerke mit einem neuen Gesetz dazu zwingen, Äußerungen, die Hass und Hetze verbreiten, zu löschen?
- Oder soll der Staat erdulden, dass auch diejenigen Meinungsfreiheit genießen, die andere Menschen missachten, beleidigen und mit Gewalt bedrohen?

Das waren die Fragen, die sich die Abgeordneten der Parteien im Deutschen Bundestag 2017 stellten.
Wie fällt deine Antwort auf diese beiden Fragen aus? Urteile spontan und tausche dich mit deinem Nachbarn/deiner Nachbarin über deine erste Reaktion aus.

B Der Weg zum Netzwerkdurchsetzungsgesetz

1. Die Öffentlichkeit diskutiert

Der Weg zu einem neuen Bundesgesetz beginnt in der Regel damit, dass es ein Problem gibt, über das überall im Land diskutiert wird. So war es auch mit dem Netzwerkdurchsetzungsgesetz. Viele Menschen beklagten sich darüber, dass in sozialen Netzwerken wie Facebook, YouTube und Twitter immer mehr Hass und Hetze verbreitet wird. Man sollte, so lautete die Forderung vieler, die Betreiber/-innen der Netzwerke dazu zwingen, menschenverachtende Äußerungen umgehend aus dem Bestand zu löschen. Strafbare Inhalte sind Beleidigungen, Verleumdungen, Drohungen und Aufrufe zur Gewalt. Zusammenfassend werden sie als *Hasskriminalität* bezeichnet.

2. Der Gesetzgeber wird aktiv

Die im Bundestag vertretenen Parteien waren nun aufgerufen, eine Lösung für das Problem zu finden. Im Bundesjustizministerium wurde dazu eine Gesetzesvorlage erarbeitet. Oberstes Ziel des Gesetzes sollte sein, Hass und Hetze aus dem Internet zu vertreiben. Die Betreiber/-innen von Internetplattformen sollten dazu verpflichtet werden, strafbare Inhalte zu löschen. Die Gesetzesvorlage bekam den Namen „Netzwerkdurchsetzungsgesetz“. Nach mehrmaliger Beratung übernahm die Bundesregierung den Gesetzesentwurf des Justizministeriums und leitete ihn dem Bundesrat zu einer ersten Stellungnahme zu. Dieser konnte nun eine erste Bewertung des Gesetzesentwurfs aus der Sicht der Bundesländer einbringen.

3. Der Bundestag berät die Vorlage in drei Lesungen

Am 16. Mai 2017 brachte die damalige Bundesregierung bestehend aus CDU, CSU und SPD den Entwurf des Netzwerkdurchsetzungsgesetzes im Bundestag ein. Es folgte die erste Beratung im Parlament. Die Beratungen von Gesetzen im Bundestag werden offiziell als „Lesung“ bezeichnet. Für jedes neue Gesetz gibt es immer drei Lesungen. Die erste Lesung eines Gesetzes dient in der

Regel der Information der Abgeordneten aller Parteien. Sie haben dann Zeit, sich eine Meinung zu bilden und ihre Stellungnahmen vorzubereiten. Diese können sie dann in den weiteren Lesungen im Parlament vorbringen. Abstimmungen im Bundestag erfolgen stets nach der dritten Lesung eines Gesetzes.

4. Heftige Debatten im Bundestag

In der Parlamentsdebatte am 19. Mai 2017 begründete der amtierende Justizminister die Notwendigkeit des Gesetzes unter anderem mit dem Argument, Hasskriminalität beschädige unser Zusammenleben. Derartige Äußerungen seien Angriffe auf die Meinungsfreiheit, weil Andersdenkende damit eingeschüchtert und mundtot gemacht werden. Online dürfe nicht erlaubt sein, was offline verboten ist.
Vertreter/-innen der Oppositionsparteien kritisierten, man dürfe die Entscheidung, was zu löschen ist, nicht den privaten Betreibern der Netzwerke überlassen. Auch bestehe die Gefahr, dass in Zukunft Beiträge gelöscht werden, die durch das Grundrecht der Meinungsfreiheit geschützt sind. Über die Debatte im Bundestag wurde in den Medien ausführlich berichtet.

5. Beratungen und Anhörungen in den Fachausschüssen

Zwischen den Bundestagsdebatten werden Gesetzesvorlagen an die zuständigen Fachausschüsse überwiesen. Das sind kleine Runden von Abgeordneten im Bundestag, die sich auf bestimmte Themen spezialisiert haben. Das Netzwerkdurchsetzungsgesetz wurde dem Rechtsausschuss zugeleitet. Die Ausschüsse können zum Zweck ihrer Information und Meinungsbildung Expertinnen und Experten einladen. Solche Treffen werden auch als Hearing bezeichnet (= Anhörung).
Im Juni 2017 lud die Leiterin des Rechtsausschusses beim Deutschen Bundestag zehn Sachverständige zu einer Anhörung ein, die allesamt nicht dem Bundestag angehören. Die Fachleute für Fragen des Rechts hatten Gelegenheit, Zustimmung und Kritik vorzutragen und so Einfluss auf den Gesetzesentwurf zu nehmen.

6. Bundestag und Bundesrat stimmen über das Gesetz ab

Am 30. Juni 2017 erhielt das Netzwerkdurchsetzungsgesetz bei der Abstimmung im Bundestag die Mehrheit der Stimmen. Es verpflichtet die Betreiber/-innen all der sozialen Netzwerke, die mit ihren Angeboten hohe Gewinne erwirtschaften, Inhalte auf Strafbarkeit, Hass und Hetze zu überprüfen und diese gegebenenfalls zu löschen. Über die getroffenen Maßnahmen muss dem Bundesministerium für Justiz vierteljährlich ein Bericht vorgelegt werden. Bei Nichtbeachtung können Bußgelder bis zu fünf Millionen Euro verhängt werden.
Am 7. Juli stimmte der Bundesrat als Vertretung der Bundesländer ebenfalls zu. Nachdem es vom Bundespräsidenten unterzeichnet und im Bundesgesetzblatt veröffentlicht wurde, trat das Gesetz am 1. Oktober 2017 in Kraft.
Am 6. Mai 2021 beschloss der Bundestag eine weitere Verschärfung der gesetzlichen Grundlagen zur Bekämpfung von Hassbotschaften im Netz. Trotz verschärfter gesetzlicher Regelungen gibt es weiterhin das Problem der Hasskriminalität. Auch die Europäische Union hat sich das Thema vorgenommen und plant ein Gesetz, das in allen Mitgliedstaaten gelten soll (Stand 2022).

@ | WES-122194-007
Ein etwa sechsminütiges Video der Bundeszentrale für politische Bildung visualisiert den Weg der Gesetzgebung.

1. Um welches Problem und um welches Ziel geht es bei diesem Gesetz? Nenne beides.

2. Fasse die Entstehung des Netzwerkdurchsetzungsgesetzes mithilfe der Zwischenüberschriften mündlich zusammen.

3. Beschreibe nacheinander die Rolle der Bundesregierung, des Bundestages, des Bundesrates und des Bundespräsidenten in diesem Gesetzgebungsverfahren. S. 369

4. Manche Leute sagen, es dauere viel zu lange, bis ein Gesetz zustande kommt. Andere halten die intensiven Debatten im Parlament, in den Ausschüssen und in den Medien für ein wichtiges Qualitätsmerkmal der Demokratie. Wie denkst du darüber? Begründe deine Ansicht.

5. Hältst du das hier beschriebene Gesetz gegen Hass im Netz für richtig und wichtig oder für übertrieben streng und weniger wichtig? Formuliere dein begründetes Urteil.

Politische Urteilsfähigkeit
Thema: Gesetze beurteilen

Worum geht es?

In der Demokratie gilt das Grundrecht auf Meinungsfreiheit (Artikel 5 Grundgesetz). Dieses Recht ist auch die Basis politischer Urteilfähigkeit. Dazu gehört, dass man in der Lage ist, eine Meinung zu vertreten, die auf einer guten Kenntnis der Sache beruht und die man mit möglichst überzeugenden Argumenten begründen kann. Gleichzeitig gilt es, Respekt zu zeigen gegenüber denen, die zu anderen Beurteilungen kommen.

Bewerten und beurteilen

Das Grundrecht auf Meinungsfreiheit erlaubt es uns, alles zu beurteilen und zu bewerten. Dabei ist es gar nicht leicht, das eine vom anderen zu unterscheiden. Bewerten bedeutet, dass man eine persönliche Meinung ausdrückt. Beispiel: „Demokratie ist es eine gute Sache!“ Das ist eine ganz einfache wertende Aussage, die eine persönliche Meinung wiedergibt. Man bezeichnet das als „Werturteil“. Diese können wesentlich differenzierter begründet ausfallen als in einer kurzen Aussage.
Im Unterschied zu einer allgemeinen Bewertung geht es in einem politischen Urteil um eine persönliche Stellungnahme in einer Sache. Das kann ein vorliegendes Wahlergebnis sein, das Programm einer Partei oder auch ein neues Gesetz. Man spricht von einem „Sachurteil“, wenn man sich in seiner Beurteilung auf eine klar zu benennende Sache bezieht.

Vier Schritte zur Urteilsbildung über ein neues Gesetz

Neue Gesetze werden in der Regel öffentlich diskutiert. Wer politisch mitreden will, sollte sich an solchen Diskussionen beteiligen können.

Erster Schritt: Du informierst dich

Die Qualität eines Urteils hängt immer davon ab, wie gut man sich zuvor informiert hat. Frage also: Worum geht es in diesem Gesetz? Warum wurde es gemacht? Was ist das Ziel?

Zweiter Schritt: Du prüfst das Gesetz anhand von Kriterien

Zur Annäherung an ein Urteil über ein Gesetz bieten sich folgende Kriterien an:

- **Bedeutung:** Behandelt das Gesetz ein wichtiges oder ein weniger wichtiges Thema für die Gesellschaft?
- **Wirksamkeit:** Ist es in der Lage, das Problem zu lösen, um das es geht?
- **Gerechtigkeit:** Welche Menschen und welche Zustände in der Gesellschaft werden davon profitieren? Für wen oder was bringt es Nachteile?
- **Betroffenheit:** Hat das Gesetz Einfluss auf mein Leben und auf das meiner Familie?
- **Die persönliche Sicht:** Entspricht das Gesetz meinen Vorstellungen von guter Politik? (Hier geht es um ein Werturteil.)

Dritter Schritt: Du fügst die Teilurteile zu einer Gesamtbeurteilung zusammen.

Nach der Überprüfung anhand der Kriterien kannst du die einzelnen Punkte zu einer Gesamtbeurteilung zusammenfassen. Dabei muss man nicht immer alle Kriterien berücksichtigen. Du kannst einzelne Prüfmaßstäbe hervorheben, die dir in diesem Fall besonders bedeutsam erscheinen.
Gesamtbeurteilungen können aus einer Kombination von Sach- und Werturteilen bestehen. Du beurteilst die Sache und fügst wertend hinzu, was dir an einer Gesetzesentscheidung entweder gefällt oder missfällt.

Vierter Schritt: Du überprüfst dein Urteil im Austausch mit anderen.

Politische Urteile kann man immer wieder überprüfen. Ein guter Weg ist, dass man mit anderen darüber spricht. Auch sollte man sich weiterhin informieren, wenn man im Gespräch spürt, dass der eigene Informationsstand für ein gut begründetes Urteil noch nicht ausreicht.

C Wie beurteilst du die folgenden Gesetze?

Euer Auftrag:

1. Wähle eines der beiden Gesetze aus und beurteile es anhand der in der Methodenkarte genannten Kriterien.

2. Tauscht eure Teilurteile in Partner- oder Gruppenarbeit aus und verständigt euch auf ein Gesamturteil eures Teams.

3. Überlegt, wie ihr in der vorgegebenen Zeit euren Informationsstand zum Gesetz mit passenden Suchbegriffen erweitern könnt; zum Beispiel in www.bundestag.de und www.das-parlament.de. (Hier gibt es Informationen auch in leichter Sprache.)

4. Verfahrt bei verbleibender Zeit ebenso mit dem zweiten Gesetz.

* Merke ✓

Entgelt kommt sprachlich nicht von Geld, sondern vom Verb entgelten im Sinne von Bezahlung, Entlohnung.

Beispiel 1: Gesetz zur Verankerung von Kinderrechten im Grundgesetz

Ein seit Langem im Bundestag diskutierter Gesetzesvorschlag sieht eine Änderung des Grundgesetzes vor. Kinderrechte sollen neu in den Katalog der Grundrechte aufgenommen werden. Erweitert werden soll dazu der Artikel 6, Absatz 2. Der neue Text lautet:

„Die verfassungsmäßigen Rechte der Kinder einschließlich ihres Rechts auf Entwicklung zu eigenverantwortlichen Persönlichkeiten sind zu achten und zu schützen. Das Wohl des Kindes ist angemessen zu berücksichtigen.“

Gesetze, die eine Änderung des Grundgesetzes anstreben, bedürfen einer Mehrheit von zwei Drittel der Abgeordneten.

Die Befürworter/-innen wollen erreichen, dass die Interessen von Kindern bei allen politischen Entscheidungen besser als bisher berücksichtigt werden. Kritiker/-innen stört besonders das Adjektiv „angemessen“. Ihrer Ansicht nach ist das viel zu ungenau. Ihr Gegenvorschlag lautet, das Wohl der Kinder sei vorrangig zu berücksichtigen. Eine weitere Gruppe steht dem Gesetz ablehnend gegenüber. Ihrer Ansicht nach gelten die im Grundgesetz garantierten Rechte schon jetzt für alle, also auch für die Kinder. Die Änderung des Grundgesetzes sei unnötig.

Bei einer Abstimmung 2021 fand der Vorschlag nicht die erforderliche Zwei-Drittel-Mehrheit. Weitere Beratungen können folgen.

Beispiel 2: Gesetz zur gleichen Bezahlung von Frauen- und Männerarbeit

Am 30. Juni 2017 trat in Deutschland das sogenannte Entgelttransparenzgesetz* in Kraft. Dieses Gesetz soll dafür sorgen, dass Frauen und Männer bei gleichwertiger Arbeit auch in gleicher Höhe bezahlt werden. Zum Zeitpunkt seines Inkrafttretens betrug die Entgeltlücke zwischen Frauen und Männern nach Angaben des Statistischen Bundesamtes 21 Prozent.

Das Gesetz gibt Frauen und Männern in Privatbetrieben mit mehr als 200 Beschäftigten das Recht, Auskunft über die Bezahlung anderer Beschäftigter zu verlangen. Die Befürworter/-innen des Gesetzes sehen darin einen wichtigen Schritt zur tatsächlichen Gleichberechtigung zwischen Frauen und Männern. Unternehmer/-innen sehen darin zum Teil einen zu großen Eingriff der Politik in ihre unternehmerische Freiheit. Auch fürchten sie, dass Unfrieden in den Betrieben entsteht. Aus Frauen- und Arbeitnehmerverbänden kommt die Kritik, dass es zwar gut gemeint, aber wenig wirksam sei. Frauen könnten Nachteile befürchten, wenn sie ihre Chefs um Auskunft über die Entlohnung männlicher Mitarbeiter bitten.

D Der Weg der Gesetzgebung nach den Bestimmungen des Grundgesetzes

Der Weg bis zur Entscheidung ist bei allen Bundesgesetzen ähnlich. Das Grundgesetz schreibt die doppelte Abstimmung vor – zuerst im Bundestag, dann im Bundesrat. Durch die Abstimmung im Bundesrat wirken die Bundesländer an der Gesetzgebung des Bundes mit. Dabei ist zu unterscheiden zwischen zustimmungspflichtigen und nicht zustimmungspflichtigen Gesetzen. Zustimmungspflichtig sind alle Gesetze, welche die Länderinteressen betreffen. Können sich Bundestag und Bundesrat nicht einigen, wird ein Vermittlungsausschuss einberufen. Er besteht zu gleichen Teilen aus Mitgliedern des Bundestages und des Bundesrates. Seine Aufgabe ist es, einen Kompromissvorschlag zu finden. Hier Auszüge aus den Bestimmungen des Grundgesetzes:

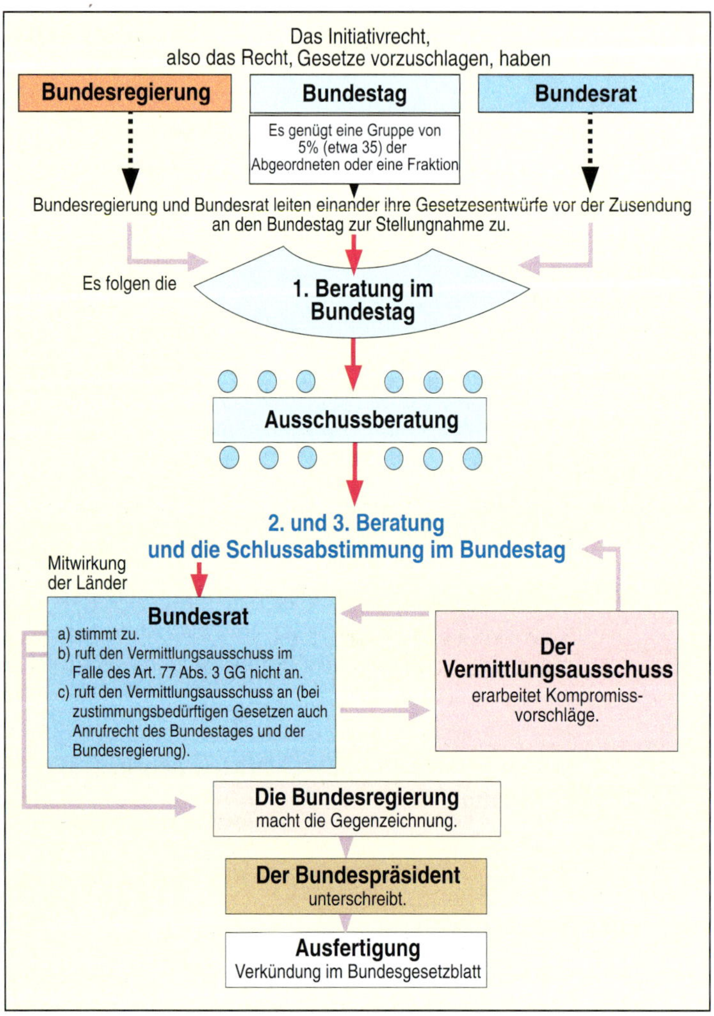

§

Artikel 76 Einbringung
Gesetzesvorlagen werden beim Bundestage durch die Bundesregierung, aus der Mitte des Bundestages oder durch den Bundesrat eingebracht. [...]

Artikel 77 Gesetzgebungsverfahren
Die Bundesgesetze werden vom Bundestage beschlossen. [...]

Artikel 78 Zustandekommen der Gesetze
Ein vom Bundestage beschlossenes Gesetz kommt zustande, wenn der Bundesrat zustimmt [...].

Artikel 82 Ausfertigung, Verkündigung, Inkrafttreten
Die nach den Vorschriften dieses Grundgesetzes zustande gekommenen Gesetze werden vom Bundespräsidenten nach Gegenzeichnung ausgefertigt und im Bundesgesetzblatte verkündet. [...]

1. Beschreibe den Ablauf des Gesetzgebungsverfahrens anhand des Schaubildes.

2. Nutze das Schaubild und die Auszüge aus dem Grundgesetz, um damit das Zustandekommen des Netzwerkdurchsetzungsgesetzes von 2017 zu erläutern (siehe Material B).

Selbstständig weiterlernen mit Medien

- Der Weg zu einem neuen Bundesgesetz lässt sich auch in einem Erklärvideo visualisieren und präsentieren.

E Wir erstellen einen Politikzyklus zum Weg der Gesetzgebung

Der Weg bis zum Inkrafttreten eines neues Bundesgesetzes erfolgt mal schnell, mal langsam, aber immer in den gleichen Abfolgeschritten. Solche sich wiederholenden Prozesse lassen sich modellhaft als Politikzyklus darstellen. Das ist ein Schaubild in der Form eines Kreislaufs mit einer gut erkennbaren Abfolge der einzelnen Phasen im Prozess. Einen solchen Politikzyklus könnt ihr hier erstellen.

Euer Auftrag:

1. Skizziert eine Umrisszeichnung mit acht Feldern für den Politikzyklus auf einem Blatt.
2. Ordnet die Informationen in den Kästen, indem ihr sie nummeriert.
3. Erstellt den Politikzyklus als erste Skizze. Überarbeitet den Entwurf so, dass sich eure Zeichnung für eine Präsentation eignet (PC!).
4. Erläutert den Gesetzgebungsprozess mithilfe eures Modells. **Tipp:** Partnerarbeit

Nach dem Bundestag stimmt auch der Bundesrat dem Gesetz zu.

Nach einer dritten Lesung wird das Gesetz vom Bundestag mit der Mehrheit der Stimmen verabschiedet.

Die Bundesregierung oder der Bundesrat oder eine Fraktion der Abgeordneten im Bundestag erarbeiten zum Problem einen Gesetzesentwurf.

Das Gesetz tritt nach der Veröffentlichung im Bundesgesetzblatt in Kraft.

Der Bundespräsident unterschreibt das Gesetz.

Der Gesetzesentwurf wird beim Präsidium des Bundestages eingereicht.

Es entsteht ein Problem, für das die Politik eine gesetzliche Regelung finden muss.

In einer ersten und zweiten Lesung wird das Gesetz im Bundestag beraten.

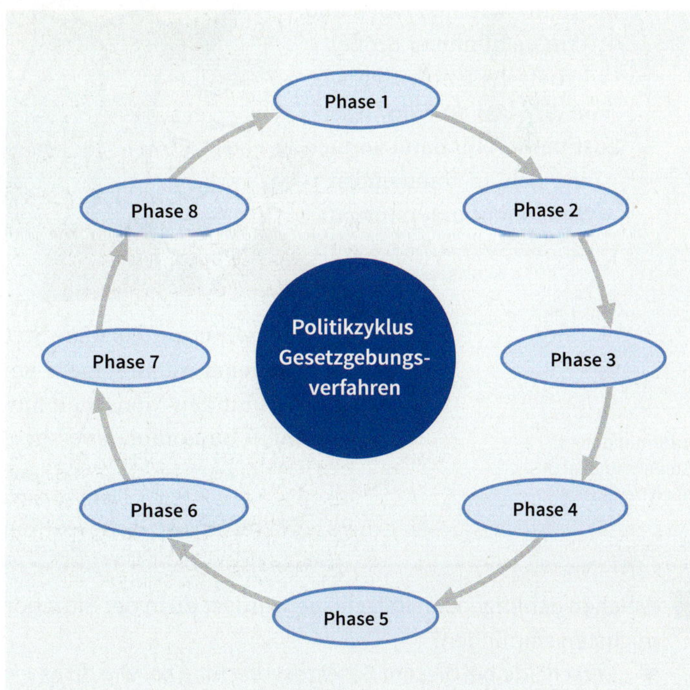

7 Sollen Abgeordnete sich nur nach ihrem Gewissen richten?

Ihre Stellung zwischen freiem Mandat und Fraktionsdisziplin erläutern

A Der Fall:

Stelle dir folgende Situation vor

Du bist Abgeordnete oder Abgeordneter des Deutschen Bundestages. Zur Abstimmung liegt ein neuer Gesetzesentwurf im Steuerrecht vor. Demnach soll die Einkommensteuer – also die Steuer, die von allen Einnahmen einer Person an das Finanzamt abgeführt werden muss – für die Wohlhabenden drastisch erhöht werden.

- Wie reagierst du im Verlauf der Beratungen auf die Stellungnahmen der folgenden Gruppen?

Stimmen und Forderungen

* Informationen zu Steuern findest du auch im Glossar.

1. Welchen der folgenden Ratschläge würdest du in der Situation einer oder eines Abgeordneten als den hilfreichsten empfinden?

- „Entscheide bei diesem Gesetzesvorschlag so, wie du es ganz persönlich für richtig hältst."
- „Entscheide so, wie du glaubst, dass die Mehrheit deiner Wählerinnen und Wähler es von dir erwartet."
- „Entscheide so, wie es deine Parteizugehörigkeit von dir verlangt."

B Nur ihrem Gewissen unterworfen

@ | WES-122194-001
Text einfacher
Text ausführlicher

Unter Fraktionszwang versteht man die Verpflichtung der Abgeordneten, einem zuvor gefassten Fraktionsbeschluss entsprechend abzustimmen. In der Theorie gibt es in der Bundesrepublik Deutschland keinen Fraktionszwang – und es darf ihn auch nicht geben: Artikel 38 Absatz 1 Satz 1 des Grundgesetzes ist da unmissverständlich:

> § Die Abgeordneten des Deutschen Bundestages sind „an Aufträge und Weisungen nicht gebunden und nur ihrem Gewissen* unterworfen."

Praktisch sieht das aber oft anders aus: Über Entscheidungen wird meist bereits vor der Abstimmung im Bundestag intern in den Fraktionen* abgestimmt. Fast alle Mitglieder halten sich an das Ergebnis.
Der Fraktionszwang, auch Fraktionsdisziplin genannt, ist in keinem Gesetz und auch nicht der Bundestagsgeschäftsordnung festgeschrieben. Allerdings schreiben ihn Koalitionsregierungen regelmäßig in den Koalitionsverträgen fest. Ein Argument der Befürworter einer Fraktionsdisziplin ist die Arbeitsfähigkeit der Regierung. Ohne Fraktionsdisziplin könnten Abweichler der Koalitionsfraktionen gemeinsam mit der Opposition Gesetzesvorhaben blockieren. […]
Ein Abgeordneter, der sich nicht an den Fraktionszwang hält, kann dafür nicht geahndet werden. Auch das regelt das Grundgesetz, in Artikel 46 Absatz 1: „Ein Abgeordneter darf zu keiner Zeit wegen seiner Abstimmung […] gerichtlich oder dienstlich verfolgt oder sonst außerhalb des Bundestages zur Verantwortung gezogen werden."

(Aus: Nur ihrem Gewissen unterworfen, Tagesschau online vom 22.10.2015, Hamburg, in: https://www.tagesschau.de/inland/fraktionszwang104.html, letzter Zugriff: 29.04.2021)

* Zu den Stichworten Gewissen und Fraktion findet ihr auch Erklärungen im Glossar.

C TEAM kontrovers: Darf man Abgeordnete zu bestimmten Entscheidungen verpflichten?

S M U H

Ja!

Rechtlich gibt es keinen Fraktionszwang, aber praktisch muss es eine gemeinsame Vorgehensweise geben. Würden alle Abgeordneten entscheiden, wie es ihnen gerade in den Sinn kommt, wäre kein nachvollziehbarer Regierungskurs möglich. Die WählerInnen und Wähler wüssten dann nicht, wofür oder wogegen die von ihnen gewählte Partei eigentlich steht. Die Abgeordneten einer Fraktion müssen sich verpflichtet fühlen, gemeinsam zu entscheiden. Bei knappen Mehrheitsverhältnissen im Parlament ist das besonders wichtig.
Die Grenze muss da liegen, wo eine Entscheidung dem Gewissen eines Abgeordneten nicht zuzumuten ist.

Nein!

Bei der Gründung der Bundesrepublik hat man sich für ein freies Mandat der Abgeordneten entschieden und das bedeutet, dass diese das Recht haben, nach ihrem persönlichen Gewissen entscheiden zu können. Hätte man es anders gewollt, hätte man ein imperatives Mandat beschließen mussen. Das würde dann bedeuten, dass die Volksvertreter an die Weisungen und Aufträge ihrer Wählerschaft gebunden sind. Die Wählerinnen und Wähler können das Verhalten ihrer Abgeordneten beobachten und dann in einer kommenden Wahl darüber entscheiden, ob sie mit deren Entscheidungen einverstanden sind oder nicht. Frei entscheiden zu können ist nun mal das Wesensmerkmal demokratischer Politik.

2. Erkläre, was man unter Fraktionszwang und unter dem freien und imperativen Mandat versteht.

3. Ist es wichtig, dass die Abgeordneten sich an die Vorgaben ihrer Partei halten, oder ist es besser, wenn sie individuell entscheiden? Beurteile die Frage aus der Sicht einer Wählerin/eines Wählers.

4. Formuliere deine Stellungnahme zum Diskussionsthema und tausche dich mit anderen darüber aus.

8 Warum ist Gewaltenteilung wichtig?

Die Bedeutung von Machtkontrolle begründen

A Eine Einstiegsübung für alle:

- Erkläre, was diese Nachricht mit Gewaltenteilung zu tun hat:

Ein Ladendieb wird erwischt und von zwei Polizisten festgenommen. Die Beamten handeln als Gesetzeshüter im Auftrag des Staates. Bei der Festnahme und dem Umgang mit dem Dieb wenden sie Gesetze an, die von der gesetzgebenden Versammlung, dem Parlament, verabschiedet wurden. Das Gericht, das den Dieb verurteilen wird, entscheidet unabhängig im Rahmen der Gesetze und lässt sich in seiner Urteilsfindung weder von der Regierung noch vom Parlament bevormunden.

B Wer sind die drei Wächter?

Die Teilung der Staatsgewalt – sie ist ein wesentliches Prinzip unserer Demokratie. Der Staat hat die Macht, dafür zu sorgen, dass die Ordnung eingehalten und seine Bürger geschützt werden. Diese Ordnung ist in Gesetzen festgeschrieben.

Die **Legislative**, die gesetzgebende Gewalt, ist in Deutschland der Deutsche Bundestag in Verbindung mit dem Bundesrat und den Landesparlamenten – und damit im Grunde für alle, denn die Abgeordneten wählt das Volk.

Wer sich nicht an die Gesetze hält, bekommt es mit der **Exekutive** zu tun, der ausführenden Gewalt. Auf der obersten Ebene hat diese Exekutive die Bundesregierung. Sie darf bestimmte Mittel, z.B. Militär, Bundespolizei, Geheimdienste einsetzen, um Ruhe und Ordnung zu schaffen und um den Staat gegen Bedrohungen von innen und außen zu schützen. Auch die Länderregierungen und die Verwaltungen in den Städten haben dafür zu sorgen, dass alles gesetzmäßig abläuft, denn: Der erste Wächter (die Gesetze) kontrolliert den zweiten Wächter (die Ausführenden). Das gilt auch umgekehrt, denn die Exekutive, also zum Beispiel die Bundesregierung, schlägt der Legislative Gesetze vor.

Die dritte Staatsgewalt, die Recht sprechende Gewalt (**Judikative**), sorgt mit Richtern und Staatsanwälten dafür, dass Gesetzesverstöße nach festen Regeln verhandelt und die Täter bestraft werden. Dabei dürfen die Strafen nicht willkürlich sein, auch sie müssen den Gesetzen entsprechen (die Legislative hat wiederum hier eine Kontrollfunktion!). Die Gerichte sind unabhängig und keine Macht des Staates darf sie zwingen, ein bestimmtes Urteil zu fällen, mit dem sie nicht einverstanden sind. Die Judikative ist sozusagen als dritte Staatsgewalt der dritte Wächter.

Alle drei Wächter kontrollieren sich gegenseitig.

(Aus Gerd Schneider: Politik, Arena Verlag, Würzburg 2008, S. 36 ff.)

* Zum Begriff Gewaltenteilung findest du weitere Informationen im Glossar.

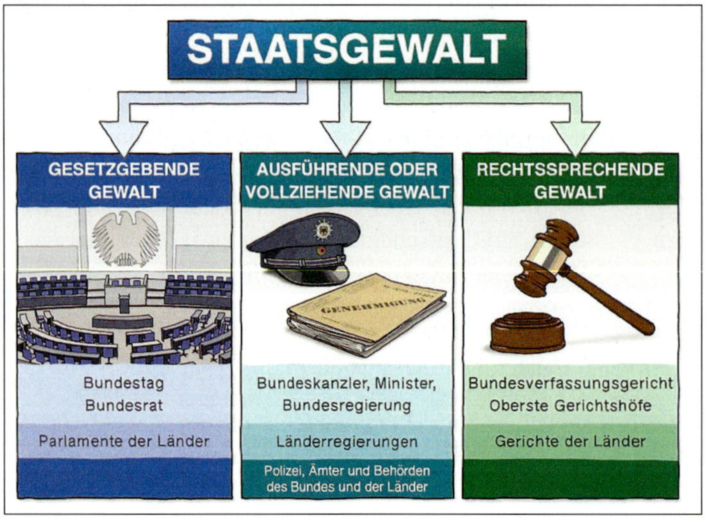

C Hintergrund: Nie mehr Diktatur in Deutschland

Den schlimmsten Missbrauch staatlicher Macht erlebte Deutschland in der Zeit von 1933 bis 1945. Vom Tag ihrer „Machtergreifung“ im Jahr 1933 an verwandelten Hitler und die Nationalsozialisten Deutschland in eine verbrecherische Diktatur*:

- Sie schalteten das Parlament aus.
- Sie verboten Parteien und Gewerkschaften.
- Sie duldeten keine freie Presse.
- Sie ließen das Volk durch ihre geheime Staatspolizei bespitzeln und Andersdenkende in Folterkellern und Konzentrationslagern verschwinden.
- Sie beugten das Recht im Namen des „Führers“.
- Sie führten Deutschland in einen rassistisch begründeten Vernichtungskrieg.
- Sie ermordeten im Wahn rassischer Überlegenheit nahezu das gesamte Volk der in ihrem Herrschaftsgebiet lebenden Juden.

Vor dem Hintergrund dieser leidvollen Erfahrung muss man die verfassungsmäßige Ordnung in der Bundesrepublik Deutschland sehen. Es gehört zu den wichtigsten Zielen der freiheitlich-demokratischen Grundordnung, welche im Grundgesetz festgelegt ist, jegliche Gewalt- und Willkürherrschaft für alle Zeiten auszuschließen.

Hitler hatte die Macht in seiner Person konzentriert und missbraucht. Eine staatliche Ordnung, die Konzentration und Missbrauch von Macht verhindern will, muss die Macht auf verschiedene Personen und Institutionen verteilen und ihre demokratische Kontrolle garantieren. Die Kontrolle staatlicher Macht gilt als eines der wesentlichen Elemente, ohne die eine Demokratie keinen dauerhaften Bestand haben kann.

* Zum Begriff Diktatur findest du auch Informationen im Glossar.

1. Wer sind die Wächter, die im Text B genannt sind? Nenne sie.

2. Erläutere mithilfe von Text B und dem Schaubild, wie die Teilung der Staatsgewalt in der Bundesrepublik Deutschland funktioniert.

3. Wie lässt sich die Bedeutung der Gewaltenteilung mithilfe der historischen Erfahrungen aus der Zeit des Nationalsozialismus begründen? Verdeutliche den Zusammenhang. S. 369

D Wer kontrolliert Regierung und Parlament?

Für die Bearbeitung dieser Doppelseite bietet sich die Methode *Partnerbriefing* an.

* Zum Begriff Opposition findest du auch Informationen im Glossar.

Beispiel 1: Machtkontrolle durch Opposition

Opposition* heißt Gegensatz, Widerspruch und Widerstand. [...] Alle Parteien (im Parlament), die nicht an der Regierung beteiligt sind, bilden „die Opposition". Sie sind Oppositionsparteien. In einer Demokratie hat die Opposition zwei entscheidende Aufgaben: Sie soll die Regierung ständig überwachen und sie kritisieren, wenn sie ihre Pläne für falsch hält; sie soll eigene Pläne entwickeln und vortragen. Erfüllt eine Opposition diese Aufgaben, kann sie die Politik der Regierung beeinflussen. Gleichzeitig nimmt sie Einfluss auf die Bürger: Sie unterstützt sie, sich eine Meinung zu bilden und ihren Willen zu äußern. Überzeugen die Vorschläge der Opposition die Mehrheit der Wähler, kann sie bei einer nächsten Wahl die meisten Stimmen gewinnen: Sie bildet dann die Regierung und versucht, die Interessen und den Willen ihrer Wähler durchzusetzen. Die bisherige Regierungspartei geht dann in die Opposition. Eine Opposition, die ihre Aufgaben wahrnimmt, schützt die Demokratie. Sie kann verhindern, dass die Gruppen in der Bevölkerung, die mit der Regierung unzufrieden sind, den Staat mit Gewalt verändern. Sie kann verhindern, dass die Regierung diktatorische, das heißt uneingeschränkte, Macht ausübt. Gruppen, die im Gegensatz zu einer Regierung stehen und nicht im Parlament vertreten sind, bezeichnet man als außerparlamentarische Opposition.

(Aus: Hilde Kammer und Elisabet Bartsch: Jugendlexikon Politik, Rowohlt Taschenbuch Verlag, Hamburg, überarbeitete Ausgabe Juni 2011)

Um die Regierungsarbeit zu kontrollieren, kann die Opposition schriftliche Anfragen zu bestimmten Themen stellen, die dann von der Regierung öffentlich beantwortet werden müssen. Wenn Missstände in der parlamentarischen Arbeit bekannt werden, kann sie die Einsetzung eines Untersuchungsausschusses verlangen, der die Vorgänge aufklärt.

Interessiert verfolgen junge Leute eine Debatte im Bundestag, bei der die Opposition die Regierung kritisiert.

Neben der Kritik sucht die Opposition bei wichtigen Fragen auch die Zusammenarbeit mit den Regierungsparteien, um so zumindest einen Teil ihrer Vorstellungen in die aktuelle Politik einzubringen.

„Die Politik ist wie ein Fußballspiel. Es ist ein Wettbewerb. Die Opposition muss die Macht der Regierung begrenzen, sie muss die Regierung nicht loben, sondern kritisieren. Wir beschweren uns natürlich auch, dass die Opposition nur kritisiert – aber nur solange wir an der Regierung sind. Wenn eine Mannschaft gegen Bayern München spielt und versucht, die Bayern möglichst früh beim Spielaufbau zu stören, dann kann man natürlich meckern: Herrschaftszeiten, lasst den Arjen Robben doch mal laufen, der spielt so schön. Aber Aufgabe des Gegners ist es nun mal, die Bayern zu stören. Und das macht die Opposition auch mit der Regierung."

(Der Politiker Wolfgang Schäuble (CDU) in einer Sonderausgabe der Sonntagszeitung „Welt am Sonntag" vom Februar 2012, S. 8; zur Zeit des Interviews in der Funktion des Bundesfinanzministers; Interviewmoderation: Jan Dams und andere)

Beispiel 2: Machtkontrolle durch das Bundesverfassungsgericht

Zwei Urteile:

Das Bundesverfassungsgericht ist die höchste Instanz zur Kontrolle staatlicher Macht. Zwei seiner zahlreichen Urteile verdeutlichen die Wichtigkeit seiner Entscheidungen.

- 2013 beschloss das Bundesverfassungsgericht, dass gleichgeschlechtlichen Lebensgemeinschaften die gleichen Rechte zustehen müssen wie solchen zwischen Frau und Mann. Begründet wurde diese Entscheidung mit dem Gleichheitsgebot des Grundgesetzes (Artikel 3). Daraufhin verabschiedete der Bundestag im Oktober 2017 eine Änderung des Bürgerlichen Gesetzbuches, welche die Ehe für alle mit gleichen Rechten und Pflichten garantiert.
- Im April 2020 hob das Bundesverfassungsgericht das im Rahmen der Corona-Krise beschlossene Verbot von Gottesdiensten in Kirchen, Moscheen und Synagogen auf. Der Beschluss war ein Teil der Maßnahmen, mit denen die Regierungen der Bundesländer die Ausbreitung des Corona-Virus eindämmen wollten. Das Bundesverfassungsgericht begründete das Verbot mit der Bedeutung der im Artikel 4 des Grundgesetzes garantierten Religionsfreiheit. Zeitweise Verbote zum Schutz des menschlichen Lebens seien zwar rechtlich vertretbar, es müsse aber auch ermöglicht werden, dass die Religionsausübung in den genannten Orten zumindest zeitweise möglich sei.

Hüter der Verfassung

Das Bundesverfassungsgericht mit Sitz in Karlsruhe wacht darüber, dass Parlamente, Regierungen und Gerichte in Deutschland das Grundgesetz einhalten. Schutz der Grundrechte und Verhinderung von Machtmissbrauch sind seine wichtigsten Aufgaben. Daher wird es auch als „Hüter der Verfassung“ bezeichnet. Es kann Gesetze und Anordnungen der Regierung aufheben, wenn sie seiner Meinung nach verfassungswidrig sind. Es prüft und entscheidet über Verfassungsbeschwerden, mit denen sich alle Bürgerinnen und Bürger an das Gericht wenden können. Seine Richterinnen und Richter werden je zur Hälfte vom Bundestag und vom Bundesrat mit Zweidrittelmehrheit auf 12 Jahre gewählt.

Richter und Richterinnen des BVerfG bei einer Urteilsverkündung 2017

Kritiker behaupten, die Richterinnen und Richter am Bundesverfassungsgericht mischten sich mit ihren Urteilen zu sehr in die Politik ein. Sie bestimmten mehr und mehr, was in der Politik gemacht werden dürfe und was nicht.

Die Richter/-innen weisen darauf hin, dass sie niemals von sich aus in die Politik eingreifen, sondern immer nur dann, wenn auf Antrag eine Entscheidung von ihnen verlangt wird. Sie beanspruchen für sich das „Prinzip der richterlichen Selbstbeschränkung“. Demnach sehen sie ihre Aufgabe nicht darin, zu überprüfen, ob ein Gesetz gut oder schlecht ist, sondern einzig und allein, ob es mit den Grundsätzen der Verfassung vereinbar ist oder nicht.

1. Bereite in Einzelarbeit einen Stichwortzettel zu dem von dir gelesenen Text vor.
2. Fasse nun deiner Partnerin/deinem Partner gegenüber den von dir bearbeiteten Text mit deinen eigenen Worten zusammen. Anschließend wiederholt diese(r) den Inhalt. Prüft gemeinsam, ob alle Unklarheiten beseitigt sind.
3. Verfahrt nun genauso mit dem zweiten Text.
4. Fasst gemeinsam zusammen, wie die Kontrolle staatlicher Macht funktionieren kann.
5. Stellt euer Ergebnis gemeinsam vor.

Selbstständig weiterlernen mit Medien

Finde anhand der Homepage www.bundesverfassungsgericht.de heraus, wie es selbst seine Aufgaben beschreibt.

9 Wie sehr gefährden politischer Extremismus und Rassismus die Demokratie?

Die Problematik extremistischer Kriminalität beurteilen

A Zwei persönliche Fragen zum Einstieg

Immer wieder kommt es in Fußballstadien vor, dass Spielerinnen und Spieler wegen ihrer Hautfarbe beleidigt und ihre Aktionen mit Affenlauten kommentiert werden.

- Ist dir Rassismus dieser Art im Fußball oder in einer anderen Sportart schon einmal begegnet?
- Wie sollte man auf solche beleidigenden Äußerungen reagieren? Tausche dich mit anderen darüber aus.

B Der Fall: Fußballspiel abgebrochen

■ Drei Minuten vor dem Abpfiff ist das Fußball-Amateurspiel zwischen der SG Freimersheim/Ilbesheim und dem SV Normannia Pfiffligheim wegen rassistischer Beleidigungen abgebrochen worden. In der Partie der rheinland-pfälzischen A-Klasse Alzey-Worms führte die SG Freimersheim am Montagabend mit 2:1, als ein dunkelhäutiger Spieler der Gäste zum wiederholten Male beleidigt wurde. Wie der Südwestdeutsche Rundfunk berichtete, schickte daraufhin der Trainer des SV Normannia Pfiffligheim seine Spieler vorzeitig in die Kabine.
„Liebe Fans der Normannia, liebe Fußballfans, aufgrund einer rassistischen Beleidigung gegenüber einem unserer Spieler habe ich kurz vor Spielende beschlossen, das Spielfeld mit der gesamten Mannschaft zu verlassen und das Spiel somit nicht zu Ende zu spielen“, teilte der Coach in einem Brief mit. „Meine Spieler, mein Co-Trainer und der Vorstand unseres Vereins stehen zu 100 Prozent hinter dieser Entscheidung. Es ist schon ein Wahnsinn, was Woche für Woche auf den Sportplätzen geschieht.“ ■

(Aus: Fußballspiel wegen rassistischer Beleidigung abgebrochen, Welt online vom 03.03.2020, in: https://www.welt.de/sport/article206287551, lezter Zugriff 27.8.2021)

C Vereine und Polizei in NRW gegen Rassismus in Fußballstadien

Die nordrhein-westfälische Polizei und die neun Vereine der Bundesliga und zweiten Liga im Land haben die Bildung von Stadionallianzen gegen Gewalt im Zusammenhang mit Fußballspielen vereinbart. Die Allianzen* zwischen der örtlichen Polizeibehörde und dem jeweiligen Verein beinhalten neben landesweiten einheitlichen Standards Austausch und Abstimmung von individuellen Sicherheitsmaßnahmen an jedem der neun Spielorte in Nordrhein-Westfalen, sowie Beratung und Prävention von Gewalt.
„Wir gehen damit ein seit Jahrzehnten bestehendes Problem an. Enger Austausch und Kooperation sind die Schlüssel für weniger Gewalt im Fußball. Ich hoffe, dass wir hier und heute den Anfang vom Ende dieser Auswüchse rund um Fußballspiele in Nordrhein-Westfalen erleben“, sagte Minister Herbert Reul heute im Deutschen Fußballmuseum in Dortmund bei der Unterzeichnung der Vereinbarung. [...] „Wir akzeptieren es nicht, dass uns der Fußball, diese schönste Nebensache der Welt, von Hooligans, Rassisten und Chaoten kaputtgemacht wird“, so der Minister.

(Aus: Vereine und Polizei vereinbaren Stadionallianzen, in: Wir in NRW – Das Landesportal online vom 14.09.2020, in: https://www.land.nrw/de/pressemitteilung/gemeinsam-gegen-gewalt-vereine-und-polizei-vereinbaren-stadionallianzen, letzter Zugriff: 27.08.2021)

* Merke ✓
Allianz = Bündnis, vertragliche Vereinbarung

D Von alltäglichen Vorfällen zu extremistischer Gewalt

Karikatur: Heiko Sakurai

Anfang 2020 informierte die Wochenzeitung „DIE ZEIT" über die bis dahin schlimmsten Straftaten rechtsextremistischer Gewalt.

Am 19. Februar 2020 wurden in der Hanauer Innenstadt vor zwei verschiedenen Shisha-Bars insgesamt neun Menschen erschossen. Der mutmaßliche Täter Tobias R. tötete danach seine Mutter und anschließend sich selbst. Er hinterließ ein wirr-rassistisches Manifest. Der Generalbundesanwalt zog die Ermittlungen an sich und sprach in Bezug auf den Täter von einer „zutiefst rassistischen Gesinnung".
Am 9. Oktober 2019, dem höchsten jüdischen Feiertag Jom Kippur, versuchte der Rechtsextremist Stephan B. in die Synagoge im Paulusviertet in Halle (Saale) einzudringen. Er scheiterte jedoch und erschoss stattdessen zwei Passanten in der näheren Umgebung. […]
Der Kasseler Regierungspräsident Walter Lübcke (CDU) wurde Anfang Juni 2019 mit einer Schusswunde im Kopf auf der Terrasse seines Hauses gefunden. Der Tatverdächtige Stephan E. ist dem rechtsextremen Spektrum zuzuordnen. Er gestand den Mord. […]
Seit 1990 wurden in Deutschland mindestens 169 Menschen Opfer rechtsextremistisch motivierter Morde. Zu diesem Ergebnis kommt eine gemeinsame Recherche des Tagesspiegels und von ZEIT online.

(Aus: ZEIT online, in: https://www.zeit.de/thema/rechtsextremismus, letzter Zugriff: 29.04.2021)

„Es reicht!"

Unter diesem Stichwort meldeten sich Menschen zu Wort, die sich durch Rassismus und Rechtsradikalismus bedroht fühlen:

„Ich wünsche mir, dass die Betroffenen von rechtem Terror und Rassismus endlich gehört und gesehen werden. Ihre Ängste und Sorgen sind ernst zu nehmen. Wir haben ein Recht auf Schutz vor rassistischen Gewalttaten."

Asha Hedayati, Rechtsanwältin

„Ich frage mich, was es braucht, damit sich diejenigen, die die Welt mit Hass vergiften, ändern. Vielleicht fehlt ihnen nur die Fähigkeit, zu sehen, dass die Menschen um sie herum Menschen sind wie sie selbst und dass ihre Hautfarbe absolut nichts daran ändert."

Wael Eskandar, Blogger und Autor

„Artikel 2 des Grundgesetzes lautet: ‚Jeder hat das Recht auf Leben und körperliche Unversehrtheit. Die Freiheit der Person ist unverletztlich. […]' Dieser Artikel ist gefährdet durch die massive, diskriminierende und menschenverachtende Hasshetze von Rechtspopulisten, die in zu großen Teilen der Gesellschaft auf fruchtbaren Boden stößt."

Balbina Monika Jagielska, Musikerin

(Aus: Wir sind hier: Es reicht! Deutschland hat ein Rassismusproblem. Hier sprechen 142 Menschen, die der Hass trifft, ZEIT online vom 26.02.2020, in: https://www.zeit.de/gesellschaft/2020-02/rassismus-hanau-anschlag-rechte-gewalt-wir-sind-hier, letzter Zugriff: 29.04.2021)

1. Fasse zusammen, was im Februar 2020 auf einem Fußballplatz in Rheinland-Pfalz geschah.
2. Hältst du die Handlungsweise des Trainers, die er in einem Brief begründet, für angemessen oder für übertrieben? Urteile spontan.
3. Erkläre, was in Nordrhein-Westfalen zwischen Polizei und Fußballvereinen vereinbart wurde und wie der zuständige Minister die Vereinbarung begründet.
4. Wähle aus den Aussagen der Betroffenen (Material D) eine oder mehrere aus, die für dich besonders klar ausdrücken, was gegen Rassismus zu tun ist. Begründe deine Wahl.
5. Siehst du im alltäglichen Rassismus und im gewaltbereiten Radikalismus eine Gefahr für das Zusammenleben und den gesellschaftlichen Frieden oder eher nicht? Begründe deine Entscheidung. S. 369

E Hintergrund: 4-mal Demokratiefeindlichkeit

Stichwort Extremismus

Ein Mensch kann extrem groß oder extrem klug sein. Das ist nichts Schlechtes. Es bedeutet nur, dass dieser Mensch sehr stark von der Norm abweicht. Zum Extremisten wird ein Mensch, wenn er keine andere Ansicht als seine eigene gelten lässt, wenn er die Werte und Gesetze ablehnt, nach denen die Demokratie funktioniert und auch, wenn er seine Religion als die einzige ansieht, die eine Existenzberechtigung hat. Extremisten kennen keine Toleranz und Offenheit gegenüber Andersdenkenden, im Gegenteil: Sie sind bereit, jeden, der nicht ihren Vorstellungen entspricht, zu unterdrücken – auch mit Gewalt. Die folgenden Kurzbeschreibungen von Rechts- und Linksextremismus und von Antisemitismus stammen aus den Charakterisierungen des Bundesamtes für Verfassungsschutz.

Tipp: Die Bearbeitung der Beispiele kann arbeitsteilig in Vierergruppen oder in Partnerarbeit erfolgen (zwei Beispiele pro Partnerin/Partner). Die Arbeitsaufträge dazu könnt ihr gemeinsam besprechen.

@ | WES-122194-001
Text einfacher

Beispiel 1: Rechtsextremismus

Unter Rechtsextremismus werden Bestrebungen verstanden, die sich gegen die im Grundgesetz konkretisierte fundamentale Gleichheit der Menschen richten und die universelle Geltung der Menschenrechte ablehnen. Rechtsextremisten sind Feinde des demokratischen Verfassungsstaates, sie haben ein autoritäres Staatsverständnis, das bis hin zur Forderung nach einem nach dem Führerprinzip aufgebauten Staatswesen ausgeprägt ist. Das rechtsextremistische Weltbild ist geprägt von einer Überbewertung ethnischer Zugehörigkeit, aus der u. a. Fremdenfeindlichkeit resultiert. Dabei herrscht die Auffassung vor, die Zugehörigkeit zu einer Ethnie, Nation oder „Rasse" bestimme den Wert eines Menschen. Offener oder immanenter Bestandteil aller rechtsextremistischen Bestrebungen ist zudem der Antisemitismus. Individuelle Rechte und gesellschaftliche Interessenvertretungen treten zugunsten kollektivistischer „volksgemeinschaftlicher" Konstrukte zurück.

(Aus: Landesamt für Verfassungsschutz Bremen online: https://www.verfassungsschutz.bremen.de/kontakt-2076?begriff=R&lang=de&template=20_glossar_d, letzter Zugriff: 01.10.2021)

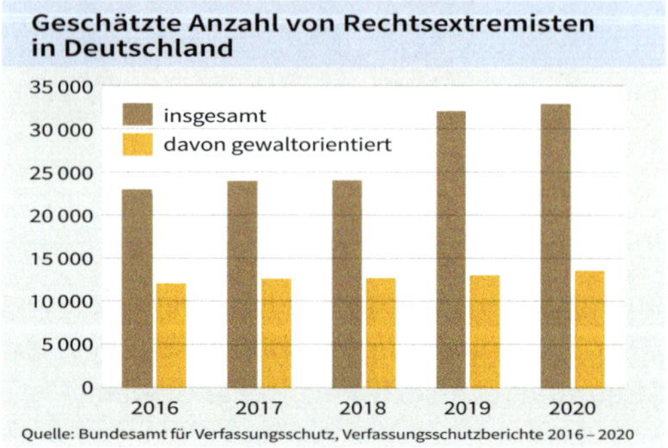

Beispiel 2: Linksextremismus

Linksextremisten wollen die bestehende Staats- und Gesellschaftsordnung und damit die freiheitliche Demokratie beseitigen und diese durch ein kommunistisches beziehungsweise anarchistisches, „herrschaftsfreies" System ersetzen. [...] Für viele Linksextremisten und insbesondere für die Autonomen* ist Gewalt beziehungsweise Militanz das zentrale Werkzeug in der politischen Auseinandersetzung. Dabei herrscht ein hohes Aggressionsniveau vor. Vor allem in der direkten Auseinandersetzung mit dem politischen Gegner und der Polizei ist bei autonomen Gewalttätern eine geringe Hemmschwelle festzustellen. Schwere Gesundheitsschädigungen und in Einzelfällen auch der mögliche Tod von Menschen werden dabei billigend in Kauf genommen.

(Aus: Bundesamt für Verfassungsschutz – Was ist Linksextremismus? online, in: https://www.verfassungsschutz.de/DE/themen/linksextremismus/linksextremismus_node.html, letzter Zugriff: 27.08.2021)

*Autonome ist eine Bezeichnung für unterschiedliche Gruppen besonders aggressiv auftretender Extremisten. Sie treten oft vermummt und schwarz gekleidet bei Demonstrationen auf und werden auch als „schwarzer Block" bezeichnet.

Beispiel 3: Antisemitismus

Der Antisemitismus-Begriff ist vielschichtig und wird nicht einheitlich verwendet. Er umfasst „sämtliche Formen von Hass, Vorurteilen und Ressentiments* gegen Juden" und lässt sich gemäß der International Holocaust Remembrance Alliance (IHRA)* definieren als „Eine bestimmte Wahrnehmung von Juden, die sich als Hass gegenüber Juden ausdrücken kann. Der Antisemitismus richtet sich in Wort und Tat gegen jüdische oder nichtjüdische Einzelpersonen und /oder deren Eigentum sowie gegen jüdische Gemeindeinstitutionen oder religiöse Einrichtungen."
Antisemitismus richtet sich nicht nur gegen Juden, sondern auch gegen Menschen, die als jüdisch angesehen werden oder mit Juden in Verbindung gebracht werden. [...]
Antisemitismus ist nach wie vor ein prägendes Element der gewaltorientierten rechtsextremistischen Szene. Auch bei jüngeren virtuellen Gruppierungen ist er weiterhin ein wichtiges Ideologieelement.* Diese bekennen sich in besonders provokativer, teils anarchistisch-gewaltverherrlichender Weise ausdrücklich zum Nationalsozialismus.

(Aus: Antisemitismus und Extremismus, hrsg. vom Bundesamt für Verfassungsschutz, Juli 2020, S. 7 f.)

* Anmerkung: Die IHRA, zu Deutsch Internationale Allianz zum Holocaustgedenken, ist ein internationales Bündnis zur Erforschung und Aufklärung über die Zeit des Holocaust (– Zeit der Massenvernichtung des jüdischen Volkes). Zu dieser mörderischsten Form des Antisemitismus kam es in der Zeit des NS-Regimes zwischen 1933 und 1945. Insgesamt wurden in den Konzentrationslagern der Nationalsozialisten etwa sechs Millionen jüdische Frauen, Männer und Kinder ermordet.

Beispiel 4: Populismus

Populismus ist ein vergleichsweise neuer Begriff, für den es keine einheitliche Definition gibt. Kennzeichnend für viele Populisten ist, dass sie den Anspruch erheben, im Namen des gesamten Volkes zu sprechen. Wer ihre populistischen Ansichten nicht teilt, gehört nicht zum Volk. [...] Die folgende Erklärung entnehmen wir einem Politiklexikon für junge Leute.
Das lateinische *populus* heißt auf Deutsch Volk. Populismus bedeutet, so zu tun, als ob man wüsste, was für die gesamte Gesellschaft (für das Volk) am besten sei. Populisten und Populistinnen behaupten, dass nur sie wissen, was richtig und falsch ist. [...]
Außerdem bedeutet Populismus, einfache Lösungen anzubieten. Das klingt meistens recht gut, ist aber sehr schwer umzusetzen. Deshalb scheitern populistische Parteien fast immer, wenn sie Regierungsverantwortung übernehmen müssen. [...]
Für rechtspopulistische Parteien gibt es nur ein striktes Entweder-Oder: jemand wird zur eigenen Gruppe gezählt oder der Gruppe „der anderen" zugerechnet. Die eigene Gruppe wird dabei als homogen betrachtet, d. h. es ist kein Platz für unterschiedliche Meinungen oder mehrfache Zugehörigkeiten.

(Aus: Politiklexikon für junge Leute online, in: https://www.politik-lexikon.at/live/populismus/, letzter Zugriff: 27.08.2021)

In Bonn demonstrierten am 19. Oktober 2019 mehrere Tausend Menschen gegen Rassismus und politischen Extremismus

*** Merke ✓**
Ressentiment = Abneigung;
Ideologieelement = hier im Sinne von: Bestandteil ihrer extremistischen Ideen

1. Erkläre die Begriffe extrem und Extremismus
2. Was charakterisiert einen Menschen, der eine demokratiefeindliche, extremistische Position vertritt? Nenne Eigenschaften.
3. Analysiere das Schaubild zum Thema Rechtsextremismus und beurteile, ob die Zahlen eher Anlass zur Sorge oder zur Entspannung geben.
4. Das Foto auf dieser Seite zeigt, wie die Menschen in Deutschland sich gegen Extremismus zur Wehr setzen. Wie beurteilst du die Aussage auf dem Transparent? S. 369
5. Warum verstoßen die beschriebenen Formen von Extremismus gegen die freiheitlich demokratische Grundordnung, die das Grundgesetz beschreibt?

F TEAM kontrovers: Sind Rechtsextremismus und Rassismus eine Bedrohung für die Demokratie?

Die Frage, inwieweit Rechtsradikalismus eine Bedrohung für die Demokratie ist, wird in der Gesellschaft immer wieder kontrovers diskutiert. Viele beunruhigt zutiefst, dass Auftritte rechtsradikaler und anderer extremistischer Gruppen zunehmend zum Alltag gehören.

- Welcher Meinung bist du?
- Welche Erfahrungen hast du bisher mit diesem Thema gemacht?

Um diese Frage soll es in der folgenden Diskussionsübung gehen. Ihr könnt die Diskussion mit einer Punktabfrage beginnen. Schreibt dazu die folgenden Ansichten an die Tafel oder auf ein Plakat. Jede Schülerin und jeder Schüler macht ein Kreuz mit Kreide oder klebt einen farbigen Punkt auf das Plakat an der Stelle, die ihre oder seine Meinung verdeutlicht.
Am Ende einer solchen Punktabfrage sieht man sofort, wo es Meinungsunterschiede in der Klasse gibt.
Lest die beiden Stellungnahmen und eröffnet die Diskussion mit vielen persönlichen Beiträgen zum Diskussionsthema.

Dieser Meinung stimme ich	voll	teilweise	gar nicht zu
1. Die Demokratie ist stark genug, um sich vor Extremisten und Rassisten zu schützen.	?	?	?
2. Die große Mehrheit der Jugendlichen bekennt sich zur Demokratie.	?	?	?

Ja, die Demokratie ist bedroht!

Zweifellos stellen Neonazis und ihre Sympathisanten eine Bedrohung für die Demokratie dar. Sie zerstören all das, was in einer demokratischen Gesellschaft von Wert ist: die Freiheit, die Achtung vor dem Glauben und der Überzeugung anderer Menschen und das Gefühl, in Sicherheit leben zu können. Beinahe täglich kann man in den Zeitungen von rassistischen Gewaltverbrechen lesen. Jüdische Friedhöfe werden geschändet. Menschen werden verfolgt, verletzt und sogar getötet, bloß weil sie Ausländer sind. Leider finden auch Jugendliche Gefallen am rassistischen Weltbild der Neonazis und beteiligen sich an Verbrechen, die ausländerfeindlich motiviert sind.
Nicht nur Ausländer, auch Inländer können sich in einem Land nicht wohlfühlen, in dem Hass und Gewalt um sich greifen. Rassismus und Rechtsradikalismus sind sowohl eine Bedrohung für die Demokratie als auch eine Bedrohung für jeden Einzelnen.

Nein, von einer Bedrohung kann keine Rede sein!

Ganz klar. Es gibt unverbesserliche Nazis, es gibt auch Rassismus und Fremdenfeindlichkeit. Aber das sind eher Randerscheinungen. Bei Jugendlichen sind diese extremistischen Einstellungen insgesamt wenig verbreitet. Die große Mehrheit der Schülerinnen und Schüler bekennt sich zur Demokratie. In den Schulen wird täglich Toleranz praktiziert. Kinder und Jugendliche mit unterschiedlicher Religionszugehörigkeit und verschiedenartigster Herkunft leben und arbeiten hier friedlich miteinander. Wenn man sich mal ein wenig neckt, weil der eine Türke ist, der andere Pole und wieder ein anderer Deutscher, ist das eher harmlos. Außerdem machen junge Leute manchmal so eine radikale Phase durch. Das legt sich dann wieder, wenn sie älter werden. Einige Nazis und Rassisten hat es in den Demokratien immer gegeben und so wird es auch bleiben. Insgesamt ist die Demokratie aber stark genug, solche Minderheiten zu ertragen.

G Worin sehen Karikaturisten Gefahren für die Demokratie?

Karikatur: Thomas Meitsch, bekannt unter dem Pseudonym Schwarwel.

Zwei Karikaturen des deutsch-griechischen Karikaturisten Kostas Koufogiorgos

1. Wähle eine der drei Karikaturen aus.
2. Beschreibe, was dargestellt ist.
3. Deute die Aussageabsicht des Karikaturisten.
4. Erläutere, was sie deiner persönlichen Ansicht nach zum Thema Gefährdung der Demokratie durch Extremismus aussagt.

Was interessiert dich besonders? Was kannst du richtig gut?

Wähle, wie du vorgehen möchtest:
Möglichkeit 1: Ich arbeite individuell und suche mir zwei, drei oder mehr Aufgaben aus.
Möglichkeit 2: Ich arbeite mit einer Partnerin, einem Partner zusammen. Gemeinsam schaffen wir mehr als allein.
Möglichkeit 3: Wir bilden Gruppen, teilen die Aufgaben auf und lösen alles gemeinsam.

Was ich weiß

Ich kann …

1. erklären, was die Wählerinnen und Wähler bei den Bundestagswahlen mit ihrer Erst- und ihrer Zweitstimme wählen.

2. in jeweils einem Satz deutlich machen, was eine wichtige Aufgabe des Bundestages, des Bundesrates, der Bundesregierung und des Bundespräsidenten ist.

Was ich methodisch gelernt habe

Ich kann …

1. mindestens drei Kriterien benennen, anhand derer man die Qualität eines neuen Gesetzes beurteilen kann.

2. mithilfe der folgenden Begriffe eine Zeichnung anfertigen, welche Stationen auf dem Weg zu einem neuen Bundesgesetz veranschaulicht: *Initiativrecht Bundesregierung, Bundestag und Bundesrat / Lesung 1, 2 und 3 / Abstimmung (Bundestag und Bundesrat) / Unterschrift / Verkündigung.*

Wozu ich meine Meinung formulieren und begründen kann

Ich kann zu folgenden Diskussionspunkten meine Meinung formulieren und diese mit Argumenten begründen.

1. Sollen die Abgeordneten des Deutschen Bundestages nur nach ihrem persönlichen Gewissen entscheiden oder stets auch die Ziele ihrer politischen Partei berücksichtigen?

2. Ist es richtig und wichtig, dass es ein Bundesgesetz gibt, das Netzwerkbetreiber dazu verpflichtet, im Internet verbreitete Hassbotschaften zu löschen?

Worüber ich mitreden kann

Mit ein wenig Nachdenken kann ich (auch zusammen mit anderen) vor der Klasse eine, zwei oder drei Minuten frei sprechen:

1. Was sind die Unterschiede zwischen Mehrheitswahl und Verhältniswahl und für welches Wahlsystem hat man sich bei den Wahlen zum Deutschen Bundestag entschieden?

2. Warum sind Gewaltenteilung und Kontrolle staatlicher Macht wichtig? Wie funktionieren sie und welche Rolle spielt dabei das Bundesverfassungsgericht?

Neun Merksätze zum Einprägen

1	Die Bundesregierung besteht aus …
A	dem Bundespräsidenten und den Bundesministern.
B	dem Bundeskanzler und den Bundesministern.
C	dem Bundestagspräsidenten und den Bundesministern.
D	den Bundesministern und den Bundestagsabgeordneten.

2	Die Bezeichnung des Wahlrechtes bei den Bundestagswahlen lautet …
A	personalisiertes Verhältniswahlrecht.
B	persönliches Mehrheitswahlrecht.
C	prozentuales Verhältniswahlrecht.
D	kombiniertes Zweitstimmenwahlrecht.

3	Die fünf Wahlrechtsgrundsätze für die Wahlen zum Deutschen Bundestag lauten …
A	allgemein, unmittelbar, verpflichtend, frei und geheim.
B	allgemein, öffentlich, frei, mehrheitlich und geheim.
C	allgemein, unmittelbar, frei, gleich und geheim.
D	allgemein, regelmäßig, frei, gleich und geheim.

4	Nach Artikel 65 des Grundgesetzes bestimmt die Bundeskanzlerin bzw. der Bundeskanzler …
A	die Richtlinien der Politik.
B	die Arbeitsbedingungen in der Politik.
C	die Gesetze des Bundestages.
D	die Teilnahmemöglichkeiten an der Politik.

5	Die Interessen der Bundesländer vertritt beim Bund in Berlin …
A	der Bundestag.
B	das Bundesverfassungsgericht.
C	die Bundesversammlung.
D	der Bundesrat.

	Als „Hüter der Verfassung“ bezeichnet man …
	das Bundesverwaltungsgericht.
	das Oberlandesgericht.
	das Bundesverfassungsgericht.
	das Bundespräsidialamt.

7	Ein Bündnis zweier oder mehrerer Parteien zum Zweck der Mehrheits- und Regierungsbildung nennt man …
A	Fraktion.
B	Koalition.
C	Integration.
D	Kooperation.

8	Ein Bundesgesetz tritt in Kraft, sobald es …
A	vom Bundespräsidenten unterschrieben ist.
B	vom Bundestag verabschiedet ist.
C	vom Bundesrat beraten wurde.
D	vom Fachausschuss genehmigt ist.

9	Das freie Mandat der Abgeordneten im Bundestag bedeutet, dass diese …
A	von ihrem Beruf freigestellt sind.
B	freiwillig an den Sitzungen teilnehmen.
C	keiner Fraktion angehören.
D	nur ihrem Gewissen unterworfen sind.

!
- Bei richtiger Lösung kommen A dreimal und B, C und D je zweimal vor.
- Übernimm die Merksätze in dein Heft und präge sie dir ein.

4 Medien und Politik

 Interview eines Politikers am Rande einer Sitzung des Bundesrates

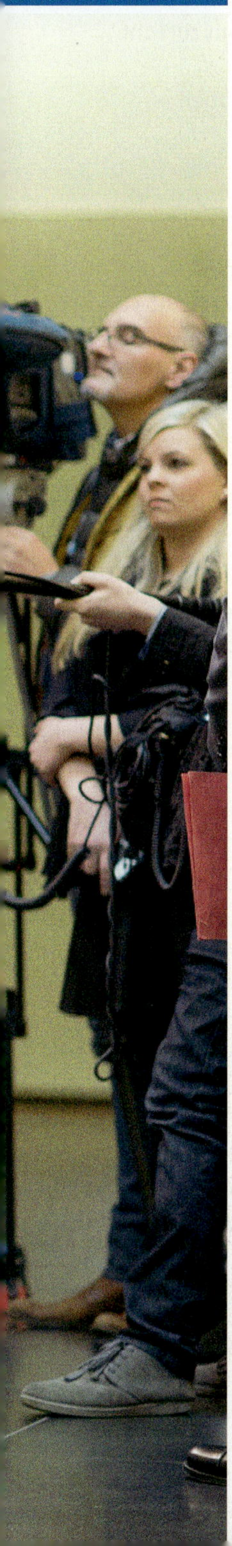

Wie wichtig sind die Medien für uns und die Demokratie?

1. Allein nachdenken
Was sagt das Foto deiner Ansicht nach über die Beziehung zwischen Medien und Politik aus?

2. Zu zweit beraten
An welche Neuigkeiten, die ihr aus den Medien in der vergangenen Woche erfahren habt, könnt ihr euch erinnern?

3. In der Klasse sammeln
Über welche politischen Themen sollten die Medien eurer Ansicht nach berichten?

Im Verlauf dieses Kapitels könnt ihr ...

- euch gegenseitig über euren Umgang mit Medien interviewen,
- die Aufgaben von Medien in der Demokratie erläutern,
- Chancen, Grenzen und Gefahren von Pressefreiheit beschreiben,
- die Auswirkungen digitaler Medien auf die Demokratie bewerten,
- Strategien zum Umgang mit Fake News entwickeln.

Eigene Schwerpunkte könnt ihr setzen, indem ihr ...

- ein Nachrichten-Video analysiert,
- ein Erklärvideo zum Thema Pressefreiheit produziert.

1 Alltag ohne Smartphone: undenkbar?
Über die Vor- und Nachteile von „always online" diskutieren

A Zum Einstieg

Stell dir vor, du müsstest aus irgendeinem Grund eine Woche lang auf dein Smartphone verzichten. Wie wäre das für dich?
a) Es würde mir sehr schwerfallen. b) Es wäre unangenehm, aber ich käme damit zurecht.
c) Das würde mir nichts ausmachen.
Beantworte die Frage zunächst für dich allein und redet dann in der Klasse darüber.

B Welche Bedeutung hat das Handy für Jugendliche?

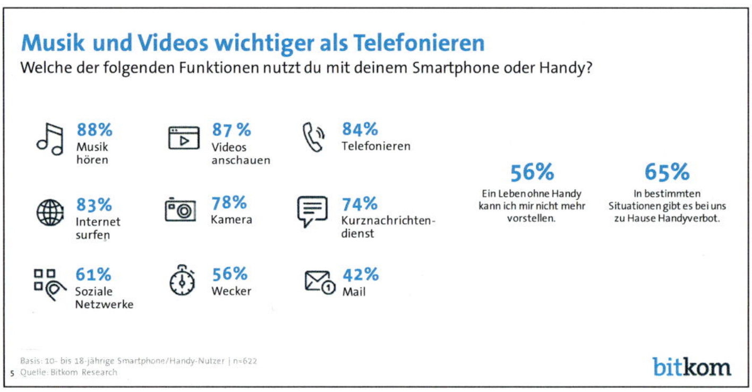

Ein Jugendlicher berichtet

Mein Smartphone ist für mich ziemlich wichtig und aus dem Alltag nicht mehr wegzudenken. Ich fühle mich jedoch nicht abhängig davon und kann auch mal längere Zeit ohne Handy auskommen. Mit dem Handy kann ich über WhatsApp und Instagram (soziale Netzwerke) mit meinen Freunden kommunizieren. E-Mail nutze ich auch, um über den Newsletter einiger Firmen immer über deren Produkte und Rabatte informiert zu sein. Die meiste Zeit verbringe ich aber auf YouTube und Netflix, um mir Filme, Videos und Serien anzuschauen. Gelegentlich nutze ich auch Apps zum Verkauf von alten Gegenständen. Spiele habe ich auf meinem Handy keine. Im Durchschnitt verbringe ich ca. 2 Stunden und 20 Minuten an meinem Handy pro Tag.

Julian, 14 Jahre

Die Ergebnisse einer Umfrage unter Jugendlichen

Wichtiger als das eigentliche Telefonieren ist Jugendlichen der Medienkonsum auf ihrem Smartphone. [...] Entsprechend bedeutend ist vielen ihr Smartphone. Mehr als die Hälfte (56 Prozent) sagt: Ein Leben ohne Handy kann ich mir nicht mehr vorstellen. Im Elternhaus müssen viele aber auch zwischendurch auf das geliebte Gerät verzichten. Für zwei Drittel (65 Prozent) gilt zu Hause in bestimmten Situationen Handyverbot. [...]
Im Bereich Social Media und Messenger haben die 10- bis 18-Jährigen klare Favoriten. Für Kurznachrichten liegt WhatsApp in allen Altersklassen an der Spitze. Bei den 10- bis 11-Jährigen ist die Video-App TikTok das populärste Netzwerk. Ein Viertel (24 Prozent) dieser Altersgruppe nutzt die App bereits. Ab dem 12. Lebensjahr dominiert die Foto- und Videoplattform Instagram (12 – 13 Jahre: 44 Prozent, 14 – 15 Jahre: 70 Prozent, 16 – 18 Jahre: 73 Prozent). Das mit ähnlichen Funktionen ausgestattete Snapchat rangiert dahinter.

(Aus: Mit 10 Jahren haben die meisten Kinder ein Smartphone, Bitkom – Bundesverband Informationswirtschaft, Telekommunikation und neue Medien e. V. online vom 28.05.2019, in: https://www.bitkom.org/Presse/Presseinformation/Mit-10-Jahren-haben-die-meisten-Kinder-ein-eigenes-Smartphone, letzter Zugriff: 23.04.2021)

1. Betrachte das Schaubild: Nenne die drei beliebtesten Funktionen.

2. Vergleiche die Handynutzung von Julian mit den Ergebnissen der Umfrage.

3. Zwei von drei Jugendlichen haben zu Hause in manchen Situationen Handyverbot. Erläutere Vor- und Nachteile einer solchen Maßnahme.

C Ein Leben ohne Smartphone – was sich verändern würde

In zwei Versuchen (2014, 2018) bat der Philosophieprofessor Ron Srigley Studentinnen und Studenten, neun Tage auf ihr Smartphone zu verzichten. Die Teilnahme war jeweils freiwillig, alle bekamen dafür Extrapunkte im Studium. Hier die Ergebnisse des Experiments:

1. Sie schenkten den Menschen um sie herum mehr Aufmerksamkeit

Nicht nur, dass es den Studenten auffiel, wie viele andere Menschen um sie herum ihr Smartphone nutzten. Teilweise verärgerte es sie sogar, dass Leute, mit denen sie sich gerade unterhielten, inmitten des Gesprächs auf ihr Handy sahen oder sogar Nachrichten beantworteten. Eine Schandtat, die sie nicht bestreiten konnten, selbst bereits begangen zu haben. Noch viel interessanter ist, dass sie anmerkten, wie häufig Menschen bei direktem Augenkontakt schnell das Handy zückten, um Konversationen* aus dem Weg zu gehen.

2. Bessere Konversationen mit der Familie

Zwei Teilnehmer des Experiments stellten eine erhebliche Verbesserung der Gespräche zwischen ihnen und ihrer Familie fest. Benutzten sie vorher fast ganztägig einen Messenger, um zu kommunizieren, freuten sie sich nun über echte Gespräche in ihrem Leben ohne Smartphone und schenkten ihren Familienmitgliedern ungeteiltes Interesse.

3. Sie verspürten mehr Angst

In einem Leben ohne Smartphone machte sich bei vielen der Studenten instinktiv Angst breit und sie sahen die Welt plötzlich als einen wesentlich gefährlicheren Ort als je zuvor. Was ist, wenn ich einen Krankenwagen rufen muss oder sogar gekidnappt oder angegriffen werde? […]

4. Ihre Produktivität steigerte sich

In einem Leben ohne Smartphone ist man bei der Erledigung wichtiger Dinge viel fokussierter* und arbeitet schneller, konzentrierter und leistungsfähiger im Allgemeinen, beschreiben sie nach dem Experiment. […]

Karikatur: Michael Hüter

5. Sie liebten es, weniger gestört zu werden

Der unendliche Strom aus Neuigkeiten […] verkürzt unsere, heutzutage sowieso schon geringe, Aufmerksamkeitsspanne. […] Obwohl beide Studi-Gruppen absolut ähnliche Erfahrungen machten, kamen die letzten Teilnehmer 2018 zu dem Schluss, ein Leben ohne Smartphone sei für sie unmöglich. Selbst die einfachsten Aktivitäten, wie zum Beispiel das Erwischen eines Busses oder die Verabredung zum Essen, stellten sie vor unlösbare Probleme. Eine Studentin schrieb außerdem: „Ein Leben ohne Smartphone wäre simpel und real, aber man wird von der Welt und der Gesellschaft abgehängt. Das geht nur für eine kurze Zeit."

(Aus: Paul Radestock, Ein Leben ohne Smartphone – Das passiert mit dir nach nur 9 Tagen, Future Zone online vom 09.01.2020, in: https://www.futurezone.de/digital-life/article228098057/Ein-Leben-ohne-Smartphone-Das-passiert-mit-dir-nach-nur-9-Tagen.html, letzter Zugriff: 23.04.2021)

***Merke ✓**

Konversationen = Unterhaltungen
fokussiert = aufmerksam, zielgerichtet

4. Welches Ergebnis des Versuchs hältst du für besonders interessant, welches überrascht dich? Begründe deine Auswahl.

5. Leben „always online" – nur eine Bereicherung oder Einschränkung? Formuliere dazu deine persönliche Stellungnahme und diskutiert anschließend in der Klasse darüber.

Selbstständig weiterlernen mit Medien

- Du kannst in einem Selbstversuch einen oder mehrere Tage auf dein Handy verzichten und darüber anschließend online berichten, zum Beispiel bei WhatsApp.

S M U H

2 Welchen Einfluss haben Medien auf unser Bild von der Welt?

Ein Video analysieren

A Ein Partnerinterview führen

Ist die Politik der Bundesregierung sozial gerecht? Sind die geplanten Maßnahmen gegen den Klimawandel sinnvoll? Wird die Sicherheit der Bürgerinnen und Bürger ausreichend geschützt?
Über solche und andere Fragen der Politik möchten sich die meisten Menschen ihre eigene Meinung bilden. Welche Rolle spielen die Medien dabei? Das ist Thema dieses Unterkapitels.

In einem Partnerinterview könnt ihr euch über diese und andere Fragen ein erstes Urteil bilden und die Ergebnisse in der Klasse auswerten.
Ein Interview ist ein Gespräch, das zur Veröffentlichung gedacht ist. Dabei müssen die Fragenden die Privatsphäre der Befragten respektieren. Die Befragten sollten ihre Antworten so formulieren, dass sie ohne Änderungen in der Klasse vorgetragen werden oder veröffentlicht werden können.

So könnt ihr vorgehen:
1. Wählt aus den Fragen bis zu fünf aus, die ihr im Interview stellen wollt.
2. Überlegt euch die eine oder andere Frage, die euch zusätzlich interessiert.
3. Teilt die Klasse in Zweier-Teams auf.
4. Stellt die Fragen und notiert die Antworten in Stichwörtern.
5. Tauscht dann die Rollen.
6. Besprecht die Antworten in den Teams, bevor ihr in einem Klassengespräch über eure Ergebnisse berichtet.

Selbstständig weiterlernen mit Medien
- Ihr könnt Auszüge aus den Antworten auf der Website eurer Schule veröffentlichen.

Vorschläge für Fragen

1. Wie oft nutzt du die Medien, um dich über aktuelle Themen zu informieren?
2. Welche Arten von Neuigkeiten, die man aus den Medien erfährt, interessieren dich besonders?
3. Hast du dich schon einmal an einer politischen Diskussion in sozialen Medien beteiligt?
4. Welche Dienste nutzt du, um dich zu informieren und dir eine Meinung zu bilden?
5. Nutzt du Videos bei YouTube, um dich über aktuelle Fragen zu informieren?
6. Glaubst du, dass das Internet genügend Angebote enthält, um sich über das Weltgeschehen auf dem Laufenden zu halten – oder braucht man dazu weitere Medien?
7. Informierst du dich auch in klassischen Medien, zum Beispiel Zeitung, Fernsehen, Radio? Wenn ja, wie oft?
8. Wer hat den höchsten Einfluss auf deine Meinungsbildung über aktuelle politische Themen: deine Eltern, Freundinnen und Freunde, die Schule oder (soziale) Medien?

B Warum sind Politik-Videos bei Jugendlichen so beliebt?

Neun von zehn Jugendlichen nutzen regelmäßig Youtube. Nach Ansicht vieler Älterer geht es bei Youtube hauptsächlich um Lifestyle-Themen. Das bietet YouTube auch – doch nicht nur. Rund 60 Prozent der Jugendlichen zwischen 10 und 18 Jahren nutzen den Kanal, um sich über Themen von öffentlichem Interesse zu informieren. Jeder Fünfte informiert sich sogar direkt über aktuelle Nachrichten auf YouTube.
Offenkundig kommen Videos mit politischen Inhalten bei jungen Menschen gut an. Der YouTuber Rezo hat 2019 mit seiner Parteienkritik und 2020 mit seiner Medienkritik politische Diskussionen ausgelöst wie kein anderer vor ihm.
Der beliebteste Newsblogger in Deutschland ist zurzeit mit drei Millionen Abonnentinnen und Abonnenten LeFloid. Florian Mundt, wie er bürgerlich heißt, spricht mit seiner lockeren und humorvollen Art der Nachrichtenpräsentation besonders junge Menschen an. Seine Videos versprechen jede Menge Action und Unterhaltung. Dabei kommen auch Hintergrundinformationen und politische Analysen nicht zu kurz. Die Themenauswahl ist ähnlich wie in klassischen Nachrichtensendungen – doch im Unterschied zu diesen äußert er deutlich seine persönliche Meinung.

Tagesschau vertrauenswürdiger als Online-Medien

Welchen Nachrichtenmedien Jugendliche am meisten vertrauen, hat die sogenannte Jim-Studie des Medienpädagogischen Forschungsverbunds Südwest 2018 untersucht: Danach nutzen Jugendliche zwar das Internet, um sich zu informieren, bei der Glaubwürdigkeit stehen jedoch Tagesthemen und Tagesschau an erster Stelle, gefolgt von den regionalen gedruckten Tageszeitungen und den öffentlich-rechtlichen Radiosendern.

17 Millionen Klicks erhielt der YouTuber Rezo 2019 für seine Parteienkritik. Er hatte im Vorfeld der Europawahl aufgefordert, die CDU nicht zu wählen. Nach Ansicht von Wahlforschern kostete das die Partei mehrere Prozent an Stimmen.

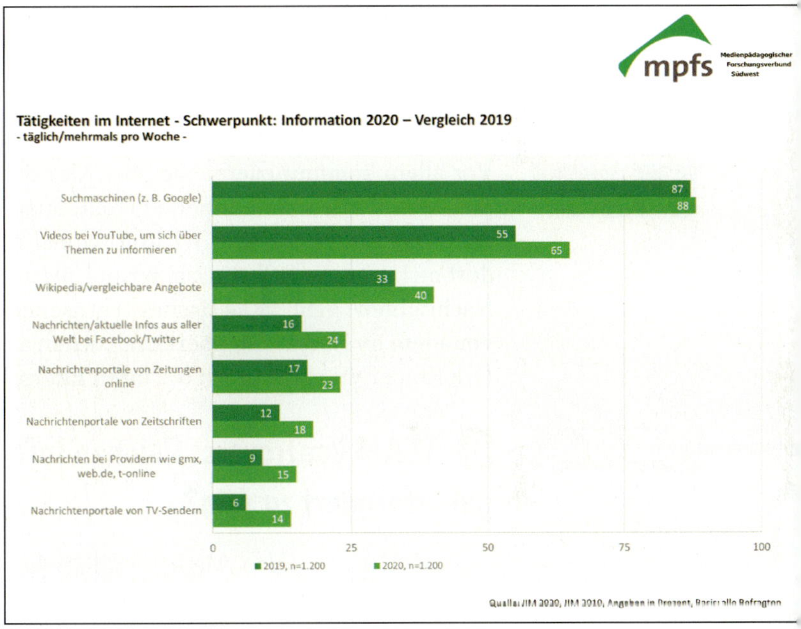

(Jim-Studie 2020, S. 50)

1. Beschreibe anhand des Schaubilds, welche Informationsmöglichkeiten bei Jugendlichen besonders beliebt sind.
2. Begründe, warum Nachrichtenvideos bei Jugendlichen so beliebt sind.
3. Suche nach Erklärungen, warum Jugendliche der Tagesschau mehr Glaubwürdigkeit zusprechen als den Produktionen von YouTubern.
4. Formuliere ein erstes Urteil über den Einfluss von sozialen Medien auf die politische Meinungsbildung von Jugendlichen.

C Wie hat die digitale Welt die Meinungsbildung verändert?

@ | WES-122194-008
Unter diesem Link findet ihr eine Straßenumfrage zum Thema: Machen Medien Meinungen?

@ | WES-122194-001
Text ausführlicher

Dazu äußerte sich der Journalist und Blogger Markus Beckedahl in einem Interview:

Haben soziale Medien die Art und Weise, wie sich junge Menschen zum Beispiel über politische Themen eine Meinung bilden, verändert?

Was sich vor allem verändert hat: Es gibt viel mehr Meinungsquellen. Das ist die heutige Herausforderung, nicht nur für junge Menschen. Früher gab es weniger Medien und für viele Menschen war klar, dass die meisten zumindest vertrauenswürdig waren. Heute bietet die digitale Welt tausende Quellen. Es ist deshalb nicht immer leicht, eine Information richtig einzuordnen. [...]

Wie informieren sich Ihrer Meinung nach junge Menschen heute über Medien?

Vor allem kommunizieren sie über Messenger, dort werden viele Inhalte geteilt. Snapchat und Instagram sind wichtig, wobei es dort mehr um die Selbstinszenierung, als um Nachrichten geht. Klassisches Fernsehen, vor allem im Nachrichtenbereich, gucken ältere Kinder wohl nur noch bei ihren Eltern. Kinder und Jugendliche schauen dafür YouTube.

Im politischen Bereich gibt es da relativ wenig Formate für junge Menschen. Bei denen, die es gibt, habe ich häufig das Gefühl, dass sie von Lehrern geschaut werden. So nach dem Motto: Schauen wir mal, was die Jugend macht. Bei vielen erfolgreichen YouTube-Formaten geht es ganz einfach nur um Entertainment.

Ist das ein Grund zum Schwarzmalen?

Nein, früher hat auch nicht jeder die Bücher der Bundeszentrale für Politische Bildung gelesen. Ich glaube, Erwachsene sollten akzeptieren, dass Kinder und Jugendliche andere Interessen haben. Erwachsene sollten deshalb Angebote schaffen, die junge Menschen interessieren.

Gibt es für junge Menschen denn überhaupt noch Wegweiser durch die Medienvielfalt?

Natürlich, gerade YouTube zeigt das doch. [...]. Sie greifen die Themen auf, die für junge Menschen interessant sind.

(Aus: Martin Daßinnies: Die digitale Welt bietet tausende Quellen, in: Telekom online, Bonn, in: https://www.teachtoday.de/Informieren/Meinungsbildung/1561_Markus_Beckedahl_im_Interview.html, letzter Zugriff: 30.06.2021)

S M U H

D TEAM kontrovers: Reichen Informationen aus sozialen Medien aus, um gut informiert zu sein?

Ja, weil die sozialen Medien zahlreiche verschiedene Informationsmöglichkeiten bieten. YouTuber zum Beispiel vertreten eine klare Meinung und regen zum Nachdenken an. Jugendliche können ihre Sprache besser verstehen und sich daher sehr gut ein politisches Urteil bilden.

Nein, weil man nie sicher sein kann, ob die Informationen stimmen. Gerade YouTuber versuchen, die Meinung ihrer Follower zu beeinflussen, ohne dass sie dies bemerken. Oft stehen Personen und die Show im Vordergrund und nicht die sachliche Information.

1. Beschreibe Veränderungen der Meinungsbildung durch die digitalen Medien.
2. Welche Anforderungen müssen Informationsangebote im Internet erfüllen, damit sie junge Menschen interessieren? Erläutere sie.
3. Welche der in Material D formulierten Standpunkte entsprechen eher deiner Meinung? Beurteile sie.
4. Analysiert ein Video eurer Wahl und präsentiert die Ergebnisse in der Klasse. Hinweise dazu findet ihr auf der Methodenkarte S. 119.

Videoanalyse
Thema: YouTube-Nachrichtenvideo

Worum geht es?

Jugendliche nutzen sehr gerne Videos, um sich über das Weltgeschehen zu informieren. Gemeinsam ist allen politischen Videos, dass darin Sprecherinnen und Sprecher auftreten, die etwas zum Thema sagen, Interviews führen, Zusammenhänge erklären und oft auch Meinungen äußern. Wie hilfreich sind diese Informationen? Wie stark lenken solche Videos die Urteilsbildung? Arbeiten sie informativ oder manipulativ?
Um diesen Fragen forschend auf die Spur zu kommen, könnt ihr politische Videos mithilfe einer Videoanalyse untersuchen. Verwenden könnt ihr dazu einen YouTube-Beitrag eurer Wahl zu einem Thema aus Politik oder Wirtschaft. Die Auswahl solltet ihr zuvor in der Klasse absprechen.

Wie macht man das?

Eine Analyse ist eine genaue Untersuchung, bei der man nach einem vorgegebenen Plan und nach genau definierten Kriterien vorgeht. Ihr müsst dazu den Beitrag, den ihr ausgewählt habt, mehrmals anschauen, mindestens zweimal. Mehrere Teams in der Klasse können sich mit unterschiedlichen Videobeiträgen auseinandersetzen. Alle Analyseschritte werden von allen Gruppenmitgliedern protokolliert.

1. Vorbereitung:

- Bildet Teams und wählt ein Video zu einem politischen Thema aus, das ihr analysieren wollt.
- Bereitet einen Protokollbogen vor, auf dem ihr das Thema, den Titel des Videos und die Untersuchungsfragen notiert.

2. Erste Sichtung

Schaut euch das Video vollständig an und sammelt im Team erste Bewertungen.

3. Zweiter Durchgang/Protokollierung

Schaut das Video erneut an, unterbrecht immer wieder und protokolliert in Stichworten eure Beobachtungen:

- Welche Informationen werden vermittelt?
- Welche Meinungen werden geäußert?
- Wo werden die Zuschauer/-innen zu Reaktionen aufgefordert?

@ | WES-122194-009
Hier findet ihr Beispiele von YouTubern, die politische Videos veröffentlichen.

4. Bewertung des Videos

Dabei helfen euch drei Fragen:

- Enthält der Beitrag neue, hilfreiche Informationen, die ihr euch merken wollt?
- Kann man erkennen, wann es sich um Fakten und wo es sich um Meinungsäußerungen der Moderatorin/des Moderators handelt?
- Regt das Video zum Nachdenken an oder wird versucht, eure Meinung in eine bestimmte Richtung zu lenken?

5. Ergebnispräsentation

Stellt eure Arbeitsergebnisse in der Klasse vor und diskutiert über die Frage: Wie wichtig sind YouTube-Videos für euch als Informationsquelle?

E Welche Chancen und Risiken bieten soziale Medien?

Euer Auftrag:

1. Chance oder Risiko? Ordne die Texte in den Kästen jeweils zu.

2. Erstelle eine Rangfolge der Chancen und Risiken nach Wichtigkeit und begründe deine Einschätzung.

3. Suche dir eine Partnerin oder einen Partner. Vergleicht eure Arbeitsergebnisse und sammelt gemeinsam Ideen, wie man mit den Risiken umgehen sollte.

1. Soziale Medien kontrollieren die Politiker/-innen und decken Missstände auf. Ohne sie wäre viel Schlimmes, was in Diktaturen oder in Kriegen passiert, niemals bekannt geworden.

2. Viele radikale, rassistische oder/und rechtsextreme Gruppen nutzen gezielt soziale Medien, um ihre politischen Überzeugungen zu verbreiten. Diese Meldungen sind sehr professionell gemacht. Oft merkt man gar nicht, dass man manipuliert wird.

3. Menschen, die andere im Netz beleidigen oder ihnen drohen, müssen nur selten mit Konsequenzen rechnen. Persönliche Beschimpfungen und Hass im Netz sind zwar strafbar, oft werden jedoch die Täter/-innen nicht identifiziert. Nur in seltenen Fällen sperren Internet-Unternehmen Accounts.

4. Im Netz und vor allem in den sozialen Medien kann jeder an der Meinungsbildung zu einem politischen Problem mitwirken, indem er seine Meinung frei äußert. Auch Minderheiten kommen zu Wort und erlangen die Aufmerksamkeit der Öffentlichkeit.

5. Ohne großen Aufwand kann man Kontakt zu sehr vielen Menschen halten. Es reicht, sie in die Liste von Freundinnen und Freunden aufzunehmen – und schon werden sie automatisch informiert, wenn man Neuigkeiten berichten will.

6. Viele trauen sich nicht mehr, ihre Meinung im Netz zu äußern, weil sie Angst vor Hassbotschaften und Beleidigungen haben. Der Ton in sozialen Medien ist häufig sehr rau. Grundwerte wie Respekt vor anderen Meinungen werden oft missachtet.

7. Jeder kann sich in sozialen Medien und im Netz frei informieren. Zu jedem Thema gibt es passende Beiträge. Man kann sich auch gut mit anderen in Chats und Foren austauschen und bekommt gute Tipps. Wenn man eine Frage stellt, bekommt man fast immer eine Antwort.

8. Soziale Medien ermöglichen mehr Demokratie und Teilhabe: Man kann direkt Kontakt zu Abgeordneten und politischen Institutionen aufnehmen oder zum Beispiel während einer Fernsehsendung seine Meinung äußern oder mitdiskutieren.

9. Im Netz kursieren unzählige Falschmeldungen. Niemand korrigiert diese. Oft kann man kaum überprüfen, was richtig und falsch ist. Wenn man sich nur aus sozialen Medien und im Netz informiert, erhält man ein verzerrtes Bild der Realität.

10. Persönliche Daten wurden oft ohne Wissen der Nutzerinnen und Nutzer weiterverkauft. Sie können auch von Kriminellen missbraucht werden.

F Soziale Medien – eine Gefahr für die Meinungsvielfalt?

Die Wirkung der herkömmlichen Medien lässt nach und die Akteure auf sozialen Netzwerken gewinnen immer mehr Macht. Das liegt vor allem daran, weil sie von zahlreichen Menschen exzessiv* genutzt werden – auch von Politikern und natürlich auch von den traditionellen Medien. [...]
Medien erfüllen gerade im Rahmen eines demokratischen Systems sehr grundlegende und zentrale Funktionen: Sie tragen durch ihre Themensetzung und zum Beispiel auch durch Kritik an bestehenden Verhältnissen und politischen Entscheidungen zur Meinungsbildung bei. Sie lösen dadurch Debatten und Diskussionen aus und ermöglichen so den Bürgern eine Partizipation am politischen Geschehen. Ein solcher vielfältiger Meinungsmarkt ist in einer Demokratie durchaus erwünscht. [...]

Die Filterblase

Bei den sozialen Medien entscheiden keine Menschen mehr darüber, welche Nachrichten angezeigt werden, sondern Algorithmen. Sie berücksichtigen bei der Auswahl nicht den Wahrheitsgehalt und das Gebot der Meinungsvielfalt spielt dabei überhaupt keine Rolle. Die Suchergebnisse der einzelnen Nutzer werden personalisiert und gesammelt. Je mehr Informationen die Anbieter ansammeln, desto gezielter können sie ihn mit Informationen versorgen, die für ihn interessant sein könnten. So entsteht eine Filterblase: Nutzer sehen nur noch das, was ihre Meinung bestärkt. Abweichende Standpunkte werden ausgeblendet.
Facebook ist inzwischen die größte Quelle für Nachrichten weltweit, prüft jedoch die Quellen dieser Informationen nicht. Auch die auf Twitter abgesetzten Tweets üben messbaren Einfluss aus. Sie haben die Macht, Meinungen zu beeinflussen. Erschwerend kommt hinzu, dass Populisten* [...] ihre Wähler systematisch manipulieren, indem sie massenhaft ihre eigene Version der Wahrheit verbreiten und die seriöse Medien als „Lügenpresse“ und deren Nachrichten als „Fake News“ diffamieren.

Karikatur: Thomas Plaßmann
Der Untertitel ist eine Anspielung auf eine Zeile des Kinderlieds von Pipi Langstrumpf „Ich mach' mir die Welt, Widdewidde wie sie mir gefällt.“

Provokation bringt Klicks

Influencer, YouTuber und andere Nutzer sozialer Medien wie Facebook oder Instagram wissen inzwischen: Je stärker ich in meinen Beiträgen provoziere, desto mehr Aufmerksamkeit bekomme ich. Diese Aufmerksamkeit zahlt sich zum Beispiel bei professionellen Bloggern in barer Münze aus: Klicks generieren Einnahmen. Andere wie zum Beispiel politische Parteien profitieren auf ihre Weise, nämlich beim Stimmenfang. Also polarisieren sie ganz bewusst und überbieten sich gegenseitig mit grenzüberschreitenden Äußerungen.

(Aus: Christine Kammerer, Wie viel Macht haben Medien heute, in: https://www.lernando.de/magazin/585/Wie-viel-Macht-haben-Medien-heute, letzter Zugriff: 18.08.2021)

* Merke ✓
exzessiv = ausgiebig

* Zum Begriff „Populismus“ findest du auch Informationen im Glossar.

1. Beschreibe die beiden Gefahren für die Meinungsfreiheit.
2. Erläutere die Rolle von Algorithmen in den sozialen Medien. Verwende dabei den Begriff der „Filterblase“.
3. Begründe, warum Meinungsvielfalt in einer Demokratie „erwünscht“ ist.
4. Wie lautet deine Antwort auf die Frage in der Überschrift? Formuliere ein Urteil und diskutiert dann in der Klasse.

3 Welche Aufgaben haben Medien in der Demokratie?

Funktionen erläutern und beurteilen

A Der Fall: Medien decken Missstände bei Tiertransporten auf

Rund 25 000 Rinder wurden aus Brandenburg in Nicht-EU-Länder exportiert. Nach den negativen Medienberichten wurden die Transporte 2020 ausgesetzt.

■ Brandenburg ist zur Drehscheibe für umstrittene Tiertransporte geworden. Das fand ein Rechercheteam des ARD-Mittagsmagazins, des Verbrauchermagazins Super.Markt vom Rundfunk Berlin-Brandenburg (rbb) und rbb24.Recherche heraus. Alle dreizehn Empfänger-Länder stehen in dem Ruf, es mit dem Tierschutz nicht so genau zu nehmen. Sie werden von Tierärzten als sogenannte Tierschutz-Hochrisikostaaten eingestuft.

Weil Exporte* in diese Staaten in den meisten Bundesländern inzwischen verboten sind, werden sie inzwischen vermehrt nach Brandenburg gebracht. Dort sind Exporte in die Hochrisikostaaten noch erlaubt und werden auch genehmigt. Nach einer Umfrage des Rechercheteams bestätigten zwei Drittel der befragten Landkreise, dass viele der für den Export bestimmten Rinder nach Brandenburg transportiert würden.

* Merke ✓

Export = Ausfuhr

Längere Transporte sind für die Tiere sehr strapaziös, oft bekommen sie nicht genug Pausen und werden auch nicht richtig verpflegt. Tierschützer beklagen solche Transporte als Tierquälerei und fordern seit Langem, diese zu verbieten.

Tierschutz gilt auch jenseits der Grenzen

Der Europäische Gerichtshof hatte 2015 in einem Urteil festgelegt, dass die EU-Tierschutzverordnung auch für den Transport lebender Tiere in Nicht-EU-Staaten gilt. Tierschützer kritisieren auch die Behandlung der Tiere am Zielort, beispielsweise die Schlachtbedingungen. [...] Auf den Routen in diese Länder und vor Ort würden den Tieren „mit an Sicherheit grenzender Wahrscheinlichkeit erhebliche Schmerzen und Leiden zugefügt", so Vier Pfoten. [...]

Die Recherchen führten über die EU

Für die Recherche hatten die Journalisten vom rbb und dem ARD-Mittagsmagazin die Traces-Datenbank (Trade Control and Expert System) der EU einsehen können. In Traces werden alle Rinder erfasst, die eine Landesgrenze überschreiten. Zudem ist auch nachvollziehbar, aus welchem Landkreis exportiert wurde. Die EU beantwortete die Anfrage der Journalisten – zunächst. Allerdings mit geschwärzten Landkreisen auf Betreiben Deutschlands. In der EU-Antwort heißt es, die deutschen Behörden hätten gegen die Offenlegung der Landkreise Einspruch erhoben, weil davon Geschäftsinteressen betroffen seien.

Dagegen legte das Recherche-Team Einspruch ein – und bekam im Juni die vollständige Auskunft. ■

(Aus: Brandenburg ist ein Umschlagplatz für Tierexporte in „Hochrisikostaaten", Rundfunk Berlin Brandenburg online vom 16.07.2020, in: https://www.rbb24.de/wirtschaft/beitrag/2020/07/brandenburg-tierexporte-umschlagsplatz-hochrisikostaaten.html, letzter Zugriff: 23.04.2021)

1. Gegen welche Vorschriften haben die brandenburgischen Behörden verstoßen? Beschreibe, was die Journalistinnen und Journalisten herausgefunden haben.

2. Erläutere, was die Journalistinnen und Journalisten unternommen haben, um die Missstände aufzudecken.

B Medien und ihre Aufgaben

Teil 1: Was sind Medien?

Medium bedeutet Vermittler. Die Mehrzahl „Medien“ verwenden wir als Sammelbegriff für alle Verfahren, die Informationen zwischen Sendern und Empfängern vermitteln. Die Sprache ist zum Beispiel das Medium, mit dem wir uns untereinander verständigen.

Massenmedien

Als Massenmedien bezeichnen wir solche, die sich mit technischen Übertragungsmitteln an zahlreiche Menschen wenden. Dazu zählen Bücher, Filme, Radio und Fernsehen. Printmedien sind alle, die in gedruckter Form vorliegen. Funkmedien sind Radio und Fernsehen.

Neue Medien

Den Begriff „Neue Medien“ verwendet man als Sammelbegriff für digitale, elektronische und interaktive Medien, die den Nutzerinnen und Nutzern den Zugang zum Internet ermöglichen. Dazu zählen zum Beispiel PCs, Smartphones oder Tablets. Grundlegend für die Erfindung des Internets war die Digitalisierung. Gemeint ist damit die Möglichkeit, Informationen in eine Sprache zu übersetzen, die die Computer verstehen. Deshalb spricht man auch von den digitalen Medien. Neu daran ist auch, dass sie interaktiv genutzt werden können. Man besitzt ein Empfangsgerät und gleichzeitig eine eigene Sendeanstalt.

Teil 2: Medien – die Wachhunde der Demokratie

Nahezu alles, was wir zum Beispiel über Politik wissen, erfahren wir durch die Medien. Ihre Aufgabe ist es, die erforderlichen Informationen zu beschaffen, zusammenzustellen und kritisch zu bewerten. Sie leisten damit einen grundlegenden Beitrag zur politischen Meinungsbildung. Nur wenn Bürgerinnen und Bürger über die erforderlichen Informationen verfügen, können sie ihre Mitwirkungsrechte in einer Demokratie wahrnehmen.
In der Demokratie gehört auch die Kontrolle der Regierung zu den öffentlichen Aufgaben der Medien. Sie kontrollieren die Politik, indem sie auch Informationen veröffentlichen, die die Machthaber lieber für sich behalten hätten. Sie sorgen dafür, dass Probleme öffentlich diskutiert werden. Wegen dieser Kontrollfunktion werden die Medien häufig auch als „Wachhunde der Demokratie“ bezeichnet.
Kritisch wird diskutiert, ob Medien ein realistisches Bild der Wirklichkeit vermitteln, ob sie tatsächlich umfassend informieren. Bevorzugt greifen sie Themen auf, die aufsehenerregend sind. Häufig sind das negative Nachrichten über Unfälle, Missstände oder Krisen. Viele Printmedien kämpfen seit Jahren gegen sinkende Einnahmen und müssen möglichst viele Leserinnen und Leser ansprechen. Schon allein aus diesen Gründen sind sie oft geneigt, skandalträchtige Themen zu veröffentlichen, die ihr Medium zum Tagesgespräch machen.
Im privaten Leben dienen Medien zudem der Unterhaltung, dem Spiel und der Pflege von Kontakten.

1. Beschreibe die Merkmale neuer Medien.
2. Begründe, warum die Medien auch die „Wachhunde der Demokratie“ genannt werden.
3. Wie beurteilst du die Tatsache, dass in den Medien eher die negativen Nachrichten überwiegen als die positiven?
4. Überprüfe, ob die Kritik an der Nachrichtenauswahl der Medien auch auf das Beispiel der Tiertransporte in Brandenburg zutrifft.

Karikatur: Burkhard Mohr

C Was sagen Schaubilder über die Bedeutung von Medien aus?

Die folgenden Schaubilder könnt ihr benutzen, um die unterschiedlichen Funktionen der Medien für die Demokratie und die Gesellschaft mündlich oder schriftlich zusammenfassen.

1. Aufgaben von Medien in Politik und Gesellschaft

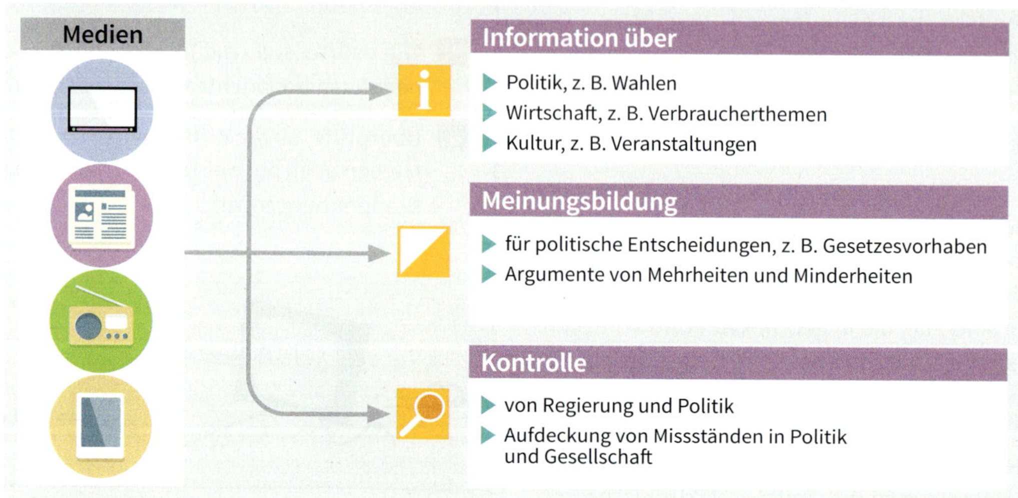

2. Bedeutung von Medien für Politik, Wirtschaft und Kultur

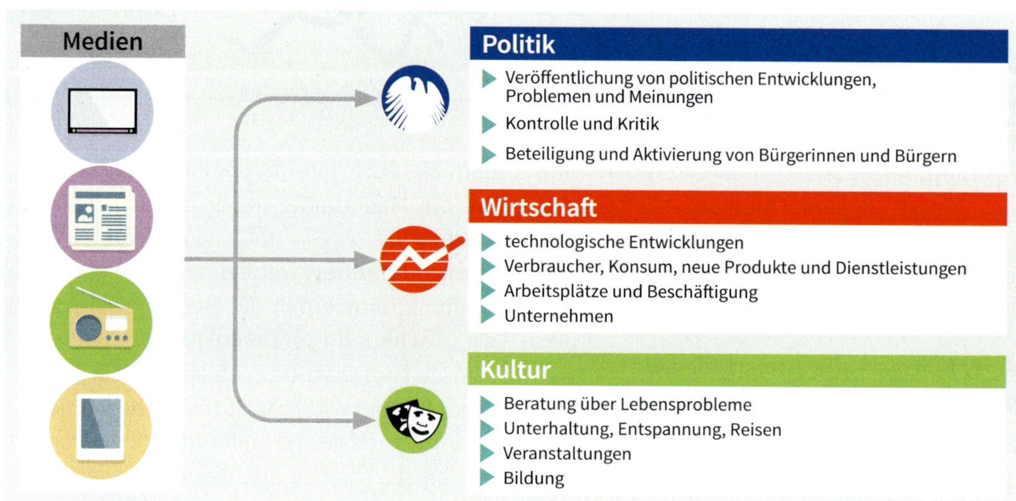

Euer Auftrag:

1. Wandle die Stichwörter in den Schaubildern in vollständige Sätze um.
2. Überlege dir für jede Funktion ein (weiteres) Beispiel und füge dieses den Sätzen hinzu.
3. Vergleicht zu zweit euer Ergebnis und diskutiert: Welche der Funktionen setzt ihr in der Bedeutung an die erste, zweite, dritte Stelle?
4. Stellt euer Ergebnis in der Klasse vor.

D TEAM kontrovers: Gefährden oder stärken soziale Medien die Demokratie?

Das Internet hat ganz neue Formen der politischen Kommunikation hervorgebracht, zum Beispiel Blogs, Online-Foren und Kommunikation über Messenger-Dienste. Wie wirken sich diese neuen Kommunikationsformen auf die Demokratie aus? Diese Frage ist umstritten – wichtige Argumente findet ihr auf dieser Seite zusammengefasst.

1. Arbeite aus den beiden Texten die Argumente heraus und stelle sie in einer Tabelle gegenüber.
2. Bilde dir anhand der Argumente ein Urteil.
3. Gestalte einen Blog-Eintrag, in dem du deinen persönlichen Standpunkt erläuterst und mit Argumenten begründest.

Soziale Medien beschädigen die Demokratie!

Wer heute in einem Zeitungsartikel oder einem Fernsehbeitrag eine politische Ansicht äußert, muss damit rechnen, auf übelste Weise in den sozialen Medien beschimpft und bedroht zu werden.

Besondere Aufmerksamkeit finden demgegenüber diejenigen, die radikale und extremistische Äußerungen verbreiten und keine anderen Ansichten als die eigenen gelten lassen.

In meist anonym versendeten Kommentaren lassen die Verfasser/-innen oft ihrer Wut freien Lauf und bedienen sich einer Sprache, die jeden Anstand und Respekt vermissen lässt.

Viele Menschen trauen sich gar nicht mehr, eine eigene Meinung zu vertreten, aus Angst, dafür im Netz zum Opfer zu werden.

Wenn immer mehr Menschen die Meinungsfreiheit missbrauchen und nur ihre eigene Meinung gelten lassen, schadet das der Demokratie. Sie lebt von der Vielfalt der Meinungen, die es allen Bürgerinnen und Bürgern ermöglicht, sich ein eigenes politisches Urteil zu bilden.

Soziale Medien stärken die Demokratie!

Jede/-r Internetnutzer/-in kann mittels der sozialen Netzwerke aktiv mitwirken in der Demokratie. Man kann eigene Beiträge ins Netz stellen, mit anderen diskutieren, zum Mitmachen auffordern und Lösungsvorschläge für politische Probleme einbringen – sowohl allein als auch gemeinsam mit anderen.

Politikerinnen und Politiker können in direkten Kontakt mit den Bürgerinnen und Bürgern treten. Sie können sich so direkt an Jugendliche und Erwachsene wenden und ihre Standpunkte deutlich machen. Dabei muss die Kommunikation nicht mehr nur einseitig von der Politik zu den Menschen verlaufen. In sozialen Netzwerken ist man Sender und Empfänger zugleich.

Darüber hinaus ist es für alle Nutzer/-innen einfacher als jemals zuvor, sich politisch zu informieren. Selbst die kleinsten Themen stoßen in der Online-Kommunikation auf Interesse.

Achtet man wie im realen Leben auf die Einhaltung von Regeln, sind die sozialen Netzwerke eine Bereicherung für die Demokratie.

4 Pressefreiheit – unverzichtbar und dennoch gefährdet?

Fälle zu Chancen und Grenzen bewerten

A Zum Einstieg

Während der Corona-Pandemie entdeckte eine junge Journalistin bei ihren Recherchen, dass ihre Regierung die Zahl der Erkrankten und Toten absichtlich nach unten korrigierte, um die Bevölkerung zu beruhigen. Sie fotografierte zudem völlig überlastete Intensivstationen, auf denen wegen Materialmangel Menschen sterben mussten. Diese Fotos veröffentlichte sie zusammen mit einem Bericht in den sozialen Netzwerken. Zwei Tage später wurde sie verhaftet und ohne Angabe von Gründen gefangen gehalten. Aus welchem Land könnte diese Nachricht gekommen sein?

a) Frankreich b) China c) Deutschland d) Saudi-Arabien e) Italien

Entscheide dich für ein oder mehrere Länder und begründe. Sprecht anschließend in der Klasse darüber. Die Auflösung findest du auf Seite 136.

B Frei war das Internet nie!

* Merke ✓

Zensur kommt aus dem Lateinischen und bedeutet Kontrolle und Einschränkung von Informationen durch staatliche Organe.

China hat das weltweit aufwendigste und effektivste System für Internetzensur*, auch bekannt als die Great Firewall. Die meisten Websites, die im Rest der Welt täglich genutzt werden, sind in China nicht zugänglich und die Liste gesperrter Dienste wird mit jedem Jahr länger. Nun traf es auch noch WhatsApp, das als einer der letzten Dienste in China für verschlüsselte Kommunikation genutzt werden konnte. Hinzu kommt eine lange Liste gesperrter Suchbegriffe, die sich jeden Tag und von Plattform zu Plattform ändert. [...]

Lebendige Netzkultur

Trotzdem hat sich in China eine lebendige Netzkultur entwickelt. Eine besonders wichtige Plattform ist der Messenger WeChat, der fast so viele Nutzerinnen und Nutzer hat wie das chinesische Internet – mehr als 500 Millionen. Auf WeChat gibt es keine öffentlichen Posts, stattdessen interagieren die Mitglieder in Gruppenchats von zwei bis zu 500 Leuten. [...]

Weitere Einschränkungen

Diese Möglichkeiten der Vernetzung werden jetzt weiter eingeschränkt. So ist es in China mittlerweile illegal, anonym Onlinekommentare zu schreiben. [...] Bisher lag die Verantwortung für Internetzensur in erster Linie bei den chinesischen Internetfirmen. Sie sperrten und löschten politisch sensible Beiträge und vermieden so Ärger mit den Sicherheitsbehörden. Doch nun sind die Administratoren von Gruppenchats für dort gepostete Inhalte verantwortlich – um eine strafrechtliche Verfolgung zu vermeiden, müssen Nutzerinnen und Nutzer sich gegenseitig zensieren. [...] Abschreckende Beispiele gibt es. So wurde ein Chinese zu zwei Jahren Haft verurteilt, weil er in einem Gruppenchat einen verbotenen Spitznamen für Präsident Xi Jinping benutzt hatte.

(Aus: Tiara Haktin, Die Grenzen des Sagbaren werden neu gezogen, DIE ZEIT online vom 05.12.2017, in: https://www.zeit.de/digital/datenschutz/2017-12/china-internet-ueberwachung-verschaerft-great-firewall/komplettansicht, letzter Zugriff: 23.04.2021)

1. Wie funktioniert die Internetzensur in China? Nenne drei Maßnahmen.

2. Erläutere die Aussage des Fotos.

3. Regierungen, die das Internet zensieren, betonen oft, die Jugendlichen vor gefährdenden Inhalten schützen zu wollen. Beurteile diese Aussage.

C Pressefreiheit

Teil 1: Pressefreiheit als Grundrecht

Pressefreiheit bezeichnet das Recht der Medien, über alle Ereignisse frei und ungehindert zu berichten. Dieses Recht wird in Artikel 5 des Grundgesetzes garantiert: „Die Pressefreiheit und die Freiheit der Berichterstattung durch Rundfunk und Film werden gewährleistet. Eine Zensur findet nicht statt."

Zur Pressefreiheit gehören die Informationsfreiheit und die Meinungsfreiheit, die ebenfalls in Artikel 5 niedergeschrieben sind. Danach hat jeder das Recht, sich aus „frei zugänglichen Quellen" zu informieren. Gemeint sind zum Beispiel Zeitungen, Zeitschriften, Online-Kommunikation, Bücher usw. Jede und jeder darf zudem frei und ungehindert sagen, was er oder sie denkt. Das gilt auch, wenn die geäußerten Meinungen unangenehm für die kritisierten Personen sind oder diese nur von einer Minderheit geteilt werden.

Die Pressefreiheit soll auch die Medien vor staatlicher Einmischung schützen: Der Staat darf nur eingreifen, wenn durch die Medien Gesetze verletzt werden. Die große Bedeutung der Meinungs- und Pressefreiheit hat auch das Bundesverfassungsgericht betont. Nach Auffassung des höchsten deutschen Gerichts kann es in einem Staat ohne Presse-, Meinungs- und Informationsfreiheit überhaupt keine Freiheit geben.

Teil 2: Grenzen der Pressefreiheit

Die Pressefreiheit darf nicht missbraucht werden, um Menschen zu beleidigen oder gar zu bedrohen oder um bewusst falsch zu informieren. An diese Grenzen müssen sich alle Medien, aber auch alle Menschen zum Beispiel bei Meinungsäußerungen in sozialen Medien, halten. Beleidigungen oder Drohungen (Hate Speech) sind in Deutschland strafbar.

Zudem haben die Medien die Bestimmungen des Datenschutzes einzuhalten sowie das Privatleben und die Intimsphäre der Menschen zu respektieren. Niemals dürfen sie die Menschenwürde der dargestellten Personen verletzen.

1. Erkläre die Begriffe „Pressefreiheit", „Informationsfreiheit" und „Meinungsfreiheit".

2. Für die Pressefreiheit gelten auch Grenzen. Erläutere diese.

3. Überprüfe, ob bei der in der Karikatur dargestellten Situation die Grenzen der Pressefreiheit missachtet werden. S. 369

„Ja, liebe Hörerinnen und Hörer, wir sind wieder live dabei, beim Banküberfall der Woche. Die Gangster haben bereits eine Geisel genommen. Wir wollen versuchen, sie zu einem kurzen Interview vors Mikrofon zu kriegen ..."

Karikatur: Gerhard Mester

Manchmal kann es schwierig sein, die Grenzen von Meinungsfreiheit zu bestimmen. Das gilt besonders bei der Berichterstattung über Prominente aus Politik, der Unterhaltungsbranche oder dem Sport. Einerseits haben diese Menschen ein Recht auf Privatsphäre, andererseits hat auch die Öffentlichkeit nach Auffassung des Bundesverfassungsgerichts ein Recht auf Information. Gegen falsche Berichterstattung können sich Betroffene wehren: entweder mit einer Gegendarstellung, die abgedruckt werden muss, oder mit einer Klage.

Über die Beachtung der Grenzen der Pressefreiheit wacht der deutsche Presserat. Er hat Verhaltensregeln für die journalistische Arbeit festgelegt, den sogenannten Pressekodex. Danach sollen Medien Nachrichten auf ihren Wahrheitsgehalt überprüfen. Fast alle Zeitungen und Zeitschriften haben sich freiwillig verpflichtet, den Pressekodex zu beachten.

@ | WES-122194-010
Den Pressekodex des deutschen Presserats findet ihr hier.

D Sollen die Medien berichten?

Zwischen Chancen und Grenzen der Pressefreiheit kann es immer wieder zu Konflikten kommen. Ihr sollt in den folgenden Beispielen entscheiden: Hat das Recht der Öffentlichkeit auf Information Vorrang oder sind die Persönlichkeitsrechte der Betroffenen wichtiger als die Pressefreiheit?

Euer Auftrag:

1. Einzelarbeit: Entscheide für jedes Beispiel: Soll die Zeitung berichten? Ja oder nein?

2. Gruppenarbeit: Stellt die einzelnen Entscheidungen der Reihe nach in der Gruppe vor. Beantwortet gemeinsam:
- Muss in diesem Fall das Recht auf Pressefreiheit uneingeschränkt gelten?
- Werden hier die Grenzen der Meinungs- und Pressefreiheit unzulässig überschritten?

Beispiel 1: Interview in der Fußgängerzone

Zwei Journalistinnen einer Tageszeitung befragen in der Innenstadt Fußgängerinnen und Fußgänger über das Ansehen von Lehrerinnen und Lehrern. Der 14-jährige Schüler Pascal äußert, dass einige Lehrkräfte an seiner Schule viel zu streng und ungerecht seien. Am nächsten Tag erscheint das Interview mit einem Foto von ihm in der Tageszeitung. Mehrere Leute in der Schule werfen ihm vor, die Lehrerschaft beleidigt zu haben. Einige meinen, die Zeitung hätte diese Äußerungen nicht drucken dürfen.

Beispiel 2: Heimliche Affäre eines Politikers

In der Öffentlichkeit zeigt sich der Wirtschaftsminister gerne als treusorgender Familienvater. Nun hat eine bekannte Zeitschrift recherchiert, dass er seit Jahren eine heimliche Affäre mit der Chefassistentin eines großen Industriekonzerns hat. Ein Fotograf hat heimlich den Minister mit seiner Geliebten fotografiert. Der Minister bestreitet das Verhältnis. Die Zeitschrift berichtet trotzdem.

Beispiel 3: Raser tötet Kleinkind

Vinzent S. liebt schnelle Autos. Sein Hobby wird ihm zum Verhängnis: Spätabends gerät er bei einem illegalen Wettrennen ins Schleudern und verletzt eine Mutter und ihr zweijähriges Kind schwer. Das Kind stirbt im Krankenhaus der Kleinstadt. Tags darauf erscheint die örtliche Tageszeitung mit der Schlagzeile „Raser Vinzent S. hat Kleinkind auf dem Gewissen“. Das Foto zeigt ihn in Großaufnahme bei der Verhaftung vor seinem Haus. Die Augen sind mit einem schwarzen Balken verdeckt, die Adresse ist auf dem Foto gut erkennbar.

Beispiel 4: Unternehmen missachtet Umweltgesetze

Die Redaktion einer Online-Zeitschrift erhält Unterlagen, die beweisen, dass ein großes Unternehmen heimlich Giftstoffe in einen Fluss leitet, der mitten durch die Landeshauptstadt fließt. Das Unternehmen ist der größte Arbeitgeber in der Umgebung. Die Informantin, die bei dem Unternehmen arbeitet, möchte auf keinen Fall namentlich genannt werden. Die Journalisten überlegen: Sollen sie den Skandal öffentlich machen – auch wenn er dem Unternehmen sehr schadet?

E Wie ist es weltweit um die Pressefreiheit bestellt?

„Reporter ohne Grenzen" ist eine unabhängige Nichtregierungsorganisation, die jährlich eine Rangliste zur Situation der Pressefreiheit veröffentlicht.

Noch nie seit Einführung der aktuellen Methodik im Jahr 2013 gab es so wenige Länder, in denen RSF die Lage der Pressefreiheit als „gut" bewertete. Ihre Zahl sank von 13 auf 12. Das Land, dessen Situation nicht mehr als „gut", sondern nur noch als „zufriedenstellend" bewertet wird und dessen Farbe auf der Weltkarte der Pressefreiheit folglich von weiß zu gelb wechselt, ist Deutschland. Dort wurden Dutzende Journalistinnen und Journalisten auf Demonstrationen gegen die Corona-Maßnahmen angegriffen. In 73 von 180 Ländern wird unabhängiger Journalismus weitgehend oder vollständig blockiert (rot oder schwarz auf der Weltkarte), in 59 weiteren ernsthaft behindert (orange auf der Weltkarte). Demnach ist die Pressefreiheit in fast drei Viertel der Länder der Welt zumindest bedeutend eingeschränkt. [...]
Deutschland verschlechtert sich in der aktuellen Rangliste der Pressefreiheit um zwei Plätze vom 11. auf den 13. Rang. Seine Punktzahl rutscht von 12,16 auf 15,24 ab und überschreitet damit die Marke von 15 Punkten, ab der RSF die Situation in einem Land als „zufriedenstellend" einstuft und nicht mehr als „gut". [...] Hauptgrund dieser Bewertung ist, dass Gewalt gegen Medienschaffende in Deutschland im Jahr 2020 eine noch nie dagewesene Dimension erreicht hat: Im Kalenderjahr 2020 zählte RSF mindestens 65 gewalttätige Angriffe gegen Journalistinnen und Journalisten im Land. Damit hat sich die Zahl im Vergleich zum Jahr 2019 (mindestens 13 Übergriffe) verfünffacht. Die Organisation geht zudem davon aus, dass die Dunkelziffer 2020 höher ist als in den Vorjahren.

(Aus: Rangliste der Pressefreiheit. Journalisten kämpfen in der Pandemie gegen neue und alte Gefahren, Reporter ohne Grenzen online 2021, Berlin, in: https://www.reporter-ohne-grenzen.de/rangliste/rangliste-2021, letzter Zugriff: 18.08.2021)

* RSF = Reporter sans Frontières wurde 1985 von vier französischen Journalisten gegründet. Die deutsche Übersetzung lautet „Reporter ohne Grenzen".

@ | WES-122194-001
Text ausführlicher

1. Beschreibe, wie sich die Corona-Pandemie auf die Situation der Pressefreiheit auswirkte.
2. Begründe anhand des Schaubilds, warum die Pressefreiheit ein gefährdetes Gut ist.
3. Bewerte die Herabstufung Deutschlands: alarmierend oder eher unbedenklich?

5 Mehr Mitwirkung durch digitale Medien: Chance und Gefahr zugleich?

Auswirkungen auf die Demokratie darstellen und bewerten

A Beispiel 1: Städtebau mit Computerspiel und Handy

*Merke ✓

Brache = ein nicht bebautes Grundstück

Mit dem Projekt Plan Nord Ost beteiligt die Stadt München Jugendliche an der städtebaulichen Planung eines neuen Stadtviertels. [...] *„Wir haben in einem Spiel namens Minecraft Modelle gebaut“*, erzählt Ferdi Wörndl. Zusammen mit seinen Freunden hat der Dreizehnjährige am Trudering Gymnasium an der Digitalwerkstatt [...] teilgenommen [...]. Ähnlich wie die Jugendlichen an den anderen Schulen haben sie sich zunächst mit den Plänen für das neue Viertel im Münchner Nordosten auseinandergesetzt: Sie haben sich die Brache* angeschaut, sich mit den drei städtebaulichen Varianten beschäftigt und überlegt, was sie von dem Stadtteil erwarten, um dann schließlich in Minecraft verschiedene Gebäude und Anlagen zu bauen.

Ihre Ideen präsentierten die Jugendlichen auf einer Jugendtagung in München, an der auch Kommunalpolitiker/-innern teilnahmen. Das Foto zeigt die mit dem Computerspiel Minecraft erstellten Modelle.

1. Beschreibe, wie die Stadt München Jugendliche an der Planung eines neuen Stadtteils beteiligt hat.
2. Erkläre, inwiefern digitale Medien mehr Beteiligungsmöglichkeiten als früher ermöglichen.
3. Beurteile die Bereitschaft von Jugendlichen, digitale Beiteiligungsmöglichkeiten zu nutzen. Gehe dabei zunächst von dir selbst aus und diskutiert dann in der Klasse über die Frage.

Achtklässler planen Stadt der Zukunft

Auch die Achtklässler der Mittelschule an der Knappertsbuschstraße beschäftigen sich mit Fragen des Zusammenlebens, machen sich Gedanken um erneuerbare Energien und Infrastruktur. Um das Ganze etwas aufzulockern, versetzen sich die Jugendlichen kurzerhand in die Zukunft und erstellen mithilfe ihrer Handys Audioguides einer futuristischen Zukunftsstadt. [...]
Wie leben wir in 20 Jahren? Ein Schokobrunnen mitten in der Stadt, fliegende Autos, 5D-Hologramme im Unterricht und über den Vierteln kreisende Beschützer-Drohnen. Die Achtklässler [...] in München lassen ihrer Fantasie freien Lauf. Wer würde nicht gerne nach der Schule Flugzeuge putzen, um sich das Taschengeld aufzubessern? Oder mit 14 Jahren einen Führerschein für pflanzenölbetriebene Gokarts machen? [...]

Zwölftklässler starten Online-Befragung

Noch mal anders sind die Zwölftklässler der Rudolf-Steiner-Schule München Daglfing an das Projekt herangegangen. Nach einer intensiven Beschäftigung mit dem Thema haben sie mithilfe des Online-Tools *survio* einen empirischen Fragebogen entwickelt. Was für Veranstaltungen wünschst du dir? Würdest du ein Jugendzentrum nutzen? Und wie sollte es aussehen? Sowohl online als auch face-to-face haben sie so erhoben, was ihre Altersgenossen von einem neuen Viertel erwarten, und die ausgewerteten Daten auf Plakaten verständlich dargestellt.

(Aus: Reportage „Plan Nord Ost“: Städtebau mit Computerspiel und Handy, Gemeinnützige Deutsche Kinder- und Jugendstiftung GmbH (DKJS) online vom 06.07.2017, in: https://jugend.beteiligen.jetzt/aktuelles/themen/thema-ein-klick/reportage-plan-nord-ost, letzter Zugriff: 23.04.2021)

B Beispiel 2: Shitstorm* gegen einen Politiker

Als sich Erik Lierenfeld, Bürgermeister der nordrhein-westfälischen Stadt Dormagen, in einem Video für das Maskentragen einsetzte, wurde er mit dem Tode bedroht. Der SPD-Politiker bestätigt, was auch viele seiner Kolleginnen und Kollegen erleben: Die Anfeindungen gegenüber Kommunalpolitikern haben in der Pandemie zugenommen [...] Lierenfeld spricht von einer „neuen Qualität“: „Das ist wie eine Heuschreckenplage, die über einen herfällt. Es sind nicht zwei, drei Briefe, sondern das kommt dann hundertfach.“

Man fängt an, sein Verhalten zu ändern

Das bleibt nicht ohne Folgen, wie der Bürgermeister betont: „Gerade kurz- und mittelfristig ist es natürlich so, dass man auch anfängt, sein Verhalten zu ändern, ohne dass man das will. Das passiert ganz unterbewusst.“ Denn auch Familie und Freunde seien betroffen: „Man merkt schon, dass man grundsätzlich aufpasst und das Gefühl hat, dass man sich ein bisschen zurücknehmen muss und vielleicht nicht an jeder Stelle ein Statement abgibt, wo man es eigentlich richtig und gerechtfertigt finden würde, nur um solch einen ‚Shitstorm‘ nicht weiter zu forcieren“, sagt Lierenfeld.

(Liliane von Billerbeck, Wie eine Heuschreckenplage, Deutschlandfunk Kultur online vom 29.04.2021, Köln, in: https://www.deutschlandfunkkultur.de/anfeindungen-gegen-kommunalpolitiker-wie-eine.1008.de.html?dram:article_id=496445, letzter Zugriff: 17.06.2021)

Politikerinnen und Politiker fürchten Shitstorm

Der Shitstorm ist zu einem wichtigen Kampfinstrument in der politischen Debatte geworden. Eine unbedachte, provokante Äußerung – und schon sehen sich Politiker einer gewaltigen Flut von meist anonymen Beschimpfungen ausgesetzt: [...] Je netzaffiner diejenigen sind, die ein Politiker gegen sich aufbringt, desto mächtiger die Empörungswelle. Ob jung oder alt, einfacher Bundestagsabgeordneter oder Kabinettsmitglied – immer mehr Politiker bekommen den Frust der Netznutzer in Form der elektronischen Eierwürfe zu spüren. Anders als in öffentlichen Debatten bleiben im Zuge von Shitstorms die herkömmlichen Umgangsformen auf der Strecke. Es wird gepöbelt, attackiert, denunziert. Mancher fragt sich, ob das mit der Aggression im Netz so weitergehen kann. [...]

Bei Shitstorms geht es um mehr als um Stilfragen. Durch das Phänomen der Online-Wutausbrüche drohen Politiker sich von einer virtuellen Stimmung einschüchtern zu lassen. [...]

Bei manchen in sozialen Netzwerken vertretenen Politikern ist deshalb eine Schere im Kopf entstanden. Aus vorauseilendem Gehorsam werden die eigenen Beiträge harmlos und netzopportun gehalten. Bloß keine Auseinandersetzung mit der Internetgemeinde, scheint die Devise.

(Florian Gathmann, Shitstorm, nein danke!, Der Spiegel online vom 25.04.2012, in: https://www.spiegel.de/politik/deutschland/shitstorm-politiker-fuerchten-hass-im-internet-a-829312.html, letzter Zugriff: 23.04.2021)

Karikatur: Greser & Lenz

*** Merke ✓**

Von einem **Shitstorm** spricht man, wenn sich Menschen in den sozialen Medien in großer Anzahl empören und dabei auch die Betroffenen beschimpfen und beleidigen.

1. Erkläre am Beispiel von Erik Lierenfeld, was einen Shitstorm auslösen kann.

2. Erläutere die Folgen von Shitstorms in der Politik.

3. Sollen sich Politikerinnen und Politiker ganz aus sozialen Medien zurückziehen? Erörtere Pro und Kontra und diskutiert über diese Frage in der Klasse.

6 Fake News im Netz: Warum sind sie gefährlich?

Strategien zum Umgang entwickeln

A Der Fall: Sommerferien zwei Wochen früher!

Tolle Aussichten: Früher Ferien!

■ „Sommerferien fangen zwei Wochen früher an!!“ Du starrst auf den Bildschirm und kannst es kaum glauben: Das ist wirklich die beste Nachricht des Jahrhunderts. Dann fällt ja sogar die Mathearbeit aus! Schnell klickst du das YouTube-Video unter der Überschrift an – und tatsächlich. Darin wird genau erklärt, dass die Ferien bundesweit eher beginnen als sonst, weil so viele Lehrer krank sind. Und dass sie deshalb auch nicht nach sechs, sondern erst nach acht Wochen zu Ende sind. Genau drei Sekunden später hast du den Link an alle deine Freunde verschickt. Die kippen um, wenn sie das sehen! Und heute Nachmittag könnt ihr euch im Freibad treffen, denn für die Arbeit braucht ja keiner mehr zu lernen. ■

(Aus: Sarah Welk, Tagesschau & Co – Wie Sender und Redaktionen Nachrichten machen, arsEdition GmbH, München 2020, S. 116)

B Wie Fake News in sozialen Netzwerken gedeihen

Die Website BuzzFeed hat ausgewertet, welche Artikel über Angela Merkel von 2012 bis 2017 bei Facebook die meisten Reaktionen von Nutzern bekommen haben. Das Ergebnis: In den Top 10 waren 7 vollkommen verzerrte oder komplett ausgedachte „Berichte“. Man könnte auch sagen: Fake News.
Warum das so ist, liegt auf der Hand: Auch bei klassischen Medien zieht ein Boulevard-Blatt wie die „Bild“ mehr Leser an als ein Wirtschaftsmagazin. Im Netz sind die erfundenen Meldungen häufig reißerisch formuliert und zielen auf die Gefühle der Menschen. Ganz im Gegensatz zu normalen Nachrichten über die Bundeskanzlerin, die dann auch viel weniger Reaktionen auf Facebook erhalten. Genauso wie YouTube-Videos zu Verschwörungstheorien eben spannender sind als die meisten Aufzeichnungen von Reden aus dem Bundestag. Die Fake-News-Macher gestalten ihre Posts entsprechend. Und die Art und Weise, wie soziale Netzwerke funktionieren, spielt ihnen in die Hände: Wenn falsche Tatsachenbehauptungen die Menschen zu Kommentaren aufstacheln oder sie die Lügengeschichte weiter teilen, wertet der Facebook-Algorithmus das als Signal für die Wichtigkeit des Posts. Die Folge: Der Post wird noch mehr Leuten angezeigt. Ohne die einkalkulierte Reaktion der Nutzer würde dieses System nicht funktionieren.

Warum fallen Menschen immer wieder auf Falschmeldungen herein?

Dass Nutzer immer wieder auf Gerüchte oder Falschmeldungen reinfallen, hat mehrere Ursachen: Geschickte Manipulateure gestalten ihre Internetseiten so, dass sie optisch auf den ersten Blick wie eine seriöse Nachrichtenseite mit sachlichen Berichten und richtiger Recherche daherkommt, oder sie berufen sich auf eine echte Zeitung, verdrehen oder erfinden aber die Tatsachen.
Viele Nutzer lesen kaum mehr als die Überschrift, bevor sie etwas weiterverbreiten. Ungereimtheiten fallen ihnen so gar nicht auf.
Die Nutzer verlassen sich darauf, dass alles schon stimmt, weil es Bekannte von ihnen geteilt haben. Dabei ist es immer besser, in

Karikatur: Horst Haitzinger

Zweifelsfällen selbst zu recherchieren, ob etwas vielleicht ein Fake ist.
Manchen Menschen ist es manchmal auch einfach egal, ob alle Fakten stimmen, wenn sie etwas teilen, solange es in ihre Weltsicht passt. Sie wollen durch das Teilen ihre Meinung unterstreichen und anderen mit der gleichen Meinung zeigen: „Ich gehöre zu euch." Ob es den Tatsachen entspricht, ist zweitrangig.

(Aus: Warum Fake News in sozialen Netzwerken gedeihen, in: https://klickwinkel.de/downloads/tutorials/schueler/klickwinkel-warum-fake-news-in-sozialen-netzwerken-gedeihen.pdf, Berlin, letzter Zugriff: 23.04.2021)

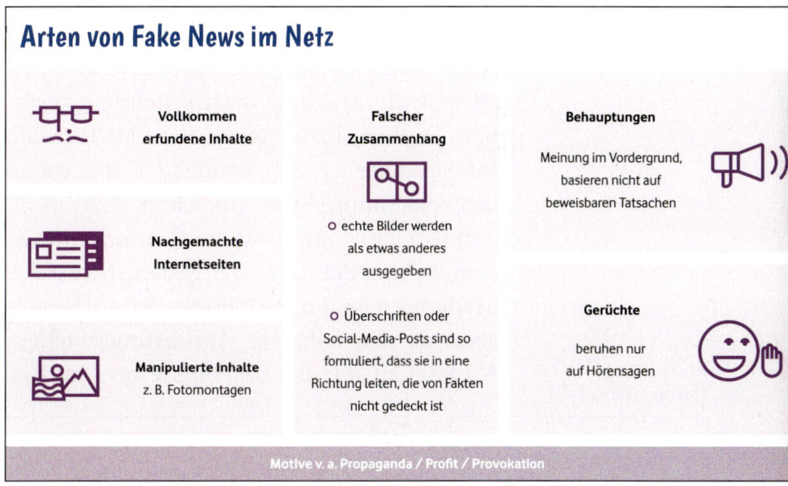

Grafik aus: www.klickwinkel.de

C Was sind die Motive für die Erfindung von Fake News?

Wer Fake News erfindet und verbreitet, tut dies aus ganz unterschiedlichen Gründen:
Wirtschaftliche Gründe: Mit Fake News lässt sich Geld verdienen. Da Fake News meist reißerisch aufgemacht sind, bekommen sie in sozialen Netzwerken sehr schnell viele Klicks. Wenn nun der Erfinder auf seiner Seite Werbung platziert, kann er viel Geld damit verdienen – denn auch Werbung wird nach der Anzahl der Klicks bezahlt.
Politische Gründe: Fake-News-Erfinder versuchen damit, eine bestimmte Partei zu unterstützen oder auch Politikerinnen und Politiker in ein schlechtes Licht zu rücken. Besonders vor Wahlen wird auf diese Weise viel Stimmungsmache betrieben. Die Betroffenen können sich gegen Falschmeldungen nur schwer wehren.
Persönliche Gründe: Die Erfinder von Fake News genießen es, wenn sie und ihre News im Mittelpunkt der Aufmerksamkeit stehen und viele Likes bekommen.

1. Urteile spontan: Wie hättest du auf die Nachricht „Sommerferien zwei Wochen früher" reagiert?

2. Begründe, warum so viele Menschen auf Fake News im Netz hereinfallen.

3. Erkläre die Bildunterschrift unter der Karikatur. S. 369

D Wie können Fake News entlarvt werden?

Wer Fake News entlarven will, muss beim Lesen von Artikeln im Internet sorgfältig und Schritt für Schritt vorgehen. [...]

???

Lies dir die Überschrift und den Artikel genau durch. Sei dabei kritisch und höre auf dein Bauchgefühl. Ist es wahrscheinlich, dass die Meldung wirklich stimmt? Ist sie sachlich formuliert – oder klingt sie überdreht und reißerisch? [...]

???

Sieh dir dafür die Internetseite, von der die Meldung stammt, genau an. Handelt es sich um den Onlineauftritt einer bekannten Zeitung? Eines seriösen Fernsehsenders? Dann stimmt die Meldung wahrscheinlich wirklich. Du bist dir unsicher, um was für eine Internetseite es sich handelt? Dann suche das Feld „Impressum" (meistens steht es irgendwo ganz unten). Weit oben im Impressum steht in der Regel der genaue Name des Mediums. Gib ihn bei Google ein, am besten setzt du ihn dafür in Anführungszeichen. Nun schau dir die Ergebnisse an: Sind es insgesamt nur wenige Hundert Treffer, ist das ein Hinweis darauf, dass die Meldung nicht stimmt. Gibt es überhaupt kein Impressum, sollten bei dir sofort alle Alarmglocken schrillen! Grundsätzlich gilt:
Je mehr Informationen du über den Autor des Artikels und das Medium zusammentragen kannst, desto besser.

???

[...] Gib das wichtigste Wort aus der Überschrift bei Google ein. Beim Beispiel mit den verlängerten Ferien wäre das der Begriff „Sommerferien". Über der Ergebnisliste tauchen jetzt verschiedene Begriffe auf. Ganz links steht „Alle", ein Stück weiter rechts „News". Klicke auf News. Hier tauchen alle Artikel auf, die zum Thema Sommerferien erschienen sind. Sieh dir an, welche anderen Medien auf welche Art über das Thema berichten. Sollten die Ferien tatsächlich verlängert worden sein, würden sehr sicher zahlreiche seriöse Onlineseiten die Meldung aufgreifen. Solltest du hier nichts oder nur sehr wenige Artikel finden, heißt es: allergrößte Vorsicht! [...]

???

Sollte sich in dem Artikel ein Foto befinden, klicke mit der rechten Maustaste darauf, wähle „Bild sichern unter" aus und speichere es auf deinem Computer. Nun gehst du wieder auf die Seite von Google. Ganz oben rechts in der Ecke steht der Begriff „Bilder". Den klickst du an. Rechts im Suchfeld taucht nun plötzlich eine kleine Abbildung von einer Kamera auf, die ebenfalls noch einmal anklicken musst. Nun hast du zwei Auswahlmöglichkeiten: Du nimmst die rechte, nämlich „Bild hochladen". Nun musst du nur noch das Bild von deinem Computer hochladen. In der Ergebnisliste kannst du sehen, auf welchen Seiten das Bild sonst noch verwendet wurde. Sehr oft sind die Fotos bei falschen Nachrichten schon uralt oder zeigen in Wahrheit etwas ganz anderes.

(Aus: Sarah Welk, Tagesschau & Co – Wie Sender und Redaktionen Nachrichten machen, arsEdition GmbH, München 2020, S. 120)

Karikatur: Thomas Plaßmann

1. Formuliere für jeden Schritt eine passende Überschrift.

2. Begründe anhand der Karikatur, warum es wichtig ist, Fake News zu aufzudecken.

3. Erstelle ein Plakat, in dem du die wichtigsten Tipps zum Umgang mit Fake News übersichtlich darstellst. Eure Plakate könnt ihr im Klassenzimmer aufhängen.

E Recherche: Wahrheit oder Fake?

Im Internet und in den sozialen Medien kursieren Tag für Tag Tausende von Falschmeldungen. Nicht immer sind sie einfach zu entlarven. Doch du kannst das Internet auch dazu benutzen, um herauszufinden, was Wahrheit oder Lüge ist. Nur eine der folgenden Meldungen in sozialen Netzwerken stimmt. Orientiere dich bei der Wahrheitssuche an den Tipps der vorhergehenden Seite.

1. Neue Droge auf Schulhöfen gefunden

Achtung, schützt unsere Schüler! Es gibt leider wieder einmal eine neue Droge. Das Gefährliche daran ist, dass sie aussieht wie Brausepulver. Dabei handelt es sich um Crystal Meth mit den Geschmacksrichtungen Erdbeere oder Melone. Bereits nach der ersten Einnahme kann diese neue Droge tödlich sein. Sie macht zudem sofort abhängig.
Diese Nachricht kommt direkt von Schulen. Bitte, liebe Eltern, leitet sie sofort an möglichst viele weiter.

2. Atemschutzmasken für Kinder gefährlich

Die Regierung hat wegen der Corona-Krise angeordnet, dass Kinder über sechs Jahren eine Maske tragen müssen. Bitte zieht euren Kindern keine selbst genähten Masken an. Darunter sammelt sich beim Ausatmen gefährliches und giftiges Kohlendioxid und die Sauerstoffversorgung leidet. Das kann bei Kindern zum Atemstillstand führen. Bitte diese Information an alle weiterleiten, damit nicht noch mehr Kinder gesundheitlich leiden müssen!

3. Grusel Goofy treibt Umwesen im Netz

Grusel-Goofy sieht wie eine Horror-Version von Walt Disneys Goofy aus. Unter dem Namen John Galindo fordert er Kinder und Jugendliche zu Mutproben auf. Sie sollen sich selbst verletzen, in der letzten Challenge sogar Selbstmord begehen. Schützt eure Kinder vor diesem Mann!

4. Verirrter Hai verbreitet Panik

Nach dem Hurrikan Harvey verirrte sich 2017 ein Hai in Houston/Texas. Er schwamm mehrere Stunden auf der überschwemmten Überlandstraße, bis ihn Naturschützer zurück aufs Meer locken konnten.

Die Lösung findest du auf Seite 136.

@ | WES-122194-011
Hier kommt ihr zu den genannten Adressen.

Hilfreiche Websites beim Faktenceck:

www.mimikama.at
www.tagesschau.de/faktenfinder
www.corrective.org

4. Wähle eine oder zwei Meldungen aus und überprüfe ihren Wahrheitsgehalt im Internet.

5. Vergleicht eure Ergebnisse zu zweit und entscheidet gemeinsam: Wahrheit oder Fake?

6. Soll man erkannte Fake News im Internet einfach hinnehmen, nicht weiterleiten oder diese aktiv im Netz richtigstelten? Diskutiert in der Klasse über die Frage.

Was auch noch interessant sein kann:

- ein Quiz zum Thema „Wahrheit oder Fake“ entwickeln und Freundinnen und Freunden oder Verwandten zur Entscheidung vorlegen

Was interessiert dich besonders? Was kannst du richtig gut?

Wähle, wie du vorgehen möchtest:
Möglichkeit 1: Ich arbeite individuell und suche mir zwei, drei oder mehr Aufgaben aus.
Möglichkeit 2: Ich arbeite mit einer Partnerin, einem Partner zusammen. Gemeinsam schaffen wir mehr als allein.
Möglichkeit 3: Wir bilden Gruppen, teilen die Aufgaben auf und lösen alles gemeinsam.

Was ich weiß

S M U H

Ich kann ...

1. erklären was man unter „neuen Medien“ versteht.

2. die Auswirkungen der Filterblase in sozialen Medien auf die Meinungsbildung erläutern.

Wozu ich meine Meinung formulieren und begründen kann

S M U H

Ich kann zu folgenden Diskussionspunkten meine Meinung formulieren und diese mit Argumenten begründen.

1. Reichen Informationen aus sozialen Medien aus, um über das Weltgeschehen informiert zu sein?

2. Stärken oder schwächen die sozialen Medien die Demokratie?

Was ich methodisch gelernt habe

S M U H

Ich kann ...

1. erklären, was Fragende und Befragte bei einem Interview beachten sollen.

2. erläutern, wozu eine Videoanalyse dient.

Worüber ich mitreden kann

S M U H

Mit ein wenig Nachdenken kann ich (auch zusammen mit anderen) vor der Klasse eine, zwei oder drei Minuten frei sprechen:

1. Welche Bedeutung hat Pressefreiheit und wo liegen ihre Grenzen?

2. Welche Aufgaben haben Medien in der Demokratie?

Lösung S. 126: Die Nachricht stammt aus China, könnte sich auch in Saudi-Arabien ereignet haben.

Lösung S. 135: Fake News sind 1., 2., 4. Richtig ist Nachricht 3.

Neun Merksätze zum Einprägen

1	Jugendliche informieren sich im Internet am liebsten mithilfe von …
A	Messengerdiensten.
B	Suchmaschinen.
C	Nachrichtenportalen von Fernsehsendern.
D	Internetlexika bzw. -wörterbüchern.

2	Als Medien bezeichnet man …
A	Menschen, die Streit schlichten.
B	eine Gruppe von Menschen, die einer Sekte angehören.
C	alle Menschen, die schon einmal an dem Covid-19-Virus erkrankt sind.
D	alle Verfahren, die Informationen zwischen Sendern und Empfängern vermitteln.

3	Medien berichten besonders häufig über negative Ereignisse …
A	weil alle Journalistinnen und Journalisten Pessimisten sind.
B	weil sich auf der Welt fast nichts Positives ereignet.
C	weil Leserinnen und Leser sich nicht für Sport interessieren.
D	weil skandalträchtige Themen viele Menschen besonders interessieren und das Medium zum Tagesgespräch machen.

4	Die Meinungsvielfalt im Internet …
A	wird von den Internetkonzernen besonders geschützt.
B	verbietet es, jugendgefährdende Inhalte von Websites zu löschen.
C	wird durch die sog. Filterblase eingeschränkt.
D	wird vom Bundeskriminalamt kontrolliert.

5	Ein Shitstorm …
A	ist ein besonders verheerendes Unwetter im Mittelmeerraum.
B	liegt vor, wenn eine sehr große Zahl von Menschen jemanden in sozialen Medien beschimpfen.
C	wird ausgelöst, wenn Eltern ihre Kinder wegen des dauernden Gebrauchs des Handys kritisieren.
D	liegt vor, wenn Regeln bei Sportübertragungen im Fernsehen verletzt werden.

6	Medien werden als „Wachhunde der Demokratie" bezeichnet, weil sie …
A	Politik und Regierung kontrollieren.
B	dafür sorgen, dass Bürgerinnen und Bürger in Kontakt mit Politikern kommen.
C	den Bundestag in vielen Fragen beraten.
D	aufpassen, dass über Politikerinnen und Politiker korrekt berichtet wird.

7	Pressefreiheit bedeutet, …
A	dass sich alle Bürgerinnen und Bürger in den Medien informieren müssen.
B	dass die Medien ohne Einschränkung über das Leben Prominenter berichten dürfen.
C	dass Journalistinnen und Journalisten nicht gefangen genommen werden dürfen.
D	dass die Medien frei und ungehindert berichten dürfen.

8	Zum Thema Pressezensur heißt es im Artikel 5 des Grundgesetzes: …
A	Eine Zensur findet nicht statt.
B	Eine Zensur findet nur beim öffentlich-rechtlichen Rundfunk statt.
C	Eine Zensur gibt es nicht.
D	Eine Zensur gibt es nur in gesetzlich geregelten Ausnahmefällen.

9	Arten von Fake News sind …
A	besonders lustige Geschichten im Radio.
B	Wettervorhersagen.
C	vollkommen erfundene Inhalte.
D	regierungskritische Kommentare in überregionalen Zeitungen.

!
- Bei richtiger Lösung kommen A, B und C je zweimal und D dreimal vor.
- Übernimm die Merksätze in dein Heft und präge sie dir ein.

5 Grund- und Menschenrechte

Wie wirksam beschützen sie Freiheit und Menschenwürde?

1. Allein nachdenken
Würdest du bei einer Aktion für Grund- und Menschenrechte mitmachen?

2. Zu zweit beraten
Das Recht auf Menschenwürde ist das wichtigste Menschenrecht. Was versteht ihr darunter?

3. In der Klasse sammeln
Welche weiteren Grund- und Menschenrechte kennt ihr?

Im Verlauf dieses Kapitels könnt ihr ...

- erklären, was Grundrechte sind und welche Bedeutung sie im Alltag haben,
- begründen, warum Grundrechte ganz besondere Rechte sind,
- an Fallbeispielen Grundrechtskonflikte analysieren,
- Beispiele von Menschenrechtsverletzungen in verschiedenen Staaten analysieren,
- die Bedeutung der Allgemeinen Erklärung der Menschenrechte erklären und beurteilen.

Eigene Schwerpunkte könnt ihr setzen, indem ihr ...

- über die erweiterte Videoüberwachung auf öffentlichen Plätzen diskutiert,
- ein WebQuest zur Arbeit von Menschenrechtsorganisationen durchführt.

1 Warum sind Grundrechte ganz besondere Rechte?

Ihre Bedeutung im Alltag erklären

A Zum Einstieg

In der Corona-Krise 2020/2021 wurden die Freiheitsrechte des Einzelnen erheblich durch den Staat eingeschränkt.

- Sammelt gemeinsam, was ihr über die Einschränkungen während der Krise wisst.

B Der Fall: Kein Happy End für eine Geburtstagsparty

■ Seit Wochen schon freut sich Stella* auf ihre Geburtstagsparty. Mit über 30 Leuten will sie in ihren 16. Geburtstag hineinfeiern. Ihre Mutter hat sogar für diesen Tag extra ein kleines Apartment angemietet. Die Stimmung ist bombig – alle genießen den tollen Abend. Aus Rücksicht auf die Nachbarn stellen sie gegen 22 Uhr die Musik leise, so wie es gesetzlich vorgeschrieben ist.
Einige Zeit später klingelt es. Die Polizei steht vor der Haustür und fordert das sofortige Ende der Party, weil solche Feste zurzeit verboten sind. Alle Anwesenden werden wegen Straftaten und Ordnungswidrigkeiten angezeigt, auch ihre Mutter und der Vermieter. Sie müssen mit hohen Geldstrafen rechnen. Durfte die Polizei tatsächlich eine friedliche Geburtstagsparty verbieten? ■

Nach einem wahren Fall erzählt

*Name geändert

Karikatur: Rabe

C Der Hintergrund: Grundrechte und Einschränkungen

In einer Demokratie dürfen sich alle Menschen frei bewegen und sich treffen – ganz wie sie möchten. Man kann so leben, wie es einem gefällt, solange man damit niemandem schadet.
Diese Freiheitsrechte sind in Deutschland so wichtig, dass sie sogar im Grundgesetz garantiert werden. Man bezeichnet sie als Grundrechte. Nur in ganz besonderen Ausnahmefällen darf der Staat diese Rechte einschränken – und dann auch nur, wenn es dafür ein spezielles Gesetz gibt. Es gilt: keine Einschränkung ohne Gesetz.

Ausbruch des Covid-19-Virus

Eine solche Situation lag in Deutschland im Frühjahr 2020 vor. Innerhalb weniger Wochen erkrankten weltweit sehr viele Menschen am Covid-19-Virus. Diese Krankheit ist hoch ansteckend und kann tödlich enden. Das Risiko lässt sich reduzieren, indem man Kontakte zu anderen Menschen meidet. Es war zu befürchten, dass sich innerhalb kurzer Zeit Millionen Menschen anstecken und erkranken. Eine solche Situation hat es in Deutschland nie zuvor gegeben. Man musste damit rechnen, dass die Krankenhäuser den Ansturm zahlloser schwer erkrankter Patientinnen und Patienten nicht verkraften und diese nicht angemessen behandeln konnten. In Italien zum Beispiel war dieser Fall eingetreten und Zehntausende Menschen starben an dem Virus.

Aus dem Grundgesetz §

Artikel 2 Persönliche Freiheitsrechte

(1) Jeder hat das Recht auf die freie Entfaltung seiner Persönlichkeit, soweit er nicht die Rechte anderer verletzt. [...]

(2) Jeder hat das Recht auf Leben und körperliche Unversehrtheit. Die Freiheit einer Person ist unverletzlich. In diese Rechte darf nur aufgrund eines Gesetzes eingegriffen werden.

Artikel 8 Versammlungsfreiheit

(1) Alle Deutschen haben das Recht, sich ohne Anmeldung und Erlaubnis friedlich und ohne Waffen zu versammeln.

Welches Grundrecht hat Vorrang?

Das Grundgesetz verpflichtet den Staat, das Leben und die Gesundheit seiner Bürgerinnen und Bürger zu schützen. Andererseits werden auch die persönlichen Freiheitsrechte des Einzelnen im Grundgesetz garantiert. Die Regierung und die Ministerpräsidentinnen und Ministerpräsidenten der Länder mussten also in dieser Notlage entscheiden, welches Grundrecht wichtiger war: der Gesundheitsschutz oder das Recht, sich mit anderen Menschen zu treffen. In dieser Situation wog das Recht auf Leben schwerer.

Sie beschlossen daher ein Kontaktverbot für die gesamte Bevölkerung. Außerhalb der eigenen Wohnung durfte man sich für einige Zeit nur mit einer weiteren Person treffen. Partys waren verboten. Alle Geschäfte und Restaurants, Schulen und Kindergärten mussten schließen. Wer gegen die Verbote verstieß, musste mit hohen Strafen rechnen. Grundlage für die Verbote war das Infektionsschutzgesetz, das es den Ländern erlaubt, bei ansteckenden Krankheiten Maßnahmen zum Schutz der Bevölkerung zu ergreifen.

Das Gebot der Verhältnismäßigkeit

Grundrechte darf der Staat nicht mit einem Gesetz abschaffen oder grundsätzlich ändern. Und nur aus einem zwingenden Grund darf er sie zeitweise einschränken. Dabei gilt stets das Gebot der Verhältnismäßigkeit. Das bedeutete zum Beispiel in der Corona-Krise, dass die Kontaktbeschränkungen und die Schließungen die einzige Möglichkeit waren, um das Virus erfolgreich zu stoppen. Als die Zahl der neu Erkrankten sank, lockerten die Länder die Verbote.

D TEAM kontrovers: Waren die Maßnahmen verhältnismäßig?

Anfangs war die Zustimmung in der Bevölkerung zu der Politik der Regierung sehr groß. Umstritten wurden die Einschränkungen der Grundrechte erst, als diese über viele Monate anhielten.

Grundrechte dürfen nicht über so lange Zeit massiv eingeschränkt werden. Das ist einfach ein zu hoher Preis. Alle müssen leiden, um die Gesundheit von wenigen Betroffenen zu schützen.

Man sollte alles tun, um die Gesundheit und das Leben von Menschen zu schützen. Da ist der zeitweise Verzicht auf einige Grundrechte leicht zu verkraften – auch wenn es Einzelnen schwerfällt.

1. Warum endete Stellas Party so plötzlich? Beschreibe den Grund.

2. Analysiere die Karikatur.

3. Erkläre, warum die Regierung eine Kontaktsperre verhängte. Beziehe dich dabei auf die Bedeutung der Grundrechte im Grundgesetz.

4. Waren die Kontaktsperre und das Partyverbot eine verhältnismäßige Maßnahme? Bilde dir anhand der Sprechblasen ein Urteil und diskutiert über die Frage in der Klasse. S. 370

E Grundrechte im Grundgesetz

1. Erkläre, was Grundrechte sind.

2. Wie haben die Verfassungsgeber sichergestellt, dass in Deutschland die Grundrechte immer gelten? Erläutere die Garantien.

3. In Deutschland sind sowohl die Todesstrafe als auch Folter verboten. Begründe die Verbote mithilfe des Grundgesetzes. S. 370

Teil 1: Was sind Grundrechte?

Als Menschenrechte werden Rechte bezeichnet, die jedem Menschen auf der Welt von Geburt an zustehen. Grundrechte sind Menschenrechte, die im Grundgesetz garantiert werden. Sie stehen in Artikel 1 bis 19. Dazu gehören die Unantastbarkeit der Menschenwürde, das Recht auf Freiheit und Gleichheit vor dem Gesetz. Das Asylrecht ist das einzige Grundrecht, das nur Ausländern zusteht.

Weder der Staat noch andere Menschen dürfen uns die Grundrechte nehmen. Der Staat hat die Aufgabe, diese Rechte zu schützen.

Schutz der Menschenwürde als wichtigstes Grundrecht

„Die Würde* des Menschen ist unantastbar", heißt es in Artikel 1 des Grundgesetzes. Das bedeutet, dass der Staat immer und in all seinem Handeln die Menschenwürde der Bürgerinnen und Bürger achten und sie vor Verletzungen durch andere Menschen schützen muss.

Die folgenden Grundrechte erklären genauer, was Menschenwürde beinhaltet. So ist es zum Beispiel der Polizei nicht erlaubt, Folter anzuwenden – auch nicht, wenn damit eine schlimme Straftat wie ein Mord verhindert werden kann. Damit würde die Polizei gegen Artikel 1 und 2 des Grundgesetzes verstoßen. Auch ein Mörder hat Anspruch darauf, dass seine Menschenwürde geschützt wird.

*Merke ✓

Das Wort **„Würde"** kommt aus dem Altgermanischen und bedeutet „wertvoll".

Teil 2: Garantien der Grundrechte im Rechtsstaat

Die Verfassungsgeber haben eine Reihe von Garantien in die Verfassung eingebaut, die die Durchsetzung der Grundrechte sicherstellen sollen:

Bindung der Staatsorgane: Alle Staatsorgane und staatlichen Einrichtungen müssen die Grundrechte in ihrem Handeln achten. Auch alle Gesetze, die das Parlament verabschiedet, müssen die Grundrechte respektieren.

Unantastbarkeit: Die Grundrechte dürfen nach Artikel 79 Absatz 3 des Grundgesetzes weder wesentlich verändert noch abgeschafft werden – auch nicht mit einer Mehrheit der Bundestagsabgeordneten.

Rechtswegegarantie: Wer sich in seinen Grundrechten verletzt fühlt, kann vor Gericht klagen.

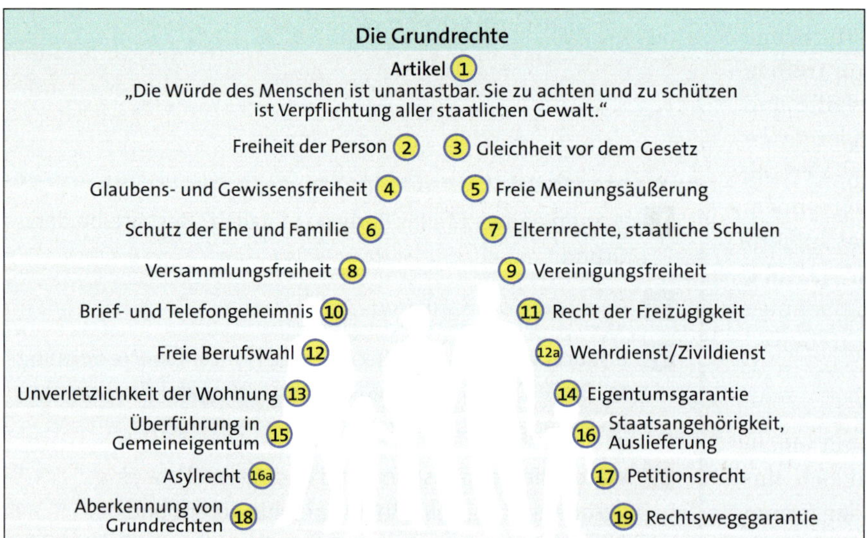

Tipp: Lest Artikel 1 bis 19 im Grundgesetz nach.

Das Bundesverfassungsgericht als Hüter der Verfassung

Das Bundesverfassungsgericht wacht darüber, dass sich die Regierung und der Gesetzgeber bei der Ausübung ihrer Macht an das Grundgesetz halten. Es kontrolliert auch, ob Entscheidungen der Gerichte verfassungsmäßig sind. Auch einzelne Bürger/-innen können in Karlsruhe, dem Sitz des Bundesverfassungsgerichts, Verfassungsbeschwerde einlegen, wenn sie sich in ihren Grundrechten verletzt fühlen.

S M U H

F Zuordnung: Was gehen uns Grundrechte im Alltag an?

Um diese Seite zu bearbeiten, benötigt ihr eine aktuelle Fassung des Grundgesetzes. Ihr benötigt Artikel 1 bis 19.

Euer Auftrag:

1. Ordne jeder Situation in der Tabelle ein Grundrecht zu.
2. Vergleicht mit einer Partnerin/einem Partner eure Ergebnisse.
3. Einige wenige Grundrechte stehen nur Deutschen zu. Sucht zu zweit, welche das sind. Was könnten die Gründe dafür sein? Wie bewertet ihr diese Einschränkung?
4. Stellt eure Ergebnisse in der Klasse vor.

@ | WES-122194-012
Unter diesem Link findet ihr eine aktuelle Fassung der Grundrechte.

	Beispiele	Um welches Grundrecht geht es?	Wörtlich lautet der Artikel:
1	Henning ist mit der Politik der neuen Regierung gar nicht einverstanden. Bei jeder Gelegenheit schimpft er auf ein neues Gesetz, das seiner Ansicht nach einfach „Pfusch" ist. Niemand darf ihm den Mund verbieten. Er darf seine Meinung frei äußern, solange er niemanden persönlich beleidigt.	?	
2	Sina hat sich einer Gruppe von Tierschutzaktivistinnen und -aktivisten angeschlossen, die sich für bessere Bedingungen in der Tierhaltung und gegen Tiertransporte einsetzt. Bereits mehrmals hat ihre Gruppe in Berlin eine große Demonstration mit mehreren Tausend Teilnehmenden organisiert. Sie darf sich ungehindert in der Öffentlichkeit mit Gleichgesinnten treffen – unter freiem Himmel oder in geschlossenen Räumen.	?	?
3	Stefania kommt nach einem langen Arbeitstag nach Hause und genießt ihre Privatsphäre. Niemand darf ohne ihre Zustimmung ihre Räume betreten. Sie kann allein entscheiden, wer sich in ihrer Wohnung aufhalten darf.		?
4	Tarik sitzt im Rollstuhl und bewirbt sich um eine Stelle als Sachbearbeiter in seiner Gemeinde. Er kann sich darauf verlassen, dass er wegen seiner Behinderung gegenüber anderen Bewerbungen nicht benachteiligt wird.	?	
5	Mehmet ist Moslem. Gemeinsam mit anderen Gläubigen kann er am Freitag in einer Moschee beten. Er kann seine Religion ungehindert ausüben.		
6	Marleen ist am ganzen Körper tätowiert, hat ihre Haare lila gefärbt und bevorzugt einen schrillen Kleidungsstil. Niemand schreibt ihr vor, wie sie sich kleiden oder wie sie ihre Freizeit gestalten soll. Sie kann ihre Persönlichkeit frei entfalten.		?

2 Gleiches Recht für alle – gilt das immer?
Grundrechtsverletzungen analysieren

Die folgenden Beispiele könnt ihr mithilfe der Methode „Fallanalyse" bearbeiten. Hinweise dazu findet ihr auf der Seite 146.

A Fallbeispiele

Menschen mit ausländischem Aussehen ohne konkreten Verdacht zu kontrollieren – verstößt das gegen das Grundgesetz?

@ | WES-122194-001
Text einfacher
Text ausführlicher

1. Darf die Polizei eine Person aufgrund ihrer Hautfarbe kontrollieren?

Am Bahnhof Bochum kontrollierte die Bundespolizei ohne Anlass einen schwarzen Deutschen. Er fühlte sich rassistisch diskriminiert und klagte.

Der Kläger wollte nach eigenen Angaben seine Freundin vom Bochumer Bahnhof abholen. Er kam vom Sport und trug einen Kapuzenpullover, wegen des schlechten Wetters habe er die Kapuze über seinen Kopf gezogen. Nach kurzer Zeit sei er von Bundespolizeibeamten um seinen Ausweis gebeten worden. Die Polizei behauptete, er habe sich die Kapuze übergezogen, um nicht erkannt zu werden. Außerdem nannten sie zur Begründung dessen dunkle Hautfarbe und dass er illegal eingereist sein könnte.

Die Klage war erfolgreich

„Mit dem Urteil hat das Oberverwaltungsgericht Münster deutlich gemacht, dass das Verbot rassistischer Diskriminierung bei Polizeikontrollen streng beachtet werden muss", sagte der Anwalt Sven Adam. „Wenn das Gericht allerdings – wenngleich unter strengen Voraussetzungen – Ausnahmen von diesem Verbot andeutet, werden wir in weiteren Verfahren auch gegen solche Ausnahmen kämpfen." Der Kläger zeigte sich froh über die Entscheidung. „Zwar glaube ich nicht, dass derartige Kontrollen nun aufhören, das Urteil ist jedoch ein großer Schritt in die richtige Richtung", sagte er.

Racial Profiling, also die anlasslose Personenkontrolle nur aufgrund der vermeintlichen Herkunft, gilt als nicht mit dem Gleichbehandlungsgrundsatz aus Artikel drei des Grundgesetzes vereinbar. Allerdings stellt sie laut Betroffenen eine regelmäßige polizeiliche Praxis dar. Dagegen gehen sie in den vergangenen Jahren vermehrt gerichtlich vor und die Gerichte entscheiden zunehmend zu ihren Gunsten.

(Nach einer dpa-Meldung vom 07.08.2018, wgr/©dpa)

Aus dem Grundgesetz §

Artikel 3

(1) Alle Menschen sind vor dem Gesetz gleich.

[...]

(3) Niemand darf wegen seines Geschlechts, seiner Abstammung, seiner Rasse, seiner Sprache, seiner Heimat und Herkunft, seines Glaubens, seiner religiösen Anschauungen benachteiligt oder bevorzugt werden.

[...]

1. Warum fühlte sich der Kläger diskriminiert? Beschreibe, was ihm passiert ist.
2. Begründe anhand des Grundgesetzes, warum er in seinen Grundrechten verletzt wurde.
3. Analysiere den Fall mithilfe der Methode „Fallanalyse".

2. Ein kontroverser Fall: Darf ein Polizist im Notfall mit Folter drohen?

Der folgende Fall hat in der deutschen Öffentlichkeit zu großem Aufsehen geführt: einerseits, weil es um ein besonders grausames und menschenverachtendes Verbrechen ging, andererseits, weil deutlich wurde, dass Grundrechtsgarantien auch einem Verbrecher zustehen.

■ Magnus Gäfgen hat ein besonders schlimmes Verbrechen begangen. Am 27. September 2002 entführte der Student in Frankfurt den damals 11-jährigen Jakob von Metzler und erstickte ihn gleich nach der Tat. Anschließend wandte er sich an dessen Eltern, die Besitzer einer Bank sind, und erpresste von ihnen eine Million Euro.

Nach seiner Verhaftung durch die Polizei weigerte er sich im Verhör, das Versteck des Kindes zu verraten. Die Eltern und die Polizei gingen zu diesem Zeitpunkt davon aus, dass der Junge noch lebte. Der damalige Polizei-Vizepräsident Wolfgang Daschner fürchtete um das Leben von Jakob und setzte den Entführer massiv unter Druck: Er drohte ihm große Schmerzen an, wenn er den Aufenthaltsort des Jungen nicht nenne. Erst unter dieser Androhung verriet er dann, dass er den Jungen gleich nach der Tat ermordet habe. Magnus Gäfgen wurde zu lebenslanger Haft verurteilt.

Auch Wolfgang Daschner und ein weiterer Polizist wurden angeklagt und zu einer Geldstrafe verurteilt. Das Gericht verwies in der Begründung des Urteils darauf, dass die beiden Polizisten die Grundrechte des Angeklagten verletzt haben. Es ist in Deutschland nicht erlaubt, Folter und Schmerzen anzudrohen – auch wenn damit möglicherweise das Leben eines Kindes gerettet werden kann.

Nach seiner Verurteilung wandte sich Magnus Gäfgen an den Europäischen Gerichtshof für Menschenrechte und forderte in der Klage Entschädigung für das erlittene Unrecht. 2011 hat sein Anwalt vor dem Landgericht Frankfurt eine Entschädigung von 3 000 Euro erstritten. Das Gericht begründete die Entscheidung damit, dass Magnus Gäfgen durch die Androhung von Gewalt in seiner Menschenwürde verletzt worden sei. ■

Magnus Gäfgen vor Gericht: Er wurde wegen des grausamen Mordes an Jakob von Metzler zu lebenslanger Haft verurteilt.

1. Welches Verbrechen hat Magnus Gäfgen begangen? Beschreibe die Tat.

2. Analysiere den Fall mithilfe der Methode Fallanalyse, Seite 146.

3. Auf welche Grundrechte können sich die Beteiligten jeweils berufen? Erläutere den Grundrechtskonflikt.

4. Bewerte die Entscheidung des Gerichts nach deinem persönlichen Rechtsempfinden und diskutiert in der Klasse darüber.

Eine Fallanalyse durchführen
Thema: Grundrechtsverletzungen

Worum geht es?

Beim Thema Recht geht es oft um ganz konkrete Fälle. Rechtlich bedeutsame Fälle sind Ereignisse aus der Wirklichkeit, in denen ein Konflikt oder ein Streit im Mittelpunkt steht und in denen die Gesetze eine Rolle spielen. Um einen Fall beurteilen zu können, muss man ihn analysieren. Wörtlich übersetzt bedeutet Analyse „Auflösung". Man löst den Fall, indem man ihn Schritt für Schritt untersucht. Fälle analysieren ist das, was eine Richterin oder ein Richter tut, wenn der Fall vor Gericht verhandelt wird. Das ist auch das, was wir tun müssen, um uns als Privatpersonen ein Urteil über einen Fall bilden zu können. Bei einer Fallanalyse wendet man Schritt für Schritt die folgenden Fragen an.

Fünf Fragen zur Fallanalyse

1. Was ist passiert?

Hier fasst man den Fall mit seinen eigenen Worten zusammen. Man hält sich dabei genau an die Fakten und gibt noch keine persönliche Bewertung ab.

2. Wie stellt sich der Fall aus der Sicht der beteiligten Personen dar?

Hier beschreibst du die Sichtweise und Interessen der an dem Fall beteiligten Personen.

3. Welche Rolle spielen das Recht und die Gesetze in diesem Fall?

Du untersuchst, welche gesetzlichen Bestimmungen zutreffen und wie diese auf den Fall anzuwenden sind. Im vorliegenden Beispiel geht es um die Grundrechte im Grundgesetz.

4. Wie beurteile ich den Fall unter Berücksichtigung aller Interessen und der rechtlichen Bestimmungen?

Hier formulierst du dein persönliches Urteil auf der Grundlage deiner Analyse. Je nach Sichtweise können Fälle unterschiedlich beurteilt werden.

5. Was kann man aus diesem Fall lernen?

Aus jedem Fall kann man etwas für das eigene Leben lernen. Hier kannst du zum Beispiel darüber nachdenken, welche Bedeutung die Grundrechte für staatliche Organe haben.

Die fünf Fragen zur Fallanalyse könnt ihr auf alle Fälle im weiteren Verlauf dieses Kapitels anwenden.

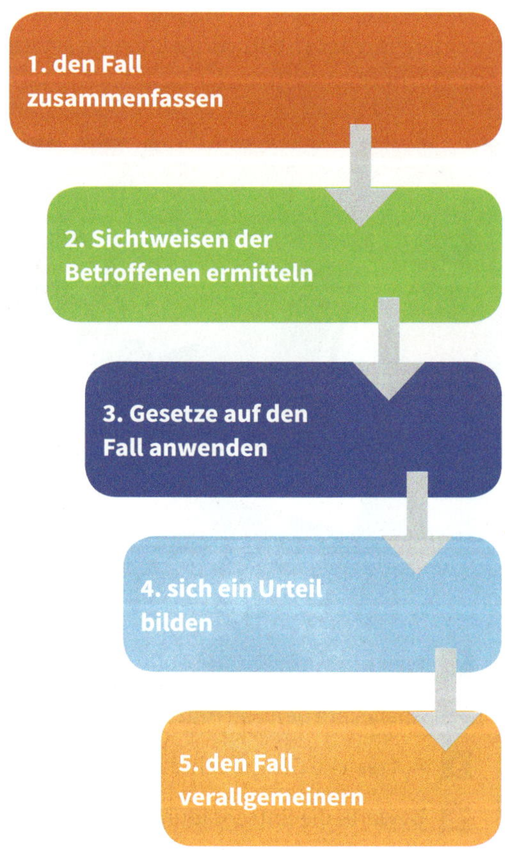

B Wie können Grundrechtsfälle in der Schule gelöst werden? – Wir entwickeln Lösungsvorschläge

Nach dem Grundgesetz hat der Staat die Pflicht, für einen geordneten Ablauf des Unterrichts zu sorgen. Das ist in der Praxis Aufgabe der Schulleitung. Sie achtet darauf, dass die Schulpflicht eingehalten wird. Auf der anderen Seite sind auch in der Schule die Grundrechte des Einzelnen zu beachten. Da kann es leicht zu Streitfällen kommen. In solchen Situationen gilt es, sorgfältig abzuwägen, was im vorliegenden Fall Vorrang haben sollte.

1. Ordne die drei Fälle den jeweiligen Grundrechten zu.
2. Entwickelt in Kleingruppen Lösungsvorschläge und begründet diese.
3. Präsentiert in der Klasse eure Vorschläge für die Grundrechtsfälle.

Artikel 5 Absatz 1
Jeder hat das Recht, seine Meinung in Wort, Schrift und Bild frei zu äußern und zu verbreiten. […]

Absatz 2
Diese Rechte finden ihre Schranken […] in dem Recht der persönlichen Ehre.

Artikel 2 Absatz 1
Jeder hat das Recht auf freie Entfaltung seiner Persönlichkeit, soweit er nicht die Rechte anderer verletzt.

Artikel 6 Absatz 2
Pflege und Erziehung der Kinder sind das natürliche Recht der Eltern und die zuvörderst ihnen obliegende Pflicht. Über ihre Betätigung wacht die staatliche Gemeinschaft.

Artikel 7 Absatz 1
Das gesamte Schulwesen steht unter der Aufsicht des Staates.

1. Die Eltern von Sara halten die Unterrichtsmethoden des Mathematiklehrers für völlig veraltet. Sie wollen ihrer Tochter das nicht länger zumuten. Sie akzeptieren nicht die Schulaufsicht des Staates und engagieren einen Privatlehrer, der Sara zu Hause unterrichtet. Dürfen sie das?

2. Loredana hört während des Unterrichts sehr laute Musik über ihren Kopfhörer. Sie verweist darauf, dass sie das brauche, um sich besser zu konzentrieren, und pocht auf ihr Recht auf freie Entfaltung ihrer Persönlichkeit. Geht das Grundrecht so weit?

3. Jens hat für die Schülerzeitung einen Artikel verfasst, in dem er einige lustige Geschichten aus dem Deutschunterricht erzählt, in denen der Lehrer schlecht wegkommt. Der Deutschlehrer fühlt sich persönlich verletzt und verlangt, den Artikel nicht zu veröffentlichen. Wer ist im Recht?

3 Streitfall Datenschutz: Wie weit darf der Staat beim Schutz der Bevölkerung gehen?

Die erweiterte Videoüberwachung öffentlicher Plätze beurteilen

A Eine Einstiegsübung

Welche persönlichen Daten gibst du ohne Bedenken weiter, welche auf keinen Fall? Tauscht euch dazu in der Klasse aus.

B Kann automatische Gesichtserkennung Kriminalität reduzieren?

Die Frage des Datenschutzes ist schon lange ein Thema, das intensiv diskutiert wird. In den letzten Jahren haben mehrere Terroranschläge sowie Gewaltkriminalität auf öffentlichen Plätzen die Bevölkerung verunsichert. Viele fordern mehr Polizei und verstärkte Überwachung von Bahnhöfen und öffentlichen Orten. Doch schränken solche Maßnahmen unsere persönliche Freiheit zu sehr ein? Diese Frage ist sehr umstritten.

Testphase in Berlin

Im Sommer 2017 testete die Bundespolizei in einem Modellversuch ein Verfahren zur automatischen Erkennung von verdächtigen Personen. Der Bahnhof konnte durch zwei Eingänge betreten werden: Wer den Erkennungsbereich passiert, wird durch die Gesichtserkennungs-Software erfasst. Freiwillige hatten vor dem Versuch ihr Foto zur Registrierung zu Verfügung gestellt. Wer den anderen Eingang nahm, wurde nicht gefilmt. Bei dem Modellversuch sollte zunächst nur die Gesichtserkennung erprobt werden, später soll das System auch alleinstehende Gepäckstücke erfassen und verdächtige Situationen erkennen.
Insgesamt bewertet die Bundespolizei die Ergebnisse positiv. Die Regierung und die Bundespolizei planen, solche Kameras an zahlreichen Bahnhöfen und Flugplätzen einzusetzen.

Gesichtserkennung umstritten

Kritiker weisen daraufhin, dass bei den Versuchen nur rund 80 Prozent der Personen wiedererkannt wurden. Damit besteht die Gefahr, dass völlig Unschuldige verdächtigt werden. Außerdem bezweifeln sie, dass damit die Kriminalität wirkungsvoll reduziert werden kann. Technisch kann die Software problemlos überall eingesetzt werden. Doch ist es überhaupt wünschenswert, dass die öffentliche Überwachung so stark ausgeweitet wird?
(Autorentext)

Automatische Gesichtserkennung soll es der Polizei erleichtern, verdächtige Personen zu identifizieren und Verbrechen zu verhindern.

Juristen und Datenschützer warnen

Der Anwaltverein hält eine Debatte in der Gesellschaft über die Grenzen der Überwachung für überfällig. Die Bürger hätten einen grundgesetzlichen Anspruch auf Privatheit, sagt Ulrich Schellenberg, Präsident des Deutschen Anwaltvereins. Oft sei von den Bürgern zu hören, dass sie nichts zu verbergen hätten, sagt der Rechtsanwalt. Es sei aber inakzeptabel, wenn ein Bürger ständig das Gefühl haben müsse, beobachtet und kontrolliert zu werden. Dies habe das Bundesverfassungsgericht in seinen Entscheidungen deutlich gemacht. Auch Datenschützer halten die Technik für rechtswidrig. Die Sicherheitsbehörden argumentieren dagegen, mit dem Einsatz der Technik könnten mögliche Terrorakte abgewehrt und Gefahren im Vorfeld verhindert werden.

(Nach: Roland Pichler, Probelauf für die totale Überwachung, Stuttgarter Zeitung online vom 01.08.2017, in: https://www.stuttgarter-zeitung.de/inhalt.automatische-gesichtserkennung-an-berliner-bahnhof-probelauf-fuer-die-totale-ueberwachung.281cd032-aa44-4280-b208-8983bdb6aab6.hmtl, letzter Zugriff: 01.10.2021)

C Hintergrund: Datenschutz als Grundrecht

Mal schnell die Fotos von der letzten Party über soziale Netzwerke teilen oder online ein neues Paar Sportschuhe kaufen – das gehört für die meisten Jugendlichen zu ihrem Alltag. Nach und nach gelangen so viele sehr persönliche Daten ins Internet – und häufig kann man nicht kontrollieren, was mit diesen Daten passiert.
So ist deshalb der rechtliche Schutz vor Datenmissbrauch zu einem immer wichtigeren Freiheitsrecht geworden. Das hat auch das Bundesverfassungsgericht in seinem Urteil von 1983 so entschieden: Alle Bürgerinnen und Bürger haben das Recht, selbst zu entscheiden, welche persönlichen Daten sie wem zur Verfügung stellen. Persönliche Daten sind zum Beispiel Alter, Hobbys, E-Mail-Adresse usw. Auf diese Weise soll die Privatsphäre eines jeden Menschen geschützt werden. Weil es für die Lebensgestaltung und für die Freiheit jedes Menschen von höchster Bedeutung ist, hat das oberste deutsche Gericht dem Recht auf informationelle Selbstbestimmung den Rang eines Grundrechts zuerkannt.

Das Computergrundrecht

2008 wurde dieses Recht noch ausgeweitet: Grundsätzlich hat jeder Mensch das Recht auf Vertraulichkeit seiner informationstechnischen Systeme (PC, Laptop, Handy). Das bedeutet, dass alles, was auf PCs und Laptops gespeichert ist, vom Staat nicht eingesehen werden darf außer in existenziellen Notfällen. Das Computergrundrecht verpflichtet den Staat außerdem, seine Bürgerinnen und Bürger vor Datenmissbrauch zu schützen. Die Umsetzung dieses Grundrechts ist in der Europäischen Datenschutz-Grundverordnung von 2018 geregelt (DSGVO).

D TEAM kontrovers: Soll die Videoüberwachung in Deutschland ausgebaut werden?

S M U H

Ja! Wenn dadurch auch nur ein schrecklicher Terroranschlag oder ein schweres Verbrechen verhindert werden kann, dann ist es diese kleine Einschränkung des Datenschutzes doch wert. Man fühlt sich auf jeden Fall sicherer, wenn ein Platz überwacht wird und polizeibekannte Verbrecher/-innen durch die Technik identifiziert werden können.

Nein! Mit der flächendeckenden Videoüberwachung schränkt der Staat ein wichtiges Grundrecht stark ein, ohne dass erwiesen ist, dass dadurch wirklich ein Terroranschlag oder ein Verbrechen verhindert werden kann. Die Gefahr, dass dabei Daten missbraucht werden und völlig Unschuldige verdächtigt werden, ist zu groß.

1. Beschreibe den Berliner Modellversuch,

2. Betrachte das Foto: Welche Tür hättest du am Berliner Südkreuz gewählt? Begründe deine Entscheidung.

3. Erkläre an Beispielen, was man unter dem Recht auf informationelle Selbstbestimmung versteht.

4. Bilde dir ein Urteil zu den Aussagen im Material D und diskutiert in der Klasse über die Frage in der Überschrift dieser Doppelseite.

4 Menschenrechte weltweit – ein uneingelöstes Versprechen

Menschenrechtsverletzungen analysieren

Stellvertretend für die unzähligen Menschenrechtsverletzungen, die täglich auf der Welt geschehen, werden in diesem Unterkapitel drei Beispiele vorgestellt. Ihr könnt sie arbeitsteilig untersuchen. Die Allgemeine Erklärung der Menschenrechte von 1948 findet ihr im Internet. Folgende Vorgehensweise empfehlen wir euch:

1. Einzelarbeit: Welche Menschenrechte werden verletzt? Lies den Fall und formuliere deine Antwort auf die Frage. Versuche, dich in die Rolle der Betroffenen zu versetzen, und überlege, welche Folgen die Menschenrechtsverletzungen für ihr weiteres Leben haben.
2. Bildet Dreiergruppen, in denen ihr der Reihe nach euren Fall und eure Antworten vorstellt.
3. Sucht in der Gruppe nach Gründen für Menschenrechtsverletzungen.
4. Präsentiert die Fälle und eure Erklärungen dazu vor der Klasse.

@ | WES-122194-013
Hier findest du eine Darstellung der Menschenrechte durch visuelle Geschichten.

A Menschenrechtsverletzungen: drei Beispiele

@ | WES-122194-001
Text ausführlicher

1. Indien – ein Frauenleben ist nichts wert

Die Szene aus einem indischen Kino sagt mehr als 1 000 Worte: Als es in einem Bollywood-Film zu einer Vergewaltigung kommt, springen männliche Kinobesucher auf und klatschen. […]
In der indischen Verfassung ist die Gleichberechtigung von Frauen zwar festgeschrieben, doch die Realität sieht anders aus. Inderinnen werden unterdrückt, schon vom Moment der Zeugung an. […]
Unter den 20 großen Nationen der Welt schneidet Indien in puncto Stellung der Frau am schlechtesten ab. In Zahlen ausgedrückt: Jedes Jahr werden Zehntausende weibliche Föten abgetrieben, jede Stunde wird eine Frau wegen ihrer Mitgift ermordet, allein in der Hauptstadt Delhi wird alle 18 Stunden eine Frau vergewaltigt. […]

Die Gründe für die Unterdrückung
„Frauen haben die Pflicht, sich zu opfern – so werden sie erzogen", betont die Wissenschaftlerin Dagmar Hellmann-Rajanayagam. Dazu gehört nicht nur absoluter Gehorsam gegenüber Vater und Brüdern, sondern auch, dass sie erst etwas wert sind, wenn sie einen Sohn geboren haben.
Mädchen hingegen werden […] als Last gesehen. Sie kosten Geld, weshalb ihnen oft der Zugang zu Bildung verwehrt wird. Sie müssen zu Hause schuften, bis endlich ein Ehemann für sie gefunden ist. […] Die Probleme durch die Mitgift sind bekannt: Gierige Ehemänner fordern mehr Geld nach der Vermählung und falls ihre Eltern nicht zahlen, entledigen sie sich ihrer Ehefrau einfach. Oft durch vorgetäuschte Haushaltsunfälle mit dem Gaskocher in der Küche.

(Aus: Michaela Strassmair, Indien – Wo ein Frauenleben nichts wert ist, Focus online vom 21.10.2019, München, in: http://www.focus.de/panorama/welt/gewalt-benachteiligung-unterdrueckung-indien-das-frauen feindlichste-land-der-welt_aid_890433.html, letzter Zugriff: 23.04.2021)

Frauen im ländlichen Indien – hier gilt eine Frau besonders wenig.

2. Belarus: Tausende von Minderjährigen im Gefängnis

Belarus (Weißrussland) liegt südöstlich von Polen und hat rund 9,5 Millionen Einwohner. Seit 1994 regiert dort Präsident Alexandr Lukaschenko. Die belarussische Menschenrechtsaktivistin Olga Karatch äußert sich in einem Interview zur Situation im Land:

Schätzungsweise 12 000 bis 18 000 Menschen im Alter zwischen 14 und 29 Jahren sind [...] inhaftiert. Häufig geht es um den Besitz geringer Mengen Marihuana, doch die Strafen fallen drakonisch aus: Es stehen zehn Jahre Haft darauf. Oft werden die jungen Leute in eine Falle gelockt. Sie werden auf Partys von Unbekannten zum Drogengebrauch animiert. [...] Am Ende werden alle verhaftet. [...]

Warum wird so mit Jugendlichen umgegangen?
Weil der Staat billige Arbeitskräfte braucht. In den Gefängnissen gibt es Fabriken, in denen die jungen Leute dann harte Arbeit leisten müssen. Sie bekommen dafür nur einen Monatslohn von ein paar Cents bis zu wenigen Euro. Die Jugendlichen werden sehr schlecht behandelt und gefoltert, sie hungern und frieren. Es gibt viele Selbstmorde im Gefängnis, weil die jungen Menschen verzweifelt sind. Wir bezeichnen die Zustände als Sklaverei. In diesen Fabriken werden hochwertige Waren, etwa Möbel, hergestellt, die in 21 Länder exportiert werden, auch nach Deutschland.

Wie ist es, sich in Belarus für Menschenrechte einzusetzen?
Die Menschenrechtslage in unserem Land ist sehr, sehr schlecht. Kunst- und Medienschaffende werden verfolgt, und es gibt keine unabhängigen Rechtsbeistände [Rechtsanwälte]. Ich kann mich kaum erinnern, wie oft ich schon eingesperrt wurde. Sie haben versucht, mir meine Kinder wegzunehmen, man hat mir Vergewaltigung angedroht, mich gefoltert und mir zeitweise Terrorismus vorgeworfen, worauf die Todesstrafe steht. Sie müssen wissen: Belarus ist ein sehr patriarchalisches Land und Lukaschenko gibt sich als der große Vater des Landes.

(Aus: Unser Ziel ist, dass die Menschen frei über ihr Land entscheiden können, Interview von Stefan Wirner mit der belarussischen Aktivistin Olga Karatsch, Amnesty online vom 20.06.2020, Berlin, in: https://www.amnesty.de/informieren/aktuell/belarus-unser-ziel-ist-dass-die-menschen-frei-ueber-ihr-Land-entscheiden, letzter Zugriff: 23.04.2021)

@ | WES-122194-001
Text ausführlicher

Politische Gefangene

Die Versammlungsfreiheit ist in Belarus stark eingeschränkt. Jede Zusammenkunft muss genehmigt werden, die Polizei darf uneingeschränkt Audio- und Videoaufzeichnungen machen. Wer sich sozial oder politisch engagiert oder an Demonstrationen teilnimmt, muss mit einer Verhaftung rechnen. Das gilt auch für einheimische und ausländische Journalistinnen und Journalisten. Die Inhaftierung dauert meistens nur wenige Tage, in Einzelfällen auch Jahre. Zu den bekanntesten Fällen zählt der Oppositionspolitiker Wiktor Babariko, der wenige Wochen vor der Präsidentschaftswahl 2020 wegen angeblich illegaler Aktivitäten inhaftiert und von der Teilnahme an der Wahl ausgeschlossen wurde.

Opposition und Kritik unerwünscht. Friedliche Demonstrantinnen und Demonstranten – auch Journalisten ausländischer Medien – werden von der Polizei festgenommen und auch misshandelt.

1. In Indien sind Frauen und Männer nach dem Gesetz gleichberechtigt – wie sieht die Realität aus? Beschreibe die Gesetzesverstöße.
2. Welche Risiken gehen Menschenrechtsaktivisten in Belarus ein? Beschreibe sie.
3. Überprüfe anhand der Allgemeinen Erklärung der Menschenrechte, welche Menschenrechte in deinem gewählten Beispiel verletzt wurden.

@ | WES-122194-001
Text ausführlicher

3. Saudi-Arabien: Ein Blogger wird zu 1000 Peitschenhieben verurteilt

Das Amateurvideo ist kaum eine halbe Minute lang. Aber es gibt seltenen Einblick in den Strafvollzug im extrem konservativen Saudi-Arabien: Ein Offizier verpasst dem Blogger Raif Badawi öffentlich vor einer Moschee in der Stadt Dschidda zahlreiche Hiebe. Immer wieder saust der Schlagstock auf seinen Rücken und seine Beine herab. „Gott ist groß", sagen die Schaulustigen, als die Prügelstrafe vollzogen ist.

Die saudische Justiz hatte Badawi zu zehn Jahren Haft, einem Reiseverbot samt Geldstrafe von umgerechnet etwa 238000 Euro und insgesamt 1000 Stockschlägen verurteilt. Der Vorwurf: Mit seinen Blog-Einträgen soll er den Islam beleidigt haben, indem er die Trennung von Staat und Religion vorschlug. Er hatte sich auch für die Gleichbehandlung aller Menschen unabhängig von Religion und Weltanschauung eingesetzt.

„Es gibt leider überhaupt keine Anzeichen, dass der Fall noch einmal neu verhandelt wird", sagt Regina Spöttl, Expertin für Saudi-Arabien bei der Menschenrechtsorganisation Amnesty International. Immerhin habe das Land die Prügelstrafe im April abgeschafft.

Badawi ist ein prominenter, aber längst kein Einzelfall. Mindestens 3000 politische Inhaftierte sitzen in Saudi-Arabien nach Schätzungen von Amnesty International derzeit im Gefängnis. Neben regierungskritischen Bloggern und Journalisten – darunter auch Jamal Khashoggi, der 2018 im saudischen Konsulat in Istanbul von einem Spezialkommando aus Riad brutal getötet wurde – werden auch Anwälte, Menschenrechtler und Frauenrechtlerinnen verfolgt.

Prügelstrafen und die Todesstrafe für Minderjährige hat Saudi-Arabien abgeschafft. Folter in Gefängnissen, Amputationen von Händen oder Füßen als Strafe für Mord oder Wegelagerei sowie Hinrichtungen sind Menschenrechtlern zufolge aber weiter Routine. Allein 2019 wurden in Saudi-Arabien nach Zählung von Amnesty International 184 Menschen geköpft. „Darüber können auch so Reformen wie Rockkonzerte, die Lockerung der Kleiderordnung bei Frauen oder Besuche in Kino und Fußballstadien nicht hinwegtäuschen", so Spöttl.

(Nach einer dpa-Meldung vom 05.06.2020, wgr/©dpa)

Seit vielen Jahren kämpft Raif Badawis Frau für die Freilassung ihres Mannes. Sie lebt inzwischen mit den Kindern in Kanada.

1. Regierungen und Menschenrechtsgruppen protestieren gegen die Verhaftung und grausame Strafe von Raif Badawi. Erkläre, warum.

2. Überprüfe anhand der Allgemeinen Erklärung der Menschenrechte, welche Menschenrechte in deinem Fallbeispiel verletzt wurden.

Selbstständig weiterlernen mit Medien

- Recherchiere die Menschenrechtssituation in einem Land deiner Wahl und stelle dein Ergebnis in der Klasse vor. Länderberichte findest du zum Beispiel unter www.amnesty.de.

B Menschenrechte

1. Was sind Menschenrechte? Beschreibe ihre Merkmale.

2. Fast alle Staaten der Erde haben die Allgemeine Erklärung der Menschenrechte unterschrieben. Erkläre, welche Verpflichtungen sich daraus ergeben.

3. Beurteile die Bedeutung der Allgemeinen Erklärung der Menschenrechte. S. 370

Teil 1: Was sind Menschenrechte?

Menschenrechte sind Rechte, die jedem Menschen von Geburt an zustehen – in allen Lebenssituationen. Niemand darf ihm diese Rechte nehmen.

Dazu gehören zum Beispiel

- das Recht auf Leben und körperliche Unversehrtheit. Das bedeutet, dass die Todesstrafe, Folter oder auch Formen von Misshandlung verboten sind;
- das Recht auf freie Entfaltung der Persönlichkeit. Jeder Mensch hat die Freiheit so zu leben, wie er möchte, solange er anderen nicht schadet;
- das Recht auf freie Meinungsäußerung;
- das Recht auf Gleichheit. Alle Menschen müssen vor dem Gesetz gleich behandelt werden, ungeachtet ihrer Hautfarbe, ihrer Religion und ihres Geschlechts.

All diese Rechte und Freiheiten sollen jedem Menschen ein menschenwürdiges Leben ermöglichen und die Würde des Menschen schützen. Sie gelten auf der ganzen Welt. Kein Staat darf sich auf kulturelle Besonderheiten berufen, wenn er Menschenrechte verletzt – etwa indem er zum Beispiel die Rechte von Frauen missachtet.

Teil 2: UN-Menschenrechtscharta

Nach dem Ende des Zweiten Weltkriegs kam der Gedanke auf, dass die Durchsetzung der Menschenrechte zur zentralen Aufgabe internationaler Zusammenarbeit werden müsse. Das sollte eine der wichtigsten Aufgaben der neu gegründeten UNO (= United Nations Organization, Vereinte Nationen) sein. Die Weltorganisation verabschiedet 1948 die Allgemeine Erklärung der Menschenrechte, die sogenannte UN-Menschrechtscharta. Viele ihrer Inhalte sind in nationale Verfassungen eingegangen und wurden zum Bestandteil des national geltenden Rechts. In Deutschland sind sie als Grundrechte im Grundgesetz verankert.

In der Folge verabschiedete die Weltorganisation ergänzend eine Reihe von Deklarationen [= Erklärungen], zum Beispiel das Übereinkommen gegen Folter von 1984, das Übereinkommen zum Schutz der Rechte des Kinders von 1989 und die Erklärung zur Beseitigung der Gewalt gegen Frauen.

Menschenrechtspolitik und ihre Probleme

Die Deklarationen verpflichten alle unterzeichnenden Staaten, die Menschenrechte in ihrem Staat durchzusetzen. Das bedeutet, dass sie in ihrem Handeln die Menschenrechte achten und nicht durch Gesetze einschränken dürfen. Sie müssen dafür sorgen, dass jeder uneingeschränkt seine Menschenrechte ausüben darf.

Mehrfach haben sich fast alle Länder der Welt feierlich dazu verpflichtet, die Menschenrechte zu achten. Doch eine Unterschrift auf einem Blatt Papier und das, was in einem Land tatsächlich passiert, sind oft zweierlei Dinge. Das Problem ist, dass die Regierungen in den zahlreichen unfreien Staaten zu den Hauptverursachern von Menschenrechtsverstößen gehören. Gerade in solchen Ländern traut sich kaum jemand, die Verursacher der Menschenrechtsverletzungen zu beschuldigen – denn die Regierungen unterdrücken jede Form von Kritik gewaltsam.

1998 wurde in der niederländischen Stadt Den Haag der Internationale Strafgerichtshof (ICC), ein Gericht der Vereinten Nationen, eingerichtet. Er kann schwere Menschenrechtsverletzungen und Kriegsverbrechen anklagen und Freiheitsstrafen von bis zu 30 Jahren verhängen. Wichtige Staaten wie die USA, Russland und China erkennen das Gericht allerdings nicht an.

C Wie ist es um die Menschenrechte weltweit bestellt?

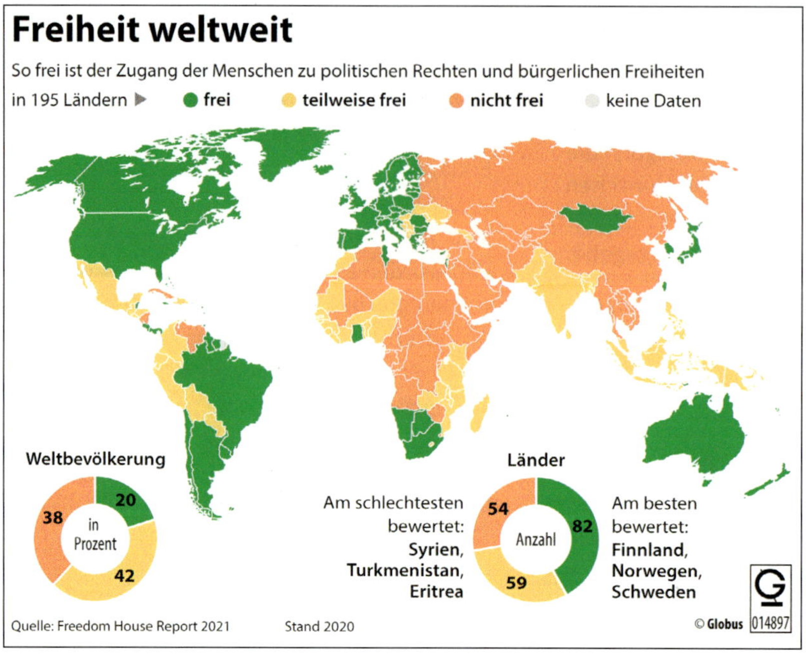

Freedom House ist eine unabhängige amerikanische Nichtregierungsorganisation. Sie bewertet jährlich in allen Ländern der Welt die politischen Rechte, die Freiheitsrechte von Bürgerinnen und Bürgern sowie die Pressefreiheit mit einem Punktesystem. 2018 stufte Freedom House 88 der beurteilten Staaten als „frei", 55 als „teils frei" und 49 als „unfrei" ein.

S M U H

D TEAM kontrovers: Müssen Menschenrechte weltweit uneingeschränkt durchgesetzt werden?

Man muss kulturelle und religiöse Traditionen berücksichtigen!

Grundlegende Menschenrechte wie die Achtung der Menschenwürde und das Recht auf Leben müssen immer durchgesetzt werden. Man sollte jedoch zum Beispiel islamischen Staaten erlauben, religiöse Vorschriften und kulturelle Traditionen beizubehalten. Im Westen hat es Jahrhunderte gedauert, bis die Menschenrechte anerkannt wurden. Wir können nicht von allen Staaten verlangen, die Menschenrechte von heute auf morgen durchzusetzen. Das ist ein utopisches Ziel.

Menschenrechte gelten überall uneingeschränkt!

Wenn Regierungen die Meinungsfreiheit missachten und unbequeme Kritiker/-innen willkürlich verhaften, können sie sich nicht auf eigene Traditionen berufen. Solche Verbrechen sind in keiner Kultur zulässig. 193 Staaten haben die Allgemeine Erklärung der Menschenrechte unterschrieben und sind damit verpflichtet, diese in ihrem Staat durchzusetzen. Wenn es um Menschenrechtsverletzungen geht, darf man nicht tolerant sein.

1. Betrachte die Karte: In welchen Regionen der Welt werden Menschenrechte besonders häufig verletzt? Nenne sie.

2. Wie stuft Freedom House die Situation in dem von dir gewählten Länderbeispiel (S. 150 – 152) ein? Ordne anhand der Karte zu.

3. Nehmt nacheinander Stellung zu den in Material D vertretenen Positionen, das kann man in einer Redekette machen. Diskutiert dann über die Frage in der Klasse.

E Wie erfolgreich sind Menschenrechtsorganisationen?

Die UNO schätzt, dass weltweit über 25 000 Menschenrechtsgruppen aktiv sind. Wie solche Gruppen vorgehen, könnt ihr am Beispiel von Amnesty International erfahren.

Amnesty International – die größte Menschenrechtsgruppe der Welt

„Freiheit", riefen die beiden portugiesischen Studenten, als sie in einem Restaurant in Lissabon mit ihren Gläsern anstießen. Ein kurzes Wort, ein einfaches Zuprosten mit bösen Folgen. Denn das Portugal des Jahres 1961 war das Portugal des Diktators Antonio de Oliveira Salazar. Die Erwähnung des Wortes „Freiheit" war verboten, die beiden Studenten wurden verhaftet und mussten für sieben Jahre ins Gefängnis.
Der britische Anwalt Peter Benenson las von diesem Fall und veröffentlichte ihn im Mai 1961 mit anderen Beispielen staatlicher Willkür gegen Einzelpersonen. Benenson rief seine Leser dazu auf, die jeweiligen Regierungen anzuschreiben und die Freilassung der Gefangenen zu fordern. Der Grundstein für Amnesty International war gelegt.
„Wir haben mehr als drei Millionen Mitglieder oder Unterstützer in mehr als 150 Ländern und Regionen", sagt Wolfgang Grenz, bis April 2013 stellvertretender Generalsekretär der deutschen Sektion von Amnesty International. [...]
Rund 500 Seiten dick ist der schwarze „Report zur weltweiten Lage der Menschenrechte", der Jahresbericht von Amnesty International 2019. Land für Land dokumentiert die Organisation jedes Jahr detailliert, wie es um die Menschenrechte bestellt ist. [...] Bei Urgent Actions (Eilaktionen) ruft Amnesty weltweit Menschen auf, in Briefen, Faxen oder E-Mails an die zuständigen Regierungen und Behörden gegen die jeweilige Menschenrechtsverletzung zu protestieren.
Viele „Urgent Actions" sind erfolgreich und die Berichte finden international große Beachtung. Längst ist Amnesty International eine bekannte und angesehene Nicht-Regierungs-Organisation, die bereits 1977 für ihre Arbeit mit dem Friedensnobelpreis ausgezeichnet wurde.

(Aus: Christoph Teves, Geschichte der Menschenrechte. Amnesty International, Planet Wissen, WDR online, Stand 22.04.2020, in: https://www.planetwissen.de/geschichte/menschenrechte/geschichte_der_menschenrechte/pwieamnestyinternational100.html, letzter Zugriff: 23.04.2021)

WebQuest: Menschenrechtsorganisationen in Deutschland

Arbeitsteilig könnt ihr beispielhaft einige Organisationen untersuchen. @ | WES-122190-014

Organisationen	• www.igfm.de – Internationale Gesellschaft für Menschenrechte • www.hrw.org.de – Human Rights Watch • www.tdh.de – terre des hommes • www.reporter-ohne-grenzen.de • www.gfbv.de – Gesellschaft für bedrohte Völker
	Arbeitsergebnis
Ziele	
Aktionen und Projekte	
Erfolge/ Rückschläge	

Amnesty-Aktivistinnen demonstrieren in Brüssel für mehr Frauenrechte und gegen Gewalt an Frauen.

1. Erläutere die Arbeitsweise von Amnesty International.

2. Führt ein WebQuest durch und stellt die Ergebnisse in der Klasse vor.

Was auch interessant sein kann:
- Beteilige dich an einer Eilaktion von Amnesty International.

Was interessiert dich besonders? Was kannst du richtig gut?

Wähle, wie du vorgehen möchtest:
Möglichkeit 1: Ich arbeite individuell und suche mir zwei, drei oder mehr Aufgaben aus.
Möglichkeit 2: Ich arbeite mit einer Partnerin, einem Partner zusammen. Gemeinsam schaffen wir mehr als allein.
Möglichkeit 3: Wir bilden Gruppen, teilen die Aufgaben auf und lösen alles gemeinsam.

Was ich weiß

Ich kann …

1. erklären, was Grundrechte sind und welche Bedeutung sie haben.

2. an einem Beispiel erläutern, was das „Computergrundrecht“ ist.

Wozu ich meine Meinung formulieren und begründen kann

Ich kann zu folgenden Diskussionspunkten meine Meinung formulieren und diese mit Argumenten begründen.

1. Sollen alle öffentlichen Plätze durch Kameras mit Gesichtserkennung überwacht werden?

2. Waren die Einschränkungen der Grundrechte wegen der Corona-Pandemie angemessen?

Was ich methodisch gelernt habe

Ich kann …

1. anderen erklären, was eine Fallanalyse ist und in welchen Schritten man dabei vorgeht.

2. erläutern, wie man in einem Grundrechtskonflikt zu einer Entscheidung kommen kann.

Worüber ich mitreden kann

Mit ein wenig Nachdenken kann ich (auch zusammen mit anderen) vor der Klasse eine, zwei oder drei Minuten frei sprechen:

1. Welche Stellung haben die Grundrechte im Grundgesetz?

2. Wie ist es um die Menschenrechte weltweit bestellt?

Neun Merksätze zum Einprägen

1 Grundrechte sind Rechte,

- A die für alle Steuerzahler/-innen gelten.
- B die für Ausländer/-innen niemals gelten.
- C die jedem Menschen von Geburt an zustehen.
- D die alle Menschen ab 18 Jahren haben.

2 Das wichtigste Grundrecht in Artikel 1 ist …

- A das Recht auf Eigentum.
- B die Freiheit der Person.
- C das Recht auf freie Meinungsäußerung.
- D der Schutz der Menschenwürde.

3 Eingeschränkt werden dürfen Grundrechte …

- A nur durch ein Gesetz, das vom Bundestag beschlossen wird.
- B wenn die Bundeskanzlerin/der Bundeskanzler es für nötig hält.
- C jederzeit, wenn es die Situation gerade erfordert.
- D wenn die Mehrheit der Bevölkerung dafür ist.

4 Wer sich in seinen Grundrechten verletzt fühlt,

- A muss das einfach akzeptieren.
- B kann beim Finanzamt eine Entschädigung beantragen.
- C sollte sich bei der Bürgermeisterin/dem Bürgermeister seiner Gemeinde beschweren.
- D kann vor Gericht klagen.

5 Das Recht auf Versammlungsfreiheit besagt, …

- A dass für Versammlungen und Veranstaltungen kein Geld verlangt werden darf.
- B dass bei politischen Versammlungen immer die Polizei anwesend sein muss.
- C dass alle Deutschen das Recht haben, sich friedlich zu treffen.
- D dass jeder Mensch in Deutschland jederzeit an jedem Ort demonstrieren darf.

6 Das Bundesverfassungsgericht …

- A wird auch als Hüter der Verfassung bezeichnet.
- B kann einzelne Artikel des Grundgesetzes ändern.
- C schreibt Politikerinnen und Politikern vor, welche Gesetze sie beschließen sollen.
- D kann Straftäterinnen und Straftäter zu Gefängnisstrafen verurteilen.

7 Zu den Menschenrechten zählt …

- A das Recht auf Unterhaltung und Freizeit.
- B das Recht auf körperliche Unversehrtheit.
- C das Recht auf wohlschmeckendes Essen.
- D das Recht auf Taschengeld.

8 Die Allgemeine Erklärung der Menschenrechte von 1948 …

- A gilt nicht in Staaten, die sich im Bürgerkrieg befinden.
- B gilt noch nicht, da sie nicht von allen Mitgliedern der Vereinten Nationen ratifiziert wurde.
- C gilt für alle Menschen auf der Erde von Geburt an.
- D gilt in islamischen Staaten grundsätzlich nicht.

9 Menschenrechtsorganisationen …

- A sind staatliche Einrichtungen.
- B werden von Regierungen finanziert.
- C sind nichtstaatliche Organisationen, die sich für die Menschenrechte einsetzen.
- D gibt es nur in westlichen Industrieländern.

!
- Bei richtiger Lösung kommen A zweimal, B einmal, C viermal und D zweimal vor.
- Übernimm die Merksätze in dein Heft und präge sie dir ein.

6 Soziale Sicherung heute und morgen

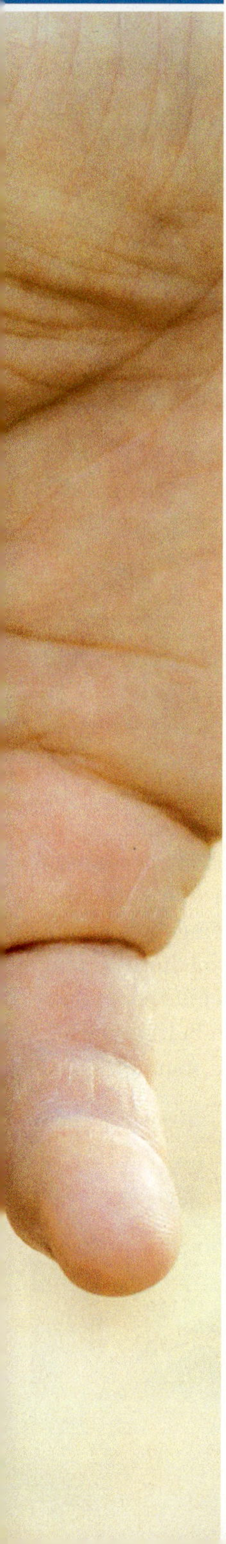

Wie viel Schutz kann und soll der Staat den Menschen bieten?

1. Allein nachdenken

Welche Gedanken zum Thema sozialer Schutz löst das Foto in dir aus?

2. Zu zweit beraten

Was für einen Staat stellt ihr euch vor, wenn ihr das Wort „Sozialstaat“ hört?

3. In der Klasse sammeln

Sozialstaat Deutschland:
Was soll er bieten?
Was soll der fordern?

Bei der Arbeit an diesem Kapitel könnt ihr ...

- erklären, was junge Leute mit dem Sozialstaat zu tun haben,
- beschreiben, wie das System der sozialen Sicherung funktioniert,
- Texte mit Informationen über den Sozialstaat in Schaubilder umwandeln.
- beurteilen, wie die Politik auf den demografischen Wandel reagieren soll,
- am Beispiel Altersarmut den Stand der Gleichberechtigung bewerten.

Eigene Schwerpunkte könnt ihr setzen, indem ihr ...

- in einem Rollenspiel über Einkommensunterschiede und gerechte Steuern diskutiert,
- eine Fallstudie zum Thema Kinderarmut in Deutschland erstellt.

1 Sozialstaat in Deutschland: Was geht das Jugendliche an?

Merkmale der sozialen Sicherung erläutern

A Eine Einstiegsübung für alle:

„Soziale Sicherung, Sozialstaat – das sind Themen für Rentnerinnen und Rentner, Kranke, Notleidende, Arbeitslose, aber doch nicht für Jugendliche." So oder ähnlich äußern sich manchmal junge Leute.

- Wie denkst du darüber? Tauscht dazu eure Gedanken aus.

B Beispiele

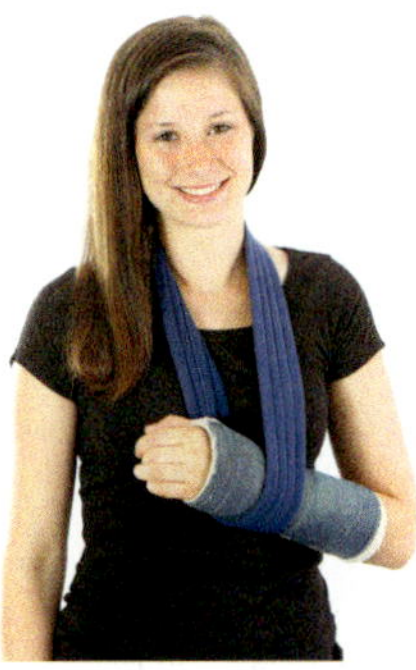

Katja hatte Pech

Sie wollte doch nur diesen kleinen Felsen hinaufklettern. Ganz vorsichtig trat sie von einem Vorsprung zum anderen. Doch dann rutschte sie mit dem rechten Fuß ab. Ihre Hände verloren den Halt und Katja stürzte zwar nur zwei Meter tief, aber das reichte für eine Gehirnerschütterung und den komplizierten Bruch eines Handgelenks. Eine Woche lang musste Katja im Krankenhaus bleiben. Drei Wochen fehlte sie an ihrem Ausbildungsplatz zur Hotelkauffrau. Die ärztlichen Behandlungskosten übernahm Katjas Krankenversicherung fast vollständig, obwohl die Behandlung mehrere Tausend Euro kostete.

Karina ist happy

Sie hat es geschafft, den Ausbildungsplatz zur IT-Systemkauffrau zu bekommen, den sie sich so sehr gewünscht hat. Wenn man sie fragt, ob sie in einer guten sozialen Gemeinschaft lebt, sagt sie „Ja" und denkt dabei an ihre Familie, ihre Freunde und auch schon an ihre neuen Arbeitskolleginnen und -kollegen. Karina ist aber auch Teil eines „sozialen Netzes". Der Staat kümmert sich um sie, obwohl Karina das kaum bemerkt.

Wie alle anderen Azubis auch ist sie in der Sozialversicherung pflichtversichert. Alles, was mit der Anmeldung dazu zusammenhängt, hat ihr Arbeitgeber für sie erledigt.

Vor Beginn der Ausbildung musste Karina eine ärztliche Bescheinigung vorlegen, dass sie für den Beruf geeignet ist. Die ärztliche Untersuchung dazu war kostenlos.

Joca ist stolz

Als Auszubildender zum Mechatroniker wurde er bei den Betriebsratswahlen in die Jugend- und Ausbildungsvertretung seines Betriebes gewählt. Nun hat er die Aufgabe, die Interessen aller Azubis zu vertreten. Unter anderem kümmert sich Joca darum, dass die Bestimmungen des Jugendarbeitsschutzgesetzes von den Ausbilderinnen und Ausbildern und der Geschäftsleitung eingehalten werden. Wenn Joca seinen Großeltern erzählt, wie weit die gesetzlichen Schutzbestimmungen für die Azubis in seinem Betrieb reichen, können die nur anerkennend staunen.

1. Erläutere, was Katja, Karina und Joca mit dem Sozialstaat zu tun haben.

C Hintergrund: Gesetzliche Regelungen zum Schutz Jugendlicher in Schule und Ausbildung

1. Pflichtversicherungen für Auszubildende

Als Auszubildender ist man automatisch Mitglied der Sozialversicherung und erlebt zum ersten Mal, was das konkret bedeutet. Vom ersten Tag der Ausbildung an besteht Versicherungsschutz. Der ist zwar nicht kostenlos, aber die Arbeitnehmer müssen ihre Beiträge für die Renten-, Arbeitslosen-, Kranken- und Pflegeversicherungen nicht allein finanzieren. Arbeitgeber und Arbeitnehmer teilen sich die Beiträge jeweils zur Hälfte. Eventuelle Zusatzbeiträge der Krankenkasse muss der versicherte Arbeitnehmer selbst tragen. Die Beiträge für die Unfallversicherung übernimmt allein der Arbeitgeber. Die Arbeitnehmeranteile werden direkt vom Lohn abgezogen.

2. Jugendarbeitsschutzgesetz

Das Jugendarbeitsschutzgesetz unterscheidet zwischen Kindern unter 15 Jahren und Jugendlichen zwischen 15 und 18 Jahren. Es bewahrt 15- bis 18-Jährige vor Arbeit, die für sie gefährlich oder ungeeignet ist. So bestimmt es zum Bespiel die maximale Dauer der täglichen Arbeitszeit, die Anzahl der Wochenstunden und den Urlaubsanspruch. Kinder und Jugendliche unterliegen der Schulpflicht, deshalb hat die Schule Vorrang. Auszubildende müssen für ihren Berufsschulunterricht freigestellt werden.

3. Schutz in Kita, Schule und Universität

Kinder in Tageseinrichtungen, Schüler sowie Studierende fallen unter die Schülerunfallversicherung. [...] Neben dem Schulunterricht stehen zum Beispiel Schulausflüge, Schulreisen, Sport und andere Veranstaltungen ebenfalls unter dem Versicherungsschutz.

4. Jugend- und Auszubildendenvertretung (JAV)

Jugendliche und Auszubildende haben das Recht auf eine eigene Interessenvertretung in ihrem Betrieb. Wenn es mal Schwierigkeiten gibt, ist die Jugend- und Auszubildendenvertretung (JAV) erster Ansprechpartner. Die in die JAV Gewählten achten darauf, dass die für Jugendliche relevanten Gesetze, Tarifverträge und Betriebsvereinbarungen in der Praxis eingehalten werden.

5. Kündigungsschutz

Auszubildende haben einen besonderen Kündigungsschutz.

(Texte 1, 2 und 3 aus: Sozialpolitik – Schülermagazin, hrsg. von der Arbeitsgemeinschaft Jugend und Bildung e. V. in Zusammenarbeit mit dem Bundesministerium für Arbeit und Soziales, verf. von Christian Becker, Ausgabe 2017/2018, S. 20 und 32 f.; Texte 4 und 5 aus der Ausgabe 2019/2020, S. 17 und 19)

Ausbildungsförderung (BAföG)

Bundesausbildungsförderungsgesetz ist die finanzielle Hilfe, hinter dem sich die Abkürzung „BAföG" verbirgt, eine Ausbildungsförderung, die jährlich von etwa 727 000 Studierenden und Schülern in Anspruch genommen wird. [...] Studenten werden Leistungen jeweils zur Hälfte als Zuschuss und zinsloses Darlehen erbracht. Anspruchsberechtigte Schüler erhalten Förderleistungen als Vollzuschuss. Das Ziel dieser Sozialleistung ist ein zügiger Abschluss des Studiums bzw. der schulischen Ausbildung, um schnell und effektiv ins Berufsleben einzusteigen. [...] Der BAföG-Anspruch besteht grundsätzlich für ein Studium oder eine schulische Ausbildung

(Aus: © 2021 bafoeg-aktuell.de; Zugriff 10.07.2021; der BAföG Höchstsatz betrug 2021 853 Euro, Anmerkung des Herausgebers)

@ | WES-122194-015
Hier kannst du dir ansehen, was in einem Ausbildungsvertrag stehen muss.

2. Arbeite heraus, welche Hilfen der Staat speziell für junge Leute anbietet. (Das geht auch zu zweit.)

3. Was entgegnest du Jugendlichen, die davon überzeugt sind, sie hätten mit dem Thema „soziale Sicherung" nichts zu tun? (Übt die Beantwortung in Partnerarbeit ein.) S. 370

Selbstständig weiterlernen mit Medien

- Jugendarbeitsschutzgesetz visualisieren: Die aktuelle Fassung des Gesetzes kannst du im Internet einsehen und daraus wichtige Bestimmungen in einer Übersicht zusammenstellen.

D Hilfen für Jugendliche mit Behinderung

Der Fall: Auszubildende Nesrin B. „Sie war die Beste!"

Nach dem Abitur dauerte die Suche nach einem Ausbildungsplatz für Nesrin Bektas eine gefühlte Ewigkeit. Drei Jahre lang schrieb sie rund 20 Bewerbungen pro Woche. Dann endlich klappte es und sie bekam einen Ausbildungsplatz zur Bürokauffrau in einer großen Steuerberatungskanzlei in Duisburg. Die folgenden Äußerungen haben wir dem Video auf der Homepage von „Aktion Mensch" entnommen.

„Dass ich so lange suchen musste, hat mich wirklich sehr verletzt. Ich finde, ich kann dieselbe Arbeit leisten wie ein gesunder Mensch, wenn man mir die Möglichkeit dazu gibt", sagt sie heute. „Meine Behinderung ist eine angeborene Gelenkkrankheit, die mich in Sachen wie schnelles Laufen oder mich hinknien beeinträchtigen." Bei ihrem Bürojob spielt diese angeborene Behinderung allerdings keine Rolle.

„Wir haben Frau Bektas genommen, weil sie die Beste war", sagt ihre Chefin Monika Lange. So hat sie sich gegen mehr als 40 andere Bewerber durchgesetzt." Von der Behinderung hat die Chefin erst im Vorstellungsgespräch erfahren. In der Bewerbung hatte sie es schlicht überlesen.

„[...] Für uns ist halt wichtig, dass derjenige, der die Arbeit machen möchte, glücklich ist mit der Wahl und auf der anderen Seite müssen wir sehen, dass diese Leistung auch erbracht werden kann. Es muss ja für beide Seiten zur Zufriedenheit sein."

„Als ich die Zusage hier bekommen habe, habe ich am Telefon vor Freude geschrien", sagt Nesrin.

(Gute Beispiele: Inklusion in Unternehmen, Aktion Mensch e. V., Bonn. Text und Video unter: https://www.aktion-mensch.de/inklusion/gute.beispiele.inklusion-in-unternehmen, letzter Zugriff: 10.05.2021)

@ | WES-122194-016 Video Aktion Mensch

@ | WES-122194-001
Text einfacher
Text ausführlicher

Benachteiligungsverbot im Sozialstaat

§ Niemand darf wegen seiner Behinderung benachteiligt werden.

(Artikel 3, Satz 3 des Grundgesetzes)

Nach dem **Berufsbildungsgesetz** haben Jugendliche mit Behinderung grundsätzlich Anspruch auf eine reguläre Berufsausbildung. [...] Nach Angaben des Bundesinstituts für Berufsbildung bewertet etwa die Hälfte der Betriebe, die Jugendliche mit Behinderung ausbilden, ihre Erfahrungen als positiv. Bei der Ausbildung für einen anerkannten Ausbildungsberuf werden die besonderen Verhältnisse von Menschen mit Behinderung berücksichtigt. Dies gilt vor allem für Zeit und Aufbau der Ausbildung, Dauer der Prüfungszeiten, Zulassung von Hilfsmitteln und für Hilfeleistungen wie Gebärdensprachdolmetscher.
Hilfen werden **Nachteilsausgleich** genannt.

(Aus: Sozialpolitik – ein Heft für die Schule, hrsg. von der Arbeitsgemeinschaft Jugend und Bildung e. V. in Zusammenarbeit mit dem Bundesministerium für Arbeit und Soziales, Ausgabe 2018/2019, S. 29)

Trotz der vielen positiven Erfahrungen der Betriebe haben es Jugendliche mit Behinderung oft schwerer als andere, einen passenden Ausbildungsplatz zu finden. Durch besondere Anreize versucht der Staat hier, für mehr Chancengerechtigkeit zu sorgen. Betriebe erhalten von der Bundesagentur für Arbeit einen Zuschuss von bis zu 80 Prozent der Ausbildungsvergütung und der anfallenden Sozialversicherungsbeiträge bei der Einstellung von Jugendlichen mit Behinderung.

1. Erkläre, warum sowohl Nesrin als auch die Chefin von ihrer Einstellung profitieren.

2. Fasse die gesetzlichen Bestimmungen und Hilfen für Auszubildende zusammen, von denen hier die Rede ist.

3. Das Grundgesetz bestimmt, dass niemand wegen einer Behinderung benachteiligt werden darf. Ist dieses Recht deiner Ansicht nach im alltäglichen Leben erreicht? Formuliere deine Stellungnahme und stelle sie vor. S. 370

D Soziale Sicherung

Teil 1: Grundidee des Sozialstaates

§ Die Bundesrepublik Deutschland ist ein demokratischer und sozialer Bundesstaat.
(Artikel 20 Satz 1 des Grundgesetzes)

1. Worin besteht die Grundidee des Sozialstaates? Beschreibe sie.

2. Erkläre, was man unter Sozialpolitik, den gesetzlichen Sozialversicherungen und der Sozialhilfe versteht.

3. Erläutere die drei grundlegenden Prinzipien des Systems der sozialen Sicherung.

Deutschland ist ein Sozialstaat. Dieses grundlegende Merkmal des Staates ist im Grundgesetz festgelegt. Die Grundidee des Sozialstaates ist, dass die Menschen füreinander einstehen. Sie bilden eine Solidargemeinschaft, in der die Gesunden Verantwortung für die Kranken übernehmen und die Starken für die Schwachen. Im Sozialstaat übernimmt der Staat die Pflicht, für den sozialen Schutz seiner Bürgerinnen und Bürger zu sorgen und ihnen ein menschenwürdiges Leben zu ermöglichen. Eine Vielzahl gesetzlicher Regelungen soll allen Menschen die Teilnahme am gesellschaftlichen Leben ermöglichen und für sozial gerechte Lebensverhältnisse sorgen.

Bausteine der Sozialpolitik

Unter Sozialpolitik versteht man alle Maßnahmen, welche die Menschen in Risikosituationen schützen. Die Grundbausteine der Sozialpolitik bilden die gesetzlichen Sozialversicherungen. Fünf Versicherungsarten gehören dazu: die Arbeitslosenversicherung, die Krankenversicherung, die Rentenversicherung, die Pflegeversicherung und die Unfallversicherung.
Mit regelmäßigen Beiträgen finanzieren die Arbeitnehmerinnen und Arbeitnehmer die Versicherungen etwa zur Hälfte selbst und erwerben so einen persönlichen Anspruch auf Leistungen im Fall von Krankheit, Pflegebedürftigkeit, Arbeitslosigkeit und Renteneintritt.
Sozialpolitik umfasst mehr als den gesetzlichen Versicherungsschutz. Elterngeld, Kindergeld, Wohngeld und anderes mehr sind weitere staatlich finanzierte Bausteine, die der sozialen Sicherung dienen.
Ein wichtiger Baustein ist auch die Sozialhilfe. Sie steht nur Menschen zu, die sich in einer Notlage befinden, aus der sie sich aus eigener Kraft nicht befreien können und bei deren Bewältigung ihnen auch keine anderen Familienmitglieder zur Seite stehen. Die Sozialhilfe ist das letzte Auffangnetz im System der sozialen Sicherung.

Teil 2: Solidarität, Eigenverantwortlichkeit und Subsidiarität

Das sind drei der grundlegenden Prinzipien, auf denen das System der sozialen Sicherung beruht.
Solidarität bedeutet, dass Menschen zusammenhalten und sich gegenseitig beschützen und dass der Staat ihnen eine Verantwortung für alle Mitglieder der staatlichen Gemeinschaft abverlangt. Es bedeutet auch, dass diejenigen, die es sich leisten können, mehr in die Kassen des Staates einzahlen als diejenigen, die nur über geringe Mittel verfügen. Das geschieht, indem sie höhere Steuern zahlen als andere.
Eigenverantwortlichkeit heißt, dass man nicht untätig bleiben darf und den Staat für sich sorgen lässt. Jeder Mensch ist verpflichtet, alles zu unternehmen, um sich aus eigener Kraft aus einer sozialen Notlage zu befreien. In diesem Bemühen wird er von der Gemeinschaft unterstützt.
Subsidiarität wird oft als ein weiteres Prinzip genannt. Es bedeutet, dass die unterste Ebene immer zuerst kommt. Erst hilft man sich in einer Notlage selbst. Dann kommt die Familie, dann übernimmt die Gemeinde vor Ort usw. Nach dem Subsidiaritätsprinzip hat eigenverantwortliches Handeln im privaten Umfeld immer Vorrang, bevor „von oben" – also vom Staat – Hilfe in Anspruch genommen wird.

2 Was leistet die Sozialversicherung?

Informationen in Schaubilder umwandeln

A Der Fall: Warum ist Sandrine sauer auf den Staat?

Sandrine M. ist enttäuscht. In ihrem Ausbildungsvertrag zur Industriekauffrau steht, dass sie im ersten Ausbildungsjahr 876,00 Euro Vergütung erhalten wird. Als dann das erste selbstverdiente Geld auf das neu eröffnete Girokonto überwiesen wird, ist sie enttäuscht. Nur 697,51 Euro stehen auf der Habenseite. Hat man sich in der Personalabteilung geirrt? Die Gehaltsabrechnung bringt Klarheit.

Zu Hause spricht Sandrine mit ihren Eltern.

SANDRINE: Warum muss ich 178,49 Euro für Versicherungen bezahlen? Ich habe doch gar nichts unterschrieben. Ich denke, ich werde das kündigen.

MUTTER: Du kannst keine von diesen vier Versicherungen kündigen. Du unterliegst nämlich der gesetzlichen Versicherungspflicht. Per Gesetz sind alle Arbeitnehmerinnen und Arbeitnehmer dazu verpflichtet.

SANDRINE: Das ist ein schöner sozialer Schutz, wenn ich alles selbst bezahlen muss.

VATER: Stimmt nicht. Die Beiträge zu den Sozialversicherungen zahlst du nur zur Hälfte. Die andere Hälfte legt dein Arbeitgeber drauf. Die Unfallversicherung, die dich auf dem Weg zu Arbeit schützt, zahlt der Arbeitgeber sogar allein.

MUTTER: Und das alles reicht immer noch nicht aus, um die Riesensummen aufzubringen, die insgesamt in unserer Gesellschaft für die Altersversorgung, Gesundheitspflege und Arbeitslosenunterstützung aufgebracht werden müssen. Viele Milliarden müssen aus dem allgemeinen Steueraufkommen hinzugezahlt werden.

SANDRINE: Ich sehe überhaupt nicht ein, dass ich mit 17 Jahren schon auf Geld wegen einer Rente verzichten muss, die vielleicht einmal in 50 Jahren fällig wird. Heute könnte ich das Geld viel besser gebrauchen. Wenn ich mal alt sein werde, habe ich wahrscheinlich nicht mehr so viele Wünsche.

VATER: Das sagt sich jetzt so leicht. Denk mal daran, dass die Rentner von heute auch mal 17 Jahre alt waren.

SANDRINE: 81 Euro und 47 Cent Rentenversicherung und den gleichen Anteil noch mal vom Arbeitgeber dazu. Das kommt mir verdammt viel vor. Da muss doch später einmal genug Geld angespart sein, um meine Rente zu finanzieren. Und trotzdem höre ich überall, dass die Jungen sich sorgen um ihre Altersversorgung machen.

MUTTER: Die soziale Rentenabsicherung wird wohl bleiben, aber nicht in der Höhe, wie sie bisher staatlich garantiert werden konnte. Neben allen Problemen hat die Entwicklung auch eine schöne Seite. Du und deine Generation, ihr habt eine höhere Lebenserwartung als die Menschen früher und wahrscheinlich sogar heute. Das verteuert natürlich die Kosten.

SANDRINE: Na, dann will ich hoffen, dass ich später noch lange etwas von dem vielen Geld habe, das ich heute abgeben muss.

Vergütung brutto	876,00 €
– Lohnsteuer	0,00 €
– Kirchensteuer	0,00 €
– Krankenversicherung	72,71 €
– Rentenversicherung	81,47 €
– Arbeitslosenversicherung	13,14 €
– Pflegeversicherung	11,17 €
= auszuzahlender Betrag netto	**697,51 €**

1. Warum ist Sandrines Bruttolohn nicht die Summe, die tatsächlich ausgezahlt wird? Erkläre, wie der Unterschied zustande kommt.

B Die fünf Säulen der gesetzlichen Sozialversicherung

Bis zum Ende des 19. Jahrhunderts mussten sich Alte und Kranke auf die Unterstützung der Familie verlassen. Stets konnte ein Unfall oder eine Krankheit die Existenzgrundlage von Familien zerstören. 1883 verabschiedete der damalige Reichstag auf Druck der Arbeiterbewegung das erste Krankenversicherungsgesetz. Das war der Einstieg in das System der gesetzlichen Sozialversicherung, dem nach und nach viele Schritte folgten. Heute besteht die gesetzliche Sozialversicherung aus fünf Säulen.

Säule 1: Die Rentenversicherung

Sie zahlt Renten an die Versicherten und unterstützt sie bei der Wiedereingliederung ins Arbeitsleben. Die Rentenversicherung wird aus Beiträgen von Arbeitgebern und Arbeitnehmern finanziert. Außerdem zahlt der Bund Zuschüsse aus Steuermitteln. Im Jahr 1960 standen noch sechs Beitragszahler einem Rentner gegenüber.
Anmerkung: Die Höhe der Rente richtet sich danach, wie lange der Beschäftigte gearbeitet und wie viel er verdient hat.

Säule 2: Die Krankenversicherung

Arbeiter, Angestellte, Auszubildende, Arbeitslose, Rentner und Studierende sind darin pflichtversichert. Die gesetzliche Krankenversicherung erstattet den Versicherten und den mitversicherten Familienangehörigen voll oder teilweise die Kosten für die Behandlung bei Erkrankungen, bei Mutterschaft und oft auch nach Unfällen. Träger sind die gesetzlichen Krankenkassen. Die Beiträge zur gesetzlichen Krankenversicherung richten sich nach den Einkommen der Mitglieder.

Säule 3: Die Arbeitslosenversicherung

wird aus Beiträgen von Arbeitgebern und Arbeitnehmern finanziert. Sie ist eine Pflichtversicherung für alle unselbstständigen Arbeitnehmer, die vor den materiellen Folgen der Arbeitslosigkeit schützt. Getragen wird sie von der Bundesagentur für Arbeit. Diese hat die Aufgabe, finanzielle Leistungen an Arbeitslose zu zahlen und sie möglichst schnell wieder in Arbeit zu vermitteln.

Säule 4: Die Unfallversicherung

Sie hat die Aufgabe, Arbeitsunfälle und Berufskrankheiten sowie arbeitsbedingte Gesundheitsgefahren zu verhüten, nach einer Schädigung die Gesundheit und Leistungsfähigkeit des Versicherten wiederherzustellen und ihn finanziell zu entschädigen. Beitragspflichtig sind in der gesetzlichen Unfallversicherung nur die Unternehmen. Deren Beiträge sind die einzige Finanzierungsgrundlage.

Säule 5: Die Pflegeversicherung

Die Pflegeversicherung hilft pflegebedürftigen Menschen mit Geld- und Sachleistungen. Jeder, der bei einer Krankenkasse gesetzlich krankenversichert ist, wird automatisch dort auch Mitglied der gesetzlichen Pflegeversicherung. Die Pflegeversicherung wurde 1995 als fünfter und letzter Zweig der Sozialversicherung eingeführt.

(Alle Texte auf dieser Seite entnommen aus: https://jugend und bildung.de/sicherheit/, hrsg von der Stiftung Jugend und Bildung, Redaktion Michael Jäger, Stand 2017, letzter Zugriff: 27.08.2021)

2. Arbeite aus den Texten fünf Informationen über die gesetzliche Sozialversicherung heraus, die du dir langfristig merken möchtest. Vergleiche mit einer Lernpartnerin oder einem Lernpartner.

3. Wie viele andere junge Leute auch, hat Sandrine (Material A) keine Lust dazu, schon in jungen Jahren Rentenversicherungsbeiträge zu bezahlen. Bewertest du das als kluge oder als unkluge Einstellung?

Schaubilder erstellen
Thema: Entwicklungen im Sozialstaat

Worum geht es?

Bei allen Entwicklungen und Veränderungen im Sozialstaat spielen Zahlen eine besondere Rolle. Das gilt zum Beispiel, wenn man erklären will, wie sich die staatlichen Leistungen über die Jahre hinweg entwickelt haben. Mit Zahlen gespickte Texte sind schwierig zu lesen. Deshalb stellt man Zahlen gerne in Form von Schaubildern dar. Sie haben den Vorteil, dass sie eine Fülle von Informationen auf begrenztem Raum vermitteln und die dazu notwendigen Zahlenangaben einprägsam visualisieren.

Wie macht man das?

Einfache Schaubilder könnt ihr leicht selbst herstellen. Diagramme sind grafische Darstellungen von Zahlenwerten. Alle gängigen Computerprogramme bieten zu den verschiedenen Diagrammformen die technischen Hilfen an, die man zur Erstellung benötigt.

Schritte zur Vorgehensweise

1. Thema auswählen: Worüber wollen wir informieren?
2. Informationen sammeln: Welche Zahlen sollen verwendet werden?
3. Diagrammform wählen (Kreis-, Säulen-, Kurvendiagramm),
4. Schaubild entwerfen und überarbeiten,
5. Schaubild präsentieren.

Je nach Thema kommen unterschiedliche Diagrammformen infrage. Alle Diagramme müssen mit einem Titel versehen sein und die Quelle angeben, aus der die Zahlen stammen. Achtet auf die korrekte Beschriftung und Angabe der Maßeinheiten.

Beispiele: Balken- und Säulendiagramm

Hier werden die verschiedenen Zahlenwerte mithilfe unterschiedlich langer Balken verdeutlicht. Ordnet man die Säulen vertikal an, spricht man von einem Säulendiagramm. Diese Diagrammform eignet sich, wenn man verschiedene Zahlen miteinander vergleichen möchte.

Kreisdiagramm

Man verwendet einen Kreis zur Herstellung einer Gesamtmenge = 100 Prozent. Die Teilmengen werden dann in Form von Tortenstücken eingezeichnet. Beachtet werden muss, dass die Größe der Tortenstücke dem prozentualen Anteil entspricht.

Kurvendiagramm

Hierbei zeigt man eine Entwicklung mit dem Verlauf einer Kurve in einem Koordinatensystem an. Die X-Achse kann zum Beispiel einen Zeitverlauf anzeigen und die Y-Achse die Entwicklung eines Wertes.

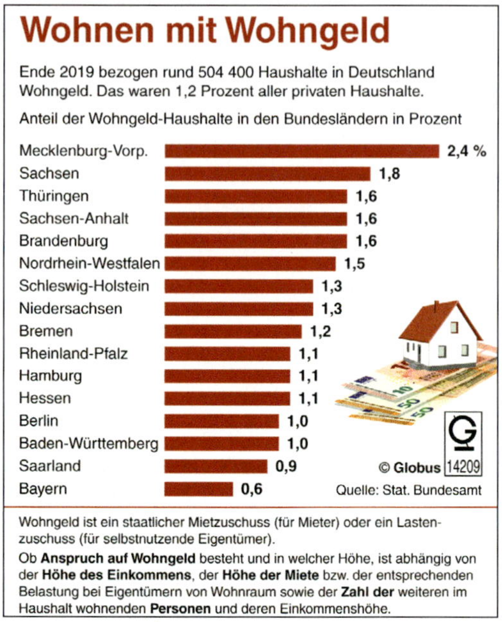

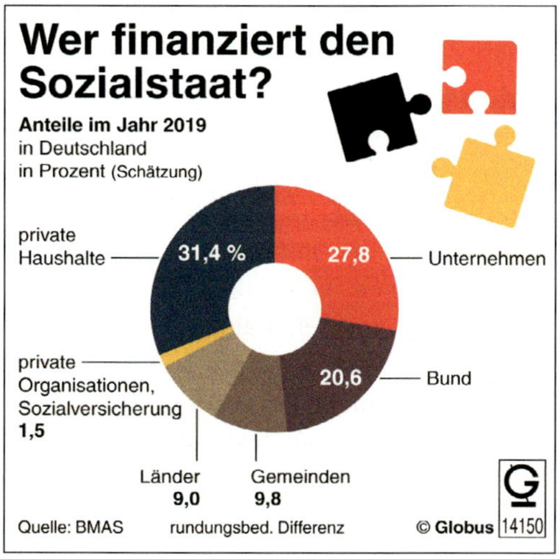

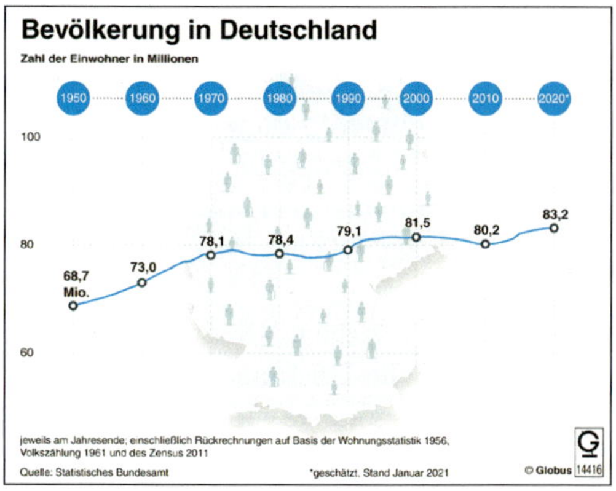

C Wie lassen sich Entwicklungen im Sozialstaat in Schaubildern visualisieren?

Hier erhaltet ihr vier Informationstexte über Entwicklungen und Veränderungen im Sozialstaat. Die Informationen daraus sollen in Form von Schaubildern anschaulich visualisiert werden. Ihr könnt zunächst Entwürfe anfertigen, die ihr zu einem späteren Zeitpunkt mithilfe eines Computerprogramms in eine abschließende Form bringen könnt. Für die Entwürfe benötigt ihr Lineal, Zirkel, kariertes Papier und einige Farbstifte.

Euer Auftrag:

1. Wählt pro Team einen Text (oder zwei) zur Bearbeitung aus.
2. Entscheidet euch für eine Diagrammform.
3. Plant den Entwurf.
4. Überlegt, mit welchen mündlichen Erklärungen ihr das Diagramm vorstellen wollt.
5. Präsentiert euer Diagramm inklusive mündlicher Erklärung.
6. Analysiert gemeinsam in der Klasse, was die Menge an veranschaulichten Daten insgesamt über Entwicklungen und Leistungen im Sozialstaat aussagt.

❶ Ausgaben des Staates pro Einwohner

Die staatlichen Ausgaben zur Finanzierung der Leistungen im Sozialstaat pro 2 Einwohner steigen dramatisch an. 1970 gab der Staat im Durchschnitt 1 380 Euro jährlich pro Einwohner aus, 1980 3 610 Euro, 1991 – ein Jahr nach der Wiedervereinigung – stiegen die Ausgaben auf 5 290 Euro, im Jahr 2000 auf 7 830, 2010 auf 9 680, 2020 sind es (bis zur präzisen Berechnung geschätzt) 11 500 Euro.

Quelle: Bundesministerium für Arbeit und Soziales (BMAS)

❷ Die Höhe des staatlichen Kindergeldes

Im Vergleich zu 2020 wurde das staatliche Kindergeld ab 2021 erhöht. Gezahlt werden für das erste und zweite Kind ab 2021 je 2019 Euro (2020 20 Euro), für das dritte Kind 225 Euro (2020 204 Euro), für jedes weitere Kind 250 Euro (2020 235 Euro).

Quelle: Bundesfinanzministerium

❸ Sozialer Schutz in der Europäischen Union

Im Berechnungsjahr 2017 haben alle damals noch 28 Mitgliedstaaten der EU insgesamt 2890 Milliarden Euro für soziale Leistungen ausgegeben. Davon entfielen auf die Altersrenten 60,9 %, für die Krankheits- und Gesundheitsvorsorge 14,5 %, für Familien und Kinder 9,2 %, für Wohngeld und Obdachlosenhilfe 7,2 %, für Maßnahmen gegen Arbeitslosigkeit 6,6 % und 1,6 % für sonstiges.

Quelle: Eurostat (Statistikamt der EU im März 2019)

❹ Anteil der Sozialleistungen am Bruttoinlandsprodukt*

Sozialleistungsquote lautet der Fachbegriff für den prozentualen Anteil der Ausgaben für Sozialleistungen am gesamt erwirtschafteten Bruttoinlandsprodukt (= 100 %). Diese Quote lag 1980 bei 25,7 %, 1990 bei 24,1 %, 2000 bei 28,8 %, 2010 bei 29,8 % und 2020 bei 30,3 %.

Quelle: Bundesministerium für Arbeit und Soziales (BMAS)

* Zum Bruttoinlandsprodukt findest du auch Informationen im Glossar.

Was auch noch interessant sein kann:

- eine Abstimmung grafisch darstellen: Ermittelt in der Klasse, welche Schülerinnen und Schüler den Sozialstaat in Deutschland für (a) sehr gerecht halten, (b) für einigermaßen gerecht, (c) für eher ungerecht und (d) für völlig ungerecht. Stellt das Befragungsergebnis in einem Schaubild dar.

3 Sind wir Jugendlichen die Verliererinnen und Verlierer des demografischen Wandels?

Auswirkungen der Veränderungen auf die soziale Sicherung erörtern

A Eine Einstiegsübung für alle

Es ist zugegeben eine schwierige Übung, sich jetzt schon vorzustellen, wie das sein wird, wenn du einmal alt sein wirst. Versuche es und notiere deine Antwort auf die Frage:

- Wie soll mein Leben aussehen, wenn ich einmal alt sein werde und in Rente gehe?

B Rentenversicherung – Herausforderung für den Sozialstaat

Krankheit und Armut im Alter – das sind zwei Problembereiche, um welche sich die Menschen in der Regel die größten Sorgen machen. Den Schutz vor Armut im Alter soll die staatliche Rentenversicherung garantieren. Sie ist das größte und das teuerste soziale Sicherungssystem im Sozialstaat.

Sorgenkind Generationenvertrag

In Deutschland finanzieren Arbeitnehmer/-innen und Arbeitgeber/-innen mit ihren Beiträgen, die sie in die gesetzliche Rentenversicherung einzahlen, die Leistungen für die Rentnerinnen und Rentner von heute. Man spricht daher auch vom Generationenvertrag. Das ist kein schriftlich formulierter Vertrag, sondern vielmehr ein unausgesprochenes gesellschaftliches Abkommen zwischen Jung und Alt.

Karikatur: Thomas Plaßmann

Das Umlageverfahren

Die gesetzliche Rentenversicherung wird über das sogenannte Umlageverfahren finanziert. Das bedeutet, dass das Geld der Beitragszahler direkt für die Zahlung der Renten verwendet wird. Rentnerinnen und Rentner erhalten ihre Rentenleistungen also aus den Beiträgen, welche die derzeitigen Erwerbstätigen und Arbeitgeber je zur Hälfte gezahlt haben. Zusätzlich beteiligt sich der Staat mit Steuergeldern in Form von Bundeszuschüssen an der gesetzlichen Rentenversicherung. Die Höhe einer Rente richtet sich vor allem nach der Höhe der versicherten Arbeitsverdienste, aus denen während des Berufslebens Beiträge gezahlt wurden. Je mehr Beitragsjahre vorliegen und je höher die Arbeitsverdienste waren, desto höher ist die individuelle Rente.

Demografischer Wandel

Demografie ist die Wissenschaft von der Zusammensetzung der Bevölkerung. Der demografische Wandel bezeichnet die dabei beobachtbaren Veränderungen. Von größter Bedeutung für das Funktionieren der Rentenversicherung sind die Veränderungen in der Altersstruktur. Auffällig ist, dass seit mehreren Jahrzehnten die Zahl der Geburten im Vergleich zur Sterberate sinkt. Das Positive daran: Die Menschen haben eine immer höhere Lebenserwartung. Das Problem: Der Generationenvertrag ist in Gefahr. Wegen der Verschiebungen in der Struktur werden immer weniger Beitragszahler die

Renten für immer mehr Rentenempfänger finanzieren müssen. Die Finanzierung der Rentenversicherung gehört angesichts der demografischen Entwicklung zu den großen Herausforderungen für den Sozialstaat.

C Chancen und Probleme des demografischen Wandels für Jugendliche

Klar ist, dass der demografische Wandel die junge Generation vor so manche Herausforderung stellen wird. Die Gesellschaft von heute wird sich in den kommenden 20, 30, 40 Jahren verändern. Wesentliche Veränderungen spielen sich schon jetzt beim Thema Rente ab. Denn mit der gesetzlichen Rente allein werden die meisten Menschen selbst nach einem 35- bis 40-jährigen Berufsleben ihren gewohnten Lebensstandard im Alter wahrscheinlich nur schwer halten können. Von den heute Erwerbstätigen wird daher längst erwartet, dass sie nicht nur die Renten derjenigen bezahlen, die ihren Lebensabend bereits genießen, sondern parallel dazu für ihr Auskommen im Alter sparen und auch privat in einer Pflegeversicherung vorsorgen. [...]

Und doch gibt es auch positive Aussichten und Chancen, die der demografische Wandel für die heute unter 30-Jährigen bereithält. So werden die meisten von ihnen dank des medizinischen Fortschritts bei guter Gesundheit ein Alter erreichen, von dem ihre (Ur-)Großeltern nur träumen konnten. [...]

Vom demografischen Wandel profitieren werden aller Voraussicht nach auch junge Familien. Längst haben Politikerinnen und Politiker zum Beispiel erkannt, dass die wertvolle Arbeitskraft der meist gut ausgebildeten Frauen nur dann zu gewinnen und zu halten ist, wenn diese Kinder und Karriere unter einen Hut bringen können. [...] Die Regierung setzt sich beispielsweise dafür ein, dass das Studieren mit Kind künftig leichter möglich sein soll. Parallel dazu treibt sie den Ausbau von öffentlich finanzierten Kindertageseinrichtungen voran. Ein familienfreundlicheres Arbeitsklima ist nicht die einzige Chance, die der demografische Wandel für die Jugend bereithält. Denn klar ist schon jetzt: Die hier lebende Bevölkerung wird nicht nur älter und weniger – sie wird auch vielfältiger. [...] Mehr Toleranz gegenüber Arbeitskollegen und Arbeitskolleginnen aus anderen Nationen ist somit eine weitere mögliche positive Folge des demografischen Wandels.

(Aus: Anke Brodmerkel: Perspektiven der jungen Generation, Bonn, Bundeszentrale für politische Bildung online vom 12.05.2017, in: https://www.bpb.de/politik/innenpolitik/demografischer-wandel/196654/perspektive-der-jungen-generation, letzter Zugriff: 27.08.2021)

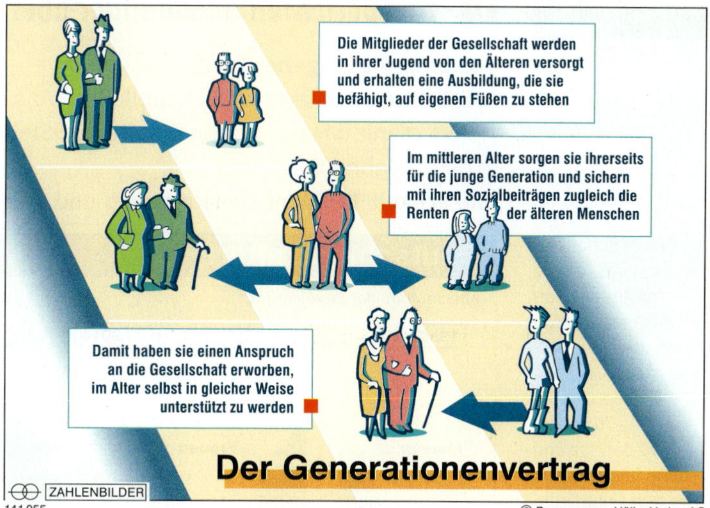

© Bergmoser + Höller Verlag AG

@ | WES-122194-001
Text ausführlicher

1. Erkläre, was man unter Generationenvertrag, Umlageverfahren und demografischem Wandel versteht. (Nutze dazu auch das Schaubild.)

2. Was hat die Karikatur auf dieser Seite mit dem Generationenvertrag zu tun? Erläutere, welches Wissen zu ihrem Verständnis vorausgesetzt werden muss.

3. Erörtere die Probleme und die Chancen des demografischen Wandels aus der Sicht von Jugendlichen heute. S. 370

Was auch noch interessant sein kann:

- der demografische Wandel und ich: Verfasse ein Gedicht, eine Erzählung, ein Fotostory oder ein anderes Medium zu diesem Thema.

S M U H

D Was berichten Schaubilder über aktuelle Probleme des Sozialstaats?

So könnt ihr vorgehen:
Möglichkeit A: Wähle ein Schaubild aus. Analysiere es mithilfe der vier Analysefragen. Stelle dein Ergebnis vor.
Möglichkeit B: Bildet Dreiergruppen und teilt die Schaubilder auf. Alle analysieren ihr Bild und stellen das Ergebnis der Reihe nach in der Gruppe vor. Gemeinsam erarbeitet ihr, was man sich aus den Schaubildern merken sollte. Präsentiert und vergleicht die Ergebnisse in der Klasse.

Dieses Schaubild stellt etwas höhere Anforderungen an die Analyse. Man kann den Altersaufbau in drei Gruppen aufteilen: 0 – 30; 30 – 70 und ab 70-Jährige und dann beschreiben, wie sich diese Gruppen zahlenmäßig entwickelten. Zum besseren Verständnis wurde 2060 mit dem Bild von 2013 kombiniert. Achte hier besonders auf das zahlenmäßige Verhältnis von jung zu alt.

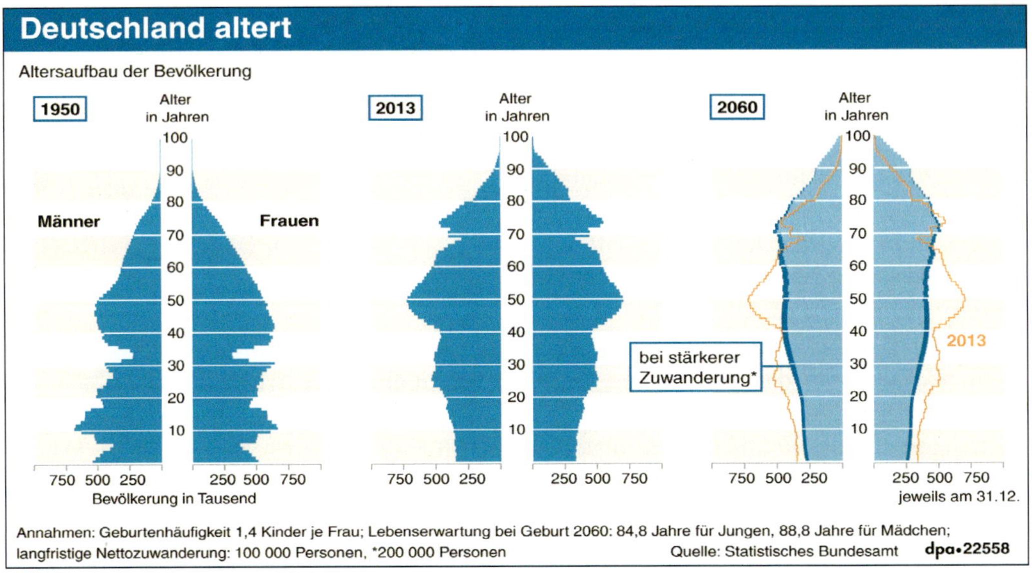

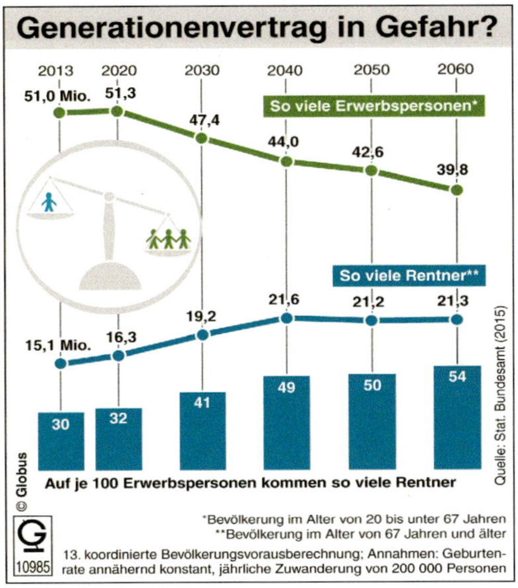

BMAS = Bundesministerium für Arbeit und Soziales

Schaubilder analysieren mit der „Vier-Fragen-Deutung"

1. Welche Thematik behandelt das Schaubild?
2. Welche Bedeutung haben die Zahlen?
3. Wer hat die Zahlen zur Verfügung gestellt? (Quellenangabe)
4. Was will ich mir langfristig merken?

E TEAM kontrovers:
Wie soll die Politik auf den demografischen Wandel reagieren?

Lebenserwartung steigt jeden Tag um sechs Stunden

Jeden Tag, den wir leben, bekommen wir weitere sechs Stunden Lebenszeit geschenkt. Oder anders ausgedrückt: Jedes Jahr steigt die weitere Lebenserwartung in Deutschland um drei Monate an. Diese Prognose veröffentlichte das Max-Planck-Institut für demografische Forschung in Rostock.

Was für junge und ältere Menschen eine Freude sein sollte, stellt die Politik vor eine große Herausforderung. Wie können zukünftige Renten noch finanziert werden, wenn die Menschen immer älter werden und die Zahl der Beitragszahler sinkt?

Mehrere gesetzliche Regelungen dazu sind bereits beschlossen worden. Dazu gehört unter anderem die Kürzung der gesetzlich garantierten Rente. Wer zusätzlich zur gesetzlichen Rentenversicherung eine Privatversicherung abschließt, wird dabei vom Staat finanziell unterstützt.

Die folgenden Vorschläge sind darüber hinaus Gegenstand heftiger politischer Auseinandersetzungen.

Vorschlag [1 = sehr guter Vorschlag, 6 = sehr schlecht]	Bewertung
1. Weitere Verlängerung der Lebensarbeitszeit Das Rentenalter wird per Gesetz schrittweise von 67 auf 70 Jahre und möglicherweise noch darüber hinaus verlängert. So verringert sich die Zeit der Rente und man zahlt länger Beiträge ein in die Rentenversicherung.	1 2 3 4 5 6
2. Erhöhung der Versicherungsbeiträge Bisher werden knapp 20 Prozent vom Bruttoarbeitslohn für die gesetzliche Rentenversicherung abgezogen. Davon zahlen Arbeitgeber und Arbeitnehmer je die Hälfte. Da es immer weniger Berufstätige gibt, die in die Rentenkasse einzahlen, muss die Höhe der monatlichen Abgaben nach und nach erhöht werden.	1 2 3 4 5 6
3. Mehr private Vorsorge Alle Berufseinsteiger/-innen schließen zusätzlich zu ihrer Rentenpflichtversicherung eine private Versicherung zur Altersversorgung ab. Sie bezahlen diese aus eigener Tasche und erhalten einen Teil des Geldes als Zuschuss vom Staat.	1 2 3 4 5 6
4. Zweite Rente als Betriebsrente Bei diesem bereits praktizierten Modell verzichtet man als Arbeitnehmer/-in in einem Betrieb auf die Auszahlung eines Teils seines Gehalts. Dieses Geld legt der Arbeitgeber zur Finanzierung einer Betriebsrente an. Das so angesparte Geld muss nicht versteuert werden. Möglicherweise zahlt der Arbeitgeber einer Zuschuss zur monatlichen Rate.	1 2 3 4 5 6
5. Altersversorgung als Privatangelegenheit Der Staat zieht sich völlig aus der Rentenversicherung zurück. Wer nichts spart, hat im Alter nichts und kann allenfalls eine Grundsicherung in Form von Sozialhilfe erwarten.	1 2 3 4 5 6

1. Alleine nachdenken: Sieh dir jeden Vorschlag an. Überlege, was seine Verwirklichung a) für dein eigenes Leben und b) für das aller jungen und alten Menschen in Deutschland bedeutet. Bewerte anhand dieser Kriterien jeden einzelnen Vorschlag. Du kannst dazu Noten von 1 bis 6 verteilen.

2. Gemeinsam diskutieren: Formuliere deine eigene Position zur Zukunft der staatlichen Altersvorsorge und bringe sie in die Diskussion ein.

Was auch noch interessant sein kann:

- Erwachsene zur Zukunft der Altersversorgung befragen: Was soll der Staat tun? Was sollte jede und jeder Einzelne für ihre/seine Altersversorgung tun?

4 Menschen ohne Job und Geld – Wie fängt das soziale Netz sie auf?

Politische Maßnahmen zur Grundsicherung beurteilen

A Der Fall: Tillmann K. will raus aus der Hartz-IV-Falle

* Der Name wurde aus Datenschutzgründen geändert

Düsseldorf (dpa/lnw) – Viele Jahre begann der Tag von Tillmann Kamter* mit langem Ausschlafen – und ohne Ziel. Der Düsseldorfer steckte im Teufelskreis aus Gelegenheitsjobs und Hartz-IV-Bezug, mangelndem Selbstbewusstsein und fehlender Perspektive. „Ich habe gekämpft, aber es half nicht", sagt der 45-Jährige. Dann bekam Kamter eine neue Chance: Der Staat übernimmt zwei Jahre lang komplett seine Lohnkosten, er heuerte beim ambulanten Pflegedienst „Heinzelmännchen" an, wartet dort den Fuhrpark und hilft im Lager. Seitdem zahlt er ohne „Stütze" seine Miete. „Jetzt guck ich wieder geradeaus", sagt er am Montag bei einem Ortstermin in Düsseldorf. [...] Der Wiedereinstieg tut nach Jahren ohne Job weh, erzählt Kamter. Pünktlich da zu sein und von 8.00 bis zum Nachmittag durchzuhalten, sei ihm anfangs schwergefallen. „Am Anfang hätte ich gern aufgehört oder wenigstens Teilzeit gearbeitet." Doch sein Chef habe ihn gleich auf acht Stunden und in die Autos gesetzt. „Ich war schweißgebadet." Kamter hielt durch. Die ersten regelmäßigen Lohnüberweisungen brachten Erfolgsgefühle. Jetzt will er mit der Arbeitslosigkeit nichts mehr zu tun haben. „Diesen Kreis hab ich verlassen."

(Aus: Raus aus der Hartz-IV-Falle, dpa-Meldung vom 20.01.2020, t-online.de, Düsseldorf, in: https://www.t-online.de/region/duesseldorf/news/id_87181512/raus-aus-der-hartz-iv-falle-fast-12-000-fanden-neuen-job.html, letzter Zugriff: 27.08.2021)

Geschafft: ein fester Arbeitsvertrag in einem versicherungspflichtigen Job

Hintergrund: Teilhabechancengesetz

2019 verabschiedete der Deutsche Bundestag das Teilhabechancengesetz. Ziel dieses Gesetzes ist es, Menschen zu helfen, die schon seit langer Zeit arbeitslos sind, und sie bei ihrer Wiedereingliederung in das Arbeitsleben zu unterstützen. Stellt ein Betrieb eine Person ein, die seit mehr als sechs Jahren arbeitslos ist, werden die Lohnkosten für volle zwei Jahre aus dem Steueraufkommen des Staates übernommen. In den folgenden drei Jahren sinkt dann der Zuschuss jedes Jahr um zehn Prozentpunkte. Insgesamt dauert so die Förderung fünf Jahre. Begleitet wird die finanzielle Leistung von einem „Coaching-Programm" für die Betroffenen, damit die Langzeitarbeitslosen sich wieder an eine geregelte Arbeit gewöhnen können. Darüber hinaus sollen sie lernen, wieder aktiv am gesellschaftlichen Leben teilzunehmen. Nach Informationen des Landesministeriums für Arbeit und Soziales in NRW konnten innerhalb des ersten Jahres nach seinem Inkrafttreten in NRW 13 000 langzeitarbeitslose Menschen auf diese Art in ein festes Arbeitsverhältnis vermittelt werden. Offen sei vielfach noch, ob die Stellen auch nach der fünfjährigen Förderphase erhalten bleiben. Auch müsse die Bereitschaft der Betriebe erhöht werden, von diesem Angebot Gebrauch zu machen. Mit einem Anteil von 35 Prozent sei der Anteil der Frauen an der Fördermaßnahme noch zu gering. Das Gesetz gilt als ein Experiment, dessen Wirksamkeit sich in der Praxis noch beweisen müsse.

1. Tillmann K. war anfangs „schweißgebadet". Erkläre warum.

2. Beschreibe Ziel, Inhalt und die weiterhin offenen Fragen zum Teilhabechancengesetz.

3. Beurteile das Gesetz anhand der in der Methodenkarte 4, S. 94, genannten Kriterien. S. 370

Selbstständig weiterlernen mit Medien

- Gib den Namen des Gesetzes plus eine passende staatliche Institution als Suchbegriff ein und erweitere so deinen Informationsstand.

B Was gehört zur sozialen Grundsicherung?

Beispiel Hartz IV (= Arbeitslosengeld 2)

In der ersten Zeit nach dem Verlust ihrer Arbeit haben Betroffene einen Anspruch auf das Arbeitslosengeld 1, für das sie während ihrer Arbeit Versicherungsbeiträge bezahlt haben. Nach einem Jahr, in besonderen Fällen nach anderthalb Jahren, endet dieser Anspruch. Sie erhalten dann das Arbeitslosengeld 2, das umgangssprachlich als Hartz-IV* bekannt ist. Voraussetzung ist, dass die Arbeitssuchenden weiterhin dem Arbeitsmarkt zur Verfügung stehen. Erwartet wird, dass die Bezieherinnen und Bezieher alles tun, um die Abhängigkeit von dieser aus Steuermitteln finanzierten Grundsicherung zu beenden. In die Versorgungsleistungen sind auch die Familienmitglieder eingebunden. Die Regelsätze werden immer wieder verändert.

Beispiel Sozialhilfe

Mit einem Paket besonderer Hilfsmaßnahmen kommt der Staat seiner Fürsorgepflicht gegenüber Menschen nach, die sich in sozialer Not befinden und nicht in der Lage sind, einer Arbeit nachzugehen. Die bekannteste dieser Hilfen ist die Sozialhilfe. Sie ist das letzte Auffangnetz im System der sozialen Sicherung. Sie wird auf Antrag von den örtlichen Sozialämtern individuell berechnet und enthält neben der finanziellen Grundsicherung auch Miet- und Heizungszuschüsse und andere Beihilfen. Aufgabe der Sozialhilfe ist es, „den Leistungsberechtigten die Führung eines Lebens zu ermöglichen, das der Würde des Menschen entspricht." So heißt es im § 1 Satz 1 des achten Sozialgesetzbuches.

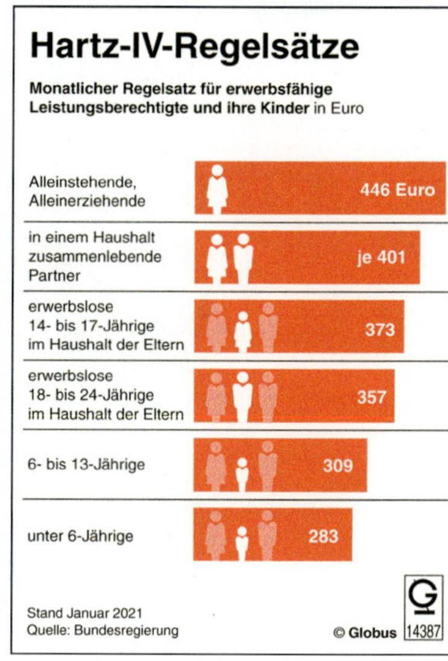

* Die Höhe der Hartz-IV-Sätze ändert sich von Jahr zu Jahr. Der aktuelle Stand ist stets im Netz abrufbar.

C TEAM kontrovers: Darf die Grundsicherung nur gering sein?

S M U H

Über die Höhe der Grundsicherung wird in Deutschland immer wieder heftig diskutiert. Dabei geht es oft um die sogenannten Regelsätze zu Hartz IV. Stellt der Staat dazu genügend Steuermittel bereit?
Dabei stehen sich die folgenden Positionen konträr gegenüber.

Die Grundsicherung muss möglichst knapp ausfallen. Sie darf nur ein Leben am unteren Existenzminimum sichern. Geht sie in der Höhe darüber hinaus, verhindert sie, dass Betroffene eigene Anstrengungen unternehmen, sich wieder in das Arbeitsleben zu integrieren und einen Job anzunehmen, der möglicherweise nicht gut bezahlt ist.

Die Grundsicherung muss so hoch sein, dass Armut verhindert wird. In einem reichen Land wie Deutschland muss der Staat allen Menschen ein Leben ermöglichen, das soziale Teilhabe gewährleistet. Dieser Anspruch gewinnt in Zukunft noch an Bedeutung, weil die technisierte Arbeitswelt gar nicht mehr Jobs für alle bieten kann.

4. Beschreibe mithilfe der Beispiele Sozialhilfe und Arbeitslosengeld II, worin die Ziele der sozialen Grundsicherung bestehen.

5. Analysiere das Schaubild mithilfe der „Vier-Fragen-Deutung".

6. Welcher der beiden Standpunkte in TEAM kontrovers überzeugt dich mehr? Bilde dir dazu ein Urteil. Diskutiert gemeinsam.

5 Sind große Einkommensunterschiede sozial gerecht?

Vorstellungen von sozialer Gerechtigkeit am Beispiel Steuern entwickeln

Ist das gerecht? Oder das?

A Eine Einstiegsübung

In einem Bild hat unsere Zeichnerin zwei Arten von Gerechtigkeit dargestellt.

- Urteile spontan: Worin bestehen die Unterschiede und was passt eher zu deiner Vorstellung von Gerechtigkeit? Überlege alleine. Tausche dich dann mit anderen darüber aus.

B Gerechtigkeit: Warum jede(r) etwas anderes darunter versteht

* Zum Begriff Gerechtigkeit findest du auch Informationen im Glossar

Gerechtigkeit* hat immer mit dem Verhalten gegenüber anderen zu tun. Welches Handeln wir als gut empfinden, hängt von unseren eigenen Wertvorstellungen ab. Weil das so ist, unterscheiden sich die Auffassungen von Gerechtigkeit von Mensch zu Mensch. Das gilt auch für die Vorstellungen von einer sozial gerechten Politik. Je nach Wertorientierung kann man zwischen verschiedenen Definitionen von Gerechtigkeit unterscheiden.

❶ Die einen meinen, es gehe dann gerecht in der Gesellschaft zu, wenn es keine großen Unterschiede zwischen Armut und Reichtum gibt oder gar, wenn alle etwa gleich viel besitzen. In diesem Fall hat die Politik für den sozialen Ausgleich zu sorgen.

❷ Andere betonen, Gerechtigkeit bestehe, wenn alle gleiche Chancen auf Bildung und sozialen Aufstieg haben, egal ob sie aus wohlhabenden Elternhäusern kommen oder nicht. Die Aufgabe gerechter Politik besteht darin, mögliche Benachteiligungen aufgrund Herkunft oder Geschlecht zu beseitigen.

❸ Wieder andere sind davon überzeugt, dass diejenigen, die mehr leisten als andere, auch das Recht haben, mehr zu besitzen. Als Leistungsmesser gilt hier der wirtschaftliche Erfolg. Die Politik darf den Gutverdienenden nicht zu große Opfer etwa in Form hoher Besteuerung zumuten.

❹ Recht modern ist die Auffassung, soziale Gerechtigkeit bestehe, wenn jeder Mensch die Möglichkeit hat, nach seinen persönlichen Bedürfnissen zu leben. Eine sozial gerechte Politik sorgt dafür, dass alle ihren wirtschaftlichen Grundbedarf decken können und ansonsten so leben, wie sie es wollen.

1. Ordne die folgenden Oberbegriffe den Definitionen 1 bis 4 zu und erkläre, warum: Chancen-, Bedarfs-, Leistungs- und Verteilungsgerechtigkeit.

2. „Gerechtigkeit ist, was du dafür hältst!" Beurteile, ob du diese These für richtig oder für falsch hältst.

C Streitthema Steuergerechtigkeit

In Deutschland kommt es vor, dass eine Verkäuferin etwa 20 000 Euro im Jahr verdient und ein Top-Manager im gleichen Unternehmen mehr als zwei Millionen. In der Öffentlichkeit wird immer wieder darüber diskutiert, ob solche großen Einkommensunterschiede vertretbar und sozial gerecht sind. Die Politik kann Löhne in privaten Unternehmen nicht im Einzelnen vorschreiben. Ihre Möglichkeit, auf die ungleiche Vermögensverteilung Einfluss zu nehmen, ist die Steuerpolitik.

Steuerpolitik

Unter Steuerpolitik verstehen wir alle Maßnahmen, mit denen ein Staat sich die nötigen Einnahmen besorgt, um die Vielzahl seiner öffentlichen Aufgaben zu bewältigen.
Von den verschiedenen Steuerarten ist die Lohn- bzw. Einkommensteuer von besonderer Wichtigkeit. Sie erbringt fast ein Drittel aller Staatseinnahmen. Lohnsteuer und Einkommensteuer sind im Prinzip das gleiche. Als Lohnsteuer bezeichnet man den Anteil, den der Arbeitgeber direkt vom Bruttolohn an das Finanzamt abführt. Einkommensteuer zahlen Selbstständige. Sie müssen dazu von sich aus dem Finanzamt ihre Einnahmen mitteilen.
Mit der Steuerpolitik hat der Staat als Gesetzgeber die Möglichkeit, die Höhe der zu zahlenden Lohn und Einkommensteuer zu bestimmen, und kann so die Verteilung zwischen Reichtum und Armut in der Gesellschaft direkt beeinflussen.
Er kann die Steuersätze für die Einkommensteuer insgesamt senken oder erhöhen. Er kann sie für Wohlhabende stärker anheben als für andere. Er kann die Geringverdiener von der Lohnsteuer befreien oder auch von ihnen einen Anteil an der Finanzierung des Gemeinwesens erwarten. Wie er mit diesen Möglichkeiten umgeht, hängt stets davon ab, welche Vorstellung von Steuergerechtigkeit dahinter steht.

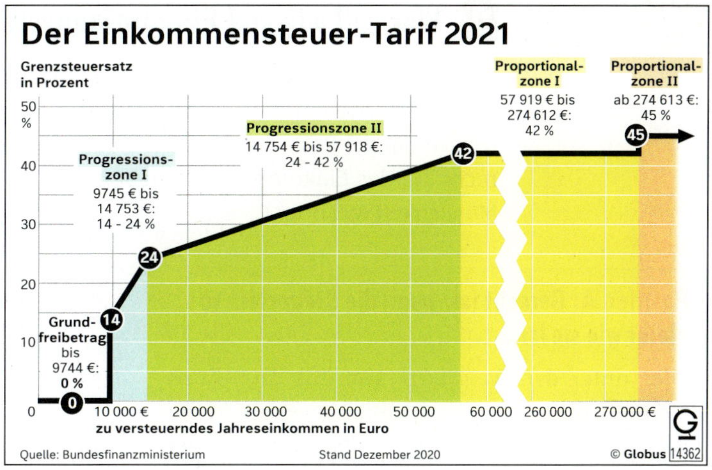

Der Einkommensteuertarif ist die durch Gesetz vorgeschriebene Berechnungsgrundlage zur Einkommensteuer. Er gibt an, wie viel Steuern auf ein gegebenes zu versteuerndes Einkommen zu zahlen sind. Das Schaubild zeigt, wie die Höhe der Einkommenssteuer parallel zur Höhe des Einkommens progressiv ansteigt.

Grundsätze der Steuergerechtigkeit

Zum Problem der Steuergerechtigkeit hat das Bundesverfassungsgericht zwei Grundsätze verbindlich formuliert:
Erstens: Allen Steuerpflichtigen steht jährlich ein Grundfreibetrag zu. Auf Einkommen bis zu dieser Höhe wird keine Einkommensteuer erhoben. Das entspricht dem sozialstaatlichen Gebot, das Existenzminimum der Bürgerinnen und Bürger steuerfrei zu stellen.
Zweitens: Die Höhe der Lohn- und Einkommenssteuer muss die Verhältnisse berücksichtigen, in denen jemand lebt. Diejenigen, die es sich leisten können, müssen mehr bezahlen als diejenigen, die sich finanziell ohnehin schon stark einschränken müssen.
Wie groß dürfen die Unterschiede bei unterschiedlichem Einkommen sein? Darüber gibt es keine festen Vorschriften, aber sehr unterschiedliche Ansichten.

@ | WES-122194-017
Mit dem Lohn- und Einkommensteuerberechner des Bundesfinanzministeriums könnt ihr die Lohn- und Einkommenssteuer bei unterschiedlichen Jahresgehältern selbst berechnen.

1. Steuerpolitik und Grundsätze der Steuergerechtigkeit: Beschreibe, was man darunter versteht.

2. Erkläre, wie der Staat durch Veränderungen bei der Lohn- und Einkommenssteuer die Einkommensunterschiede beeinflussen kann.

3. Welche Aussagen über die Höhe der jährlich zu zahlenden Einkommenssteuer zwischen Menschen mit geringem, mittlerem und hohem Einkommen kannst du dem Schaubild zur Einkommensteuer entnehmen? Erläutere den Kurvenverlauf und die Merkmale von Steuerprogression.

D Wer soll wie viel Einkommenssteuer bezahlen?

Wie lässt sich die Steuerlast von berufstätigen Menschen mit unterschiedlichen Einkommen sozial gerecht verteilen? Das ist die schwierige Frage, um dies es hier geht. Stellt euch folgende Situation vor: In der Rolle des Staates habt ihr zu entscheiden, wie die benötigte Steuer möglichst gerecht auf das Einkommen der sieben ausgewählten Personen verteilt werden soll. Ihr habt die Möglichkeit A, B oder C.

Position A: Gerecht ist, wenn die Steuerlast so bleibt wie sie ist.

Wer unter der Freigrenze von gut 9700 Euro Verdienst jährlich bleibt, zahlt überhaupt keine Steuer vom Lohn. Ab dieser Summe steigt die Steuerlast progressiv an von 14 bis 45 Prozent. Niemand zahlt mehr als die Hälfte. Das ist die Regel in Deutschland.

Position B: Gerecht wäre ein fester Prozentsatz für alle

Nach der Auffassung von Kritikerinnen und Kritikern am progressiven Steuersystem wäre es gerechter, wenn alle einen festen Prozentsatz ihres Jahreseinkommens an den Staat abführen müssten. Alle zahlen zum Beispiel 25 Prozent. So zahlt die Studentin real wenig und das Topmodel real viel.

Position C: Gerecht ist, wenn alle ein wenig und Topverdienende mehr zahlen

Alle sollen den Beitrag zum Steueraufkommen leisten, den sie verkraften können. Die Studentin und die Verkäuferin sollten 5 Prozent bezahlen, der Tischlermeister 10, der Rechtsanwalt 20, die Fabrikantin 50, der Fußballer 60 und das Topmodell mindestens zwei Drittel ihres Jahreseinkommens.

Mezut Ferrin,
36 Jahre, verheiratet, kein Kind,
Rechtsanwalt
Jährliches Bruttoeinkommen etwa 50 000 Euro
Steuerhöhe circa 8 300 Euro

Naschid Özmir,
46 Jahre, verheiratet, zwei Kinder, Tischlergeselle
Jährliches Bruttoeinkommen etwa 35 000 Euro
Steuerhöhe circa 3 100 Euro

Nadja Klamm
25 Jahre, ledig,
Topmodel
Jährliches Bruttoeinkommen etwa 12 Millionen Euro
Steuerhöhe circa 5,7 Millionen

Dunja Salting,
27 Jahre, ledig,
Verkäuferin in einem Schuhgeschäft
Jährliches Bruttoeinkommen etwa 22 000 Euro
Steuerhöhe circa 2 800 Euro

Sigrid Jahn,
32 Jahre, ledig,
Textilfabrikantin
Jahreseinkommen etwa 250 000 Euro
Steuerhöhe circa 102 000 Euro

Sandrine Mathieu
23 Jahre, ledig,
Studentin, jobbt zur Finanzierung ihres Studiums als Kellnerin und Telefonistin
Jahreseinkommen etwa 6 500 Euro
Steuerhöhe 0,00 Euro

Mirco Smiatek
24 Jahre, ledig, Profifußballer 1. Bundesliga
Jährliches Bruotteinkommen (geschätzt) etwa 2 Millionen plus Prämien
Steuerhöhe circa 930 000 Euro

Euer Auftrag:

1. Für den Vorschlag A ist die Höhe der Steuern für alle Personen notiert. Berechnet, wie sich die jährliche Einkommensteuer für die genannten Personen verändern würde, wenn die Vorschläge B und C verwirklicht würden. (Teilt die Berechnungen auf.)
2. Soll die Höhe der Einkommensteuer so bleiben wie sie ist oder sorgen die Vorschläge B oder C für mehr soziale Gerechtigkeit? Diskutiert in der Gruppe und trefft eine Entscheidung.
3. Plant eine Diskussionsrunde in der Form eines Rollenspiels mit den sieben Personen.

E TEAM kontrovers: Brauchen wir mehr soziale Gerechtigkeit im Sozialstaat Deutschland?

Die Bertelsmann-Stiftung untersucht in regelmäßigen Abständen die Entwicklung der sozialen Gerechtigkeit in den Mitgliedstaaten der Europäischen Union anhand der von der Europäischen Union festgelegten Kriterien Armutsvermeidung, gerechte Bildungschancen, Zugang zum Arbeitsmarkt, Gerechtigkeit im Verhältnis zwischen den Generationen, Gesundheitsschutz sowie Nicht-Diskriminierung. Deutschland nahm bei der Untersuchung 2019 dabei Rang 10 von 41 untersuchten Ländern ein. (Die Plätze 1 bis 9 belegten Island, Norwegen, Dänemark, Finnland, Schweden, Niederlande, Slowenien, Tschechien und Neuseeland.) In einigen Bereichen bescheinigte die Studie Deutschland einen deutlichen Nachholbedarf. Besorgniserregend sei die hohe Kinderarmut. Außerdem hänge der Schulerfolg von Jugendlichen zu stark von der sozialen Herkunft ab.

@ | WES-122194-018
In einer PDF-Datei werden hier die Ergebnisse der Bertelsmann-Studie im Einzelnen dargestellt.

Ja, denn es gibt nicht genug Gerechtigkeit im Sozialstaat Deutschland!

In Deutschland ist jedes fünfte Kind unter 15 Jahren von Armut gefährdet. Da kann man nicht von sozialer Gerechtigkeit sprechen. Der Staat muss mehr tun, um die Situation dieser Kinder und deren Eltern zu verbessern.
Es ist zum Beispiel überhaupt nicht einzusehen, dass in Familien, die von „Hartz IV" leben müssen, die Regelsätze für Kinder niedriger sind als für Erwachsene. Größere Kinder brauchen häufiger neue Kleider, Schuhe, Hefte. Der Staat müsste auch alleinerziehende Eltern finanziell besser unterstützen und für Wohnungen sorgen, in denen die Mieten für die Menschen bezahlbar sind. Sozial gerecht wird es erst zugehen, wenn kein Kind mehr in Armut aufwachsen muss.

Nein, der Sozialstaat Deutschland sorgt für ein hohes Maß an Gerechtigkeit!

Jedes Kind in Deutschland kann kostenlos eine Schule besuchen und kostenlos ärztlich behandelt werden. Alle Familien und alle Menschen in einer materiellen Notlage werden vom Staat finanziell unterstützt. Mehr als 40 Prozent seiner Einnahmen gibt der Staat für Sozialleistungen aus. Ständig wird überlegt, welche Verbesserungen noch möglich sind. Soziale Gerechtigkeit kann nicht allein Aufgabe des Staates sein. Arbeitgeber sollen sozial gerechte Löhne zahlen. Alle sollten damit aufhören, ärmere Kinder auszugrenzen. Soziale Gerechtigkeit entsteht, wenn sich alle tagtäglich darum bemühen. Der Sozialstaat Deutschland leistet bereits seinen Anteil und verdient insgesamt eine gute Note. Noch höhere Ausgaben für Soziales würden ihn überfordern.

1. Lies die beiden Stellungnahmen und entscheide, welche dich mehr überzeugt.

2. Lass dir noch einmal durch den Kopf gehen, was du in diesem Kapitel über den Sozialstaat Deutschland erfahren hast. Bewerte nach deinen Kenntnissen, was der Sozialstaat in Deutschland für die Menschen leistet. Formuliere dazu deine Stellungnahme. Beachte dabei auch die von der Europäischen Union formulierten Kriterien.

3. Bringe deinen Beitrag zum Diskussionsthema in eine Klassendiskussion ein.

Was auch noch interessant sein kann:
- die Diskussionsfrage auf dieser Seite möglichst vielen Personen stellen und von den Erfahrungen berichten

6 Armut im Sozialstaat – Warum betrifft das öfter die Frauen?

Das Problem im Hinblick auf Gleichberechtigung beurteilen

A Der Fall: Anni M., 73 Jahre, erzählt

■ Nach der Schule habe ich Schneiderin gelernt. Mit 23 Jahren bin ich wegen der Geburt meines Sohnes zu Hause geblieben. Drei Jahre später kam dann die Tochter. Erst als beide Kinder in der Schule waren, konnte ich wieder arbeiten. Aber der Betrieb hatte zugemacht. Ich habe dann nur einen Minijob bei unserem Lebensmittelladen bekommen. Fünfzehn Jahre habe ich so gearbeitet, dann hat sich die Möglichkeit ergeben, 25 Stunden in der Woche zu arbeiten. Da ich nebenbei noch meinen Haushalt zu machen hatte, war das für mich und meinen Mann so in Ordnung. Heute bin ich alleine, die Kinder wohnen weit weg. Meine Rente reicht gerade, um die Miete zu zahlen und das Lebensnotwendige zu kaufen. Die Kinder will ich mit meinen Sorgen auch nicht belasten. Manchmal reicht es aber auch hinten und vorne nicht. Früher hätte ich nicht gedacht, dass ich einmal jeden Cent zweimal umdrehen muss. Ja, wenn man jung ist, denkt man nicht an später. Heute weiß ich, dass man schon rechtzeitig für das Alter vorsorgen muss. ■

(Aus: Frauen leben länger – aber wovon?, Bundesagentur für Arbeit, Stuttgart, hrsg. von den Beauftragten für Chancengleichheit online vom März 2018, in: https://www.arbeitsagentur.de/vor-ort/stuttgart/download/1533752678367.pdf, letzter Zugriff: 27.08.2021)

B Altersarmt – oft weiblich

Frauen verdienen im Schnitt weniger als Männer, nehmen Auszeiten für die Kindererziehung, steigen danach nur in Teilzeit wieder in den Job ein oder arbeiten gar nicht, weil sie sich um die Familie oder die Pflege kranker Angehöriger kümmern – dies alles sind Gründe, warum Frauen eher von Altersarmut betroffen sind. [...]
Laut Statistischem Bundesamt verdienten Frauen im vergangenen Jahr (= 2019, Anmerkung) durchschnittlich 21 Prozent* weniger als Männer. Und wer weniger verdient, zahlt weniger in die gesetzliche Rentenversicherung, kann auch weniger in eine private Altersvorsorge investieren und erhält am Ende weniger Rente. Im Schnitt liegen die Renten von Frauen etwa 60 Prozent unter denen von Männern.

(Aus: Altersarmut: vor allem Frauen betroffen, Report der Experten Netzwerk GmbH online vom 11.02.2020, München, in: https://www.experten.de/2020/02/11/altersarmut-vor-allem-frauen-betroffen/, letzter Zugriff: 27.08.2021)

*Bis 2021 verringerte sich die Gehaltslücke auf 19 Prozent.

C Große Kluft zwischen Arm und Reich in Deutschland

Kann es sein, dass es in einem reichen Land wie Deutschland Armut gibt? Deutschland ist doch ein Sozialstaat! Ja, es gibt sie trotzdem, aber es ist eine andere Art von Armut als die, die in den ärmsten Ländern der Welt auftritt. Die Menschen in Deutschland müssen nicht hungern, sie haben Zugang zu einem der besten Gesundheitssysteme der Welt, leben in aller Regel in Sicherheit, ihre Kinder erhalten kostenlose gute Bildung, und es existieren zeitlich unbefristete Leistungen zur Sicherung des Lebensunterhalts. Das ist auch innerhalb der Europäischen Union keinesfalls selbstverständlich. Dennoch gibt es in Deutschland Menschen, die viel weniger Einkommen zur Verfügung haben als der Durchschnitt. Wer etwa alleine Kinder erzieht und für ihren Lebensunterhalt aufkommen muss, wer seinen Job verloren hat und länger keinen neuen findet oder

wer im Niedriglohnsektor arbeitet, kann von Armut bedroht sein. Gefährdet sind zudem häufig Menschen mit niedrigem Schulabschluss oder Migrationshintergrund. Deshalb müssen sie nicht unbedingt arm sein. Das Risiko ist jedoch größer. [...]
Armut hat zudem viele Facetten. Es geht dabei nicht nur um die Frage, wie viel Geld einem zur Verfügung steht, sondern welche Lebenschancen man hat. Jedoch gilt in Deutschland noch immer häufig: Sind die Eltern arm, sind es die Kinder auch, nicht selten auch im späteren Leben.

(Aus: Sozialpolitik – ein Heft für die Schule, hrsg. vom Verband Bildung und Erziehung in Zusammenarbeit mit dem Bundesministerium für Arbeit und Soziales, Ausgabe 2018/2019, S. 44)

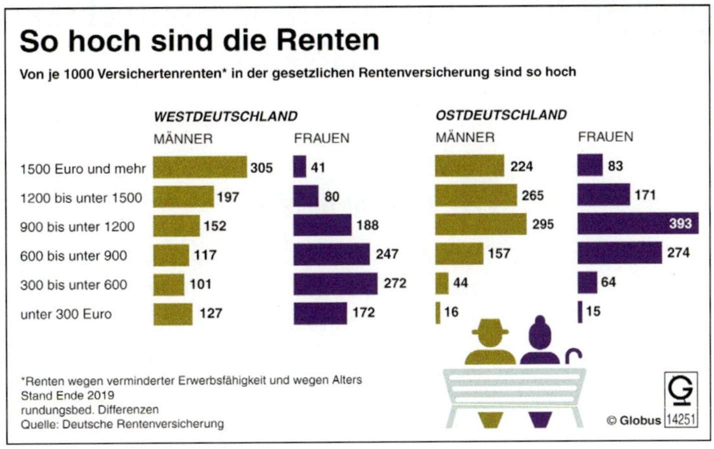

D Gesetze zur Beseitigung von Benachteiligung

In Deutschland und der EU gilt für alle Maßnahmen der Politik das Prinzip **Gender Mainstreaming**. Dieses besagt, dass alle staatlichen Entscheidung darauf angelegt sein müssen, jede Art von Benachteiligung zwischen den Geschlechtern zu beseitigen. Geschlechtergerechtigkeit ist „Mainstream", also eine Hauptrichtung, welche die Politik zu achten hat. Die wichtigste Verpflichtung des Staates für eine aktive und wirkungsvolle Gleichstellungspolitik ergibt sich aus dem Grundgesetz:

> Der Staat fördert die tatsächliche Durchsetzung der Gleichberechtigung von Frauen und Männern und wirkt auf die Beseitigung bestehender Nachteile hin.
> Art. 3, Absatz 2 GG

Das Bundesgleichstellungsgesetz benennt bestehende Benachteiligungen konkret und wirkt auf deren Beseitigung hin. Unter anderem geht es dabei um eine bessere Vereinbarkeit von Familie und Beruf.
Das **„Starke-Familien-Gesetz"** aus dem Jahr 2019 unterstützt Familien und Alleinerziehende mit geringem Einkommen durch einen zusätzlichen Kinderzuschlag zum staatlichen Kindergeld. Der Gesetzgeber betont, dass dadurch für viele alleinerziehende Frauen eine Verbesserung ihrer finanziellen Situation erreicht wird.
2021 trat das vom Bundestag beschlossene **Gesetz zur Grundrente in Kraft**. Demnach bekommen diejenigen einen Aufschlag zu ihrer gesetzlichen Rente, die mindestens 33 Jahre lang versicherungspflichtig beschäftigt waren und deren Rente dennoch nicht ausreicht. Der Zuschlag liegt im Höchstfall bei etwa 400 Euro monatlich und hilft vor allem vielen von Altersarmut betroffen Frauen.

1. Beschreibe die Gründe, warum die Rentnerin Anni M. und viele andere Frauen in Deutschland von Altersarmut betroffen sind.

2. Erkläre, wie sich Armut in Deutschland zeigt.

3. Begründe, warum Frauen in besonderer Weise zu den Zielgruppen einer Politik nach dem Prinzip des Gender Mainstreamings gehören müssen. (Analysiere dazu auch das Schaubild.)

4. Entwickelt gemeinsam Ideen, welchen Beitrag Jugendliche unabhängig von ihrem Geschlecht zu ihrem Schutz vor Armut im Alter leisten können. S. 370

Selbstständig weiterlernen mit Medien
- Verwende eines der genannten Gesetze deiner Wahl als Suchbegriff. Recherchiere unter www.bundestag.de weitere Informationen dazu und stelle sie vor.

7 Kinderarmut in Deutschland – eine Herausforderung für den Sozialstaat

Eine Fallstudie zu einem aktuellen Problem erstellen

A Worum geht es?

Deutschland ist ein Sozialstaat. Das bedeutet, dass der Staat die Verpflichtung übernimmt, Menschen in Not zu helfen. Darüber hinaus ist Deutschland eines der reichsten Länder der Erde. Trotzdem leben Menschen in Armut oder Armutsgefährdung. Kinder sind besonders häufig die Leidtragenden. Untersuchungen zufolge sind 19 Prozent aller Jungen und Mädchen hierzulande von Armut betroffen, also nahezu jedes fünfte Kind. Kinderarmut ist daher kein Randthema, sondern eines der drängendsten Probleme der Gesellschaft und der Politik.

Auf dem oberen Foto sind Kinder in der „Kidsküche“ der Arche in Berlin Hellersdorf zu sehen. Das untere Foto zeigt zwei größere Kinder, die nach der Schule in einem Kinderrestaurant in der Stadt Hildesheim ein warmes Essen gereicht bekommen. Auch frühstücken können Kinder in diesem und in anderen Kinderrestaurants in Deutschland.

- Was versteht man unter Armut?
- Was sind Ursachen, Folgen, Fakten?
- Was erwarten Betroffene und Hilfsorganisationen von der Politik?
- Was wird gegen Kinderarmut unternommen?
- Was muss noch getan werden?

Auf alle diese Fragen könnt ihr hier eigenverantwortlich nach Antworten suchen. Ihr erhalten dazu eine Auswahl an zuvor getesteten Internetadressen (s. S. 183).

- Recherchiert arbeitsteilig in den sechs unterschiedlichen Teams.
- Informiert euch gegenseitig über eure Ergebnisse.
- Überlegt am Ende gemeinsam, welche Problemlösungen sinnvoll sind.

Es geht um starke Kinder – trotz Armut

Die Autorin Maria von Welser berichtet in ihrem Buch über ihre Beobachtungen von Kindern:

Die meisten Kinder, die mir im vergangenen Jahr begegnet sind, möchten sich wehren und ihre Lebensumstände verbessern. Wer wie ich von außen kommt und bei den kostenlosen Mittagstischen in einer deutschen Großstadt am Rande zusieht, wundert sich. Selbstbewusst und fröhlich kommen die meisten der täglich bis zu 100 Kinder an, die fast alle nicht gefrühstückt haben und jetzt heißhungrig zum Mittagessen anstehen. Dabei sind diese zugleich Weltmeister im Verbergen ihrer privaten Lebenssituation: schützen ihre Väter und Mütter, wo es nur geht. Jugendämter sind erst mal Feinde. Die Mitarbeiter müssen sich ganz schön bemühen, wollen sie das Vertrauen der Kinder gewinnen. Was aber dringend erforderlich ist – sonst können sie nicht wirklich helfen.

(Aus: Maria von Welser: Leben im Teufelskreis – Kinderarmut in Deutschland, Gütersloher Verlagshaus 2009, S. 10)

B Der Fall: Vanessas Welt

■ Vanessa ist sieben Jahre alt. Sie wohnt in Köln im Stadtteil Buchheim. Kinderarmut in Deutschland – hier kann man sie finden. [...] Fast ein Viertel der Einwohner hier im Stadtviertel sind auf Hartz IV angewiesen, der Anteil der Hartz-IV-Bezieher bei den unter 15-Jährigen liegt sogar bei etwas mehr als 36 Prozent. Vanessa gehört dazu. Ihre Mutter ist arbeitslos, solange Vanessa lebt. Sie hatte ihre Stelle als Putzfrau in einem Krankenhaus schon verloren, bevor ihre Tochter auf die Welt kam. Ihr Vater hat noch nie gearbeitet. Und Vanessas großer Bruder, der mittlerweile neunzehn ist, hat die Schule nach der achten Klasse abgebrochen. [...]

In Vanessas Kopf gibt es trotzdem eine gewisse Vorstellung von der Arbeitswelt. Zwei Berufe fallen ihr ein, die Erwachsene so machen könnten: Lehrerin ist einer davon, so wie ihre Klassenlehrerin in der Grundschule um die Ecke. Vanessas großes Vorbild. „Wenn ich erwachsen bin, will ich auch Lehrerin werden", sagt sie.

Die Schule hat Vanessa Dinge gezeigt, die sie vorher nicht kannte. Sich zu Musik bewegen, mittwochs in der Tanz-AG. Klettern gehen in der Boulderhalle im Nachbarstadtteil. Schreibschrift lernen, was Vanessa gerne möchte, aber die Lehrerin ihr nicht erlauben will, weil die Motorik bei den Druckbuchstaben noch so schlecht ist. „Und Mathe! Mathe ist mein Lieblingsfach!"

„Armut? Das ist gar nicht das Hauptthema bei Vanessa", findet ihre Lehrerin. Viele Kinder hier im Stadtteil leben von Hartz IV. Viele haben morgens kein Frühstücksbrot dabei. [...] Vanessa dagegen hat morgens immer ein Schulbrot in der Tasche.

„Sie ist gut versorgt", sagt die Lehrerin. Für sie ist das „Hauptthema, dass Vanessa, bis sie in die Schule kam, nur mit Erwachsenen zu tun hatte. Dass sie nicht weiß, wie sie mit anderen Kindern umgeht. Dass sie ihnen den Stinkefinger zeigt oder mit Kraftausdrücken um sich wirft, wenn sie sagen will: „Ich möchte mit dir spielen." Jetzt hilft ihr auch ein Sozialarbeiter. Iwan Peters arbeitet in einer Jugendhilfeeinrichtung der Arbeiterwohlfahrt. Im Auftrag des Jugendamtes kümmert sich Peters seit zwei Jahren um Vanessa und ihre Familie. Er sieht es anders: Die Armut habe durchaus zu Vanessas schwieriger sozialer Entwicklung geführt. Es sei schließlich kein Zufall, dass in Vanessas Straße jede zweite Familie in irgendeiner Form das Jugendamt im Haus habe. „Mit Transferleistungen* aufzuwachsen heißt: Man hat Einschränkungen, die auch mit Kleinigkeiten zu tun haben", findet er. „Das fängt an bei der neuen Hose oder bei den neuen Schuhen, die gerade nicht gekauft werden können. Dann muss man halt noch ein paar Wochen länger auf kaputten Schuhen rennen. Das geht weiter, wenn man am Wochenende nicht mal eben ein Eis essen gehen kann. Oder wenn man nicht das Lieblingsbuch kaufen kann, das alle anderen gerade lesen und das man auch so gerne haben will." [...]

Was wäre, wenn Vanessa sich etwas wünschen dürfte? Eine Unternehmung? „Ins OkidokiLand fahren", sagt Vanessa. Das ist ein Indoor-Spielplatz, Kinder aus ihrer Klasse haben dort schon mal Geburtstag gefeiert. Vanessa war nicht eingeladen. Sie war noch nie auf einen Kindergeburtstag in ihrer Klasse eingeladen. Der Eintritt für das Okidoki-Land kostet 12 Euro für Vanessa und ihre Mutter zusammen. »Das kann ich nicht stemmen", sagt die Mutter und zuckt mit den Schultern. „Nicht, wenn Vanessa im Alltag mal ab und zu ein Eis haben will und ihre fünf Euro Taschengeld." ■

(Aus: Nadine Bös: Vanessas grenzenlose Welt: Wie sieht Kinderarmut in Deutschland aus? Frankfurter Allgemeine Zeitung vom 31.05.2016, in: https://www.faz.net/aktuell/wirtschaft/arm-und-reich/armut-in-deutschland-vanessas-grenzenlose-welt-14253064.html, letzter Zugriff: 01.10.2021, Namen der Personen wurden von der Autorin geändert

@ | WES-122194-001
Text ausführlicher

*** Merke ✓**
Transferleistungen
= vom Staat gewährte Geldleistungen, die man ohne Gegenleistung erhält

Worüber ihr gemeinsam sprechen solltet:

1. Beschreibt die Gefühle und Gedanken die Vanessas Geschichte in euch auslöst.

2. Zitiert die Aussagen aus dem Text, die Wichtiges darüber aussagen, was Kinderarmut bedeutet.

3. Welche Fragen zum Thema Kinderarmut ergeben sich aus diesem Fall an die betroffenen Menschen, an die Politik, an uns alle? Sammelt sie.

C Fallstudie: Kinderarmut in Deutschland

Schritte zur Erstellung einer Fallstudie:

Den Beginn eurer Fallstudie bildet die Auseinandersetzung mit dem Fall „Vanessas Welt“. In den weiteren Schritten geht die Fallstudie über die Analyse des Einzelfalles hinaus.

Schritt 1: Analyse des Falls

Euer Auftrag:

1. Haltet eure Fragen zum Fall „Vanessas Welt“ für eine erneute Betrachtung im letzten Schritt der Fallstudie schriftlich fest. (Auftrag 3, S. 181)

Schritt 2: Planung der Vorgehensweise

In diesem Teil geht es um die Organisation der Fallstudie. Ihr klärt, mit welchen Themenschwerpunkten ihr euch weiter beschäftigen werdet, welches Team welche Aufgabe übernimmt, wie die Ergebnisse der Gruppenarbeiten den anderen zur Verfügung gestellt werden und wie viel Zeit ihr für die Arbeit in den Gruppen einplant.

Euer Auftrag:

2. Bildet Gruppen zur Bearbeitung der Themenbereiche (siehe folgende Seite).
3. Achtet bei der Gruppenbildung darauf, dass alle Themen besetzt sind.
4. Vereinbart einen Zeitraum für die Internetrecherchen (z. B. eine Unterrichtsstunde).

Schritt 3: Durchführung der Studie: Welche Informationen wählen wir aus?

Konzentriert euch bei euren Internetrecherchen auf die auf der Folgeseite vorgegebenen geprüften Adressen. (Auch zum Thema Kinderarmut gibt es seriöse und unseriöse Quellen im Netz.) Fügt weitere Informationen aus Schaubildern und anderen Quellen hinzu (siehe Buchtipp).

Euer Auftrag:

5. Recherchiert am PC einzeln, zu zweit oder zu dritt.
6. Setzt euch im Anschluss daran in den Gruppen zusammen und besprecht eure Ergebnisse.
7. Erarbeitet die Inhalte und eine Gliederung für eure Präsentation.
8. Legt fest, wer welchen Part beim Ergebnisvortrag übernehmen wird.

Schritt 4: Die Problemlösung: Was wurde geleistet, was ist noch zu tun?

In diesem Schritt werden die Ergebnisse der Arbeitsgruppe Team 6 besprochen: „Sozialpolitik für Kinder“. Weitere Informationen und Anregungen dazu findet ihr im Material E.

Euer Auftrag:

9. Sammelt Leistungen des Staates für Kinder und Eltern in armen Familienverhältnissen.
10. Besprecht gemeinsam, was noch getan werden kann.

Schritt 5: Rückbesinnung auf den Ausgangsfall „Vanessas Welt“

Am Ende der Fallstudie können der Ausgangsfall neu bewertet und das Problem Kinderarmut sowie Lösungsmöglichkeiten dazu differenzierter beurteilt werden als zu Beginn.

Euer Auftrag:

11. Ermittelt, auf welche eurer Fragen zum Fall Vanessa ihr im Verlauf der Studie Antworten gefunden habt.
12. Wie kann der Sozialstaat Deutschland die Herausforderungen Kinderarmut lösen? Formuliert dazu euer Gesamturteil zur Fallstudie (siehe dazu das Diskussionsangebot im Material G).

D Fallstudie Kinderarmut in Deutschland – Durchführung der Studie

Was man wissen sollte:

Team 1: Was ist Armut?
Quellen:
www.bmz.de
www.worldvision.de
Hier informieren das Bundesministerium für wirtschaftliche Zusammenarbeit und das internationale World Vision Institut über die unterschiedlichen Arten von Armut (absolute, relative und gefühlte Armut), über die besondere Situation in Deutschland, über Maßnahmen zur Bekämpfung und anderes mehr.

Team 2: Was sind Ursachen, Folgen, wichtige Fakten?
Quellen:
www.planet-wissen.de
www.bpb.de
Auf der Homepage des Zusammenschlusses öffentlich-rechtlicher Rundfunkanstalten in Deutschland und der Bundeszentrale für politische Bildung erhaltet ihr unter dem Stichwort Kinderarmut umfangreiches Material zu allen Aspekten eures Schwerpunktthemas und darüber hinaus.

Was unterschiedliche Akteure und Organisationen fordern:

Team 3: Forderungen der Bertelsmann-Stiftung
Quelle:
https://www.bertelsmann-stiftung.de
Die von dem Gründer es Bertelsmann-Verlages Reinhard Mohn gegründete Stiftung finanziert wissenschaftliche Studien zu sozialen Themen. 2016 veröffentlich sie eine umfangreiche Studie zur Kindermut in Deutschland. Neben den Forderungen an die Politik findet ihr hier Informationen zu den Folgen von Kinderarmut und zur Verteilung in Deutschland.

Team 4: Forderungen von UNICEF
Quelle: **www.unicef.de**
UNICEF ist das Kinderhilfswerk der Vereinten Nationen, das sich weltweit für eine Verbesserung der Lebenssituation von Kindern einsetzt. Zur Kinderarmut in Deutschland findet ihr hier einen ausführlichen Lagebericht. UNICEF würdigt darin einerseits die Leistungen im Sozialstaat Deutschland, stellt aber auch konkrete Forderungen an die Sozial- bzw. Familienpolitik in Bund, Ländern und Gemeinden.

Was der Sozialstaat Deutschland bisher leistet:

Team 5: Forderungen des Deutschen Kinderschutzbundes
Quelle:
www.dksb.de
Der Deutsche Kinderschutzbund Bundesverband e. V. setzt sich für den Schutz von Kindern vor Gewalt, gegen Kinderarmut und für die Umsetzung der Kinderrechte in Deutschland ein. Neben einem Katalog von Forderungen an die Politik informiert die Homepage über Kinderrechte sowie über Projekte und Aktionen gegen Kinderarmut.

Team 6: Sozialpolitik für Kinder
Quellen:
www.bundesregierung.de
www.bmfsfj.de
www.bpb.de
Mit den Adressen der Bundesregierung, des Bundesministeriums für Familie Senioren Frauen und Jugend und der Bundeszentrale für politische Bildung könnt ihr euch hier unter dem Suchbegriff „Leistungen für Kinder“ über Maßnahmen und Pläne der Regierung informieren.

@ | WES-122194-019
Hier kommt ihr zu den gemeinsamen Adressen.

Buchtipp: Wer mehr wissen will: Jutta Bauer: Armut – Schüler fragen nach, Verlag Carlsen, November 2017

E Fallstudie Kinderarmut in Deutschland: Die Problemlösung

Was wollen die politischen Parteien unternehmen?

Die folgenden Zitate sind einer Vereinbarung der Parteien CDU/CSU und SPD entnommen, welche diese im Rahmen sogenannter Sondierungsgespräche zur Bildung einer Regierung im Januar 2018 getroffen haben.

Wir werden alle Familien finanziell entlasten, die Kinderbetreuung verbessern und mehr Zeit für die Familie ermöglichen. Die Rechte der Kinder werden gestärkt. [...]
Wir werden ein Maßnahmenpaket zur Bekämpfung der Kinderarmut schnüren.
[...]
Wir werden Kinderrechte im Grundgesetz ausdrücklich verankern.

(Aus: Ergebnisse der Sondierungsgespräche zwischen CDU, CSU und SPD, finale Fassung vom 12.01.2018; zitiert in: Welt am Sonntag, Nr. 2 vom 14.01.2018, S. 11 ff.)

Die Bekämpfung der Kinderarmut gehört auch zu den Zielen der anderen im Bundestag vertretenen Parteien. Unterschiede gibt es in den vorgeschlagenen Maßnahmen.
Die Partei Die Linke setzt sich unter anderem für eine monatliche „Grundsicherung" für alle Kinder in Höhe von 550 bis 600 Euro ein. Die FDP will die Vielzahl der existierenden Maßnahmen zu einem Gesamtpaket schnüren, das Kinder zu Leistungsempfängern macht. Die AfD setzt auf Steuerbefreiung und weitere Entlastung für einkommensschwache Familien. Alle im Bundestag vertretenen Parteien setzen sich für eine Verbesserung der Bildungschancen ein.

Welche weiteren Problemlösungen schlagen wir vor?

	Falls eine Familie aus eigener Kraft dazu nicht in der Lage ist, muss der Staat dafür sorgen, dass jedes Kind ...	Ja, das muss der Staat garantieren.	Nein, das wäre zu viel verlangt.
1	ausreichend mit gesunden Nahrungsmitteln versorgt ist.		
2	mehr als zwei modische Jeans und zwei Paar Schuhe besitzt.		
3	auch Geld für Süßigkeiten zur Verfügung hat.		
4	im Vorschulalter einen garantierten Kita- und Kindergartenplatz hat.		
5	mindestens zweimal im Jahr ein Kino und einen Freizeitpark besuchen kann.		
6	ein eigenes Handy besitzt.		
7	über einen eigenen Computer oder ein Tablet mit Internetanschluss verfügt.		
8	in einer Wohnung mit eigenem Zimmer lebt.		
9	mindestens einmal im Jahr mit seinen Eltern in Urlaub fahren kann.		
10	beitragsfrei Mitglied in einem Sportverein sein kann.		
11	mit auf alle Klassenfahrten gehen kann.		
12	umsonst zu seiner Schule befördert wird.		
13	in der Schule – zusammen mit anderen – täglich ein warmes Mittagessen erhält.		
14	mit allem, was man für die Schule braucht, kostenlos versorgt wird.		
15	ausreichend und regelmäßig Taschengeld zur Verfügung hat.		

F Fallstudie: Rückbesinnung auf den Fall

In der Fallbeschreibung über das Leben der siebenjährigen Vanessa (S. 181) äußern sich zwei Personen zur Problematik der Lebensumstände des Kindes. Ihre Grundschullehrerin vertritt die Ansicht, dass die materielle Armut nicht das größte Problem in Vanessas Leben sei. Es mangele ihr vielmehr an Bildung, Zuwendung und Integration in die Gemeinschaft.

Der betreuende Sozialarbeiter ist davon überzeugt, dass die materielle Armut sehr wohl ein wichtiger Grund für die schwierige Lebenssituation des Kindes sei. Vanessa müsse ständig erleben, dass andere Kinder über Dinge verfügen, die für sie mangels Geld unerreichbar sind. Das beginne mit der Kleidung und beträfe auch Unternehmungen wie den Besuch eines Freizeitparks oder die Planung eines Familienausfluges – alles Dinge, für die Vanessas Mutter als Hartz-IV-Empfängerin kein Geld hat.

Damit ist in diesem Fall eine Problematik angesprochen, die auch im Hinblick auf die Gestaltung der Familienpolitik bzw. die Weiterentwicklung des Sozialstaates unter Parteien, Verbänden und politisch interessierten Personen kontrovers diskutiert wird. Löst der Staat das Problem Kinderarmut, indem er den betroffenen Familien mehr Geld zur Verfügung stellt – zum Beispiel in Form einer erheblichen Aufstockung des monatlichen Kindergeldes? Oder löst er das Problem, indem er mehr Geld in Kitas, Schulen und Betreuungseinrichtungen investiert – auch in möglichst gut ausgebildetes Personal?

Über diese Frage könnt ihr am Ende der Fallstudie gemeinsam diskutieren.

Angenommen, du befindest dich in der Rolle eines oder einer Abgeordneten im Deutschen Bundestag. Die zusätzliche Haushaltssumme von einer Milliarde Euro steht zur Bekämpfung des Problems Kinderarmut zur Verfügung. Man kann sie nur für eine Erhöhung des Kindergeldes verwenden oder nur für Investitionen in ein besseres Bildungs- und Betreuungssystem für benachteiligte Kinder

- Welcher Lösung stimmst du zu?

G TEAM kontrovers: Mehr Kindergeld oder Investitionen in die Bildung?

S M U H

Unter Armut stelle ich mir immer zuerst vor, dass man kein oder zu wenig Geld hat. Kinder armer Eltern leiden, weil sie sich ständig mit denen vergleichen, die bessere Klamotten haben und sich bessere Sachen kaufen können. Arme Kinder und deren Eltern brauchen mehr Geld vom Staat! Hätte ich über die Milliarde zu entscheiden, würde ich sie für ein höheres Kindergeld benutzen.

Ich denke dabei mehr an die Zukunftschancen ärmerer Kinder. Deren Eltern können sich ja keine teure Nachhilfe leisten so wie andere. Ich würde das Geld in bessere Schulausstattungen investieren, damit alle Kinder möglichst gut gefordert werden. Da hätten auch alle was davon. Ist doch eigentlich egal, ob man in Klamotten nach der neuesten Mode lernt oder nicht.

1. Formuliere dein Urteil und bringe es in die Diskussion ein.
2. Führt am Ende der Diskussion eine Abstimmung durch: Wer ist für mehr Kindergeld, wer für Investitionen in Bildung?
3. Reflektiert den gesamten Verlauf der Fallstudie mithilfe der folgenden Feedback-Fragen:
   - Was habe ich zum Thema Kinderarmut in Deutschland gelernt?
   - Wie beurteile ich den Bildungswert der Methode Fallstudie?
   - Welche Ergebnisse unserer Arbeit möchte ich mir langfristig merken?

   Tipp: Die Auswertung kann auch in Gruppenarbeit oder in Form von Partnerinterviews geleistet werden.

Was interessiert dich besonders? Was kannst du richtig gut?

Wähle, wie du vorgehen möchtest:
Möglichkeit 1: Ich arbeite individuell und suche mir zwei, drei oder mehr Aufgaben aus.
Möglichkeit 2: Ich arbeite mit einer Partnerin, einem Partner zusammen. Gemeinsam schaffen wir mehr als allein.
Möglichkeit 3: Wir bilden Gruppen, teilen die Aufgaben auf und lösen alles gemeinsam.

Was ich weiß

S M U H

Ich kann …

1. die fünf Pflichtversicherungen nennen, die als die fünf Säulen im System der gesetzlichen Sozialversicherung bezeichnet werden.

2. begründen, warum das Solidarprinzip und das Prinzip der Eigenverantwortlichkeit wichtige Grundlagen des Systems der sozialen Sicherung in Deutschland sind.

Wozu ich meine Meinung formulieren und begründen kann

S M U H

Ich kann zu folgenden Diskussionspunkten meine Meinung formulieren und diese mit Argumenten begründen.

1. Ist Deutschland auf einem guten Weg in der Verwirklichung sozialer Gerechtigkeit oder ist es von diesem Ziel noch weit entfernt?

2. Soll und kann der Sozialstaat mehr tun, um Menschen in sozialen Notlagen bessere Lebensbedingungen zu bieten?

Was ich methodisch gelernt habe

S M U H

Ich kann …

1. ein Schaubild gestalten, in dem ich die fünf Säulen im System der sozialen Sicherung richtig bezeichne und veranschauliche.

2. am Beispiel des Themas Kinderarmut beschreiben, wie man in Form einer Fallstudie ein solches Thema systematisch untersuchen kann.

Worüber ich mitreden kann

S M U H

Mit ein wenig Nachdenken kann ich (auch zusammen mit anderen) vor der Klasse eine, zwei oder drei Minuten frei sprechen:

1. Wie werden wir später als Berufsanfänger/-innen von Beginn der Berufstätigkeit an in das System der sozialen Sicherung eingebunden sein?

2. Warum gibt es viele verschiedene Ansichten zum Thema soziale Gerechtigkeit und worin bestehen die grundlegenden Unterschiede?

Neun Merksätze zum Einprägen

1 Nach Artikel 20 des Grundgesetzes ist die Bundesrepublik Deutschland ein …

A demokratischer und sozial orientierter Bundesstaat.
B demokratischer und sozialer Bundesstaat.
C demokratischer und sozialer Einheitsstaat.
D demografischer und sozialer Bundesstaat.

2 Zur Grundidee des Sozialstaates in Deutschland gehört, dass die Menschen …

A eine Solidargemeinschaft bilden und füreinander einstehen.
B von finanziellen Zuwendungen des Staates ein angenehmes Leben führen können.
C eine Gemeinschaft bilden, in der alle nur für sich selbst sorgen.
D selbst darüber entscheiden, ob sie im Arbeitsleben Vorsorge treffen für Alter, Krankheit und Notfälle.

3 Unter Sozialpolitik versteht man alle staatlichen Maßnahmen, welche …

A die Menschen im Land gegen Bezahlung in Anspruch nehmen.
B der Verbesserung der Steuereinnahmen dienen.
C die Menschen in Risikosituationen schützen.
D die gut verdienenden Menschen mit Steuerzahlungen zu finanzieren haben.

4 Zwei grundlegende Prinzipien, auf denen das System der sozialen Sicherung beruht, sind …

A Freiwilligkeit und Selbstversorgung.
B Schutz für alle und Ausschluss von Risiken.
C Leistungsprinzip und Eigennutz.
D Solidarität und Eigenverantwortlichkeit.

5 Auszubildende in einer betrieblichen Ausbildung sind im System der gesetzlichen Sozialversicherung pflichtversichert und zwar …

A sobald sie die Probezeit überstanden haben.
B sobald sie sich mit Zustimmung der Eltern dazu entschieden haben.
C wenn ihr Arbeitgeber das vertraglich mit ihnen vereinbart hat.
D vom ersten Tag ihrer Berufstätigkeit an.

Arbeitnehmerinnen und Arbeitnehmer bezahlen die monatlichen Beiträge zur gesetzlichen Sozialversicherung …

überhaupt nicht, weil ihre Arbeitgeber diese bezahlen müssen.
zu etwa einem Drittel selbst.
zu etwa der Hälfte selbst.
voll und ganz als Abzüge vom monatlichen Gehalt.

7 Zwei wichtige Leistungen der staatlichen Grundsicherung sind …

A Sozialhilfe und Arbeitslosengeld II.
B Kranken- und Rentenversicherung.
C Pflege- und Unfallversicherung.
D Kündigungsschutz und Jugendarbeitsschutz.

8 Das Prinzip, wonach die arbeitenden jungen Leute mit ihren Beiträgen für die Sozialversicherung die Renten der alten Leute finanzieren, bezeichnet man als …

A Solidaritätsvertrag.
B Sozialpakt.
C Tarifvertrag.
D Generationenvertrag.

9 Die Vorstellung von sozialer Gerechtigkeit, der zufolge jedes Mitglied der Gesellschaft ein Anrecht auf Deckung seiner besonderen Bedürfnisse hat, bezeichnet man als …

A Verteilungsgerechtigkeit.
B Bedarfsgerechtigkeit.
C Leistungsgerechtigkeit.
D Chancengerechtigkeit.

!
- Bei richtiger Lösung kommen A zweimal, B zweimal, C zweimal und D dreimal vor.
- Übernimm die Merksätze in dein Heft und präge sie dir ein.

7 Unternehmen – die Motoren der Wirtschaft

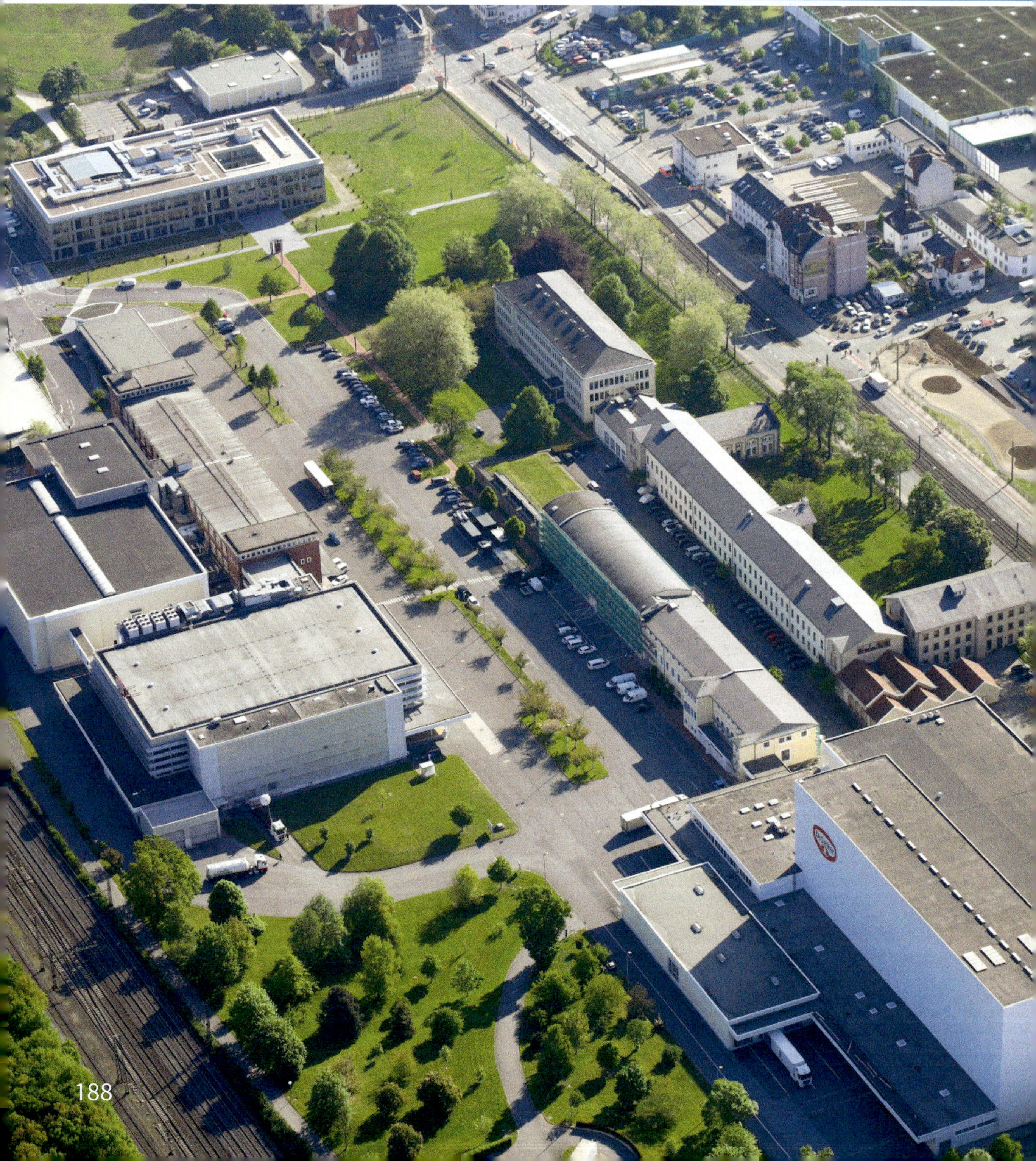

Was sind ihre Aufgaben und Herausforderungen?

1. Allein nachdenken
Welche Unternehmen fallen dir spontan ein? Notiere die Namen.

2. Zu zweit beraten
Betrachtet eure Listen: Wodurch unterscheiden sich diese Unternehmen?

3. In der Klasse sammeln
Was sind die wichtigsten Aufgaben von Unternehmen?

Im Verlauf dieses Kapitels könnt ihr ...

- erklären, wie man ein Unternehmen gründet,
- Gemeinsamkeiten und Unterschiede von Unternehmen untersuchen,
- am Fall der Sonnenwerke erläutern, wie ein Unternehmen aufgebaut ist,
- eine unternehmerische Entscheidung in einer Konfliktsituation treffen,
- begründen, warum nachhaltig wirtschaftende Unternehmen im Wettbewerb erfolgreich abschneiden.

Eigene Schwerpunkte könnt ihr setzen, indem ihr ...

- das Berufsbild des Unternehmers/der Unternehmerin mit euren eigenen Berufsvorstellungen vergleicht,
- ein Unternehmen in eurer Region in einem Kurzvortrag vorstellt,
- Meldungen in der Presse über bekannte Unternehmen der Region sammelt und daraus eine Wandzeitung erstellt.

Das Werksgelände der Dr. Oetker Nahrungsmittelwerke in Bielefeld

1 Können auch Schülerinnen und Schüler ein erfolgreiches Unternehmen gründen?

Ideen zur Gründung einer Schülerfirma entwickeln

A Zum Einstieg

Allein in Nordrhein-Westfalen gibt es Hunderte von Schülerfirmen. Stellt euch vor, eure Klasse will ein Unternehmen gründen. Was braucht ihr dazu?

- Denkt zuerst alleine nach und tauscht euch dann in der Klasse aus.

B Die Schülerfirma „Auszeit" betreibt ein Café

Das neue Café – beliebter Treffpunkt in den Pausen – auch in Zeiten von Corona

@ | WES-122194-020
Hier findet ihr weitere Beispiele von Schülerfirmen.

Von der Idee bis zur Eröffnung des neuen Schüler-Cafés dauerte es rund vier Jahre. Die Schülerfirma „Auszeit" der Nelson-Mandela-Gesamtschule in Greven bietet gesunde und nachhaltige Pausensnacks an:
Die einen nutzten die [...] Unterrichts-Pause zum Chillen, andere spuckten in die Hände und packten an. Über 100 offiziell gezählte und wohl etliche weitere Stunden, die in keiner Statistik auftauchen, investierten Aktive der Schülerfirma „Auszeit" der Nelson-Mandela-Gesamtschule in den vergangenen Monaten, um das neue Schüler-Café einzurichten und (teilweise) in Betrieb zu nehmen. Erst gab es nur Coffee to go, inzwischen sind 17 Sitzplätze nutzbar, sobald Corona es zulässt, können 60 bis 80 Besucher Platz nehmen. [...]

Herausgekommen ist ein multifunktional nutzbares Café (auch für Vorträge und Schulveranstaltungen), das Anlaufstelle für Schüler sein soll, die dort in einladendem Ambiente Pausen oder Freistunden verbringen möchten. Das Café versteht sich als Zusatzangebot zur Mensa, wo sich die Schüler mittags versorgen können. Im Café gibt es Frühstück und von 8 bis 15 Uhr Getränke und Kaffee.

(Aus: Oliver Hengst, „Auszeit" der Gesamtschule hat neues Café in Betrieb genommen, Westfälische Nachrichten online vom 11.06.2020; in: www.wn.de/Muensterland/Kreis-Steinfurt/Greven/4214694-Auszeit-der-Gesamtschule-hat-ein-neues-Cafe-in-Betrieb-genommen-Von-Schuelern-fuer-Schueler, letzter Zugriff: 13.01.2021)

Warum lohnt es sich, für „Auszeit" seine Freizeit zu opfern?

„Von Anfang an, seit ich auf der Schule bin, fand ich das toll." Für Gesamtschülerin Carlotta war daher schnell klar, dass sie selbst auch mal bei der Schülerfirma Auszeit mitmachen wollte. Jetzt, wo sie in der achten Klasse ist, ist der Zeitpunkt gekommen. „Jeder kann hier mitmachen, wenn er bereit ist, sich einzubringen", sagt sie. [...] „Man wächst zusammen. Das macht total viel Spaß."
Ähnlich ergeht es auch Lara aus der achten Klasse, die ebenfalls seit einigen Wochen neu dabei ist. „Alle Achter haben eine E-Mail bekommen. Man konnte sich dann bewerben", berichtet sie. Nach einem Bewerbungsgespräch folgten rasch erste Termine für die Einarbeitung. Beides übernehmen ältere Schüler, die schon länger dabei sind, so wie Mia aus der neunten Klasse, die schon ein

Jahr Auszeit-Erfahrung hat. „Man zeigt den Neuen, wie die Abläufe sind und wie das mit der Kasse und mit den Maschinen funktioniert“, sagt sie.

Bei der Einarbeitung wird dann meistens auch rasch klar, in welchem Bereich die Neuen eingesetzt werden wollen: Marketing, Einkauf, IT, Vorstand und mehr – viele Aufgaben warten darauf, erledigt zu werden. Carlotta interessiert sich für den Bereich Vorstand. „Mir macht das Spaß, in alle Bereiche hineinzuschauen.“ Das Management der Abläufe habe seinen ganz eigenen Reiz. Das heißt aber nicht, dass sie keinen Kaffee an der Theke verkauft. „Das müssen alle machen“, stellt sie klar.

Finn Rüschenschulte ist Elftklässler und somit schon ein „alter Hase“. Für ihn sind die praktischen Erfahrungen, die er in der Schülerfirma sammelt, auch eine „gute Basis für Bewerbungsgespräche. Man hat dann schon gewisse Kenntnisse.“ Er kümmert sich in der Auszeit um die Buchhaltung und möchte auch beruflich in den Finanz-Sektor. Er hat erlebt, dass die Tätigkeit in der Schülerfirma für viele schon ein echter Türöffner war. [...]

Bei Tillian Borchmann hat sein Auszeit-Engagement gar eine selbstständige Tätigkeit (mit Gewerbeschein) ausgelöst. Er programmierte für die Schülerfirma eine App zur Vorbestellung und Bezahlung von Brötchen und Co. – daraus ergaben sich Folgeaufträge. Ihm ist auch das Thema Persönlichkeitsbildung wichtig. Neulich stellte er auf einem großen Kongress das Projekt Auszeit vor. „Das sind Erfahrungen, die macht man im Schulalltag sonst nicht.“

(Aus: Oliver Hengst, „Man wächst zusammen, das macht total viel Spaß“, Westfälische Nachrichten online vom 12.06.2020; in: www.wn.de/Muensterland/Kreis-Steinfurt/Greven/4214692-Warum-sich-Schueler-in-der-Auszeit-engagieren-Man-waechst-zusammen-das-macht-total-viel-Spass, letzter Zugriff: 13.01.2021)

Hintergrund: Schülerfirmen – ganz normale Unternehmen?

Schülerfirmen sind Unternehmen, die von Schülerinnen und Schülern gegründet und betrieben werden. Sie sind eine spezielle Form der Projektarbeit, die Mitarbeit ist freiwillig, auch werden keine Gehälter gezahlt.

„Auszeit“ hat inzwischen zahlreiche Preise gewonnen, wie hier zum Beispiel die Plakette „Schule der Zukunft – Bildung für nachhaltige Entwicklung“. 2020 wurde die Firma unter 130 Bewerbern als bundesweit beste Schülerfirma ausgezeichnet.

Schülerfirmen sind wie richtige Unternehmen aufgebaut und funktionieren auch so: Sie verkaufen ein Produkt oder eine Dienstleistung und verdienen damit Geld. Doch ist das nicht ihr Hauptzweck. Sie bietet allen Mitarbeitenden die Chance, unternehmerisches Denken zu trainieren und praktisch in verschiedene Tätigkeitsfelder reinzuschnuppern. Viele im Beruf wichtige Kompetenzen wie Zuverlässigkeit, Verantwortungsbewusstsein und Pünktlichkeit sind auch in Schülerfirmen gefragt. Insofern ist die Mitarbeit in einer Schülerfirma eine gute Vorbereitung für den Beruf.

1. Welche Dienstleistung bietet die „Auszeit“ an? Beschreibe die Geschäftsidee.

2. Erläutere, warum sich Schülerinnen und Schüler in der „Auszeit“ engagieren.

3. Könntest du dir vorstellen, in einer Schülerfirma zu arbeiten? Wenn ja, in welchen Bereichen? Begründe deine Antwort.

4. Vergleiche Schülerfirmen mit „normalen“ Unternehmen. Was haben sie gemeinsam, wodurch unterscheiden sie sich? S. 370

C Unternehmensgründung

1. Welche Voraussetzungen müssen Existenzgründerinnen und -gründer mitbringen? Beschreibe sie.

2. Erläutere, was man unter einem Businessplan versteht.

3. Existenzgründungen werden staatlich gefördert. Begründe, warum der Staat ein Interesse an möglichst vielen Neugründungen hat.

Teil 1: Voraussetzungen

Grundsätzlich kann jeder, der das 18. Lebensjahr vollendet hat und damit „geschäftsfähig" ist, ein Unternehmen gründen. Zwischen dem 7. und 18. Lebensjahr benötigen Jugendliche die Zustimmung ihrer Eltern. Schülerfirmen müssen von der Schulleitung genehmigt werden.

Künftige Unternehmerinnen und Unternehmer müssen zum Beispiel bereit sein, Risiken einzugehen, lange Arbeitszeiten in Kauf zu nehmen und in der Anfangszeit wenig zu verdienen. Daneben benötigen sie auch kaufmännische Kenntnisse. Sie müssen zum Beispiel wissen, wie Preise festgelegt werden oder wie Gewinne und Verluste berechnet werden.

Teil 2: Schritte zur Unternehmensgründung

Bei einer Gründung muss vieles organisiert werden. Deswegen lassen sich die meisten künftigen Unternehmer/-innen zunächst ausführlich beraten. Hilfe und Beratung findet man bei den Industrie- und Handelskammern, bei speziellen Unternehmensberatern oder Rechtsanwälten.

Anschließend geht es darum, einen ausführlichen Geschäftsplan (Businessplan) zu entwickeln. Darin legt man die Strategie* der Gründung fest. Aufgrund des Geschäftsplans entscheiden die Banken, ob sie Existenzgründern einen Kredit geben.

Im Geschäfts- oder Businessplan sollten Existenzgründer/-innen zahlreiche Fragen beantworten, zum Beispiel:

- Wollen sie anfangs nebenberuflich ihr Unternehmen führen? Oder gleich Vollzeit für die neue Firma tätig sein?
- Welche Dienstleistungen oder Produkte wollen sie anbieten?
- Was ist das Besondere daran?
- Wie ist die Konkurrenzsituation?
- Auf welchem Wege will man die Leistungen oder Produkte verkaufen: direkt, im Internet oder im Handel?
- Will man zunächst alleine arbeiten oder gleich mit mehreren Beschäftigten starten?
- Wie soll die Gründung finanziert werden? Wie viel Geld kann man zur Gründung beisteuern?

Die Bedeutung von Existenzgründungen

Junge Unternehmen fördern mit neuen Produkten und Dienstleistungen den Wettbewerb und bewirken so, dass sich alle Unternehmen anstrengen müssen, um weiterhin erfolgreich zu sein. Sie schaffen neue Arbeitsplätze. Wenn sie erfolgreich sind, schaffen sie damit auch mehr Wohlstand für alle.

Existenzgründungen in Deutschland

Existenzgründungen in Tausend

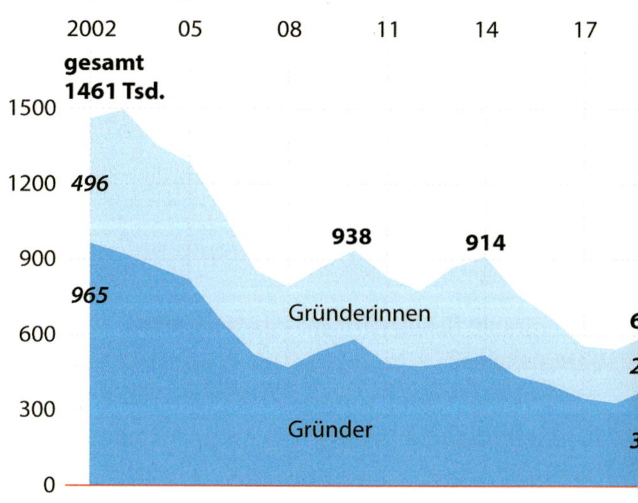

Quelle: Gründungsmonitor, KfW Bankengru

*** Merke ✓**
Als **Strategie** bezeichnet man einen langfristigen Plan, mit dem man beschreibt, wie man Ziele erreichen will.

D Welche Ideen zur Gründung einer Schülerfirma haben wir?

Angenommen, dass ...
Wie die Schülerinnen und Schüler der vorgestellten Schule wollt ihr eine Schülerfirma gründen. Ihr wollt attraktive Produkte anbieten, einen großen Kundenkreis gewinnen und damit möglichst viel Geld verdienen. Was braucht ihr alles?

Euer Auftrag:

1. Entwickelt in einem Brainstorming Ideen zur Gründung einer Schülerfirma. Einige Themenvorschläge findet ihr in den Kästen unten.

2. Ordnet in einem zweiten Schritt eure Ideen und stellt sie in der Klasse vor.

Welche Werbemaßnahmen?

?

Welche Geschäftsidee?

?

Woher das Kapital?

?

Welcher Firmenname?

?

Welche Abteilungen?

?

Welche Produktionsmittel? (Rohstoffe, Maschinen, Transportmittel)

?

Fünf wichtige Regeln für das Brainstorming

1. Lasst euch das Thema vor Beginn des Brainstormings einige Zeit durch den Kopf gehen.
2. Nehmt euch vor, mindestens einen Beitrag zum Brainstorming zu leisten.
3. Bringt euren Beitrag auch ein, wenn ihr nicht sicher seid, ob er wirklich wichtig ist.
4. Hört genau zu, was die anderen zum Thema einbringen. Jeder/jede darf Ideen von anderen aufgreifen und weiterentwickeln.
5. Kommentiert die Beiträge eurer Mitschülerinnen und Mitschüler nicht, weder durch besondere Zustimmung noch durch abfällige Bemerkungen.

E Der Fall: Unternehmer werden: chancenreich oder eher riskant? Das Beispiel Thomas Hoppe

*** Merke ✓**

Lean Startup: Als Startup bezeichnet man ein neu gegründetes Unternehmen. Lean bedeutet übersetzt „schlank". Damit meint man, dass das Unternehmen am Anfang sehr wenig Geld und auch nur wenige Mitarbeitende hat.

■ Thomas Hoppe hatte es irgendwie verpennt. Als er nach dem Schulabschluss einen Job suchte, waren die besten Gelegenheiten schon weg. Zumindest habe es sich so angefühlt, und auch wenn er gut unterkam – ein maues Gefühl blieb. Und dieses Gefühl scheint in ihm etwas bewegt zu haben. Denn als er im Rahmen seines dualen Studiums im Jahr 2010 ein fiktives Unternehmen gründen soll, schießt ihm die Idee einer Jobplattform in den Kopf, die sich speziell an Berufsanfänger richtet.

Also legt Hoppe los. Er baut eine Datenbank mit Jobanzeigen auf und schreibt einen Businessplan, den er heute als „eher simpel gehalten" bezeichnet. Lange läuft das Projekt nicht, bevor er es wieder einstellt. Stattdessen sammelt Hoppe Erfahrung bei der Berufseinsteiger-Jobbörse Absolventa und beim Personaldienstleister Hays. [...] 2012 probiert Hoppe es noch einmal. [...]

Ein Jahr vergeht, bis Hoppe seine ersten Mitarbeiter einstellt. Allerdings stellt sich das schnell als falscher Schritt heraus. „Drei Monate später musste ich sie wieder entlassen, weil kein Geld mehr da war. Ich war Mitte 20 und hatte keinerlei Erfahrung als Geschäftsführer, das wurde mir leider sehr deutlich", sagt er heute. Doch Hoppe gibt nicht auf. Ein zweiter Investor bringt frisches Kapital ins Unternehmen, Schülerkarriere gewinnt Tui, Siemens und Debeka als erste Kunden. Und Hoppe macht das, was ihm später zum Erfolg verhilft: Er beteiligt sich zu einem Drittel an Abiunity, einer Plattform für Abiturienten. [...]. „Als wir in etwa tausend Schulen waren, fing alles an zu fliegen", sagt der Gründer. Neue Investoren kommen hinzu. [...] Heute hat Schülerkarriere zwölf Mitarbeiter [...]. Seit ungefähr einem Jahr arbeite das Startup profitabel, sagt Hoppe. [...]

Was er seit der Gründung gelernt hat? Zum Beispiel, dass ein Lean Startup* auch Nachteile mit sich bringt. So habe er selbst in den ersten zwei Jahren mit 1 000 Euro brutto pro Monat auskommen und sich mit Nebenverdiensten über Wasser halten müssen. Und weil er sparsam zu sein hatte, habe seine Firma zunächst nur sehr langsam wachsen können. Bis heute sind eine Viertelmillion Euro in das Unternehmen geflossen – keine besonders große Summe. Zwischendrin habe er selbst Kapital zuschießen müssen. ■

(Aus: Alex Hoffmann, „Ich bin da reingestolpert und war sehr naiv", 08.01.2020; in: www.gruenderszene.de/awards/schuelerkarriere-thomas-hoppe-awards/2, letzter Zugriff: 13.01.2021)

1. Thomas Hoppe benötigte mehrere Anläufe, bis sein Unternehmen Erfolg hatte. Beschreibe die einzelnen Stationen.

2. Begründe, warum Thomas Hoppe doch noch Erfolg mit seinem Unternehmen hatte.

3. Beurteile ausgehend von dem Fall Chancen und Risiken des Unternehmers.

Expertenbefragung
Thema: Chancen und Risiken unternehmerischer Selbstständigkeit

Worum geht es?

Mit der Rolle und den Aufgaben von Unternehmerinnen und Unternehmern könnt ihr euch am besten vertraut machen, indem ihr sie befragt. Ihr erhaltet so Informationen aus erster Hand. Wie alle Expertinnen und Experten verfügen sie über viele praktische Erfahrungen und ein großes Hintergrundwissen.

Schülerinnen und Schüler befragen einen Experten im Unterricht.

Wie könnt ihr vorgehen?

1. Entscheidet, wen ihr befragen wollt

Unternehmerinnen und Unternehmer gibt es in jeder Gemeinde. Zunächst solltet ihr überlegen, wen ihr befragen wollt. Ihr könnt einen oder auch mehrere Expertinnen oder Experten einladen. Mögliche Ansprechpartner zum Thema Unternehmensgründung findet ihr in diesem Fall bei der Industrie- und Handelskammer oder Unternehmerverbänden wie zum Beispiel den Wirtschaftsjunioren in eurer Region.

2. Fragen sammeln

Sammelt in der Klasse Fragen, die ihr stellen wollt. Legt fest, wer welche Fragen stellen soll.

3. Expertenbefragung vorbereiten

Folgende Checkliste erleichtert die Organisation:

- Schulleitung informieren
- gewünschte Personen einladen, Termine, Zeitumfang und Themen absprechen
- Raumfrage klären und Raum einrichten
- Diskussionsleitung bestimmen
- Protokollanten (mindestens zwei Schülerinnen oder Schüler) bestimmen
- Fotograf/-in bestimmen

4. Expertenbefragung durchführen

Expertinnen und Experten sind Gäste, von denen ihr etwas wollt. Das verpflichtet euch zu gutem Benehmen und aktiver Mitarbeit. Eine Befragung kann folgendermaßen ablaufen:

- Begrüßung durch die Lehrerin/den Lehrer oder die Klassensprecher/-innen
- Vorstellungsrunde der Expertinnen/Experten
- Fragerunde: Hier könnt ihr die vorbereiteten Fragen stellen. Denkt auch daran, auf die Antworten einzugehen und falls erforderlich nachzufragen.
- Verabschiedung

5. Ergebnisse auswerten und dokumentieren

Haltet eure Informationen fest. Ihr könnt das für euch tun, indem ihr zum Beispiel ein Gedächtnisprotokoll in euer Heft schreibt. Ihr könnt aber auch andere informieren, indem ihr einen Bericht für die Website eurer Schule oder einen Artikel für eure Schülerzeitung verfasst.

2 Was haben Fitnessworld und C&A gemeinsam?
Unternehmen der Region in einem Kurzvortrag präsentieren

A Zum Einstieg

Die Fotos zeigen ganz unterschiedliche Unternehmen.

a) Womit verdienen diese jeweils ihr Geld?

b) Suche nach Möglichkeiten, nach welchen Kriterien man Unternehmen unterscheiden kann.

B Viele Unternehmen – ein gemeinsames Ziel

Die meisten Menschen kennen McDonalds, Motorola, Apple, Sony, Douglas und Hennes & Mauritz. Vielleicht kennen sie auch noch Aldi, Kaufhof und BMW. Aber kennen sie General Electric (eines der größten Unternehmen der Welt) oder Prym (ein Spezialist für Druckknöpfe, der 1642 gegründet wurde) oder Uwes Schlemmereck?

In Deutschland allein gibt es 3,6 Millionen Unternehmen. Zu dieser Liste gehört der Kiosk in meiner Straße, der von einem fleißigen serbischen Ehepaar betrieben wird.

Dazu zählt auch das deutsche Traditionsunternehmen Siemens, das weltweit fast eine halbe Million Mitarbeiter hat. Dazu gehören die Bahn, die Post, der Bauernhof meines Bruders, C&A, Burger King, Porsche, das Friseurgeschäft um die Ecke, der Eisverkäufer, das Fitnessstudio und die Diskothek. Sogar einige Schulen und Universitäten sind Unternehmen. Eine Definition für Unternehmen lautet: Sie verkaufen etwas und versuchen dabei, etwas zu verdienen. Alle Unternehmen eint eine Hauptaufgabe: Sie sind für die Versorgung zuständig, für die Erfüllung der Wünsche ihrer Kunden. Das ist ihre Rolle in der Marktwirtschaft.

Damit die Kunden zufrieden sind, müssen die Unternehmen Unbrauchbares in Brauchbares verwandeln: Stahl in Autos, einen Schuppen in eine Diskothek, Hackfleisch in einen Hamburger und Arbeitskraft in eine Dienstleistung: Post austragen ist so eine Dienstleistung, kellnern oder Unterricht geben.

Eines haben alle Unternehmen gemeinsam, die großen, die kleinen, die alten, die jungen: Sie müssen genügend Kunden gewinnen oder anders gesagt: möglichst viel verkaufen. Nur dann bewähren sie sich auf ihren Märkten, nur dann können sie überleben. Was ein Unternehmen herstellt und anbietet, legt in der Marktwirtschaft die Unternehmensleitung fest, auch Management genannt. Das Management orientiert sich in seinen Entscheidungen natürlich auch daran, was seiner Meinung nach viele Akteure auf dem Markt haben wollen. Es orientiert sich daran, was sich verkaufen lässt. Denn das Management verfolgt ein Ziel: Gewinn zu machen, also mehr Geld einzunehmen als auszugeben. Damit das funktioniert, muss das Unternehmen den Menschen das liefern, was sie brauchen oder sich wünschen.

Indirekt entscheidet also der Wunsch des Kunden darüber, was hergestellt wird. Oft läuft natürlich etwas schief. Das Management schätzt den Kunden oder auch die Konkurrenz falsch ein. Jahr für Jahr bringen Unternehmen neue Schokoriegel, Waschmittel, Pflegecremes auf den Markt, doch die meisten setzen sich nicht durch und bleiben in den Regalen liegen. Vier von fünf neuen Produkten scheitern, weil die Kunden sie nicht kaufen. Das ist das Risiko des Unternehmens: Es trifft Entscheidungen, die in die Zukunft gerichtet sind.

(Aktualisiert nach: Winand von Petersdorff: Das Geld reicht nie – Warum T-Shirts so billig, Handys umsonst und Popstars so reich sind, Frankfurter Allgemeine Buch 2013, 3. Auflage, S. 51 f.)

In dem Text fehlen noch folgende Zwischenüberschriften: Unternehmensarten – Anzahl – Definition – Kundenorientierung – Gemeinsamkeiten – Management – Risiken. Wo gehören sie hin?

1. Gliedere den Text bei einem zweiten Lesedurchgang und füge die Zwischenüberschriften ein.

2. Was haben alle Unternehmen gemeinsam, was unterscheidet sie?

3. Das Management trägt in jedem Unternehmen große Verantwortung. Erkläre, warum das so ist.

Was auch noch interessant sein kann:

- ein Unternehmen auswählen, eine Besichtigung planen und durchführen,
- Meldungen in der Presse über bekannte Unternehmen sammeln und daraus eine Wandzeitung erstellen.

C Nordrhein-Westfalen – das Land des Mittelstands?

Telekom, Eon, ThyssenKrupp, Bayer, Dr. Oetker ... Zahlreiche große Unternehmen in Nordrhein-Westfalen sind weltbekannt. Doch diese Unternehmensgiganten bilden nur einen kleinen Teil der Unternehmen. Weitaus die meisten Unternehmen sind viel kleiner und auch weniger bekannt. Kleinstunternehmen (bis 9 Beschäftigte), Kleinunternehmen (bis 49 Beschäftigte) sowie mittlere Unternehmen (bis 499 Beschäftigte) sind gerade in Nordrhein-Westfalen besonders stark vertreten und tragen in hohem Maße zur Wirtschaftsleistung und zum Wohlstand des Landes bei. Sie werden zusammenfassend als KMU bezeichnet. Rund 708 000 kleine und mittlere Unternehmen bilden das wirtschaftliche Rückgrat des Landes. Das sind 99,5 Prozent aller Unternehmen im Land. Rund 55 Prozent aller Beschäftigten sind in KMU tätig, rund 82 Prozent aller Auszubildenden in Betrieben mit weniger als 500 Beschäftigten. Der Mittelstand in Nordrhein-Westfalen erwirtschaftet circa 34 Prozent des Jahresumsatzes aller Unternehmen in Nordrhein-Westfalen. Mit etwa 188 000 Betrieben und rund 1,1 Millionen Beschäftigten ist das Handwerk der größte Arbeitgeber im Land.

Bei allen Unterschieden eint alle Unternehmen eine Hauptaufgabe: Sie verkaufen etwas und wollen damit Geld verdienen. Dabei dienen sie der Versorgung und der Erfüllung der Wünsche ihrer Kunden. Nur wenn sie genügend Kundinnen und Kunden für ihre Produkte oder Dienstleistungen finden, können sie überleben. Stets entwickeln sie deshalb neue Produkte und Dienstleistungen – doch nicht immer gelingt es, den Geschmack der Kunden zu treffen und ihre Bedürfnisse zu erfüllen.

(Zahlen aus: www.wirtschaft.nrw/daten-und-fakten-zum-mittelstand-nrw.de)

Das Handwerk – größter Arbeitgeber im Land

Unternehmen in NRW 2018 nach Beschäftigungsgrößenklassen

Beschäftigungsklassen nach Zahl der Beschäftigten	Unternehmen	Prozentualer Anteil
insgesamt	715 744	100
0	346 405	48,4
1 – 4	221 197	30,9
5 – 9	67 690	9,5
10 – 29	51 893	7,3
30 – 49	10 871	1,5
50 – 249	14 079	2,0
250 oder mehr	3 609	0,5

(Zahlen aus: www.it.nrw/sites/default/atoms/files/91_20.pdf)

1. Erkläre die Bedeutung folgender Zahlen: 708 000, 1,1 Millionen, 82 %.
2. Arbeite aus dem Text und der Tabelle die Bedeutung der KMU für die nordrhein-westfälische Wirtschaft heraus.
3. Wähle ein Beispiel aus der Tabelle oder dem Text, stelle die Zahlen grafisch in einem Tortendiagramm dar und interpretiere anschließend die Schaubilder.

D Recherche: Wie präsentieren sich Unternehmen unserer Region im Internet?

Fast alle Unternehmen sind inzwischen im Internet vertreten. Eine Internetrecherche bietet daher eine gute Möglichkeit, einen ersten Einblick in ein Unternehmen aus eurer Region zu gewinnen.

1. Schritt: Sucht ein Unternehmen aus, das ihr vorstellen wollt.

Hinweise auf Unternehmen in eurer Region findet ihr zum Beispiel im Wirtschaftsteil eurer Tageszeitung oder auch auf den „Gelben Seiten" (www.gelbeseiten.de). An Adressen kommt ihr am einfachsten über eine Suchmaschine. Einige Vorschläge für Unternehmen findet ihr auch auf dieser Seite.

2. Schritt: Führt die Internetrecherche durch

An folgenden Fragen könnt ihr euch bei der Recherche orientieren:

- Welche Produkte stellt das Unternehmen her bzw. welche Dienstleistungen bietet es an?
- Seit wann existiert das Unternehmen? Welche Geschichte hat es?
- Wie viele Mitarbeiterinnen und Mitarbeiter hat das Unternehmen?
- Wo befindet sich der Stammsitz des Unternehmens?
- Gibt es weitere Niederlassungen in Deutschland oder im Ausland?
- Sind offene Stellen zu besetzen? Hinweise findet ihr auch unter dem Stichwort „News" oder „Presse".
- Welche Bedeutung hat Nachhaltigkeit und Umweltschutz in dem Unternehmen?

Was solltet ihr noch beachten?

Auf ihrer Website wollen sich die Unternehmen natürlich möglichst positiv darstellen, die Präsentation im Internet ist ein Teil der Öffentlichkeitsarbeit der Unternehmen. Ihr werdet also im Allgemeinen keine kritischen oder negativen Informationen finden. Es ist daher sinnvoll, zusätzlich mithilfe von Suchmaschinen über das Unternehmen zu recherchieren.

Schülerteams recherchieren zu nordrhein-westfälischen Unternehmen im Internet.

Nordrhein-westfälische Unternehmen im Internet – einige Vorschläge:

www.rheinmetall.com
www.oetker-gruppe.de
www.rag.de
www.bayer.de
www.telekom.de
www.tengelmann.de
www.vodafone.de
www.hochtief.de
www.thyssenkrupp.com
www.eon.de
www.aldi.com
www.henkel.de

@ | WES-122194-021
Hier kommt ihr zu den genannten Unternehmen.

3. Schritt: Wie könnt ihr eure Ergebnisse präsentieren?

Die Ergebnisse eurer Recherche könnt ihr eurer Klasse in einer Präsentation vorstellen. Wie ihr dabei vorgehen könnt, findet ihr auf der Methodenkarte auf der folgenden Seite.
Sprecht auch über die Frage: Könntet ihr euch vorstellen, in diesem Unternehmen zu arbeiten? Begründet eure Ansicht.

E Unternehmensformen

1. Beschreibe, nach welchen Kriterien man Unternehmen unterscheiden kann.
2. Erkläre den Unterschied zwischen Personen- und Kapitalgesellschaften.
3. Gestalte ein Schaubild, in dem du die Rechtsformen von Unternehmen mit ihren Besonderheiten übersichtlich darstellst.
4. Stell dir vor, du möchtest ein Geschäft eröffnen. Du hast die Wahl zwischen einem Einzelunternehmen und einer GmbH. Für welche Rechtsform entscheidest du dich? Begründe deine Wahl. S. 371

Teil 1: Unterscheidung von Unternehmen …

nach dem Angebot

Betriebe, die etwas herstellen, nennt man Produktionsbetriebe. Andere Betriebe beraten Kundinnen und Kunden oder erbringen eine Leistung für sie: Eine Bank gewährt zum Beispiel Kredite oder verwaltet das Geld von Kundinnen und Kunden. Sie zählt zu den Dienstleistungsbetrieben. Über 70 % aller Beschäftigten in Deutschland arbeiten in Dienstleistungsbetrieben.

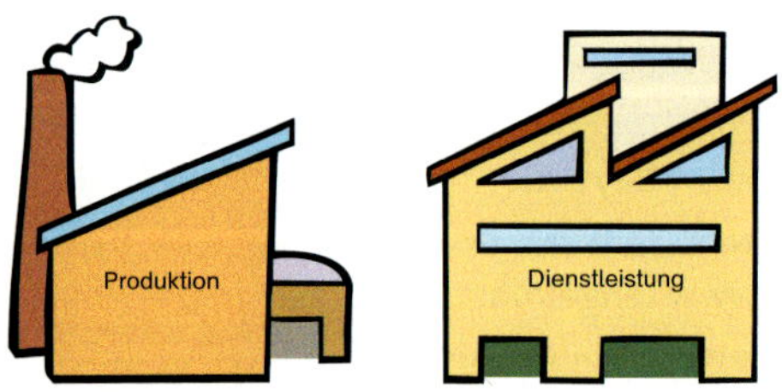

… nach der Größe

Nach einer Definition der Europäischen Kommission unterscheidet man zwischen Kleinstunternehmen (bis 9 Beschäftigte), Kleinunternehmen (bis 49 Beschäftigte) und mittleren Unternehmen (bis 499). Zusammenfassend werden diese Unternehmen als KMU (Klein- und Mittelunternehmen) bezeichnet. Über 99 Prozent der Unternehmen fallen in diese Kategorie. Unternehmen mit mehr als 500 Beschäftigten werden als Großunternehmen bezeichnet.

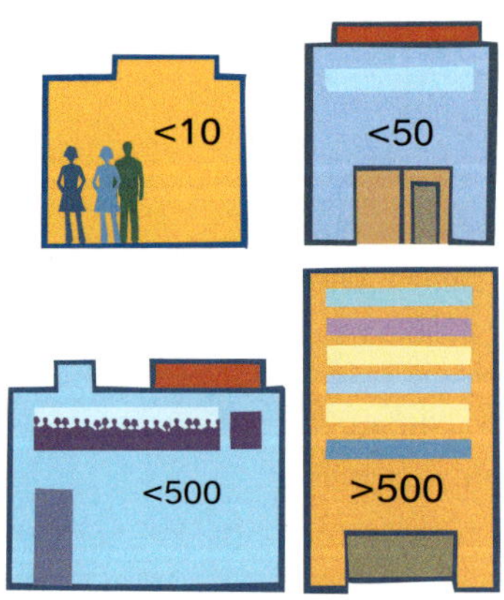

… nach der Organisation

Wenn man von einem Betrieb spricht, meint man den Ort bzw. die Räumlichkeiten, in denen etwas produziert oder eine Dienstleistung erbracht wird. Mit der Bezeichnung Betrieb ist also immer ein bestimmter Standort verbunden.

Im Unterschied zu Betrieben jedoch können Unternehmen mehrere Standorte haben, also zum Beispiel in Düsseldorf, Bonn und Köln. Im alltäglichen Sprachgebrauch werden die Begriffe Betrieb und Unternehmen allerdings häufig gleichbedeutend verwendet.

Eine noch größere Einheit bilden Konzerne. Sie untergliedern sich häufig in viele einzelne Unternehmen oder Betriebe, die weitgehend selbstständig und unabhängig voneinander arbeiten. Die meisten Konzerne sind weltweit tätig.

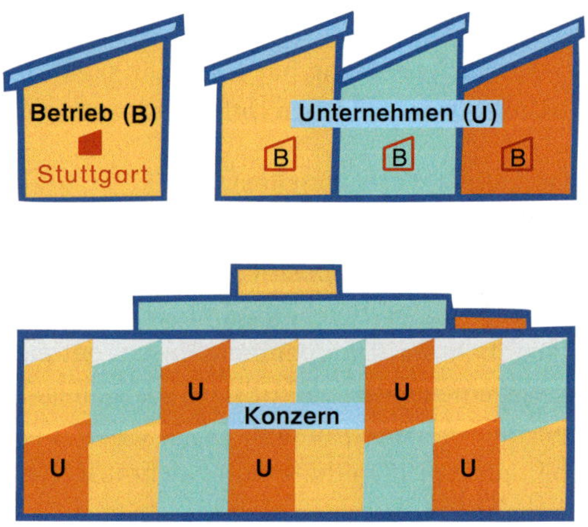

Teil 2: Unterscheidung nach den Besitzverhältnissen

Einzelunternehmen (e. K.)

Weitaus die meisten Unternehmen gehören nur einer Person, sie heißen deshalb Einzelunternehmen. Diese leitet gleichzeitig häufig das Unternehmen und trägt die ganze Verantwortung. Das hat manchmal auch Nachteile: Wenn das Unternehmen Schulden macht, muss der Einzelunternehmer diese mit seinem privaten Geld bezahlen und vielleicht sogar sein Haus dafür verkaufen.

Personengesellschaften

Wenn mehrere Personen gemeinsam ein Unternehmen führen, spricht man von einer Personengesellschaft. Sie heißen Gesellschafter, weil sie für die Gründung des Unternehmens Geld, Gebäude oder Maschinen gegeben haben, ihnen also ein Teil der Gesellschaft gehört. Auch sie müssen mit ihrem privaten Geld einspringen, wenn das Unternehmen Schulden macht. Andererseits profitieren sie auch in vollem Maß, wenn das Unternehmen Gewinne erwirtschaftet. Ein Beispiel sind Partnergesellschaften, in der sich Freiberufler wie Ärztinnen und Ärzte oder Rechtsanwältinnen und Rechtsanwälte zusammenschließen (PartG).

In einer Kommanditgesellschaft (KG) haftet mindestens eine Person (Vollhafter oder Komplementär) mit dem vollen Privatvermögen und hat daher das alleinige Recht, das Unternehmen zu leiten. Die sogenannten Kommanditisten stellen dem Unternehmen Kapital zur Verfügung und können im Fall einer Unternehmenspleite auch nur diese Summe verlieren.

Personengesellschaften

Kapitalgesellschaften

Bei Kapitalgesellschaften haften die Eigentümer/-innen nur mit dem Geld, also dem Kapital, das sie dem Unternehmen zur Verfügung gestellt haben. Wenn das Unternehmen zahlungsunfähig wird und/oder schließen muss, ist ihr privater Besitz gerettet. Ihr persönliches Risiko ist also viel geringer. Deshalb heißt eine solche Gesellschaft auch „Gesellschaft mit beschränkter Haftung" (GmbH). Für die Gründung eines solchen Unternehmens müssen die Eigentümer zusammen mindestens 25 000 Euro aufbringen.

Auch Aktiengesellschaften sind Kapitalgesellschaften. Hier wird das Kapital von sehr vielen Menschen gestellt, die Aktien kaufen und damit einen kleinen Teil des Unternehmens erwerben. Sie heißen Aktionäre. Um eine Aktiengesellschaft zu gründen, braucht man mindestens 50 000 Euro.

Aktionärinnen und Aktionäre können auf die Entwicklung des Unternehmens Einfluss nehmen: Auf der jährlichen Hauptversammlung wählen sie den Vorstand (die Geschäftsleitung) und den Aufsichtsrat, der den Vorstand kontrolliert. Je nachdem, ob ein Unternehmen Gewinne oder Verluste macht, schwankt der Wert einer Aktie. Im schlimmsten Fall können Aktionäre das für den Kauf eingesetzte Geld verlieren.

Den Zusatz „AG" muss das Unternehmen im Namen führen. Die Rechtsform einer AG wählt ein Unternehmen dann, wenn es viel Kapital braucht, etwa um neue Maschinen zu kaufen oder neue Standorte aufzubauen. Das erforderliche Geld beschafft es sich über den Verkauf von Aktien.

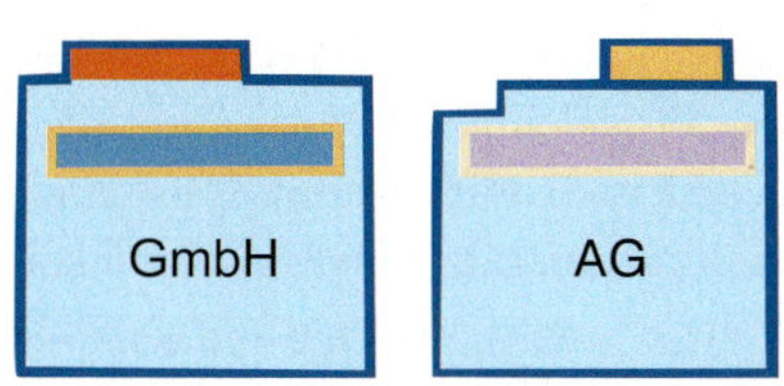

Kapitalgesellschaften

3 Von der Beschaffung bis zur Lieferung: Wie funktionieren Unternehmen?

Betriebliche Organisationsformen erläutern

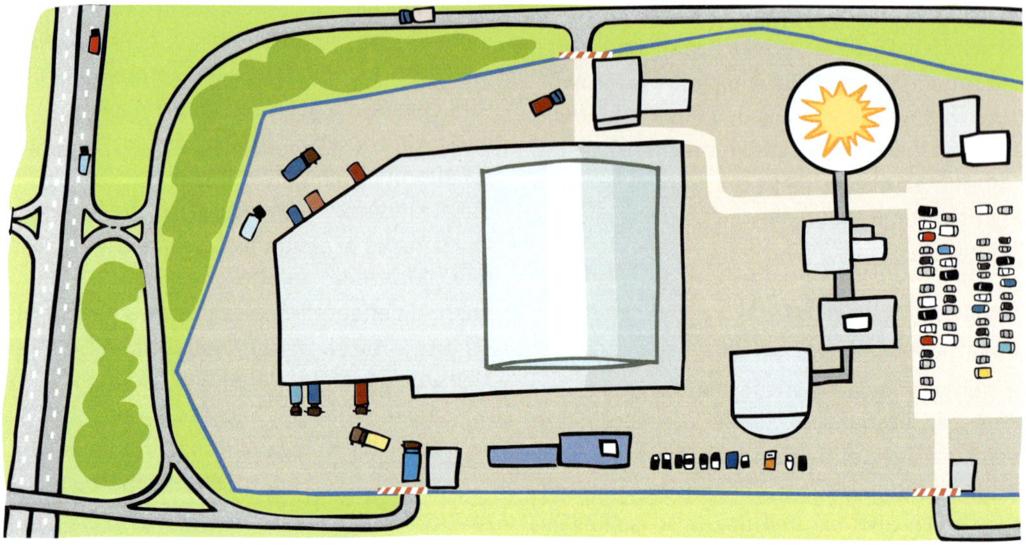

Die Sonnen-Werke aus der Vogelperspektive

A Wer ist wofür zuständig? Das Beispiel Sonnen-Werke

In jedem Unternehmen fallen immer wiederkehrende grundsätzliche Aufgaben an. Sie werden als betriebliche Grundfunktionen bezeichnet. Im folgenden Beispiel eines fiktiven Industriebetriebs könnt ihr erarbeiten, welche das sind.

Die Sonnen-Werke produzieren natürliche Grundstoffe für die Getränke- und Lebensmittelindustrie und Fruchtsaftgetränke. Gegründet wurden sie in den Siebzigerjahren des letzten Jahrhunderts. Sie sind heute noch ein Familienunternehmen. Am Stammsitz des Unternehmens werden Produkte hergestellt, aber auch viele wichtige Entscheidungen für das Unternehmen getroffen: welche Produkte auf dem Markt angeboten werden sollen, wie und wohin die Produkte verkauft werden, in welchen Ländern man neue Betriebe errichten will. Damit das Unternehmen konkurrenzfähig bleibt, entwickelt die Forschungs- und Entwicklungsabteilung ständig neue Produkte.

Beschaffung

Da in Deutschland keine Südfrüchte wachsen, werden viele Rohstoffe für die Fruchtsäfte aus Nord- und Südamerika und aus dem Mittelmeerraum eingeführt. Einkäufer sorgen dafür, dass die Rohstoffe zu möglichst günstigen Preisen beschafft werden. In der Folge muss der Transport organisiert werden. Täglich passieren Hunderte von Lkws die Pforte der Sonnen-Werke. Wer in dem Bereich Beschaffung arbeitet, muss dafür sorgen, dass einerseits immer genügend Nachschub für die Produktion vorhanden ist, andererseits dürfen auch nicht zu viele Lkws bestellt werden, denn nicht benötigte Rohstoffe zu lagern kostet zusätzlich Geld. Auch genügend Personal muss beschafft werden. In Spitzenzeiten haben die Sonnen-Werke oft nicht genügend eigenes Personal, sie leihen es von Zeitarbeitsfirmen.

Zusammengefasst hat die Beschaffung die Aufgabe, die Produktionsfaktoren Arbeit, Kapital und Werkstoffe in der richtigen Menge, zur passenden Zeit und zu möglichst günstigen Preisen zu organisieren.

Produktion

In der Produktion werden die Konzentrate gemischt, erhitzt und in große Tanks abgefüllt. Anschließend werden sie entweder an Kunden in der Getränkeindustrie geliefert oder für die eigene Produktion weiterverarbeitet, indem man Wasser, Zucker und Geschmacksstoffe hinzufügt. Das genaue Rezept bleibt allerdings geheim, denn schließlich will man ja nicht, dass die Produkte von anderen Unternehmen nachgeahmt werden. Anschließend werden die Fruchtsaftgetränke abgefüllt. Weil die Maschinen, mit denen die Getränke hergestellt werden, sehr teuer sind und daher gut ausgelastet sein müssen, arbeiten die Mitarbeiterinnen und Mitarbeiter in der Produktion in zwei Schichten, in Spitzenzeiten wird sogar rund um die Uhr gearbeitet.
Zusammengefasst hat dieser Bereich die Aufgabe, den Ablauf der Produktion zu planen, die Qualität der Produkte zu kontrollieren und zu entscheiden, was in welcher Menge wie produziert wird.

Absatz

Mitarbeiterinnen und Mitarbeiter des Vertriebs sorgen dafür, dass die bestellten Produkte an die Kundinnen und Kunden geliefert werden. Inzwischen hat das Unternehmen Kunden in über 90 Ländern. Für die Vermarktung sind Kaufleute und Marketingspezialisten zuständig: Sie berechnen unter anderem die Preise, beraten und informieren die Kunden und überlegen auch, wie durch Werbemaßnahmen der Verkauf der Produkte gesteigert werden kann. Zusammengefasst umfasst dieser Aufgabenbereich alle Tätigkeiten, die darauf zielen, die Produkte eines Unternehmens bekannt zu machen, den Vertrieb und Verkauf zu organisieren.

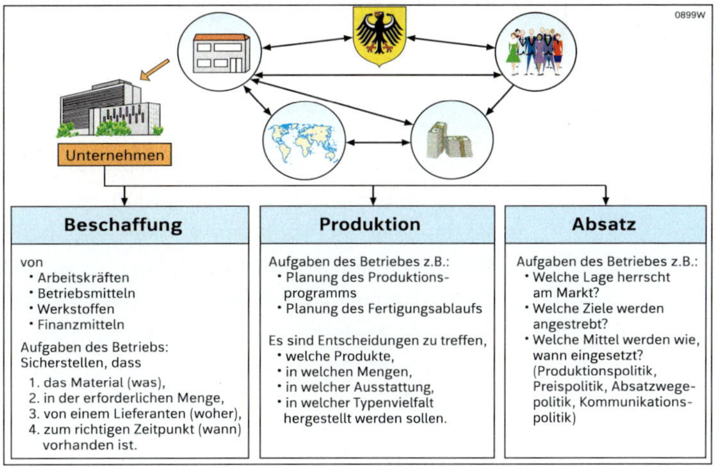

Ein Blick ins Unternehmen: Wer nimmt welche Aufgaben wahr?

1. Johannes Bartel plant zusammen mit Vertreterinnen und Vertretern von zwei Supermarkt-Ketten eine Sonderverkaufsfläche, um ein neues Fruchtsaftgetränk bei den Konsumenten bekannter zu machen.
2. Serap Karioglu telefoniert mit einem Zulieferer in Südamerika, weil sich eine Rohstofflieferung verzögert.
3. Im großen Konferenzraum tagen zwei Abteilungsleiter mit der Geschäftsführung. Bei der Waren-Endkontrolle wiesen mehrere Getränkekartons Qualitätsmängel auf, die man sofort beheben möchte.
4. Katja Niemeyer berät sich in einer Video-Konferenz mit Kolleginnen und Kollegen der Niederlassung in Polen. Sie überlegen, dem dortigen Großhändler einen Rabatt anzubieten, um den Absatz in Polen anzukurbeln.
5. Vor dem Werktor schaut Tim Koslowski immer wieder nervös auf seine Uhr. Er erwartet dringend drei Lkws aus den Niederlanden. Wegen eines Hafenstreiks konnten sie in Rotterdam erst verspätet beladen werden.

1. Erläutere anhand des Textes und des Schaubilds die Aufgaben in den Bereichen Beschaffung, Produktion und Absatz.

2. Ordne die Punkte 1 bis 5 den passenden Grundfunktionen zu.

3. Gleich neben den Sonnen-Werken hat eine Software-Firma ihren Sitz. Erläutere mithilfe des Schaubilds, welche Aufgaben in der Beschaffung anfallen. S. 371

B Wie können die Sonnen-Werke erfolgreicher werden?

Stell dir vor … Seit einiger Zeit haben die Gewinne der Sonnen-Werke stark abgenommen. Die Geschäftsleitung will deshalb klären, wo die Ursachen liegen. Während das Marketing auf die schwierige Konkurrenzsituation verweist, setzt man in der Produktion vor allem auf neue Maschinen und kreative Produkte. „Lasst uns doch zusammen mit einer Unternehmensberatung eine Wertschöpfungskette erstellen. Dann können wir besser erkennen, wo es hakt", schlägt die Leiterin des Einkaufs vor.

Was ist eine Wertschöpfungskette?

Ziel jeden Unternehmens ist es, Gewinn zu erwirtschaften. Wertschöpfung ist ein anderes Wort für Gewinn. Um dieses Ziel zu erreichen, sind viele Aktivitäten erforderlich. Diese Tätigkeiten kann man in einer zeitlichen Reihenfolge anordnen, man spricht dann von einer Wertschöpfungskette. Der Begriff stammt von dem amerikanischen Wirtschaftswissenschaftler Michael Porter. Er unterscheidet zwischen primären und unterstützenden Aktivitäten.

F

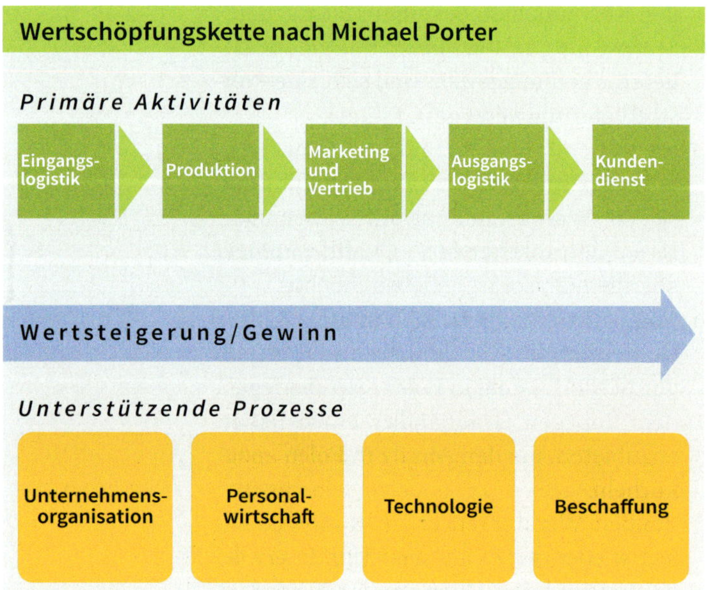

1. Erkläre, was eine Wertschöpfungskette ist und wozu sie dient.

2. Suche dir eine Partnerin/einen Partner und erläutert das Schaubild am Beispiel der Sonnen-Werke.

3. Entwickelt in der Kleingruppe mindestens drei Ideen, wie die Sonnen-Werke erfolgreicher im Wettbewerb werden können. Ordnet diese in die Wertschöpfungskette ein.

Als primäre Aktivitäten bezeichnet er alle Tätigkeiten, die direkt für die Herstellung eines Produktes oder die Erbringung einer Dienstleistung erforderlich sind:

1. Eingangslogistik: zum Beispiel Empfang, Lagerung und Bereitstellung von Betriebsmitteln (Rohstoffe, Geräte usw.)
2. Produktion: Aktivitäten zur Herstellung und Verpackung
3. Marketing und Vertrieb: zum Beispiel Werbung, Außendienst
4. Ausgangslogistik: zum Beispiel Lagerung und Verteilung des Produkts, Abwicklung von Aufträgen
5. Kundendienst: Pflege von Kundenbeziehungen, Reparaturen

Als unterstützende Aktivitäten bezeichnet man alle Tätigkeiten, die nicht direkt an der Herstellung eines Produktes oder eine Dienstleistung beteiligt sind:

1. Unternehmensorganisation, zum Beispiel Planung, Unternehmensführung, Rechnungswesen
2. Personalwirtschaft, zum Beispiel Gewinnung und Weiterbildung von Mitarbeitenden
3. Technologie, zum Beispiel IT-Ausstattung, Forschung und Entwicklung
4. Beschaffung: zum Beispiel Einkauf von Rohstoffen, Büroeinrichtung, Fuhrpark

Indem man alle Tätigkeiten in den Blick nimmt, kann man gezielt planen, mit welchen Maßnahmen und an welcher Stelle der Kette das Unternehmen wettbewerbsfähiger und erfolgreicher werden muss.

Die Wertschöpfungskette sieht für jedes Unternehmen ein wenig anders aus. Die Sonnen-Werke sind zum Beispiel ein produzierendes Unternehmen, bei dem die Produktentwicklung besonders wichtig für den Erfolg ist. Deshalb zählt die Geschäftsleitung diese Aktivitäten zu den Primärprozessen.

S M U H

Eine Betriebserkundung durchführen

Thema: Aufbau und Abläufe in einem Unternehmen

Einen Einblick in den Aufbau und die Abläufe in einem Unternehmen kann eine Erkundung vermitteln. Dabei könnt ihr zu einer bestimmten Fragestellung Informationen sammeln. Dies kann durch Beobachtung von Arbeitsplätzen und Gesprächen mit Mitarbeitenden usw. geschehen.

1. Vorbereitung

Bevor ihr euch auf die Suche nach einem geeigneten Betrieb macht, solltet ihr euch darüber klar werden, was euch besonders interessiert. Es ist sinnvoll, eine Erkundung auf wenige thematische Schwerpunkte einzugrenzen.
Einige Beispiele:

- Was wird produziert bzw. welche Dienstleistung wird erbracht?
- Wie ist das Unternehmen aufgebaut? Welche Abteilungen gibt es?
- Welche Tätigkeiten werden in dem Unternehmen ausgeübt?
- Wie werden die Abläufe organisiert (Beispiele)?
- Plant der Betrieb in Zukunft eine Erweiterung? Oder sind etwa Arbeitsplätze weggefallen?

2. Durchführung

Welche Branche* für euer Vorhaben geeignet ist, hängt von eurem gewählten Schwerpunkt ab. Für eine Erkundung unter den in diesem Kapitel behandelten Schwerpunkten kommen wohl vor allem Produktions- oder Handwerksbetriebe infrage. Ihr könnt einen Betrieb mithilfe des Branchentelefonbuchs finden (Gelbe Seiten). Aber auch auf den Wirtschaftsseiten eurer Zeitung findet ihr Hinweise auf geeignete Betriebe.

- Beschafft euch zunächst Informationen über das Unternehmen. Meist stellen sich Unternehmen im Internet vor.
- Bildet dann Gruppen entsprechend der Anzahl der gewählten Schwerpunkte.
- Jede Gruppe überlegt sich, auf welche Weise sie im Betrieb Informationen zu ihrem Thema erhalten kann. Infrage kommen mehrere Möglichkeiten, z. B. kann man ein Interview mit Mitarbeitenden führen und aufnehmen. Ihr könnt eure Eindrücke auch auf Fotos festhalten.
- Überlegt euch dann Fragen, die ihr stellen möchtet. Ein geeignetes Verfahren dafür ist Brainstorming. Bereitet einen Beobachtungsbogen vor.

Eine Erkundung verläuft häufig nach einem festen Ablaufschema: Zunächst stellen euch Mitarbeitende in einem einführenden Vortrag das Unternehmen vor. Auf einem Rundgang solltet ihr versuchen, mit den Beschäftigten ins Gespräch zu kommen. Notiert eure Beobachtungen. Ihr könnt eure Eindrücke auf Fotos festhalten. In einem Abschlussgespräch erhaltet ihr Gelegenheit, noch offene Fragen zu klären und über eure Eindrücke zu diskutieren.

3. Auswertung

Im Anschluss an die Erkundung gilt es, die Ergebnisse in Form einer Dokumentation oder in einem Artikel in der Schülerzeitung auszuwerten.

* Merke ✓
Branche ist eine Sammelbezeichnung für Unternehmen mit ähnlichen Leistungen und Angeboten.

4 Geht es Unternehmen nur ums Geldverdienen?

Lösungsvorschläge für Zielkonflikte entwickeln

A Zwei Fallbeispiele: Im Zielkonflikt

Unternehmerinnen und Unternehmer müssen manchmal in schwierigen Situationen entscheiden, bei denen unterschiedliche Interessen und Unternehmensziele aufeinandertreffen. Dabei haben sie die Auswirkungen ihrer Entscheidung sorgfältig abzuwägen und – im Zusammenspiel mit der Belegschaft – eine Lösung zu entwickeln, die für das Unternehmen und die Beschäftigten möglichst vorteilhaft ist. Zwei Beispiele schildern einen solchen Zielkonflikt.

Tipp: Ihr könnt sie arbeitsteilig bearbeiten und euch gegenseitig informieren.

1. Soll die Schreinerei Kobler nur noch einheimisches Holz verarbeiten?

Traditionelles, qualitätsbewusstes Handwerk in Verbindung mit nachhaltiger Wirtschaftsweise – das Erfolgsrezept für die Zukunft?

Seit der Juniorchef Florian Kobler das elterliche Familienunternehmen mit 20 Beschäftigten übernommen hat, wird Umweltschutz großgeschrieben. Er ist sich sicher, dass nachhaltig arbeitende Unternehmen langfristig einen Wettbewerbsvorteil haben und auf dem Markt erfolgreich sein werden.

Verzicht auf Tropenholz

Erst im letzten Jahr hat er auf dem Dach des Firmengebäudes eine Solaranlage installieren lassen. Diese Investition hat ein großes Loch in die Firmenkasse gerissen und den Jahresgewinn schrumpfen lassen. Nun grübelt er seit Tagen über den nächsten Schritt. Er plant, künftig kein Tropenholz mehr zu verarbeiten. Beliebt bei seinen Kunden sind unter anderem Gartenmöbel aus dem witterungsbeständigen und schädlingsresistenten Teakholz, das in Südostasien in riesigen Plantagen angebaut wird. Dafür werden Regenwälder – oft illegal – abgeholzt. Durch den Abbau von tropischen Hölzern werden weltweit jährlich rund 13 Millionen Hektar Regenwald und damit wertvolle, artenreiche Ökosysteme unwiederbringlich vernichtet. Häufig werden Landrechte missachtet und Arbeiter durch niedrige Löhnen ausgebeutet. Das kann und will Florian Kobler in Zukunft nicht mehr mitverantworten. Stattdessen will er ausschließlich einheimische Hölzer aus nachhaltigem Anbau verwenden.

Wirtschaftlicher Erfolg

Auf der anderen Seite verfolgt er das Ziel, das Unternehmen erfolgreich zu führen und einen möglichst hohen Gewinn zu erwirtschaften. Wie würden seine Kunden reagieren, wenn er ihnen von einem Tag auf den anderen den Wunsch nach Tropenholz verweigert? Auch müsste er möglicherweise seine Preise erhöhen. Würden seine langjährigen Stammkunden zur Konkurrenz wechseln? Gefährdet er mit seiner Entscheidung

Arbeitsplätze oder möglicherweise sogar die Existenz des Unternehmens, das seit Generationen im Besitz seiner Familie ist?

2. Soll sich die Werbeagentur Solefix um einen Großauftrag bewerben?

Innerhalb weniger Jahre hat sich die Werbeagentur Solefix zu einer der erfolgreichsten Agenturen in der Region entwickelt. Sie hat sich auf Werbung in digitalen Medien spezialisiert und von der Digitalisierung in der Unternehmenswelt kräftig profitiert.
Zu Recht ist die Firmengründerin Mara Zimmermann stolz auf die Leistungen ihres jungen Teams, das aus fünf Mitarbeiterinnen und Mitarbeitern besteht.

Aussicht auf einen Großauftrag

Gerade hat sie auf einem Internetportal die Ausschreibung eines Großauftrags entdeckt: Ein bekanntes Unternehmen will seinen Webauftritt neu gestalten. Sie überlegt, ob sie sich für den Auftrag bewerben soll. Die Neugestaltung und die Pflege der Website würde ihrer jungen Agentur viel Geld einbringen, ihr einen Vorteil vor der Konkurrenz verschaffen und Arbeitsplätze sichern. Möglicherweise bekäme ihr Unternehmen bei einer erfolgreichen Umsetzung des Auftrags aufgrund der Mund-zu-Mund-Propaganda weitere Aufträge von anderen Unternehmen.
Mara Zimmermann ist sich bewusst, dass die Zukunft ihres jungen Unternehmens keinesfalls gesichert ist: Noch hat sie keine Stammkunden, die ihr regelmäßige Aufträge sichern. In dieser schnelllebigen Branche kann zum Beispiel eine Wirtschaftskrise sehr rasch den Fortbestand ihres jungen Unternehmens gefährden.

Hohe Arbeitsbelastung des Teams

Für die Erfolge der letzten Zeit hat ihr Team einen hohen Preis gezahlt: zahllose Überstunden verbunden mit dauerhaftem Termin- und Leistungsstress. Selbst die engagiertesten Mitarbeiterinnen und Mitarbeiter wirken inzwischen sehr erschöpft. Die Stimmung droht zu kippen. Wären sie bereit, für den Großauftrag wieder 60-Stunden-Wochen in Kauf zu nehmen? Mara Zimmermann weiß natürlich, wie wichtig die Motivation und Kreativität ihrer Beschäftigten gerade für den Erfolg einer Werbeagentur sind. Nachdenklich studiert sie die Regelungen des Arbeitszeitgesetzes. Darin schreibt der Gesetzgeber vor, dass die werktägliche Arbeitszeit acht Stunden nicht übersteigen darf. Nur in Ausnahmefällen darf sie zehn Stunden betragen, wenn dann an anderen Tagen dafür weniger gearbeitet wird. Im Durchschnitt von sechs Monaten darf sie nicht mehr als acht Stunden betragen. Diese Bestimmungen wurden in den letzten Monaten fast durchgehend missachtet.
Die Regelungen des Arbeitszeitgesetzes sollen vor allem die Gesundheit von Arbeitnehmern schützen. Darf sie als verantwortungsbewusste Unternehmerin die Gesundheit ihres Teams aufs Spiel setzen? Was würde passieren, wenn jemand aufgrund der dauerhaften Überlastung krank würde?

Im Team über den nächsten Großauftrag entscheiden

1. Arbeite aus deinem Beispiel die Ziele der Unternehmer/-in heraus.

2. In welchem Zielkonflikt befinden sich jeweils die Unternehmer? Erläutere ihn.

3. Suche dir einen Partner oder eine Partnerin und informiert euch gegenseitig über eure Arbeitsergebnisse.

4. In der Praxis werden Zielkonflikte häufig durch Kompromisse gelöst. Entwickle einen Lösungsvorschlag für eines der beiden Beispiele.

B Unternehmensziele

1. Beschreibe die drei Zeile von Unternehmen.

2. Erkläre, was man unter Corporate Social Responsibility versteht (CSR).

3. Begründe, warum Unternehmen auch soziale und ökologische Ziele verfolgen. Gewinne könnten sie doch auch ausschließlich mit ökonomischen Zielen erreichen. S. 371

Teil 1: Arten von Zielen

Ökonomische Ziele

Unternehmen werden gegründet, um damit Geld zu verdienen. Gewinn entsteht immer dann, wenn die Einnahmen aus dem Verkauf von Produkten oder Dienstleistungen höher sind als die Kosten für Personal, Arbeitskräfte, Rohstoffe und vieles mehr. Dabei sind Unternehmen stets bestrebt, ihren Gewinn zu steigern. Die Konkurrenz vieler Unternehmen, die Gewinn erwirtschaften wollen, führt in der Marktwirtschaft dazu, dass Verbraucher/-innen versorgt werden. Das nennt man das erwerbswirtschaftliche Prinzip. Es ist das Leitprinzip für jedes unternehmerische Handeln.

Ökologische Ziele

Fast alle Unternehmen streben heute eine nachhaltige Wirtschaftsweise an, die die Umwelt so wenig wie möglich schädigt. Deshalb achten sie darauf, wo immer möglich Energie zu sparen und möglichst wenige Schadstoffe auszustoßen. Die EU und der Deutsche Bundestag haben eine ganze Reihe von Gesetzen beschlossen, die Grenzwerte für die Umweltbelastung definieren und an die sich Unternehmen halten müssen. Zum Umweltschutz gehören auch Mülleinsparung und -vermeidung, aber auch die Reduzierung von Lärmbelästigung.

Soziale Ziele

Aus Eigeninteresse sind Unternehmen daran interessiert, dass sich die Beschäftigten am Arbeitsplatz wohlfühlen. Sie setzen darauf, mit engagierten Mitarbeitenden ihre ökonomischen Ziele zu erreichen. Motivierend wirken zum Beispiel eine gerechte Bezahlung, soziale Leistungen wie Betriebsrenten, ein gutes Betriebsklima sowie Maßnahmen zum Gesundheitsschutz.

Teil 2: Verantwortungsbewusste Unternehmensführung

Die Umsetzung unternehmerischer Ziele wirkt sich oft auf die ganze Gesellschaft aus, etwa indem zum Beispiel Arbeitsplätze abgebaut oder neu geschaffen oder Gewässer durch Produktionsanlagen belastet werden. Unternehmen sind daher auch für die Folgen ihrer Aktivitäten verantwortlich: gegenüber den Beschäftigten, den Kundinnen und Kunden, den Menschen in der Region sowie der Umwelt gegenüber. Dessen sind sich Unternehmen in den letzten Jahren zunehmend bewusst geworden. Man bezeichnet diese Verantwortung zusammenfassend als Corporate Social Responsibility (= soziale Unternehmensverantwortung). Sie umfasst sowohl ökonomische als auch soziale und ökologische Aspekte.
Kritiker und Kritikerinnen werfen Unternehmen vor, soziale und ökologische Ziele hauptsächlich zur Imagepflege zu verfolgen. Es ginge ihnen in erster Linie darum, möglichst hohe Gewinne zu erzielen. Bei Kundinnen und Kunden kommen nachhaltige und sozial handelnde Unternehmen besonders gut an.

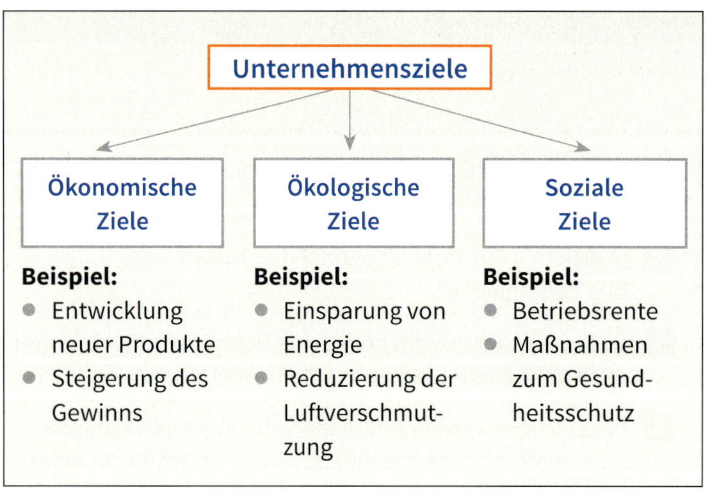

C Welche Ziele soll „Veggieglück" verfolgen?

Stellt euch vor, …

… ihr eröffnet in Kürze ein ganz besonderes Schnellrestaurant, das ausschließlich veganes Fastfood anbietet, unter anderem Suppen, Bowls und Burger.
Euren Internet-Auftritt gestaltet eine Werbeagentur. Ihr wollt damit vor allem künftige Kundinnen und Kunden, mögliche Investoren und Geldgeber, aber auch Bewerberinnen und Bewerber positiv ansprechen. Für den Menüpunkt „Wir über uns" sollt ihr fünf Unternehmensziele formulieren, die euch in den ersten drei Jahren besonders wichtig sind. In einem Brainstorming habt ihr bereits einige mögliche Stichwörter gesammelt.

Euer Auftrag:

1. Einzelarbeit: Entscheide dich zunächst allein für fünf Unternehmensziele, die auf der Website von „Veggieglück" veröffentlicht werden sollen. Dabei sollte jeder Zieltyp vertreten sein.
2. In der Kleingruppe: Stellt eure Ziele in der Kleingruppe vor. Einigt euch auf eine Liste von Zielen, die ihr auf der Website präsentieren wollt. Ordnet diese den drei Zieltypen zu.
3. Stellt eure Liste im Plenum vor und begründet eure Auswahl.
4. Bewertet die Listen: Welche Zieltypen kommen besonders häufig vor? Diskutiert über die Gründe. Haltet ihr die Auswahl für sinnvoll und realisierbar?

Jährlich drei neue Restaurants in deutschen Großstädten öffnen xxx alle Rohstoffe von lokalen Bio-Bauern beziehen xxx jährlich mindestens drei neue Speiseangebote entwickeln xxx nach drei Jahren Anlaufzeit Gewinne erzielen xxx zusätzliche Geldgeber im Internet finden xxx 5 % Marktanteil in fünf Jahren xxx Gewinnbeteiligung für alle Mitarbeitenden xxx faire Bezahlung für alle Lieferanten xxx Beschäftigte besser als branchenüblich bezahlen xxx Aufbau eines Lieferdienstes xxx Auslieferung ausschließlich mit Lastenfahrrad oder E-Fahrzeugen xxx keine tierischen Produkte bei der Herstellung der Speisen verwenden xxx flexible familientaugliche Arbeitszeiten für Beschäftigte xxx jährlicher Kundenzuwachs von 20 % xxx Herkunft aller Lebensmittel offenlegen

5 Welchen Einfluss haben Arbeitnehmerinnen und Arbeitnehmer in Unternehmen?

Regelungen zur Mitbestimmung auf einen Fall anwenden

A Eine Einstiegsübung

Lies den Fall. Wo klebst du deinen Punkt?

„Mit der Urlaubssperre hat sich die Geschäftsleitung richtig verhalten.“
Dieser Ansicht stimme ich zu:
voll ☺
teilweise 😐
gar nicht ☹

B Der Fall: Urlaubssperre für alle Beschäftigten?

■ Die Landschaftsgärtnerei Grünland hat sich in der Region einen guten Namen gemacht. 35 Mitarbeiterinnen und Mitarbeiter sowie einige Aushilfen sind in dem Unternehmen angestellt. Montagmorgen, 7 Uhr:

Die Mitarbeiterinnen und Mitarbeiter sind verärgert.

Fassungslos steht fast die gesamte Belegschaft vor einem Rundschreiben der Geschäftsleitung, das am Schwarzen Brett hängt: „Liebe Beschäftigte, wie Sie alle wissen, war das letzte Geschäftsjahr für unsere Gärtnerei nicht einfach. Auch unser Unternehmen hat die Wirtschaftskrise im letzten Jahr hart getroffen und wir mussten um jeden Auftrag kämpfen. Doch Gott sei Dank konnten Entlassungen vermieden werden. Heute haben wir eine gute Nachricht für Sie: Für August haben wir einen Großauftrag bekommen. Wir können die Neugestaltung der Außenanlagen der Betrix AG übernehmen. Allerdings müssen wir die Arbeiten unbedingt im August während der Betriebsferien durchführen, darauf besteht die Leitung der Betrix AG. Der Auftrag bedeutet für uns eine große Herausforderung und wir sind dabei auf Ihre Unterstützung angewiesen. Bitte stellen Sie sich darauf ein, dass in diesem Zeitraum vermehrt Überstunden anfallen werden. Selbstverständlich kann auch niemand im August Urlaub nehmen: Für alle Mitarbeiterinnen und Mitarbeiter herrscht absolute Urlaubssperre. Wir danken für Ihr Verständnis. Die Geschäftsleitung.“
„Also, das können die doch nicht so einfach mit uns machen ... Ich habe unseren Urlaub bereits fest gebucht. Unsere Kinder sind schulpflichtig, wir können nur in den Schulferien reisen“, meldet sich erregt Johanna Weber zu Wort. „Das ist ungerecht, so eine Entscheidung einfach über unsere Köpfe hinweg zu treffen“, pflichten ihr die anderen bei. „Mal langsam, da hat der Betriebsrat schließlich auch mitzureden. Wozu haben wir ihn sonst im letzten Jahr gewählt?“ „Ja ganz richtig, das ist Sache des Betriebsrats. Er soll sofort mit der Geschäftsleitung reden und diese Frage klären“, einigen sich die Umstehenden. ■

C Hintergrundinfo: Welche Rechte hat der Betriebsrat?

Die Zeiten, in denen die Chefin oder der Chef alle Entscheidungen im Unternehmen allein treffen konnte, gehören der Vergangenheit an. Beschäftigte dürfen in Unternehmen mitbestimmen. In Betrieben mit mehr als fünf Arbeitnehmerinnen und Arbeitnehmern können sie einen Betriebsrat wählen, der ihre Interessen vertritt.

Je größer der Betrieb ist, desto mehr Mitglieder hat der Betriebsrat. Betriebsräte genießen einen besonderen Kündigungsschutz und dürfen wegen ihrer Tätigkeit beruflich nicht benachteiligt werden.

Rechte und Pflichten von Beschäftigten und Arbeitgebern sind im Betriebsverfassungsgesetz geregelt:

Mitbestimmung: Danach darf der Betriebsrat in sozialen und personellen Angelegenheiten mitbestimmen. Das bedeutet, dass er solchen Maßnahmen zustimmen muss, sonst sind sie unwirksam. Zum Beispiel darf der Betrieb nur mit Einverständnis des Betriebsrats Arbeitszeit, Pausen oder Urlaub regeln, neue Arbeitsabläufe einführen oder in Räumen Überwachungskameras installieren. Auch wenn Personal eingestellt werden soll, ist die Zustimmung des Betriebsrats erforderlich.

Mitwirkung bedeutet, dass er über geplante Maßnahmen informiert wird, diese aber nicht verhindern kann. Dazu zählen unter anderem Entscheidungen über neue Produkte, neue Standorte, Schließung von Betrieben oder Verlagerung ins Ausland.

▶II F

@ | WES-122194-022
Hier findet ihr die Bestimmungen des Betriebsverfassungsgesetzes zur Mitwirkung und Mitbestimmung.

Der Betriebsrat
vertritt die Interessen der Belegschaft gegenüber Arbeitgebern

Hier bestimmt der Betriebsrat mit:	Hier wirkt der Betriebsrat mit:
tägliche und wöchentliche Arbeitszeit	Schließung von Betrieben
Überstunden, Kurzarbeit	Veränderung von Arbeitsabläufen (z. B. durch neue Technologien)
Urlaubsregelung und Planung	Verlagerung von Standorten ins Ausland
Verhaltensregeln für Beschäftigte am Arbeitsplatz	Zusammenschluss (Fusion) mit anderen Unternehmen
betriebliche Lohngestaltung (z. B. Prämien, Zeitpunkt und Art der Auszahlung der Löhne)	Aufkauf von anderen Unternehmen
Einführung und Anwendung von Technologien zur Überwachung von Leistungen der Beschäftigten	Umstrukturierungen (z. B. Aufbau neuer Abteilungen, Schließung von Abteilungen)
Maßnahmen zur Verhütung von Arbeitsunfällen	neue Produkte oder Dienstleistungen
Einstellungen von Beschäftigten	Sparmaßnahmen oder Entlassungen von Mitarbeiterinnen und Mitarbeitern

1. Arbeite die Position der Geschäftsleitung und der Beschäftigten heraus.

2. Darf die Geschäftsleitung ohne Rücksprache mit dem Betriebsrat eine absolute Urlaubssperre verhängen? Lies dazu die Hintergrundinformation und entscheide.

3. Erkläre am Beispiel der Urlaubssperre den Unterschied zwischen Mitbestimmungs- und Mitwirkungsrechten.

Selbstständig weiterlernen mit Medien

- Gestaltet ein Video, in dem ihr im Rollenspiel das Gespräch zwischen der Geschäftsleitung und dem Betriebsrat nachspielt: Präsentiert das Video in der Klasse und erbittet euch ein Feedback.

6 Müssen die Unternehmen nachhaltiger und klimaschonender als bisher arbeiten?

Maßnahmen zum Umwelt- und Klimaschutz bewerten

A Zum Einstieg

Einmal angenommen, die Sonnen-Werke haben eine neue Geschäftsführerin bekommen, die besonderen Wert auf Umweltschutz und Nachhaltigkeit legt. Bisher spielten diese Themen in dem Unternehmen fast keine Rolle.

- Welche Maßnahmen fallen euch ein? Sammelt in einem Brainstorming die Stichwörter an der Tafel.

Tipp: Die folgenden drei Beispiele könnt ihr arbeitsteilig erarbeiten und euch dann gegenseitig informieren.

B Was leisten Unternehmen für den Umweltschutz? – drei Beispiele

@ | WES-122194-001
Text einfacher
Text ausführlicher

1. Rundum nachhaltig: das Creativhotel Luise in Erlangen

Während die Tourismusbranche mit Miniatur-Shampoos oder einzeln verpackten Butterstücken oftmals viel Plastikmüll produziert, hat sich das Hotel Luise dem Umweltschutz verschrieben, und zwar bis ins kleinste Detail. So bezieht es laut Website nicht nur Ökostrom, verwendet ausschließlich regionale Lebensmittel oder hat ein eigenes Elektroauto inklusive Ladestation auf dem Hof; der Anspruch reicht weiter:

Ideen für mehr Nachhaltigkeit gibt es auch in ausländischen Unternehmen, so der Bau von Gewächshochhäusern. Damit möchte man lokal Lebensmittel produzieren und lange, klimaschädliche Transportwege vermeiden.

um das nicht vermeidbare, eigene CO_2 kompensieren zu können, unterstützt das Hotel mit anderen Klimahotels beispielsweise ein eigenes Aufforstungsprojekt in Panama.
Besonderes Highlight aber ist das „nachwachsende" Hotelzimmer: Bei der Materialauswahl achtete das Hotel konsequent auf verantwortungsbewusste Herstellungsverfahren und Umweltverträglichkeit. So wurde die Dusche ursprünglich für die Mars-Mission der NASA entwickelt und spart laut eigenen Angaben 90 % Wasser und 80 % Energie ein. Holzschonende Decken aus Stroh verzichten auf formaldehydhaltigen Kleber. Der zu 100 % wiederverwertbare Teppich besteht aus schalldämmenden Fischernetzen. Zudem wurde Metall durch Holz ersetzt; und statt Schrauben kommen lieber Steckverbindungen und umweltschonender Kleber zum Einsatz.
Ein Engagement, das sich laut Broschüre der „Klimaschutz Unternehmen" auch in Zahlen niederschlägt: Wer im klimapositiven Hotel übernachtet, produziert demnach 58 % weniger CO_2 pro Nacht. Außerdem werden pro Gast etwa 35 % Wasser eingespart und es fallen circa 90 % weniger Abfall an.

2. Fit dank Dienstfahrrad – das Beispiel EBM-Papst

Damit bei EBM-Papst nicht nur die hauseigenen Ventilatoren und Motoren auf Hochtouren laufen, sondern auch die Mitarbeiter*innen, setzt Kai Gebhardt, Personalleiter bei EBM-Papst in Landshut, seit

geraumer Zeit auf die Kraft des Fahrrads. Und sein Engagement reichte schnell über Appelle zu einer umweltverträglichen Fortbewegung hinaus. Damit die Mitarbeiter*innen auch beim Zweirad bleiben, bietet das Unternehmen seit 2013 Diensträder an [...].
In der Praxis bedeutet das: Die Mitarbeiter*innen können sich ein Rad aussuchen, der Arbeitgeber bezahlt die monatlichen Leasingraten. [...] Endet der Leasingvertrag, können die Mitarbeiter*innen das Rad für einen geringen Restbetrag kaufen.
Inzwischen hat das Engagement dem Spezialisten für Ventilatoren und Motoren auch außerhalb der Firma Anerkennung eingebracht. So wurde das Unternehmen vom Allgemeinen Deutschen Fahrradclub (ADFC) als „fahrradfreundlicher Arbeitgeber“ ausgezeichnet; regelmäßig nimmt EBM-Papst am „Landshuter Stadtradeln“ teil.
Mit den Dienstfahrrädern leistet EBM-Papst einen unternehmerischen Beitrag zum Klimaschutz. So spart das Unternehmen laut Broschüre pro Jahr rund 350 Kilogramm CO_2 ein. Darüber hinaus liefern die Räder aber auch einen ökonomischen Mehrwert: Nach eigenen Angaben sind die Mitarbeiter*innen mit Rad seltener krank als ihre fahrradlosen Kolleg*innen.

3. Energie-Scouts und ihre Erfolgsgeschichte – das Beispiel VP Group

Wie schafft man es, das Bewusstsein für Nachhaltigkeit nicht nur in der Unternehmensphilosophie zu verankern, sondern auch in den Köpfen der eigenen Mitarbeiter*innen? Zum Beispiel, indem man die Belegschaft frühzeitig für Umweltaspekte sensibilisiert. Beim Verpackungsspezialisten VP Group etwa lernen Auszubildende, energetische Schwachstellen im Unternehmen aufzuspüren.
Im Rahmen einer IHK-Zusatzausbildung üben die „Energiescouts“ mit Messgeräten umzugehen und erarbeiten konkrete Maßnahmen zur Energieeinsparung sowie einen schonenden Umgang mit Ressourcen.

Unternehmen forcieren Energieeffizienz und Klimaschutz
Ein Drittel der deutschen Industriebetriebe hat bereits Maßnahmen gestartet, um bilanziell klimaneutral zu werden. (Stand: 2020)

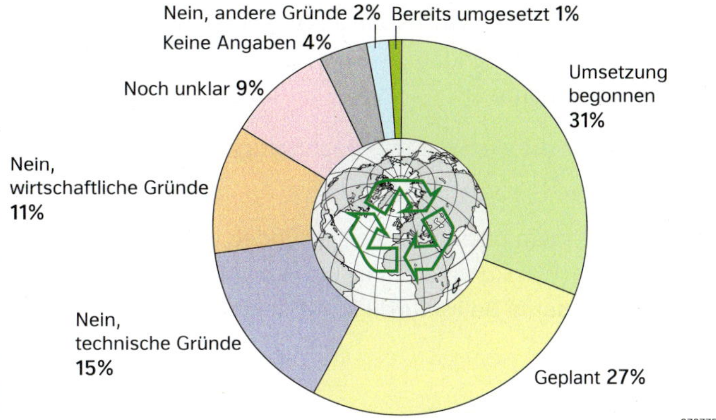

Quelle: Institut für Energieeffizienz in der Produktion der Universität Stuttgart
27877EX
© Westermann

Nach firmeneigenen Angaben kann die VP Group durch das Projekt etwa 340 000 Kilowattstunden Energie pro Jahr einsparen. [...] Die Initiative [...] sorgt gleich für drei positive Effekte: die Umwelt profitiert; und auch das Unternehmen konnte durch die Energieeinsparung die Kosten im Unternehmen senken. Nicht zuletzt hilft sie aber auch den Azubis: Selbstständig ein Projekt durchzuführen schult nicht nur Eigeninitiative und Verantwortungsbewusstsein, sondern auch wichtige, berufliche Kompetenzen in der Kommunikation und im Projektmanagement.

(Alle Texte aus: Bundesministerium für Arbeit und Soziales, Was können Unternehmen für den Klimaschutz tun? Fünf Best-Practice-Beispiele mit Potential für die Zukunft, 02.12.2019; in: www.csr-in-deutschland.de/DE/Aktuelles/Meldungen/2019/klimaschutz-in-unternehmen.html, letzter Zugriff: 13.01.2021)

*** Merke ✓**
forcieren = energisch beschleunigen.
Energieeffizienz = möglichst sparsame Verwendung von Energie.

1. Beschreibe die Klimaschutzmaßnahmen in dem von dir gewählten Beispiel.

2. Stellt in Gruppen gegenseitig eure Beispiele vor.

3. Handelt es sich bei den dargestellten Firmen um besonders lobenswerte Einzelfälle? Vergleicht die Beispiele mit den Aussagen der Grafik.

4. Stellt euch vor, die drei Unternehmen haben an einem Wettbewerb um einen Umweltschutzpreis teilgenommen und sind in der Endauswahl. Wer soll den Preis bekommen? Trefft eine Entscheidung, indem ihr die Leistungen nach den Kriterien Umfang der getroffenen Maßnahmen, Beitrag zur Einsparung von Ressourcen und Kreativität der Maßnahmen bewertet.

C Nachhaltigkeit in Unternehmen

1. Umweltschutz und Wachstum passen auf den ersten Blick nicht zusammen. Erkläre, wie man sie trotzdem zusammenführen kann.

2. Beschreibe die vier Wege zur Nachhaltigkeit in Unternehmen.

3. „Ich habe mein Unternehmen gegründet, um Geld zu verdienen. Was kümmert mich die Umwelt!“, meint eine Unternehmerin. Beurteile diese Aussage. S. 371

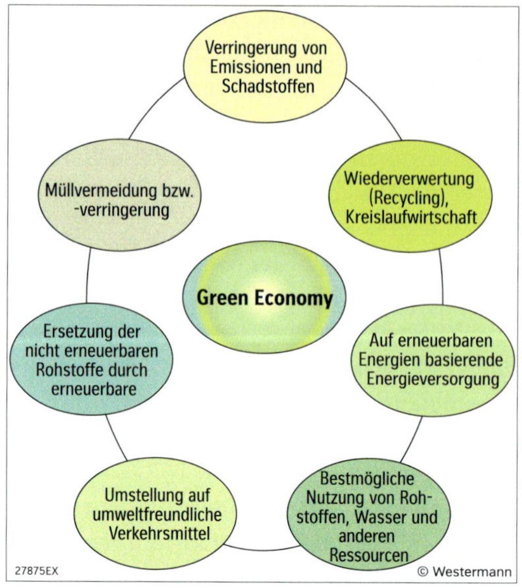

Teil 1: Green Economy

Weder die Politik noch die Bürgerinnen und Bürger sind allein in der Lage, die weltweiten Probleme durch Klimawandel und Umweltbelastungen zu bewältigen. Deshalb sind auch die Unternehmen verpflichtet, gesellschaftliche Verantwortung zu übernehmen und ihren Beitrag zum Umwelt- und Klimaschutz zu leisten. Denn schließlich sind sie die Urheber zahlreicher Umweltschäden, unter denen alle Menschen zu leiden haben.

Auf den ersten Blick scheinen Umweltschutz und unternehmerisches Handeln unvereinbar miteinander. Unternehmen wollen wachsen und Gewinn erwirtschaften. Dafür verbrauchen sie natürliche Ressourcen wie Wasser, Boden und Rohstoffe und belasten die Umwelt mit Abfällen und Schadstoffen in der Luft und im Wasser.

Maßnahmen zum Umweltschutz kosten zunächst einmal Geld und solche Ausgaben verringern den Gewinn. Doch heute haben die meisten Unternehmen erkannt, dass man gute Gewinne erzielen und dabei trotzdem die natürlichen Lebensgrundlagen besser schonen kann. Inzwischen gibt es viele Unternehmen, die sogar mit Nachhaltigkeit ihr Geld verdienen und neue Arbeitsplätze geschaffen haben, zum Beispiel in der Mode oder Lebensmittelproduktion.

Als Green Economy bezeichnet man eine Art des Wirtschaftens in Unternehmen, die möglichst wenig schädliche Treibhausgase und sonstige Schadstoffe ausstößt und die Belastung für die Umwelt so gering wie möglich hält. Sie hat das Ziel, Wirtschaftswachstum und Umweltschutz miteinander zu vereinbaren.

Teil 2: Maßnahmen

Grundsätzlich können Unternehmen auf vier Wegen nachhaltiger werden.

1. *Weniger verbrauchen:* Unternehmen können zum Beispiel bei der Produktion Material einsparen, weniger verschwenden oder wegwerfen (zum Beispiel Lebensmittel in Supermärkten oder zurückgegebene Waren).
2. *Vorhandene Ressourcen besser nutzen:* Bestehende Materialien und Produkte werden so lange wie möglich wiederverwendet, repariert oder recycelt und damit einem neuen Zweck zugeführt. Im Idealfall entsteht auf diese Weise deutlich weniger Abfall.
3. *Neue umweltschonende Technologien entwickeln:* Unternehmen können innovative Technologien entwickeln. Sie können zum Beispiel helfen, Energie oder Wasser zu sparen. Oft können solche Firmen neue Arbeitsplätze schaffen, Geld verdienen und gleichzeitig einen Beitrag zur Green Economy leisten.
4. *Umweltverträgliche Produkte und Dienstleistungen* entwickeln und verkaufen, zum Beispiel Reinigungsmittel ohne Schadstoffe mit recycelter Verpackung.

D TEAM kontrovers: Soll es eine gesetzliche Pflicht zum erweiterten Umweltschutz geben?

S M U H

Die Europäische Union und auch die Bundesregierung haben in den vergangenen Jahren eine Menge für den Umweltschutz getan. Viele Umweltgesetze sind inzwischen in Kraft getreten. So sind zum Beispiel Grenzwerte für die Belastung von Luft und Wasser durch Industriebetriebe gesetzlich geregelt. Doch ob die Unternehmen zum Beispiel Energie oder Ressourcen wie Papier sparen, ob sie mit umweltfreundlichen Materialien bauen, bleibt ihnen momentan selbst überlassen. Freiwillig können sie einiges tun, zum Beispiel das EMAS-Siegel erwerben. Dafür müssen sie in einem ausführlichen Bericht ihre Umweltschutzmaßnahmen und ihre Ziele im Umweltschutz veröffentlichen. Allerdings ist die Zahl der teilnehmenden Unternehmen seit Jahren rückläufig. Wenn Unternehmen Umweltschutz vernachlässigen, leiden alle unter den Folgen, besonders die künftigen Generationen. Soll die Regierung Unternehmen deshalb gesetzlich zu Umweltschutzmaßnahmen verpflichten?

EMAS GEPRÜFTES UMWELTMANAGEMENT

Mit diesem Logo dürfen Unternehmen werben, die sich einer Prüfung unterzogen haben.

Argumentepool

(1) Nur wenn alle Unternehmen nachhaltig wirtschaften, können die Lebensgrundlagen für spätere Generationen bewahrt werden.
(2) Neue Gesetze bedeuten für die Unternehmen höhere Kosten und zusätzlichen Verwaltungsaufwand.
(3) Deutsche Unternehmen wären gegenüber ausländischer Konkurrenz im Nachteil.
(4) Gesetzliche Regelungen bedeuten, dass alle deutschen Unternehmen die gleichen Kosten für Umweltschutz hätten.
(5) Mit einer gesetzlichen Grundlage kann der Staat Umweltsünder besser verfolgen.
(6) Die zusätzlichen Kosten für Umweltschutz bedeuten für Verbraucher höhere Preise.
(7) Kleine Unternehmen können aufwendige Umweltschutzmaßnahmen nicht bezahlen.
(8) Wenn Unternehmen gezwungen werden, sparsam mit Energie, Wasser und Materialien umzugehen, sparen sie auf lange Sicht Kosten.
(9) Beim Umweltschutz ist es besser, auf Freiwilligkeit zu setzen als auf staatlichen Zwang.
(10) Eine gesetzliche Verpflichtung zur Nutzung umweltfreundlicher Materialien würde auch die Qualität der hergestellten Produkte verbessern.

1. Ordne die Argumente nach pro und kontra.

2. Welche Argumente hältst du für besonders überzeugend, welche für weniger überzeugend? Bilde dir ein Urteil.

3. Diskutiert über die Frage in der Überschrift.

Was interessiert dich besonders? Was kannst du richtig gut?

Wähle, wie du vorgehen möchtest:
Möglichkeit 1: Ich arbeite individuell und suche mir zwei, drei oder mehr Aufgaben aus.
Möglichkeit 2: Ich arbeite mit einer Partnerin, einem Partner zusammen. Gemeinsam schaffen wir mehr als allein.
Möglichkeit 3: Wir bilden Gruppen, teilen die Aufgaben auf und lösen alles gemeinsam.

Was ich weiß

Ich kann …

1. drei grundsätzliche Aufgaben in jedem Unternehmen nennen.
2. Voraussetzungen und Vorgehensweise bei einer Unternehmensgründung erläutern.

Wozu ich meine Meinung formulieren und begründen kann

Ich kann zu folgenden Diskussionspunkten meine Meinung formulieren und diese mit Argumenten begründen:

1. Sollen Unternehmen gesetzlich zu mehr Umweltschutz verpflichtet werden?
2. Ist die Gründung eines Unternehmens eher chancenreich oder eher riskant?

Was ich methodisch gelernt habe

Ich kann …

1. zwei oder drei Regeln bei einem Brainstorming nennen.
2. begründen, warum es bei einer Präsentation wichtig ist, Kernaussagen zu visualisieren.

Worüber ich mitreden kann

Mit ein wenig Nachdenken kann ich (auch zusammen mit anderen) vor der Klasse über die folgenden Fragen eine, zwei oder drei Minuten frei sprechen:

1. Worin unterscheiden sich Unternehmen und welche Unternehmensformen gibt es?
2. Verantwortungsbewusste Unternehmensführung: Was ist das und wie kann das Ziel erreicht werden?

Neun Merksätze zum Einprägen

1	Schülerfirmen …
A	verkaufen nur Artikel für Schülerinnen und Schüler.
B	dürfen für ihre Leistungen kein Geld einnehmen.
C	werden von den Gemeinden finanziert.
D	sind Unternehmen, die von Schülerinnen und Schülern betrieben werden.

2	Wenn man ein Unternehmen gründen will, …
A	muss man eine ärztliche Bescheinigung vorlegen, dass man gesund ist.
B	muss man mindestens 100 000 Euro gespart haben.
C	benötigt man die Zustimmung der Eltern, wenn man minderjährig ist.
D	braucht man die Hilfe eines Rechtsanwalts.

3	Die Abteilung „Beschaffung“ in Unternehmen hat die Aufgabe, …
A	die Preise für Produkte zu berechnen.
B	Rohstoffe für die Produktion einzukaufen.
C	Werbemaßnahmen für neue Produkte auszudenken.
D	die Abläufe in der Produktion zu organisieren.

	Personengesellschaften sind …
	alle Unternehmen, in denen Personen arbeiten.
	alle Unternehmen, die sich von der Bank kein Geld geliehen haben.
	Unternehmen, bei denen eine oder mehrere Personen Eigentümer sind.
	Unternehmen, die keine Maschinen in der Produktion einsetzen.

4	Ein Betrieb …
A	hat nur einen Standort.
B	kann viele Standorte auf der ganzen Welt haben.
C	ist dasselbe wie ein Konzern.
D	produziert immer eine Ware.

6	Wenn man eine Aktie kauft, …
A	leiht man einem Unternehmen Geld.
B	erwirbt man einen Teil des Unternehmens.
C	muss man mindestens 1 000 Euro in das Unternehmen investieren.
D	darf man entscheiden, was das Unternehmen produziert.

7	Soziale Ziele verfolgt ein Unternehmen, …
A	wenn es eine Betriebsverlagerung ins Ausland plant.
B	wenn es den Gewinn um 20 % steigert.
C	wenn es für die Beschäftigten einen Fitnesskurs in der Mittagspause anbietet.
D	wenn es dem Staat mehr Steuern bezahlt.

9	Das EMAS-Siegel …
A	verpflichtet Unternehmen, ihre Umweltschutzmaßnahmen zu veröffentlichen.
B	ist ein Siegel für nachhaltige Mode.
C	verpflichtet Schulen, Recycling-Papier zu verwenden.
D	ist eine Prüfung für Schiedsrichter im Sport.

8	Als Green Economy bezeichnet man eine Art des Wirtschaftens, die …
A	die Partei der Grünen unterstützt.
B	In Deutschland gesetzlich verboten ist.
C	für Verbraucherinnen und Verbraucher fast nur Nachteile hat.
D	Wachstum und Umweltschutz als Ziele miteinander vereinbart.

!
- Bei richtiger Lösung kommen A und B zweimal, C dreimal und D zweimal vor.
- Übernimm die Merksätze in dein Heft und präge sie dir ein.

8 Wirtschaft und Umwelt

Gibt es Wege zur Vereinbarkeit von Ökonomie und Ökologie?

1. Allein nachdenken

Welche Gedanken zum Verhältnis zwischen wirtschaftlichem Handeln und Naturschutz löst das Foto vom Kraftwerk in der Nähe eines Rapsfeldes in dir aus?

2. Zu zweit beraten

Welche Umweltprobleme würdet ihr anpacken, wenn ihr darüber zu entscheiden hättet?

3. In der Klasse sammeln

Was sollte die Wirtschaft, die Politik und wir selbst tun, damit wir und kommende Generationen wirtschaftlich sicher und umweltverträglich leben können?

Bei der Arbeit an diesem Kapitel könnt ihr …

- am Beispiel der Corona-Pandemie die Folgen dieser Krise für Wirtschaft und Umwelt erläutern,
- das Verhältnis zwischen ökonomischem und ökologischem Handeln erklären,
- erläutern, was man unter dem Konzept der nachhaltigen Entwicklung versteht und warum Nachhaltigkeit präzise definiert werden muss,
- über unterschiedliche Vorstellungen von Wohlstand diskutieren,
- beurteilen, ob Wirtschaftswachstum und Umweltschutz noch miteinander vereinbar sind.

Eigene Schwerpunkte könnt ihr setzen, indem ihr …

- ein Land in der Rolle einer Regierungskommission in Sachen Klima- und Umweltschutz beratet.

1 Wirtschaft und Umweltschutz: unvereinbare Gegensätze?

Veränderungen im Verhältnis der Ökonomie zur Ökologie analysieren

A Corona: Eine Krise als Chance?

Berlin, Alexanderplatz, am 17. März 2020 und New York, Times Square, am 24. März

Eine Einstiegsübung

Frühjahr 2020: Stille hatte sich über die Welt gelegt. In Berlin strahlte der Himmel blau wie nie. In New York fehlte der Autolärm. Selbst in Peking gab es keinen Smog.

Es war der Beginn der Corona-Pandemie, die die Welt von da an in Atem hielt. Viele Menschen sahen in dieser Krise vor allem eine wirtschaftliche und soziale Katastrophe. Andere betonten, der wirtschaftliche Stillstand sei auch eine Chance für die Erholung der Natur.

- Hat Corona nur negative Folgen oder auch positive?

Tausche dich mit anderen darüber aus.

B Vollbremsung für die Wirtschaft

Vom März 2020 an zwang das Coronavirus die Wirtschaft zu einer Vollbremsung. Lockdown – dieser Begriff war in aller Munde – verordnete Abriegelung. Während nach und nach Betriebe schließen mussten und die Angst vor Arbeitslosigkeit und Absturz in die Armut immer größer wurde, schien die Natur sich kurzfristig zu erholen. Nach Angaben des Bundesumweltamtes sanken die Treibhausgasemissionen innerhalb des ersten Krisenjahres in Deutschland um 8,7 Prozent (weltweit um 4,6). Das gilt als die bisher stärkste Reduktion von Treibhausgasen seit Beginn der Berechnungen. Man kann auch sagen, die Ökonomie verlor und die Ökologie profitierte. In Krisen wächst das Nachdenken über die Zukunft und so fragten viele: Kann es mit der Wirtschaft nach der Überwindung so weitergehen wir zuvor? Darf Wirtschaft wieder über Naturschutz siegen? Nein, lautete weitgehend der Konsens. Es geht mehr denn je um Versöhnung von Ökonomie und Ökologie.

C Green Economy – statt „Weiter so!"

Über diesen Weg informiert das Bundesministerium für Umwelt und Naturschutz.

Die heutige Wirtschaftsweise zerstört die natürlichen Lebensgrundlagen und untergräbt dadurch den Wohlstand kommender Generationen. Die großflächige Abholzung von Wäldern, die Überfischung der Meere oder der Verlust fruchtbarer Ackerböden sind prägnante* Beispiele für diese Entwicklung. Allein die Folgekosten durch den Klimawandel und den Verlust der biologischen Vielfalt könnten sich im Jahr 2050 auf rund ein Viertel des weltweiten Bruttosozialprodukts* belaufen. Ein „Weiter so", bei dem die Industrieländer ihre ressourcenintensive Wirtschaftsweise beibehalten und die Entwicklungs- und Schwellenländer diese Wirtschaftsweise übernehmen, stellt keinen gangbaren Weg dar. Daher ist der Übergang zu einer Green Economy erforderlich. […]

Green Economy ist ein neues Leitbild für wirtschaftliche Entwicklung. Es verbindet Ökologie und Ökonomie positiv miteinander […]. Ziel ist eine Wirtschaftsweise, die im Einklang mit der Natur und Umwelt steht. Der Übergang zu einer Green Economy erfordert eine umfassende ökologische Modernisierung der gesamten Wirtschaft. […]
Umweltschutz und wirtschaftliche Entwicklung sind keine Gegensätze, sondern bedingen einander.

Kosten und Nutzen

Keine Frage, Umweltschutz ist nicht zum Nulltarif zu haben. Meist sind aber die Nutzen höher als die Kosten. […]
Außerdem wirkt der Umweltschutz häufig auch gesamtwirtschaftlich positiv, zum Beispiel indem er umweltbedingte Material- oder Gesundheitsschäden und andere Umweltkosten verringert. Nicht zuletzt ist eine hohe Umweltqualität auch ein positiver Standortfaktor für die Wirtschaft, die mit dem guten Umweltimage einer Region um qualifizierte Arbeitskräfte werben kann. […]
Umweltbelastungen verursachen hohe gesellschaftliche Kosten, zum Beispiel durch umweltbedingte Gesundheits- und Materialschäden, Ernteausfälle oder die Kosten des Klimawandels. Eine ambitionierte Umweltpolitik verringert diese Kosten.

(Aus: Wirtschaft und Umwelt, Bundesministerium für Umwelt, Naturschutz und nukleare Sicherheit (BMU) online vom 19.09.2019, in: https://www.umweltbundesamt.de/themen/wirtschaft-konsum/wirtschaft-umwelt; letzter Zugriff: 29.04.2021)

@ | WES-122194-001
Text einfacher
Text ausführlicher

* Merke ✓
prägnant = eindrucksvoll

* Zu Bruttosozialprodukt (und zu Bruttoinlandsprodukt) findest du auch Informationen im Glossar.

1. Beschreibe die negativen Auswirkungen der Corona-Pandemie auf die Wirtschaft und die (kurzfristig) positiven Folgen für die Treibhausgasemissionen.

2. Erläutere, was der Übergang zu einer „Green Economy" bedeutet und welcher Nutzen daraus für den Umweltschutz entstehen kann.

3. Ein „Weiter so" stellt keinen gangbaren Weg dar. Bewerte diese Textaussage aus deiner persönlichen Sicht. Tauscht euch gemeinsam darüber aus.

Tipp: Weitere Informationen zu Ökologie und Ökonomie liefert der Infotext auf der folgenden Seite.

D Ökologie und Ökonomie

1. Womit beschäftigen sich die Wissenschaften von der Ökologie und der Ökonomie? Erkläre es.

2. Warum galten Ökonomie und Ökologie lange Zeit als Gegensätze? Erläutere die Zusammenhänge.

3. Hast du eigene Vorschläge, wie eine Aussöhnung von Ökonomie und Ökologie in der Praxis aussehen könnte? Überlege und berate mit anderen.

Versöhnung statt Gegensätzlichkeit?

Teil 1: Merkmale

Ökologie als Wissenschaft

Wörtlich übersetzt bedeutet der aus dem Griechischen stammende Begriff Haus bzw. Haushalt. Die Ökologie betrachtet die Erde als ein System, das einem Haushalt ähnelt. Darin gibt es die Bestandteile Boden, Luft und Wasser und es gibt die Lebewesen: Pflanzen, Tiere und Menschen. Alle Bestandteile des Systems stehen in einer wechselseitigen Beziehung zueinander. Diese vielfältigen Wechselwirkungen zwischen den Lebewesen und der Umwelt im Haushalt der Natur sind der Gegenstand der Wissenschaft Ökologie.

Jede Veränderung in einem Bereich hat Auswirkungen auf alle anderen. Geht es den Pflanzen gut, profitieren davon die Menschen und die Tiere. Erkrankt ein Baustein im System, sind immer auch alle anderen betroffen.

Das ökologische System ist gesund, solange seine verschiedenen Bestandteile sich in einem relativ stabilen Gleichgewicht zueinander befinden. Das System ist krank, wenn dieses Gleichgewicht massiv gestört wird und wenn die Natur es nicht mehr schafft, das Gleichgewicht wiederherzustellen.

Ökonomie

Der Begriff wird auch gleichbedeutend für Wirtschaft und Wirtschaftswissenschaft verwendet. Als Wissenschaft beschäftigt sich die Ökonomie mit der Frage, wie die Produktion und Verteilung aller Wirtschaftsgüter möglichst erfolgreich gestaltet werden können.

Teil 2: Die Herausforderung

Ökonomisches Handeln hat immer Auswirkungen auf das Ökosystem. Das gilt für das Kochen einer Mahlzeit ebenso wie für die Gewinnung von Rohstoffen*. Ein gewisses Maß an Eingriffen verkraftet das ökologische System. Werden diese immer massiver, sind die Selbstheilungskräfte der Erde überfordert. Es drohen irreparable Schädigungen bis zum Kollaps. Diesen kritischen Zustand hat die Erde nach Ansicht fast aller Wissenschaftler/-innen erreicht. Vor allem macht die Klimaerwärmung deutlich, dass die Erde den derzeitigen Lebensstil der Menschen in den Industrieländern alles andere als gut verträgt.

Wirtschaftliches Handeln geschah lange Zeit zulasten des Umweltschutzes. Ökonomie galt als Feind der Ökologie. Die Menschen stehen vor den Herausforderungen, den Kollaps des Systems zu vermeiden und die Umwelt so zu schützen, dass ein Leben unter natürlichen Gegebenheiten über Generationen hinweg möglich bleibt. Der Weg dazu muss in einer Versöhnung von Ökologie und Ökonomie bestehen. „Wirtschaftlicher Erfolg durch Umweltschutz" heißt das Motto, das von den meisten Parteien und Wirtschaftsverbänden vertreten wird. Dazu heißt es in einer Meldung des Bundesumweltministeriums:

> Wirtschaft und Umwelt sind zwei Seiten einer Medaille. In der Vergangenheit sind sie lange zu Unrecht als Gegensätze gedacht worden. Ökologie und Ökonomie gehören jedoch zusammen. Eine gesunde Umwelt und der schonende Umgang mit den natürlichen Ressourcen sind Voraussetzung für eine langfristig stabile wirtschaftliche und soziale Entwicklung.
>
> (Bundesministerium für Umwelt und Naturschutz online vom 01.10.2010, Berlin, in: www.bmub.bund.de, letzter Zugriff: 10.01.2020)

*** Merke ✓**

Rohstoffe = Sammelbezeichnung für alle Stoffe, die man im „rohen" Zustand der Erde entnimmt. Erdöl, Kohle und Metalle gehören dazu und auch pflanzliche Rohstoffe wie Bäume (bzw. Holz) und viele andere Pflanzen.

E TEAM kontrovers: Mehr Geld, mehr Wohlstand?

Es gehörte bisher stets zu den Zielen der Ökonomie, den Wohlstand der Menschen zu verbessern. Doch was ist Wohlstand? Viele Menschen verbinden damit eine Verbesserung ihrer materiellen Lebensbedingungen. Andere kritisieren dieses materielle Wohlstandsdenken als zu einseitig und als gefährlich.

- Welche der beiden Ansichten zum Thema Wohlstand überzeugt dich mehr? Darüber könnt ihr hier diskutieren.

Materielles Wohlstandsstreben ist ganz natürlich!

Wir leben in einem Wirtschaftssystem, in dem man sich nur etwas leisten kann, wenn man genügend Geld besitzt. Nur so kann man shoppen, ausgehen und am gesellschaftlichen Leben teilnehmen. Wer kein Geld hat, bleibt außen vor. Klar, dass die Menschen nach höherem materiellem Wohlstand streben. Das ist doch für viele der Anreiz, sich anzustrengen. Wenn man nur ein Fahrrad hat, wünscht man sich als Nächstes ein Motorrad und dann ein eigenes Auto, ein eigenes Haus und immer so weiter. Materielles Wohlstandsstreben steckt irgendwie in der Natur des Menschen, weil damit das gesellschaftliche Ansehen steigt und man sich materielle Ziele setzen muss, um ein glückliches Leben führen zu können.

Wohlstand muss neu definiert werden!

Das einseitige Streben nach Reichtum führt in der Regel nicht zu mehr Glück, sondern zu mehr Unzufriedenheit, weil man sich nie mit dem begnügt, was man gerade hat. Zudem ist das Streben der Menschen nach immer größerem Reichtum die Hauptursache für die Schädigung der Umwelt. Immer schneller wechselnde Moden, immer dickere Autos – all das wird mit der Ausbeutung von Rohstoffen und mit der Schädigung des Klimas erkauft. Man muss ja nicht ganz auf Geld verzichten, aber man sollte sich ernsthaft überlegen, ob es nicht besser ist, sich materiell mit weniger zufriedenzugeben. Es ist ganz wichtig, dass der Wohlstandsbegriff neu definiert wird: Glück, Gesundheit, gute Bildung und gute Arbeit, das sind viel wichtigere Gradmesser dafür als Reichtum, der auf Kosten der Umwelt und damit der Zukunft geht.

1. Lies die beiden Stellungnahmen und entscheide spontan, welche dich mehr überzeugt.

2. Was bedeutet Wohlstand für dich? Formuliere dazu deine eigenen Gedanken. Sie müssen nicht zwingend mit den hier vorgestellten Positionen übereinstimmen. Beachte dabei auch, was das Schaubild darüber aussagt.

3. Vergleicht eure Stellungnahmen zu zweit oder zu dritt und diskutiert dann in der Klasse.

2 Was gehört zu einer nachhaltigen Wirtschaftsweise?

Nachhaltigkeit erläutern und eigene Handlungsmöglichkeiten prüfen

A Der Fall: Kleine Stadt erhält großen Nachhaltigkeitspreis

Alljährlich verleiht die Stiftung Deutscher Nachhaltigkeitspreis e. V. in Zusammenarbeit mit der Bundesregierung einen Preis für Spitzenleistungen in Wirtschaft und Forschung bezüglich nachhaltiger Erneuerungen. In der Kategorie Städte und Gemeinden wurde 2019 die kleine Stadt Saerbeck im Münsterland deutschlandweit zum Sieger erklärt.

@ | WES-122194-001
Text einfacher
Text ausführlicher

■ Die Gemeinde Saerbeck (ca. 7000 Einwohner) im Münsterland ist nicht nur „gut fürs Klima", sondern weitet ihr vorbildliches Engagement in Sachen Klima- und Ressourcenschutz kontinuierlich auf andere kommunale Themen wie umweltfreundliche Mobilität und Bildung für nachhaltige Entwicklung aus. Immer mit dabei sind Saerbecks Bürgerinnen und Bürger, die umfassend in die Prozesse der nachhaltigen Gemeindeentwicklung einbezogen werden [...].

Ausgehend von der Vision, die kommunale Energieversorgung ohne fossile Energieträger zu gestalten, geht die Gemeinde seit 2009 einen ambitionierten Weg: Das Leuchtturmprojekt ist dabei die Konversion* eines ehemaligen Munitionsdepots zum Bioenergiepark. Auf dem 90 ha großen Gelände wird nun Energie aus Wind, Sonne und Biomasse erzeugt.

Auch im Saerbecker Ortsbild spiegelt sich das Bekenntnis zu regenerativen Energien wider: Über 400 Photovoltaik-Anlagen befinden sich auf den Dächern privater und kommunaler Gebäude. Zusätzlich verdeutlicht ein Energie-Erlebnispfad an zehn Stationen, wie Energiesparen und Klimaschutz im Alltag funktionieren. Die unterschiedlichen Maßnahmen zahlen sich aus, denn inzwischen produziert die kleine Gemeinde fünfmal so viel Strom, wie sie selber verbraucht.

In Saerbeck wird die Energiewende nicht nur gelebt, sondern auch weitervermittelt: Am außerschulischen Lernstandort „Saerbecker Energiewelten" können sich Schülerinnen und Schüler mit regenerativer Energieerzeugung auseinandersetzen und die Vor- und Nachteile unterschiedlicher Technologien vor Ort erleben. [...]

Saerbeck richtet seinen Blick zudem verstärkt auf das Thema umweltfreundliche Mobilität. Ein Fahrradpool bestehend aus 60 Fahrrädern inklusive eines Handicap-Bikes wird zukünftig Besuchergruppen des Bioenergieparks eine auto- und busfreie Verbindung zwischen dem Ortskern und dem Bioenergiepark ermöglichen. [...]

Die kleine Gemeinde Saerbeck hat internationale Strahlkraft und inspiriert Akteure auf der ganzen Welt für den Klimaschutz und die Energiewende. [...] Dieses vorbildliche Denken und Handeln im Sinne der Nachhaltigkeit würdigt die Jury mit einer Auszeichnung als „Deutschlands nachhaltigste Gemeinde 2019". ■

(Aus: Stiftung Deutscher Nachhaltigkeitspreis online, Düsseldorf, in: https://www.nachhaltigkeitspreis.de/kommunen/preistraeger-staedte-und-gemeinden/2018/kleinstaedte-und-gemeinden/saerbeck/, letzter Zugriff: 29.04.2021)

* Merke ✓

Konversion = Umwandlung in eine neue Art der Nutzung

1. Was wurde in der Gemeinde Saerbeck gegründet, erzeugt, weitervermittelt und ermöglicht? Arbeite aus dem Text die passenden Aussagen dazu heraus.

2. Notiere unter dem Stichwort „Nachhaltige Entwicklung" alle Maßnahmen, welche die Jury zur Begründung ihrer Preisvergabe nennt. S. 371

3. Wähle die Erneuerungsmaßnahme in dieser Gemeinde aus, die dir ganz persönlich als besonders vorbildlich und originell erscheint. Begründe deine Wahl.

Selbstständig weiterlernen mit Medien

- Recherchiere selbst zum Thema „Deutscher Nachhaltigkeitspreis". Ermittle einen weiteren Preisträger, der dich besonders überzeugt, und stelle ihn mitsamt deiner persönlichen Begründung vor.

B Nachhaltigkeit – ein Begriff, viele Definitionen

Das Wort Nachhaltigkeit hat sich fest in unseren Sprachgebrauch eingefügt. Doch obwohl uns der Begriff ständig begegnet, ist er wenig konkret. Klar scheint zu sein, dass es dabei um etwas Positives in Sachen Umwelt- und Naturschutz geht. Doch stimmt das immer?

- Ein Produzent von Hühnereiern wirbt damit, dass seine Ware aus „nachhaltiger Produktion" stammt. Gemeint ist, dass die Produktionsbedingungen dauerhaft so bleiben werden, wie sie aktuell sind. Ist das positiv? Nein, wenn die Eier aus Legebatterien stammen.
- Wenige Wochen vor dem UN-Nachhaltigkeitsgipfel in Rio de Janeiro wurde 2012 die bis dahin weltweit größte Mülldeponie Jardim Gramacho geschlossen. Regierungsvertreter sprachen von einer „nachhaltigen Entscheidung zugunsten der Ökologie". Nachhaltig geschützt wurden hier die unter einer dicken Erdschicht verdeckten Schadstoffe, die weiterhin über viele Jahre hinweg den Boden belasteten und das Grundwasser verseuchten.

Es lohnt sich, genauer hinzuschauen, wenn von Nachhaltigkeit die Rede ist.

Welche Definition überzeugt?

In erster Linie kann man sagen, dass Nachhaltigkeit auf die ökologische Verantwortung abzielt, also darauf, achtsam mit den vorhandenen Ressourcen umzugehen, damit sie langfristig erhalten bleiben und der Bestand auf natürliche Art und Weise erneuert werden kann. [...]

Im Laufe der Jahre hat sich der Begriff der Nachhaltigkeit ständig erweitert. Im sogenannten Brundtland-Report der Vereinten Nationen von 1987 hieß es, dass eine Entwicklung nachhaltig ist, wenn sie „die Bedürfnisse der Gegenwart befriedigt, ohne zu riskieren, dass künftige Generationen ihre eigenen Bedürfnisse befriedigen können."
[...]

Der Rat für nachhaltige Entwicklung* definiert Nachhaltigkeit folgendermaßen: „Nachhaltige Entwicklung heißt, Umweltgesichtspunkte gleichberechtigt mit sozialen und wirtschaftlichen Gesichtspunkten zu berücksichtigen. Wir müssen unseren Kindern und Enkelkindern ein intaktes ökologisches, soziales und ökonomisches Gefüge hinterlassen."
[...]

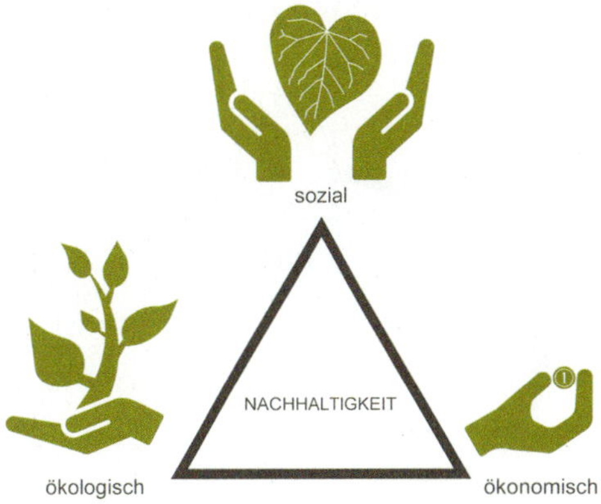

Bei der ökologischen Nachhaltigkeit soll die Vielfalt der Schöpfung mit den natürlichen Lebensgrundlagen für uns und kommende Generationen bewahrt werden. Ressourcen sollen nur in dem Ausmaß konsumiert werden, wie die Regeneration der Natur es erlaubt. Mit der ökonomischen Nachhaltigkeit soll eine leistungsfähige Wirtschaft, die nachfolgenden Generationen keine Probleme hinterlässt, gewährleistet werden.

Und die soziale Nachhaltigkeit zielt auf gleiche Chancen, Wohlstand, Bildung und Kultur für alle. [...]

Für mehr Nachhaltigkeit müssen alle Menschen auf der ganzen Welt zusammenarbeiten und ihre Bedürfnisse so befriedigen und sich so verhalten, dass die Umwelt für zukünftige Generationen geschont wird.

(Aus: Victoria Wegener: Was ist eigentlich die Definition von Nachhaltigkeit? Initiative Better Tomorrow online vom 16.04.2020, in: https://initiative-better-tomorrow.de/was-ist-eigentlich-die-definition-von-nachhaltigkeit/, letzter Zugriff: 27.08.2021)

@ | WES-122194-001
Text einfacher
Text ausführlicher

*** Merke ✓**
Rat für nachhaltige Entwicklung = ein Gremium aus 15 Personen, das die Bundesregierung in Fragen der Nachhaltigkeit berät

1. Erkläre, warum es sich lohnt, genauer hinzuschauen, wenn von Nachhaltigkeit die Rede ist.
2. Erläutere mithilfe der Zeichnung die Dimensionen des Dreiecks der Nachhaltigkeit.
3. Vergleiche die unterschiedlichen Definitionen. Begründe, welche dir am verständlichsten und am überzeugendsten erscheint. Notiere sie und stelle sie vor. S. 371
4. Sind ökologische und ökonomische Nachhaltigkeit gleichwertig zu berücksichtigen oder muss die ökologische immer im Vordergrund stehen? Urteile selbst und diskutiert über diese Frage.

Schaubildrallye
Thema: Nachhaltigkeit

Schaubildrallye Nachhaltigkeit

Unser Merksatz zu
1)
2)
3)
4)
5)
6)

Was ist das?

Das ist eine Methode, die alle Mitglieder in der Klasse an der Arbeit mit Schaubildern beteiligt. Nach einem festen Plan und in einzelnen Stationen werden unterschiedliche Schaubilder zu einem übergreifenden gemeinsamen Thema analysiert und präsentiert. Hier geht es um eine Vertiefung eurer Informationen zum Thema Nachhaltigkeit.

Wie macht man das?

Für diese Methode sollten Vierergruppen gebildet werden. (Nach Bedarf können auch Gruppen doppelt besetzt werden.) Jede der Gruppen enthält eines der hier abgebildeten Schaubilder zur Bearbeitung. Die Gruppen wenden die Vier-Fragen-Deutung zur Analyse der Schaubilder an.

1. Wovon handelt das Schaubild?
2. Welche Bedeutung haben die Zahlen?
3. Wer hat die Zahlen zur Verfügung gestellt?
4. Was will ich mir langfristig merken?

Fortlaufend von 1 bis 6 werden die Arbeitsergebnisse vorgestellt, wobei jedes Gruppenmitglied die Antwort seiner Gruppe auf eine der Fragen vorstellt. Das, was alle in der Klasse sich merken sollten, wird am Ende jeder Vorstellung in einem Satz formuliert, der von allen als Merksatz notiert werden kann.

1

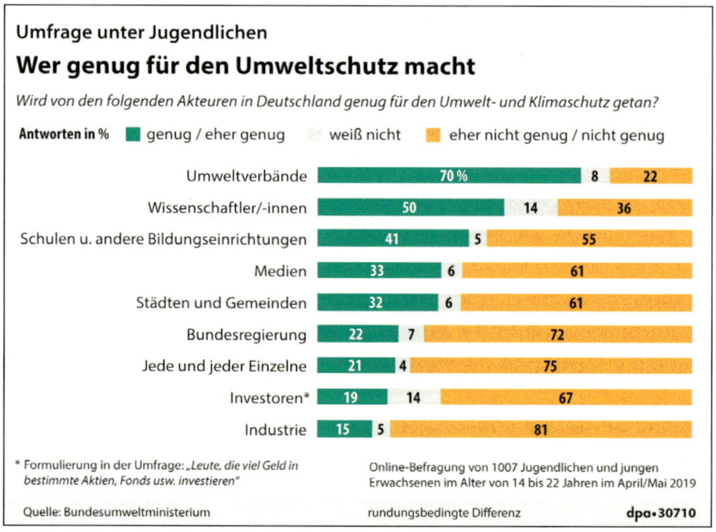

6

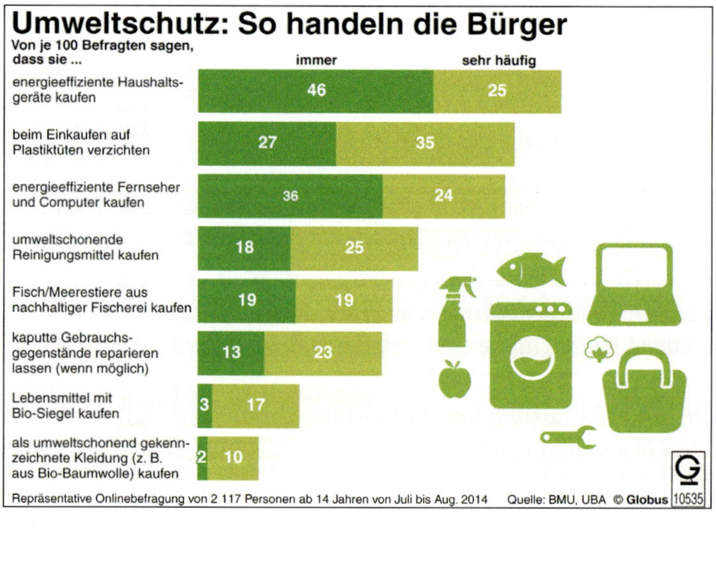

2

3

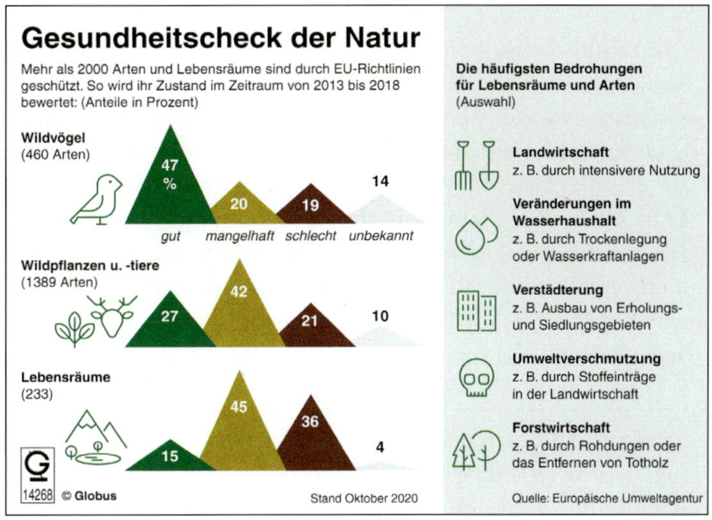

4

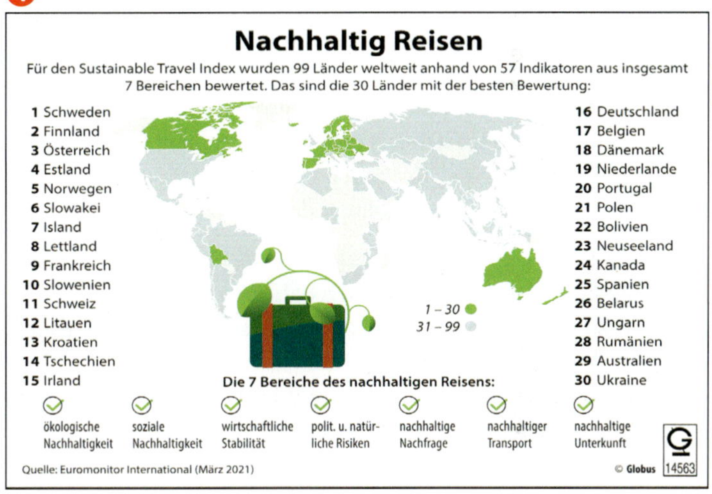

5

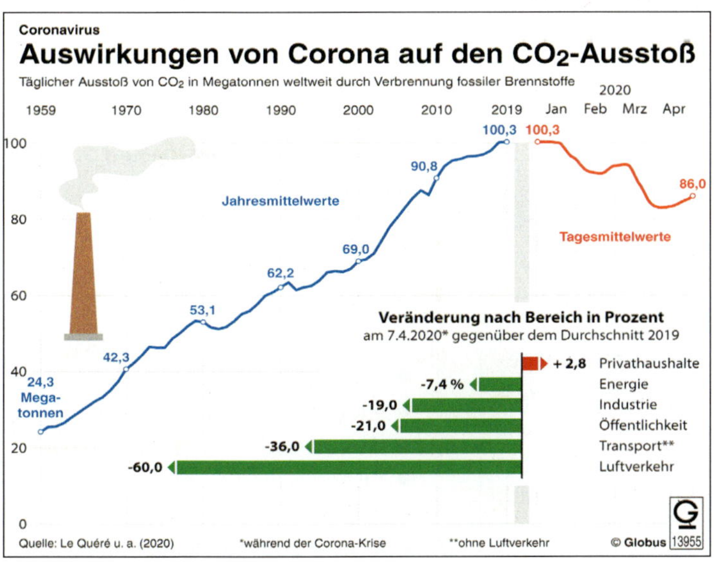

Die Quellenangabe „Le Quéré“ steht hier für die kanadische Klimaforscherin Corinne le Quéré an der East Anglia Universität in Norwich, England.

C Wie kann unser Beitrag zu einer nachhaltigen Entwicklung aussehen?

Die 15-jährige Daja und drei weitere Jungen und Mädchen aus ihrer Klasse haben sich damit beschäftigt, wie viel Wasser und wie viel Baumwolle verbraucht wird, um ständig neue Jeans und T-Shirts zu produzieren, die man oft nur für kurze Zeit trägt. Sie fassten den Entschluss, eine Kleidertauschbörse zu organisieren. Kinder und Jugendliche bringen bei den Treffen Sachen mit, die ihnen nicht mehr gefallen oder die zu klein sind, und tauschen sie gegen etwas anderes ein. Mittlerweile machen viele mit und finden diesen Second-Hand-Stil sogar chic.

In mehreren Städten in Deutschland haben Kinder, Jugendliche und Erwachsene eine neue Freizeitbeschäftigung entdeckt: das „Plogging“. In Gruppen wird eine Zeit vereinbart, in der man läuft und überall auf der gewählten Strecke den Müll in einem mitgenommenen Stoffsack einsammelt, den man auf dem Boden findet. Wer dabei den meisten Müll einsammelt, gewinnt. Der gesammelte Müll kann sortiert und recycelt werden. Erfunden wurde dieser Sport in Schweden. Das Wort „Plogging“ setzt sich aus dem schwedischen Verb „plocka“ für sammeln und „Jogging“ für laufen zusammen. Plogging ist gesund. Das Laufen trainiert die Ausdauer, das Bücken die Muskulatur.

In einer Gesamtschule in Wittlich haben sich Schülerinnen und Schüler aus mehreren Klassen mit Einverständnis der Besitzer/-innen dazu bereit erklärt, Äpfel und Birnen in den umliegenden Streuwiesen einzusammeln. Sie leisten das an mehreren Nachmittagen im Herbst. Das Obst liefern sie säckeweise an einen Getränkehersteller vor Ort. Als Gegenwert erhalten sie in Flaschen abgefüllten Saft, den sie selbst vermarkten. Vom Gewinn wurden bis jetzt unter anderem junge Bäume und Büsche angeschafft, mit denen das Schulgelände begrünt wurde.

Murat hat sein altes Smartphone zu einem Handy-Anbieter vor Ort gebracht, um es wieder aufbereiten zu lassen. Mia hat ihr Alt-Handy portofrei an die Deutsche Umwelthilfe (DUH) geschickt und sich so an der Aktion „Handys für die Umwelt“ beteiligt.
199 Millionen Alt-Handys und Alt-Smartphones lagern insgesamt in deutschen Schubladen. Das ergab eine Umfrage des Digitalverbandes Bitkom 2020. Die meisten dieser Geräte können wieder aufbereitet oder umweltfreundlich recycelt werden. Sie enthalten wertvolle Rohstoffe, die so nicht verloren gehen. Gold, Silber, Palladium und Indium gehören dazu.

Bei den vorgestellten Maßnahmen sollt ihr in Partner- oder Gruppenarbeit überlegen, worin ihr Beitrag zu einer nachhaltigen Entwicklung besteht.

Euer Auftrag:

Folgende Fragen sollen für jedes der vier Beispiele beantwortet werden:

Welche positiven Auswirkungen kann diese Maßnahme haben …

1. für den schonenden Verbrauch von Rohstoffen?
2. für den Schutz des Klimas (zum Beispiel durch geringere Abgabe von Wärme oder Belastungen durch Schadstoffe)?
3. für den Verbrauch von Energie (zum Beispiel Strom)?
4. für die Qualität unseres Zusammenlebens insgesamt?

Diskutiert in der Gruppe, welches der vier Beispiele ihr für besonders nachahmenswert haltet. Trefft eine Entscheidung, begründet sie und stellt sie in der Klasse vor.

Selbstständig weiterlernen mit Medien

Zu den vier Beispielen kannst du weiter recherchieren, den Bezug zur Nachhaltigkeit ermitteln und vorstellen. Verwende dazu die Suchbegriffe
- Kleidertauschbörse
- Plogging
- Streuwiesenobst
- „Handys für die Umwelt“.

Füge jeweils den Begriff „Nachhaltigkeit“ oder „Umweltschutz“ hinzu.

3 Welche Art von Wirtschaftswachstum können wir uns noch leisten?

Unterschiedliche Vorstellungen vom Wachstum der Wirtschaft beurteilen

A Wirtschaftswachstum als Chance und Problem

Karikatur: Reinhild Kassing

Viele Menschen wollen mehr verdienen, um sich mehr leisten zu können. Alle Unternehmen wollen wirtschaftlich erfolgreich sein und Gewinne erzielen. Die Politikerinnen und Politiker streben nach einer stetig ansteigenden wirtschaftlichen Entwicklung, weil das Arbeitsplätze schafft und die Wählerinnen und Wähler zufriedenstellt. Eine stetig wachsende Wirtschaft gilt als Schlüssel zur Lösung vieler Probleme. Ganz allgemein versteht man darunter die Zunahme der Wirtschaftsleistung in einem Land.

Pro und kontra Nullwachstum

Wirtschaftswachstum ist ein umstrittenes Ziel. Viele Menschen fordern eine Abkehr vom Wachstumsdenken. Der Vorwurf lautet, dass Wachstum unweigerlich zu einer weiteren Zerstörung der natürlichen Lebensrundlagen führen wird und damit das Leben künftiger Generationen gefährde.

Gefordert wird ein Nullwachstum als leitendes Prinzip auf dem Weg in eine umweltverträgliche Zukunft. Die Ziffer Null bedeutet, dass die Zunahme dessen, was die Wirtschaft hervorbringt, bei null Prozent liegen soll.

Demgegenüber steht die Position, dass es ohne eine wachsende Wirtschaft weder Klimaschutz noch Ressourcenschonung noch soziale Sicherheit geben könne. Nullwachstum verhindere wichtige neue technologische Entwicklungen und notwendige Investitionen in die Zukunft.

Nicht zuletzt habe die Corona-Krise ab 2020 deutlich gemacht, wie sehr eine Gesellschaft leidet, wenn die Wirtschaftsleistung schrumpft statt wächst.

Allerdings dürfe die Wirtschaft nicht um jeden Preis wachsen. Vielmehr komme es darauf an, welches Verständnis von Wirtschaftswachstum dem Handeln zugrunde liegt.

Das „Gesetz zur Förderung der Stabilität und des Wachstums in der Wirtschaft" verpflichtet die Bundesregierung zu einer Politik, die ein *angemessenes Wirtschaftswachstum* zum Ziel hat. Dieses Gesetz stammt aus dem Jahr 1967. Damals galt die Vorstellung, die Wirtschaft müsse quantitativ wachsen. Heute besteht weitgehend Konsens darin, dass nur ein nachhaltig qualitatives Wirtschaftswachstum als angemessen gilt. Als neue Definition wurde der Begriff des inklusiven Wirtschaftswachstums in die Diskussion eingeführt.

Was sind die Unterschiede? Darüber informiert die folgende Doppelseite.

1. Erkläre, warum Wirtschaftswachstum einerseits als erstrebenswert gilt und andererseits als umstrittenes Ziel.

2. Die Karikatur auf dieser Seite behandelt das Thema Wirtschaftswachstum. Beschreibe sie und deute ihre Aussageabsicht.

3. Nullwachstum als leitendes Prinzip für die Zukunft? Beschreibe die Pro- und Kontra-Argumente und bilde dir dein eigenes Urteil.

B Drei Vorstellungen von Wirtschaftswachstum

Tipp: Die Bearbeitung dieser Doppelseite kann in Gruppenarbeit erfolgen. Lest euch die Beispiele der Reihe nach vor und bearbeitet die Aufträge dazu gemeinsam.

1. Quantitatives Wachstum

@ | WES-122194-023
Hier findest du ein etwa vierminütiges Video, das die Berechnung des Bruttoinlandsproduktes anschaulich erklärt.

Quantitatives Wirtschaftswachstum zielt auf die rein mengenmäßige Zunahme der gesamtwirtschaftlichen Produktion. Als Gradmesser für dieses Wirtschaftswachstum gilt das Bruttoinlandsprodukt (abgekürzt BIP). Darunter versteht man den in Euro ausgedrückten Wert aller Waren und Dienstleistungen, die innerhalb eines Jahres im Land produziert wurden. In Deutschland hatte das Bruttoinlandsprodukt im Berechnungsjahr 2019 den Wert von etwa 3,5 Billionen Euro. Dieser Wert wird von Jahr zu Jahr vom Statistischen Bundesamt neu berechnet. Die Wachstumsrate ergibt sich aus dem Vergleich mit dem Vorjahr. Sie wird in einer Prozentzahl ausgedrückt. 2019 betrug demnach das quantitative Wirtschaftswachstum gegenüber 2018 0,6 Prozent (siehe Schaubild). 2020 – im ersten Jahr der Corona-Krise – sank das BIP gegenüber 2019 um 5 Prozent.

Das quantitative Wirtschaftswachstum sagt etwas darüber aus, wie sich der Wohlstand innerhalb der gesamten Volkswirtschaft insgesamt entwickelt. Man bezeichnet es daher auch als *Wohlstandsindikator*. Es ermöglicht auch einen Vergleich mit anderen Ländern.

Darüber hinaus ist seine Aussagekraft begrenzt. Es sagt nichts über die Verteilung des materiellen Wohlstands aus. Das BIP kann zum Beispiel wachsen, wenn wenige reiche Leute ein immer höheres Einkommen erzielen und die Mehrheit der Menschen sich mit wenig begnügen muss. Vor allem finden in der Wachstumsrate Umweltschäden und Klimawandel keine Berücksichtigung. Fährt jemand zum Beispiel seinen Motorroller zu Schrott und kauft einen neuen, steigt das BIP, obwohl der Ressourcenverbrauch und damit die Schädigung der Umwelt zunimmt. So hat sich in den vergangenen Jahren unter Ökonomen die Erkenntnis durchgesetzt, dass das BIP zwar ein wichtiger Gradmesser ist, aber dennoch für die Lebensqualität in einem Land keine ausreichende Größe.

2. Qualitatives Wachstum

Qualitatives Wachstum beinhaltet neben der reinen Steigerung der gesamtwirtschaftlichen Produktionsmenge die Verbesserung der Umwelt und der Lebensqualität der Menschen. Wirtschaftspolitische Entscheidungen sind immer so zu treffen, dass wirtschaftliche Leistungsfähigkeit, Umweltschutz und die Gestaltung sozial verträglicher Lebensverhältnisse eine Einheit bilden. Ein qualitatives Wirtschaftswachstum ist nur dann erreicht, wenn die Steigerung der Lebensqualität mit einer Minderung der Umweltschäden kombiniert werden kann. Im Unterschied zum quantitativen sind zur Erfassung des qualitativen Wachstums wesentlich mehr Kriterien erforderlich. Das macht die Berechnung schwierig.
Welche Indikatoren (= Merkmale) dabei eine Rolle spielen können, zeigt eine Veröffentlichung der nordrhein-westfälischen Landesregierung.

NRW: Impulse zur Förderung qualitativen Wachstums in der Corona-Pandemie

Die Corona-Pandemie stellt unser Land vor enorme Herausforderungen. Die Wirtschaft befindet sich in der größten Krise seit Ende des Zweiten Weltkriegs. Um diese Krise zu überwinden [...] gilt es, ein nachhaltig angelegtes qualitatives Wachstum zu stärken. [...] Neben der Digitalisierung steht die Wirtschaft auch angesichts des Klimawandels vor einem tiefgreifenden Wandel. Unternehmen müssen Produktion und Produkte mit hoher Treibhausgasintensität grundlegend verändern. Nordrhein-Westfalen hat mit einer hohen Zahl an Stromerzeugern und energieintensiven Unternehmen eine besondere Herausforderung, die Dekarbonisierung* zu meistern. [...]
Darüber hinaus bietet die Krise die Chance, klimaschonenden Fahrzeugantrieben und energieeffizienten Gebäudetechnologien zum Durchbruch zu verhelfen und gleichzeitig die wirtschaftliche Leistung von Schlüsselindustrien mit europaweiten Lieferketten zu stimulieren.

(Aus: 10 Impulse zur Stärkung von Konjunktur und Wachstum in Deutschland und Nordrhein-Westfalen, Hrsg. Landesregierung Nordrhein-Westfalen, Stand 22.05.2020, S. 3 und S. 7, bearbeitet)

3. Inklusives Wachstum

Dieser Wachstumsbegriff wurde erst vor wenigen Jahren in die Diskussion eingebracht. Inklusion bedeutet in diesem Zusammenhang, dass das Wachstum in seiner Wirkung nicht auf wenige beschränkt ist, sondern bei möglichst allen Bevölkerungsschichten ankommt. Inklusives Wachstum drückt sich darin aus, dass mehr Menschen aktiv am Wirtschaftsleben teilnehmen können und dass bestehende Benachteiligungen Zug um Zug abgebaut werden. „Wachstum muss für alle da sein!“, lautet hier das Motto. Ziel der Wachstumspolitik müssen auch bessere Bildungschancen für alle sein und eine faire und gerechte Gestaltung der globalen Handelsbeziehungen.

* Merke ✓

Dekarbonisierung = Ausstieg aus der Kohle als Energieträger

C Ein Produktionsunternehmen als Beispiel

Wenn es einem Unternehmen gelingt, vom gleichen Produkt in einem Jahr zum gleichen Preis zehn Prozent mehr zu verkaufen als im Vorjahr, hat es ein **quantitatives Wirtschaftswachstum** von 10 Prozent erzielt. Bei diesem Wachstum geht es nur um die Zunahme der verkauften Menge und um die Steigerung des Gewinns. Keine Rolle spielt, ob die Firma zur Produktions- und Gewinnsteigerung mehr Schadstoffe in die Luft geblasen, mehr Abwässer in den Fluss geleitet und insgesamt zu mehr Umweltzerstörung beigetragen hat.
Um ein **qualitatives Wirtschaftswachstum** zu erreichen, müssen zwei weitere Voraussetzungen erfüllt sein: (1) Die Firma bringt ein neu entwickeltes Produkt heraus, das ein anderes, umweltschädlicheres Produkt vom Markt verdrängt. (2) Das neue Produkt wird aufgrund einer Modernisierung der Produktion umweltentlastender erzeugt als es jemals zuvor der Fall war. Beim qualitativen Wachstum verbessern sich nicht nur die Qualität des Produkts, sondern auch die der Umwelt und die der Arbeitsbedingungen.
Inklusives Wirtschaftswachstum erzielt die Firma zum Beispiel, wenn sie zusätzlich Lohngleichheit zwischen Frauen und Männern verwirklicht, Fortbildungsangebote macht, Kinderbetreuung organisiert und die Belegschaft am unternehmerischen Erfolg beteiligt.

1. Erkläre, was das BIP ist und wie der Zahlenwert für das quantitative Wirtschaftswachstum entsteht.

2. Die Jahre 2009 und 2020 gelten als Krisenjahre für die Wirtschaft. Beschreibe anhand des Schaubildes, wie sich das auf das quantitative Wirtschaftswachstum ausgewirkt hat.

3. Charakterisiere die besonderen Merkmale eines qualitativen Wirtschaftswachstums. Verwende dazu auch die Ziele, welche die Landesregierung in NRW damit verbindet.

4. Erläutere die Unterschiede zwischen den drei Vorstellungen von Wachstum. Nutze dazu auch das Beispiel eines Produktionsunternehmens.

5. Soll die Politik Wirtschaftswachstum anstreben oder nicht? Wie fällt dein Urteil zu dieser Frage aus? Formuliere deine Gedanken dazu und tausche dich mit anderen darüber aus. S. 371

4 Sind staatliche Wirtschafts- und Umweltpolitik miteinander vereinbar?

Schwerpunkte beschreiben und Zusammenhänge erläutern

A Eine Einstiegsübung für alle

In den meisten der politischen Parteien hat sich in den vergangenen Jahren die Erkenntnis durchgesetzt, dass sie nur dann die Chance haben, möglichst viele Wählerstimmen zu bekommen, wenn sie sowohl für eine erfolgreiche Wirtschaftspolitik eintreten als auch für einen erfolgreichen Natur- und Klimaschutz.

- Nenne mindestens einen Grund, warum das so ist, und tausche dich mit anderen darüber aus.

B Zwei Beispiele für wirtschaftspolitische Entscheidungen

Nahezu jede wirtschaftliche Entscheidung hat Auswirkungen auf die Umwelt. Wie sehr dieser Zusammenhang auch auf politische Entscheidungen zutrifft, verdeutlichen die folgenden Beispiele.

Tipp: Ihr könnt sie in Partnerarbeit getrennt bearbeiten und euch dann gegenseitig informieren.

Beispiel 1: Häuser müssen klimafreundlicher werden

Mehrfamilienhäuser in Essen (NRW) nach einer energetischen Sanierung

Im November 2020 trat deutschlandweit das sogenannte **Gebäudeenergiegesetz** in Kraft. Ziel dieses Gesetzes ist, den Bau und die Nutzung von beheizbaren Häusern klimafreundlicher zu gestalten. Das gilt zum einen für den Neubau von Häusern und zum anderen für die energetische Sanierung* bereits bestehender Gebäude.

Auf Gebäude entfallen ungefähr 35 Prozent des Energieverbrauchs in Deutschland. Sie sind verantwortlich für 120 Millionen Tonnen des Treibhausgases Kohlendioxid im Jahr (Stand 2020).

Die Vorlage zum Gebäudeenergiegesetz wurde im Bundeswirtschaftsministerium erarbeitet, bevor es vom Bundestag und Bundesrat beraten und verabschiedet wurde. Es schreibt den Baufirmen die energetischen Mindestanforderungen vor, die bei der Planung und dem Bau neuer Gebäude erfüllt sein müssen. Das betrifft unter anderem die Dämmung der Innen- und Außenwände, Verglasungen, Dachgestaltung und besonders auch Heizsysteme, Klimaanlagen und Warmwasserversorgung. Alle Versorgungssysteme müssen in Zukunft mit einem vorgeschriebenen Anteil an erneuerbaren Energieträgern betrieben werden. Öl- und Kohleheizungen dürfen in der Regel nicht mehr eingeplant werden.

Das Gesetz gilt auch für Besitzer/-innen bestehender Gebäude. Sie müssen ihre Häuser innerhalb bestimmter Fristen so umgestalten, dass der Energieverbrauch und Umweltbelastung deutlich sinken. Sie sind verpflichtet, einen Energieausweis vorzulegen, wenn sie Häuser oder Wohnungen verkaufen oder vermieten wollen. Bei Missachtung der gesetzlichen Vorgaben drohen Bußgeldzahlungen.

Ausgenommen von energetischen Sanierungsmaßnahmen sind Besitzer/-innen kleinerer Einfamilienhäuser, die bereits lange in ihrem Eigenheim leben. Für Modernisierungsmaßnahmen gibt es mehrere staatliche Förderprogramme.

(Die Informationen zum Gebäudeenergiegesetz wurden vom Autor nach Informationen der Verbraucherschutzentrale NRW zusammengestellt.)

* Merke ✓

Energetische Sanierung = Modernisierung eines Gebäudes zur Minimierung des Energieverbrauchs für Heizung, Klimaanlagen und Warmwasser.

Beispiel 2: „Made in Germany" für mehr Fairness und Nachhaltigkeit

Berlin, 11. Juni 2021: Der Bundestag hat das Lieferkettengesetz verabschiedet, das große Unternehmen für Zustände bei ihren weltweiten Zulieferern stärker als bisher in die Pflicht nimmt. Für das Gesetz stimmten 412 Abgeordnete, 159 sprachen sich dagegen aus, 59 enthielten sich. [...]
Große Unternehmen in Deutschland werden ab 2023 verpflichtet, gegen Menschenrechtsverletzungen und Umweltverstöße bei ihren Zulieferern vorzugehen. Bei Verfehlungen drohen Bußgelder von bis zu zwei Prozent des jährlichen Umsatzes. Es gilt zunächst für Konzerne mit mehr als 3000 Mitarbeitern. [...]
Ein solches Gesetz soll zu mehr Schutz von Menschen und Umwelt in der globalen Wirtschaft führen. Im Handel und der Produktion verletzen Unternehmen im Zuge der weltweiten Wertschöpfungs- und Lieferketten immer wieder grundlegende Menschenrechte. Dazu zählen Kinderarbeit, Ausbeutung, Diskriminierung und fehlende Arbeitsrechte. Auch die Umweltzerstörung soll in den Blick genommen werden: illegale Abholzung, Pestizid-Ausstoß, Wasser- und Luftverschmutzung. [...]
Textil-Arbeiterinnen in Bangladesch erwarten mit dem Lieferkettengesetz nun konkrete Verbesserungen ihrer Jobbedingungen – in einer Branche, für die Millionen Menschen arbeiten.

(Aus: Bundestag beschließt Lieferkettengesetz, Tagesschau online vom 11.06.2021, Hamburg, in: https://www.tagesschau.de/inland/lieferkettengesetz-109.html, letzter Zugriff: 27.08.2021)

Anmerkung: Die Beratungen zu diesem Gesetz zogen sich über mehrere Jahre hin. Unternehmensverbände zeigten sich zwar weitgehend einverstanden mit den Zielen, wehrten sich aber gegen die zu großen Belastungen für die Unternehmen. Sie setzten eher auf freiwillige Lösungen. FDP und AfD hatten im Bundestag gegen das Gesetz gestimmt, weil auch sie die Lasten für die Unternehmen als zu groß ansahen. Menschenrechtsorganisationen kritisierten es wiederum als nicht weitgehend genug.

Frauen während der Corona-Krise in einer Textilfabrik in Bangladesch: Hoffnung auf konkrete Verbesserungen

In der Regierungskoalition aus CDU/CSU und SPD sprach man von einem „fairen Kompromiss". Auch die Partei der GRÜNEN stimmte dem Gesetz zu. Der zu dieser Zeit amtierende Minister für wirtschaftliche Zusammenarbeit und Entwicklung Gerd Müller (CSU) verteidigte in der abschließenden Bundestagsdebatte das Lieferkettengesetz mit den Worten: „In Zukunft steht ‚Made in Germany' nicht nur für Qualität, sondern auch für Fairness und Nachhaltigkeit."

1. Fasse das von dir bearbeitete Beispiel anhand folgender Gliederungspunkte mit eigenen Worten gegenüber einer Lernpartnerin/einem Lernpartner zusammen: Ziel des Gesetzes, darin enthaltene Regelungen, besonders davon betroffene Gruppen.

2. Erläutere, worin einerseits die Auswirkungen dieser Gesetze auf die wirtschaftlichen Verhältnisse bestehen und andererseits ihre Bedeutung für den Schutz der Umwelt.

3. Begründe, warum in diesen Fällen Wirtschafts- und Umweltpolitik untrennbar miteinander verbunden sind.

4. Zu den Zielen jeder Art von nachhaltiger Politik gehört die Berücksichtigung des Zusammenhangs zwischen ökonomischen Entscheidungen und ökologischer und sozialer Verantwortung. Überprüfe am Beispiel des Lieferkettengesetzes, ob der Nachhaltigkeitsaspekt hier erfüllt würde. S. 371

5. Beurteile beide Gesetze anhand ihrer Bedeutung für die wirtschaftliche Entwicklung in Deutschland, ihres Beitrags für Klima- und Naturschutz und ihrer Auswirkungen auf sozial gerechte Lebensverhältnisse.

C Ziele staatlicher Wirtschafts- und Umweltpolitik

1. Erkläre, was man unter Wirtschaftspolitik versteht, und nenne je ein Beispiel für ordnende und gestaltende Aufgaben des Staates.

2. Begründe aus der Sicht von Konsumentinnen und Konsumenten, warum die Sicherung des Wettbewerbs eine wichtige Aufgabe staatlicher Wirtschaftspolitik ist.

3. Erläutere an einem selbst gewählten Beispiel, warum die Ziele staatlicher Wirtschaftspolitik als „Das Magische Sechseck" bezeichnet werden. S. 372

Tipp: Gestalte eine Mindmap, mit der du andere zum Thema Wirtschaftspolitik informieren kannst.

Teil 1: Wirtschaftspolitik

© Bergmoser + Höller Verlag AG

F

Definition und Maßnahmen

Unter Wirtschaftspolitik versteht man die Gesamtheit aller Maßnahmen, mit denen der Staat ordnend und gestaltend in die Wirtschaft eingreift.

Für einen geordneten Ablauf des Wirtschaftsgeschehens sorgt der Staat durch gesetzliche Regelungen, an die alle Beteiligten sich halten müssen.

Zu den Maßnahmen gehört das Verbot von Preisabsprachen und manchmal auch von Unternehmenszusammenschlüssen. Erreicht werden soll damit, dass es Wettbewerb zwischen miteinander konkurrierenden Unternehmen gibt. Wettbewerb gilt als der Motor einer gut funktionierenden Wirtschaft.

Weitere ordnungspolitische Maßnahmen sind zum Beispiel das weitgehende Verbot von Kinderarbeit, das Verbot von Nachtarbeit für Auszubildende und viele andere Schutzbestimmungen mehr.

Wirtschaftspolitik begnügt sich nicht mit Verboten. Die aktive Gestaltung des Wirtschaftslebens gehört ebenso dazu. In Krisenzeiten versucht die Politik mit aus Steuermitteln finanzierten Programmen, die Wirtschaft anzukurbeln, zum Beispiel durch die Vergabe von Aufträgen und Fördermaßnahmen für Unternehmen.

Ziele

Die allgemeinen Ziele staatlicher Wirtschaftspolitik wurden bereits 1967 im „Gesetz zur Förderung des Wachstums in der Wirtschaft" formuliert, das unter dem Namen „Stabilitätsgesetz" bekannt wurde. Es enthält vier Ziele, die bis heute gelten:

- angemessenes und stetiges Wirtschaftswachstum,
- Vollbeschäftigung,
- Stabilität des Preisniveaus,
- außenwirtschaftliches Gleichgewicht.

Der Staat muss dafür sorgen, dass die Arbeitslosigkeit gering ist. Geldwertstabilität drückt sich in einer möglichst geringen Inflationsrate* aus. Außenwirtschaftliches Gleichgewicht besteht, wenn die Ausgaben für den Import und die Einnahmen für den Export von Waren in einem ausgeglichenen Verhältnis zueinander stehen.

Zum Zeitpunkt der Verabschiedung des Stabilitätsgesetzes waren Umwelt- und Klimaschutz noch nicht im Bewusstsein der Menschen verankert. Aktuell gilt der Schutz der natürlichen Lebensgrundlagen ebenfalls als unverzichtbares Ziel staatlicher Wirtschaftspolitik. Weil auch die Förderung sozialer Gerechtigkeit in Form einer gerechten Einkommens- und Vermögensverteilung an Bedeutung gewinnt, wurden die Ziele von ursprünglich vier auf sechs erweitert.

Das Adjektiv „magisch" im Schaubild „Magisches Sechseck" drückt aus, dass es geradezu der Kunst eines Magiers bedarf, will man alle Ziele gleichzeitig erreichen.

* Zum Begriff Inflation findest du weitere Informationen im Glossar.

Teil 2: Umweltpolitik

Definition und Ziel

Umweltpolitik ist die Summe aller öffentlichen Maßnahmen zur Vermeidung ökologisch negativer Folgen wirtschaftlichen Handelns. Artikel 20 des Grundgesetzes erklärt die übergreifende Zielsetzung staatlicher Umweltpolitik:
„Der Staat schützt auch in Verantwortung für die künftigen Generationen die natürlichen Lebensgrundlagen …“
In einer vielbeachteten Entscheidung erklärte das Bundesverfassungsgericht im Frühjahr 2021, dass Umweltschutz nach den Bestimmungen des Grundgesetzes den Charakter eines Grundrechtes hat, auf den Jugendliche heute und zukünftige Generationen einen Anspruch haben. Ökologie und Ökonomie, wirtschaftliches Handeln und Naturschutz, sind bei allen Entscheidungen als eine Einheit zu betrachten.

Prinzipien

Für die deutsche Umweltpolitik gelten folgende Prinzipien:

1. Das *Verursacherprinzip*, nach dem jene, welche die Umwelt belasten, auch für die Schäden haften.
2. Das *Kooperationsprinzip*, das die Beteiligung aller wichtigen Gruppen beim Umweltschutz fordert.
3. Das *Prinzip des präventiven Handelns*, wonach es besser ist, Umweltbelastungen nicht entstehen zu lassen, anstatt in Kauf genommene Belastungen zu reparieren.
4. Das Prinzip der *Nachhaltigkeit*, wonach Umweltpolitik dafür Sorge tragen muss, dass auch zukünftige Generationen in einer intakten Umwelt leben können.

Handlungsfelder

Die wichtigsten Handlungsfelder für die Umweltpolitik sind der Schutz des Bodens, des Wassers und der Luft. Der Schutz des Klimas ist aktuell die größte Herausforderung. Andere Probleme – wie das Abholzen des tropischen Regenwaldes, die Zunahme der Stürme und der Trockenheit, das Ansteigen des Meeresspiegels und das Aussterben vieler Tierarten – stehen in einem direkten Zusammenhang mit diesem übergeordneten Superproblem. Alle Maßnahmen zur Reduzierung der Treibgasemissionen haben höchste Priorität. Das gilt sowohl national als auch global.

1. Fasse die im Text genannten Teilbereiche staatlicher Umweltpolitik mit eigenen Worten zusammen.

2. Erläutere die bildhafte Bezeichnung der Umwelt- und Wirtschaftspolitik als „zwei Seiten der gleichen Medaille“. Verwende dazu auch ein Beispiel.

3. Beschreibe mit einem eigenen Text, was Artikel 20 des Grundgesetzes für dich persönlich bedeutet und welche Forderung für eine nachhaltige Umweltpolitik du ganz persönlich daraus ableitest.

Tipp: Gestalte eine Mindmap, mit der du andere über Umweltpolitik informieren kannst.

Dimensionen Boden, Luft, Wasser

Maßnahmen

Grundlage staatlicher Maßnahmen ist ein Bündel unterschiedlicher Gesetze für die verschiedenen Teilbereiche des Umweltschutzes. Es gibt Bundesgesetze zum Schutz des Bodens, zum Gewässerschutz, zur Abfallwirtschaft und zu vielen anderen Themen. Größte Aufmerksamkeit haben alle gesetzlichen Vereinbarungen zum Klimaschutz. In diesem Zusammenhang ist auch die Europäische Union ein wichtiger Akteur. In einem europäischen Klimaschutzgesetz verpflichten sich die Mitgliedstaaten der EU, den Ausstoß von Treibausgasen bis 2030 um 55 Prozent im Vergleich zu 1990 zu reduzieren und bis spätestens 2050 völlige Treibhausgasneutralität* zu erreichen. Weil Klimaschutz nur in globaler Zusammenarbeit erreicht werden kann, spielen auch internationale Vereinbarungen eine Rolle. Im Klimaschutzabkommen von Paris verpflichten sich nahezu alle Staaten der Welt darauf, die Erwärmung auf deutlich unter 2 Grad Celsius, möglichst aber auf 1,5 Grad Celsius zu begrenzen.
Als umstritten gilt, ob diese Ziele wirklich erreicht werden können. Voraussetzung dazu ist, dass die Politik sich zu einschneidenden Maßnahmen entscheidet und in der Bevölkerung die Bereitschaft besteht, mitzuwirken und Veränderungen zu akzeptieren.

* Zum Begriff Treibhausgasneutralität findest du weitere Informationen im Glossar.

D Wie kann Krisenland seine Wirtschafts- und Umweltkrise überwinden?

Die Klasse trifft wirtschafts- und umweltpolitische Entscheidungen in der Rolle einer Regierungskommission

In dieser Simulation sind kreative Köpfe gefragt. Stellt euch dazu den erfundenen Staat Krisenland wie ein europäisches Land vor mit Demokratie und sozialer Marktwirtschaft. Seine Wirtschaftsprobleme sind ganz realer Natur. Ihr sollt überlegen, was getan werden muss, um Krisenland aus der Krise herauszuführen. Ihr seid Mitglieder von Kommissionen, die von der neu gewählten Regierung im Land den Auftrag erhalten haben, möglichst gute Problemlösungsvorschläge zu erarbeiten. Die Klasse besteht aus mehreren Kommissionen. Die überzeugendsten Vorschläge wird die Regierung von Krisenland dem Parlament zur Abstimmung stellen.

Bei der Suche nach Lösungen solltet ihr kreativ und mutig sein. Risikobereitschaft gehört immer zur Lösung von Zukunftsproblemen. So ist es im Spiel, aber auch in der Wirklichkeit.

Die aktuelle Lage

Krisenland ist ein Inselstaat mit circa 10 Millionen Einwohnerinnen und Einwohnern. Das Land verfügt über Bodenschätze, fruchtbare Böden und milde klimatische Bedingungen. Die Hauptstadt Moncavri besitzt einen Seehafen, der früher einmal sehr bedeutend für den Im- und Export von Gütern war. Mittlerweile werden kaum noch Güter exportiert. Krisenland war einmal weltweit führend in der Herstellung landwirtschaftlicher Maschinen. Mittlerweile sind die Industrieanlagen veraltet und die hergestellten Maschinen auf dem Weltmarkt nicht mehr konkurrenzfähig. Man hat sich offensichtlich zu lange auf den Erfolg verlassen und der Staat hat nur wenig in Forschung und Innovation investiert.

Im Prozess der Digitalisierung hinkt Krisenland weit hinter anderen Staaten hinterher. Es fehlen leistungsfähige Computer in der Arbeitswelt, in der staatlichen Verwaltung und auch in den Schulen. Das Internet funktioniert im Inselstaat mehr schlecht als recht.

Viele traditionsreiche Unternehmen mussten ihre Pforten schließen und die stetig ansteigende Arbeitslosenquote hat ein erschreckendes Ausmaß erreicht. Die sich daraus ergebenden Einkommensverluste in zahlreichen Familien haben zu einem Einbruch der Nachfrage nach heimischen Produkten geführt. Das hängt auch damit zusammen, dass der Staat Familien mit Kindern bisher nur in geringem Maße finanziell unterstützt.

Es gibt immer weniger Unternehmensgründungen. Junge Unternehmerinnen und Unternehmer mit innovativen Firmenkonzepten schrecken vor einer unüberschaubar großen Zahl bürokratischer Vorschriften zurück. Es dauert ihnen zu lange, bis alle staatlichen Stellen die erforderlichen Genehmigungen erteilen.

Auch die Steuereinnahmen gehen Jahr für Jahr zurück. Wohlhabenden Bürgerinnen und Bürgern gelingt es häufig, sich ihrer Steuerpflicht zu entziehen – besonders häufig, indem sie ihre Einkünfte gegenüber den Finanzbehörden verschweigen.

Chancenlos bei der Erreichung der Klimaschutzziele

In Krisenland findet bisher keine nachhaltig wirksame Umweltpolitik statt. Der Staat gehört (wie fast alle anderen Staaten der Welt)

zu den Unterzeichnern des internationalen Klimaschutzabkommens von Paris. Mit einer Fortsetzung seiner bisherigen Klimaschutzpolitik kann es dem Inselstaat aber nicht gelingen, den Ausstoß von Treibhausgasen wirksam zu reduzieren.
Zur Stromversorgung wird vornehmlich die heimische Kohle in der Gegend um Metallstadt abgebaut und in Kohlekraftwerken verbrannt. Diese Art der Stromerzeugung hat wesentlichen Anteil daran, dass die auf der Insel verursachten CO_2-Emissionen bisher nicht gesenkt werden konnten. Dieser Zustand befördert auch die Klimaerwärmung über die Grenzen Krisenlands hinaus. Auf der sonnenverwöhnten und windreichen Insel ist bisher kaum etwas von einer nachhaltigen Energiewende zu spüren.
Auch fehlt es an staatlichen Investitionen in ein zukunftsweisendes Verkehrssystem. Touristinnen und Touristen, die per Schiff oder per Flugzeug ins Land kommen, können die Orte an den Küsten nur per Bus oder Taxi erreichen. Trotz der eher kurzen Entfernungen fahren auf der Insel kaum Elektroautos. Das liegt auch daran, dass es bisher nur wenige Ladestationen gibt.
Wegen der landschaftlichen Schönheiten zählte der Tourismus bis vor einiger Zeit zu den bedeutenden Wirtschaftssektoren. Seit mehreren Jahren geht die Zahl der Hotelbuchungen immer weiter zurück. Zunehmend gibt es Klagen über schmutziges Wasser, Plastikmüll an den Stränden und wilde Müllhalden, die an vielen Stellen auf der Insel die Landschaft verschandeln und das Grundwasser bedrohen. Die Abwässer der Ufergemeinden fließen oft noch ungeklärt ins Meer, weil es an Kläranlagen fehlt.
Schließlich die Bildung: Ein Teil der Arbeitslosen ist nicht hinreichend qualifiziert, um den Anforderungen einer modernen Arbeitswelt gerecht zu werden. Das Bildungssystem in Krisenland gilt als veraltet. Wohlhabende Bürgerinnen und Bürger schicken ihre Kinder häufig in Schulen auf dem Festland.

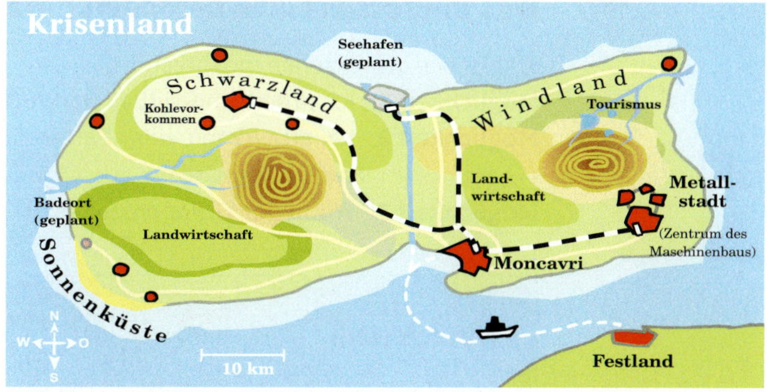

Wirtschaftsdaten in Krisenland		
Berechnungsjahr	**vor 20 Jahren**	**aktuelles Jahr**
Wirtschaftswachstum (Entwicklung des BIP)*	+ 3,5 %	– 4 %
Treibhausgasemissionen in Millionen Tonnen Kohlendioxid (Haushalte, Unternehmen, Verkehr)	450	600
Arbeitslosigkeit	3 %	12 %
Anteil der Staatsverschuldung, gemessen am BIP	20 %	130 %
Zahl der Firmenschließungen	1 338	15 218
Zahl der Neugründungen	14 260	1 600

* Zum BIP (= Bruttoinlandsprodukt) findest du weitere Informationen im Glossar.

So könnt ihr in den Gruppen vorgehen:

1. Sammelt möglichst vollständig alle Probleme, die in der Lagebeschreibung deutlich werden.
2. Führt innerhalb eurer Gruppe ein Brainstorming durch. Darin äußern alle Gruppenmitglieder spontan alle Ideen und Vorschläge, die ihnen zur Lösung der Probleme in Krisenland einfallen. Setzt euch dafür eine bestimmte Zeit (z. B. fünf Minuten). Haltet eure Ideen stichwortartig fest.
3. Ordnet eure Vorschlagsliste. Welche Vorschläge habt ihr für die Verbesserung der wirtschaftlichen Situation der Menschen auf der Insel und der Unternehmen, für eine Verbesserung der Steuereinnahmen, die Erreichung der Klimaschutzziele, die Förderung eines umweltverträglichen Tourismus und für eine bessere Bildungspolitik?
4. Bereitet abschließend eine Ergebnispräsentation vor. Dabei wird es darauf ankommen, Regierung und Parlament von Krisenland möglichst von der Qualität eurer Problemlösungsvorschläge zu überzeugen.

Was interessiert dich besonders? Was kannst du richtig gut?

Wähle, wie du vorgehen möchtest:

Möglichkeit 1: Ich arbeite individuell und suche mir zwei, drei oder mehr Aufgaben aus.

Möglichkeit 2: Ich arbeite mit einer Partnerin, einem Partner zusammen. Gemeinsam schaffen wir mehr als allein.

Möglichkeit 3: Wir bilden Gruppen, teilen die Aufgaben auf und lösen alles gemeinsam.

Was ich weiß

S M U H

Ich kann …

1. in einigen Sätzen erläutern, womit sich die Wissenschaft von der Ökologie beschäftigt.

2. erklären, was man unter dem Bruttoinlandsprodukt versteht und welche Bedeutung es hat für die Berechnung des jährlichen Wirtschaftswachstums.

Wozu ich meine Meinung formulieren und begründen kann

S M U H

Ich kann zu folgenden Diskussionspunkten meine Meinung formulieren und diese mit Argumenten begründen:

1. Soll die Politik Wirtschaftswachstum anstreben oder besser nicht?

2. Bedeutet Wohlstand, dass man möglichst danach strebt, viel Geld zu verdienen, oder hängt Wohlstand auch von Dingen ab, die nicht in Geld messbar sind?

Was ich methodisch gelernt habe

S M U H

Ich kann …

1. vier Fragen formulieren, mit deren Hilfe man Schaubilder Schritt für Schritt analysieren kann.

2. das Dreieck der Nachhaltigkeit zeichnen, die Ecken mit den passenden Begriffen versehen und ihre Bedeutung erklären.

Worüber ich mitreden kann

S M U H

Mit ein wenig Nachdenken kann ich (auch zusammen mit anderen) vor der Klasse über die folgenden Fragen eine, zwei oder drei Minuten frei sprechen:

1. Welche Bedeutung hat ökologisches und ökonomisches Handeln für den Einzelnen und für die Gesellschaft?

2. Warum erfordert das Prinzip Nachhaltigkeit eine genaue Definition und wie kann unser Beitrag zu einer nachhaltigen Entwicklung aussehen?

Acht Merksätze zum Einprägen

1	Die Wissenschaft, welche die Erde als System untersucht, das einem Haushalt ähnelt, heißt …
A	Volkswirtschaft.
B	Ökologie.
C	Betriebswirtschaft.
D	Ökonomie.

2	Unter dem Stichwort „Green Economy“ versteht man …
A	ein neues Leitbild für eine umweltverträgliche Wirtschaft.
B	den Ausbau der landwirtschaftlichen Produktion.
C	die Bezeichnung für alle Arten von grünen Agrarprodukten.
D	die Umwandlung der Industriegesellschaft in die vorindustrielle Zeit.

3	Unter dem Bruttoinlandsprodukt versteht man den Wert aller Waren und Dienstleistungen, die …
A	innerhalb eines Jahres im Land verbraucht werden.
B	zwischen zwei Bundestagswahlen im Land erzeugt werden.
C	von einem Land in andere Länder innerhalb eines Jahres exportiert werden.
D	innerhalb eines Jahres im Land erzeugt werden.

4	Als Wissenschaft beschäftigt sich die Ökonomie mit der Frage, wie …
A	die staatliche Verwaltung besser organisiert werden kann.
B	die Produktion und Verteilung der Wirtschaftsgüter möglichst erfolgreich gestaltet werden kann.
C	die Gesetze zur Förderung der Wirtschaft im Parlament zustande kommen.
D	Preisabsprachen zwischen unterschiedlichen Unternehmen auf unbedenkliche Art getroffen werden können.

5	Unter Ressourcenverbrauch versteht man …
A	die Summe an Geld, die man innerhalb eines bestimmten Zeitraumes ausgeben kann.
B	den bisher weltweit verbrauchten Einsatz von Energie.
C	den Einsatz von Arbeit, Rohstoffen und weiterer Materialien zur Erzeugung höherwertigerer Wirtschaftsgüter.
D	die Kosten, die bei der Renaturierung einer ehemaligen Industrielandschaft anfallen.

6	Quantitatives Wirtschaftswachstum zielt einseitig auf …
A	eine Verbesserung der Produktqualität.
B	einen verbesserten Klimaschutz.
C	einen schonenden Umgang mit Rohstoffen.
D	die jährliche Zunahme der Menge der produzierten Güter und Dienstleistungen.

7	Ziel eines inklusiven Wirtschaftswachstums ist, dass …
A	es die Lebensqualität aller Menschen verbessert.
B	die Erfolge auf das eigene Land beschränkt bleiben.
C	die ältere Generation besonders davon profitiert.
D	die Menge an produzierten Gütern vergrößert wird.

8	Zwei wichtige Ziele qualitiativen Wirtschaftswachstums sind …
A	die Entwicklung neuer Produkte und die Steigerung der Unternehmensgewinne.
B	die Erhöhung des Wohlstandes und die Senkung der Kosten für Energie.
C	die Verbesserung des Umweltschutzes und die Förderung sozial verträglicher Lebensbedingungen.
D	die Erforschung neuer Rohstoffquellen und deren effizientere Nutzung.

!

- Bei richtiger Lösung kommen A, B, C und D je zweimal vor.
- Übernimm die Merksätze in dein Heft und präge sie dir ein.

9 Die globalisierte Wirtschaft

Welche Chancen und Herausforderungen bietet sie?

1. Allein nachdenken
Was erzählt dir diese Bildcollage über Merkmale der Globalisierung?

2. Zu zweit beraten
Wie denkt ihr über Globalisierung: eher positiv oder eher negativ?

3. In der Klasse sammeln
In welchen Situationen haben wir im Alltag mit wirtschaftlicher Globalisierung zu tun?

Im Verlauf dieses Kapitels könnt ihr ...

- anhand des Beispiels einer Jeans begründen, warum wir die Welt an uns tragen,
- Merkmale wirtschaftlicher Globalisierung beschreiben und die Folgen des Prozesses erläutern,
- Schaubilder zum internationalen Handel analysieren und wichtige Schlüsselzahlen grafisch darstellen,
- in der Rolle der Geschäftsleitung entscheiden, in welchem Land ein neues Produktionswerk gebaut werden soll,
- Chancen und Risiken des Freihandels beurteilen,
- in einer Talkshow über die globale Energiewende aus der Perspektive verschiedener Interessengruppen und Staaten diskutieren.

Eigene Schwerpunkte könnt ihr setzen, indem ihr ...

- Karikaturen zur Globalisierung interpretiert.
- in einem Szenario Zukunftsbilder für den Klimawandel und seine Auswirkungen entwickelt.

1 Die ganze Welt ein Markt: Wie funktioniert die globalisierte Wirtschaft?

Schaubilder zum Welthandel analysieren

A Zum Einstieg

Jeans sind Weltenbummler. Bevor deine Jeans auf dem Ladentisch landet, hat sie eine lange Reise hinter sich. Wie viele Kilometer hat sie dabei ungefähr zurückgelegt?
a) 5 000 Kilometer b) 15 000 km c) 50 000 km d) 90 000 km
Die Lösung findest du auf der Seite 270. Beratet und entscheidet zu zweit.

B Beispiel Jeans: Wir tragen die Welt an uns

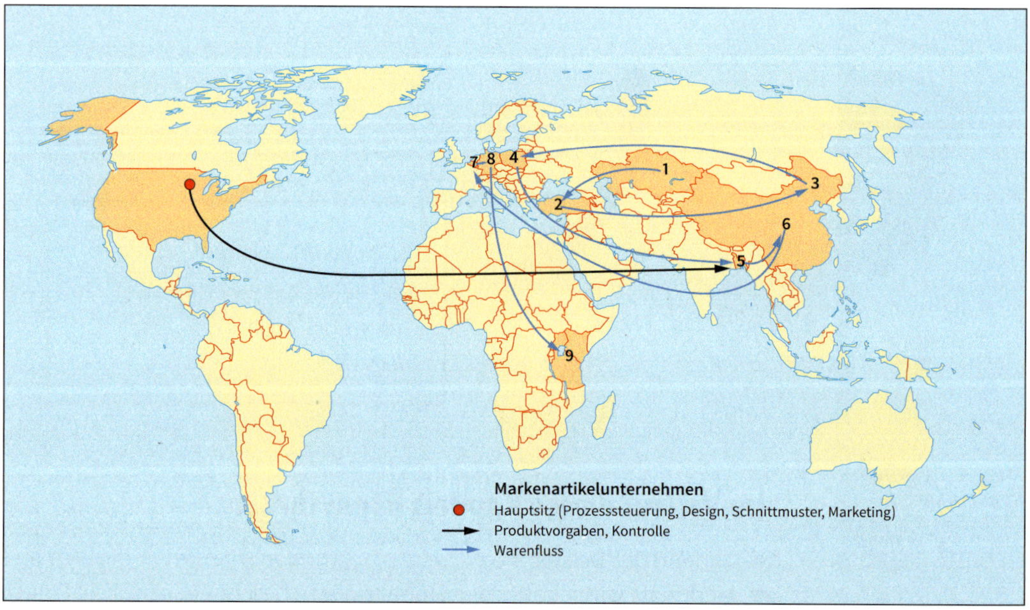

Reisestationen einer Jeans		
Land	**Verarbeitungsschritt**	**Station Nr.**
Polen	Aus dem Baumwollgarn wird der Jeansstoff gewebt.	
China	Jetzt wird die Jeans gewaschen, gebleicht und bekommt mit der Veredlung den letzten Schliff.	
Kasachstan	In dem warmen und trockenen Klima wächst der Rohstoff Baumwolle in großen Plantagen. Der Wasserverbrauch beim Anbau ist hoch. Die Düngemittel werden aus den USA eingeführt.	
Belgien	In Rotterdam treffen die Containerschiffe aus China ein und die Jeans werden vom Großhandel an die Endkunden weiterverteilt.	
Türkei	In Spinnereien wird die Baumwolle zu Garn verarbeitet.	

Deutschland	Hier wird das Firmenlabel in die Jeans eingenäht und die Ware an den Einzelhandel ausgeliefert. Die getragenen Jeans landen in der Altkleidersammlung.
China	Das Garn wird mit Farbstoff, der aus Europa stammt, eingefärbt.
Bangladesch	In riesigen Fabriken mit Hunderten von Arbeiterinnen und Arbeitern wird die Jeans genäht. Das Design und die Schnittmuster stammten von den Markenartikelunternehmen, Etiketten, Knöpfe, Reißverschlüsse und die Maschinen wurden aus Europa geliefert.
Ostafrika	Die getragenen Jeans werden als Second-Hand-Ware nach Ostafrika verschifft und dort auf Märkten verkauft.

C Global Player – das Herzstück der globalisierten Wirtschaft

Auftraggeber für die Herstellung von Jeans sind große Textilkonzerne, wie zum Beispiel Nike, Adidas, Zara oder H&M. Diese haben ihren Hauptsitz in Europa oder den USA und betreiben in zahlreichen Ländern Shops. Sie lassen die Einzelteile der Jeans dort produzieren, wo es am billigsten ist. Unternehmen, die auf der ganzen Welt produzieren und verkaufen, nennt man Global Player.
„Die Welt ist unser Spielfeld", schrieb vor einiger Zeit die Sportartikelfirma Adidas auf ihrer Homepage. Das trifft auf fast alle Global Player zu. Der Elektronikkonzern Siemens etwa ist in rund 190 Ländern vertreten, nur der UNO gehören mehr Staaten an. Praktisch alle Markenprodukte, die wir benutzen, werden von Global Playern produziert.

Warum sind sie umstritten?

Kritiker/-innen werfen den Konzernen vor allem drei Dinge vor:

- *Ausbeutung von Arbeiterinnen und Arbeitern in armen Ländern.* Sie bezahlen dort häufig so niedrige Löhne, dass die Menschen davon nicht leben können.
- *Schädigung der Umwelt:* Sie umgehen strenge Umweltgesetze, indem sie ihre Fabriken in Ländern bauen, in denen es die Behörden nicht so genau nehmen – das ist wieder meistens in armen Ländern der Fall.
- *Steuertricks:* Sie bezahlen viel zu wenig Steuern in ihren Stammländern, weil sie mit Tricks ihre Gewinne in Länder mit niedrigen Steuern verlagern.

1. Ordne die einzelnen Verarbeitungsschritte mithilfe der Karte in der richtigen Reihenfolge (Material B).

2. Erkläre am Beispiel eines Textilkonzerns die typischen Merkmale eines Global Players.

3. Berechne anhand des Schaubilds, wie viele Euro vom Ladenpreis einer Arbeiterin und einem Markenkonzern verbleiben. Gehe davon aus, dass die Markenfirma auch den Shop betreibt und die Jeans 80 Euro kostet.

4. Bewerte die Höhe der Einnahmen im Einzelhandel und der Fabrik im Billiglohnland. S. 372

5. Überprüfe, ob dein Wissen ausreicht, um die Rolle der Global Player in der globalen Wirtschaft zu beurteilen.

D Wirtschaftliche Globalisierung

1. Erkläre, was man unter wirtschaftlicher Globalisierung versteht, und beschreibe die Ursachen.

2. Stelle Vorteile und Kritik an der Globalisierung in einer Tabelle übersichtlich dar.

3. Wie sieht die Karikatur das Wirken multinationaler Konzerne? Analysiere sie.

4. Globalisierung beenden, in bisheriger Form fortsetzen oder anders gestalten? Wie stellst du dir die Zukunft dieses Prozesses vor? Gestalte einen Blogbeitrag zu dieser Frage.

Teil 1: Merkmale und Ursachen

Definition

Seit Anfang der 90er-Jahre des vergangenen Jahrhunderts spricht man von Globalisierung. Darin steckt das Wort global, es bedeutet weltumspannend. Ökonomisch gesehen bedeutet Globalisierung den weltweiten Prozess des wirtschaftlichen Zusammenwachsens, bei dem Produktion und Handel in den verschiedenen Ländern sich immer stärker miteinander verflechten und voneinander abhängig werden. Staatsgrenzen spielen für die Wirtschaft eine zunehmend geringere Rolle. In diesem Zusammenhang fällt häufig auch das Schlagwort vom Weltbinnenmarkt. Damit möchte man zum Ausdruck bringen, dass durch die engen wirtschaftlichen Verflechtungen die ganze Welt ein einziger, beinahe grenzenloser Markt für Arbeitskräfte, Güter und Dienstleistungen geworden ist.

... und wer hat heute das Sagen auf der Welt?

Karikatur: Horst Haitzinger

Ursachen

Produktion und Handel weit über die Grenzen von Staaten hinweg ist nichts Neues. Das gab es schon zu Zeiten von Kolumbus. Neu an diesem Prozess ist die Geschwindigkeit und dass nicht nur Güter in bisher unbekanntem Ausmaß weltweit produziert und verkauft werden, sondern auch Geldströme frei von Beschränkungen dahin fließen, wo sie den höchsten Profit erzielen.

Ermöglicht wurde diese Entwicklung durch eine Reihe technischer Neuerungen. Vor allem die Entwicklung des Internets hat den weltweiten Austausch von Informationen und den weltweiten Handel erheblich vereinfacht: Per E-Mail, mithilfe von sozialen Netzwerken und Videokonferenzen, in firmeneigenen und allgemein zugänglichen Internet-Plattformen können heute auch weitentfernte Geschäftspartner/-innen schnell und unkompliziert miteinander kommunizieren. Rund um den Globus können Menschen an unterschiedlichen Orten eng zusammenarbeiten, weil der Daten- bzw. Informationsaustausch ohne zeitliche Verzögerung erfolgt. Immer mehr Menschen sind in der vernetzten Welt rund um die Uhr erreichbar.

Zur gleichen Zeit wurde der Außenhandel in vielen Staaten vereinfacht, indem man Handelshemmnisse wie Zölle und Einfuhrbeschränkungen abbaute.

Neuerungen auf dem Gebiet des Transport- und Verkehrswesens erleichterten den Warentransport und senkten die Transportkosten erheblich. Dabei ist vor allem der Bau riesiger Containerschiffe wichtig, die es erlauben, Waren in fast unbegrenzter Menge rund um den Erdball zu geringen Kosten zu transportieren.

Neue internationale Arbeitsteilung

Die technischen Neuerungen förderten eine neue Form der internationalen Arbeitsteilung. Immer mehr Unternehmen zerlegten die Produktion von Gütern und Dienstleistungen in Teilschritte und verlagerten diese in verschiedene Länder, in denen Lohnkosten, Steuern und Umweltauflagen geringer sind als am Stammsitz. Ganze Produktionszweige wanderten so aus Industrieländern wie Deutschland ab, zum Beispiel die Herstellung von Haushaltsgeräten.

Bei der Verlagerung spielt auch die Nähe zu großen neuen Absatzmärkten eine große Rolle, auf denen man neue Kundinnen und Kunden erreichen will, vor allem in Ländern wie Brasilien, China und Indien.

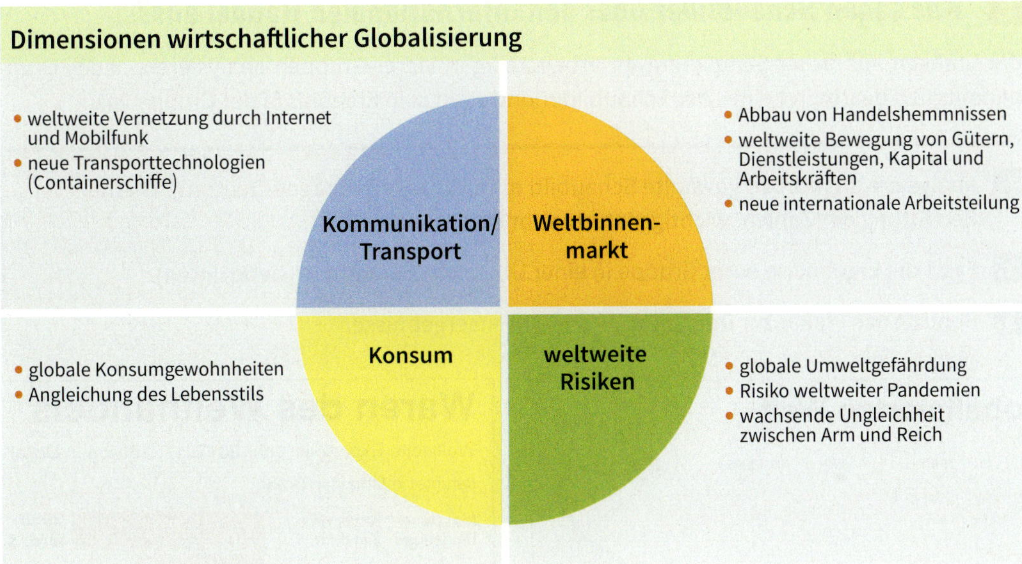

Vorreiter dieser Entwicklung sind multinationale Konzerne, die häufig auch Global Player genannt werden.

Teil 2: Chancen und Herausforderungen

Vorteile

Zu Beginn löste die Globalisierung eine weltweite Aufbruchsstimmung aus. Viele sahen ein neues Zeitalter heraufziehen, das für zahlreiche Menschen neue Arbeitschancen und Wohlstand bringen könne. Viele Staaten – allen voran China – ermöglichte der Aufschwung des Handels ein hohes Wirtschaftswachstum, in dessen Folge sich das Land innerhalb weniger Jahre zu einer der führenden Wirtschaftsnationen der Welt entwickelte.

Für Verbraucherinnen und Verbraucher in Industrienationen sind die Vorteile ganz offensichtlich: Der weltweite Handel führte zu einem deutlich größeren Warenangebot bei gleichzeitig günstigen Preisen. Das gilt zum Beispiel für Textilien, Lebensmittel oder technische Geräte. Große und auch kleinere Unternehmen profitierten, indem sie neue Absatzmärkte gewannen und durch höhere Stückzahlen in der Produktion die Kosten senken konnten.

Befürworter/-innen der Globalisierung weisen darauf hin, dass infolge dieser Entwicklung immer mehr Länder die Chance haben, am Welthandel teilzunehmen und sich wirtschaftlich zu entwickeln.

Probleme

Kritiker/-innen der Globalisierung kritisieren meist nicht die Globalisierung an sich, sondern deren Auswirkungen. Ihrer Ansicht nach profitieren vor allem reiche Industrieländer auf Kosten der armen Länder, in denen billige Arbeitskräfte Waren für wohlhabende Konsumenten produzieren. Die wachsende Kluft zwischen Arm und Reich empfinden sie als ungerecht. Kritisiert wird auch, dass der wirtschaftliche Aufschwung und der zunehmende Handel in vielen Ländern der Erde auf Kosten der Umwelt geht und den Klimawandel zusätzlich anheizt.

Die weltweite Verflechtung der Wirtschaft führt auch zu weltweiten Gefahren. So nimmt zum Beispiel die Internetkriminalität zu. Vermehrte Reisen begünstigen die Ausbreitung von Pandemien. Unternehmen geraten in Abhängigkeit von Lieferungen aus dem Ausland. Zum Beispiel kam es in Deutschland während der Corona-Pandemie zu Engpässen bei der Versorgung mit Medikamenten und Masken, weil diese importiert werden mussten. Einige Ökonomen gehen deshalb davon aus, dass die Globalisierung bereits ihren Höhepunkt überschritten habe und die nationalen Wirtschaften wichtige Schlüsselprodukte wieder vermehrt im eigenen Land produzieren werden.

F

E Was sagen Schaubilder über den internationalen Handel aus?

Die Grafiken auf dieser Seite könnt ihr arbeitsteilig in Vierer-Gruppen analysieren. Jedes Gruppenmitglied bearbeitet eines der Schaubilder und stellt sein Ergebnis in der Gruppe vor.

1. Analysiere das von dir gewählte Schaubild mithilfe der Vier-Fragen-Deutung: Thema, Bedeutung der Zahlen, wichtige Informationen, Quelle.
2. Fasst die Ergebnisse eurer Gruppe in einer Übersicht zusammen (siehe unten).
3. Benutzt das Plakat zur Darstellung eurer Arbeitsergebnisse.

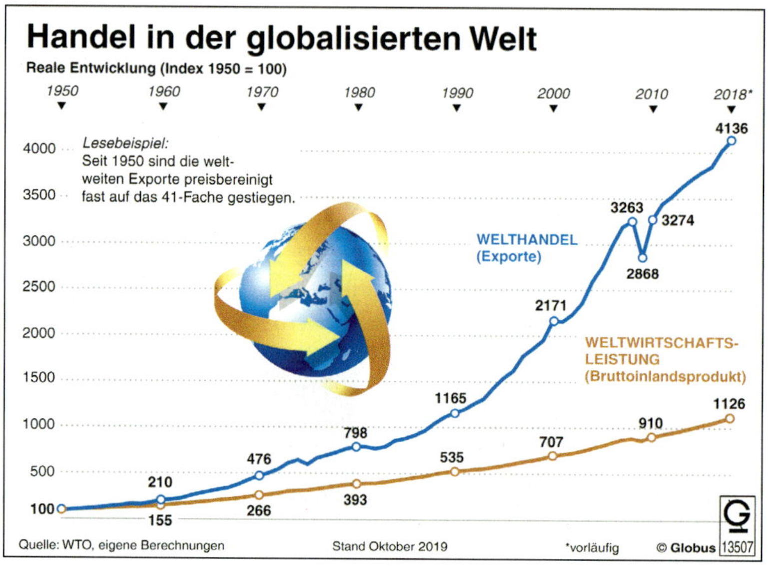

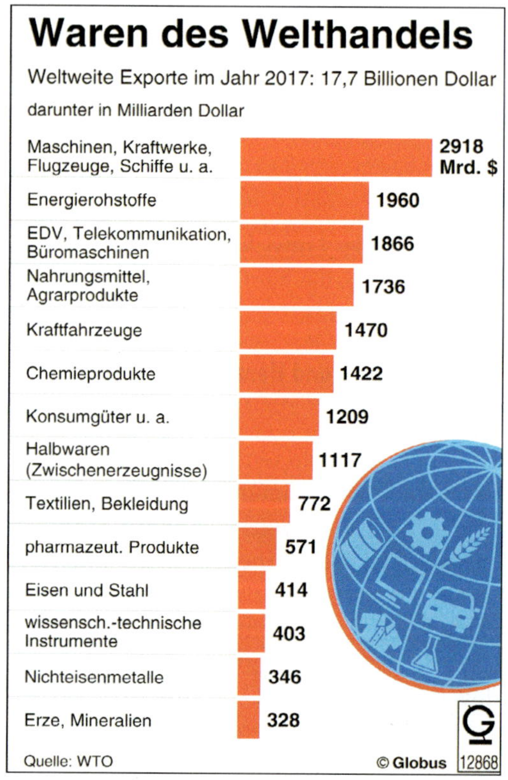

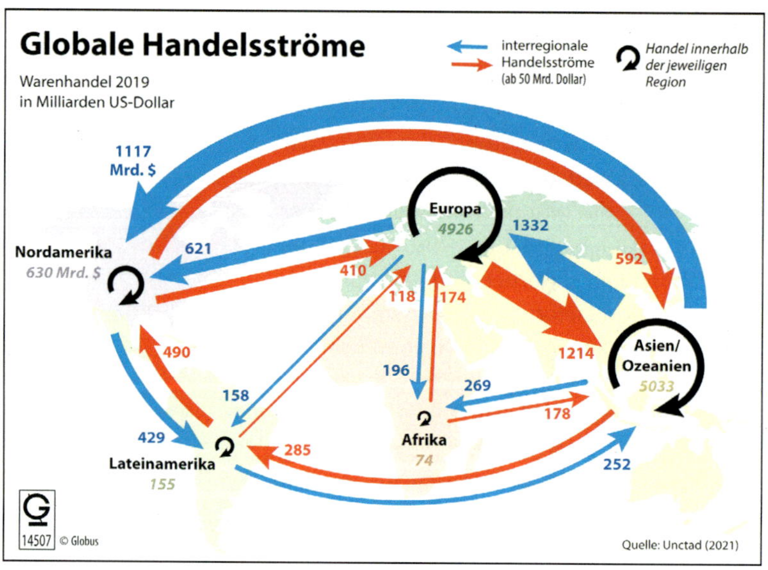

Welthandel
1. Entwicklung
2. Bedeutende Handelsströme
3. Wichtigste Exportgüter
4. Wert aller Ausfuhren (Exporte)
5. Veränderungen der Exporte

F Wie lässt sich Deutschlands Rolle im Welthandel grafisch darstellen?

Auf dieser Seite findet ihr vier Informationstexte vollgespickt mit Zahlen. Ihr habt die Aufgabe, diese in Form von Schaubildern zu visualisieren. Das geht am einfachsten am PC.
Tipp: Das geht am besten zu zweit. Beachtet dazu die Methode „Schaubilder erstellen“ Seite 166.

Euer Auftrag:

1. Wählt pro Team ein oder zwei Texte aus, die ihr visualisieren wollt.

2. Legt eine Diagrammform fest, die zu den Zahlen passt.

3. Erstellt am PC ein Diagramm und vergleicht eure Ergebnisse. Überlegt gemeinsam mündliche Erklärungen, mit denen ihr eure Diagramme vorstellen wollt.

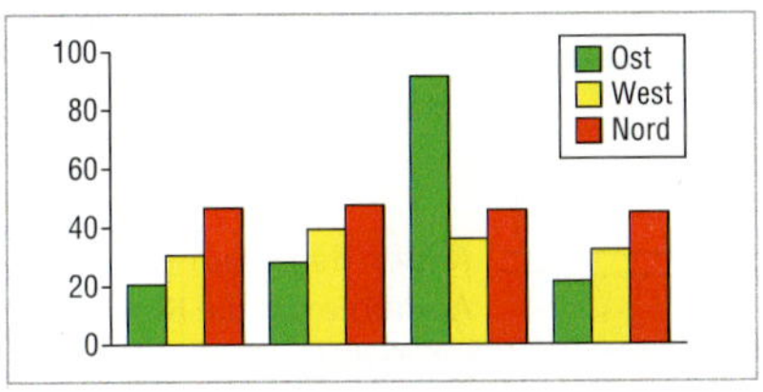

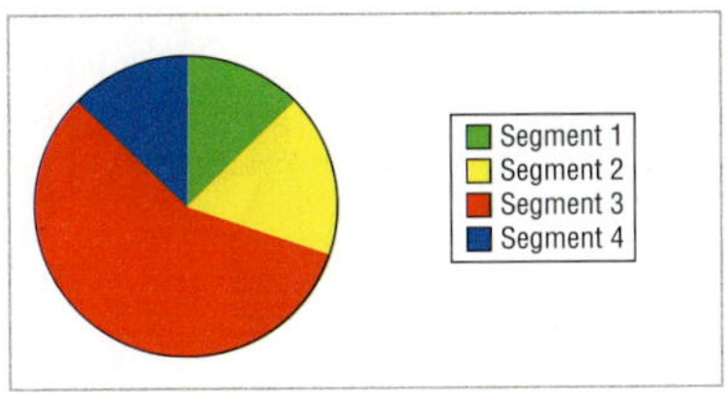

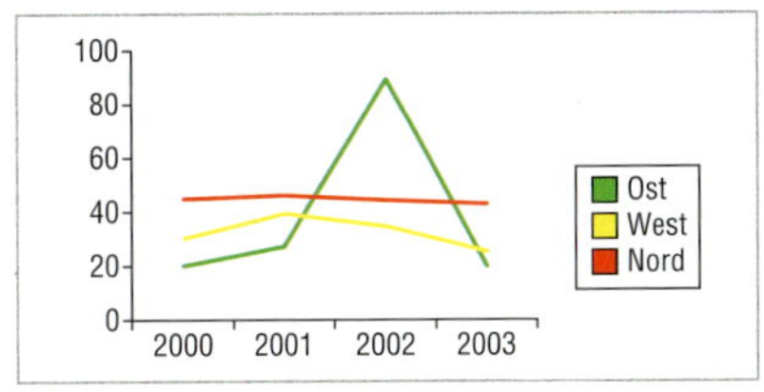

1. Entwicklung des deutschen Außenhandels

Erstmals seit 2009 wiesen Exporte (= Ausfuhren) und Importe (= Einfuhren) 2020 in Deutschland ein Minus auf und beendeten damit einen jahrelangen Höhenflug. 2009 exportierte Deutschland Waren im Wert von 803 Milliarden Euro, 2011 überstieg dieser Wert mit 1.061 Milliarden bereits die Billionen-Grenze. 2013 erreichte der Wert 1.088 Milliarden, 2015 1.193 Milliarden, 2017 1.278 Milliarden, 2019 1.328 Milliarden, 2020 1.205 Milliarden. Importiert hat Deutschland 2009 Waren im Wert von 664 Milliarden, 2011 902, 2013 890, 2015 949, 2017 1.031, 2019 1.104, 2020 1.025 Milliarden Euro.

2. Die zehn wichtigsten Handelspartner

China ist mit 8,5 Prozent Anteil am Handelsvolumen (Exporte und Importe) der wichtigste Handelspartner. Es folgen mit 7,8 Prozent die Niederlande, ebenfalls mit 7,8 Prozent die USA, 7,1 Prozent Frankreich, 5,2 Prozent Italien, Polen 5,1 Prozent, Großbritannien 4,8 Prozent, Österreich 4,5 Prozent, Schweiz 4,2 Prozent, Tschechien 3,8 Prozent. Die Zahlen beziehen sich auf das Jahr 2019.

3. Die wichtigsten deutschen Handelswaren

2019 exportierte Deutschland Autos und Autoteile im Wert von 225 Milliarden Euro, Maschinen im Wert von 196 Milliarden, Datenverarbeitungsgeräte, elektrische und optische Erzeugnisse von 119 Milliarden Euro. Der Wert der chemischen Erzeugnisse betrug 119 Milliarden, der elektrischen Ausrüstungen 90, der pharmazeutischen und ähnlichen Erzeugnisse 83, der sonstigen Fahrzeuge 64, von Metallen 58, von Nahrungs- und Futtermitteln 57 Milliarden Euro.

4. Die Importe der wichtigsten Warengruppen

2019 betrug der Anteil der Autos- und Autoteile an den gesamten Wareneinfuhren 11,5 Prozent, der Datenverarbeitungsgeräte, elektrischen und optischen Erzeugnisse 10,7 Prozent, der Maschinen 7,9 Prozent, von chemischen Erzeugnissen 7,8 Prozent, der Anteil elektrischer Ausrüstungen 6,0 Prozent, von Erdöl und Erdgas 5,7 Prozent, pharmazeutischer Erzeugnisse 5,3 Prozent.

Zahlen 1 bis 3: Statistisches Bundesamt, 4. Bundesministerium für Wirtschaft und Energie, Fakten zum deutschen Außenhandel, Sept. 2020, S. 10

2 Wo soll das neue Werk der Klimix AG gebaut werden?

Eine Entscheidung aus der Sicht der Geschäftsleitung treffen

Neben dem Hauptwerk in Aumühle hat die Klimix AG ein Zweigwerk in den USA.

Auch kleinere Unternehmen verkaufen inzwischen weltweit ihre Produkte und haben im Ausland Niederlassungen errichtet. Für den unternehmerischen Erfolg ist die kluge Wahl eines neuen Standorts sehr wichtig. Am Beispiel der Klimix AG könnt ihr aus der Perspektive der Geschäftsführung eine Standortentscheidung treffen und begründen.

A Ein neuer Standort wird gesucht

Die Klimix AG ist ein Familienunternehmen mit rund 4000 Beschäftigten mit dem Stammsitz in Aumühle, einer kleinen Stadt in Nordrhein-Westfalen. Sie produziert Klimaanlagen, die sie in der ganzen Welt verkauft. Im letzten Jahr hat die Forschungsabteilung eine energiesparende Klimaanlage entwickelt. Von diesem Modell verspricht sich die Geschäftsleitung weltweit große Absatzchancen, da wegen des Klimawandels die zu erwartende Nachfrage groß sein wird. Deshalb will sie neben der Produktion in Deutschland ein weiteres neues Werk im Ausland errichten. Die Geschäftsleitung will mit dem neuen Werk weitere Kundinnen und Kunden gewinnen. Wenn es der Firma wirtschaftlich gut geht, können auch in Deutschland Arbeitsplätze gesichert werden.

Die Geschäftsführerin Beatrice Wohlfarth hat die leitenden Angestellten zu einer Sitzung eingeladen, bei der sie über den künftigen Standort des neuen Werks diskutieren will. Nach dem Gespräch will sie über den neuen Standort entscheiden.

B Die Standpunkte

Während der Sitzung vertreten die leitenden Angestellten ganz unterschiedliche Standpunkte:

Stanislaus Kupitzki, Kaufmännischer Leiter

Ich bin für den Standort China. Wenn ich die Arbeitskosten vergleiche, so schneidet China mit Abstand am günstigsten ab. Allerdings kämpft das Land auch mit Umweltproblemen: Sowohl Luft als auch Gewässer sind stark verschmutzt. Wir müssen damit rechnen, dass dort womöglich die Umweltgesetze verschärft werden, das könnte uns viel Geld kosten. Unter Kostenaspekten schneidet auch Mexiko sehr gut ab. Doch kommt es dort immer wieder zu Unruhen, weil die Regierung im Kampf gegen die Drogenmafia versagt. Tschechien halte ich für zu teuer.

Hussein Salmadi, Leiter des Vertriebs

Das Werk soll für uns doch bessere Absatzchancen eröffnen und neue Kundinnen und Kunden in anderen Ländern gewinnen. Unter diesem Aspekt ist China für uns der interessanteste Markt. Dort leben über eine Milliarde Menschen. Das Land hat in den letzten Jahren einen wirtschaftlichen Aufschwung erlebt. Es gibt eine neue kaufkräftige Mittelschicht, die sicherlich bereit ist, für Klimageräte Geld auszugeben. Zudem ist es in einigen Regionen im Sommer sehr heiß. Über Mexiko könnten wir den südamerikanischen Markt erschließen, auch nicht schlecht. Tschechien liegt zu nah bei Deutschland. Ob wir neue Märkte in Osteuropa erschließen können, ist fraglich. Russland zum Beispiel hat Rohstoffe im Überfluss, die Sommer sind kurz, die Winter lang. Ich bin mir sicher, dass in Sibirien niemand unser neues Klimagerät kaufen wird.

Lea Andresen, Technische Leiterin

Ich bin für Tschechien. Wir können doch nicht nur auf die Kosten schauen. Wir bieten High-Tech-Produkte an. Was nützen uns da billig produzierte Geräte in schlechter Qualität! Damit vergraulen wir unsere Kundinnen und Kunden nur. Die Produktion unserer neuen Geräte ist besonders anspruchsvoll. Dazu brauchen wir vor allem hoch qualifizierte Facharbeiter, die zuverlässig und sorgfältig arbeiten und unsere hohen Qualitätsstandards kennen. Dort finden wir passendes Personal, das wir nicht erst langwierig ausbilden müssen. Die Suche nach Personal und die Ausbildung kosten schließlich auch viel Geld. In Tschechien kann bei Problemen in der Produktion einer unserer Mitarbeiter schnell vor Ort sein und die dortigen Kolleginnen und Kollegen unterstützen. Das ist in China nicht der Fall und in Mexiko finden wir meines Erachtens nicht das geeignete Personal.

Arbeitskosten im Vergleich Löhne und Personalnebenkosten 2019 je Arbeitnehmerstunde im verarbeitenden Gewerbe	
Deutschland	42,00 €
Tschechien	13,40 €
Mexiko (2018)	4,90 €
China	7,80 €

Zahlen: Institut der Deutschen Wirtschaft

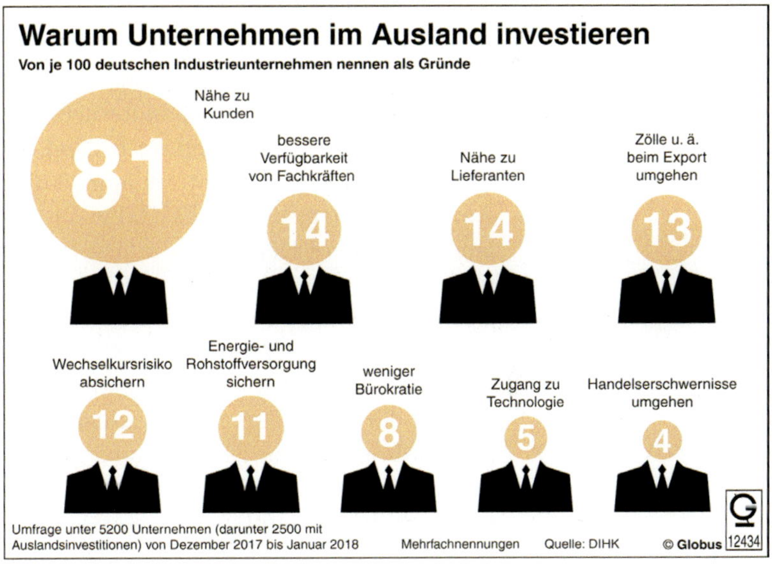

1. Welche Positionen vertreten die leitenden Angestellten in dem Gespräch? Arbeite aus dem Text die Standpunkte und ihre Begründungen heraus.

2. Treffe eine Vorentscheidung und berücksichtige dabei auch die Grafiken.

3. Tauscht euch mit einer Partnerin/einem Partner aus, einigt euch auf einen Standort und stellt eure Ergebnisse in der Klasse vor.

4. Mexiko, Tschechien oder China? Diskutiert in der Klasse in der Rolle der Geschäftsleitung.

5. Reflexion: Welche Auswirkungen hat der globale Wettbewerb der Unternehmen auf die Geschäftsführung und die Beschäftigten von Unternehmen? Diskutiert darüber in der Klasse.

3 Freihandel oder Protektionismus: Was fördert die wirtschaftliche Entwicklung mehr?

Chancen und Risiken des Freihandels beurteilen

A Der Fall: B-Land schränkt Einfuhren aus A-Land ein

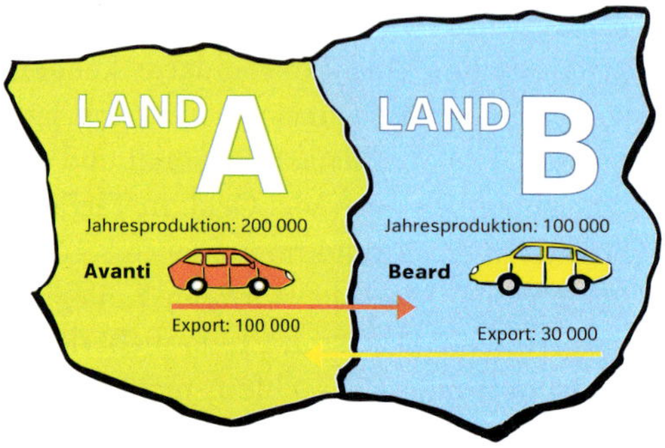

Stell dir folgende Situation vor:

A-Land und B-Land sind zwei vergleichbar große Staaten. In beiden Ländern gibt es jeweils ein großes Automobilunternehmen. In A-Land die Firma Avanti, in B-Land die Beard. Avanti konnte im letzten Jahr 200 000 Autos verkaufen, davon die Hälfte im Inland. Die andere Hälfte ging in den Export nach B-Land.

Das Unternehmen Beard in B-Land hat im gleichen Zeitraum 100 000 Autos verkauft: 70 Prozent davon im eigenen Land und 30 Prozent durch den Export nach A-Land. Beard würde auch gerne 200 000 Autos verkaufen, verfehlt jedoch das Ziel. Der Avanti ist offensichtlich wesentlich beliebter bei den Kundinnen und Kunden – und zwar in beiden Ländern.

Bei Beard stehen die Zeichen auf Sturm. Die mangelnde Auslastung führt zu einem massiven Gewinneinbruch. Das Management reagiert mit Entlassungen in großer Zahl. Viele Menschen sind verzweifelt und werfen sowohl der Unternehmensleitung als auch der Regierung des Landes Versagen vor. Als der Druck immer stärker wird, entschließt sich die Regierung des Landes zu einer drastischen Maßnahme unter dem Slogan „B-Land nach vorn!"

Jeder Avanti aus A-Land wird ab sofort beim Import mit einem Einfuhrzoll von rund 35 Prozent pro Auto belegt. Der Avanti, der zuvor etwa zum gleichen Preis wie der Beard angeboten wurde, verteuert sich in B-Land um mehr als ein Drittel.

Wie geht es wohl weiter?

1. B-Land gewinnt, A-Land verliert
Die durch den Zoll erreichte Verteuerung des Avanti aus A-Land wird die Nachfrage nach dem nun billigeren Beard anheizen. Zudem wird B-Land mit den neuen Einfuhrzöllen seine Staatseinnahmen erhöhen.

2. A-Land gewinnt, B-Land verliert
Die Leute in B-Land werden trotzdem den Avanti kaufen, weil er das attraktivere Auto ist. Dafür wird die Nachfrage nach dem Beard gleichbleibend niedrig sein. Wenn die Regierung in A-Land nun ebenfalls Einfuhrzölle auf den Beard erhebt, steht B-Land noch schlechter als zuvor da.

3. A-Land und B-Land verlieren beide
Die Regierung in A-Land wird auf den Einfuhrzoll nach B-Land ebenfalls Einfuhrzölle erheben. Die zunächst einseitige Maßnahme führt dazu, dass beide Länder Einfuhren behindern und in beiden Ländern Autos teurer werden. Sie werfen sich gegenseitig vor, den Handel zu behindern, es entsteht ein Handelskrieg mit immer neuen Handelsschranken. Auch die politischen Beziehungen leiden.

1. Erkläre, welches Problem B-Land hat und wie es darauf reagiert.

2. Welche Folgen treten deiner Ansicht nach wahrscheinlich ein? Entscheide dich für eine der Varianten und begründe.

B Hintergrund: Freihandel – Protektionismus

Freihandel

Die Idee des Freihandels geht von der Grundannahme aus, dass der Wohlstand eines Landes am größten ist, wenn Waren ungehindert und frei von staatlichen Eingriffen über die nationalen Grenzen fließen können. Für die Globalisierung ist Freihandel eine wichtige Voraussetzung: Nur wenn Unternehmen ihre Waren und Dienstleistungen ungehindert in möglichst vielen Ländern verkaufen können, funktioniert der internationale Wettbewerb und die internationale Arbeitsteilung. Vom freien Wettbewerb und Handel profitieren – so die Idee – alle Menschen, weil so Arbeitsplätze geschaffen werden, die Unternehmen gut verdienen und die Konsumenten von einem riesigen Angebot zu äußerst günstigen Preisen profitieren.

Die EU als Freihandelszone

Die Mitgliedstaaten der Europäischen Union betreiben eine gemeinsame Handelspolitik. Innerhalb der EU erheben sie untereinander keine Zölle. Die EU versteht sich als starker Akteur im globalen Wettbewerb, der für einen offenen Handel eintritt.

Doch hat auch die Europäische Union auf Handelsbeschränkungen nicht ganz verzichtet: So gelten etwa Einfuhrbeschränkungen oder -verbote für gesundheitsgefährdende Produkte, geschützte Tiere und Pflanzen oder für gefälschte Markenwaren. Für Einfuhren von Ländern außerhalb der EU verlangt die Union teilweise erhebliche Zölle. Neben der EU haben noch viele andere Staaten untereinander Freihandelsabkommen geschlossen, zum Beispiel in Asien und auf dem amerikanischen Kontinent. Doch auch in diesen Zonen gibt es keinen vollkommen freien Waren- und Dienstleistungsverkehr.

Protektionismus

Trotz der von der Politik allgemein akzeptierten Erkenntnis, dass Freihandel mehr Wohlstand der beteiligten Nationen bringt, gibt es doch Staaten, die den freien Handel

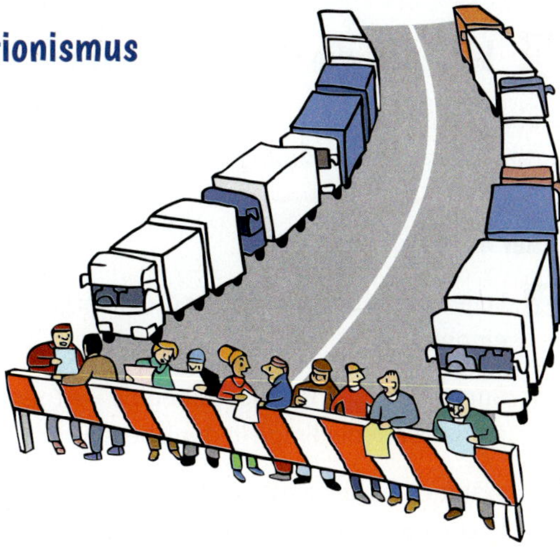

Grenzkontrollen, technische Vorschriften und Bürokratie als Schutz vor ausländischer Konkurrenz

einschränken. Eine solche Form staatlicher Eingriffe nennt man Protektionismus. Der Begriff kommt aus dem Lateinischen und bedeutet übersetzt „Schutz". Ein Staat schützt die heimische Wirtschaft vor ausländischer Konkurrenz, indem er zum Beispiel auf eingeführte Waren Zölle erhebt. Das sind Abgaben, die den Verkaufspreis für importierte Waren verteuern. Auch Mengenbeschränkungen oder besonders strenge Gesundheitsvorschriften werden benutzt, um den Import von Waren einzuschränken. Die betreffenden Staaten ergreifen solche Maßnahmen aus mehreren Gründen: So wollen sie zum Beispiel ihre eigenen Unternehmen vor ausländischer und eventuell billigerer Konkurrenz schützen und einen Anstieg der Arbeitslosigkeit verhindern. Sie hoffen, dass Kundinnen und Kunden dann eher zu einheimischen Produkten greifen. Allerdings funktioniert eine solche Wirtschaftspolitik nur für kurze Zeit, da die anderen Staaten darauf reagieren, indem sie ebenfalls Zölle erheben.

3. Definiere jeweils in einem Satz die Begriffe Freihandel, Einfuhrzoll und Protektionismus.

4. Erläutere die Konzepte von Freihandel und Protektionismus.

5. Begründe, warum die EU trotz ihres Bekenntnisses nicht auf Handelsbeschränkungen verzichtet.

6. Stell dir vor, du hättest die Aufgabe, B-Land zu beraten. Beurteile die Handlungsmöglichkeiten. S. 372

C Wer sind die Gewinner, wer die Verlierer von Freihandel?

Auf dieser Seite findet ihr ungeordnete Argumente pro und kontra Freihandel. Ihr sollt sie ordnen und für eure Urteilsbildung nutzen.

Euer Auftrag:

1. Lege eine Tabelle an, in der du die Argumente pro und kontra Freihandel stichwortartig einordnest.

2. Suche dir einen Partner oder eine Partnerin und vergleicht eure Ergebnisse. Beantwortet gemeinsam die Frage in der Überschrift.

3. Wählt eines der dargestellten Probleme von Freihandel aus, entwickelt Vorschläge zur Lösung des Problems und stellt eure Ergebnisse in der Klasse vor.

1. Große Unternehmen können nur bestehen, wenn ihnen die Welt als Markt offensteht. Offene Märkte sichern Arbeitsplätze und unternehmerischen Erfolg.

2. Arme Länder haben oft nicht das Geld und Know-how, um auf dem Weltmarkt gefragte Produkte zu entwickeln. Sie können deshalb im Wettbewerb nicht mithalten und verdienen zu wenig Geld, um viel zu importieren. So werden die Schwachen schwächer.

3. Länder, die viel exportieren, werden von der Nachfrage im Ausland abhängig. Lässt diese nach, gerät die gesamte Wirtschaft in eine schwere Krise.

4. Nur wenn Unternehmen hochkomplizierte Produkte in großer Stückzahl für den Weltmarkt produzieren, können sie diese kostengünstig anbieten. Die Voraussetzung dafür ist ein freier Welthandel.

5. Beim Freihandel geht es immer nur um Wachstum und Gewinne. Probleme wie Kinderarbeit, Ausbeutung von Arbeitskräften, Armut und Umwelt- und Naturschutz werden zu wenig beachtet.

6. Um hochwertige und wettbewerbsfähige Produkte für den Welthandel herzustellen, benötigen Unternehmen gut ausgebildete Arbeitskräfte. Hochqualifizierte profitieren von offenen Grenzen.

7. Die weltweite Konkurrenz führt dazu, dass Unternehmen schließen müssen oder Produktionsstätten ins billigere Ausland verlegen müssen.

8. Freier Handel intensiviert den Wettbewerb, sorgt damit für technische Neuerungen und bessere Qualität der Produkte. Die Konkurrenten unterbieten sich in ihren Preisen.

9. Gegen seine Kunden kämpft man nicht. Freier Welthandel fördert den Frieden. Länder, die untereinander Handel betreiben, geraten seltener in Konflikte als andere.

10. Freihandel kann dazu führen, dass wichtige Industrien von ausländischen Unternehmen kontrolliert werden oder die Gesundheit der Bevölkerung durch fehlende Standards bei Einfuhren von Lebensmitteln und Medikamenten gefährdet wird.

D Die Welthandelsorganisation – Hüterin des freien Welthandels

Der Fall: Handelskonflikt zwischen USA und China

■ Anfang Juli 2018 verhängten die USA Zölle in Höhe von 25 Prozent auf chinesische Waren im Wert von 34 Milliarden US-Dollar. Und es folgten weitere Aufschläge auf Importe aus der Volksrepublik: Ende August desselben Jahres traten die nächsten Zölle in Kraft. Und dann, nicht einmal einen Monat später, ordnete [der damalige Präsident] Trump per Dekret an, dass auf weitere chinesische Waren im Wert von 200 Milliarden US-Dollar zehn Prozent an Strafzöllen erhoben werden sollen. China reagierte seinerseits mit Strafzöllen, unter anderem auf Wein oder Sportausrüstung „made in USA". Doch warum der gegenseitige Schlagabtausch durch immer neue Zölle auf immer mehr Waren? Die US-Regierung begründete ihr Vorgehen mit den „unfairen Praktiken" Chinas und warf der Volksrepublik Diebstahl geistigen Eigentums und Urheberrechtsverstöße vor, um sich so auf nicht legitime Weise eine führende Rolle auf dem Weltmarkt aufbauen zu wollen. China wandte sich an die WTO. ■

(Aus: tagesschau online vom 15.09.2020, Hamburg, in: https://www.tagesschau.de/wirtschaft/usa-china-handelsstreit-119.html, letzter Zugriff: 19.08.2021)

Die WTO als Schiedsrichter

Weltweit nehmen Handelskonflikte und protektionistische Maßnahmen zu. Als „Hüterin des freien Welthandels" ist die World Trade Organization (WTO) die wichtigste Anlaufstelle in solchen Fällen. Sie wurde 1995 gegründet mit dem Ziel, Handelshemmnisse abzubauen und Regeln für den Welthandel zu gestalten sowie geistiges Eigentum zu schützen. 2021 hat sie 164 Mitgliedstaaten.
Bei Streit zwischen Mitgliedern versucht sie zunächst zu vermitteln. Wenn dies nicht gelingt, trifft ein Gremium eine Entscheidung. Gegen das Urteil des Schiedsgerichts können die Beteiligten Berufung einlegen. Dann wird nochmals verhandelt.

Das Urteil des WTO-Schiedsgerichts

Das Streitschlichtungsgremium kam zu dem Schluss, dass die US-Zölle gegen das „Allgemeine Zoll- und Handelsabkommen" verstoßen. Die USA wurden aufgefordert, die als überhöht bezeichneten Strafzölle abzubauen. Gegen dieses Urteil legten die USA Berufung ein. Die Spannungen zwischen den USA und China nahmen zu. Über den Ausgang des Streits hatte das Berufungsgericht der WTO bis 2022 noch nicht entschieden.

China – mächtigster Konkurrent der USA auf dem Weltmarkt

1. Beschreibe, welche Interessen die USA mit der Erhebung von Zöllen verfolgte.

2. Erläutere die Rolle der Welthandelsorganisation und deren Vorgehensweise im Konflikt zwischen den USA und China.

3. Manche Menschen halten die Existenz der Welthandelsorganisation für überflüssig. Andere betonen ihre globale Notwendigkeit. Urteile selbst.

Selbstständig weiterlernen mit Medien

- Beim Erscheinen des Buches hatte das Berufungsgericht der WTO noch nicht entschieden. Recherchiere den aktuellen Stand und berichte darüber.

Was sind die Licht- und Schattenseiten der Globalisierung?

Einen eigenen Standpunkt formulieren und vertreten

A Die bittere Seite der Schokolade

Armut und …

… Kinderarbeit – der Preis für billige Schokolade in Deutschland

Die gute Nachricht vorneweg: In den letzten Jahren hat sich der Preis für eine Tafel Schokolade kaum erhöht. Einst ein teures Luxusgut ist Schokolade inzwischen fast für jeden erschwinglich geworden. Den wahren Preis bezahlen die Kakaobauern in Afrika: Armut und Kinderarbeit.

Kindersklaven auf Plantagen

Die Elfenbeinküste gehört zu den weltweit größten Anbaugebieten für Kakao. Überall auf den Plantagen arbeiten Kinder. Viele von ihnen stammen aus den Nachbarstaaten. Mit dem Versprechen, gutes Geld zu verdienen, werden die meist 10- bis 14-jährigen Jungen von den Menschenhändlern aus den Familien gelockt. Diese Familien sind oft so arm, dass sie jedes Einkommen gebrauchen können. Sind die Kinder erst einmal auf den Plantagen, werden sie als Arbeitssklaven eingesetzt. […] Die Kindersklaven auf den Kakaoplantagen schuften bis zu 12 Stunden täglich. Sie schlagen die großen, schweren Früchte mit den Kakaobohnen von den Bäumen und schleppen sie zu den Sammelstellen. Vom versprochenen Lohn sehen sie meist nichts. […]

Niedriger Kakaopreis

In Ghana, neben der Elfenbeinküste das zweitgrößte Kakaoanbaugebiet in Westafrika, ist zwar die Sklaverei kein Thema mehr, aber auch hier arbeiten überall auf den Kakaoplantagen Kinder. Manche, bevor sie morgens zur Schule gehen und am Nachmittag nach der Schule. Andere gehen überhaupt nicht in die Schule, sondern helfen den ganzen Tag auf den Plantagen. […]
„Mir hat vor ein paar Monaten eine Kakao-Bäuerin aus der Elfenbeinküste gesagt, ich kann das Gerede über Kinderarbeit nicht mehr hören. Wie soll ich Kinderarbeit vermeiden, wenn der Kakaopreis so niedrig ist? Ich kann keine Erntehelfer bezahlen, also müssen die Kinder mir helfen, denn irgendjemand muss die Ernte einbringen."

(Aus: Deutschlandfunk online vom 30.04.2018, Köln, in: www.deutschland funk.de/kampf-gegen-kinderarbeit-die-bittere-seite-der-schokola de.886.de.html?dram:article_id=416667, letzter Zugriff: 04.03.2021)

Eine bittere Bilanz

Laut einer aktuellen Studie des NORC-Forschungsinstituts an der Universität von Chicago arbeiten rund 1,6 Millionen Kinder in der Kakaoproduktion in Ghana und der Elfenbeinküste. […] Die Bilanz der Studie ist bitter: Der Gesamtanteil der Kinderarbeit hat in den vergangenen zehn Jahren zugenommen, genau wie Kakaoproduktion. […] Die Gewinner seien nicht die Erzeuger, erzählt Yao Koffi Jean Baptiste, er ist Kakaobauer in Tafissou, im Zentrum der Elfenbeinküste. Er sagt, viele Bauern hätten schlicht und einfach kein Geld, um Erntehelfer anzustellen. Sie müssten heute das Doppelte verdienen, um ihre Existenz zu sichern.

(Aus: Bayerischer Rundfunk online vom 05.12.2020, München, in: https://www.br.de/nachrichten/deutschland-welt/blutiger-nikolaus-ausbeutung-in-der-kakaoindustrie,SIE7D4B, 05.12.2020, letzter Zugriff: 04.03.2021)

B Wie können die Bedingungen für die Kakaobauern und ihre Kinder verbessert werden?

1. Fair und nachhaltig hergestellte Schokolade kaufen

Wer Schokolade zum Discountpreis kauft, handelt verantwortungslos. Es gibt inzwischen viele Schokoladensorten aus fairem Handel. Man erkennt sie am Transfair-Siegel. Hier erhalten die Kakaobauern deutlich höhere Preise für ihre Rohware.

2. Schutzgesetze und Kontrollen in den Anbauländern

Die Regierungen der betroffenen Länder stehen in der Pflicht, durch eigene Gesetze die Kakaobauern und ihre Kinder vor Ausbeutung zu schützen. Sie müssen zudem regelmäßig kontrollieren, ob diese Gesetze eingehalten werden. Unternehmen haben kein Interesse, von sich aus zu handeln – sie wollen lediglich den Rohkakao zu billigen Preisen einkaufen. Da ist die Politik gefragt!

3. Höhere Preise für Rohkakao

Kakaobauern bekommen nur rund 6 Prozent des Ladenpreises einer Tafel Schokolade. Dieser Anteil muss erhöht werden. Der Preis einer Tafel Schokolade würde sich damit nur unwesentlich verteuern.

C TEAM kontrovers: Sind wir als Verbraucher/-innen für die Zustände auf afrikanischen Kakaofeldern mitverantwortlich?

S M U H

Pro: Wir müssen uns für bessere Bedingungen einsetzen!

Wenn wir solche Zustände beim Kakaoanbau dulden, sind wir mitverantwortlich. Die meisten von uns könnten sehr wohl mehr Geld für eine Tafel Schokolade ausgeben, doch wir sind nicht bereit, die Arbeit der Kakaobauern angemessen zu bezahlen. Nur wenn wir anders einkaufen sowie Druck auf die Unternehmen und die Politik ausüben, wird sich etwas ändern.

Kontra: Darum können wir uns nicht kümmern!

Es ist zwar bedauerlich, was in Afrika geschieht, doch das geht uns als Verbraucherinnen und Verbraucher nichts an. Es ist Aufgabe der Unternehmen und der Politik, für menschenwürdige Arbeitsbedingungen zu sorgen. Die Unternehmen sollen den Kakaobauern höhere Preise zahlen – dann verdienen sie eben weniger.

1. Beschreibe die Arbeitsbedingungen beim Kakaoanbau in den genannten Ländern.
2. Berechne, um wie viel Cent sich der Preis einer Tafel Schokolade erhöhen würde, wenn Kakaobauern den doppelten Preis bekämen. Gehe dabei von einem Preis von 1,20 Euro aus. Aktuell bekommen die Bauern 6 Prozent.
3. Welche Forderungen an Verbraucherinnen und Verbraucher, Unternehmen und Regierungen ergeben sich aus den drei Vorschlägen?
4. Formuliere einen eigenen Standpunkt zu der Diskussion um die Verantwortung von Verbraucherinnen und Verbrauchern und diskutiert anschließend in der Klasse darüber.

Selbstständig weiterlernen mit Medien

- Im Internet recherchieren, was Fairtrade bedeutet und welche Bedingungen solche Produkte erfüllen müssen: www.fairtrade.de.

D Licht und Schatten – stets nahe beieinander

Wenn eine Entwicklung wie die Globalisierung die gesamte Wirtschaft und Arbeitswelt erfasst, gibt es neben den Vorteilen auch Schattenseiten. Was jeweils überwiegt, könnt ihr anhand dieser Doppelseite diskutieren. **Tipp:** Gruppenarbeit.

1. Wirtschaft

Die Globalisierung hat vielen ehemals armen Ländern in Asien, Südamerika und Afrika einen Wirtschaftsaufschwung beschert. Das ist eine Chance für deutsche Unternehmen, für ihre Waren neue Absatzmärkte zu gewinnen und damit Arbeitsplätze zu sichern. Inzwischen verkaufen zum Beispiel deutsche Autokonzerne mehr Autos in China als auf dem deutschen Markt.

Doch bauen die Konzerne neue Produktionsstätten häufig im Ausland und nicht mehr in Deutschland. Deshalb sind in Deutschland auch viele Arbeitsplätze ins Ausland verlagert worden. Darunter leiden vor allem weniger Qualifizierte.

2. Umwelt

Einerseits ist das Bewusstsein gewachsen, dass Umweltprobleme, wie zum Beispiel der Klimawandel, nur in weltweiter Zusammenarbeit gelöst werden können.

Andererseits führt die Globalisierung zu einem dramatischen Anstieg der Umweltbelastungen. Der Transport von Waren über Tausende von Kilometern auf der Straße, mit Flugzeugen und in Containerschiffen belastet die Umwelt erheblich. Luft, Böden und Gewässer sind in vielen Ländern inzwischen derart verschmutzt, dass Hunderte Millionen Menschen sterben.

3. Internationaler Handel

Lange wurde die Überwindung nationaler Grenzen im Handel mit Wirtschaftsgütern überwiegend positiv gesehen, weil dadurch die Warenvielfalt und der Wohlstand steigen.

In jüngster Zeit will man wieder mehr für sich sein, sich abschotten und Grenzen verschließen, um die einheimische Wirtschaft vor ausländischer Konkurrenz zu schützen. Außerdem will man besonders im Gesundheits- und Pharmasektor nicht mehr so stark von Lieferungen aus dem Ausland abhängig sein. Manche Wirtschaftsexpertinnen und -experten sprechen schon davon, dass die Globalisierung ihren Höhepunkt überschritten habe.

4. Arbeitswelt

Wer gut qualifiziert ist, kann weltweit arbeiten – und muss dafür nicht einmal unbedingt dauerhaft im Ausland leben.

Auf der anderen Seite müssen Arbeitskräfte in Deutschland auch mit gut ausgebildeter ausländischer Konkurrenz rechnen. Da in Fabriken infolge der Digitalisierung die Herstellung von Waren immer mehr automatisiert wird, werden Personalkosten in der Produktion künftig keine große Rolle mehr spielen. Schon jetzt verlagern einige Unternehmen ihre Produktion zurück nach Deutschland. Das wird zum Abbau von Tausenden Arbeitsplätzen in Billiglohnländern führen.

1. Stellt für jeden Punkt positive und negative Folgen einander gegenüber.
2. Tauscht eure Ergebnisse aus und entscheidet gemeinsam Punkt für Punkt, ob für euch das Positive oder Negative überwiegt.
3. Wie beurteilt ihr insgesamt Chancen und Risiken der Globalisierung? Überwiegt das Positive oder eher das Negative? Diskutiert in der Gruppe darüber und fasst das Ergebnis zusammen.
4. Stellt euer Gruppenergebnis in der Klasse zur Diskussion.

E Wie sehen Karikaturisten die Globalisierung?

Auf dieser Seite findet ihr Karikaturen, die Probleme und Risiken der Globalisierung thematisieren. **Tipp:** Ihr könnt sie arbeitsteilig in Vierergruppen analysieren.

Karikatur: Gerhard Mester

Karikatur: Thomas Plaßmann

Karikatur: Mandzel

Karikatur: Burkhard Mohr

1. Wähle eine Karikatur und analysiere sie mithilfe der Vier-Fragen-Deutung:
- Auf welches Problem bezieht sich die Karikatur?
- Was ist dargestellt?
- Was will der Zeichner ausdrücken/kritisieren?
- Wie bewertest du die Aussage der Karikatur?

2. Suche dir eine Partnerin/einen Partner, der dieselbe Karikatur interpretiert hat, vergleicht eure Ergebnisse und stellt sie in der Klasse vor.

5 Raus aus der Kohle – und wie geht es weiter?

In einer Talkshow über die globale Energiewende diskutieren

A Zum Einstieg: Wer verbraucht wie viel Strom?

- Ordne die Zahlen zum jährlichen Pro-Kopf-Stromverbrauch (2020) den Ländern Deutschland, China, USA und Äthiopien zu:
  a) 11 370 KWh* b) 6 690 KWh c) 3 980 KWh d) 84 KWh.
- Vergleiche dein Ergebnis mit deiner Nachbarin oder deinem Nachbarn.

Die Lösung findest du auf Seite 270.

@ | WES-122194-001
Text einfacher
Text ausführlicher

B Warum ist eine globale Energiewende notwendig?

Die Globalisierung hat den Energieverbrauch und die Nachfrage nach Energie in den letzten Jahrzehnten stark steigen lassen. Das liegt zum einen an der Zunahme der Mobilität von Menschen und Waren, zum andern daran, dass ehemalige Entwicklungsländer wie zum Beispiel China infolge der Globalisierung einen starken wirtschaftlichen Aufschwung genommen haben – mit allen negativen Folgen für die Umwelt und den Ausstoß an Treibhausgasen. Diese Entwicklungen wirken sich negativ auf die Erderwärmung aus. Auf der Klimakonferenz von Paris haben fast alle Staaten der Welt beschlossen, die Erderwärmung auf 1,5 Grad zu beschränken. Die Zeit, um dieses Ziel zu erreichen, wird inzwischen sehr knapp. Die möglichen Folgen der Energiegewinnung aus Kohle, Öl und Gas schildert der folgende Text der Umweltorganisation Greenpeace:

*** Merke ✓**
Eine **Kilowattstunde** entspricht der Menge Energie, die eine Maschine mit einer Leistung von 1 KW (1000 Watt) in einer Stunde produziert. Mit einer Kilowattstunde Strom kann man zum Beispiel einen Laptop 50 Stunden nutzen.

CO_2-Emissionen aus Kohle, Öl und Gas

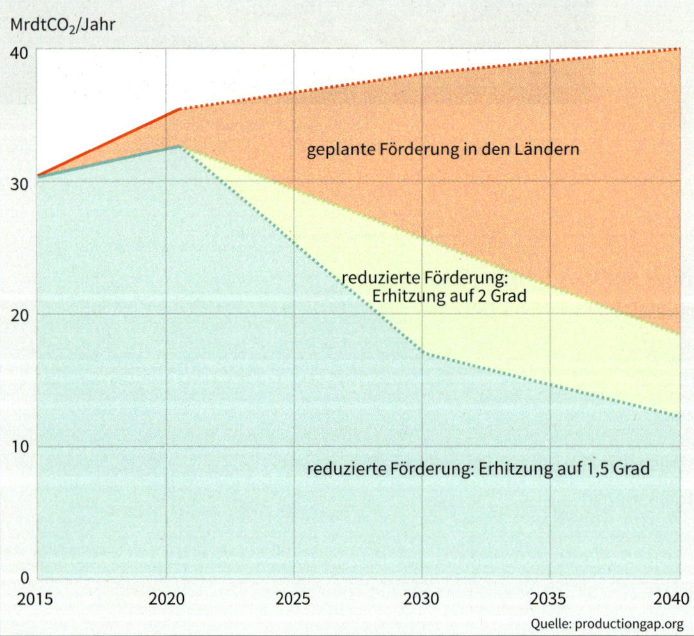

Quelle: productiongap.org

Das Verbrennen fossiler Energieträger schadet dem Klima, und nicht nur das: Schon die Förderung von Braun- und Steinkohle, vor allem aber von Erdöl, hinterlässt weltweit verheerende Spuren. […]
Ob Öl, Kohle oder Gas, alle fossilen Brennstoffe enthalten Kohlenstoff, der sich beim Verbrennen mit Sauerstoff verbindet und sich als Treibhausgas Kohlendioxid (CO_2) in der Atmosphäre anreichert. Kohle ist die schmutzigste Energiequelle von allen. […]
Sollten die Pläne zum Bau neuer Kohlekraftwerke umgesetzt werden, werden die kohlebedingten CO_2-Emissionen bis zum Jahr 2030 um 60 Prozent steigen.
Bislang wurden überwiegend Öl, Gas und Kohle, so genannte konventionelle Energieträger, gewonnen bzw. abgebaut und genutzt. Die weltweiten Reserven sind jedoch begrenzt. Sie betragen nach derzeitigen Schätzungen etwa 50 Jahre für Erdöl und Erdgas sowie etwa 140 Jahre für Kohle […]
Sollte die Weltgemeinschaft die fatale Entscheidung treffen, zukünftig auch noch die letzten Reserven an Öl, Gas und Kohle zu bergen und zu verbrennen […], hätte dies katastrophale Folgen für das Klimasystem unseres Planeten: CO_2-Konzentrationen von über 1 200 bis zu 4 000 ppm (Teilchen pro

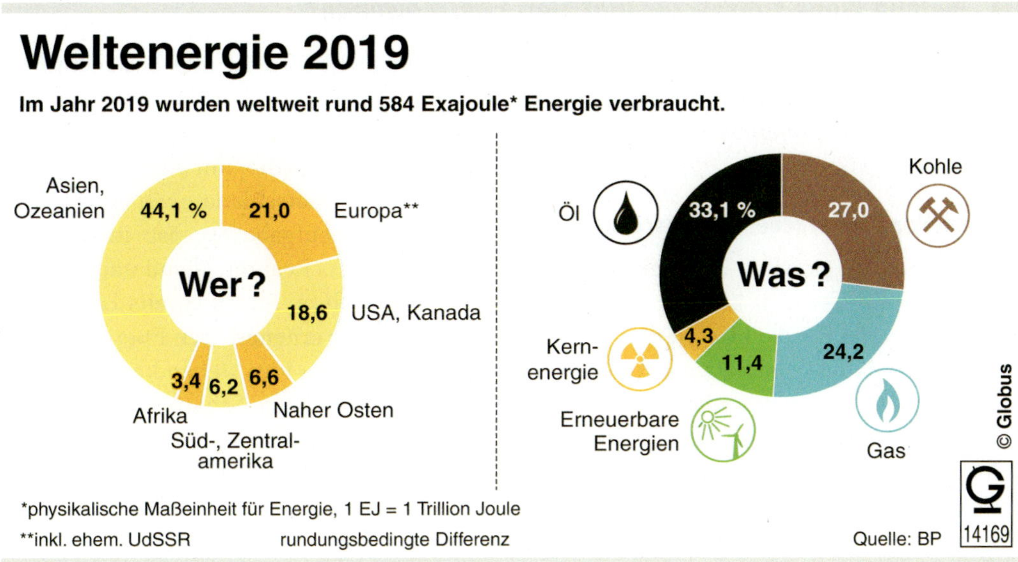

Millionen Teilchen) wären damit nicht mehr abwegig (im Vergleich zu 280 ppm vor der Industrialisierung). Das entspräche einem mittleren Temperaturanstieg von etwa vier bis neun Grad Celsius und einem Meeresspiegelanstieg von drei bis acht Metern im Vergleich zu heute.

(Aus: Kohleausstieg: Je schneller desto besser fürs Klima. Ohne Kohlestrom in eine klimaneutrale Zukunft, Greenpeace online, Hamburg, in: https://www.greenpeace.de/themen/energiewende/fossile-energien, letzter Zugriff: 19.08.2021)

Die Zukunft des Klimas entscheidet sich in Afrika

Der ehemalige deutsche Minister für Entwicklung und Zusammenarbeit Gerd Müller äußert sich in einem Interview:

Aber wir können noch umkehren. Jetzt ist der Zeitpunkt dafür. Die größte Chance, um den Planeten klimaneutral zu machen, liegt hinter dem Mittelmeer: in Afrika. Die Hälfte der Bevölkerung dort – 600 Millionen Menschen – hat keinen Zugang zu Elektrizität. Wenn sie alle eine Steckdose auf Basis von Kohle bekommen, müssten Hunderte neue Kohlekraftwerke gebaut werden. Gehen diese Klimakiller alle ans Netz, erreichen wir die Klimaziele nie! Die Antwort muss eine Investitionsoffensive Europas sein, damit Afrika nicht der schwarze Kontinent der Kohle, sondern der grüne Kontinent der erneuerbaren Energie wird. Wir haben eine besondere Verantwortung dazu: Nicht die Menschen in Afrika haben die Erderwärmung ausgelöst. Sondern wir in Europa, in Nordamerika und in Teilen Asiens: mit Autos, Fabriken und Müll. Deswegen müssen wir Afrika bei der Energiewende auch unterstützen.

(Aus: Wenn es so weiterläuft, treibt die Erde in die Hitze-Apokalypse. Ein Interview von Claudia Zehrfeld und Tim Kummert, t-online vom 29.09.2020, Köln, in: https://www.t-online.de/nachhaltigkeit/id_88652834/gerd-mueller-im-interview-das-weltklima-retten-wir-nicht-in-deutschland-.html, letzter Zugriff: 19.08.2021)

1. Erläutere den Zusammenhang zwischen Globalisierung und Energieverbrauch.
2. Beschreibe anhand des Schaubilds (S. 258) zu den CO_2-Emissionen drei mögliche Entwicklungen bis zum Jahr 2040.
3. Analysiere das Schaubild zur Weltenergie anhand der Kriterien geografische Verteilung des Energieverbrauchs- und Rangliste der Energieträger.
4. Beurteile auf der Grundlage des Beispiels von Afrika die Berechtigung der Forderung: Raus aus der Kohle!
5. Begründe, warum die Energiewende eine globale Aufgabe ist, die nicht national gelöst werden kann. S. 372

C Welche Wege führen zur globalen Energiewende?

Die folgenden Texte stellen euch drei wichtige Säulen der Energiewende vor. Tipp: Erarbeitet sie arbeitsteilig und informiert euch gegenseitig.

@ | WES-122194-001
Text einfacher
Text ausführlicher

1. Umstellung auf erneuerbare Energien

Als Schlüssel zur globalen Energiewende gilt der Ausbau erneuerbarer Energien. Vermehrt werden Prozesse, für die bisher Erdöl, Erdgas und Kohle benötigt wurden, auf Strom umgestellt. Weltweit wird daher sehr viel Ökostrom benötigt. Diesen sollen erneuerbare Energien liefern. Das sind Energieträger, die praktisch unendlich zur Verfügung stehen. Dazu zählen Wasserkraft, Solar- und Windenergie, Biomasse und Erdwärme.

Zwei Drittel der gesamten Kapazitäten [...] zur Stromerzeugung, die im Jahr 2019 neu errichtet wurden, war erneuerbar. Der Anteil der erneuerbaren Energien an der weltweiten Stromversorgung lag bei 27,3 Prozent.

Den größten Anteil daran hat nach wie vor Wasserkraft, aber die Wachstumsraten der anderen Energieträger, vor allem Wind- und Solarenergie, sind beachtlich. So wurden 2019 Windparks mit einer Gesamtleistung von 60 GW* und Photovoltaikanlagen mit einer Gesamtleistung von 115 GW neu gebaut. [...]

Mittlerweile gibt es fast keine Regierung mehr, die den Ausbau der erneuerbaren Energien nicht fördern und beschleunigen möchte. [...]

Eine Stromversorgung mit ausschließlich erneuerbaren Energien – nur eine schöne Utopie? Was für Deutschland noch eine gewaltige Zukunftsaufgabe ist, ist in anderen Ländern bereits Realität: Island und Paraguay erzeugen ihren Strom bereits heute ausschließlich aus erneuerbaren Energien, Norwegen und Costa Rica stehen kurz davor.

Doch kein Licht ohne Schatten. Zwar ist die erneuerbare Stromerzeugung in den vergangenen fünf Jahren beeindruckend gewachsen. Aber in den Bereichen Wärme, Kälte und Verkehr passiert zu wenig. Bei der Wärme- und Kälteerzeugung lag der Anteil der Erneuerbaren lediglich bei 10 Prozent, im Verkehr waren es nur 3,3 Prozent.

Gleichzeitig wächst der Energiehunger weltweit. [...] Trotz erheblicher Fortschritte bei der Stromerzeugung aus erneuerbaren Energien hat der Anteil der erneuerbaren Energien am gesamten Endenergiebedarf deshalb kaum zugenommen.

(Aus: Windwärts Energie GmbH online 2021, Hannover, in: https://www.windwaerts.de/de/infothek/know-how/erneuerbare-energien-weltweit-1, letzter Zugriff: 20.08.2021)

* Merke ✓
GW ist eine Abkürzung für Gigawatt. 1 GW entspricht 1 000 000 Kilowatt.

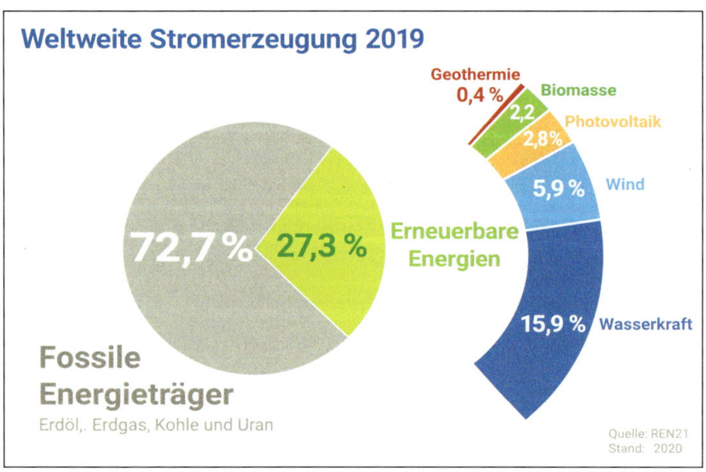

2. Energieeffizienz – die zweite Säule der Energiewende

Energie, die erst gar nicht verbraucht wird, ist der sauberste und günstigste Weg zur Verringerung von Treibhausgasen. Das bedeutet, dass vorhandene Energie besser genutzt (Energieeffizienz) und Energie eingespart werden muss.

Dieses Ziel kann durch eine Vielzahl von Maßnahmen erreicht werden, zum Beispiel

- beim Wohnen durch die bessere Wärmedämmung und den Einsatz energiesparender Heizanlagen in Häusern;
- in der Produktion durch intelligente digitale Steuerung der Abläufe oder auch der Wiederverwendung von Abwärme, die bei der Produktion entsteht;
- durch Verkehrskonzepte, die die Mobilität mit Bahn, Bus und individueller Fortbewegung mit Auto und Rad intelligent

verknüpfen, auch durch Förderung von Carsharing und Leasingmodellen.

- durch die Entwicklung neuer Technologien zur Verringerung des Verbrauchs, zum Beispiel in Haushalten durch energiesparende Kühlgeräte oder Waschmaschinen.

Durch die Entwicklung neuer energiesparender Technologien eröffnen sich zugleich für viele Unternehmen in Industrieländern neue Geschäftsfelder, die Verluste von Arbeitsplätzen in der Produktion fossiler Energien ausgleichen können. Auf der anderen Seite kostet das viel Geld – das zum Beispiel ärmere Länder nicht haben. Sie benötigen daher die Unterstützung der wohlhabenden Industrieländer bei der Umstellung ihrer Wirtschaft und des Verkehrs auf energiesparende Technologien.

3. Alternative Antriebs- und Brennstofftechnologien – Beispiel Wasserstoff

Normalerweise werden Solarsysteme und Windräder zur Schonung der Stromnetze abgeschaltet, wenn die Sonne anhaltend scheint oder der Wind stark weht. Stattdessen könnte der Energieüberschuss – so die Idee – für die Herstellung von Wasserstoff [H_2] genutzt werden. [...] Energie aus erneuerbaren Quellen bleibt nutzbar und könnte zeitlich unabhängig eingesetzt werden – auch dann, wenn die Windräder ruhen oder Wolken den Himmel bedecken. [...]

Als Faustregel gilt: Wo immer sie möglich ist, lohnt sich eher die direkte Nutzung von Strom. Das gilt nach Meinung der meisten Forschenden zum Beispiel für den Pkw: Um eine Strecke X zurückzulegen, braucht ein Wasserstoffauto mit Brennstoffzelle laut dem Fraunhofer-Institut für System- und Innovationsforschung mehr als doppelt so viel Primärenergie wie das E-Auto mit Akku. [...]

Für große Fahrzeuge, die lange Strecken zurücklegen müssen, könnte Wasserstoff zum Beispiel wichtig werden, weil Akkus ihren Energiebedarf mittelfristig nicht decken werden. Logistikunternehmen können sich beispielsweise kaum erlauben, dass ihre Lkw nach wenigen Hundert Kilometern erst einmal eine Stunde an der Ladesäule verbringen müssen, ehe sie weiterfahren können. Frachtschiffe oder Flugzeuge, die den Atlantik überqueren, haben gar überhaupt keine Lademöglichkeit. Für sie könnte die Nutzung von Wasserstoff beziehungsweise synthetischen Kraftstoffen auf Basis von Wasserstoff die einzige umweltverträgliche Alternative zu fossilen Kraftstoffen sein.

Energieeffizienz mithilfe neuer Technologien: Frauen in Mali beim Kochen auf Solarkochern

@ | WES-122194-001
Text einfacher
Text ausführlicher

Vor allem dürfte Wasserstoff helfen, energieintensive Industrieprozesse wie die Stahlproduktion nachhaltiger zu machen. Würde Wasserstoff die Kohle in den Hochöfen ersetzen, ließen sich laut der Deutschen Energieagentur (DENA) rund 95 Prozent der CO_2-Emissionen einsparen. [...] Industrielle Großabnehmer könnten H_2 für den Eigenbedarf in unmittelbarer Nähe zu ihren Fertigungsstätten produzieren. Wasserstoff könnte so effizienter eingesetzt werden, weil die Verluste entfallen, die sonst bei für den Transport notwendigen Umwandlungen anfallen.

(Aus: Jannis Carmesin: Ist Wasserstoff die Allzweckwaffe für die Energiewende? Quarks, WDR online vom 10.06.2020, Köln, in: https://www.quarks.de/technik/energie/was-die-allzweckwaffe-fuer-die-energiewende-leisten-kann/, letzter Zugriff: 20.08.2021)

1. Arbeite aus den Texten die Kerngedanken der drei Wege heraus.
2. Erläutere die Vor- und Nachteile jeder Strategie.
3. Beurteile die drei Strategien unter dem Kriterium ihrer Eignung für a) wohlhabende Länder b) für ärmere Länder.
4. Stelle die drei Strategien sowie deren Vor- und Nachteile in einer Kurzpräsentation vor. Verwende dazu auch das Schaubild.

S M U H

D Talkshow: „Fünf vor zwölf für die globale Energiewende: Wie kann sie gelingen?"

Dass fossile Brennstoffe ein Auslaufmodell sind, darüber sind sich Fachleute und Politiker/-innen einig. Doch unter welchen Voraussetzungen kann die Energiewende gelingen? Welche Maßnahmen müssen in welcher Zeit ergriffen werden? Darüber wird weltweit gestritten. Auf einer Talkshow sollt ihr über Perspektiven einer globalen Energiewende diskutieren. Dazu nehmt ihr die Sichtweise jeweils einer Interessengruppe bzw. eines Staates ein, die ihr in eurer Rolle vertretet.

Vorbereitung

- Bildet Gruppen und entscheidet euch für eine Rolle, die ihr in der Diskussion vertreten wollt. Eine Gruppe bereitet sich auf die Gesprächsleitung (Moderation) vor. Die Namen der Verbände sind fiktiv, entsprechen jedoch den tatsächlichen Positionen von ähnlichen Interessengruppen in der Diskussion um die Energiewende.
- Arbeitet die Rollenkarten auf der folgenden Doppelseite sowie die Hintergrundinformationen (A, B) sorgfältig durch.
- Eure Aufgabe ist es, eure Rolle in der Diskussion möglichst überzeugend zu vertreten und die Einstellung bzw. die Maßnahmen zur Energiewende zu rechtfertigen. Der Perspektivwechsel soll es euch ermöglichen, die Problematik aus unterschiedlichen Interessenlagen heraus zu verstehen und zu beurteilen.
- Überlegt, wie ihr die Möglichkeiten zur Energiewende aus der Perspektive eurer Rolle bewertet. Bereitet euch auch auf mögliche Kritik der anderen Talkshowgäste vor und überlegt euch Argumente, um diese zu widerlegen.
- Die Gruppe der Moderatorinnen und Moderatoren arbeitet ebenfalls ihre Rollenkarte und die Hintergrundinformationen durch. Sie bereitet Fragen für die Talkshow vor.

Durchführung

- Jede Gruppe entsendet einen Vertreter/eine Vertreterin in die Diskussionsrunde. Ein oder zwei Moderatorinnen/Moderatoren übernehmen die Gesprächsleitung. Die restliche Klasse bildet das Publikum, das ebenfalls Fragen stellen kann.
- Die Moderatorinnen und Moderatoren leiten die Diskussion mit der ersten Frage ein, die die Teilnehmerinnen und Teilnehmer der Reihe nach beantworten. Anschließend beginnt die Diskussion.
- Nach einer vorher vereinbarten Zeit fasst die Moderatorin/der Moderator die Ergebnisse zusammen und stellt die Schlussfrage.

Auswertung

Schlüpft nun aus eurer Rolle und redet in der Klasse über folgende Fragen:

- Welche Gruppe hat in ihrer Rolle besonders überzeugend argumentiert?
- Welche Argumente fandet ihr einleuchtend, welche weniger?
- Haben die Teilnehmenden die Diskussionsregeln eingehalten und fair diskutiert?
- Wie sind sie auf Fragen aus dem Publikum eingegangen?

Rollenkarten

Moderation

Eure Rolle

Ihr übernehmt die Gesprächsleitung und seid für den geordneten Ablauf der Talkshow verantwortlich.

Vor Beginn

- Da ihr den Verlauf einer Diskussion nie ganz genau planen könnt, solltet ihr euch inhaltlich sehr gut vorbereiten und auch die Haltung der einzelnen Gäste kennen. Tipp: Lest die Rollenkarten arbeitsteilig und informiert euch gegenseitig.
- Bereitet in der Gruppe drei bis fünf Fragen für die Teilnehmerinnen und Teilnehmer vor.
- Bestimmt ein bis zwei Mitglieder, die moderieren werden. Sprecht ab, wer welche Fragen stellt.

Während der Talkshow

- Zu Beginn begrüßt ihr das Publikum und stellt die Gäste mit Namen und Position vor.
- Stellt anschließend eine Eröffnungsfrage, zu der jeder Gast etwas sagen kann.
- Achtet in der folgenden Diskussion darauf, dass alle Gäste sich an die Diskussionsregeln halten und sich mit Respekt begegnen.
- Ihr erteilt jeweils das Wort, nachdem ihr eine Frage gestellt habt. Berücksichtigt auch Fragen und Wortmeldungen aus dem Publikum. Achtet auch darauf, dass jede/-r in der Runde ausreichend Gelegenheit bekommt, ihren/seinen Standpunkt darzustellen.
- Etwa fünf Minuten vor dem Ende der Talkshow fasst ihr die Diskussionsergebnisse nochmals zusammen und stellt die Schlussfrage.
- Beendet die Talkshow, indem ihr euch bei den Gästen und dem Publikum bedankt.

Uganda

Eure Rolle

- Ihr sprecht in eurer Rolle sowohl für euer Heimatland Uganda als auch für die Staaten Afrikas, die südlich der Sahara liegen, die 37 sogenannten Subsahara-Staaten. Verweist darauf, dass im südlichen Afrika bereits sehr viele Klimaschutz-, Solar- und Windprojekte laufen. Ihr seht die Chance, Afrika in einen grünen Vorzeigekontinent zu verwandeln.
- Ihr fordert von den Industriestaaten erhebliche finanzielle Unterstützung für den Aufbau grüner Energieträger, die dringend für den weiteren wirtschaftlichen Aufschwung des Landes benötigt werden.
- Als Verursacher der Klimawandels seht ihr die Konzerne und Staaten der Industrieländer in der Verantwortung. Europäische, amerikanische und asiatische Konzerne sollen nach euren Vorstellungen erheblich in die Stromversorgung und den Aufbau erneuerbarer Energien investieren.

Die Situation in eurem Land/Kontinent

Uganda gehört zu den ärmsten Ländern der Erde – und ist dennoch die weltweit größte Unternehmernation: 28 Prozent der Bevölkerung sind unternehmerisch tätig, meist als Kleinunternehmer, zum Beispiel Taxifahrende, Händlerinnen oder Händler, Frisörinnen und Frisöre oder im Tourismus. Die Wirtschaft wächst seit Jahren mit soliden Raten zwischen vier und sechs Prozent. Die wirtschaftliche Dynamik lässt die Nachfrage nach Energie stark steigen. Die Versorgungslücke soll mit erneuerbarer Energie geschlossen werden.

In den Subsahara-Staaten haben immer noch 50 Prozent der Bevölkerung keinen Zugang zum Stromnetz. Seit 2005 hat sich die Zahl grüner Energieprojekte zwar versechsfacht. Doch aus eigener Kraft schaffen diese armen Staaten die Energiewende bei gleichzeitiger wirtschaftlicher Entwicklung nicht.

Europäischer Industrieverband*

Eure Rolle

- Ihr sprecht als Verband für alle wichtigen großen Industrien in Europa: Kohleindustrie, Stahlproduktion, Autoproduktion, chemische Industrie usw.
- Betont, dass diese Industriezweige bereits heute großen Belastungen ausgesetzt sind, unter anderem der starken weltweiten Konkurrenz sowie der steigenden CO_2-Abgabe, die die Produktionskosten für Unternehmen verteuert.
- Ein baldiger Ausstieg aus fossilen Brennstoffen kommt für euch nicht infrage. Sie gefährde Tausende von Arbeitsplätzen. Ihr könnt euch vorstellen, bis 2045 klimaneutral zu produzieren.
- Ihr fordert von staatlicher Seite größere Unterstützung in der Forschung. Technologische Innnovationen könnten neue Arbeitsplätze schaffen. Ihr habt zum Beispiel mit Entwicklung von E-Autos und anderen Technologien bereits große Vorleistungen erbracht.

Die Situation der Industrie in Europa

Die europäischen Industrien befinden sich in einem Prozess der Umgestaltung auf nachhaltige Produktionsweisen. Diese Entwicklung steht erst am Anfang. In den vergangenen Jahren gingen durch die Digitalisierung bereits viele Arbeitsplätze verloren. Nun befürchten die Unternehmen den Verlust weiterer Arbeitsplätze durch einen zu raschen Ausstieg aus fossilen Brennstoffen. In vielen Staaten belastet eine CO_2-Steuer vor allem die energieintensiven Unternehmen (Stahl- und Aluminiumproduktion, chemische Industrie). Es gibt auch Länder, die in der Energiewende vor allem eine Belastung sehen, da ihre Industrien noch stark auf den Abbau von Kohle angewiesen sind, zum Beispiel Polen. Auch ihre Interessen muss der Europäische Industrieverband vertreten.

China

Eure Rolle

- Ihr vertretet als auch im Westen bekannte Mitarbeitende im Wirtschaftsministerium euer Land in der Talkshow. Dabei seht ihr China als Vorbild in Sachen Klimaschutz und verweist darauf, dass das Land in den letzten Jahren die mit erheblichem Abstand größten Investitionen in Solar- und Windenergie getätigt hat.
- Doch wird es nach offizieller Einschätzung eurer Regierung bis Mitte des Jahrhunderts dauern, bis China vollständig die Energiewende umgesetzt haben wird. Das Land kann in naher Zukunft auf die Förderung von Kohle noch nicht verzichten. Die politische Führung ist nicht bereit, die wirtschaftliche Entwicklung des Landes zu gefährden. Bei einem zu schnellen Ausstieg aus der Kohle wären Hunderttausende Arbeitsplätze gefährdet.
- Finanzielle Hilfen und Unterstützung bei der Energiewende für die ärmeren Länder sollen vor allem die klassischen Industriestaaten als Hauptverursacher des Klimawandels leisten.

Die Situation in eurem Land

China ist zurzeit das bevölkerungsreichste Land und die stärkste Wirtschaftsnation der Erde. Das Land hat in den vergangenen Jahren einen ungeheuren wirtschaftlichen Aufschwung erlebt. Doch der Wirtschaftsboom wurde mit dem Preis massiver Umweltschäden erkauft: Die Flüsse sind verseucht, die Luft wegen der großen Kohlekraftwerke und des zunehmenden Autoverkehrs verpestet. Nirgendwo wird mehr CO_2 in die Atmosphäre ausgestoßen. Chinas enormer Ausstoß von Treibhausgasen bestimmt wesentlich mit, wie sehr sich die Erde erwärmen wird.
Die Bevölkerung übt zunehmenden Druck auf die Regierung aus, Maßnahmen zum Umwelt- und Klimaschutz zu ergreifen. China ist grundsätzlich bereit, einen Beitrag zur Energiewende zu leisten. Die nationalen Klimaziele sehen vor, dass China seine schädlichen Emissionen ab 2030 senken wird. Bis dahin wird der Ausstoß allerdings noch steigen. Es verspricht auch den Ausbau erneuerbarer Energien auf 20 Prozent bis 2030.

* Name fiktiv

Deutschland

Eure Rolle

- Ihr vertretet die Bundesregierung und weist auf die ehrgeizigen Ziele Deutschlands hin. Nicht zuletzt auf Druck der Bevölkerung und des Umweltministeriums hat sich seit dem neuen Klimagesetz von 2021 der Umstieg auf erneuerbare Energien beschleunigt.
- Den Plänen der Klimaaktivistinnen und -aktivisten erteilt ihr eine Abfuhr. Ihr haltet einen so raschen Kohleausstieg für nicht realisierbar und betont, dass für den Ausstieg genaue Pläne existieren.
- Die deutsche Regierung ist bereit, die Forschung über technologische Lösungen der Energieversorgung weiterhin zu fördern, ja sogar zu steigern.
- Ärmeren Ländern werde bereits mit Entwicklungshilfe geholfen. Hier könnt ihr keine weiteren Zusagen machen.

Die Situation in eurem Land

Deutschland hat sich in der Klima- und Energiepolitik ehrgeizige Ziele gesetzt und seine Gesetze mehrfach verschärft. Seit 2021 wird für Benzin, Diesel und Gas eine CO_2-Steuer erhoben. Diese Abgabe soll Unternehmen und Bürgerinnen und Bürger zum Umstieg auf nachhaltige Energien veranlassen. Auch der Kauf von Elektroautos wird mit einer Prämie gefördert. Anders als jedoch von Klimaaktivistinnen und -aktivisten gefordert, plant die Regierung den vollständigen Ausstieg aus fossilen Brennstoffen bis zum Jahr 2045. Es ist der Regierung wichtig, den Umbau der Energieversorgung und den Umstieg der Wirtschaft auf nachhaltige Produktionsweisen sozialverträglich zu gestalten und den Abbau von Arbeitsplätzen möglichst gering zu halten.. Nicht alles, was wünschenswert ist, ist auch finanzierbar.

@ | WES-122194-024
Unter diesem Link findet ihr die Bestimmungen des Klimaschutzgesetzes von 2021.

Die Klimaretter*

Eure Rolle

- Als große, weltweit aktive Nichtregierungsorganisation (NGO) habt ihr euch ganz dem Ziel verschrieben, die Erderwärmung auf 1,5 Grad zu begrenzen. Ihr werft den Regierungen Untätigkeit angesichts der gewaltigen Aufgaben vor.
- Ihr fordert den sofortigen Kohleausstieg ohne Kompromisse, allerspätestens bis 2030. Ebenso sollten alle Verbrennungsmotoren verboten werden. Wirtschaftliche Nachteile müssten zugunsten einer gesunden Umwelt in Kauf genommen und notfalls mit staatlichen Hilfen aufgefangen werden.
- In Deutschland soll die Energieversorgung bereits bis 2035 zu 100 Prozent aus erneuerbaren Energieträgern gewährleistet werden.
- Der Preis für den Ausstoß von Treibhausgasen muss genauso hoch sein wie die Kosten für die Umwelt. Ihr fordert eine Verdreifachung der CO_2-Steuer auf 180 €.

Die Situation/Forderungen der NGOs

Weltweit haben sich vor allem junge Menschen in Aktionsbündnissen zusammengeschlossen, um vehement für die Begrenzung der Erderwärmung auf 1,5 Grad zu kämpfen. Dieses Ziel wurde 2015 in der Pariser Klimakonferenz von mehr als 190 Staaten der Welt beschlossen. Aktuell seht ihr die Erde eher auf dem Weg zu einer Erwärmung von mehr als drei Grad. Das hätte verheerende Auswirkungen auf das Leben von Milliarden Menschen.

Ein wichtiger Baustein ist in ihren Augen die Energiewende, die möglichst rasch und konsequent umgesetzt werden muss. Dazu sollten weltweit bis spätestens 2030 alle Kohlekraftwerke abgeschaltet werden. Der Verlust von Arbeitsplätzen ist danach zwar nicht zu vermeiden, kann aber teilweise durch Investitionen in eine neue grüne Wirtschaft ausgeglichen werden.

Fast alle NGOs fordern, den Preis für Treibhausgase drastisch zu erhöhen.

* Name fiktiv

6 Kann es gelingen, den weltweiten Klimawandel zu begrenzen?

Ein Szenario entwickeln

2015 unterzeichneten fast alle Staaten der Erde das Pariser Klimaabkommen der Vereinten Nationen. Sie bekannten sich damit zum Ziel, die Erderwärmung auf möglichst 1,5 Grad Celsius zu begrenzen. Noch ist ungewiss, ob der Klimawandel und seine negativen Folgen tatsächlich begrenzt werden können. Das hängt von den Antworten auf wichtige Fragen ab: Was wird in den nächsten Jahren im Klimaschutz passieren? Werden die Länder die Vereinbarungen von Paris tatsächlich umsetzen? Wie die Zukunft aussehen wird, wissen wir heute noch nicht. Mögliche Antworten auf diese Fragen kann man suchen, indem man Bilder von der Zukunft entwirft. Zukunftsbilder werden als Szenarien bezeichnet. Wie ihr ein Szenario zum Klimawandel und seinen Folgen entwickeln könnt, erfahrt ihr auf der folgenden Doppelseite.

Klimaziele und Prognosen im Vergleich

Die Differenz zwischen voraussichtlichen und für Klimaziele notwendigen Treibhausgasemissionen, angegeben in Gigatonnen CO_2-Äquivalenten ($GtCO_2e$).

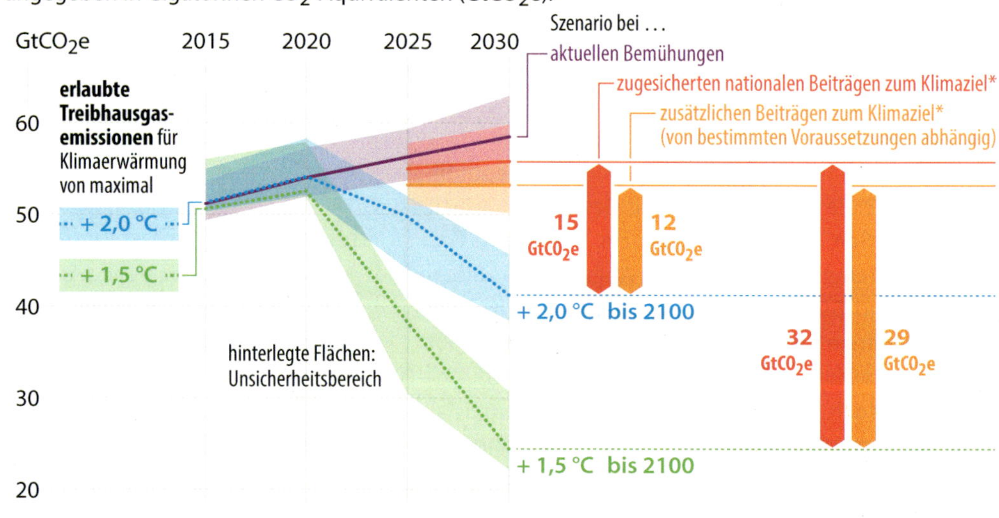

dpa•101788 *nach Pariser Klimaabkommen Quelle: UN Emissions Gap Report

Eine Prognose ist eine Vorhersage über eine mögliche Entwicklung. Das Schaubild zeigt vier Prognosen über die Erderwärmung in unserem Jahrhundert. 2020 wurden 34 Gigatonnen CO_2 ausgestoßen.

A Zwei Beispiele für positive Trends

1. Schweden belohnt klimafreundlichen Konsum

Die nordischen Länder sind seit Jahren unter den Top-Ten der Klimafreunde. Bis 2030 will Schweden hundert Prozent seiner Energien aus erneuerbaren Quellen beziehen. Außerdem ist Schweden weltweiter Vorreiter darin, klimaschädlichen Konsum teurer zu machen. Seit 1996 erhebt es einen Preis von 121 Euro auf eine Tonne CO_2. Seitdem haben die Schweden ihre Ölheizungen gegen Solarthermien oder Stromheizungen umgestellt, die Regierung hat Infokampagnen für „smarte Häuser" gestartet, und Dämmungen, Solaranlagen und Wärmepumpen für private Häuser finanziert. [...] Trotz ihres hohen Wohlstandes stoßen Schwedinnen und Schweden drei Mal weniger Treibhausgase aus als Deutsche.
[...] Ab 2025 wird jedes zweite Auto von Volvo mit elektrischen Motoren verkauft werden.

(Aus: Annika Joeres, Schaut mal: Diese Länder zeigen, wie Klimaschutz geht, CORRECTIV online vom 03.12.2019, Essen, in: https://correctiv.org/aktuelles/2019/12/03/schautmaldieselaender-zeigenwieklimaschutzgeht/, letzter Zugriff: 19.08.2021)

2. Radikale Kehrtwende in der amerikanischen Klimapolitik

Wirbelstürme, monatelange Waldbrände und Überschwemmungen: Die Bürger der Vereinigten Staaten bekommen die Auswirkungen des Klimawandels immer häufiger und deutlicher zu spüren. [...] US-Präsident Joe Biden [...] macht mit vielen Maßnahmen Druck. Mit den Maßnahmen leitet Präsident Biden eine scharfe Kehrtwende in der US-Klimapolitik ein – nach vier Jahren, in denen die fossilen Energien nach Kräften gefördert wurden. [...] Der Präsident will den Kongress auffordern, 40 Milliarden Dollar Subventionen für fossile Energien zu streichen. Die Fahrzeugflotte der Bundesbehörden wird auf E-Autos umgestellt, made in USA. Die Produktion aus Offshore-Windenergie soll bis 2030 verdoppelt werden. Bis 2035 soll der Energiesektor klimaneutral werden, bis 2050 die gesamte Industrie. Direkt nach seinem Amtsantritt hatte der US-Präsident bis auf Weiteres die Öl- und Gas-Förderung in der Arktis untersagt, einen Baustopp für die umstrittene Keystone XL-Pipeline verfügt und die Rückkehr der USA in das Pariser Klimaabkommen.

(Aus: Doris Simon, US-Präsident Biden leitet Klima-Kehrtwende ein, Deutschlandfunk online vom 28.01.2021, Köln, in: https://www.deutschlandfunk.de/usa-us-praesident-biden-leitet-klima-kehrtwende-ein.1773.de.html?dram:article_id=491603, letzter Zugriff: 19.08.2021)

B Zwei Beispiele für negative Trends

1. Die Welt ist so warm wie nie

Das Jahr 2020 war in Europa so warm wie kein anderes seit Beginn der Aufzeichnungen. [...] Mit dem Jahr 2020 wurde der Auswertung zufolge außerdem die wärmste bisher aufgezeichnete Dekade beendet. [...] Auch die CO_2-Konzentration in der Atmosphäre stieg dem Bericht zufolge erneut an. „2020 sticht hervor aufgrund der außergewöhnlichen Hitze in der Arktis und einer Vielzahl an Tropenstürmen im Nordatlantik“, kommentierte der Direktor des Copernicus-Klimawandeldienstes, Carlo Buontempo. „Es überrascht nicht, dass das letzte Jahrzehnt das wärmste je aufgezeichnete war und darüber hinaus ist es ein erneutes Warnsignal, dass die ambitionierten Reduzierungsmaßnahmen von Treibhausgasen noch dringender umzusetzen sind, um weitere schlimme Folgen durch den Klimawandel zu verhindern.“

(Aus: Tagesschau online vom 08.01.2021, Hamburg, in: https://www.tagesschau.de/ausland/waermstes-jahr-europa-101.html, letzter Zugriff: 19.08.2021)

2. Regenwald durch Abholzung und Brände gefährdet

Das Schicksal des Amazonas-Regenwaldes geht uns alle an. Die Welt ist aufgewacht: Die Waldbrände, die [...] um ein Vielfaches zugenommen haben, bedrohen unser Weltklima. Was ist, wenn die Lunge der Welt für immer ihre Arbeit einstellt? Roberto Moldonado vom WWF sagte zur „Welt“, dass man keine Klimaziele einhalten könne, wenn der Amazonas-Regenwald abbrennt. „Es ist dramatisch für den Amazonas-Regenwald und die Menschen, die dort leben.“ Aber nicht nur, wie er sagt: Auch für die gesamte Welt seien die Waldbrände im Amazonas eine große Gefahr. [...] Der Amazonas-Regenwald in Brasilien ist nicht nur wichtig aufgrund seiner Artenvielfalt. Für das gesamte Weltklima wird ihm eine enorme Bedeutung zugeschrieben. Er funktioniert wie eine riesige Klimaanlage. [...] Durch die Verdunstung bildet sich über dem Tropenwald eine Wolkendecke. Wie ein gigantischer Sonnenschirm verhindert sie, dass die Sonneneinstrahlung die Landmassen zu stark aufheizt und austrocknet.

(Aus: Jürgen Polzin: Amazonas: So wichtig ist der Regenwald fürs Welt-Klima, Berliner Morgenpost online vom 23.08.2019, in: https://www.morgenpost.de/web-wissen/article216258435/Amazonas-Regenwald-Brasilien-Darum-ist-er-so-wichtig-fuers-Klima.html, letzter Zugriff: 19.08.2021)

1. Beschreibe anhand des Schaubildes, wie sich die Erderwärmung im günstigsten und im schlechtesten Fall entwickeln wird.
2. Was geschieht, wenn nichts oder zu wenig geschieht? Erläutere dies an den Beispielen der negativen Trends.
3. Warum engagieren sich auch viele Unternehmen im Klimaschutz? Überlege mögliche Gründe.

Ein Szenario entwickeln
Thema: Klimawandel

Worum geht es?

Die Szenariomethode benutzen Wissenschaft, Unternehmen und Politik, um sich ein Bild von der Zukunft zu machen. Dabei geht es nicht um irgendwelche Traumvorstellungen, sondern um möglichst realistische Vorhersagen.
Der besondere Wert der Methode besteht darin, dass man sich über Ziele verständigt und gleichzeitig die konkreten Maßnahmen plant, um diese zu erreichen.
Die Szenariomethode eignet sich für alle Themen, bei denen es um einen Blick in die Zukunft geht. Zum Thema Klimawandel könnt ihr selbst in Gruppen ein Zukunftsszenario entwickeln. Dabei helfen euch die Kenntnisse, die ihr bisher erworben habt.

Szenariotrichter

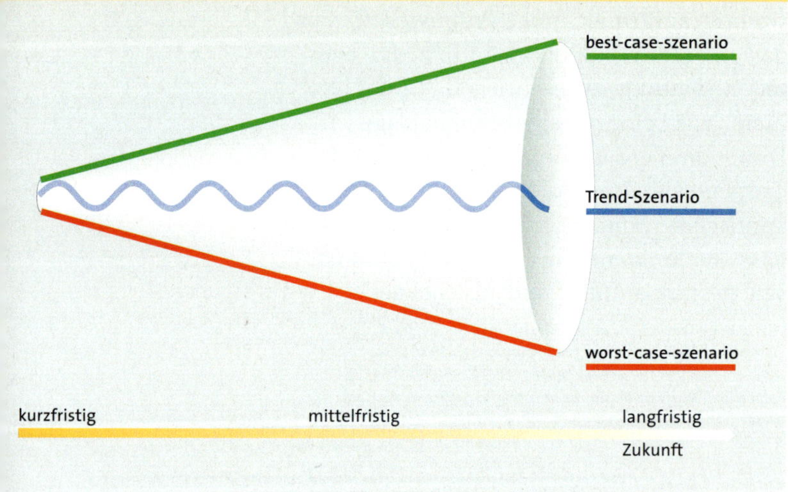

Arten von Szenarien

Häufig werden mit dieser Methode drei Arten von Zukunftsbildern entworfen:
a) das *positive Szenario* (Best-Case-Szenario): Wie wird die Zukunft im besten Fall aussehen?
b) das *negative Szenario* (Worst-Case-Szenario): Wie wird die Zukunft im schlimmsten Fall aussehen?
c) das *Trend-Szenario*: Wie wird die Zukunft aussehen, wenn das Problem weiter so behandelt wird wie bisher?
Zur Darstellung benutzt man den Szenariotrichter. Er beginnt am engsten links bei der aktuellen Situation, in der wir uns befinden. Dann öffnet er sich und zeigt in seiner Gesamtlänge eine Zeitschiene. Das weit geöffnete Trichterende zeigt den Zeitpunkt, bis zu dem wir unser Zukunftsbild entwerfen. Die beiden gegenüberliegenden Enden stehen oben für das positive und unten für das negative Szenario. Die Wellenlinie in der Mitte zeigt das Trendszenario.

Wie macht man das?

Szenarien werden in der Regel in Gruppenarbeit entwickelt.
1. Darstellung der aktuellen Situation,
2. Untersuchung der Faktoren, die die zukünftige Entwicklung beeinflussen können,
3. Beschreibung der Zukunft/Gestaltung des Szenarios.

Tipp: Entscheidet euch am Ende der Phase 2, welche Art von Szenario ihr entwerfen wollt. Ihr könnt in den einzelnen Phasen arbeitsteilig vorgehen.

Verlaufsplan für ein Szenario zum Klimawandel

Phase 1: Ausgangspunkt – die aktuelle Situation

Überlegt, was ihr bisher gelernt habt. Schaut euch nochmals das Unterkapitel 5 an. Berücksichtigt auch eure Erkenntnisse aus anderen Fächern, zum Beispiel Biologie und Geografie.

Worin besteht das Problem?	• Entwicklung der Erderwärmung • Folgen des Klimawandels für Wasser, Luft und Land • Besonders gefährdete Gebiete • Die wichtigsten Verursacher	Dafür ist folgendes Gruppenmitglied verantwortlich:

Phase 2: Die Einflussfaktoren

Tipp: Weitere Informationen zur Klimapolitik findet ihr im Internet, zum Beispiel: www.bpb.de; www.bundesregierung.de; www.bmu.de, www.klimareporter.de, www.spiegel.de.

Was wird bisher von wem unternommen?	• Maßnahmen der Wirtschaft: ökologische Unternehmensführung • Stand der Energiewende • Aktivitäten der NGOs • Nationale Konzepte (Beispiel Deutschland) • Konzepte der EU • UN-Klimakonferenzen (Pariser Klimaschutzabkommen)	Dafür ist folgendes Gruppenmitglied verantwortlich:

Phase 3: Beschreibung der Zukunft

Entwerft ein möglichst anschauliches Bild der Zukunft, wie sie im besten bzw. schlechtesten Fall aussehen könnte. Dazu könnt ihr Texte schreiben, (erdachte) Schlagzeilen in der Presse entwerfen, Zeichnungen anfertigen, passende Bilder und Fotos zusammenstellen oder auch eine Theaterszene entwickeln und vieles mehr. Diese Arbeiten können auch außerhalb des Unterrichts stattfinden.

Wie sieht die Zukunft und unser Leben aus, wenn • der CO_2-Ausstoß drastisch reduziert wird (Best Case)? • einige Staaten beim Klimaschutz mitmachen, andere nicht? (Trend)? • keine oder nicht ausreichende Klimaschutzmaßnahmen durchgeführt werden (Worst Case)?	• Wirtschaftliche Auswirkungen beschreiben • Auswirkungen auf das Klima und die Umwelt darstellen • Folgen für die einzelnen Menschen und die Gesellschaft aufzeigen • Ideen entwickeln, was der Einzelne zum Klimaschutz beitragen kann	Dafür ist folgendes Gruppenmitglied verantwortlich:

Phase 4: Auswertung/Reflexion

Stellt eure Szenarien der Reihe nach vor und redet darüber in der Klasse.

Wie sieht eurer Meinung nach die Zukunft aus?	Welches Szenario findet ihr persönlich am wahrscheinlichsten? Warum?	In der Klasse

Was interessiert dich besonders? Was kannst du richtig gut?

Wähle, wie du vorgehen möchtest:
Möglichkeit 1: Ich arbeite individuell und suche mir zwei, drei oder mehr Aufgaben aus.
Möglichkeit 2: Ich arbeite mit einer Partnerin, einem Partner zusammen. Gemeinsam schaffen wir mehr als allein.
Möglichkeit 3: Wir bilden Gruppen, teilen die Aufgaben auf und lösen alles gemeinsam.

Was ich weiß

S M U H

Ich kann …

1. erklären, was wirtschaftliche Globalisierung ist.

2. die Konzepte von Freihandel und Protektionismus erläutern.

Wozu ich meine Meinung formulieren und begründen kann

S M U H

Ich kann zu folgenden Diskussionspunkten meine Meinung formulieren und diese mit Argumenten begründen.

1. Sind wir als Verbraucherinnen und Verbraucher für die Zustände beim Kakaoanbau mitverantwortlich?

2. Bietet die Globalisierung eher Chancen oder eher Risiken?

Was ich methodisch gelernt habe

S M U H

Ich kann …

1. erklären, welche Aufgaben Moderatorinnen und Moderatoren in einer Talkshow haben.

2. die einzelnen Schritte bei der Erstellung eines Szenarios erläutern.

Worüber ich mitreden kann

S M U H

Mit ein wenig Nachdenken kann ich (auch zusammen mit anderen) vor der Klasse eine, zwei oder drei Minuten frei sprechen:

1. Welche Merkmale hat die globalisierte Wirtschaft?

2. Warum ist die globale Energiewende notwendig und wie kann sie erreicht werden?

Lösung zu Seite 242: Richtig ist c).
Lösung zu Seite 258: a) USA, b) Deutschland, c) China, d) Äthiopien

Neun Merksätze zum Einprägen

1	Global Player …
A	sind Kunstschaffende, die weltweit arbeiten.
B	sind Mitglieder einer weltweiten Gemeinde von Gamern.
C	sind die Top Ten der besten Baseballvereine.
D	sind große Konzerne, die weltweit produzieren und verkaufen.

2	Als neue internationale Arbeitsteilung bezeichnet man …
A	die Digitalisierung der Wirtschaft.
B	die Einfuhr von chinesischen Waren nach Deutschland.
C	die Zerlegung der Produktion in viele Teilschritte, die in verschiedenen Ländern erfolgen.
D	die Entwicklung der Löhne in Entwicklungsländern.

3	Die wichtigsten Waren des Welthandels sind, …
A	Textilien und Kleidungsrohstoffe.
B	Lebensmittel.
C	Maschinen, Kraftwerke, Flugzeuge und Schiffe.
D	Spielwaren.

4	Deutschlands wichtigster Handelspartner ist …
A	China.
B	Russland.
C	Senegal.
D	Italien.

5	Der wichtigste Grund für Unternehmen, im Ausland neue Standorte zu gründen, ….
A	ist der Zustand der Autobahnen.
B	ist die Nähe zum Kunden.
C	sind die niedrigeren Mieten.
D	sind strengere Umweltgesetze.

6	Freihandel, …
A	ist eine Idee, die nirgendwo auf der Welt verwirklicht wurde.
B	bedeutet, dass Waren und Dienstleistungen ungehindert über nationale Grenzen fließen können.
C	bedeutet, dass sich alle Waren weltweit verteuern.
D	ist eine Folge der Globalisierung.

7	Von Protektionismus spricht man …
A	wenn ein Staat den freien Handel einschränkt, um seine Wirtschaft zu schützen.
B	wenn ein Unternehmen seine Kunden vor der Steuerfahndung schützt.
C	wenn für die Kündigung von Beschäftigten besondere Schutzvorschriften erlassen werden
D	wenn ein Staat die Steuern erhöht.

8	Die globale Energiewende …
A	ist weltweit bereits Realität.
B	ist erreicht, wenn niemand mehr Strom verbraucht.
C	bedeutet, dass Umwelt- und Klimaaktivisten mehr Energie haben.
D	beinhaltet den Ausstieg aus der Verbrennung fossiler Rohstoffe.

9	Energieeffizienz …
A	bedeutet, dass Unternehmen so viel Strom verbrauchen dürfen, wie sie wollen.
B	ist eine Abgabe, die alle Kundinnen und Kunden für Strom aus dem Ausland bezahlen müssen.
C	erreicht man, wenn Benzin billiger wird.
D	bedeutet, dass vorhandene Energie besser genutzt oder gespart wird.

!

- Bei richtiger Lösung kommen A, B und C zweimal, D dreimal vor.
- Übernimm die Merksätze in dein Heft und präge sie dir ein.

10 Die Europäische Union

Wie sehr brauchen wir das vereinte Europa?

1. Allein nachdenken
Wie hoch schätzt du den Anteil der Jugendlichen in deinem Bekanntenkreis ein, die eine positive Einstellung gegenüber der Europäischen Union haben?

2. Zu zweit beraten
Was bedeutet es für euch, in einem Europa mit offenen Grenzen, gemeinsamer Währung und gemeinsamen demokratischen Werten zu leben?

3. In der Klasse sammeln
Welche Vorteile entstehen, wenn Staaten miteinander statt gegeneinander arbeiten?

Im Verlauf dieses Kapitels könnt ihr ...

- an Beispielen erläutern, was die EU für eure Region leistet,
- Motive und Ziele des europäischen Einigungsprozesses beschreiben,
- Merkmale des europäischen Binnenmarktes und der Währungsunion beschreiben und deren Chancen und Probleme beurteilen,
- erklären, welche Aufgaben die europäischen Institutionen haben,
- darüber diskutieren, ob die EU weitere Staaten aufnehmen soll oder nicht,
- über ein selbst gewähltes Thema zur EU einen Kurzvortrag vorbereiten.

Eigene Schwerpunkte könnt ihr setzen, indem ihr ...

- euer ganz persönliches Portfolio zum Thema Europa erstellt,
- eure eigene Vision über die Zukunft der EU entwickelt und präsentiert.

„Pulse of Europe" – unter diesem Namen trafen sich in den vergangenen Jahren immer wieder sonntags überall in Europa Menschen, um zu zeigen, dass sie für die Europäische Union sind.

1 Welche Bedeutung hat die EU für meine Region?

Leistungen der Gemeinschaft beschreiben und beurteilen

A Eine Einstiegsübung

Die folgenden Adjektive stammen aus unterschiedlichen Texten und Stellungnahmen über die Europäische Union.

- Wähle aus der Sammlung drei aus, die deiner Ansicht nach gut zur EU passen.
- Vergleiche deine Auswahl mit der deiner Nachbarinnen und Nachbarn.
- Begründet im Gespräch eure Wahl.

(1) angenehm
(2) bunt
(3) bürokratisch
(4)einmalig
(5) notwendig
(6) kompliziert
(7) selbstverständlich
(8) uneinig
(9) unverzichtbar
(10) vertrauenswürdig
(11) vielfältig
(12) wegweisend
(13) weltoffen
(14) wertvoll
(15) zerstritten

B Leistungen der EU für die Menschen in NRW – Beispiele

Viele junge Leute denken zunächst an das Reisen ohne Grenzen, wenn sie nach den Vorteilen der EU gefragt werden. Auch dass man europaweit studieren, arbeiten und dauerhaft leben kann, ist allgemein bekannt. Aber weißt du auch, was die EU zum Vorteil der Region leistet, in der du lebst?
Die folgende Sammlung über Nordrhein-Westfalen kann dir einen Eindruck davon vermitteln.

1

Oberhausen: Der Europäische Sozialfonds fördert mehrere Projekte in Oberhausen, darunter das Projekt BIWAQ, das sich an arbeitslose Frauen und Männer über 26 Jahre richtet. Unter anderem Personen mit Migrationshintergrund und Alleinerziehende sollen dauerhaft in Beschäftigung gebracht werden. Das Projekt Jugend stärken im Quartier fördert den Zugang zu Beschäftigung, Ausbildung und Bildung für benachteiligte, bildungs- und arbeitsmarktferne Jugendliche und junge Erwachsene.

2

Duisburg: Das Projekt Bau-Berufe-Greening soll junge Menschen mit Migrationshintergrund für eine Ausbildung in „grünen“ Jobs in der Bauwirtschaft interessieren. Anhand eines mobilen, begehbaren kleinen Hauses und begleitender Information wird der Beitrag der Bauberufe zu einer nachhaltigen, zukunftsfähigen Bauweise vermittelt. Das Projekt lief im November 2015 an und wird von Europäischen Sozialfonds mit knapp 220 000 Euro gefördert.

Bottrop: Der Europäische Fonds für regionale Entwicklung fördert u. a. Maßnahmen zur Anpassung an den Klimawandel und zur Verhinderung des Klimawandels. [...] Seit 2016 werden die in der Modellstadt Bottrop gesammelten Erfahrungen und Erkenntnisse zum klimagerechten Stadtumbau auf die Metropole Ruhr übertragen. Diese Umsetzung („Rollout") des Projekts wird bis 2019 mit bis zu 1,7 Millionen Euro aus dem EFRE gefördert.

Hochsauerlandkreis/Westfalen: Das Lichtforum NRW ist eine Gemeinschaftsinitiative von Unternehmen der Licht- und Leuchtenbranche aus der Region Südwestfalen. Es erhält von 2018 bis 2019 bis zu 120 000 Euro EFRE-Mittel für die Errichtung eines Schülerlabors. Schüler/-innen sollen hier für Berufe in den Bereichen Mathematik, Informatik, Natur- und Ingenieurwissenschaft und Technik (MINT) begeistert werden.

Köln ist in stetem Wandel. Im Umgang mit der steigenden Einwohnerzahl bedarf es, besonders in den Bereichen Mobilität und Umwelt, einer nachhaltigen Entwicklung. Im Rahmen der Initiative SmartCity nimmt Köln, gemeinsam mit Stockholm und Barcelona, am Projekt Grow Smarter teil, das mit insgesamt 25 Millionen Euro von der EU gefördert wird. Im Stadtteil Mülheim soll dadurch u. a. Energie und klimaschädliches Kohlendioxid eingespart werden.

(Beispiele aus: In meiner Region, Nordrhein-Westfalen, Europäisches Parlament online, in: https://whateuropedoesforme.eu/de/portal/1/DEA, letzter Zugriff: 27.08.2021)

C Europäischer Regional- und Sozialfonds: zwei wichtige Finanzierungstöpfe der EU

Die Mittel, mit denen die EU die oben beschriebenen Maßnahmen finanziert, stammen aus dem Europäischen Fonds für regionale Entwicklung (EFRE) und dem Europäischen Sozialfonds (ESF). Mit dem Regionalfonds will die Gemeinschaft den wirtschaftlichen und sozialen Zusammenhalt zwischen den Regionen der EU fördern. Unterstützt werden kleine und mittlere Unternehmen und deren Innovationen zur Energieeinsparung und CO_2-Reduktion.
Schwerpunkte des Sozialfonds sind die Bekämpfung von Arbeitslosigkeit, die Verbesserung der Bildungschancen und die Förderung echter Gleichberechtigung.
Zwischen 2014 und 2020 erhielt Nordrhein-Westfalen 1,21 Milliarden Euro an Zuschüssen aus dem EFRE und 667 Millionen aus dem ESF.
Die Hilfen aus den beiden Fonds können durch entsprechende Anträge gewährt werden.

1. Beschreibe Inhalt und Zielsetzung folgender Projekte: „BIWAQ", „Bau-Berufe Greening", „Grow Smarter".

2. Unterscheide zwischen Regionalfonds und Sozialfonds und erläutere die Besonderheiten an je einem Beispiel.

3. Bewerte die hier dargestellten Leistungen der EU für die Menschen und die Umwelt in NRW. Hältst du sie für sehr bedeutsam, ein wenig bedeutsam oder eher für wenig wichtig?

Selbstständig weiterlernen mit Medien

- Bei den hier dargestellten Leistungen der EU mit Mitteln des ESF und des EFRE handelt es sich nur um einige von vielen. Recherchiere unter der angegebenen Internetadresse weitere Maßnahmen der EU für deine Region bzw. dein Bundesland. Wähle eines oder mehrere Projekte aus, das du als interessant und wichtig empfindest. Stelle es vor und begründe deine Wahl. www.what-europe-does-for-me.eu/de

@ | WES-122190-025

D Die EU ist für alle da, die atmen und Wasser trinken

Viele Menschen denken, diese Europäische Union ginge sie nichts an. Das stimmt aber nur, wenn sie nicht atmen und kein Wasser trinken, wenn sie nicht arbeiten, nicht einkaufen und kein Geld haben, wenn sie nicht studieren und nicht verreisen. Sollten sie das aber doch tun, wirkt die Europäische Union auf ihr Leben ein.

Umwelt

Vieles, was unser Leben bestimmt, wird durch europäische Vorschriften geregelt. Nehmen wir den Bereich unserer natürlichen Umwelt. Hier haben sich die Staaten der Europäischen Union auf wichtige Standards geeinigt und das war auch nötig. Umweltverschmutzung kennt keine Grenzen. So gibt es eine Feinstaubrichtlinie, die bestimmt, wie viele (krebserregende) Staubpartikel unsere Atemluft höchstens enthalten darf, und es gibt eine Trinkwasserrichtlinie, die Höchstwerte für Giftstoffe im Trinkwasser festlegt. […]

*Merke ✓

Zoll, Zölle = Abgaben, die beim Transport einer Ware über Zollgrenzen hinaus zu entrichten sind.

Hier sagt jemand: „Danke Europa!"

1. Nenne die im Text genannten Regelungen, mit denen Europa in das Alltagsleben eingreift.
2. Erkläre jemandem aus Europa, der glaubt, nichts mit Europa zu tun zu haben, die Problematik dieser Ansicht. S. 372
3. Gemeinsame Umweltstandards, Warenvielfalt ohne Zölle, Freizügigkeit: Wie wichtig ist das, was die EU dazu leistet? Bewerte die Bedeutung für das alltägliche Leben.

Einkaufen

Dass im Supermarkt nicht nur deutsche Produkte angeboten werden, ist für uns völlig selbstverständlich. Spanischer Wein, französischer Käse und polnische Wurstwaren stehen im Regal neben ähnlichen Produkten aus Deutschland. Was besser ist, entscheiden jede Verbraucherin und jeder Verbraucher durch ihren Einkauf selbst. Die Kunden haben die Wahl. Dabei können sie sich auf zwei Dinge verlassen: Zum einen gelten die Lebensmittelstandards, die sie in Deutschland gewohnt sind, auch für die Produkte aus dem europäischen Ausland. Zum anderen werden die ausländischen Waren zu den Preisen angeboten, die die Hersteller und Verkäufer vorgeben. Es gibt keinen Zoll*, der die Waren künstlich verteuert und der für die Käufer eine Art Strafsteuer darstellt, wenn sie sich für ausländische Produkte entscheiden. […]

Freizügigkeit

Aber nicht nur die Waren und Dienstleistungen sind frei, auch die Menschen genießen Freizügigkeit. Wer in einem anderen EU-Land leben und arbeiten will, kann das tun. Deutschland profitiert davon zurzeit in besonderem Maße, weil viele Fachkräfte aus anderen EU-Staaten zu uns kommen und hier zur Wertschöpfung beitragen.

Europa als Sündenbock

Man muss sich ein wenig Mühe machen, die Europäische Union zu verstehen. Dies ist umso schwieriger, weil sie gerne zum Sündenbock gestempelt wird. Wenn etwas Positives zu vermelden ist, wie die Verlängerung der Garantie auf Gebrauchsgüter von sechs Monaten auf zwei Jahre, nehmen nationale Politiker das gerne für sich in Anspruch, obwohl es auf eine europäische Regelung zurückgeht. Wenn aber umgekehrt etwas Unangenehmes zu berichten ist, dann wird es mit Vorliebe auf „Brüssel" geschoben und so getan, als hätte die deutsche Politik damit nichts zu tun.

(Aus: Eckart D. Stratenschulte: Warum Europa? In: Dossier Europa, Bundeszentrale für politische Bildung vom 01.04.2014, Bonn, in: https://www.bpb.de/internationales/europa/europaeische-union/42835/warum-europa?, letzter Zugriff: 10.05.2021)

E Wie wichtig sind die folgenden Möglichkeiten in der Europäischen Union für dich?

Euer Auftrag:

1. Gehe den Fragebogen zunächst allein durch. Notiere mithilfe der Ziffern die Möglichkeiten, die du für wichtig hältst.

2. Tauscht euch in Kleingruppen darüber aus. Versucht gemeinsam, euch auf eine Liste besonders wichtiger Möglichkeiten zu einigen. Dabei sollte es keine Begrenzung in der Anzahl geben.

3. Entscheidet euch für einige wichtige Möglichkeiten, über die ihr gerne in der gesamten Klasse miteinander reden möchtet.

Nr.	Als EU-Bürger/-in habe ich die Möglichkeit, ...	ist für mich wichtig	ist eher unwichtig
1	durch Europa zu reisen, ohne an Grenzen anhalten zu müssen und kontrolliert zu werden.	?	
2	mit dem Euro als gemeinsamer Währung in vielen Ländern zu bezahlen.		
3	andere Jugendliche in anderen Ländern Europas zu treffen und kennenzulernen.		
4	in Frieden und freundschaftlichen Beziehungen mit allen anderen Staaten in Europa zu leben.		?
5	in einer Umwelt zu leben, die in länderübergreifender Zusammenarbeit geschützt wird.		
6	an den Wahlen zum Europäischen Parlament teilzunehmen.		
7	von Gesetzen zu profitieren, die in allen Mitgliedstaaten der EU in gleicher Weise gelten.	?	
8	im außereuropäischen Ausland als Europäer oder Europäerin angesehen zu werden.		
9	später einmal meinen Beruf in jedem Land der Europäischen Union auszuüben und meinen Wohnsitz frei zu wählen.		?
10	an einem von der EU geförderten Programm zum Schüleraustausch, zur Berufsausbildung oder zum Studium im Ausland teilzunehmen.		
11	in Deutschland Menschen aus allen Ländern der Europäischen Union zu begegnen, weil diese sich entschieden haben, hier zu leben und zu arbeiten.		
12	Lebensmittel und andere Waren ohne Preisaufschläge zu kaufen, die aus allen Ländern der EU kommen.	?	
13	zusammen mit vielen anderen europäischen Staaten in einem Bündnis zu leben, in dem Demokratie herrscht und die Menschenrechte geachtet werden.		
14	persönlich zu erleben, dass der Weg zur Integration der Staaten Europas immer weiter fortschreitet.		

Ein persönliches Portfolio erstellen
Thema: Europa

Worum geht es?

In einem Portfolio erstellst du deine ganz persönliche Mappe zu einem Thema, über das ihr euch im Unterricht verständigt habt – in diesem Fall zum Thema Europa. Du kannst darin deine Arbeiten dokumentieren und beschreiben, was du für besonders wichtig an diesem Thema hältst und was du dir langfristig merken möchtest.
Der Begriff wurde aus den lateinischen Wörtern folion (= Blatt) und portare (= tragen) zusammengesetzt. Ursprünglich verstand man darunter eine Mappe aus Arbeiten, mit denen sich Künstler und Architekten im Mittelalter um Aufträge bewarben. Diese Grundidee gilt auch heute noch. In einem Portfolio kannst du zeigen, was du kannst und was du gelernt hast. Wenn du die fertige Mappe vorstellst, geht es auch darum, dein Können und deinen Fleiß unter Beweis zu stellen.

Was sind die Vorteile?

Drei besondere Vorteile hat die Portfolioarbeit: Du kannst
- dich mit Themen beschäftigen, die du selbst ausgewählt hast,
- deine Mappe nach deinen individuellen Vorstellungen gestalten,
- über einen längeren Zeitraum selbstständig arbeiten.

A Pflichtthemen (zur Auswahl)

1. Wie erleben wir die EU im Alltag?
2. Was ist die EU?
3. Was waren wichtige Etappen auf dem Weg zur EU?
4. Was ist der europäische Binnenmarkt?
5. Welche Rechte haben die Bürgerinnen und Bürger in der EU?
6. Wie wird in der EU Politik gemacht?
7. Welche Aufgaben haben die europäischen Institutionen?

Einigt euch in der Klasse auf eine bestimmte Anzahl von Pflichtthemen (z. B. 4 aus 7).

Schritte zur Vorgehensweise

1. Verschaffe dir zunächst einen Überblick über das gesamte Kapitel „Die Europäische Union".
2. Triff deine Entscheidung für die Pflicht- und Wahlthemen.
3. Zu Hause kannst du zu den Themen deiner Arbeit auf die Suche nach weiteren Materialien gehen. Wähle aus den gesammelten Materialien einige wenige aus, die du in deine Mappe aufnimmst und die du deinen Leserinnen und Lesern mit eigenen Worten vorstellen wirst.
4. Entscheide dich für eine ansprechende Form bzw. ein ansprechendes Design. Mit einem Portfolio verhält es sich so wie mit einer Bewerbungsmappe. Die Form ist ebenso bedeutsam wie der Inhalt.
5. Fertige am Ende der Arbeit ein Inhaltsverzeichnis an, das du an den Anfang deines Portfolios setzt.

Lege dein fertiges Portfolio zum vereinbarten Termin vor.

B Mögliche Wahlthemen

Wählt eines (oder zwei) aus der Liste zur Bearbeitung aus:

Interview: „Was halten Sie von der EU?"

Dokumentation: Ein Mitgliedsland der EU meiner Wahl, dokumentiert in Bildern und Texten

Argumentation: Was können die Europäer/-innen tun, um Flüchtlingen zu helfen? Pro und Kontra und meine Argumentation zu einem umstrittenen Thema

Zukunftsvision: Wie ich mir Europa in zehn, zwanzig oder dreißig Jahren vorstelle

Produktion: Meine Zukunftswünsche für Europa – eine Zeichnung, ein Bild, Fotos, Collagen oder Videos zum Thema

Beispiele aus Portfolios zum Thema Europa

Beispiel 1
zeigt zwei Blätter aus einem Portfolio der Schülerin Julia (16 Jahre). Sie hatte vier Wochen Zeit für die Bearbeitung und hat die meisten Arbeiten außerhalb der Unterrichtszeit erledigt. Zwei der Unterrichtsstunden zum Thema Europa hat sie darin in Briefform dokumentiert.

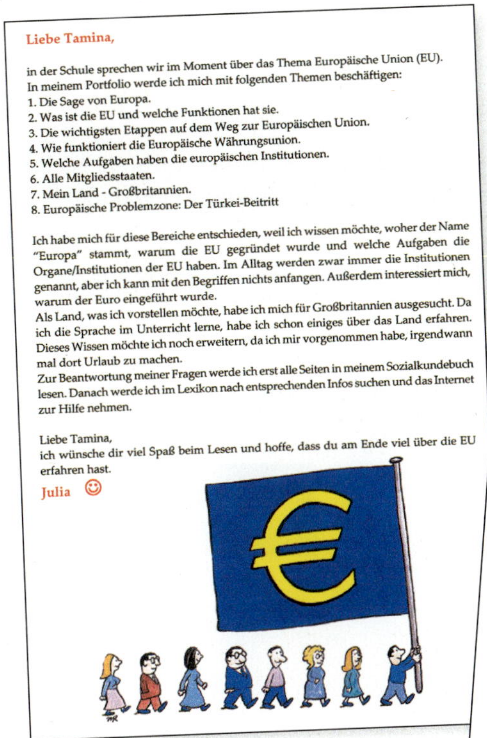

Liebe Tamina,

in der Schule sprechen wir im Moment über das Thema Europäische Union (EU).
In meinem Portfolio werde ich mich mit folgenden Themen beschäftigen:
1. Die Sage von Europa.
2. Was ist die EU und welche Funktionen hat sie.
3. Die wichtigsten Etappen auf dem Weg zur Europäischen Union.
4. Wie funktioniert die Europäische Währungsunion.
5. Welche Aufgaben haben die europäischen Institutionen.
6. Alle Mitgliedsstaaten.
7. Mein Land - Großbritannien.
8. Europäische Problemzone: Der Türkei-Beitritt

Ich habe mich für diese Bereiche entschieden, weil ich wissen möchte, woher der Name "Europa" stammt, warum die EU gegründet wurde und welche Aufgaben die Organe/Institutionen der EU haben. Im Alltag werden zwar immer die Institutionen genannt, aber ich kann mit den Begriffen nichts anfangen. Außerdem interessiert mich, warum der Euro eingeführt wurde.
Als Land, was ich vorstellen möchte, habe ich mich für Großbritannien ausgesucht. Da ich die Sprache im Unterricht lerne, habe ich schon einiges über das Land erfahren. Dieses Wissen möchte ich noch erweitern, da ich mir vorgenommen habe, irgendwann mal dort Urlaub zu machen.
Zur Beantwortung meiner Fragen werde ich erst alle Seiten in meinem Sozialkundebuch lesen. Danach werde ich im Lexikon nach entsprechenden Infos suchen und das Internet zur Hilfe nehmen.

Liebe Tamina,
ich wünsche dir viel Spaß beim Lesen und hoffe, dass du am Ende viel über die EU erfahren hast.
Julia ☺

Die Sage Europas

Liebe Tamina,
über die Entstehung "Europas" gibt es eine griechische Sage:

"Vor etwa 3000 Jahren wohnte eine sehr schöne phönizische Prinzessin, namens Europa, mit ihren Eltern in einem großen Palast.
Sie liebte es im Wald spazieren zu gehen, und Tiere zu beobachten."
Als der Göttervater Zeus Europa erblickte, verliebte er sich Hals über Kopf in sie und wollte das Mädchen unbedingt kennen lernen. Da er wusste, dass das die Prinzessin Tiere liebte, verwandelte er sich in einen wunderschönen weißen Stier. Als Europa den schönen und sanften Stier sah, wurde sie natürlich aufmerksam und näherte sich ihm vertrauensvoll. Der Stier legte sich unbeweglich hin, und wartete auf Europa, damit sie näher kam. Als die Prinzessin sich auf seinen Rücken gesetzt hatte, sprang der Stier - der eigentlich Zeus war - auf und lief mit dem überraschten Mädchen auf seinem Rücken davon. Europa schrie, und verstand nicht, warum sie von diesem Stier entführt wurde. Schnell ergriff sie die Hörner des Stiers und bemerkte, dass sie keine Angst mehr hatte.
Am nächsten Tag fanden sie sich an einem Strand wieder, der zur heutigen Insel Kreta gehört. Dort entschied sich Zeus, sich wieder in einen Menschen zu verwandeln. Als Europa den Göttervater erblickte, verliebte sie sich unsterblich in ihn. So bekamen sie drei Söhne: Minos, Rhadamanthys und Sarpedon.
Diesen Erdteil, auf dem sich Zeus und Europa niederließen, nannte man später Europa, nach dem Namen der schönen Prinzessin.

Foto: Europa Spiel, Europäische Kommission - Deutschland
Quelle: http://www.infopoint-europa.de/halloeuropa/Europa%20Sage.htm

Beispiel 2
Hier zeigen die beiden Zehntklässler Markus und Björn ihr in Partnerarbeit erstelltes Portfolio zum Thema Europa. Auch sie haben es adressatenorientiert gestaltet, indem sie es für einen Freund geschrieben haben. Vielleicht habt ihr es schon einmal gemerkt: Man lernt sehr gut, indem man etwas einer anderen Person erklärt. Ihr könnt eure Mappe Personen oder Personengruppen widmen, die ihr kennt, z. B. euren Eltern, Verwandten oder Freunden.

Hallo Horst!

Wie dir ganz sicher bewusst ist, liegt unser Land auf dem Kontinent Europa. Sicherlich weißt du auch einiges über Europa, aber weißt du auch, was der europäische Binnenmarkt ist oder die Europäische Währungsunion? Um dir ganz genau zu erklären, was Europa eigentlich ist und welche Aufgaben es hat, haben wir diese und viele andere Punkte in einem wunderschönen und leicht verständlichen Portfolio erläutert. Wir hoffen, dir gefällt unser mit viel Mühe zusammengestelltes Portfolio und noch dazu, dass wir alle Fragen, die dir zum Thema Europa einfallen, beantworten können.
Also, Horst, wir wünschen dir viel Spaß bei deiner Wissenserweiterung.

Mit Grüßen

Deine Freunde Björn und Markus

2 Die Europäische Union: Was ist das eigentlich?

Wahlthemen bearbeiten

A Eine Einstiegsübung

Mit dem Schaubild könnt ihr zu zweit eine kleine Quizrunde gestalten.
Beispiel: Welches Land der EU hat sieben Millionen Einwohner?

Die Europäische Union

	Beitrittsjahr	Einwohner 2019[1] in Mio.	BIP[1,2] 2018 pro Kopf in Tausend Euro
Belgien	1958	11,5 Mio.	35,7 Tsd. €
Deutschland	1958	83,0	36,9
Frankreich	1958	67,0	31,4
Italien	1958	60,4	29,1
Luxemburg	1958	0,6	78,7
Niederlande	1958	17,3	39,2
Dänemark	1973	5,8	38,7
Irland	1973	4,9	57,8
Griechenland	1981	10,7	20,6
Portugal	1986	10,3	23,2
Spanien	1986	46,9	27,6
Finnland	1995	5,5	33,7
Österreich	1995	8,9	38,6
Schweden	1995	10,2	37,0
Estland	2004	1,3	25,0
Lettland	2004	1,9	21,0
Litauen	2004	2,8	24,6
Malta	2004	0,5	29,6
Polen	2004	38,0	21,5
Slowakei	2004	5,5	23,5
Slowenien	2004	2,1	26,4
Tschechien	2004	10,6	27,6
Ungarn	2004	9,8	21,6
Zypern	2004	0,9	26,8
Bulgarien	2007	7,0	15,5
Rumänien	2007	19,4	19,8
Kroatien	2013	4,1	19,2

Gründungsmitglieder

[1]zum Teil vorläufig oder geschätzt [2]kaufkraftbereinigt Quelle: Eurostat 13794 © Globus Stand März 2020

B Die EU – Basiswissen

@ | WES-122194-001
Text einfacher
Text ausführlicher

Die Europäische Union ist eine einzigartige wirtschaftliche und politische Vereinigung von 27 europäischen Ländern, die zusammen einen großen Teil des europäischen Kontinents ausmachen.
Die Vorläuferorganisation der EU hat ihren Ursprung in der Zeit nach dem Zweiten Weltkrieg. Alles begann mit der Förderung der wirtschaftlichen Zusammenarbeit. Dahinter stand die Idee, dass Länder, die Handel miteinander treiben, sich wirtschaftlich verflechten und daher kriegerische Auseinandersetzungen eher vermeiden werden. Das Ergebnis war im Jahr 1957 die Grün-

dung der Europäischen Wirtschaftsgemeinschaft (EWG) und eine wachsende wirtschaftliche Zusammenarbeit, ursprünglich zwischen sechs Ländern, nämlich Belgien, Deutschland, Frankreich, Italien, Luxemburg und den Niederlanden. Seit diesen Anfängen haben sich 22 weitere Länder dieser Gruppe angeschlossen und einen großen Binnenmarkt gegründet [...]. Am 31. Januar 2020 hat das Vereinigte Königreich die Europäische Union verlassen.
Was als reine Wirtschaftsgemeinschaft begonnen hatte, ist nun zu einer Organisation geworden, die vom Klimawandel über Umweltschutz und Gesundheit bis hin zu Außenbeziehungen und Sicherheit, Justiz und Migration zahlreiche Politikfelder abdeckt. Diesem Wandel wurde 1993 durch Umbenennung der EWG in Europäische Union (EU) Rechnung getragen.

Errungenschaften

Zu den Errungenschaften der EU gehören mehr als ein halbes Jahrhundert Frieden, Stabilität und Wohlstand, ihr Beitrag zur Steigerung des Lebensstandards und die Einführung einer einheitlichen europäischen Währung – des Euro. [...]
Da die Grenzkontrollen zwischen EU-Ländern abgeschafft wurden, genießen die Menschen im größten Teil des Kontinents Reisefreiheit. Gleichzeitig ist das Leben, Arbeiten und Reisen im europäischen Ausland viel einfacher geworden. Alle EU-Bürgerinnen und -Bürger haben das Recht und die Freiheit, selbst wählen zu können, in welchem EU-Land sie arbeiten, studieren oder ihren Ruhestand verbringen möchten. Jeder Staat muss Bürger aus der Union in punkto Beschäftigung, Sozialleistungen und Steuern genauso wie seine eigenen Bürger behandeln.

Die Werte der EU

Im Vertrag über die Europäische Union ist Folgendes verankert: „Die Werte, auf die sich die Union gründet, sind die Achtung der Menschenwürde, Freiheit, Demokratie, Gleichheit, Rechtsstaatlichkeit und die Wahrung der Menschenrechte einschließlich der Rechte der Personen, die Minderheiten angehören. Diese Werte sind allen Mitgliedstaaten in der Gemeinschaft gemeinsam. [...]
In Jahr 2012 wurde die EU für ihren Einsatz für Frieden, Versöhnung, Demokratie und Menschenrechte mit dem Friedensnobelpreis ausgezeichnet.

(Aus: Die Europäische Union – Was sie ist und was sie tut, hrsg. vom Amt für Veröffentlichungen der Europäischen Union, Luxemburg 2020, S. 7 f.)

Die Flagge der EU weht vor dem Parlamentsgebäude in Straßburg. Zwölf im Kreis angeordnete goldene Sterne auf blauem Grund stehen für Harmonie, Einheit, Ordnung.

F

Thema auswählen, selbst recherchieren

Auf den folgenden Seiten werden in vier Teilthemen grundlegende Informationen zum Gesamtthema Europäische Union vorgestellt. Sieh dir die Seiten an und entscheide dann individuell, welches Thema du bearbeiten wirst. Jeder/jede von euch sollte zumindest zu einem der Themen A, B, C, D einen Kurzvortrag halten können. Falls ihr euch für die Gestaltung eines persönlichen Portfolios entschieden habt, kann die von euch gewählte Thematik darin einen Schwerpunkt bilden. Mit den folgenden Internetadressen könnt ihr euch zu allen Themenbereichen weitere Informationen beschaffen.

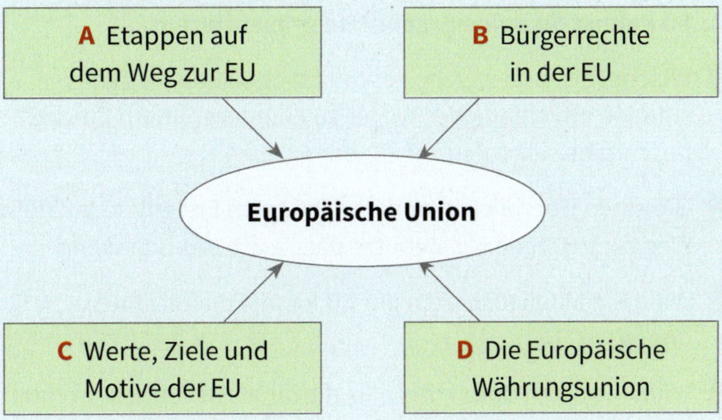

Wahlthema A Was waren wichtige Etappen auf dem Weg zur EU?

Sehnsucht nach Frieden

@ | WES-122194-026
Hier findest du weitere Informationen zur Geschichte der EU.

Nach dem Leid und den Zerstörungen, die zwei Weltkriege im 20. Jahrhundert verursacht hatten, gab es vom Kriegsende 1945 an eine große Sehnsucht der Menschen nach Frieden. Es entstand eine Europabewegung, die den friedlichen Zusammenschluss der Völker Europas forderte.

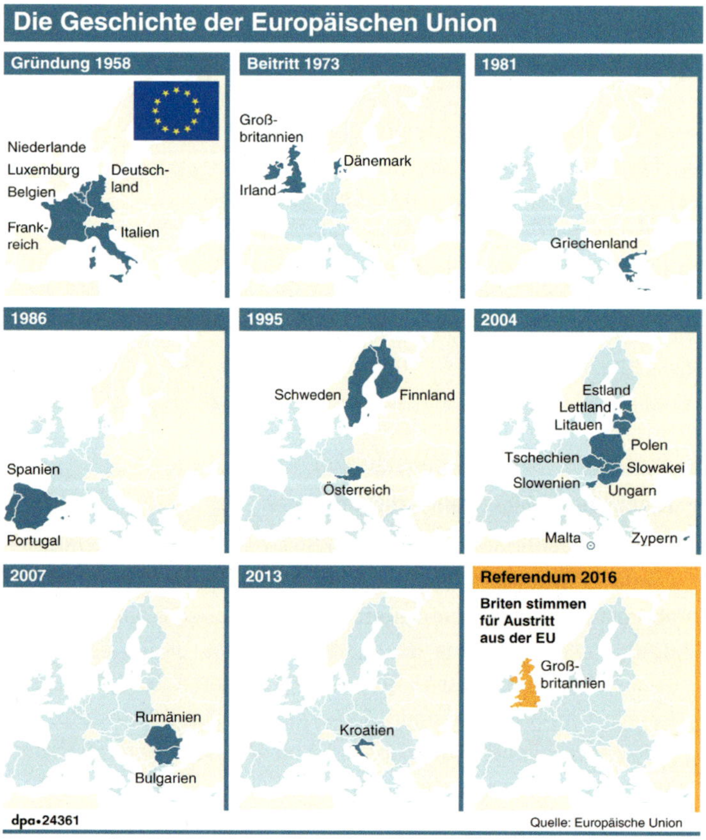

Kurz nach Kriegsende legte der französische Außenminister Robert Schuman einen Plan vor, der die Europäer/-innen in einem Bündnis zusammenschließen sollte. Die Idee war, dass Nationen, die in einem Bündnis zusammenarbeiten, keinen Krieg mehr gegeneinander führen. 1951 gründeten Frankreich, Italien, Belgien, Luxemburg, die Niederlande und die Bundesrepublik Deutschland die *Europäische Gemeinschaft für Kohle und Stahl (EGKS)*. Schon sechs Jahre nach Kriegsende war damit ein erster Schritt zur Einigung Europas vollbracht.

Aus 6 wurden 28

Das Gründungsdatum der *Europäischen Gemeinschaft* ist der 25. März 1957. Mit der Unterzeichnung der „Römischen Verträge“ und ihrem Inkrafttreten ein Jahr später schlossen sich sechs Gründernationen in der Hauptstadt Italiens zur Europäischen Wirtschaftsgemeinschaft zusammen (EWG).

Von der Gründung an erlebte das Europa der Sechs einen starken wirtschaftlichen Aufschwung und wurde zunehmend für weitere Staaten attraktiv. Zwischen 1973 und 1995 traten weitere neun Staaten der Gemeinschaft bei.

1992 beschlossen die Staats- und Regierungschefs der EG in Maastricht die Einrichtung eines einheitlichen Wirtschaftsraumes, den europäischen Binnenmarkt. Er begann am 1. November 1993.

Am 1. Januar 2002 wurde der Euro als Bargeld eingeführt.

2004 vollzog die EU ihre größte Erweiterung, indem sie zehn neue Mitgliedstaaten aufnahm. Mit Bulgarien und Rumänien im Jahr 2007 und Kroatien 2013 wurde die EU auf 28 Mitgliedstaaten erweitert. Albanien, Mazedonien, Montenegro, Serbien und die Türkei gehören zu den weiteren Aufnahmekandidaten.

Im Juni 2016 stimmte eine knappe Mehrheit in Großbritannien dafür, die EU nach 43-jähriger Mitgliedschaft wieder zu verlassen. Am 1. Januar 2020 war es so weit.

So kannst du deine Ergebnisse präsentieren:

1. Welche Idee und welche geschichtlichen Erfahrungen standen am Anfang des Weges zu einem vereinten Europa? Beschreibe sie.

2. Gib einen Überblick über die wichtigsten Ereignisse auf dem Weg zur heutigen EU. Benutze dazu auch das Schaubild.

3. Wie viele Mitgliedstaaten der EU kannst du aufzählen – 6, 12 oder gar 27?

4. Wähle von den Daten drei aus, die dir als besonders wichtig erscheinen, und begründe, warum.

Wahlthema B Welche Rechte haben wir als Bürgerinnen und Bürger der EU?

Die Unionsbürgerschaft

Sie ist im EU-Vertrag verankert: „Unionsbürger ist, wer die Staatsangehörigkeit eines Mitgliedstaats besitzt. Die Unionsbürgerschaft tritt zur nationalen Staatsbürgerschaft hinzu, ersetzt sie aber nicht" (Artikel 20 Absatz 1 des Vertrags über die Arbeitsweise der Europäischen Union). Doch was bedeutet die Unionsbürgerschaft in der Praxis?

Reisen, Leben und Arbeiten

Als Bürgerin oder Bürger der EU dürfen Sie überall in der Union reisen, leben und arbeiten. Wenn Sie ein mindestens dreijähriges Hochschulstudium abgeschlossen haben, wird Ihr Abschluss in allen EU-Staaten anerkannt [...]. Sie können in jedem EU-Land im Gesundheits- und Bildungswesen sowie in anderen öffentlichen Diensten (ausgenommen sind z. B. die Polizei und die Streitkräfte) arbeiten. [...]

Politische Rechte

Als Bürgerin oder Bürger der Europäischen Union sind Sie nicht nur Arbeitnehmer oder Verbraucher: Sie haben auch genau festgelegte politische Rechte. Seit dem Inkrafttreten des Vertrags von Maastricht haben Sie beispielsweise, unabhängig von Ihrer Staatsangehörigkeit, in dem EU-Mitgliedstaat, in dem sich Ihr Wohnsitz befindet, das aktive und passive Wahlrecht bei Kommunalwahlen sowie bei Wahlen zum Europäischen Parlament. [...]

Im Sinne einer größeren Bürgernähe sieht der Vertrag über die Europäische Union das Amt eines Bürgerbeauftragten vor, der vom Europäischen Parlament für die Dauer seiner Wahlperiode ernannt wird. Die oder der Bürgerbeauftragte geht Beschwerden gegen Organe und Einrichtungen der EU nach. Beschwerden können von jedem EU-Bürger und jeder in einem EU-Mitgliedstaat ansässigen oder niedergelassenen Person bzw. Organisation vorgebracht werden.

(Aus: Pascal Fontaine: Europa in 12 Lektionen, Broschüre hg. von der Europäischen Kommission, Brüssel 2017, S. 72 ff., in: https://op. europa. eu/webpub/com/eu-in-12-lessons/de/, letzter Zugriff: 10.05.2021)

Die Europäische Bürgerinitiative

Die Europäische Bürgerinitiative ist ein Element direkter Demokratie in der EU. Mit diesem Verfahren können die Bürgerinnen und Bürger die Europäische Kommission dazu auffordern, ein europaweites Gesetzgebungsverfahren einzuleiten. Bereits im Jahr 2012 wurde zum Beispiel die Europäische Bürgerinitiative „Right2Water" gegründet. Diese Initiative forderte von der EU, in allen Mitgliedstaaten dafür zu sorgen, dass alle Menschen das Recht auf Wasser und eine sanitäre Grundversorgung genießen können – und zwar unabhängig von ihrem Einkommen. 1,8 Millionen Bürgerinnen und Bürger in der EU unterschrieben den Forderungskatalog. Die Folge war, dass die Garantie der Wasserversorgung in der EU zu einem wichtigen Thema wurde.

@ | WES-122194-027
Hier findest du weitere Informationen zur Unionsbürgerschaft und zur Europäischen Bürgerinitiative.

So kannst du deine Ergebnisse präsentieren:

1. Erkläre, was das Besondere an der Unionsbürgerschaft im Vergleich zur nationalen Staatsbürgerschaft ist.
2. Erläutere die vier wichtigen Rechte der Unionsbürger, die das Schaubild enthält. Fülle deine Erklärungen mit weiteren Informationen auf, welche der Text enthält.
3. Welches der genannten EU-Rechte erscheint dir persönlich als das wichtigste? Triff eine Entscheidung und begründe deine Wahl.

Wahlthema C Was sind Werte, Ziele und Motive der europäischen Einigung?

Sechs Bündel von Motiven

@ | WES-122194-028
Hier findest du weitere Informationen zu den Zielen und Motiven der europäischen Einigung.

Zahlreiche Motive lassen sich für die europäische Einigung ins Feld führen. Diese Motive geben [...] Aufschluss über die Triebkräfte und über die Zielrichtung der historischen Integrationsentwicklung Europas. [...] Im Überblick können sechs Motivbündel als wesentliche Triebkräfte für die europäische Einigung genannt werden:

- Friedenssicherung,
- Steigerung des wirtschaftlichen Wohlstands,
- Zugehörigkeit zu einer Wertegemeinschaft,
- mehr Einfluss in der Außen- und Sicherheitspolitik,
- die Aussicht auf größeren Erfolg bei der Lösung grenzüberschreitender Probleme,
- der Wunsch nach guter Nachbarschaft im zusammenwachsenden Europa.

[...]

Gemeinsame Problemlösungen

Viele der heutigen politischen Probleme können auf rein nationaler Ebene nicht mehr wirkungsvoll angegangen werden – diese Erkenntnis ist ein weiterer wesentlicher Beweggrund für den europäischen Einigungsprozess. Am deutlichsten zeigt sich dies bei der Umwelt- und Klimapolitik. [...] Auch in anderen Bereichen wird ein koordiniertes europäisches Vorgehen zunehmend notwendiger. Dies betrifft die Bekämpfung des internationalen Terrorismus, des Drogenschmuggels und der internationalen Geldwäsche ebenso wie die Ankurbelung der Wirtschaft, die Schaffung neuer Arbeitsplätze, die langfristige Sicherung der natürlichen Rohstoffe und die Lösungsansätze für die Ursachen der weltweiten Migration. Die Coronavirus-Pandemie mit ihren vielfältigen grenzüberschreitenden Auswirkungen ist ebenfalls ein anschauliches Beispiel. [...]

Die Nachbarn besser kennenlernen

Nicht zuletzt gehört zu den Motiven der europäischen Einigung auch das Streben nach einer guten europäischen Nachbarschaft. Regionen, Städte, Schulen und Vereine schließen Partnerschaften; Schülerinnen und Schüler, Studierende, junge Berufstätige und andere interessierte Bürgerinnen und Bürger nehmen an Austauschprogrammen teil und bauen damit ein „Europa von unten" auf. [...] Die EU fördert und unterstützt derartige Aktivitäten durch eine Vielzahl von Programmen. Studierende können beispielsweise am ERASMUS+-Austauschprogramm teilnehmen und für einige Semester im Ausland studieren.

(Aus: Otto Schmuck: Motive und Leitbilder der europäischen Einigung, in: Die Europäische Union, Informationen zur politischen Bildung, hrsg. von der Bundeszentrale für politische Bildung, Heft 345/2020, S. 11 f.)

Vertrag von Lissabon

Artikel 2:
Die Werte, auf die sich die Union gründet, sind die Achtung der Menschenwürde, Freiheit, Demokratie, Gleichheit, Rechtsstaatlichkeit und die Wahrung der Menschenrechte einschließlich der Rechte der Personen, die Minderheiten angehören.

Artikel 3:
Ziel der Union ist es, den Frieden, ihre Werte und das Wohlergehen ihrer Völker zu fördern.

So kannst du deine Ergebnisse präsentieren:

1. Du fasst die Aussagen über Ziele, Werte und Motive des europäischen Einigungsprozesses zusammen.
2. Du entwickelst dazu eine Mindmap, in der du zusätzlich je einen Ast zu den Themen gemeinsamer Problemlösungen und nachbarschaftlicher Zusammenarbeit einfügst.
3. Du wählst aus deiner Liste eines oder zwei Motive aus, das du persönlich als besonders wichtig bewertest, und ebenso einen oder zwei besonders wichtige Bereiche gemeinsamer europäischer Zusammenarbeit. Du begründest deine Wahl.
4. Beurteile die Aussage, wonach die Vielzahl heutiger politischer Probleme nur in europäischer oder globaler Zusammenarbeit lösbar sind, und stellst deine Einschätzung dazu zur Diskussion.

Wahlthema D Warum gibt es die Europäische Währungsunion?

Grundlagen und Vorteile

Als Währung bezeichnet man die gesetzlichen Zahlungsmittel eines Landes. Eine Währungsunion ist der freiwillige Zusammenschluss mehrerer Staaten mit dem Ziel, ihre unterschiedlichen Zahlungsmittel abzuschaffen und einen gemeinsamen Währungsraum zu bilden. In der EU sollte die Währungsunion den Binnenmarkt vervollständigen. So kam es zur Einführung des Euro als Bargeld ab dem 1. Januar 2002.

Zu den Vorteilen einer einheitlichen Währung gehören Erleichterungen für alle Menschen, die reisen, Geld überweisen und einen Überblick über die Preisentwicklungen in anderen Ländern haben wollen. Den Unternehmen erleichtert und verbilligt sie den grenzüberschreitenden Handel.

Beitrittsbedingungen

Nicht alle Mitgliedstaaten der EU gehören automatisch zur Währungsunion. 2020 gehörten ihr 19 der 27 EU-Mitgliedstaaten an. Voraussetzung ist die Erfüllung der Beitrittsbedingungen. Sie werden Konvergenzkriterien genannt. (Konvergenz = Übereinstimmung). Danach sind die Mitgliedstaaten der EU zum Beitritt verpflichtet, sobald sie die folgenden Kriterien erfüllen (mit Ausnahme von Dänemark, das beschlossen hat, den Euro nicht einzuführen):

- Die Geldentwertung darf im Vergleich zum Vorjahr nur gering und die Zinsen müssen stabil sein.
- Die Staatsverschuldung darf eine von der EU festgesetzte Grenze nicht überschreiten.
- Das Land darf sich jährlich nur in einem eng begrenzten Rahmen neu verschulden.

Die Europäische Zentralbank

Alle Staaten, die der Europäischen Währungsunion angehören und den Euro als Zahlungsmittel verwenden, haben gemeinsam eine zentrale Bank, die Europäische Zentralbank, kurz EZB genannt. Sie hat ihren Sitz in Frankfurt am Main. Ihre wichtigste Aufgabe ist es, dafür zu sorgen, dass der Euro seinen Wert behält, also stabil bleibt. Sie allein kann darüber bestimmen, wie viele Euro-Geldscheine gedruckt werden dürfen und wie groß die Geldmenge insgesamt sein darf, die sich im Umlauf befindet. Sie ist völlig unabhängig in dem, was sie tut. Keine Regierung darf ihr Weisungen geben oder Vorschriften machen.

Kritik an der Währungsunion

Die bisherige Konstruktion der Währungsunion wird häufig kritisiert. Als Hauptfehler gilt, dass man eine gemeinsame Währung eingeführt hat, aber darauf verzichtete, die Wirtschaftspolitik in den Mitgliedstaaten gemeinsam zu gestalten. Vorgeschlagen wird unter anderem eine Art europäischer Wirtschaftsregierung. Das geht aber nur, wenn die Mitgliedstaaten bereit sind, weitere Befugnisse an die EU abzutreten.

Einige Kritiker wollen den Euro am liebsten ganz wieder abschaffen und zu den früheren nationalen Währungen zurückkehren. Ihrer Ansicht nach hat der Euro zu mehr Nachteilen als Vorteilen geführt. In der Mehrheit der im Bundestag vertretenen Parteien und in der Mehrheit der Bevölkerung gibt es für diese Position keine Zustimmung.

▶II F

Das Gebäude der Europäischen Zentralbank in Frankfurt a. M.

@ | WES-122194-029
Hier findest du weitere Informationen zur Europäischen Währungsunion.

So kannst du deine Ergebnisse präsentieren:

1. Du erklärst, was man unter einer Währungsunion versteht und warum man sich in der EU dazu entschieden hat.
2. Du erläuterst, welche Bedingungen Länder erfüllen müssen, um Mitglied der Währungsunion werden zu dürfen.
3. Du erklärst, was die Europäische Zentralbank ist und worüber sie bestimmt.
4. Den Euro wieder abschaffen, sodass jedes Land wieder eine eigene Währung hat? Du formulierst dein Urteil zu dieser Frage und stellst es zur Diskussion.

Tipp: Zu den Vor- und Nachteilen des Euro findest du zahlreiche Informationen im Netz.

E Empfehlungen für Zusatzstationen

Zusatzstation 1: Mein Land der Europäischen Union – Wir stellen ein Mitgliedsland vor

Tipp: Entscheidet per Los, wer welches der 27 Länder übernimmt: Ich bin Expertin/Experte für das EU-Land: …

Euer Auftrag:

27 Mitgliedstaaten hat die Europäische Union (Stand 2021). Da bietet es sich an, dass ihr euch zu Expertinnen oder zu Experten für einen der Mitgliedstaaten macht.
Einzeln oder zu zweit könnt ihr euer Land auf verschiedene Arten präsentieren, z. B. mithilfe einer kleinen Wandzeitung, die in der Klasse aufgehängt wird. In eurem Portfolio über Europa könnt ihr das von euch gewählte Land auf anschauliche Weise präsentieren.
Für die Informationsbeschaffung bietet sich eine Internetrecherche mit der WebQuest-Methode an. Zusätzlich zu den Internetinformationen könnt ihr auch Lexika und andere aktuelle Veröffentlichungen benutzen. Gliedert eure Länderpräsentation mithilfe der Übersicht.

Ich bin Expertin/Experte für das EU-Land: …

A Allgemeines
1. Hauptstadt des Landes
2. Lage in Europa, Nachbarstaaten
3. Einwohnerzahl
4. Sprache(n), Religion(en)
5. Landesflagge
6. Angaben zur Geschichte des Landes
7. Besondere Sehenswürdigkeiten
8. Tourismus

B Politik
9. Mitglied der EU, der Europäischen Währungsunion seit …
10. Staatsform
11. Regierungschef/-in
12. Staatsoberhaupt
13. Parlament, Zahl der Parlamentssitze, Wahlen

C Wirtschaft
14. Pro-Kopf-Einkommen
15. Arbeitslosenquote
16. Inflationsrate
17. Wirtschaftswachstum in Prozent
18. Besondere Leistungen und Probleme

D Weitere Besonderheiten des Landes

Webquest

Rechercheauftrag:
Mein Mitgliedsland in der EU
Unter den folgenden Internetadressen findet ihr Länderberichte über alle Mitgliedstaaten der EU:
www.auswaertiges-amt.de
www.weltalmanach.de
www.laender-lexikon.de

@ | WES-122194-030

3 Was bringt uns der europäische Binnenmarkt?
Vor- und Nachteile analysieren

▶II F

A Die Grundidee

Der bereits 1993 geschaffene europäische Binnenmarkt gilt als Europas ehrgeizigstes Projekt und Kernstück der wirtschaftlichen Integration der Staaten Europas. Man kann ihn sich als einen riesigen Marktplatz vorstellen, der alle Mitgliedstaaten der EU umfasst und dazu noch die vertraglich angeschlossenen Staaten Island, Norwegen, Liechtenstein und die Schweiz. Rund 450 Millionen EU-Bürgerinnen und Bürger können sich darin frei bewegen und ihren Wohn- und Arbeitsplatz frei wählen. Ein langjähriges Mitglied hat der Binnenmarkt verloren. Großbritannien hat nach dem beschlossenen Brexit die EU 2020 verlassen und damit auch die Mitgliedschaft im Binnenmarkt beendet. Für die große Mehrzahl der Menschen in der EU gilt die Zugehörigkeit zum Binnenmarkt als Selbstverständlichkeit. Das hindert manche nicht daran, ihn abzulehnen und darin eher Nachteile als Vorzüge zu erkennen.

LKW-Stau vor dem Tunnel zwischen Frankreich und England. Als Großbritannien den Binnenmarkt verließ, war es mit der offenen Grenze vorbei.

B Der Fall: „Binnenmarkt ist der Anker unserer Firma"

■ Aus dem All betrachtet sitzt die Firma Sortimo International mitten im Herzen der Europäischen Union. Der Mittelständler mit Hauptwerk im schwäbischen Zusmarshausen baut Regalsysteme für Nutzfahrzeuge – und profitiert von den offenen Grenzen: „Für uns ist der europäische Binnenmarkt der Anker unserer kompletten Firma, weil wir 80 Prozent unserer Geschäfte im Binnenmarkt machen", sagt Geschäftsführer Reinhold Braun. Schließlich behindern hier keine Zollbarrieren und keine unterschiedlichen Produktstandards den Handel. „Ohne Binnenmarkt würden wir vermutlich 30 Prozent weniger Umsatz machen, weil wir zum Beispiel die osteuropäischen Märkte nicht bedienen könnten – die Eintrittshürden wären da viel zu hoch", sagt Braun. […]

Die Firma erlebt ganz aktuell, was passiert, wenn die im Binnenmarkt garantierte Freiheit von Waren und Personen bedroht ist: Sortimos größter Auslandsmarkt ist Großbritannien. Doch seit dem Brexit-Votum wurde das britische Pfund massiv abgewertet, Sortimos deutsche Produkte sind dadurch auf dem britischen Markt teurer geworden. ■

(Aus: Karen Grass: Was bringt uns der europäische Binnenmarkt, ZDF heute online vom 25.05.2019, Mainz, in: https://www.zdf.de/nachrichten/heute/was-bringt-uns-der-eu-binnenmarkt-100.html, letzter Zugriff: 27.08.2021)

@ | WES-122194-031
Über die Firma Sortimo findest du hier ein zweiminütiges Video im Netz.

1. Erkläre die Bedeutung folgender Zahlen für die Entwicklung des europäischen Binnenmarkts: 1993, 450 Mio., 2020.

2. Beschreibe, warum der Geschäftsführer der Firma Sortimo den Binnenmarkt als „Anker der Firma" bezeichnet.

Tipp: Weitere Informationen zur Urteilsbildung bietet die folgende Doppelseite.

C Freiheiten, Vorteile und Probleme im Binnenmarkt

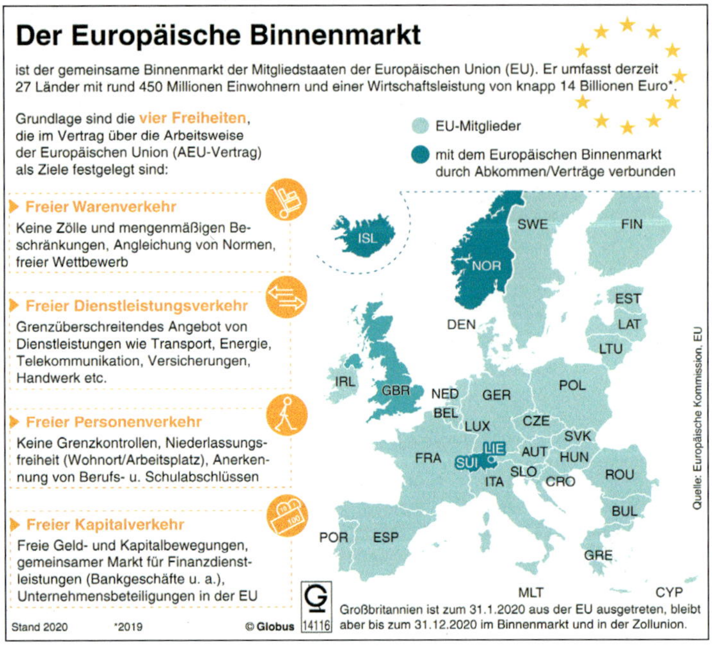

Die vier Freiheiten

Grundlage des europäischen Binnenmarktes sind diese vier Grundfreiheiten:

Freier Personenverkehr: Arbeitskräfte der Mitgliedsländer haben in der Europäischen Union ein weitgehendes Aufenthaltsrecht zur Berufsausübung oder auch zur Stellensuche. Das Gleiche gilt für Studierende und Personen im Ruhestand. Unternehmen haben ein generelles Niederlassungsrecht in allen EU-Staaten.

Freier Warenverkehr: Zölle ebenso wie mengenmäßige Einfuhrbeschränkungen sind innerhalb der EU untersagt. Allerdings gibt es Ausnahmen: So können Im- und Exporte immer noch aus Gründen etwa der öffentlichen Sicherheit oder des Gesundheitsschutzes beschränkt werden.

Freier Dienstleistungsverkehr: Dienstleistungsunternehmen ist es erlaubt, grenzüberschreitend tätig zu werden. Richtlinien regeln die gegenseitige Anerkennung von Berufsabschlüssen.

Freier Kapitalverkehr: Bürgerinnen und Bürger sowie Unternehmen der EU dürfen unbeschränkt Kredite im europäischen Ausland aufnehmen oder Geld in anderen EU-Ländern investieren. Dabei sind aber nationale Vorschriften etwa im Steuerrecht zu berücksichtigen: Deutsche dürfen so viel Geld in Luxemburg anlegen, wie sie wollen, müssen aber die dort erzielten Zinsen und Dividenden in der deutschen Steuererklärung angeben.

(Aus: Friedrich Heinemann: Binnenmarkt, in: Europäische Union – Informationen zur politischen Bildung, hrsg. von der Bundeszentrale für politische Bildung, Heft 345/2020, S. 37)

Vorteile für Verbraucher/-innen und Arbeitnehmer/-innen

Die Verbraucherinnen und Verbraucher entscheiden, was sie haben wollen. Und wenn ihnen ungarischer Wein besser schmeckt als deutscher, wenn sie polnische Wurst oder italienischen Schinken lieber essen als deutsche Produkte, dann können sie daran nicht gehindert werden – auch nicht durch einen Zoll. Diese Freiheit gilt auch für Dienstleistungen. Ein deutscher Architekt kann seine Dienste in Belgien anbieten und wenn das billiger ist, kann der Kegelverein „Alle Neune" in Frankfurt/Oder für seinen Jahresausflug einen Bus aus Polen buchen.

Jede Unionsbürgerin und jeder Unionsbürger kann überall in der Union unter denselben Bedingungen arbeiten wie Einheimische. Niemand kann ihnen einen Job verwehren, weil sie aus einem anderen Mitgliedstaat kommen. […]

Der Binnenmarkt gibt also den Einzelnen viel Freiheit. Sie entscheiden selbst, was sie kaufen, welche Dienstleistung sie in Anspruch nehmen, wo sie ihr Geld anlegen und wo sie arbeiten wollen. […]

Innerhalb des Binnenmarkts kann also ein Unternehmen aus einem EU-Land seine Leistungen in einem anderen anbieten. Um den Auftrag auszuführen, kann es Arbeitnehmerinnen und Arbeitnehmer entsenden. Hierüber gab und gibt es viele Diskussionen. Wenn beispielsweise ein bulgarisches Unternehmen Arbeitskräfte nach Deutschland entsendet und diese nach bulgarischen Standards bezahlt, kann es die Ausführung des

Auftrags kostengünstiger anbieten als ein deutsches Unternehmen, das deutsche Tariflöhne zahlt.

(Aus: Eckart D. Stratenschule: Europa 2020, hrsg. vom Europäischen Parlament, Verbindungsbüro Deutschland, 2019, S. 11 f.)

Anmerkung: Um die Benachteiligungen für Betroffene und Unternehmen über die ungleiche Entlohnung bei der Entsendung ins Ausland zu beseitigen, hat das Europäische Parlament 2018 beschlossen, dass ausländische Arbeitskräfte für die Zeit ihrer Arbeit in einem anderen Land der EU den gleichen Lohn erhalten müssen wie inländische Arbeitskräfte. Der Beschluss muss in den Mitgliedstaaten in nationale Gesetze gefasst werden, bevor er in Kraft treten kann.

Großbaustelle in Deutschland mit in- und ausländischen Arbeitskräften; Problem: ungleiche Entlohnung

D Vorteile für Unternehmen

Die Unternehmen mit Sitz innerhalb des EU-Binnenmarkts sparen unter dem Strich mehrere Milliarden Euro, die sie andernfalls für Grenzformalitäten beim Ex- und Import von Waren und Gütern ausgegeben hätten. [...]
Unternehmen werden durch die größere Marktnachfrage in die Lage versetzt, ihre Produkte in erhöhter Stückzahl herzustellen und damit die Kosten zu senken. Dies stärkt ihre internationale Wettbewerbsfähigkeit. [...]
Die Freiheit der Arbeitsplatzwahl gilt für alle Beschäftigten, Selbstständigen, Studenten , Rentner, Nichterwerbstätige und deren Angehörige sowie für alle Menschen, die einen gewerblichen Beruf ausüben. Unternehmen können somit Fachkräfte aus anderen EU-Ländern einstellen.

(Aus: Enterprize Ireland online vom 01.04.2019, in: https://irishadvantage.de/news/brexiteubinnenmarkteroeffnetunternehmenalternativen, letzter Zugriff: 27.08.2021)

E Gewinner und Verlierer

Eine Marktöffnung, wie sie durch den europäischen Binnenmarkt geschaffen wurde, hat natürlich zur Folge, dass der Wettbewerb und die Konkurrenzsituation zunehmen. So gibt es bei den Unternehmen Gewinner und Verlierer. Nicht wettbewerbsfähige Firmen bleiben auf der Strecke. Kleinen Unternehmen fällt es oft schwer, sich gegenüber den Großen zu behaupten.
Wenn Arbeitssuchende überall in der EU tätig werden können, nimmt einerseits die Chance zu, einen interessanten Arbeitsplatz zu finden, anderseits aber auch die Konkurrenz um die begehrten Arbeitsplätze. Je besser gebildet die zukünftigen Arbeitnehmerinnen und Arbeitnehmer sind, desto höher sind auch europaweit ihre beruflichen Chancen.

1. Ermittele aus dem Schaubild zum Europäischen Binnenmarkt diejenigen Informationen, die du dir langfristig merken möchtest.

2. Erkläre, was die vier Freiheiten bedeuten und wer jeweils davon profitiert.

3. Erläutere die Vorteile des Binnenmarktes aus der Sicht der Verbraucherinnen und Verbraucher, der Arbeitnehmerinnen und Arbeitnehmer und der Unternehmen.

4. Beschreibe die Probleme, die der Binnenmarkt mit sich bringen kann.

5. Lege eine Mindmap an, in der du die Freiheiten, Vorzüge und Probleme anschaulich visualisierst. S. 372

6. Stelle deine persönliche Bewertung des Binnenmarktes vor. Wie schätzt du seine Bedeutung für die Menschen in der EU und den Einigungsprozess in Europa ein? Beurteile ihn.

4

Wie wird in Europa für Europa Politik gemacht?

Komplizierte Zusammenhänge einfach erklären

„Das ist doch alles viel zu kompliziert!“ So denken viele, wenn die Rede auf die Politik in der EU kommt. Und tatsächlich, es ist nicht einfach, gemeinsame Lösungen für so viele Menschen aus verschiedenen Ländern auszuhandeln. Wenn es gelingt, können viele davon profitieren, so wie Marie und Fabian, von denen im folgenden Fall die Rede sein wird.

A Der Fall: Marie, Fabian und ein Stapel Papier

■ Eine Geschichte, die täglich in der EU passieren kann ...

Das hätte sich Marie nicht träumen lassen, dass ihr Leben einmal von einem Stapel Papier namens „Richtlinie 2005/36/EG“ bestimmt würde. Marie ist 28 Jahre alt und kommt aus Utrecht in den Niederlanden. Bei einem Besuch in Deutschland hat sie sich in Fabian verliebt. Fabian wohnt und arbeitet als Stationsarzt in einem Krankenhaus in Düsseldorf. Marie wünscht sich so sehr, zu ihm zu ziehen und in Deutschland ebenfalls als Ärztin zu arbeiten. „Geht das überhaupt?“, fragt sie besorgt. Ja, es geht. Denn jetzt kommt die Richtlinie ins Spiel. Sie regelt die gegenseitige Anerkennung von Berufsabschlüssen in der Europäischen Union. Der Stapel Papier macht es möglich, dass Maries Studium von „Geneeskunde“ – auf Deutsch Humanmedizin – in den Niederlanden auch von einer deutschen Klinik anerkannt werden kann. Auf den Weg gebracht wurde diese Richtlinie von der Europäischen Kommission in Brüssel. In Kraft trat sie 2007, nachdem das Europäische Parlament und die zuständigen Ministerinnen und Minister aus den Mitgliedstaaten im Ministerrat der EU ihre Zustimmung gegeben hatten. Für den komplizierten Weg bis zur Entscheidung interessiert sich Marie nicht besonders, wohl aber für das Ergebnis. Für Ärzte gilt, dass sie eine mindestens sechsjährige Grundausbildung nachweisen können. Das konnte Marie. Ähnliche Mindestanforderungen gibt es auch für andere Berufe.

Bis auf wenige Ausnahmen erlaubt die Richtlinie den Angehörigen aller Mitgliedstaaten, ihren erlernten Beruf da auszuüben, wo sie es innerhalb der Europäischen Union gerne möchten. Sie wurde seit ihrer Verabschiedung mehrfach überarbeitet, zuletzt im Januar 2019. Für viele Berufstätige in der EU hat sie ein Stück zusätzliche Freiheit geschaffen. Marie hat die Koffer gepackt und freut sich auf Fabian und auf ihre Arbeitsstelle als Ärztin in Nordrhein-Westfalen. ■

1. In dem Fall spielen die Europäische Kommission, das Europäische Parlament und der Rat der Ministerinnen und Minister eine Rolle. Erkläre, worin sie besteht.

Was auch noch interessant sein kann

- „Richtlinie 2005/36/EG“ als Suchbegriff im Internet eingeben und in dem umfangreichen Text den Paragrafen 24 (2) ermitteln. Dort findet man die Ausbildungsvoraussetzungen für Ärztinnen und Ärzte. S. 372

B Zwei Beispiele für die Arbeit der Abgeordneten im Europäischen Parlament

Beispiel 1 Verkaufsverbot für Plastikartikel

Brüssel: 27. März 2019: Am Mittwoch hat das Parlament für ein Verkaufsverbot von Einweg-Kunststoffartikeln wie etwa Teller, Besteck, Strohhalme oder Wattestäbchen aus Plastik gestimmt. Die Vereinbarung mit dem Rat wurde mit 560* Stimmen angenommen, bei 35 Gegenstimmen und 28 Enthaltungen. Betroffen von dem Verbot auf EU-Gebiet ab 2021 sind die folgenden Produkte:

- Einwegbesteck aus Kunststoff (Gabeln, Messer, Löffel und Essstäbchen)
- Einweg-Plastikteller
- Strohhalme aus Plastik
- Wattestäbchen aus Kunststoff
- Haltestäbe für Luftballons
- Verpackungen und Fast-Food-Behälter aus expandiertem Polystyrol (besser bekannt als Styropor).

Die Mitgliedstaaten müssen 90% der Kunststoffflaschen bis 2029 getrennt sammeln. Außerdem werden für den Gehalt an Recyclingkunststoff in Flaschen verbindliche Ziele von 25% bis 2025 und 30% bis 2030 festgelegt. Europa verfügt nun nach Ansicht der großen Mehrheit der Abgeordneten über einen Rechtsrahmen, den es angesichts des globalen Charakters des Problems der Meeresverschmutzung durch Kunststoffe auf internationaler Ebene zu verteidigen und zu fördern gilt."

(Wegwerfprodukte aus Plastik: Parlament stimmt für Verbot ab 2021. Zusammengefasst nach einer Pressemitteilung des Europäischen Parlaments vom 27.03.2019)

Beispiel 2: CO_2-Abgabe für klimaschädliche Produkte

Brüssel 10. März 2021: Mit einer CO_2-Abgabe auf bestimmte Importe aus wenig klimafreundlichen Ländern sollen die ehrgeizigen globalen Klimaschutzziele der EU noch wirkungsvoller erreicht und die Verlagerung von CO_2-Emissionen in Produktionsstätten außerhalb der EU verhindert werden. Am Mittwoch (3. März 21) verabschiedete das Parlament mit 444 Stimmen bei 70 Nein-Stimmen und 181 Enthaltungen dazu eine Entschließung. Darin wird erklärt, dass die höheren Bestrebungen der EU in Bezug auf den Klimawandel nicht zu dem Risiko der Verlagerung von CO_2-Emissionen führen dürfen.

Die Abgeordneten sprechen sich daher dafür aus, bestimmte Waren, die von außerhalb der EU importiert werden, mit einer CO_2-Abgabe zu belegen, wenn diese Länder nicht mehr Ehrgeiz in Bezug auf den Klimawandel an den Tag legen. Eine solche Abgabe würde einen Anreiz für die Handelspartner der EU schaffen, ihre Wirtschaft klimaneutral umzurüsten.

Das ebenfalls im Frühjahr 2021 vom Europäischen Parlament und dem dafür zuständigen Rat der Europäischen Kommission verabschiedete neue EU-Klimaschutzgesetz schreibt allen Mitgliedstaaten eine Reduktion der CO_2-Emissionen bis zum Jahr 2030 um mindestens 55 Prozent vor. 2050 soll vollkommene Klimaneutralität erreicht sein.

(CO_2-Abgabe auf bestimmte EU-Importe für ehrgeizige Klimaziele weltweit. Zusammengefasst nach Pressemitteilungen des Europäischen Parlaments vom 10.03. und 22.04. 2021)

Anmerkung: Passend zu diesem europäischen Gesetz verabschiedete der Deutsche Bundestag im Sommer 2021 ebenfalls ein neues Klimaschutzgesetz. Weitergehend als die europäische Mindestvorschrift sieht dieses national gültige Gesetz eine CO_2-Reduktion in Deutschland bis 2030 um 65 Prozent vor.

* Seit dem Austritt Großbritanniens verfügt das Europäische Parlament insgesamt über 705 Sitze.

1. Erkläre die Bedeutung der folgenden Zahlen aus den beiden Beispielen: 30 %, 55 %, 444, 560.
2. Fasse die beiden Beschlüsse und die Begründungen des Parlaments dazu mit eigenen Worten zusammen (Tipp: Arbeitsteilung in Partnerarbeit).
3. Worin siehst du die Bedeutung der beschrieben Aktivitäten des Europäischen Parlaments? Bewerte sie im Hinblick auf die Zukunft der EU.

C Wie entstehen Gesetze für 450 Millionen EU-Bürgerinnen und -Bürger?

Die Institutionen der EU

Europäische Kommission

Rat der Europäischen Union

Europäischer Rat

Europäisches Parlament

Gerichtshof der Europäischen Gemeinschaften

Um entscheiden zu können, haben sich die Europäer gemeinsame Institutionen geschaffen. Fünf Institutionen bilden das Grundgerüst der EU.

Die Europäische Kommission

ist das Leitungsgremium der EU. Man kann sie sich als eine Art Regierung vorstellen. Sie hat das Initiativrecht. Das bedeutet, sie allein darf Vorschläge für europäische Rechtsvorschriften machen. Sie besteht aus Kommissaren, die von den Regierungen der Mitgliedstaaten für die Dauer von fünf Jahren hierhin entsendet werden. Den Vorsitz führt die Kommissionspräsidentin bzw. der Kommissionspräsident.

Das Europäische Parlament

wird alle fünf Jahre gewählt und ist die demokratische Vertretung der Bürgerinnen und Bürger Europas. Gemeinsam mit dem Ministerrat entscheidet es über die europäischen Gesetze (mit einigen Ausnahmen) und handelt dabei vornehmlich im gesamteuropäischen Interesse.

1. Nenne die Namen der fünf Institutionen und ordne ihnen die folgenden Begriffe zu: Gesetzgeber – Leitungsgremium – Vertretung der Bürgerinnen und Bürger – Entscheidungsgremium bei Rechtsstreitigkeiten – Gipfeltreffen – Initiativrecht – Vertretung der gesamteuropäischen Interessen.

Es besteht aus 705 Mitgliedern plus Parlamentspräsident/-in. Die Anzahl der Sitze pro Land hängt von der Einwohnerzahl ab. Deutschland stehen 96 Sitze zu.

Der Rat der EU (auch Ministerrat genannt)

ist zusammen mit dem Europäischen Parlament der Gesetzgeber der EU. Ohne seine Zustimmung kann kein europäisches Gesetz in Kraft treten. Seine Besetzung wechselt. Je nach anstehendem Thema besteht er aus Fachministerinnen und -ministern eines jeden EU-Landes. Im Ministerrat können die Regierungen der Mitgliedstaaten nach ihren spezifischen Länderinteressen beraten und beschließen.

Der Europäische Rat

besteht aus allen Staats- und Regierungschefs der Mitgliedstaaten und dem gewählten Ratspräsidenten. Man trifft sich hier mindestens zweimal im Jahr zu sogenannten Gipfeltreffen. Im Europäischen Rat wird auf höchster Ebene über wichtige Zukunftsfragen der EU verhandelt.

Der Europäische Gerichtshof

ist das oberste Gericht in Europa. Es entscheidet bei europäischen Rechtsstreitigkeiten und überprüft die Rechtmäßigkeit von Beschlüssen.

D Das Entscheidungsverfahren in der EU

Teil 1: Zwei Arten von EU-Gesetzen

In der EU gibt es zwei Arten von gesetzgeberischen Entscheidungen: Richtlinien und Verordnungen. Verordnungen sind EU-Gesetze, die unmittelbar nach ihrer Verabschiedung in allen Mitgliedstaaten geltendes Recht sind.

Ein Beispiel: *Am 1. Januar 2020 trat die EU-Verordnung zur Verminderung von CO_2-Emissionen für Straßenfahrzeuge in Kraft. Demnach gilt für neue PKW ein Grenzwert von höchstens 95 Gramm CO_2 pro Kilometer ab 2025. Diese Verordnung gilt europaweit sofort nach der Verabschiedung in der EU. Sie zwingt alle europäischen Autohersteller dazu, sparsamere Fahrzeuge zu produzieren.*

Richtlinien sind Gesetzesentscheidungen, die bestimmte Forderungen an die Mitgliedstaaten stellen. Sie sind nicht unmittelbar gültig, sondern müssen erst innerhalb einer von der EU vorgegebenen Frist von den nationalen Parlamenten der Mitgliedstaaten in ein Gesetz umgewandelt werden. Mehr als 60 Prozent aller Gesetze, die der Deutsche Bundestag verabschiedet, setzen Beschlüsse in nationales Recht um, die vorher von der EU in Form einer Richtlinie gefasst wurden.

Ein Beispiel: *Im November 2019 trat in der EU eine neue Richtlinie zum Verbraucherschutz in Kraft. Sie soll die Konsumentinnen und Konsumenten besser als bisher bei Online-Einkäufen schützen. Die nationalen Parlamente haben zwei Jahre Zeit, diese Richtlinie zur Grundlage eines nationalen Gesetzes zu machen, das speziell auf die Bedingungen im eigenen Land Rücksicht nimmt.*

Teil 2: Grundzüge der Entstehung eines EU-Gesetzes

Am Gesetzgebungsverfahren der EU sind immer drei Institutionen beteiligt:

1. Die Europäische Kommission: Sie allein hat das Initiativrecht.
2. Das Europäische Parlament: Es berät und entscheidet mit.
3. Der Rat der Minister: Er trifft letztendlich die Entscheidung.

1. Erkläre mithilfe der im Text genannten Beispiele, was man in der EU unter Verordnungen und Richtlinien versteht.

2. Erläutere die Rolle der drei Institutionen bei der Entstehung von EU-Gesetzen und das Zusammenwirken zwischen der EU und den nationalen Parlamenten.

3. Bei EU-Entscheidungen kommt es darauf an, die unterschiedlichen Interessen aller Mitgliedstaaten unter einen Hut zu bringen. Das zwingt oft zu Kompromissentscheidungen. Wäre es besser, wenn jedes Mitgliedsland für sich alleine entscheidet? Erörtere diese Frage.

Die Vorschläge für neue Gesetze werden in der Regel von der Europäischen Kommission erarbeitet. Diese werden dann dem Europäischen Parlament und dem Rat der Minister zugeleitet. Das Parlament berät in drei Lesungen und kann die Kommission auffordern, das Gesetz zu überarbeiten.
Stimmen am Ende der Beratungen das Europäische Parlament und der Rat der Minister dem Gesetz zu, kann es in Kraft treten. Gibt es keine Einigung zwischen dem Rat und dem Parlament, wird ein Vermittlungsausschuss gebildet, der in gleicher Zahl aus Abgeordneten des Parlaments und des Rates besteht.

Beteiligung des Bundestages und der Bundesländer

Wenn die Europäische Kommission einen Vorschlag für ein neues EU-Gesetz erarbeitet hat, muss sie diesen an die nationalen Parlamente aller Mitgliedstaaten zur Stellungnahme übersenden. Die Bundesregierung muss die Gesetzesinitiative im Bundestag beraten lassen, bevor sie eine Stellungnahme formuliert und an die Europäische Kommission zurücksendet. Im Bundesrat haben die Vertreter/-innen der 16 Länderregierungen die Möglichkeit, die Interessen der Länder einzubringen. Artikel 23 des Grundgesetzes legt dazu fest:

GG, Art. 23 (2) §
In Angelegenheiten der Europäischen Union wirken der Bundestag und durch den Bundesrat die Länder mit.

@ | WES-122194-032
Hier findest du Informationen und eine Grafik zum Gesetzgebungsprozess in der EU.
Du kannst sie für einen Ergebnisvortrag nutzen.

E Wir vergleichen die Institutionen der EU mit einem Bus

Durchblick ist gefragt

„Das kann man sich doch nicht merken!“ So denken viele Leute, wenn es um die Institutionen und die Entscheidungsverfahren der EU geht. Rat der Regierungschefs, Ministerrat, Parlamentssitzungen, Verträge, Richtlinien – das klingt alles kompliziert: Will man sich nachhaltig einprägen, wie die EU praktisch funktioniert und womit sich die verschiedenen Organe befassen, ist es hilfreich, wenn man ein konkretes Bild vor Augen hat.

Lernhilfe Bilder

Ihr werdet euch in Zukunft zurechtfinden und erklären können, welches die wichtigsten Aufgaben der verschiedenen EU-Organe sind. Dazu solltet ihr euch das folgende Bild einprägen und die abstrakt wirkenden Bezeichnungen für die Institutionen der EU mit konkreten Teilen des Bildes verbinden.

Eine Richtlinie zum Schutz wilder Tiere

Um ein Beispiel zu geben: Auf Wunsch von Tierschutz- und Umweltverbänden erarbeitet die EU-Kommission eine Verordnung oder Richtlinie, die den Schutz wild lebender Tiere europaweit verbessern soll. Dieser Entwurf wird dann dem Ministerrat und dem Parlament vorgelegt. Dort wird er geprüft, man berät sich, diskutiert und verlangt in vielen Fällen Veränderungen. Erst wenn der Ministerrat und das Parlament der Verordnung oder Richtlinie zustimmen, ist sie angenommen. Dann wird sie im „Amtsblatt der Europäischen Gemeinschaften“ veröffentlicht und ist von da an gültig. Aber Moment! Wie soll man bei diesen vielen Zuständigkeiten den Überblick behalten? Mit den folgenden Lernhilfen kann das gut gelingen.

Busfahrer	Motor	Fahrgäste	Wegweiser	Verkehrspolizei

In jedem Bus muss es einen Motor geben. Er hat die Aufgabe, das Fahrzeug anzutreiben und zu beschleunigen. Dieser Motor ist die Europäische Kommission. Sie hat das alleinige Recht, Vorschläge für neue Gesetze zu machen. Damit treibt sie den Prozess der europäischen Gesetzgebung voran.
Beispiel Tierschutz: Der Vorschlag für ein neues Tierschutzgesetz kommt von der Europäischen Kommission.

Merke:
Europäische Kommission = Motor der EU

In unserem Bild übernimmt die Rolle der Fahrgäste das Europäische Parlament. Es repräsentiert mit seinen gewählten Abgeordneten die Bevölkerung der gesamten EU. Nach und nach wurden seine Rechte erweitert. Mittlerweile entscheidet es gemeinsam mit dem Ministerrat über die europäischen Gesetze. Man kann sagen, Fahrer und Fahrgäste entscheiden gemeinsam, wohin die Reise geht. Die Fahrgäste haben aber noch weitere Rechte. Sie verwalten z. B. die Reisekasse. Das bedeutet konkret, dass das Europäische Parlament das Haushaltsrecht besitzt.
Beispiel Tierschutz: Das Europäische Parlament muss dem neuen Tierschutzgesetz mehrheitlich zustimmen, bevor es in Kraft treten kann.

Merke:
Europäisches Parlament = alle Fahrgäste im Bus der EU

In jedem Fahrzeug trifft die Fahrerin bzw. der Fahrer letztendlich alle wichtigen Entscheidungen. Diese Aufgabe übernimmt der Rat, der auch Ministerrat genannt wird. Diese Institution ist – in Zusammenarbeit mit dem Europäischen Parlament – das wichtigste gesetzgebende Organ der EU. Zusammen mit dem Parlament beschließt der Rat alle für das gesamte EU-Gebiet geltenden Gesetze.
Beispiel Tierschutz: Das europäische Tierschutzgesetz kann nur in Kraft treten, wenn der Ministerrat es beschließt.

Merke:
Ministerrat = Fahrer im Bus der EU

Mehrmals im Jahr finden gemeinsame Treffen aller Staats- und Regierungschefs der EU statt. Dieses Gremium hat den Namen Europäischer Rat. Seine Zusammenkünfte werden als europäische Gipfeltreffen bezeichnet. Die Staats- und Regierungschefs geben die Richtung vor, in die sich die EU entwickeln soll. Daher kann man sie als Wegweiser bezeichnen.
Beispiel Tierschutz: Der Rat der Staats- und Regierungschefs kann grünes Licht geben. Direkt beteiligt am Gesetzgebungsverfahren ist er nicht.

Merke:
Rat der Staats- und Regierungschefs = Wegweiser für die Richtung der Fahrt

Fehlt noch jemand, der aufpasst, dass auf dem Weg in das vereinte Europa die Regeln nicht verletzt werden. Diese Rolle übernimmt der Europäische Gerichtshof in Luxemburg. Mit seinen Entscheidungen kann er die Mitgliedsländer zur Einhaltung der europäischen Gesetze zwingen.
Beispiel Tierschutz: Bei Verstößen gegen ein neues europäisches Tierschutzgesetz kann der Europäische Gerichtshof angerufen werden.

Merke:
Europäischer Gerichtshof = Verkehrspolizei der EU

1. Mithilfe des Bildvergleichs könnt ihr nun nach und nach die Aufgaben der fünf wichtigsten EU-Institutionen vorstellen.

5 Gibt es zu viel Streit um nationale Interessen in der EU?

Vor- und Nachteile der Verfahrensweisen in der EU beurteilen

A Der Fall: 90 Stunden Verhandlungen am Stück

Verhandeln bis morgens um 5:31 Uhr

■ Vier Tage und Nächte lang verhandelten die Staats- und Regierungschefs der Mitgliedstaaten auf ihrem EU-Gipfel im Juli 2020 miteinander, an allen Tagen bis in die frühen Morgenstunden hinein. 90 Stunden Verhandlungszeit kamen so zusammen. Hinzu kamen die Zwischenstatements für die Schar der wartenden Journalisten. Müde und abgekämpfte Gesichter waren da zu sehen, allerdings nur, wenn die Masken zum Interview abgelegt wurden. Mehrfach hieß es, die Verhandlungen stünden vor dem Scheitern. Doch dann – am fünften Tag – endlich ein Ergebnis. Was war da los?

Corona als einziges Thema

Einziges Thema dieses Sondergipfels der Staats- und Regierungschefs war die Bewältigung der Folgen der Corona-Krise. Die ganze Welt und natürlich auch alle Mitgliedstaaten der EU litten schwer darunter (und tun es wahrscheinlich noch). Einige Länder hatte es besonders hart getroffen – vor allem die südlichen Mitgliedstaaten Italien, Griechenland und Spanien, auch Frankreich. In allen Ländern war die Wirtschaft so stark eingebrochen wie nie zuvor seit dem Ende des Zweiten Weltkrieges. Die EU sollte helfen, aber wie? Darum ging es bei diesem Streit.

Frankreich und Deutschland hatten vor Verhandlungsbeginn den Vorschlag gemacht, die EU solle 750 Milliarden Euro an Hilfsmaßnahmen zur Verfügung stellen. (Das entspricht etwa zweimal dem Bundeshaushalt für ganz Deutschland.) Je nach dem Ausmaß ihrer Belastung sollte dieses Geld an Mitgliedstaaten verteilt werden. Natürlich hat die EU dieses Geld nicht. Sie muss es aus Krediten finanzieren, welche die Länder aufnehmen und in den Fonds einzahlen. 500 der 750 Milliarden sollten Zuschüsse sein, die nicht zurückgezahlt werden müssen. Den Rest wollte man als Darlehen mit langen Rückzahlungszeiten vergeben.

Für die besonders stark leidenden Länder Italien, Griechenland und Spanien waren vor allem die Zuschüsse eine große Hoffnung. Sie kämpften für den Vorschlag. Dem unversöhnlich gegenüber saßen die sogenannten „Sparsamen Fünf": Österreich, Niederlande, Dänemark, Schweden und Finnland. Sie wollten günstige Kredite gewähren, aber keine Hilfsgelder ohne Rückzahlungsverpflichtung. Wieder anders sahen es die Regierungschefs der osteuropäischen Länder – allen voran Ungarn und Polen. Sie wehrten sich dagegen, dass die Auszahlung der Zuschüsse an bestimmte Auflagen gebunden sein sollte. Wer zum Beispiel gegen die Rechtsstaatlichkeit in seinem Land verstößt, sollte kein Geld erhalten können.

Die Lage schien aussichtslos. Doch dann am 21. Juli frühmorgens um 5:31 Uhr, dem fünften Tage der Verhandlungen, konnte doch ein Kompromiss verkündet werden. Man hatte entschieden, nicht 500 sondern „nur" 390 Milliarden an nicht rückzahlbaren Zuschüssen zu gewähren und weitere 360 Milliarden in Form von Krediten. Die nun entstehende Schuldenlast wollte man gemeinsam tragen.

Waren diese 90 Stunden ein Beispiel für die Unfähigkeit der EU, Probleme auf vernünftige Art gemeinsam zu lösen oder stehen sie doch für einen Sieg der Demokratie in Europa? ■

B TEAM kontrovers: Verhandlungen über mehr als 90 Stunden – Zeichen heilloser Zerstrittenheit oder funktionierender Demokratie?

In den Mitgliedstaaten war das Verhandlungsergebnis des EU-Corona-Gipfeltreffens im Juli 2020 Gegenstand zahlreicher Pressekommentare. Dabei fielen die Bewertungen wie üblich unterschiedlich aus. Hier eine Gegenüberstellung häufig genannter Gründe in den negativen und den positiven Reaktionen.

Kontra – ein Versagen der Demokratie

Beim Treffen der EU-Staats- und Regierungschefs ging es um ein enorm wichtiges Thema, nämlich die Rettung der EU-Staaten vor den schlimmen Folgen der Corona-Krise. Da ist es peinlich, dass die EU sich fast fünf Tage und Nächte lang als ein Haufen zerstrittener Einzelstaaten präsentiert. Alle 27 haben nur versucht, ihre eigenen nationalen Interessen durchzusetzen. Von europäischer Gemeinsamkeit war da nichts zu spüren. Da wäre es besser gewesen, jedes Land hätte seinen eigenen Weg aus den Schwierigkeiten gesucht. So ein langer Streit ist peinlich und eher ein Beispiel für das Versagen von Demokratie.

Pro – ein Beispiel funktionierender Demokratie

In Brüssel haben 27 Staats- und Regierungschefs aus ebenso vielen Ländern über Hilfen zur Bewältigung einer der schlimmsten Wirtschaftskrisen weltweit beraten. Dabei ging es auch um sehr viel Geld. Da kann es nicht ausbleiben, dass die Interessen unterschiedlich sind und heftig gestritten wird. Stattdessen schnelle Lösungen einzufordern, wäre geradezu unverantwortlich. In Brüssel hat die EU gezeigt, dass sie trotz vieler Meinungsunterschiede gemeinsam handeln kann – auch wenn dazu quälend lange verhandelt werden musste. Verlauf und Ergebnis zeigen aber, dass auf höchster Ebene in der EU die Demokratie funktioniert.

C Das Demokratiedefizit in der EU

Kritik gibt es nicht nur an den lang andauernden Verhandlungsrunden zwischen den Staats- und Regierungschefs. Auch das Gesetzgebungsverfahren in der EU wird häufig kritisiert, weil es nicht vollkommen mit den Grundsätzen einer parlamentarischen Demokratie übereinstimmt. In einer Demokratie verabschiedet die Gesetze üblicherweise das vom Volk gewählte Parlament. In der EU kommt ein Gesetz demgegenüber nur zustande, wenn der Rat der Europäischen Union es verabschiedet. Dieser Rat besteht aus Ministerinnen und Ministern der einzelnen Mitgliedstaaten. Diese haben ihr Amt durch Ernennung und nicht durch eine demokratische Wahl bekommen.

Mit dem Europäischen Parlament verfügt die EU zwar über eine demokratisch gewählte Volksvertretung. Diese kann auch mitentscheiden, wenn es um ein neues Gesetz geht. Es hat aber nicht die maßgebliche Entscheidungskompetenz und kann selbst keine neuen Gesetze vorschlagen. Wollte man das Entscheidungsverfahren in der EU weiter demokratisieren, müsste man das Gesetzgebungsrecht des EU-Parlaments erweitern. Das würde auch bedeuten, dass die nationalen Parlamente einen Teil ihrer Entscheidungskompetenz an die EU abtreten. Für diese Veränderung gibt es in der EU ebenso heftige Befürworter wie Gegner.

1. Fasse zusammen, was du im Fall (Material A) über den Anlass, den Verlauf, das Verhandlungsangebot, die unterschiedlichen Interessen und das Ergebnis erfahren konntest.

2. Beschreibe, wie im Material B das Versagen einerseits und das gute Funktionieren der Demokratie andererseits begründet werden.

3. Urteile selbst: Waren die Verhandlungen der Staats- und Regierungschefs während der Corona-Krise ein Beispiel für gelungene Demokratie oder nicht? Diskutiert miteinander.

4. Kannst du Gründe dafür herausfinden, warum eine Erweiterung der Gesetzgebungsbefugnisse des Europäischen Parlaments (Material C) sowohl Befürworter als auch Gegner hat?

6 Vor welchen Herausforderungen steht die Gemeinschaft?

Probleme beschreiben und bewerten

A Klimawandel als größte Herausforderung

Den Klimawandel sehen immer mehr Europäer als das gegenwärtig wichtigste Problem an. Im Durchschnitt aller EU-Länder nimmt der Klimaschutz den ersten Platz ein – noch vor der Bekämpfung von Armut, Arbeitslosigkeit und Terrorismus. In Deutschland wünschen sich 75 Prozent, dass die EU in diesem Bereich stärker als bisher aktiv wird. Das ergab eine von der EU in Auftrag gegebene Befragung 2019.

B Der europäische Grüne Deal als Antwort der EU

Der Ideengeber für den Grünen Deal ist die Europäische Kommission. In einer Pressemitteilung vom 11. Dezember 2019 stellte die Kommission den Bürgerinnen und Bürgern ihre Pläne zum grünen Deal vor. Hier Ausschnitte daraus:

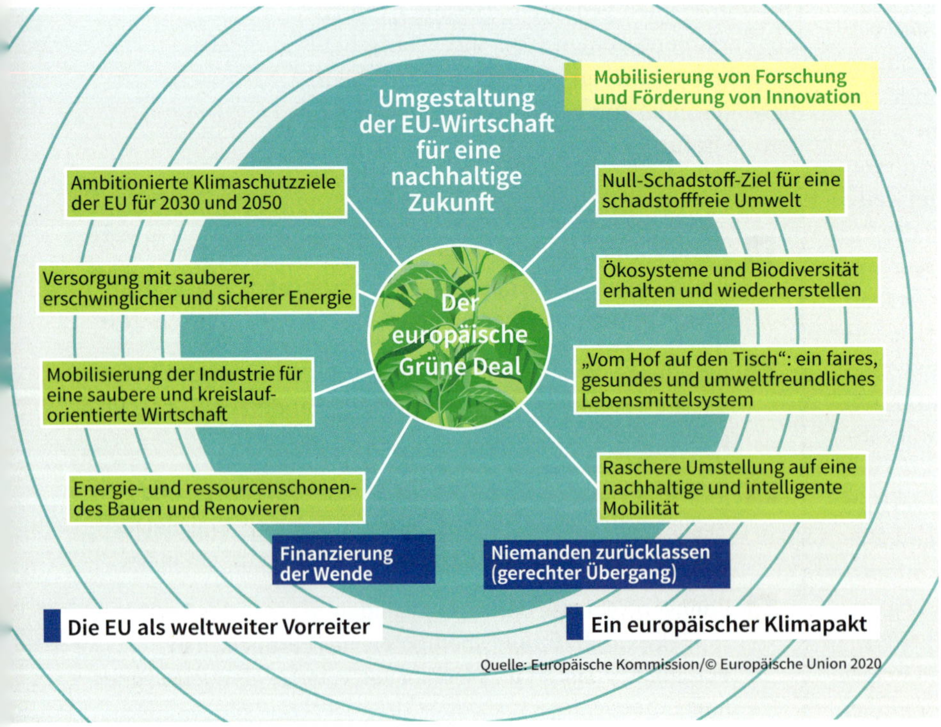

1. Die Herausforderung

Der Grüne Deal bekräftigt das Engagement der Kommission für die Bewältigung klima- und umweltbedingter Herausforderungen, die die entscheidende Aufgabe dieser Generation ist. Mit jedem Jahr steigt die Temperatur der Atmosphäre und verändert sich das Klima. Eine Million der acht Millionen Arten auf dem Planeten droht zu verschwinden. Wälder und Ozeane werden verschmutzt und zerstört.

2. Die Ziele

Der europäische Grüne Deal ist eine Antwort darauf. Es handelt sich um eine neue Wachstumsstrategie, mit der die EU zu einer fairen und wohlhabenden Gesellschaft mit einer modernen, ressourceneffizienten und wettbewerbsfähigen Wirtschaft werden soll, in der im Jahr 2050 keine Netto-Treibhausgasemissionen mehr freigesetzt werden und das Wirtschaftswachstum von der Ressourcennutzung abgekoppelt ist. Außerdem sollen das Naturkapital der EU geschützt, bewahrt und verbessert und die Gesundheit und das Wohlergehen der Menschen vor umweltbedingten Risiken und Auswirkungen geschützt werden. [...]

Europa kann die Umweltziele des Grünen Deals nicht alleine erreichen. Die Ursachen des Klimawandels und des Biodiversitätsverlusts (= biologischer Vielfalt) sind globaler Natur und machen nicht an Landesgrenzen halt. Die EU kann ihren Einfluss, ihr Fachwissen und ihre finanziellen Ressourcen nutzen, um ihre Nachbarn und Partner zu mobilisieren, damit diese ihr auf einen nachhaltigen Weg folgen. Die EU wird weiterhin eine Führungsrolle bei den internationalen Bemühungen übernehmen und möchte Bündnisse mit gleich gesinnten Partnern schließen. [...]

3. Was geleistet werden muss

Erneuerbare Energien ausbauen

Die Energiewende sollte die Verbraucher einbeziehen und ihnen zugutekommen. Erneuerbare Energiequellen werden eine wesentliche Rolle spielen. Der Ausbau der Offshore-Windenergieerzeugung wird von entscheidender Bedeutung sein und auf der regionalen Zusammenarbeit zwischen den Mitgliedstaaten aufbauen. Die intelligente Integration von erneuerbaren Energien, Energieeffizienz und anderen nachhaltigen Lösungen in allen Sektoren wird dazu beitragen, die Dekarbonisierung* zu den geringstmöglichen Kosten zu erreichen.

Abfälle minimieren

Können Abfälle nicht vermieden werden, muss ihr wirtschaftlicher Wert rückgewonnen und ihre Auswirkungen auf die Umwelt und den Klimawandel müssen vermieden oder minimiert werden. Dafür sind neue Rechtsvorschriften notwendig, einschließlich Zielvorgaben und Maßnahmen zur Bekämpfung überflüssiger Verpackung und Abfallerzeugung.

Digitale Technologien fördern

Digitale Technologien sind eine entscheidende Voraussetzung für die Verwirklichung der Nachhaltigkeitsziele des Grünen Deals in vielen verschiedenen Sektoren. Die Kommission wird Maßnahmen prüfen, mit denen sichergestellt werden soll, dass digitale Technologien [...] die Wirkung der Politiken zur Bewältigung des Klimawandels und zum Umweltschutz beschleunigen und optimieren können.

Verkehrskonzepte optimieren

Ein Viertel der Treibhausgasemissionen in der EU entfällt auf den Verkehrssektor und dieser Anteil steigt weiter. Um Klimaneutralität zu erreichen, müssen die verkehrsbedingten Emissionen bis 2050 um 90 % gesenkt werden. Alle Verkehrsträger (Straße, Schiene, Luft- und Schifffahrt) werden zu dieser Verringerung beitragen müssen.

(Der europäische Grüne Deal, Mitteilung der Europäischen Kommission vom 11.12.2019, S. 2 ff., in: https://ec.europa.eu/info/sites/files/european-green-deal-communication_de.pdf, letzter Zugriff: 10.05.2021)

*Merke ✓

Dekarbonisierung = Verzicht auf kohlenstoffhaltige Rohstoffe

1. Beschreibe die Aufgabe und die Ziele des europäischen Grünen Deals. Berücksichtige dabei auch die Angaben im Schaubild.

2. Fasse zusammen, was die neue Strategie der EU für verschiedene Politikbereiche bedeutet.

3. Erstelle ein Mindmap, mit der sich die verschiedenen Bestandteile des Grünen Deals anschaulich darstellen und erläutern lassen.

4. Beurteile das Konzept des Grünen Deals unter dem Aspekt der Bedeutung für die Menschen in der EU, den Schutz der Natur und der Wahrscheinlichkeit, dass die Pläne auch die notwendige Unterstützung der Mitgliedstaaten erhalten.

Selbstständig weiterlernen mit Medien:
Recherchiert gemeinsam selbstständig weiter zum Grünen Deal. Beschränkt euch dabei auf die Homepage des Europäischen Parlaments und der Europäischen Kommission:
@ | WES-122194-033
Teilt die Aufgaben auf und sucht gezielt nach vertiefenden Informationen zu den fünf auf dieser Seite genannten Politikbereichen. Stellt euch gegenseitig eure Rechercheergebnisse vor.

C Die EU in der Welt: Außenpolitische Herausforderungen

Außen- und Sicherheitspolitik

Die außenpolitischen Ziele der EU sind in einem globalen Strategiepapier verbindlich festgelegt. Es gelten die Grundsätze der Förderung von Frieden, Demokratie, Rechtsstaatlichkeit und Schutz der Menschenrechte. In internationalen Konfliktsituationen übernimmt die EU des Öfteren die Rolle einer Vermittlung. Sie möchte außenpolitische Aufgaben übernehmen, mit denen die einzelnen Mitgliedstaaten alleine überfordert wären. Erreicht werden soll, dass Europa auf der internationalen Bühne als starke Gemeinschaft auftritt und mit einer Stimme spricht. Zu den Zielen gehören die Verbesserung der militärischen Zusammenarbeit und langfristig darüber hinaus der Aufbau einer europäischen Armee. Dazu gibt es unterschiedliche Auffassungen in den Mitgliedstaaten. Auch aus dem Blickwinkel der USA und Russlands steht man einer europäischen Armee kritisch gegenüber.

Entwicklungspolitik

Ziel der EU ist es, die Ursachen der Armut weltweit zu bekämpfen. Einerseits bedeutet das, Menschen in Armutsländern einen Zugang zu Nahrung, sauberem Wasser, Gesundheitsfürsorge und Bildung zu gewährleisten. Andererseits will die EU auch den Schutz der Menschenrechte und im Besonderen die Gleichberechtigung von Frauen und Männern fördern. Weltweit unterhält die EU 140 Vertretungen, welche die Zusammenarbeit mit den Partnerländern vor Ort organisieren. Die Mittel für die EU-Entwicklungspolitik werden aus einem europäischen Entwicklungsfonds finanziert. Zwischen 2014 und 2020 flossen so insgesamt 82 Milliarden Euro in andere Länder. Kritiker/-innen werfen der EU vor, sie verfolge in ihrer Entwicklungspolitik zu sehr ihre eigenen Interessen. Die EU betont demgegenüber, dass sie zunehmend daran arbeitet, Benachteiligungen von Entwicklungsländern im Welthandel zu beseitigen.

Humanitäre Hilfe und Katastrophenschutz

Zwischen 2014 und 2020 stellte die EU mit der Unterstützung aller ihrer Mitgliedstaaten mehr als sieben Milliarden Euro als Soforthilfen für von Katastrophen betroffene Menschen und Regionen bereit. Damit ist die EU nach eigenen Angaben der weltweit größte Geber humanitärer Hilfe. Innerhalb eines Jahres wurde die EU in über 80 Ländern aktiv, indem sie dabei half, die schlimmsten Folgen von Bränden, Überschwemmungen, Stürmen etc. zu lindern. Zu den Maßnahmen gehören auch die Finanzierung von Schutzmaßnahmen und die Einrichtung von Warnsystemen gegenüber Naturkatastrophen. Organisiert werden die Hilfen von der Generaldirektion Humanitäre Hilfe und Katastrophenschutz (ECHO). Neben den finanziellen Leistungen entsendet die EU auch Teams, welche Hilfen vor Ort leisten.

Flucht und Asyl

Im Artikel 78 des Vertrages über die Europäische Union heißt es: „Die Union entwickelt eine gemeinsame Politik im Bereich Asyl". Trotz dieses klar formulierten Ziels gelingt es den Mitgliedstaaten bisher nicht, eine gemeinsame Lösung für den Umgang mit Flüchtlingen und Asylsuchenden zu finden. Das gilt besonders für die gerechte Verteilung der Flüchtlinge auf die Mitgliedstaaten. Mehrere Länder Osteuropas wehren sich seit Jahren gegen deren Aufnahme. Aus dem Europäischen Parlament wird immer auf gemeinsame Lösungen gedrängt. Im EU-Haushalt für die Zeit von 2021 bis 2027 stellt die EU knapp 10 Milliarden Euro zur Finanzierung der Flüchtlingspolitik zur Verfügung. Flucht und Asyl bilden das Themenfeld, bei dem ein solidarisches Handeln der Staaten Europas am wenigsten erkennbar ist und bei dem nationale Interessen eine gerechte europaweite Lösungen bisher verhindern.

Die Informationen auf dieser Seite wurden aus verschiedenen Quellen der EU vom Autor zusammengestellt.

1. Beschreibe Ziele und Aktivitäten der EU, die in den vier Bereichen deutlich werden.

2. Erstelle eine Mindmap, mit der du die außenpolitischen Herausforderungen für die EU verdeutlichen und erläutern kannst.

3. Recherchiere vertiefende Informationen zu einem der Bereiche nach deiner persönlichen Wahl.

D Für welche Politikbereiche soll die EU zuständig sein?

Für die Arbeitsweise der EU gilt als vertraglich vereinbarte Regel das **Grundprinzip der Subsidiarität**. Das bedeutet, dass Entscheidungen möglichst auf der unteren Ebene getroffen werden. Die EU soll sich um die Probleme kümmern, die in der gemeinsamen Zusammenarbeit der Staaten Europas besser gelöst werden können als auf nationaler Ebene. Welche Politikbereiche sollen das sein? Welche nicht? Stellt euch vor, die EU habe euch um eine Vorschlagsliste gebeten: Wie sieht sie aus?

Euer Auftrag:

1. Beratet in Kleingruppen. Geht dazu die Liste Schritt für Schritt durch. Einigt euch bei jedem Politikbereich auf die eurer Ansicht nach zu empfehlende Zuständigkeit.
2. Stellt eure Vorschlagsliste in der Klasse vor und begründet sie. Stellt euch dabei vor, ihr befändet euch vor einer Gruppe von Abgeordneten des Europäischen Parlaments.
3. Stellt auch die Bereiche vor, über die es unterschiedliche Ansichten in eurer Gruppe gab.
4. Stimmt über eine Klassenliste ab, bei der die Zuständigkeiten mit den höchsten Zustimmungswerten die vorderen Plätze belegen.

Nr.	Politikbereich	Darum soll die EU sich kümmern.	Darum soll sie sich nicht kümmern.
1	Sicherung der Außengrenzen der EU		
2	Förderung der wirtschaftlich schwachen Regionen in Europa		
3	Gestaltung des Schulwesens		
4	Höhe der Steuern in den einzelnen Ländern		
5	Bekämpfung des internationalen Terrorismus		
6	Schutz der Verbraucher/-innen vor gesundheitsschädlichen Lebensmitteln		
7	Pflege historischer Bauten und Denkmäler		
8	Hilfen für die Entwicklungsländer		
9	Bekämpfung des Klimawandels		
10	Festlegung von Mindestlöhnen in der Arbeitswelt		
11	Formulierung der Anforderungen für Berufsabschlüsse		
12	Bekämpfung der grenzüberschreitenden Kriminalität		
13	Umgang mit Armutsflüchtlingen und Asylsuchenden		
14	Bekämpfung der Jugendarbeitslosigkeit		
15	Planung von Straßen- und Bahnverbindungen, Häfen, Flugplätzen		
16	Schutz der Bürgerinnen und Bürger vor Datenmissbrauch		
17	Entscheidungen über die Höhe von Sozialleistungen		
18	Sicherung der globalen Wettbewerbsfähigkeit europäischer Firmen		
19	Förderung regionaler Traditionen und landestypischen Brauchtums		
20	Vorbeugende Schutzmaßnahmen gegenüber Pandemien		

7 Soll die EU weitere Staaten aufnehmen oder nicht?
Über Pro und Kontra Erweiterung diskutieren

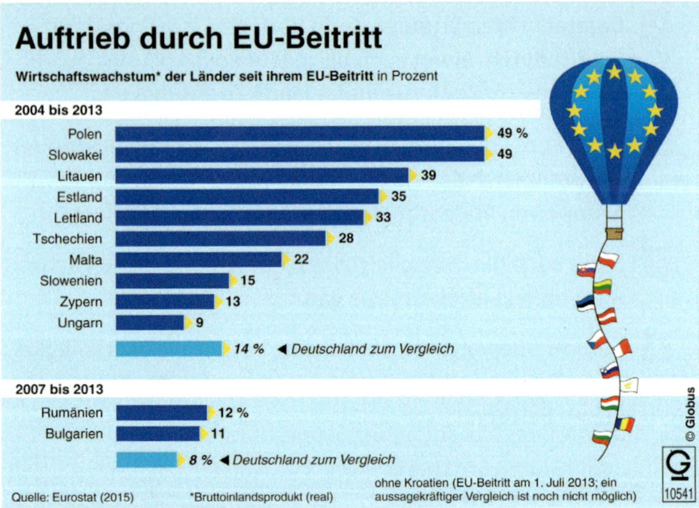

@ | WES-122194-001
Text einfacher
Text ausführlicher

A Das Problem

Aktuell hat die EU seit dem Austritt Großbritanniens 27 Mitgliedstaaten. Jedes weitere Land der insgesamt 47 Staaten Europas (inklusive Russland und Türkei) kann sich um eine Mitgliedschaft bewerben. Befürworter/-innen sehen darin einen wichtigen Beitrag zur weiteren Einung Europas und zur Stabilisierung von Frieden und Demokratie. Kritiker/-innen befürchten, eine zu große EU könne entscheidungsunfähig werden. Die Gemeinschaft sei schon jetzt oft zerstritten und solle erst einmal die eigene Zusammengehörigkeit vertiefen. Erweiterung oder Vertiefung – das ist eine wichtige Zukunftsfrage für die EU.

B EU-Erweiterung: Was man dazu wissen muss

Erweiterung aus deutscher Sicht:

Dank des Erweiterungsprozesses ist es gelungen, die politische und wirtschaftliche Stabilität Europas zu stärken sowie Freiheit, Demokratie, Rechtsstaatlichkeit und den Schutz der Menschenrechte zu fördern. Die Vergrößerung des Binnenmarktes hat zu einer Steigerung der Wettbewerbsfähigkeit und des Wohlstandes der EU beigetragen. Durch die Erweiterung auf derzeit 27 Mitgliedstaaten hat die EU weltweit an Gewicht gewonnen und ist als „Global player" heute besser in der Lage, auf globale Herausforderungen wie z.B. Klimawandel, Umweltschutz, Wettbewerbsfähigkeit und Regulierung der Finanzmärkte zu reagieren.

(Aus: Perspektiven der Erweiterung, Auswärtiges Amt online vom 17.12.2020, in: https://www.auswaertiges-amt.de/de/aussenpolitik/europa/erweiterung-nachbarschaft/-/209970, letzter Zugriff: 27.08.2021)

Der Weg in die EU

Jedes Land, das die Voraussetzungen für die Mitgliedschaft erfüllt, kann sich bewerben. Diese Voraussetzungen sind unter dem Namen „Kopenhagener Kriterien" bekannt und umfassen

- eine freie Marktwirtschaft,
- eine stabile Demokratie
- und eine rechtsstaatliche Ordnung.

Außerdem müssen alle EU-Rechtsvorschriften sowie der Euro akzeptiert werden.

Ein Land, das der Union beitreten möchte, legt dem Rat der EU einen Mitgliedsantrag vor. Der Rat beauftragt die Kommission, die Fähigkeit des Landes zur Erfüllung der Kopenhagener Kriterien zu beurteilen. [...]

Wegen der großen Menge an Vorschriften und Regelungen der EU, die jedes Land in sein innerstaatliches Recht umsetzen muss, erfordern die Verhandlungen bis zu ihrem Abschluss längere Zeit. Während dieses „Heranführungszeitraums" werden die Bewerberländer finanziell, verwaltungstechnisch und fachlich unterstützt.

(Aus: Beitritt zur EU, Europäische Union online, in: https://europa.eu/europeanunion/abouteu/countries_de#beitrittzureu, letzter Zugriff: 27.08.2021)

Die Beitrittskandidaten

Offizielle Beitrittskandidaten sind:
• Albanien • Montenegro • Nordmazedonien • Serbien • Türkei.

Beworben haben sich auch die Länder Kosovo und Bosnien/Herzegowina.

Sonderfälle Türkei und Island

Bereits 1999 erhielt die Türkei den Status eines Bewerberlandes. Nach langjährigen Verhandlungen sprach sich das EU-Parlament 2016 aufgrund der Rückschritte der Türkei in den Bereichen Demokratie, Rechtsstaatlichkeit, Grundrechte und Unabhängigkeit der Justiz für ein „Einfrieren" der Beitrittsgespräche aus.

Island gehörte seit 2010 ebenfalls zu den offiziellen Beitrittskandidaten. In der Parlamentswahl am 27. April 2013 entschieden sich die Wählerinnen und Wähler jedoch gegen die Beitrittsbestrebungen Islands. Im März 2015 zog Island seinen Aufnahmeantrag zurück.

Austritt aus der EU

Lange Zeit gab es in den Verträgen zur EU keine Regelung zum Austritt aus der Gemeinschaft. Man hielt es für unwahrscheinlich, dass ein Mitglied sich zum Verlassen der EU entscheidet. Auf Drängen Groß-Britanniens wurde 2009 im Artikel 50 des EU-Vertrages eine Regelung für den Austritt aus der EU eingefügt. Am 1. Januar 2020 wurde mit dem Brexit zum ersten Mal der Austritt eines Staates Wirklichkeit.

Vertiefung statt Erweiterung

Die Kritik an einer Aufnahme weiterer Staaten in die EU bezieht sich vor allem darauf, dass sich die EU erst in ihrem Inneren reformieren solle. Aktuell müssen wichtige Entscheidungen noch immer nach dem Einstimmigkeitsprinzip erfolgen. Ein einzelnes Land kann damit alle geplanten Beschlüsse verhindern. Gefordert wird, dass zunächst einmal das Entscheidungsverfahren in der EU im Sinne des Mehrheitsprinzips geändert werden müsse, bevor die Zahl der Mitglieder weiter ansteigt.

Befürchtet wird auch, dass eine zu große Union sich als unregierbar erweisen könnte. Sollte die EU Länder aufnehmen, in dem europafeindliche Parteien irgendwann an die Regierung kommen, könnte das im schlimmsten Fall zu einer Auflösung der Gemeinschaft führen.

In der aktuellen Diskussion hat sich Frankreich dazu entschieden, keine Beitrittsverhandlungen mit Albanien und Nordmazedonien zu befürworten. Das Bekenntnis zur Demokratie sei bei diesen Beitrittskandidaten noch nicht gesichert genug.

@ | WES-122194-034
Ein von dem europäischen Nachrichtenportal Europool gestaltetes Video vom März 2020 informiert fachlich korrekt über den aktuellen Stand der Beitrittsverhandlungen.

1. Beschreibe, worin das Auswärtige Amt die Vorzüge der bisherigen Erweiterung der EU auf 27 Mitgliedstaaten sieht.

2. Erläutere den Weg eines Staates in die EU anhand der Kopenhagener Kriterien, des Ablaufs der Verhandlungen und der Nennung der aktuellen Beitrittskandidaten.

3. Erkläre den Unterschied zwischen Vertiefung und Erweiterung.

4. Nimm Stellung zu den folgenden Aussagen und diskutiere mit anderen. **Tipp:** Gruppenarbeit

Meine Wünsche für die Zukunft der EU:		Ja	Nein
1.	Ich finde es gut, wenn möglichst viele Länder Europas Mitglied in der EU werden möchten.	?	
2.	Die EU sollte nur Länder aufnehmen, in denen Demokratie, Menschenrechte und der Wille zur friedlichen Vereinigung Europas garantiert sind.		
3.	Die EU soll keine weiteren Länder aufnehmen und die gehen lassen, die gehen wollen.		?
4.	Ich fände es traurig, wenn weitere Länder die EU verlassen würden.		

5. Urteile selbst: Soll die EU weitere Staaten aufnehmen oder nicht?

Selbstständig weiterlernen mit Medien

- Ansichten über Europa mit anderen teilen. „Salon Europa" ist ein von der EU gefördertes Internetportal, das Menschen aus ganz Europa dazu einlädt, unter dem Stichwort: Europa bedeutet für mich …? einen eigenen Kommentar zu verfassen und so in einen europaweiten Austausch zu treten. *„Willkommen im ‚Salon Europa'"*, heißt es dazu und weiter: *„Hier darf jede(r) seine Meinung äußern, wenn sie nur höflich vorgetragen wird!"* Du kannst die Homepage öffnen, dich durch Kommentare anderer zum Nachdenken anregen lassen und selbst aktiv werden. @ | WES-122194-035

8 Wie sehr fühlst du dich als Europäerin oder Europäer?

Einstellungen zur EU für ihre Weiterentwicklung beurteilen

A Zum Einstieg

Angenommen, eine Freundin oder ein Freund bereitet eine Reise in ein fernes Land vor und fragt dich: „Was soll ich zuerst sagen, wenn man mich fragt, woher ich komme?" Welchen der folgenden Tipps wirst du geben?

„Nenne die Stadt, aus der du kommst."

„Antworte, dass du aus Deutschland kommst."

„Sag zuerst, dass du aus Europa kommst."

- Entscheide spontan und tausche dich mit anderen über die Gründe dafür aus.

B Stellungnahmen aus Portfolios

Titelblätter von Schülerportfolios

Am Ende ihrer Beschäftigung mit der EU haben sich Schülerinnen und Schüler dazu geäußert, wie sie über die EU denken und wie wichtig ihnen die Gemeinschaft ist. Hier einige Auszüge daraus:

„Ja, die EU ist meiner Meinung nach eine gute Sache. In einer Gemeinschaft kann man Probleme viel besser lösen als alleine. Ich fände es besser, wenn die Briten in der EU geblieben wären." (Azera, 16)

„Die Regierungen der Mitgliedstaaten arbeiten in vielen Politikbereichen eng zusammen. In der EU werden Gesetze so gemacht, als wären es unsere eigenen Gesetze. Dass diese dann überall in der EU in gleicher Weise gelten, finde ich gut und wichtig." (Anja, 15)

„Wenn morgens der Wecker klingelt, denke ich öfter daran, wie sehr die EU in mein Leben eingreift, bis ich das Haus verlasse. Dass mein Duschwasser sauber ist, hat die EU geregelt und auch um das Abwasser kümmert sie sich. Im Kühlschrank finde ich Produkte, die ich dem Binnenmarkt zu verdanken habe. Ich finde, das ist ganz schön viel, was die EU schon in der ersten Stunde des Tages für uns leistet." (Katja, 16)

„Ich habe im Netz recherchiert und herausgefunden, was die EU in meiner Region macht. Davon hatte ich vorher keine Ahnung. Ich kenne auch eine spanische Kindergärtnerin, die ihre Ausbildung in Deutschland gemacht hat, weil sie in ihrer Heimat arbeitslos gewesen wäre. Jetzt arbeitet sie hier. Die Menschen sollten mehr darüber wissen, was die EU so alles macht. Ich bin jedenfalls dafür, dass die Länder in Europa noch enger zusammenarbeiten." (Malik, 16)

„Es macht Spaß, gut Bescheid zu wissen über die EU und dass man die EU anderen erklären kann. In der EU gibt es viele Probleme, aber es gibt auch viele Sachen, die angenehm sind, zum Beispiel, dass man reisen und überall in der EU arbeiten kann." (Markus und Björn, beide 16, im gemeinsamen Portfolio)

C Viel Zustimmung zur EU bei Jugendlichen – auch Kritik

Die im Abstand von fünf Jahren regelmäßig erscheinende Shell-Jugendstudie erfragt auch das Verhältnis der 15- bis 25-Jährigen zur Europäischen Union. Überlege beim Lesen des Textes aus der Studie von 2019, ob und wie dein persönliches Denken mit den Befragungsergebnissen übereinstimmt.

Die EU wird von den Jugendlichen als Chance und nicht als Risiko empfunden und daher nicht infrage gestellt: Jeder zweite Jugendliche beurteilt die EU positiv (43 %) oder sehr positiv (7 %), wohingegen nicht einmal einer von zehn Jugendlichen ein negatives (7 %) oder sogar sehr negatives (1 %) EU-Bild hat. [...]
So gut wie alle Jugendlichen betonen an allererster Stelle, dass sie mit der EU Freizügigkeit verbinden, also die Möglichkeit, in andere europäische Länder zu reisen, dort studieren, arbeiten oder sich gänzlich niederlassen zu können. Ein Europa ohne Grenzen, in dem man wie im eigenen Land gegebenenfalls auch auf Dauer leben und arbeiten kann, ist aus Sicht der Heranwachsenden die wichtigste Errungenschaft der EU.
Ebenfalls vorrangig, wenn auch im Vergleich zu 2006 leicht rückläufig, ist der Aspekt der kulturellen Vielfalt, den vier von fünf Jugendlichen positiv mit der EU verbinden. Ebenfalls vier von fünf Jugendlichen betonen, dass die EU für Frieden sowie für Demokratie steht.
Als kritischsten Punkt in Bezug auf Europa sehen knapp drei von vier Jugendlichen die Bürokratie – Tendenz leicht rückläufig. Deutlich gestiegen ist hingegen der Aspekt des wirtschaftlichen Wohlstandes, er wird von ebenfalls fast drei Viertel der Jugendlichen in Deutschland mit der EU gleichgesetzt.

(Aus: Klaus Hurrelmann u.a: 18. Shell Jugendstudie, Jugend 2019, Beltz Verlag, Weinheim Basel 2019, S. 15 f.)

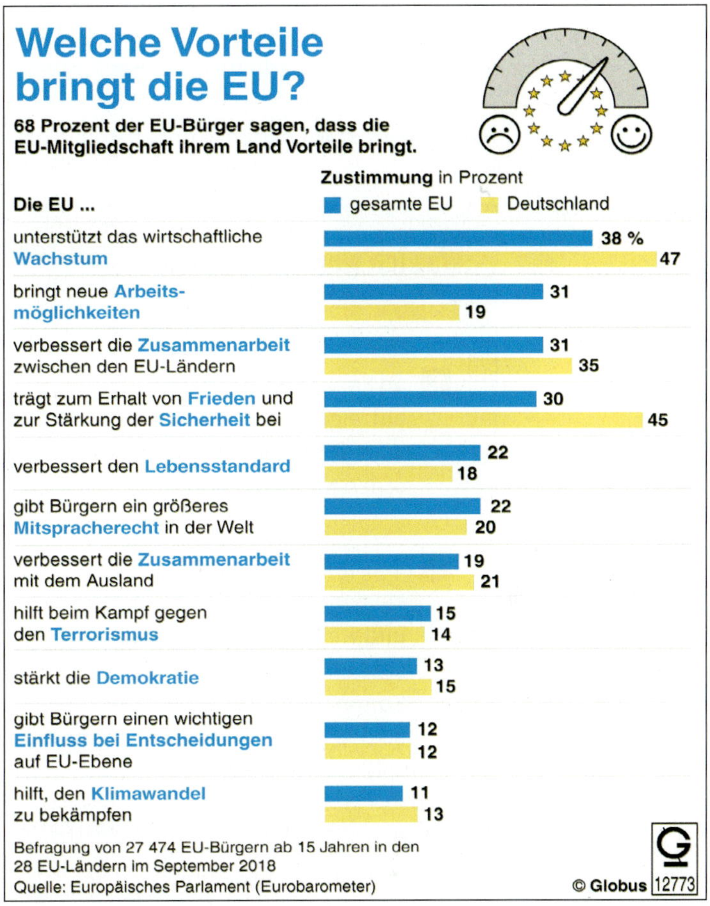

1. Wähle aus den Stellungnahmen aus den Portfolios eine oder zwei aus, mit denen du am ehesten übereinstimmst. Begründe deine Wahl.
2. Beschreibe, worin Jugendliche in Europa die besonderen Vorteile der EU stehen.
3. Ermittele anhand des Schaubildes, wo es weitgehende Übereinstimmungen und wo es auffällige Unterschiede in der Zustimmung zur EU zwischen den Befragten in Deutschland und in der gesamten EU gibt.
4. Wähle aus der Liste der 11 im Schaubild genannten Vorteile maximal 5 aus, die du als besonders wichtig empfindest. Vergleiche mit anderen. Einigt euch per Mehrheitsentscheidung auf eine gemeinsame Klassenliste.
5. Wie wichtig ist eine möglichst große Zustimmung in der Bevölkerung zur EU für ihren weiteren Bestand und ihre weitere Entwicklung? Beurteilt und diskutiert den Zusammenhang.

Was interessiert dich besonders? Was kannst du richtig gut?

Wähle, wie du vorgehen möchtest:
Möglichkeit 1: Ich arbeite individuell und suche mir zwei, drei oder mehr Aufgaben aus.
Möglichkeit 2: Ich arbeite mit einer Partnerin, einem Partner zusammen. Gemeinsam schaffen wir mehr als allein.
Möglichkeit 3: Wir bilden Gruppen, teilen die Aufgaben auf und lösen alles gemeinsam.

Was ich weiß

S M U H

Ich kann …

1. an konkreten Beispielen aufzeigen, welche Vorteile das vereinte Europa für die Menschen mit sich bringt.
2. in Grundzügen darstellen, wie ein europäisches Gesetz entsteht und welche Rolle das Europäische Parlament, die Europäische Kommission und der Rat der Ministerinnen und Minister dabei spielen.

Was ich methodisch gelernt habe

S M U H

Ich kann …

1. beschreiben, was ein Portfolio ist und erläutern, wie man vorgehen kann, um ein solches zu gestalten.
2. am Beispiel des Bildes von einem Bus mit Motor, Fahrer, Fahrgästen und Wegweiser erklären, was die wichtigste Aufgabe der Europäischen Kommission ist, des Ministerrates, des Europäischen Parlaments und des Rates der Staats- und Regierungschefs.

Wozu ich meine Meinung formulieren und begründen kann

S M U H

Ich kann zu folgenden Diskussionspunkten meine Meinung formulieren und diese mit Argumenten begründen.

1. Haben die Dinge, die die EU bisher erreicht hat, für unser Leben eine große Bedeutung oder eher nicht?
2. Soll die EU nur ein Wirtschaftsbündnis sein oder auch ein Zusammenschluss von Staaten mit gemeinsamen Werten und Zielen?

Worüber ich mitreden kann

S M U H

Mit ein wenig Nachdenken kann ich (auch zusammen mit anderen) vor der Klasse eine, zwei oder drei Minuten frei sprechen:

1. Was ist seit dem Bestehen der EU für die Menschen in Europa besser geworden als in den Zeiten, bevor es die EU gab?
2. Was sind wichtige Merkmale und Vorzüge des europäischen Binnenmarktes und der europäischen Währungsunion?

Neun Merksätze zum Einprägen

1	Das Gründungsdatum für die Europäische Gemeinschaft mit den sechs Gründerstaaten Frankreich, Italien, Spanien, Luxemburg, Niederlande und Belgien ist der …
A	8. Mai 1945
B	23. Mai 1949
C	25. März 1957
D	01. Januar 1993

2	Die beiden Arten von EU-Gesetzen, nennt man …
A	Verordnungen und Richtlinien.
B	Ausführungsbestimmungen und Erlasse.
C	Richtungsvorgaben und Handlungsanweisungen.
D	Vorschriften und EU-Ordnungen.

3	Ein Gebiet, in dem Waren, Dienstleistungen frei zirkulieren und Personen sich frei bewegen können, nennt man …
A	Marktverbund.
B	Binnenmarkt.
C	Großmarkt.
D	Handelszone.

4	Die wichtigste Aufgabe der Europäischen Zentralbank besteht darin, …
A	über die Stabilität des Euro zu wachen,
B	Kredite an die Mitgliedstaaten der EU zu vergeben,
C	die nationalen Banken in den Mitgliedstaaten zu kontrollieren,
D	Die Unternehmen in der EU bei ihren Geschäften zu unterstützen.

5	Die Bedingungen, die ein Land erfüllen muss, um den Euro einzuführen und Mitglied der Währungsunion zu werden, bezeichnet man als …
A	Konsulationskriterien.
B	Konkurrenzkriterien.
C	Kommunikationskiterien.
D	Konvergenzkriterien.

6	Das Europäische Parlament ist …
A	die Institution, die alleine das Recht hat, Entscheidungen für die EU zu treffen.
B	die wichtigste Einrichtung zur Beratung der Staats- und Regierungschefs der EU.
C	die demokratisch gewählte Vertretung der Bürgerinnen und Bürger in der EU.
D	der übergeordnete Zusammenschluss der nationalen Parlamente in Europa.

7	Über die Rechtmäßigkeit und die Einhaltung der europäischen Gesetze wacht …
A	die Europäische Kommission.
B	der Europäische Gerichtshof.
C	der Rat der Minister.
D	der Rat der Staats- und Regierungschefs in der EU.

8	Als Motor der EU, ausgestattet mit dem Recht Gesetze vorzuschlagen, bezeichnet man …
A	den Rat der Europäischen Union.
B	das Europäische Parlament.
C	den Rat der Staats- und Regierungschefs.
D	die Europäische Kommission.

9	Die wichtigste Voraussetzung, die ein Land erfüllen muss, um Mitglied der EU zu werden, ist, dass das Land …
A	eine starke Regierung hat.
B	viele Wirtschaftsgüter exportiert und importiert.
C	eine freiheitliche Demokratie ist.
D	seine Außengrenzen ohne fremde Hilfe sichern kann.

!
- Bei richtiger Lösung kommen A, B und D je zweimal und C dreimal vor.
- Übernimm die Merksätze in dein Heft und präge sie dir ein.

11 Friedenssicherung als Aufgabe internationaler Politik

Welche Chancen gibt es für eine friedlichere Welt?

1. Allein nachdenken
Welche Gedanken lösen das Foto und die Bildunterschrift in dir aus?

2. Zu zweit beraten
Zum Begriff „Frieden" fällt uns spontan ein: …

3. In der Klasse sammeln
Wo auf der Welt ist der Frieden bedroht?

Im Verlauf dieses Kapitels könnt ihr …

- Gefahren für den Frieden auf der Welt beschreiben,
- einen aktuellen Konflikt mithilfe der Konfliktanalyse untersuchen,
- in Kurzvorträgen die NATO und UNO vorstellen und die Präsentationen bewerten,
- über die Bedeutung und Erfolgschancen von Auslandseinsätzen der Bundeswehr diskutieren.

Eigene Schwerpunkte könnt ihr setzen, indem ihr …

- mithilfe der Konfliktanalyse einen weiteren aktuellen Konflikt analysiert,
- untersucht, welche Rolle Nichtregierungsorganisationen bei der Friedenssicherung spielen,
- in einem Rollenspiel eine Entscheidung des Weltsicherheitsrats nachspielt.

Die Taube ist ein uraltes vorchristliches Friedenssymbol.

1 Welche Gefahren bedrohen den Frieden?

Aufgaben von Friedenspolitik beschreiben

Menschen im Gazastreifen hofften bisher vergeblich auf Frieden.

*Merke ✓

Bots sind automatisierte Computerprogramme, die bevorzugt in sozialen Medien eingesetzt werden. Sie veröffentlichen in bestimmten Zeitabständen ohne menschliches Zutun Inhalte und Nachrichten.

A Beispiele für Bedrohungen

Fast täglich erreichen uns Nachrichten aus vielen Regionen, in denen der Frieden gefährdet ist oder sogar schon Menschen gegeneinander kämpfen. Die folgenden Texte schildern einige Gefahren. Besonders dramatisch ist, dass sie selten alleine auftreten, sondern sich gegenseitig verstärken. Die folgenden vier Materialien könnt ihr in Vierergruppen arbeitsteilig bearbeiten.

1. Internationaler Terrorismus

Terrorismus ist die Verbreitung von Angst und Schrecken mit den Mitteln brutalster Gewalt. Terroristen töten bewusst und mitleidlos eine möglichst große Zahl unbeteiligter Menschen. Die übergroße Mehrzahl der Anschläge wird in Afrika, dem Nahen Osten und Südasien verübt. Seit dem Höhepunkt 2014 ist die Gefahr geringer geworden: Die Zahl der jährlichen Todesopfer sank um über 50 Prozent. Terroristen wollen mit ihren Anschlägen möglichst viel Schrecken unter der Bevölkerung anrichten und diese einschüchtern, indem sie unbeteiligte Zivilisten in großer Zahl töten.

Bevorzugt wählen sie Anschlagsziele mit hohem Symbolwert aus: große Einkaufszentren und Bürogebäude, Museen, Kirchen und bekannte Plätze. Ihr Ziel ist es, möglichst große öffentliche Aufmerksamkeit zu erzielen, neue Anhänger zu gewinnen und in der Bevölkerung Zweifel an der politischen Führung und der westlichen Lebensweise zu schüren.

2. Neue Waffen – neue Kriege

Das Internet stellt eine neue Dimension dar, in der Kriege geführt werden können. Dabei richten sich die Angriffe durch Cyberwaffen wie Computerviren und Bots* gegen Regierungsnetzwerke, Infrastruktur oder geheime Forschungsanlagen. Sie können aber auch dem Ausspähen von Informationen oder der Datenmanipulation sowie der Desinformation dienen. Urheber können Einzelne, Terroristen, nichtstaatliche Gruppen oder Regierungen sein. Für einen Computerangriff werden nur wenige „Kämpfer" benötigt, um einen massiven Schaden anzurichten. Sie operieren im virtuellen Raum und sind damit auch nur selten zurückzuverfolgen, denn sie müssen zur Kriegsführung nicht die Grenzen ihres Landes beziehungsweise ihren Aufenthaltsort verlassen, umso schwieriger ist die Abwehr derartiger Angriffe. Bisher gibt es kein internationales Abkommen, das die Aufrüstung im virtuellen Raum kontrolliert und reguliert. Neben der neuen Dimension des Cyberangriffs sind durch den technologischen Fortschritt neue Waffensysteme entwickelt worden, die [...] möglichst große Zerstörung bei minimalem Einsatz [...] erreichen. Industriell fortschrittliche Länder setzen Hightech-Waffen wie Drohnen ein, um mithilfe von Satellitenbildern Ziele zu zerstören. [...] Waffensysteme, die ohne eine menschliche Steuerung agieren, werden bereits getestet, in der Luft und als unbemannte U-Boote. Verluste betreffen dann aufseiten der Angreifer nur noch das Material.

(Aus: Stiftung Jugend und Bildung (Hg.), Frieden und Sicherheit, Schülermagazin 2019, Berlin 2019, S. 8)

3. Regionale Konflikte

Mali galt lange Zeit als vorbildliches Beispiel einer afrikanischen Demokratie, in der viele unterschiedliche Völker trotz großer Armut friedlich zusammenlebten. Im Sommer 2012 besetzten nach einem Militärputsch das Wüstenvolk der Tuareg zusammen mit islamistischen Rebellen den Norden des Landes und errichteten dort eine Gewaltherrschaft auf der Grundlage des islamischen Rechts. Hunderttausende Menschen mussten fliehen. Zwar konnten die Rebellen dank internationaler Unterstützung zurückgedrängt werden, doch noch herrscht kein Frieden. Weitere Gründe für regionale Konflikte sind oft Spannungen zwischen verschiedenen Bevölkerungsgruppen und Religionen, Gebiets- und Machtansprüche, aber auch der Kampf um Bodenschätze. Sie können deshalb gefährlich werden, weil sie sich oft auf Nachbarstaaten ausweiten und ganze Regionen destabilisieren.

4. Klimawandel

Während die reichen und mächtigen Staaten der Welt die Folgen des Klimawandels kaum spüren, fürchten die Menschen in vielen Entwicklungsländern wegen der Erderwärmung um ihre Existenz. 32 Länder tragen Risikoexperten zufolge ein extrem hohes Risiko künftiger Schäden. So gut wie alle befinden sich in Afrika und Südasien. In allen Hochrisikoländern sei auch die Ernährungssicherheit gefährdet, so der Risikoexperte Jason McGeown. „Das vergrößert die Gefahr von Konflikten und gewaltsamen Unruhen." Die Folgen von Wasser- und Nahrungsmangel sowie dem Klimawandel können sich gerade in Ländern gegenseitig verstärken, die heute schon unter Gewalt leiden. Ein besonders eindrückliches Beispiel dafür ist der Bürgerkrieg in Syrien. Zahlreiche Syrer sind vor ihm geflüchtet, auch nach Deutschland. Der Konflikt wurde durch viele Faktoren ausgelöst. Aber Wassermangel, verursacht durch ausbleibenden Regen und Missmanagement, und die daraus resultierenden schlechten Ernten spielten nach Einschätzung von Fachleuten eine wesentliche Rolle.

(Nach: Alexandra Endres, Das globalisierte Risiko, DIE ZEIT online vom 29.10.2014, Hamburg, in: https://www.zeit.de/wirtschaft/2014-10/klimawandel-hunger-konflikt-risiko, letzter Zugriff: 14.07.2020)

Kriege 2020

Im Jahr 2020 zählte das Heidelberger Institut für Internationale Konfliktforschung **359 Konflikte weltweit**, 220 davon wurden gewaltsam ausgetragen. Folgende 21 Konflikte erreichten die höchste Intensitätsstufe eines Krieges:

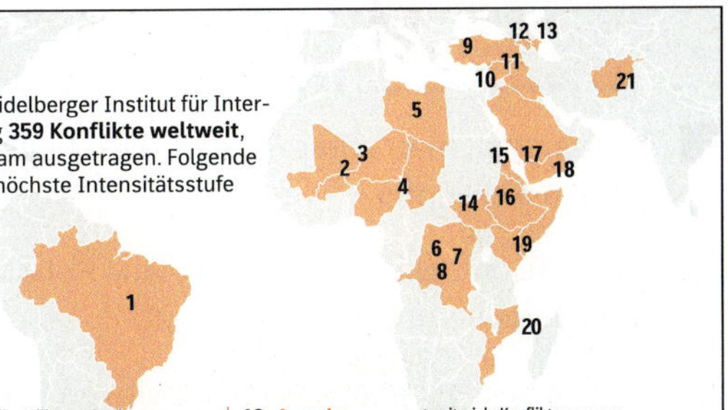

1	Brasilien	Drogenkartelle, Milizen – Regierung
2	Mali, Niger, Burkina Faso u. a.	islamistische Milizen JNIM, AQIM – Regierungen
3	Mali, Nigeria u. a.	islam. Miliz ISWAP – Regierungen
4	Nigeria, Tschad u. a.	islam. Miliz Boko Haram – Regierungen
5	Libyen	Opposition – Regierung
6	Dem. Rep. Kongo	islamistische Miliz ADF – Regierung
7		militante Milizen – Regierung (Ituri-Region)
8		Mayi-Mayi-Miliz, andere militante Gruppen – Regierung
9	Türkei	PKK/TAK – Regierung
10	Syrien	Opposition – Regierung
11	Syrien, Irak u. a.	Terrormiliz Islam. Staat – Regierungen
12	Armenien – Aserbaidschan	territoriale Konflikte, v. a. um Berg-Karabach-Region
13	Aserbaidschan	Regionalregierung Berg-Karabach – Regierung
14	Südsudan	interkommunale Konflikte
15	Äthiopien, Eritrea	Regionalreg. Tigray (TPLF) – Regierungen
16	Äthiopien	interkommunale Konflikte
17	Jemen, Saudi-Arabien	Huthi-Milizen – Regierungen
18	Jemen	al-Hirak-Milizen – Regierung
19	Somalia, Kenia	islam. Miliz Al-Shabaab – Regierungen
20	Mosambik	islam. Miliz ASWJ – Regierung
21	Afghanistan	Taliban, andere militante Gruppen – Regierung, Nato

Quelle: Heidelberger Institut für Internationale Konfliktforschung

Menschen können lernen, in Frieden miteinander zu leben. Nach zwei Weltkriegen haben wir in Mitteleuropa seit über 70 Jahren Frieden.

Dauerhaften Frieden wird es nie geben. Die Menschen sind nicht fähig, Konflikte friedlich auszutragen.

1. Fasse den Inhalt des von dir bearbeiteten Textes in eigenen Worten zusammen und stelle ihn in deiner Gruppe vor.

2. Erstellt gemeinsam eine Mindmap über die Gefahren für den Frieden.

3. Diskutiert in der Gruppe über die Positionen in den beiden Sprechblasen und stellt eure Ergebnisse in der Klasse vor.

Selbstständig weiterlernen mit Medien
Wähle aus der Karte eines der Länder aus und recherchiere die Hintergründe des Konflikts. Als Suchbegriffe kannst du die Stichwörter in der Tabelle verwenden.

B Frieden

1. Was versteht man unter Frieden? Beschreibe die beiden Friedenskonzepte.

2. Erläutere an zwei Beispielen, welche Politikbereiche Friedenssicherung heute umfasst.

3. Vergleiche den negativen und positiven Frieden unter den Aspekten nachhaltige Wirkung und Aufgaben für die Politik und Gesellschaft.

Teil 1: Friedensbegriffe im Wandel

Man könnte sagen, Frieden herrscht, wenn die Waffen schweigen. Und sicherlich ist es ein großer Fortschritt, wenn sich ehemals erbitterte Gegner/-innen einigen, auf Gewalt zu verzichten und einen Waffenstillstand zu beschließen. Diese Vorstellung von Frieden bezeichnet man als negativen Frieden. Doch ist das schon Frieden? Lange Zeit dachte man so. Dann kam man zu der Einsicht, dass Konflikte häufig soziale Ursachen haben, wenn zum Beispiel in einem Staat Minderheiten unterdrückt oder wirtschaftlich ausgebeutet werden. Darauf deutet auch die weltweit abnehmende Zahl von Kriegen zwischen Staaten und die zunehmende Zahl von Bürgerkriegen hin, in denen sich verfeindete Gruppen in einem Staat bekämpfen. In solchen Fällen wird die Gewalt nicht enden, bis die Ursachen beseitigt sind. Einige Forscher/-innen definieren deswegen Frieden als Zustand größtmöglicher sozialer Gerechtigkeit. Eine weitere wichtige Voraussetzung für Frieden ist danach, dass in einem Staat die Menschenrechte beachtet werden. Wo Menschen willkürlich verfolgt werden, wo gefoltert wird, wo keine Meinungsfreiheit garantiert wird, ist auch kein Frieden möglich. Rechtsstaatlichkeit und Demokratie sind weitere wichtige Bedingungen für einen stabilen Frieden. Tatsächlich hat die Geschichte gezeigt, dass demokratische Staaten seltener von Bürgerkriegen betroffen sind und auch weniger Kriege mit anderen Staaten führen. Diese umfassendere Konzeption, die auf den norwegischen Friedensforscher Johan Galtung zurückgeht, bezeichnet man als positiven Frieden.

*Merke ✓

Das **Peace-Zeichen** wurde nach dem Zweiten Weltkrieg dem Marine-Flaggenalphabet entnommen: Die beiden Diagonalen stehen für ein N, der gerade Mittelstrich für ein D. Ausgeschrieben bedeutet das „Nuclear Disarmement", auf Deutsch atomare Abrüstung. Der Kreis symbolisiert die Weltkugel.

Junge Geflüchtete haben aus Teelichtern das Peace-Zeichen* der Friedensbewegung gelegt.

Teil 2: Aufgaben von Friedens- und Sicherheitspolitik

Wenn man Frieden umfassend versteht, wird deutlich, dass Frieden nicht nur mit militärischen Mitteln und auch nicht nur durch den Staat gesichert werden kann. Friedenspolitik ist eine Aufgabe aller gesellschaftlichen Gruppen. Demnach ist Friedenspolitik auch Sozialpolitik, die das Ziel verfolgt, allen Menschen einen gerechten Anteil am wirtschaftlichen Wohlstand zu ermöglichen. Bildungspolitik kann ebenfalls Friedenspolitik sein, indem sie allen den Zugang zu Schulen und Bildungseinrichtungen ermöglicht und alle Bürgerinnen und Bürger soziale Aufstiegschancen wahrnehmen können. Auch Entwicklungspolitik leistet einen wichtigen Beitrag zum Frieden. Sie mindert soziale Spannungen in Entwicklungsländern und versucht, die Benachteiligung dieser Länder im Welthandel auszugleichen.

Auf internationaler Ebene bedeutet Sicherheits- und Friedenspolitik, dass Staaten untereinander Kontakte pflegen, bei Problemen miteinander verhandeln und sich in Organisationen wie der UNO und der NATO politisch zusammenschließen – denn die Bedrohungen machen vor Ländergrenzen nicht halt. Frieden besteht am wahrscheinlichsten da, wo man sich kennt und einander vertraut. Das zeigt auch das Beispiel der Europäischen Union, die den Staaten in Mitteleuropa die längste Friedensperiode in ihrer Geschichte beschert hat.

C Wir entwerfen eine Treppe zum Frieden

Einmal angenommen, in einem kleinen Land irgendwo in Afrika, Asien oder Südamerika herrscht viele Jahre lang ein Bürgerkrieg, in dem sich Angehörige verschiedener Volksgruppen bekämpfen. Auf Druck der UNO schließen die verfeindeten Parteien einen Waffenstillstand. Doch der Weg zum Frieden ist noch lang. Auf dieser Seite findet ihr Vorschläge für friedenspolitische Maßnahmen. Überlegt gemeinsam, wie ihr sie in eine sinnvolle Reihenfolge bringen könnt.

Euer Auftrag:

1. Zeichnet die Treppe in euer Heft.

2. Füllt die Treppenstufen stichwortartig aus.

3. Stellt eure Lösungen in der Klasse vor und besprecht sie.

Tipp: Das geht am besten in Partnerarbeit.

Alle Stämme des Landes erkennen die Regierung an. Sie erklären sich bereit, die Gesetze des Landes zu beachten. Die Menschenrechte werden gewährleistet.

Vertreter/-innen aller Gruppen und Stämme treffen sich zu Verhandlungen.

Der Staat ist selbst in der Lage, mit seiner Polizei und Armee für die Sicherheit des Landes zu sorgen.

In dem Land werden freie Wahlen durchgeführt. Die demokratisch gewählte Regierung nimmt ihre Arbeit auf.

Die Regierung investiert in Bildung und Gesundheitsversorgung. Alle Kinder, unabhängig von ihrer sozialen Schicht, erhalten eine gute Ausbildung.

Die wichtigsten Stämme und gesellschaftlichen Gruppierungen werden an der politischen Macht in gerechter Weise beteiligt.

Gewaltverzicht: Alle Parteien legen die Waffen nieder.

Wiederaufbaumaßnahmen und Entwicklungsprojekte können gewaltfrei durchgeführt werden.

Die Menschen erhalten das Recht, frei ihre Meinung zu vertreten und Parteien zu gründen.

???

???

2. Vertreter/-innen aller Gruppen und Stämme treffen sich zu Verhandlungen.

1. Gewaltverzicht: Alle Parteien legen die Waffen nieder.

2 Beispiel Nahostkonflikt: (kein) Frieden in Sicht?

Einen Konflikt analysieren

A Worum geht der Streit?

Der Konflikt zwischen Israelis und Palästinensern ist die Geschichte der Feindschaft zwischen zwei Völkern. Beide erheben Anspruch auf dasselbe Land: Palästina, das Heilige Land der Bibel.

Das Problem ist: Es geht um mehr als „nur“ Land. Es geht um Heimat. Identität. Gerechtigkeit. Und um Sicherheit. Der Konflikt hat in der Zeit seines Bestehens rund 116 000 Menschen das Leben gekostet, zwei Völker hat er über Generationen hinweg zutiefst traumatisiert*. [...]

* Merke ✓

traumatisieren = verletzen, schockieren

Die israelische Sicht

Stell dir vor, du bist seit sehr vielen Jahren heimatlos. Schlimmer noch: Du und deine Familie, ihr werdet seit sehr langer Zeit wegen eurer Religion verfolgt. Und noch viel schlimmer: Einem Teil deiner Familie und vielen Freunden wurde unvorstellbar Schreckliches angetan. Dann verspricht dir jemand ein Grundstück. Aber nicht irgendeines. Sondern eines, das für dich sehr bedeutsam ist. Weil schon deine Vorfahren vor langer Zeit dort gelebt haben, weil die Wurzeln deiner Religion dort liegen und damit auch deine eigenen. Weswegen du findest: Das versprochene Grundstück ist eigentlich die ganze Zeit schon dein Stück Land gewesen. Selbstverständlich wirst du es beackern und pflegen, sodass aus dem Grundstück, das du dein Eigen nennst, deine neue alte Heimat wird. [...]

Die palästinensische Sicht

Es gibt aber auch noch eine andere Seite: Stell dir vor, du wohnst mit deiner Familie auf einem Grundstück. Genauer gesagt hat deine Familie seit Generationen dort gelebt. Weswegen du selbstverständlich sagst: Dies ist dein Grundstück. Doch dann kommt eine andere Familie und beansprucht das Land für sich. Sie besetzen dein Haus, deinen Garten, sie zwingen dich und deine Familie zur Flucht. Sie sagen: Das hier ist nicht dein Grundstück – es ist meines. Schon immer gewesen. Sie weisen dir ein anderes Grundstück zu. Aber noch nicht einmal dort darfst du frei sein. Dabei wurde auch dir etwas versprochen, dafür hatten die Vorfahren deines Volkes sogar gekämpft: Freiheit. Doch jetzt musst du dich an die strikten Regeln halten, die die Besatzer dir auferlegen, weil sie mehr Gewehre haben und damit stärker sind als du.

(Aus: Esther Göbel: Der Israel-Palästina-Konflikt verständlich erklärt, 19.11.2019, in: https://krautreporter.de/2234-der-israel-palastina-konflikt-verstandlich-erklart, letzter Zugriff: 20.07.2020)

Eine meterhohe Sperrmauer trennt israelische und palästinensische Siedlungen

1. Fasse die israelische und palästinensische Sicht in eigenen Worten zusammen.
2. Betrachte das Foto und stelle erste Vermutungen an, warum dieser Konflikt um Land so schwierig zu lösen ist.
3. Begründe, warum Deutschland eine besondere Verbindung zu diesem Konflikt hat. S. 372

Konfliktanalyse
Thema: Nahostkonflikt

Worum geht es?

Selbst für politisch interessierte Menschen ist es oft sehr schwierig, zu erkennen, worum es bei einem Konflikt geht und welche Möglichkeiten zur Lösung infrage kommen. So besteht die Gefahr, dass man sich einfache Erklärungen zurechtlegt, Vorurteile und Feindbilder können verstärkt werden. Friedensforscher/-innen haben deshalb das Instrument der Konfliktanalyse entwickelt, das hilft, Konflikte besser zu verstehen und Lösungswege zu erkennen. Es ist grundsätzlich auf jeden Konflikt anwendbar. Dabei wird das Thema mithilfe von Leitfragen untersucht. Analyse bedeutet, dass man ein Thema in einzelne Aspekte zerlegt, diese zunächst getrennt untersucht und auswertet. Anschließend werden die Erkenntnisse zusammengefasst, geordnet und bewertet.

Vorbereitung und Durchführung

- Ihr könnt die Fragen arbeitsteilig in Gruppen bearbeiten.
- Lest dann die Materialien auf den Seiten 316 bis 318 und notiert die Antworten auf die Fragen am PC oder auf einer Folie.

Präsentation und Auswertung

Präsentiert eure Ergebnisse der Klasse. Versucht gemeinsam, das Ergebnis zu bewerten: Welche Erkenntnisse habt ihr aus der Analyse gewonnen? Wie könnte sich der Konflikt weiterentwickeln? Wie bewertet ihr die Lösungsansätze?

Leitfragen für die Konfliktanalyse

1. Ausgangslage

- Wer sind die Konfliktgegner?
- Welche Vorgeschichte hat der Konflikt?
- Was löste den Konflikt aus?
- Welche Ursachen sind erkennbar?

2. Konfliktverlauf

- Welche wichtigen Ereignisse kennzeichnen den Verlauf des Konflikts?
- Wie ist die aktuelle Situation?

3. Ziele und Interessen

- Welche Ziele und Interessen haben die Beteiligten?
- Wie sind die Machtverhältnisse zwischen den Gegnern?

4. Konfliktlösung

- Welche Lösungen streben die Beteiligten an?
- Wie sind die Lösungen zu bewerten? Orientiert euch dabei an folgenden Kriterien: Folgen für die Beteiligten, Beseitigung der Ursachen, Entspannung der Situation, Verbesserung des Verhältnisses zwischen den Beteiligten.

B Materialien zur Konfliktanalyse

1. Ausgangslage

Die Ursachen des Konflikts reichen bis in das 19. Jahrhundert zurück. Damals begannen jüdische Siedler, sich in Palästina niederzulassen. Der Grund: Sie wurden in Europa verfolgt und sie sahen in diesem Land am Jordan ihre ursprüngliche Heimat, in das vor langer Zeit Abraham* das jüdische Volk geführt hatte. Hier wollten sie nun einen jüdischen Staat gründen, wo die auf der Welt versprengten Juden zusammenleben können. Seit vielen Jahrhunderten lebten aber dort auch palästinensische Araber. Auch diese sahen das Land als ihre Heimat an und auch sie wollten hier einen eigenen Staat gründen. Das war ihnen bis dahin nicht möglich gewesen, weil Palästina bis 1920 unter türkischer Herrschaft stand und ab dann unter britischer Verwaltung.

Auf Beschluss der Vereinten Nationen endete 1948 die britische Verwaltung und es kam zur Gründung Israels. Die Palästinenser und die arabischen Staaten weigerten sich, die Staatsgründung anzuerkennen. Noch im gleichen Jahr kam es zum israelisch-arabischen Krieg, den Israel gewann. Hunderttausende Palästinenser verloren ihre Heimat. Sie und ihre Nachkommen leben heute noch in riesigen Flüchtlingslagern in Nachbarstaaten und in den palästinensisch verwalteten Gebieten.

@ | WES-122194-036
In diesem Video werden die Hintergründe des Nahostkonflikts anschaulich erklärt.

*Merke ✓
Abraham gilt als Stammvater Israels, aber auch der Araber. Von seinem Sohn Ismael soll der Prophet Mohammed abstammen.

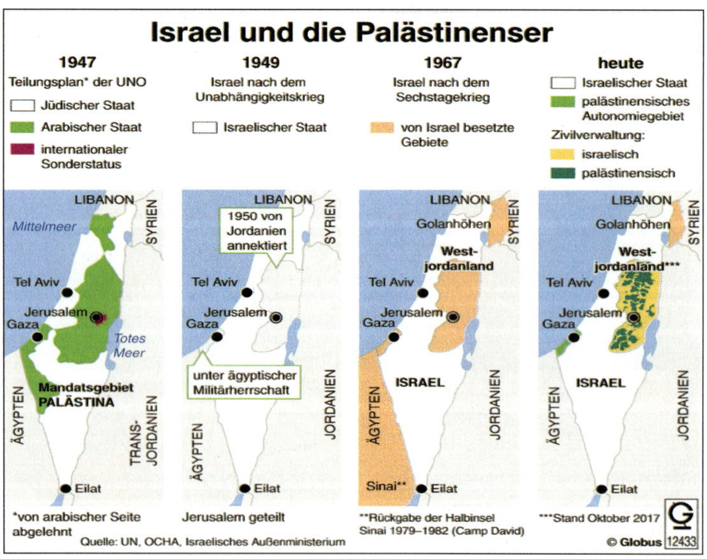

2. Konfliktverlauf

Auch nach dem israelischen Sieg von 1948 blieb die Lage kritisch. Es folgten mehrere weitere Kriege. Im sogenannten Sechs-Tage-Krieg erweiterte Israel 1967 sein Staatsgebiet, indem es die Golanhöhen, das Westjordanland, den Gazastreifen, die Sinai-Halbinsel und Ostjerusalem besetzte. Diese Gebiete konnte Israel auch halten, als es an einem der höchsten jüdischen Feiertage 1973 von Ägypten angegriffen wurde (Jom-Kippur-Krieg). Die ständigen Spannungen und enttäuschten Hoffnungen hatten innerhalb der palästinensischen Bevölkerung zu einer Radikalisierung geführt. 1964 gründeten sie die PLO (Palestine Liberation Organization). Diese führte wiederholt Terroranschläge durch. 1986 brach eine neue Welle der Gewalt aus. Junge Palästinenser erhoben sich gegen die israelischen Besatzer und griffen diese mit Steinen bewaffnet an. Bekannt wurde dieser Aufstand unter dem Namen Intifada, was Aufstand bedeutet.

1993 einigten sich Israel und die PLO auf einen Friedensplan, an dessen Ende ein eigenständiger palästinensischer Staat stehen sollte. Der Gazastreifen und das Westjordanland werden seither weitgehend eigenständig von einer palästinensischen Regierung verwaltet.

Doch der Plan scheiterte. Weitere palästinensische Aufstände folgten. 2002 begann Israel, das Westjordanland mit einer 8 Meter hohen Mauer zu umzäunen, um sich nach eigenen Angaben vor Terroranschlägen zu schützen. Auch in den folgenden Jahren kam der Friedensprozess nicht voran. Im Frühjahr 2021 flammte der Konflikt erneut auf: Die Palästinenser gefährdeten die Sicherheit israelischer Bürger mit Bombardements und verweigern Israel nach wie vor die Anerkennung als Staat. Der israelische Staat reagierte mit Luftangriffen auf den Gazastreifen. Nach wie vor bauen israelische Siedler neue jüdische Siedlungen und erschweren damit die Gründung eines palästinensischen Staates.

Immer wieder kommt es zu Gewaltausbrüchen zwischen jungen Palästinensern und israelischen Soldaten.

Jerusalem – die Heilige Stadt für Juden, Muslime und Christen

3. Ziele und Interessen: die wichtigsten Streitpunkte

Bau jüdischer Siedlungen/Abzug aus dem Westjordanland

Nach dem Sechs-Tage-Krieg begannen jüdische Siedler, sich in den besetzten Gebieten niederzulassen. Nach dem Völkerrecht sind diese Siedlungen unrechtmäßig. Israel weigert sich, die Siedlungen zu räumen, und baut im Westjordanland auch heute noch neue Siedlungen. Die große Zahl jüdischer Siedlungen erschwert die Gründung eines palästinensischen Staates. Rund 60 % des Westjordanlandes sind für Palästinenser inzwischen nicht nutzbar oder nicht zugänglich. Die Palästinenser fordern einen Siedlungsstopp.

Jerusalem

Jerusalem ist zugleich für Juden, Muslime und Christen eine heilige Stadt. Israel beansprucht Jerusalem ungeteilt als Hauptstadt. Diese Position wird nur von wenigen Staaten in der Welt geteilt – unter anderem von den USA, die 2018 ihre Botschaft von Tel Aviv nach Jerusalem verlegten. Die Palästinenser fordern den kompletten Ostteil als Hauptstadt des künftigen Palästinenserstaates.

Flüchtlinge

Rund fünf Millionen palästinensische Flüchtlinge leben noch heute in den Nachbarländern Israels. Sie sind 1948/1949 sowie 1967 vor dem Krieg in ihrem Heimatland geflohen. Die Vertreter der Palästinenser fordern für sie ein Rückkehrrecht. Die israelische Führung verweigert das strikt, weil dann der jüdische Charakter ihres Staates gefährdet werde. Sie wollen den Verzicht auf eine Rückkehr in dem Friedensvertrag festschreiben.

Grenzen

Der künftige Palästinenserstaat soll nach der Vorstellung der Palästinenser neben dem Gazastreifen das Westjordanland und Ostjerusalem umfassen – Gebiete, die Israel im Krieg von 1967 entgegen internationalem Recht besetzte. Aus Gaza hat sich Israel inzwischen zurückgezogen, beansprucht vom Westjordanland jedoch zumindest Teile für sich, weil dort sehr viele jüdische Siedler leben. Die israelische Regierung kündigte 2020 an, mit Unterstützung der USA Teile des besetzten Westjordanlandes in sein Staatsgebiet einzugliedern.

Wasser

Wasser ist im ganzen Nahen Osten Mangelware. Bisher kontrolliert Israel einen Großteil des Grundwassers im Westjordanland. Für die schnell wachsende palästinensische Bevölkerung ist der Zugang zu Wasser eine wichtige Zukunftsfrage. Einen Großteil des verfügbaren Wassers verschlingt die intensive exportorientierte Landwirtschaft Israels – Wasser, das den Palästinensern zur Bestellung ihrer Felder fehlt.

C Lösungsmöglichkeiten für den Konflikt

Karikatur: Jürgen Janson

Bereits der UN-Friedensplan von 1947 sah neben dem Staat Israel die Gründung eines palästinensischen Staates vor. Der UN-Sicherheitsrat hat dieses Ziel zuletzt 2016 mit der Stimme der USA bestätigt. Seither wurden viele Anläufe unternommen, um die Zwei-Staaten-Lösung zu realisieren. Doch alle Pläne scheiterten an den unüberbrückbaren Differenzen in Kernfragen bzw. an dem mangelnden Willen der Beteiligten zur Umsetzung. Im Januar 2020 legten der damalige amerikanische Präsident Donald Trump und der ehemalige israelische Regierungschef Benjamin Netanjahu einen neuen Plan vor, an dessen Entwicklung die palästinensische Seite nicht beteiligt war.

Was beinhaltet der Plan?

Grundsätzlich sieht der Plan die Gründung eines palästinensischen Staates vor. Zum palästinensischen Staatsgebiet sollen der komplette Gazastreifen und Teile der besetzten palästinensischen Gebiete [im Westjordanland] gehören. Die dann von Israel umschlossenen Staatsteile Palästinas sollen verbunden werden, zum Beispiel durch einen Tunnel.

- **Staatsgrenzen:** Jüdisch besetzte Gebiete im Westjordanland sollen zum israelischen Staatsgebiet gehören. Palästina werden verschiedene, benachbarte Gebiete zugesprochen, die teilweise durch Brücken und Tunnel verbunden sind. Die Palästinenser sollen im Westjordanland allerdings keine eigene Außengrenze bekommen.
- **Jerusalem:** Ostjerusalem, ein Vorort außerhalb der Sperranlage, soll dabei die Hauptstadt von Palästina werden; die Kernstadt Jerusalem soll die ungeteilte, alleinige Hauptstadt von Israel werden.
- **Besetzung und Siedlungen:** Der Siedlungsbau Israels in den besetzten Gebieten soll [...] ausgesetzt werden. Konkret bedeutet das: Die Israelis werden keine weiteren Siedlungen auf palästinensischem Gebiet bauen, dürfen in bereits gebauten Siedlungen jedoch weiterhin leben. [...]
- **Demilitarisierung:** Um die Sicherheit von Israel zu gewährleisten, sollen der zukünftige Staat Palästina sowie Nachbarländer demilitarisiert werden, das heißt Militär und Waffenlager verkleinern.
- **Wirtschaftshilfe:** Donald Trump verspricht den Palästinensern und benachbarten Staaten 50 Milliarden Dollar für den Aufbau ihrer Wirtschaft.

(Aus: Der Nahostkonflikt, Landeszentrale für politische Bildung Baden-Württemberg online, in: https://www.lpb-bw.de/nahostkonflikt, letzter Zugriff: 10.05.2021)

S M U H

D TEAM kontrovers: Ist die Zwei-Staaten-Lösung ein realistisches Friedensziel?

Ja!

Israelis und Palästinenser sind seit Jahrzehnten verfeindet. Frieden kann es nur geben, wenn ein eigenständiger Palästinenserstaat geschaffen wird. Im Prinzip haben beide Parteien dieser Lösung ja bereits zugestimmt. Für die Streitfragen findet sich eine Lösung, wenn Israelis und Palästinenser ernsthaft verhandeln.

Nein!

Beide Parteien haben sich bereits inoffiziell von diesem Ziel verabschiedet. Die Israelis, indem sie durch die Siedlungen auf palästinensischem Gebiet die Gründung eines Palästinenserstaats unmöglich gemacht haben. Die Palästinenser, indem sie nicht bereit sind, die Sicherheit israelischer Bürger vor Terrorangriffen zu garantieren.

E Perspektivwechsel: Wir vertreten Positionen von Israelis und Palästinensern

Frieden kann es nur geben, wenn Israelis und Palästinenser auf einen Teil ihrer Forderungen verzichten und sich auf Kompromisse einigen. Die Verhandlungspositionen könnt ihr in Form eines Perspektivwechsels durchspielen.

Forderungen der Israelis

- Die Sperrmauer rund um das Westjordanland bleibt, denn sie schützt die Bevölkerung vor Terrorangriffen.
- Alle palästinensischen Organisationen müssen das Existenzrecht Israels anerkennen.
- Hamas ist eine Terrororganisation. Sie darf sich nicht an einer palästinensischen Regierung beteiligen.
- Fortsetzung des Siedlungsbaus: Bereits 1922 hat der Völkerbund Juden das Recht eingeräumt, sich in allen Teilen Israels niederzulassen. Außerdem haben wir das Land 1967 in einem Verteidigungskrieg erobert. Auch in Israel ist ein Fünftel der Bevölkerung arabischer Herkunft.
- Jerusalem ist für alle Juden eine heilige Stadt. Sie muss ungeteilt Hauptstadt unseres Landes bleiben.
- Die Terrorangriffe auf israelische Bürger müssen gestoppt werden. Alle Palästinenser geben ihre Waffen ab.
- Die jüdischen Siedlungen im Westjordanland dürfen nicht zu einem palästinensischen Staatsgebiet gehören.

Forderungen der Palästinenser

- Die Sperrmauer muss abgebaut werden. Alle Palästinenser müssen sich frei bewegen können.
- Der Bau jüdischer Siedlungen im Westjordanland muss sofort gestoppt werden. Sie machen wegen der Zersiedelung unseres Landes die Gründung eines Palästinenserstaates unmöglich.
- Wir wollen in einem eigenen Staat leben, der von Israel anerkannt wird. Er umfasst Gaza, Westjordanland und Ostjerusalem.
- Jerusalem hat für alle Muslime eine herausragende religiöse Bedeutung. Ostjerusalem soll deshalb die Hauptstadt des neuen Staates werden.
- Die Hamas wurde in freien Wahlen in die Regierung der palästinensischen Autonomiebehörde im Gazastreifen gewählt. Israel muss sie anerkennen.
- Israel hat 1967 Gaza, das Westjordanland mit Jerusalem und die Golanhöhen widerrechtlich erobert. Es muss alle besetzten Gebiete räumen und das Militär abziehen.
- Solange die Besetzung palästinensischer Gebiete anhält, dürfen sich Palästinenser gegen die Unterdrückung ihrer Bevölkerung mit Waffengewalt wehren.

1. Teilt eure Klasse in zwei Gruppen auf, die jeweils die Positionen von Israelis und Palästinensern einnehmen. Diese könnt ihr wiederum in Kleingruppen untergliedern.
2. Überlegt anhand eurer Liste, auf welche zwei Forderungen ihr in eurer jeweiligen Rolle notfalls verzichten könntet und auf welche auf keinen Fall.
3. Präsentiert eure Ergebnisse entsprechend eurer Rolle vor der Klasse und begründet eure Entscheidung.
4. Diskutiert in der Klasse: Was müsste passieren, damit eine Einigung möglich wäre?
5. Fasst zum Abschluss der Beschäftigung mit dem Nahostkonflikt die wichtigsten Punkte zusammen: die Konfliktgegner, ihre Interessen, Lösungsmöglichkeiten und eure persönliche Einschätzung der Chancen auf Frieden.

3 Was leisten Nichtregierungsorganisationen für den Frieden?

Friedenspolitische Aktivitäten beurteilen

A Das Beispiel „Combatants for Peace"

*Merke ✓

Combatants (englisch) = Kämpfer

Mitten im Krieg legen Feinde ihre Waffen nieder und treten gemeinsam für Frieden ein. Nicht nur das macht die Combatants* for Peace weltweit einzigartig. Sie schaffen Raum für Begegnungen zwischen Menschen, die sich eigentlich abgrundtief hassen. Das macht Frieden wieder möglich und beugt weiterer Gewalt vor. [...]

Die Combatants for Peace sind eine [...] Friedensbewegung, die 2006 von ehemaligen israelischen Soldatinnen und Soldaten und palästinensischen Widerstandskämpferinnen und -kämpfern ins Leben gerufen wurde. Sie ist heute die größte binationale Organisation in Israel und den palästinensischen Gebieten – mit neun regionalen Gruppen, die alle mit israelischen und palästinensischen Menschen besetzt sind. Die Combatants for Peace treten konstruktiv für ein Ende der israelischen Besatzung, für Gewaltfreiheit, für Gerechtigkeit und Dialog zwischen israelischer und palästinensischer Bevölkerung ein. Es ist die einzige Organisation weltweit, in der bewaffnete Kämpferinnen und Kämpfer in einem anhaltenden Konflikt die Waffen niedergelegt haben, um sich gemeinsam für Frieden einzusetzen.

Auch die Frauengruppe „Women Wage Peace" setzt sich für eine Aussöhnung zwischen Isrealis und Palästinensern ein. Das Foto zeigt isrealische und palästinensische Aktivistinnen bei einem Friedensmarsch in Jerusalem.

Die Wirkung der persönlichen Begegnung

Die Combatants for Peace bauen auf die persönliche Begegnung. Bei sogenannten „In-House Meetings" treffen sich ehemalige Kämpferinnen und Kämpfer beider Seiten in privaten Wohnungen und erzählen sich ihre Geschichte. Zur alljährlichen Memorial Day Ceremony der Combatants for Peace kommen inzwischen mehrere Tausend Menschen, um gemeinsam der Opfer des Konflikts zu gedenken. [...]

Mit gemeinsamen Aktionen, darunter Theateraufführungen, Lesungen, Infoabende und Führungen durch die besetzten Gebiete, bringen die Combatants for Peace Menschen in Kontakt, die sich sonst nur an Militärcheckpoints kennenlernen. Mit Protestmärschen machen sie auf ihre Anliegen aufmerksam. Seit ihrer Gründung haben die Combatants for Peace viele Hundert Aktionen durchgeführt. Dabei sind sie aus tiefer Überzeugung der Gewaltfreiheit verpflichtet.

Jedes Mitglied [...] ist Zeugnis dafür, dass die Spirale aus Hass und Gewalt durchbrochen werden kann. Krieg ist kein Schicksal, sondern eine Entscheidung – es gibt einen Ausweg, so festgefahren die Situation auch scheinen mag, das ist die feste Überzeugung der Combatants for Peace.

(Aus: Combatants for Peace. Frieden in Sicht, Ziviler Friedensdienst online, Aktonsgemeinschaft Dienst für den Frieden e. V., in: https://www.ziviler-friedensdienst.org/de/partnerorganisation-cfp, letzter Zugriff: 10.05.2021)

1. Beschreibe die Aktionen und Ziele von Combatants for Peace.
2. Erkläre, warum die Organisation einzigartig ist.
3. Haltet ihr deren Beitrag für den Frieden für wichtiger, genauso wichtig oder weniger wichtig als die Arbeit von UNO und NATO? Diskutiert darüber in der Klasse.

B Hintergrund: Zivile Friedensarbeit

Was sind Nichtregierungsorganisationen?

Als Nichtregierungsorganisationen (NRO, englisch Non-Governmental Organization = NGO) bezeichnet man Organisationen und Initiativen, die unabhängig von Regierungen handeln. Weltweit gibt es über 55000 solcher Gruppen, Vereine und Initiativen, alleine in Deutschland mehrere Tausend. Sie arbeiten nicht gewinnorientiert, ihre Mitglieder engagieren sich größtenteils ehrenamtlich. NROs engagieren sich besonders in den Bereichen humanitäre Hilfe, Entwicklungspolitik, Menschenrechte und Umweltschutz.

Frieden und Entwicklung

Rund eine Milliarde Menschen auf der Welt müssen von weniger als 1,90 Dollar am Tag leben. Zwischen den ärmsten und reichsten Ländern der Erde, aber auch innerhalb der ärmsten Länder klafft eine Wohlstandsschere, die sich in den letzten Jahren weiter geöffnet hat: Wo es am Nötigsten zum Leben fehlt, wo Menschenrechte ständig verletzt werden und Menschen keinerlei Lebensperspektiven haben, entsteht ein Nährboden für Gewalt. Die meisten bewaffneten Konflikte finden in Entwicklungsländern statt. Armut, die Zerstörung der Umwelt und der Kampf um Wasser gelten als wesentliche Ursachen solcher Kriege.
Obwohl in vielen Ländern Kriege mit militärischen Einsätzen beendet werden konnten, ist rund ein Viertel der Menschheit weiter von Gewalt bedroht und damit in Not, wie 2011 ein Bericht der Weltbank feststellte. Die Bekämpfung von Armut ist folglich auch ein wichtiger Schwerpunkt der Entwicklungszusammenarbeit. Neben der Solidarität mit den Ärmsten geht es dabei auch um eigene Interessen. Denn im Zeitalter der Globalisierung wirken sich auch weit entfernte Konflikte auf die Sicherheit unseres Landes aus.

Ein Ana-Taban-Musiker vor einer Ana Taban Street Art.
„Ana Taban" nennt sich eine Bewegung im Südsudan, die der Bevölkerung nach einem schlimmen Bürgerkrieg mit unterschiedlichen Kunstformen neue Hoffnung und Toleranz vermitteln will. Ana Taban ist arabisch und heißt übersetzt „Ich bin müde".

Internetadressen für das WebQuest

Zahlreiche NGOs engagieren sich für Frieden und Entwicklung. Mithilfe eines WebQuests könnt ihr ihre Aktivitäten recherchieren:
www.welthungerhilfe.de
www.aerzte-ohne-grenzen.de
www.brot-fuer-die-welt.de
www.aktion-tagwerk.de
www.ziviler-friedensdienst.org

@ | WES-122194-037
Hier findet ihr zu den genannten Adressen.

1. Frieden und Entwicklung haben auf den ersten Blick nichts miteinander zu tun. Erkläre den Zusammenhang.
2. Führt ein WebQuest zu Nichtregierungsorganisationen durch und stellt diese in der Klasse vor. Folgende Aspekte solltet ihr berücksichtigen: Ziele, Handlungsfelder, Projektbeispiele, Mitglieder, Länder, in denen sie tätig sind.

4 Internationale Organisationen: Was leisten NATO und UNO für den Frieden?

Kurzvorträge bewerten

Im Auftrag internationaler Organisationen sind weltweit Menschen in Krisengebieten für den Frieden tätig und riskieren dafür nicht selten sogar ihr Leben. Welche Aufgaben diese Organisationen haben und was sie für die Friedenssicherung leisten, ist Thema in diesem und dem folgenden Unterkapitel. Ihr könnt die Materialien selbstständig erarbeiten und die Organisationen in Kurzvorträgen vorstellen.

A Wahlthema 1: NATO

Was ist die NATO?

Die NATO* (North Atlantic Treaty Organization, deutsch: Organisation des Nordatlantikvertrags) ist ein Militärbündnis, dem heute fast alle europäischen Staaten sowie die USA und Kanada angehören. Gegründet wurde sie 1949 – wenige Jahre nach dem Zweiten Weltkrieg. Im NATO-Vertrag verpflichteten sich alle Mitglieder, einander im Verteidigungsfall militärisch beizustehen (Artikel 5). Anfangs war das Hauptziel der NATO, einen Krieg zwischen den westlichen Mächten und dem Ostblock zu verhindern und im Falle eines Angriffs der Sowjetunion das Bündnisgebiet der Partner zu verteidigen.

Neue Aufgaben nach dem Zerfall des Warschauer Paktes

Nach dem Zerfall der Sowjetunion löste sich 1991 auch das östliche Gegenbündnis, der Warschauer Pakt, auf. Damit rückten andere Aufgaben in den Vordergrund.

Weltweiter Einsatz: Heute gehören Kriseneinsätze im Auftrag der UNO außerhalb des Bündnisgebietes zu den wichtigsten Aufgaben des Bündnisses, zum Beispiel in Afghanistan (2002 bis 2021) oder in Libyen (2011).

Stabilität und Frieden in Europa: Ein Beitrag dazu ist auch die Aufnahme vieler ehemaliger Mitglieder des Warschauer Paktes in das Bündnis.

Bekämpfung von Terrorismus: Der Terroranschlag vom 11. September 2001 auf das World Trade Center löste erstmals in der Geschichte der NATO den Bündnisfall aus.

Der Bündnisfall: Artikel 5 des Nordatlantikvertrags

„Die Parteien vereinbaren, dass ein bewaffneter Angriff gegen eine oder mehrere von ihnen in Europa oder Nordamerika als ein Angriff gegen sie alle angesehen wird; sie vereinbaren daher, dass im Falle eines solchen bewaffneten Angriffs jede von ihnen [...] der Partei oder den Parteien, die angegriffen werden, Beistand leistet, indem jede von ihnen unverzüglich für sich und im Zusammenwirken mit den anderen Parteien die Maßnahmen, einschließlich der Anwendung von Waffengewalt, trifft, die sie für erforderlich erachtet, um die Sicherheit des nordatlantischen Gebiets wiederherzustellen und zu erhalten."

(Aus dem Nordatlantikvertrag)

Das bedeutet, dass die Mitglieder den Anschlag als Angriff auf den Verbündeten USA betrachten und nach dem NATO-Vertrag verpflichtet sind, den USA militärische Beihilfe zu leisten. Die USA haben jedoch die Unterstützung der NATO nicht in Anspruch genommen.

Organisation

Das Bündnis hat seinen Sitz in Brüssel. Wichtigstes Organ der NATO ist der Nordatlantikrat. Er steuert alle Aktivitäten des Bündnisses. Den Vorsitz hat der Generalsekretär, der als Sprecher die NATO in der Weltöffentlichkeit vertritt.

* Zur NATO findest du auch Informationen im Glossar.

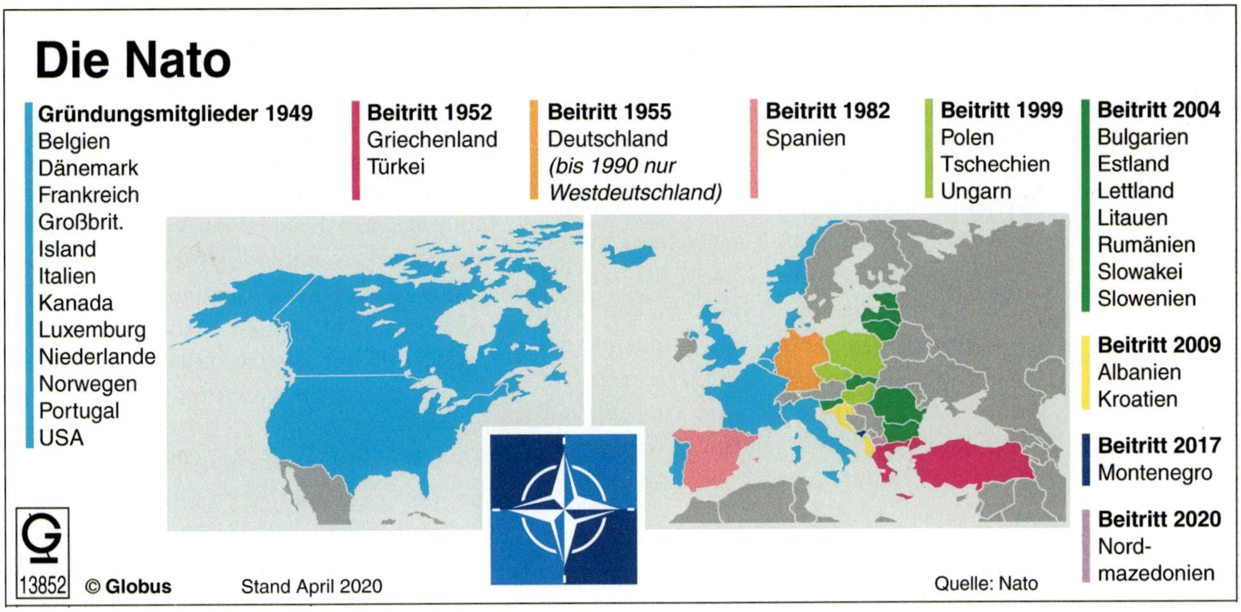

Zweimal pro Jahr treffen sich außerdem die Außen- und Verteidigungsminister/-innen der Mitgliedstaaten, etwa alle zwei Jahre die Regierungschefs auf den sogenannten NATO-Gipfeln, um aktuelle Fragen zu besprechen, aber auch die langfristige Strategie des Bündnisses festzulegen.

Herausforderungen für die Zukunft

Landesverteidigung: Die baltischen Mitgliedstaaten fühlen sich zunehmend von Russland bedroht. Sie fordern von der NATO größere Anstrengungen, um ihre Sicherheit zu garantieren. Das Verhältnis der NATO zu Russland gilt als gespannt. Beide Seiten provozieren immer wieder mit zusätzlichen Manövern an den Grenzen.
Finanzen: Das Bündnis hat seit Jahren große Geldprobleme. Die militärische Ausrüstung muss dringend modernisiert werden. Jeder Staat hat sich verpflichtet, zwei Prozent seines Bruttoinlandsprodukts für Rüstung auszugeben. Diesen Betrag erreichen neben den USA nur wenige Mitglieder. Die USA fordern nachdrücklich die Einhaltung des Versprechens.
Elektronische Kriegsführung (Cyberwar): Schon seit Jahren zeichnet sich ab, dass Kriege künftig immer stärker ins Internet verlagert werden. Zahlreiche Hackerangriffe auf die Computernetzwerke wichtiger politischer Einrichtungen, großer Unternehmen und Energieversorger in vielen Staaten verdeutlichen die Gefahr. Die NATO wird künftig stärkere Anstrengungen unternehmen müssen, um eine überzeugende Antwort auf diese neuen Bedrohungen zu finden.

Hauptquartier der NATO-Cyberabwehr im belgischen Mons

1. Bereitet einen Kurzvortrag zur NATO vor, in dem ihr auf folgende Fragen eingeht:
   - Was ist die NATO? Wer ist Mitglied?
   - Wie haben sich die Aufgaben der NATO gewandelt?
   - Welche Bedeutung hat der sogenannte Bündnisfall?
   - Wie ist die NATO organisiert?
   - Was sind die Herausforderungen?
2. Präsentiert die Vorträge und bewertet sie mithilfe der Methodenkarte auf der Seite 328.

Ist die NATO für die Zukunft gut gerüstet?

Eine Erfolgsstory

@ | WES-122194-001
Text ausführlicher

Auf dem Papier ist die NATO die mächtigste Militärallianz der Erde. Die Mitgliedschaft ist weiter begehrt. 13 Staaten sind in den vergangenen 20 Jahren beigetreten, weitere warten auf Aufnahme. Das Bündnis gilt als das erfolgreichste der Geschichte; es hat selbst den Moment überlebt, in dem sein Gründungszweck entfiel: die Auflösung des Warschauer Pakts 1991. Um Westeuropa vor der sowjetischen Bedrohung zu schützen, war die NATO 1949 gegründet worden. 30 Jahre dauert nun bereits dieses zweite Leben der NATO nach 1991.

Uneins über Ziele und Wege

[...] Die Zweifel an der Geschlossenheit des Bündnisses wachsen, weniger die an seiner militärischen Schlagkraft. Zu viele Mitglieder zerren in unterschiedliche Richtungen: die USA, Frankreich, die Türkei. [...] Die Hoffnung auf ein friedliches Zusammenleben nach Ende des Ost-West-Konflikts ist verflogen. [...]
Mehrere atomare Abrüstungsverträge laufen aus. Russland und die USA haben kein Interesse, zum Beispiel am Verbot atomarer Mittelstreckenwaffen festzuhalten, wenn es nur sie beide bindet, nicht aber China, Indien, Pakistan, den Iran. Russland hat nach NATO-Erkenntnis längst den Vertrag gebrochen und verbotene Atomwaffensysteme in Kaliningrad und anderswo aufgestellt. Wie soll das Bündnis reagieren?
Die USA tragen gut 70 Prozent der Verteidigungsausgaben der NATO. Noch immer, obwohl Europa nicht mehr ein kriegszerstörter Kontinent ist. [...] Wenn Europa realpolitisch denken und sich effektiv organisieren würde, bräuchte es den US-Schutz nicht unbedingt. [...] Doch Europa ist sicherheitspolitisch schlecht organisiert, noch viel schlechter als auf anderen Feldern der Machtpolitik. [...]

Wie soll die NATO auf die Probleme reagieren?

Europa ist gespalten in der Analyse der Bedrohungen und der Abwehrkonzepte. Im Osten sieht man Russland als größtes Risiko. Am Mittelmeer fürchtet man die Gefahren durch „Failed States", Bürgerkriege, Terrorgruppen und Migration aus Afrika und dem Nahen und Mittleren Osten. [...]
Der größte Elefant im Raum ist die Türkei. Sie verhält sich oft so, als seien die gemeinsamen Werte und Interessen der Allianz egal. Sie kauft S-400-Luftabwehrsysteme in Moskau – mit der Konsequenz, dass Russland Zugang zu sensiblen Militärdaten der NATO erhält. [...] Die Türkei bekämpft die kurdischen NATO-Verbündeten. Die Zerwürfnisse gehen so tief, dass viele fragen: Kann die Türkei NATO-Mitglied bleiben? Doch austreten wird sie nicht. Ausschließen kann die NATO sie nicht.

(Christoph von Marschall, Der gefährlichste Angriff auf das Verteidigungsbündnis kommt von innen, Der Tagesspiegel online vom 02.12.2019, Hamburg, in: https://www.tagesspiegel.de/politik/nato-gipfel-2019-der-gefaehrlichste-angriff-auf-das-verteidigungsbuendnis-kommt-von-innen/25287050.html, letzter Zugriff: 10.05.2021)

Karikatur: Klaus Stuttmann

1. Arbeite aus dem Text Erfolge und Probleme der NATO heraus.
2. Wie sieht der Karikaturist die NATO? Analysiere die Karikatur.
3. Beurteile den Zustand und die Zukunftschancen der NATO.

B Wahlthema 2: UNO

Aufgaben der UNO

Die UNO* ist die größte und wichtigste internationale Organisation zur Sicherung des Friedens in der Welt. Ihr gehören heute 193 der 194 Staaten der Welt an.
Nach dem Zweiten Weltkrieg schlossen sich am 26. Juni 1945 51 Staaten zu den „United Nations Organizations (UNO)“ zusammen. Deutschland gehört der UNO seit 1973 an.
Die UNO hat zum Ziel,
- den Weltfrieden und die internationale Sicherheit zu wahren,
- weltweit die Achtung der Menschenrechte durchzusetzen,
- freundschaftliche Beziehungen zwischen den Nationen zu wahren und zu fördern. Es gilt dabei der Grundsatz der Gleichberechtigung.

Alle Mitglieder der UNO haben die „Charta der Vereinten Nationen“ unterschrieben. Darin verpflichten sich diese,
- Streitigkeiten untereinander ausschließlich mit friedlichen Mitteln beizulegen,
- jede Androhung und Anwendung von Gewalt gegen die Unabhängigkeit oder das Territorium eines anderen Staates zu unterlassen,
- die Weltorganisation bei allen Maßnahmen zu unterstützen.

Die wichtigsten Organe der UNO

Generalversammlung

Die Generalversammlung besteht aus allen Mitgliedsländern der UNO. Jedes der 193 Länder hat eine Stimme. Auf der jährlichen Vollversammlung in New York, dem Hauptsitz der Weltorganisation, setzt sie sich für die Verwirklichung der Menschenrechte ein, lenkt die Aufmerksamkeit des Sicherheitsrats auf Gefährdungen des Weltfriedens und erörtert Fragen der Abrüstung. Die Generalversammlung kann an Krisenherden Untersuchungen durchführen und Empfehlungen zur Konfliktregelung aussprechen. Alle zwei Jahre wählt sie die zehn nichtständigen Mitglieder des Sicherheitsrates.

Generalsekretär

Alle fünf Jahre wählt die Generalversammlung auf Empfehlung des Sicherheitsrats den Generalsekretär, den obersten Verwaltungsbeamten der UNO. Sie oder er reist in Krisengebiete, führt Gespräche mit Regierungen und macht Vorschläge zur Beilegung von Konflikten. An den Sitzungen des Sicherheitsrats nimmt sie oder er teil und lenkt dort die Aufmerksamkeit auf die Probleme der Welt.

Sicherheitsrat

Der Sicherheitsrat ist verantwortlich für die Wahrung des Weltfriedens. Er setzt sich aus fünf ständigen Mitgliedern (China, Frankreich, Großbritannien, Russland, USA) und zehn nichtständigen Mitgliedern zusammen. Diese werden von der Generalversammlung auf zwei Jahre gewählt. Der Sicherheitsrat kann Empfehlungen aussprechen, wie die streitenden Länder ihre Konflikte friedlich beilegen können. Als einziges Organ der UNO kann er verbindliche Beschlüsse fassen und auch Zwangsmaßnahmen gegen ein Mitglied anordnen. Gegen die Beschlüsse des Sicherheitsrats können die fünf ständigen Mitglieder von ihrem Vetorecht Gebrauch machen und damit mit einer einzigen Stimme einen Beschluss verhindern.

* Zur UNO findest du auch Informationen im Glossar.

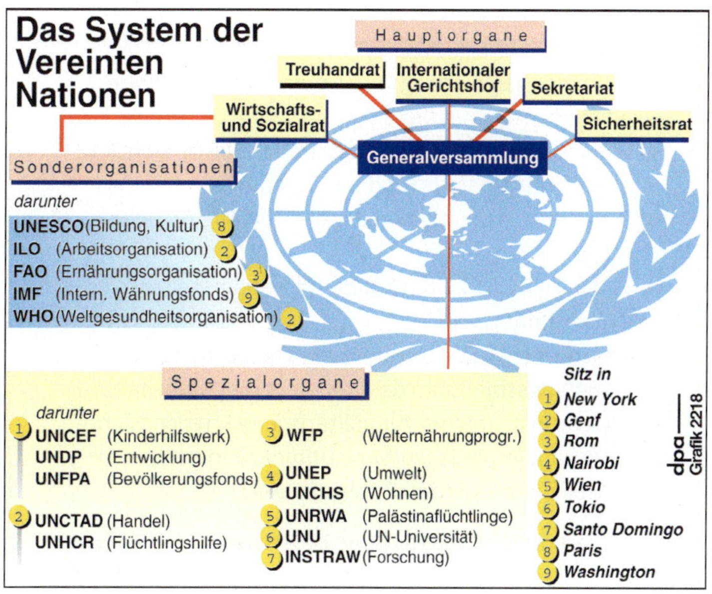

Nach der Farbe ihrer Kopfbedeckung werden UN-Soldaten Blauhelme genannt.

Maßnahmen des Sicherheitsrats

Wenn sich ein Konflikt anbahnt, wird der Sicherheitsrat zunächst versuchen, die verfeindeten Parteien mit friedlichen Mitteln, wie Untersuchungen und Verhandlungen, zum Einlenken zu bringen. Wenn diese Versuche erfolglos sind, kann er Sanktionen* verhängen. Das können zum Beispiel Wirtschaftsembargos* sein, bei denen der Handel mit den betroffenen Staaten untersagt wird, oder auch die Sperrung von Auslandskonten, um zum Beispiel uneinsichtige Konfliktparteien in finanzielle Schwierigkeiten zu bringen. Scheint kein anderer Ausweg möglich, kann der Sicherheitsrat den Einsatz militärischer Mittel anordnen. Dazu stehen ihm mehrere Möglichkeiten zur Verfügung.

*Merke ✓

Sanktionen sind Maßnahmen, mit denen man eine Verhaltensänderung erzwingen will.
Als **Embargo** bezeichnet man ein Verbot des Im- und Exports von Gütern und Dienstleistungen.

Peacekeeping (Friedenssichernde Einsätze)

Im Auftrag der UNO werden leicht bewaffnete Truppen, aber auch zivile Helfer aus verschiedenen Mitgliedstaaten der UNO in Konfliktgebieten eingesetzt. Blauhelmsoldaten werden zunächst nur eingesetzt, um einen Waffenstillstand zu überwachen. Sie dürfen nur zur Selbstverteidigung zu den Waffen greifen.
Heute übernehmen UN-Truppen in den betroffenen Staaten zusätzlich auch vielfältige zivile Aufgaben. So überwachen sie zum Beispiel Wahlen, sorgen für die Einhaltung von Menschenrechten und helfen beim Wiederaufbau der zerstörten Länder mit.

Robustes Peacekeeping

In den 1990er-Jahren zeigte sich, dass die klassischen Blauhelmtruppen an ihre Grenzen stießen: So konnten Friedenstruppen der UNO zum Beispiel 1994 in Ruanda einen Völkermord mit über 800 000 Opfern nicht verhindern. Zunehmend wurden auch UN-Soldaten selbst zu Opfern von Gewalttaten. Daher erhielten Blauhelm-Truppen in der Folgezeit das Recht, ihren Auftrag notfalls auch mit Waffengewalt zu verfolgen. Das bezeichnet man als robustes Peacekeeping. Diese Aufgaben können auch NATO-Truppen übertragen werden, wie dies zum Beispiel in Libyen 2011 der Fall war.

1. Bereitet einen Kurzvortrag vor, in dem ihr auf folgende Fragen eingeht:
   - Welche Ziele verfolgt die UNO und welche Pflichten ergeben sich daraus für die Mitglieder?
   - Was sind die wichtigsten Organe der UNO, welche Aufgaben haben sie?
   - Welche Möglichkeiten hat der Weltsicherheitsrat in Krisensituationen?
   - Welche Auswirkungen kann das Vetorecht auf den Handlungsspielraum des Weltsicherheitsrats haben?
   - Welche Instrumente zur militärischen Friedenssicherung hat die UNO? Wodurch unterscheiden sie sich?
   - Wie bewerten wir den Erfolg der UNO?
2. Präsentiert die Kurzvorträge und bewertet sie mithilfe der Methodenkarte Seite 328.

Wie erfolgreich ist die UNO?

„Künftige Generationen vor der Geißel des Krieges bewahren", will die UNO. Gemessen an diesem Ziel sind ihre inzwischen 193 Mitgliedstaaten gescheitert: In den letzten 70 Jahren fanden weltweit über 260 bewaffnete Konflikte statt, oftmals verbunden mit Völkermord und anderen schweren Menschenrechtsverletzungen.

Aber ohne die UNO hätten viele dieser Konflikte noch länger gedauert. Viel mehr Menschen wären gestorben. Ohne die UNO wäre es wahrscheinlich zu einem dritten Weltkrieg gekommen. Im UNO-Sicherheitsrat wurden vielfach Situationen entschärft, in der die Welt kurz vor einem atomaren Krieg stand. Und ohne die UNO und ihre humanitären Unterorganisationen wären Hundert Millionen Opfer von Naturkatastrophen, Hungersnot und Vertreibung in den letzten 70 Jahren nicht versorgt worden. Schließlich hat die UNO den Rahmen für die Vereinbarung zahlreicher internationaler Normen, Regeln und Verträge geboten – unter anderem zu Rüstungskontrolle und Abrüstung, Menschenrechten, Umweltschutz und Sozialstandards. Diese Normen, Regeln und Verträge haben die Erde zwar nicht in ein Paradies verwandelt, aber sie trugen dazu bei, das Leben für viele der inzwischen über 7 Milliarden Erdbewohner/-innen zu verbessern.

(Aus: Andreas Zumach: Die UNO muss reformiert werden, taz online vom 26.06.2015, in: https://taz.de/70-Jahre-Vereinte-Nationen/!5206941/, letzter Zugriff: 10.05.2021)

Reformbedürftig, doch unersetzlich?

75 Jahre nach der Unterzeichnung ihrer Charta haben die UN ungemein an Glanz verloren. [...] Ihre Strukturen sind nicht mehr zeitgemäß, Länder des globalen Südens unterrepräsentiert. Das hat die UN oft daran gehindert, eine Ordnungsmacht in Konflikten zu sein. Eines der grausamsten Kapitel in ihrer Geschichte war der Völkermord in Ruanda 1994. Als mehrere Monate vor Beginn des Genozids [= Völkermords] der Befehlshaber der UN-Hilfsmission in Ruanda in einem Telegramm die Zuständigen zum Handeln drängte, nahm der Sicherheitsrat die Berichte über Menschenrechtsverletzungen nicht ernst. [...]

Die Vereinten Nationen sind trotz ihrer Defizite – auch das muss in einer Bilanz aufgeführt werden – schlichtweg alternativlos. Kein Gremium könnte an ihrer Stelle die wichtigste Aufgabe der UN schultern: die Sicherung des Weltfriedens. Wer sollte das übernehmen? Die Nato, die EU? Undenkbar. Ohne globalen Vermittler wären Staaten heute nicht in der Lage, ihren [Streit] friedlich zu lösen. [...]

Der einstige Generalsekretär Dag Hammarskjöld brachte die Frage nach dem Sinn der Organisation vor mehr als einem halben Jahrhundert auf den Punkt: Die UN seien nicht geschaffen worden, um die Menschheit in den Himmel zu bringen, sondern um sie vor der Hölle zu bewahren.

@ | WES-122190-001
Text ausführlicher

(Aus: Anna Reuß, Warum die UN unersetzlich sind, Süddeutsche Zeitung online vom 23.10.2020, in: https://www.sueddeutsche.de/politik/vereinte-nationen-un-75-jahre-1.5092170, letzter Zugriff: 10.05.2021)

Karikatur: Ioan „Nel" Cozacu

1. Arbeite aus dem Text Erfolge und Rückschläge der UNO heraus.

2. Die Karikatur thematisiert aktuelle Probleme der UNO. Analysiere sie.

3. Wie bewertest du die Arbeit der UNO: sehr erfolgreich, weniger oder gar nicht erfolgreich? Begründe dein Urteil.

Bewertung von Kurzvorträgen
Thema: UNO, NATO

Beurteilungsbogen für Kurzvorträge								
		mögliche Punktzahl	erreichte Punktzahl	Vortragende von A bis Z				
				A	B	C	D	E
A	**Die Sache**							
1.	Wurde zu Beginn des Vortrags das Thema deutlich benannt und erklärt?	0–2						
2.	War der Vortrag anschaulich und gut gegliedert?	0–4						
3.	Wie gut verständlich und wie lehrreich war er für die Zuhörerinnen und Zuhörer?	0–4						
4.	Enthielt der Vortrag eine angemessene Menge an Informationen?	0–3						
5.	Gab es am Ende eine Zusammenfassung und einen gut nachvollziehbaren Abschluss?	0–2						
		15 Punkte						
B	**Die Personen**							
6.	Haben die Vortragenden die Aufmerksamkeit der Klasse abgewartet und in Ruhe eröffnet?	0–2						
7.	Wurde Blickkontakt zum Publikum hergestellt und gehalten?	0–1						
8.	Wurde klar, laut und deutlich, frei und in angemessenem Tempo gesprochen?	0–2						
9.	War erkennbar, dass die Vortragenden sich gut vorbereitet haben?	0–3						
10.	War das äußere Erscheinungsbild der Vortragenden der Situation angemessen (Art des Auftretens, Körperhaltung etc.)?	0–2						
		10 Punkte						
C	**Sonderpunkte**							
11.	Können ein oder mehrere Zusatzpunkte für besondere Einfälle und Leistungen gegeben werden?	0–2						
		2 Punkte						

Worum geht es?

Wenn ihr im Unterricht einige Routine in der Präsentation von Kurzvorträgen gewonnen habt, könnt ihr darangehen, eure Kurzvorträge zur Friedenssicherung einer genaueren Beurteilung zu unterziehen und den Vortragenden Rückmeldung über die Wirkung ihrer Vorträge geben. Das nennt man Feedback.

Wie könnt ihr vorgehen?

Den Fragebogen auf dieser Seite solltet ihr für alle Schülerinnen und Schüler kopieren, damit ihr eure Bewertungen eintragen könnt. Ihr vergebt Punkte für die einzelnen Bewertungsmerkmale und zählt am Ende eure Gesamtpunktzahl zusammen.

Was solltet ihr noch beachten?

Während des Vortrags sollte sich das Publikum auf das Zuhören und Zuschauen konzentrieren. Den Fragebogen könnt ihr im Anschluss daran ausfüllen. In der Phase der Besprechung der Vorträge sollte die gegenseitige Hilfestellung vor der gegenseitigen Kritik im Vordergrund stehen. Später in der Berufsausbildung könnt ihr davon ausgehen, dass solche Beurteilungsbögen als Grundlage für eine Leistungsbewertung herangezogen werden. Der Fragebogen auf dieser Seite wurde von Lehrkräften und Schülerinnen und Schülern gemeinsam erarbeitet.

C Organisationen-Bingo: Wie gut kennst du die NATO und UNO?

Beim Organisationen-Bingo könnt ihr auf spielerische Weise überprüfen, welche Informationen ihr euch während der Kurzvorträge über die NATO und UNO merken konntet. Nicht du selbst sollst die richtigen Antworten finden, vielmehr suchst du für jede Karte jemanden, der die Antworten notiert.

Euer Auftrag:

1. Übertragt die Karten auf ein leeres Blatt Papier oder kopiert diese Seite.
2. Auf ein Startsignal hin versucht ihr, so schnell wie möglich eine Mitschülerin oder einen Mitschüler zu finden, die bzw. der jeweils ein Kärtchen ausfüllen kann. Beachtet dabei, dass ihr für jedes Kärtchen eine andere Person finden müsst.
3. Gewonnen hat, wer als Erste/-r alle Kärtchen ausgefüllt hat. Er oder sie ruft dann laut „Bingo!“.
4. Das Spiel dauert so lange, bis fünf Schülerinnen oder Schüler „Bingo“ gerufen haben.
5. Vergleicht anschließend in Kleingruppen eure Lösungen.

1. Die UNO hat heute … Mitglieder.

Unterschrift:

2. Der Generalsekretär der UNO hat die Aufgabe …

Unterschrift:

3. Das Vetorecht bedeutet, dass …

Unterschrift:

4. Als einziges Organ der UNO kann der Weltsicherheitsrat Folgendes anordnen.

Unterschrift:

5. Blauhelmsoldatinnen und -soldaten werden so genannt, weil …

Unterschrift:

6. Die wichtigste Aufgabe der UNO ist die …

Unterschrift:

7. Die NATO hat ihren Sitz in …

Unterschrift:

8. Eine wichtige Aufgabe der NATO ist: …

Unterschrift:

9. Die NATO ist ein …bündnis.

Unterschrift:

S M U H

5 Wie soll der Weltsicherheitsrat entscheiden?

Eine Sitzung des Rates im Rollenspiel durchführen

So könnt ihr vorgehen:

1. Bildet Gruppen mit jeweils fünf Teilnehmerinnen und Teilnehmer. Jedes Gruppenmitglied vertritt die Meinung eines Mitglieds im Sicherheitsrat.
2. Jedes Gruppenmitglied arbeitet alleine die Information zum Fall und die Rollenkarte durch, bildet sich ein Urteil und bereitet eine kurze Rede vor dem Sicherheitsrat vor, in der es seinen Standpunkt begründet.
3. Diskutiert im „Weltsicherheitsrat" entsprechend eurer Rolle, ob und welche UNO-Maßnahme hier sinnvoll ist.
4. Testet die Möglichkeit einer einstimmigen Entscheidung.
5. Nach einer vorher vereinbarten Zeit stellen die Gruppen ihre Entscheidung in der Klasse vor.

Der Weltsicherheitsrat tagt

Der Weltsicherheitsrat ist für die Wahrung des Weltfriedens zuständig. Zur Verhütung und Beendigung von Konflikten stehen ihm verschiedene Mittel zur Verfügung.

Ihr könnt eine Sitzung des Sicherheitsrats im Rollenspiel nachspielen. Teilnehmer/-innen sind die fünf ständigen Mitglieder des Sicherheitsrats: China, Frankreich, USA, Russland und Großbritannien. Eure Aufgabe besteht darin, Empfehlungen zur Entschärfung eines Konflikts zu erarbeiten und zu entscheiden, ob die UNO in diesen Konflikt eingreifen soll. Der Fall ist erfunden, doch die Probleme sind real. Natürlich könnt ihr im Rollenspiel nicht die tatsächlichen Positionen dieser Staaten vertreten, da sie nicht bekannt ist. Wie in Wirklichkeit jedoch müssen eure Entscheidungen im Sicherheitsrat einstimmig gefasst werden.

Angenommen, dass ... Bürgerkrieg in Malawesi

Stellt euch Malawesi als einen kleinen Staat irgendwo in Afrika vor. Bis 1963 war Malawesi eine französische Kolonie. Noch heute leben dort viele französische Staatsbürgerinnen und -bürger, die sich auf dem Land als Farmer niedergelassen haben. Wie viele Staaten in Afrika ist Malawesi heute ein Vielvölkerstaat. Die beiden größten Bevölkerungsgruppen sind die wirtschaftlich und politisch sehr einflussreichen Tulugis im Süden des Landes sowie das Hirtenvolk der Kawangas im Norden. Das Land ist im Süden sehr fruchtbar und verfügt über reichhaltige und seltene Bodenschätze, die von einer chinesischen Gesellschaft abgebaut werden.

In der jungen Geschichte des Landes kam es immer wieder zu blutigen Machtkämpfen zwischen den beiden verfeindeten Stämmen. Zuletzt als General Makuti, ein Kawanga, durch einen Putsch mit Waffengewalt die Macht übernahm. Er will gewaltsam einen islamischen Staat nach dem Vorbild des Iran schaffen. Die Schulen wurden geschlossen, Frauen durften nur noch vollverschleiert auf die Straßen und keinen Beruf ausüben. Die wichtigsten Positionen in Wirtschaft und Politik sind mit Kawangas besetzt. Inzwischen konnte die verbotene Bewegung „Demokratie jetzt" viele neue Anhänger gewinnen, besonders unter den Tulugis. Als General Makuti eine Versammlung der Demokratiebewegung mit Waffengewalt auflöst, kommt es zu blutigen Auseinandersetzungen zwischen den Volksgruppen. In kürzester Zeit greift der Krieg auf das ganze Land über. Es kommt zu einer Hungersnot, Hilfsgüter können wegen des Krieges jedoch nicht verteilt werden. Fast täglich erscheinen in den Medien Bilder von verhungernden Menschen. Sowohl aufseiten der Regierung als auch von den Rebellen kommt es zu zahlreichen Menschenrechtsverletzungen. Nachdem die Rebellen die Hauptstadt erobert haben, schließen die beiden Parteien einen Waffenstillstand. Doch Anhänger des Generals überfallen immer wieder Dörfer und greifen die ehemaligen Rebellentruppen an. Nach dem langen Bürgerkrieg sehnt sich die Bevölkerung nach Frieden.

Rollenkarten

Frankreich
tritt für ein Engagement der UNO ein. Es befürchtet einen großen Flüchtlingsandrang aus der ehemaligen Kolonie. Zudem sieht es die Sicherheit der französischen Siedler/-innen in dem Land gefährdet.

China
hat großes Interesse an Rohstoffen des Landes. Es investiert seit Jahren große Summen in die Infrastruktur des Landes, vor allem in das Straßennetz. China will unbedingt stabile politische Verhältnisse in Malawesi und tritt daher für einen Blauhelmeinsatz ein.

Russland
ist gegen ein Eingreifen. Es befürchtet, dass sein Einfluss in Afrika weiter schwindet, wenn sich die UNO in Malawesi engagiert. Zudem hat Russland General Makuti in der Endphase des Kampfes mit Waffen beliefert.

Großbritannien
sieht die Kostenfrage als Haupthindernis für ein Eingreifen der UNO. Schon jetzt befinde sich die UNO in großen Zahlungsschwierigkeiten. Zudem sind die bisherigen Erfahrungen der UNO in Afrika nicht ermutigend.

Die USA
haben an Afrika grundsätzlich kein großes Interesse und betrachten den Bürgerkrieg als innerafrikanische Angelegenheit. Auf der anderen Seite beobachten sie misstrauisch den wachsenden Einfluss Chinas. Sie sind noch unentschlossen, könnten sich jedoch vorstellen, einem Einsatz afrikanischer Blauhelme zuzustimmen.

6 Warum werden deutsche Soldaten im Ausland eingesetzt?
Eine Pro-Kontra-Diskussion führen

A Eine Einstiegsübung für alle

Kannst du dir vorstellen, dich bei der Bundeswehr zu verpflichten und an einem Auslandseinsatz teilzunehmen? Tauscht eure Gedanken dazu aus.

B Welche Aufgaben hat die Bundeswehr bei Auslandseinsätzen? – Zwei Beispiele

1. UN-Mission „MINUSMA" in Mali (Afrika)

Mit über 1000 Soldatinnen und Soldaten beteiligt sich die Bundeswehr an der UN-Blauhelmmission, die auch den Einsatz von Waffengewalt erlaubt. Der aktuelle Auftrag hat zum Ziel, die Sicherheitslage im Land zu stabilisieren, in dem seit vielen Jahren ein Bürgerkrieg zwischen islamistischen Rebellen und Regierungstruppen stattfindet. Im bisher gefährlichsten Einsatz hat die Bundeswehr unter anderem die Aufgabe, die UN-Truppen bei der Aufklärung und der Ausbildung der malischen Armee zu unterstützen.

2. NATO-Mission „Sea Guardian"

Im Auftrag der NATO beteiligt sich die deutsche Marine seit 2016 an einem Einsatz im Mittelmeer. „Sea Guardian" soll die Sicherheit im Mittelmeer und dem darüberliegenden Luftraum sicherstellen. Zu den Aufgaben der Bundeswehr gehört es u.a., Schiffe zu kontrollieren, die verdächtigt werden, Verbindungen zu terroristischen Vereinigungen zu haben. Zudem unterstützt Sea Guardian den NATO-Einsatz-Verband bei der Bewältigung der Flüchtlingskrise.

Soldatinnen und Soldaten bei ihrem Einsatz im Mittelmeer

C Hintergrund: Warum gibt es „Out of area"-Einsätze?

Anfang der 1990er-Jahre beteiligte sich die Bundesrepublik erstmals an bewaffneten internationalen Friedenseinsätzen. Bis dahin hatte es nur humanitäre Hilfseinsätze gegeben. Mit dem Ende des Kalten Krieges hatten sich die sicherheits- und außenpolitischen Herausforderungen gewandelt: Gewaltsame Konflikte zwischen Staaten oder Bündnissen wurden unwahrscheinlicher, die Zahl innerstaatlicher Konflikte stieg dagegen an.
Auch am wiedervereinigten Deutschland ging dieser Wandel nicht spurlos vorüber: Die Bundesrepublik sah sich mit der internationalen Forderung konfrontiert, eine größere Rolle bei der Erhaltung und Sicherung des Friedens in weltweiten Krisengebieten, zu übernehmen. Erste größere Missionen führten deutsche Soldaten 1991 und 1992 nach Kambodscha und Somalia – jeweils unter UN-Mandat, aber ohne vorherige Einwilligung des Bundestags. [...] Waren deutsche Streitkräfte während des Kalten Krieges allein zur militärischen Abschreckung sowie zur Landes- und Bündnisverteidigung aufgestellt, sollte sich die Bundeswehr nun auch aktiv und weltweit an bewaffneten Friedensmissionen in Krisengebieten beteiligen.

(Aus: Vor 25 Jahren: Bundesverfassungsgericht billigt Auslandseinsätze, Bundeszentrale für politische Bildung online vom 08.07.2019, in: https://www.bpb.de/politik/hintergrund-aktuell/188072/urteil-zu-auslandseinsaetzen, letzter Zugriff: 10.05.2021)

Die „Out of area"-Debatte

Darf die Bundeswehr Soldatinnen und Soldaten in Länder schicken, die nicht zum Bündnisgebiet der NATO gehören? Diese Frage war in Deutschland sehr umstritten.

Im Zentrum der Diskussion stand die Frage, ob ein Einsatz mit dem Grundgesetz vereinbar sei und welche Rolle dabei der Bundestag spielen sollte.
In einem Grundsatzurteil bestimmte das Bundesverfassungsgericht 1994, dass das Grundgesetz sogenannte Out-of-area-Einsätze erlaubt, allerdings unter bestimmten Voraussetzungen: Der Bundestag muss dem Einsatz zustimmen. Wenn Gefahr droht, kann die Zustimmung des Parlaments auch nachträglich erfolgen. Verweigert der Bundestag diese, müssten allerdings die Streitkräfte zurückgerufen werden.
Trotz des klärenden Verfassungsgerichtsurteils vertreten die Parteien im Bundestag gegensätzliche verteidigungspolitische Positionen. Die Linke will die Bundeswehr schrittweise abrüsten und von allen Auslandseinsätzen zurückziehen. Auch die AfD lehnt einen Einsatz „für fremde Interessen" ab, während die CDU/CSU, die SPD, die Grünen und die FDP die weltpolitische Verantwortung Deutschlands betonen und Auslandseinsätze in der NATO zur Friedenssicherung befürworten.

Die Bundeswehr im internationalen Einsatz
Aktuell sind rund **2900 deutsche Soldaten** im Ausland eingesetzt.

Region	Name	Truppenstärke	Obergrenze	Auftrag (u. a.)
1 Afghanistan	Resolute Support	1023	1300	Ausbildungsunterstützung
2 Mali	Minusma	941	1100	UN-Beratungs- u. Ausbildungsmission
3 Syrien/Irak	Anti-IS-Einsatz	220	500	Luftaufklärung u. -betankung, Ausbildung
4 Mittelmeer	EUNAVFOR MED Irini	198	300	u.a. Umsetzung des Waffenembargos
5 Libanon	UNIFIL	135	300	UN-Friedensmission, Seeraumüberwachung
6 Mali	EUTM Mali	103	350	EU-Ausbildungs- u. Beratungsmission
7 Mittelmeer	Sea Guardian	84	650	Nato-Patrouillen, Seeraumüberwachung
8 Kosovo	KFOR	64	400	Überwachung der Entmilitarisierung
9 Horn von Afrika	Atalanta	28	400	EU-Einsatz gegen Piraten
10 Südsudan	UNMISS	11	50	UN-Mission, Schutz der Zivilbevölkerung
11 Westsahara	MINURSO	3	4	UN-Mission, Überwachung d. Waffenstillstands
12 Jemen	UNMHA	1	5	UN-Beobachtermission

Quelle: Bundeswehr   Stand 6. April   dpa•100425

(Grafik vom 22.04.2021)

D TEAM kontrovers: Soll die Bundeswehr „out of area" eingesetzt werden?

S M U H

Pro: Nur wer kämpft, darf mitreden!

Ideal ist es natürlich, wenn für jeden Konflikt eine politische Lösung gefunden wird. Doch das ist nicht die Realität, manchmal muss man einfach Militär einsetzen, um weitere Gewalt zu verhindern. Bisher hat sich die Bundeswehr bei internationalen Einsätzen eher auf Aufklärung, Unterstützung in der Versorgung, medizinische Hilfe und Ausbildung konzentriert. Wer mehr Verantwortung in der Welt übernehmen möchte, darf sich nicht drücken, wenn es ernst wird. Das können unsere Verbündeten von uns verlangen. Für die aktive Teilnahme an Kriseneinsätzen benötigen wir eine gut ausgerüstete Bundeswehr, die von der Bevölkerung unterstützt wird.

Kontra: Soldaten lösen keine Krisen!

Betrachtet man die Krisenherde der Welt, stellt man fest, dass die Ursachen überwiegend in sozialen, klimatischen oder ethnischen Problemen liegen. Solchen Herausforderungen kann man nicht mit militärischen Mitteln begegnen. Das wird schiefgehen, wie die vielen Militäreinsätze in der Vergangenheit zeigen: im Irak, in Syrien, in Afghanistan usw. Ob man mit Entwicklungshilfe und Diplomatie wirklich Kriege verhindern bzw. beenden kann, wird sich noch zeigen. Doch zunächst sollte man diesen Weg ernsthaft versuchen. Dass man Krisen mit Bundeswehrsoldatinnen und -soldaten nicht lösen kann, ist inzwischen bewiesen.

1. Beschreibe die Aufgaben der Bundeswehr bei den Einsätzen in Mali und im Mittelmeer.

2. Erkläre, warum die Bundeswehr „out of area" tätig ist und welche Bedingungen für solche Einsätze erfüllt sein müssen.

3. Auslandseinsätze der Bundeswehr sind nach wie vor umstritten. Bilde dir anhand der Pro- und Kontra-Argumente in Material D ein Urteil. Diskutiert anschließend in der Klasse über die Frage.

E Wie erfolgreich ist die Bundeswehr bei der Friedenssicherung? – Das Beispiel Afghanistan

Karikatur: Kostas Koufogiorgos

Über 20 Jahre war die Bundeswehr nun in Afghanistan im Einsatz. Ihr ursprünglicher Auftrag war, die radikalislamischen Taliban zurückzudrängen. Man vermutete, dass diese nach dem Anschlag auf das World Trade Center (2001) Terroristen Unterschlupf gewährten. Mithilfe der ausländischen Streitkräfte wollte man weitere Terroranschläge verhindern und das Land befrieden, in dem seit 1978 Krieg herrschte. Später übernahm die Bundeswehr vor allem Aufgaben in der Ausbildung der Streitkräfte. Im Sommer 2021 endete der NATO-Einsatz. Die Taliban übernahmen sofort wieder die Macht im Land. War der Einsatz umsonst gewesen?

@ | WES-122190-001
Text ausführlicher

Özlem Demirel ist Europa-Abgeordnete der Linkspartei, die militärischen Auslandseinsätzen traditionell kritisch gegenübersteht. „Nichts ist sicherer geworden" und die Taliban seien auch nicht schwächer geworden, sagte Özlem Demirel im Dlf [Deutschlandfunk]. „Man hätte von Anfang an auf diesen Kriegseinsatz verzichten sollen. Und wenn man helfen will, dann hätte man Infrastruktur aufbauen sollen."

Der Grünen-Außenpolitiker Cem Özdemir sieht das anders. „Kritische Überprüfung ja, aber eine komplette Absage an Auslandseinsätze sei „nicht die richtige Lehre", warnte Özdemir. Er verwies auf Beispiele, wo ein spätes oder gar kein Eingreifen zu viel Tod und Zerstörung geführt habe: den Bosnienkrieg, den Völkermord in Ruanda oder den Bürgerkrieg in Syrien. […]

So sieht das auch der Leiter der Münchner Sicherheitskonferenz Wolfgang Ischinger. Es gehöre zu den Grundwerten des Westens, für Menschenrechte, demokratische Staatsformen und Rechtsstaatlichkeit zu werben und dafür einzutreten. „Wir müssen aber stets im Blick haben, ob die hehren Ziele, die wir gelegentlich formulieren, tatsächlich im Einklang sind mit den Mitteln, die wir dazu einzusetzen bereit sind, und für die Dauer des Engagements, das dafür womöglich notwendig sein wird." […]

Die Friedensforscherin Almut Wieland-Karimi vom Zentrum für Internationale Friedenseinsätze mahnte hingegen im Dlf, man könne noch gar nicht genau abschätzen, ob der Einsatz in Afghanistan in den vergangenen 20 Jahren völlig umsonst gewesen sei. In der Zeit sei sehr viel in Afghanistan geschehen. Millionen von Kindern gingen wieder zur Schule. Die Gesundheitsversorgung und der Zugang dazu seien enorm gewachsen. Es gab ein Parlament, es gab Ausschüsse, es gab einen Ansatz von Gewaltenteilung. Ob das jetzt alles kaputt sei mit dem Einmarsch der Taliban in ganz Afghanistan, sei noch nicht klar. Auch die Taliban hätten ein Interesse daran, einen funktionierenden Staat aufzubauen beziehungsweise weiterzuführen. Wenn sie Anerkennung haben wollten, müssten sie auch dafür sorgen, dass die Grundbedürfnisse der Menschen gedeckt werden. […] Eine erste Lehre könnte sein, Ziele bescheidener zu definieren, und das unbedingt gemeinsam mit den Zielländern und den Partnern vor Ort.

(Aus: Diskussion um Auslandseinsätze, Mögliche Lehren aus dem Afghanistan-Einsatz, Deuschlandfunk online vom 28.08.2021, Köln, in: https://www.deutschlandfunk.de/diskussion-um-auslandseinsaetze-moegliche-lehren-aus-dem.2897.de.html?dram:article_id=501859#eins, letzter Zugriff: 26.10.2021)

1. Beschreibe die Ziele des Auslandseinsatzes in Afghanistan.

2. Was mag wohl im Kopf des Soldaten in der Karikatur vorgehen? Analysiere die Karikatur.

3. Wie bewerten die im Text zitierten Personen den Einsatz der Bundeswehr? Vergleiche ihre Aussagen.

4. Diskutiert in der Klasse über die Frage: Kann man Frieden mit militärischen Mitteln schaffen? Berücksichtigt dabei auch eure Ergebnisse aus dem ersten Unterkapitel, S. 310 ff.

F Bundeswehr

Teil 1: Armee im Bündnis

Die Bundeswehr wurde 1955 gegründet, um im Verteidigungsfall den Feind im Osten, nämlich die ehemalige Sowjetunion und ihre Verbündeten, mit starken Bodentruppen und Panzern aufzuhalten. Von Anfang an war sie mit ihren Waffen und Truppen vollständig in die NATO integriert. Nach wie vor ist Landesverteidigung eine sehr wichtige Aufgabe, doch heute sind internationale Einsätze wichtiger geworden. Zu ihren Aufgaben zählen unter anderem

1. Landesverteidigung und Schutz der Bürgerinnen und Bürger vor terroristischen und sonstigen Bedrohungen,
2. internationale Einsätze im Auftrag der UNO und NATO zur Konfliktnachsorge und Krisenbewältigung,
3. Unterstützung der Bündnispartner bei der Vereidigung ihres Staatsgebiets und im Kampf gegen den internationalen Terrorismus,
4. Hilfeleistung bei Naturkatastrophen, schweren Unglücksfällen und humanitären Katastrophen im In- und Ausland,
5. Bewältigung neuer Herausforderungen und Bedrohungen, zum Beispiel durch Cyber-Angriffe, aber auch durch Pandemien.

1. Beschreibe den Wandel der Aufgaben der Bundeswehr.

2. Erläutere die Gründe für die Aussetzung der Wehrpflicht.

3. Deutschland hat keine Feinde. Trotzdem ist die Bundeswehr weltweit tätig. Wie ist das zu begründen? Berücksichtige bei deiner Antwort auch deine Arbeitsergebnisse aus den vorhergehenden Unterkapiteln. S. 372

Teil 2: Die Bundeswehr – eine Berufsarmee

Bei ihrer Gründung wurde die Bundeswehr als Armee von Wehrpflichtigen konzipiert. Hinter der Wehrpflicht stand die Auffassung, dass in einem demokratischen Staat Bürger/-innen nicht nur Rechte, sondern auch Pflichten haben. Dazu zählt die Bereitschaft, die Demokratie notfalls mit Waffen zu verteidigen. Nach dem Ende des Ost-West-Konflikts war die Gefahr eines Angriffskrieges auf Deutschland sehr gering geworden. Für die steigende Zahl von Auslandseinsätzen konnten Wehrdienstleistende jedoch nicht eingesetzt werden. Auch an die Ausbildung für Auslandseinsätze wurden immer höhere Anforderungen gestellt. Wegen der veränderten Aufgaben wurde deshalb 2011 die Wehrpflicht ausgesetzt. Das bedeutet, dass die Wehrpflicht nach wie vor im Grundgesetz in Artikel 12 a verankert bleibt, die Bundeswehr jedoch keine Männer mehr mustert und zum Dienst verpflichtet. Junge Männer und Frauen können jedoch freiwillig einen Dienst von bis zu 23 Monaten leisten. Als Ersatz für den Zivildienst wurde der Bundesfreiwilligendienst geschaffen. Neu ist, dass diesen Dienst auch ältere Menschen leisten können. Nach der Ausrichtung auf internationale Aufgaben benötigt die Bundeswehr auch weniger Soldatinnen und Soldaten als bisher. Mit der Umwandlung in eine Berufsarmee wurde die Zahl der Soldatinnen und Soldaten reduziert und es wurden viele Kasernenstandorte geschlossen.

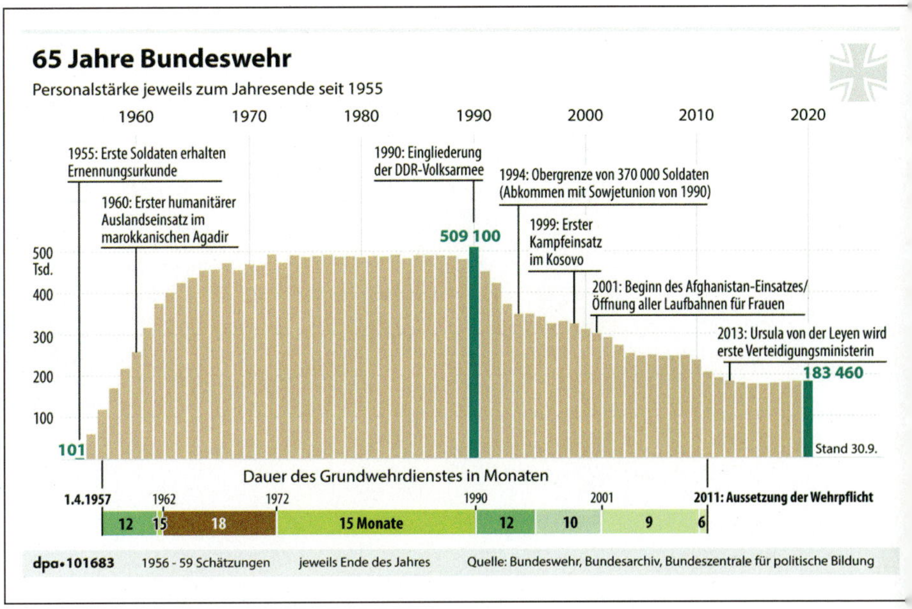

Was interessiert dich besonders? Was kannst du richtig gut?

Wähle, wie du vorgehen möchtest:

Möglichkeit 1: Ich arbeite individuell und suche mir zwei, drei oder mehr Aufgaben aus.

Möglichkeit 2: Ich arbeite mit einer Partnerin, einem Partner zusammen. Gemeinsam schaffen wir mehr als allein.

Möglichkeit 3: Wir bilden Gruppen, teilen die Aufgaben auf und lösen alles gemeinsam.

Was ich weiß

S M U H

Ich kann …

1. mindestens zwei Gefahren für den Frieden beschreiben.

2. erläutern, was der Weltsicherheitsrat der UNO in Krisensituationen unternehmen kann.

Wozu ich meine Meinung formulieren und begründen kann

S M U H

Ich kann zu folgenden Diskussionspunkten meine Meinung formulieren und diese mit Argumenten begründen.

1. Können Menschen lernen, in Frieden miteinander zu leben?

2. Soll die Bundeswehr häufiger oder seltener „out of area“ eingesetzt werden?

Was ich methodisch gelernt habe

S M U H

Ich kann …

1. erläutern, wozu eine Konfliktanalyse dient und wie man dabei vorgeht.

2. eine Präsentation anhand von mindestens fünf Kriterien beurteilen.

Worüber ich mitreden kann

S M U H

Mit ein wenig Nachdenken kann ich (auch zusammen mit anderen) vor der Klasse eine, zwei oder drei Minuten frei sprechen:

1. Welche Vorstellungen von Frieden gibt es?

2. Was leistet die UNO für den Frieden?

Neun Merksätze zum Einprägen

1	Frieden ist nach heutiger Definition …
A	ein nie erreichbares Ziel.
B	wenn beide Gegner aufhören zu kämpfen.
C	ein Zustand großer sozialer Gerechtigkeit.
D	wenn zwei verfeindete Staaten Verhandlungen beginnen.

2	Hauptursache des Nahostkonflikts ist …
A	der Streit zwischen Arm und Reich.
B	der Streit zweier Völker um Land.
C	der Streit um die Ausübung religiöser Bräuche.
D	der Streit um Bodenschätze.

3	Als Nichtregierungsorganisationen bezeichnet man Organisationen, …
A	in denen ehemalige Regierungsmitglieder arbeiten.
B	die hohe Gewinne erzielen.
C	die unabhängig von Regierungen handeln.
D	die von der UNO bezahlt werden.

4	Die NATO hat das Ziel, …
A	Entwicklungshilfe zu leisten.
B	den Wohlstand seiner Mitglieder zu vermehren.
C	den Mitgliedern des Bündnisses im Verteidigungsfall beizustehen.
D	die Steuerpolitik seiner Mitglieder zu vereinfachen.

5	Der Bündnisfall tritt ein, …
A	wenn sich die Mitglieder des Bündnisses streiten.
B	wenn ein Mitglied in großen wirtschaftlichen Schwierigkeiten ist.
C	wenn ein Mitglied des Bündnisses angegriffen wird.
D	wenn es in einem Mitgliedstaat zu sozialen Unruhen kommt.

	Mitglieder bei der UNO sind …
	alle Organe der Europäischen Union.
	die Regierungschefs von 148 Staaten.
	212 Staaten und Nichtregierungsorganisationen.
	193 Staaten.

7	Bei Peace-Keeping-Einsätzen haben die Blauhelme unter anderem die Aufgabe, …
A	die Versorgung von Flüchtlingen zu organisieren.
B	Kriegsverbrecher zu verurteilen.
C	die Bevölkerung zu einem gesunden Lebensstil aufzurufen.
D	einen Waffenstillstand zu überwachen.

8	Der Weltsicherheitsrat …
A	besteht insgesamt aus 15 Mitgliedern.
B	setzt sich aus acht ständigen Mitgliedern zusammen.
C	darf keine Beschlüsse fassen.
D	muss den Befehlen des Generalsekretärs folgen.

9	Auslandseinsätze der Bundeswehr …
A	sind von der Verfassung verboten.
B	müssen vom Bundestag genehmigt werden.
C	werden ausschließlich im Verteidigungsministerium entschieden.
D	werden vom Verteidigungsausschuss des Bundestages angeordnet.

!
- Bei richtiger Lösung kommen A einmal, B zweimal, C viermal und D zweimal vor.
- Übernimm die Merksätze in dein Heft und präge sie dir ein.

12 Migration

Warum zählt sie zu den großen Herausforderungen globaler Politik?

1. Allein nachdenken
Versuche dich in die Menschen auf dem Foto hineinzuversetzen: Welche Gedanken gehen ihnen wohl durch den Kopf?

2. Zu zweit beraten
Welche weiteren Gründe, die Heimat zu verlassen, fallen euch ein?

3. In der Klasse sammeln
Was muss geschehen, damit Menschen unterschiedlicher Herkunft gut zusammenleben können?

Im Verlauf dieses Kapitels könnt ihr ...

- Formen und Gründe für Migration anhand von Fallbeispielen untersuchen,
- Schaubilder zu weltweiten Wanderungsbewegungen analysieren,
- aus der Perspektive von Migrantinnen und Migranten Erwartungen an Integration formulieren,
- Chancen und Herausforderungen von Migration beurteilen,
- über die Flüchtlingspolitik der UNO diskutieren.

Eigene Schwerpunkte könnt ihr setzen, indem ihr ...

- ein Interview mit Zuwanderinnen und Zuwanderern führt,
- eine Meinungsrede zum Thema Flüchtlingspolitik gestsaltet.

Menschen aus dem muslimischen Volksstamm der Rohingya auf der Flucht vor religiöser Verfolgung in Myanmar

1 Warum hat Shoan seine Heimat verlassen?
Ursachen von Migration untersuchen

A Eine Einstiegsübung

Was wäre für dich ein Grund, deine Heimat zu verlassen? Tauscht euch dazu in der Klasse aus.

Weltweit sind jährlich rund 80 Millionen Menschen auf der Flucht. Das Foto zeigt Geflüchtete bei ihrer Ankunft in Deutschland.

B Fallbeispiele

Die folgenden Fälle könnt ihr arbeitsteilig erarbeiten. Setzt euch dazu in Dreiergruppen zusammen und teilt die Fälle zur Bearbeitung auf.

Beispiel 1: Shoan Vaisi aus dem Iran

Shoan Vaisi wurde 1990 in Sanandadsch geboren, im kurdischen Teil Irans. Als Zehnjähriger fing er mit dem Ringen an, er schaffte es bis in die Nationalmannschaft [...]. Im Iran ist Ringen ein Volkssport, die Männer mit Knubbelohren werden dort verehrt. Beim Regime in Teheran fiel Shoan Vaisi trotzdem in Ungnade, weil er sich politisch für die Belange der unterdrückten kurdischen Minderheit engagierte. Er habe mit Gleichgesinnten versucht, Aufklärungsarbeit zu leisten, verbotene Bücher zu lesen und Veranstaltungen zu organisieren, die sich nach iranischem Recht an der Grenze der Legalität bewegten. [... Heute sagt Vaisi:] „Das ist auch der Grund, warum ich Deutschland so schätze. Weil all das, was wir hier haben, Menschenwürde, das Grundgesetz, Gleichberechtigung von Mann und Frau, Meinungsfreiheit, Glaubensfreiheit, all das sind Sachen, für die ich im Iran auf die Straßen gegangen bin und im Untergrund gekämpft habe.“ Freunde von ihm seien wegen dieser aus deutscher Sicht vielleicht banalen Dinge verhaftet und gefoltert worden. „Und ich wusste, dass es irgendwann auch mich treffen könnte.“

[...] Ein sogenannter Menschenschmuggler brachte ihn auf dem Fußweg in die Türkei. [...] Der erste Versuch, die EU-Grenze nach Griechenland zu überqueren, ging schief. „Eigentlich habe ich nur durch ein Wunder überlebt“, sagt Vaisi. In der Ägäis brach auf seinem heillos überfüllten Flüchtlingsboot Panik aus. [...] Beim zweiten Versuch wurde er gleich hinter der Grenze von der griechischen Polizei aufgegriffen. [...] Es hat fast fünf Monate gedauert, bis er mit einem Schleuser und einem gefälschten Pass weiterkam. Zielland egal. „Ich wollte einfach nur Sicherheit und Freiheit. Na ja, und dann bin ich halt in Castrop-Rauxel gelandet.“

(Aus: Boris Herrmann, Flucht nach vorn, Süddeutsche Zeitung vom 19.05.2021)

Beispiel 2: Juana aus Guatemala

Für viele Auswanderinnen und Auswanderer aus Südamerika sind die USA das gelobte Land. Doch auf dem Weg dahin gibt es viele Hürden. Nur die wenigsten schaffen es ans Ziel.

Mexiko hat eine Mauer aus Menschen gebaut. Rund 6500 Militärs sichern die mexikanische Südgrenze. [...]

Die Grenzen würden dicht gemacht, doch die Situation in den Ländern ändere sich nicht, sagt Mario Morales. Seit 23 Jahren arbeitet der Sozialarbeiter in der Herberge der Scalabrini-Missionare in der guatemaltekischen Grenzstadt Tecún Umán.

„Die Migranten fliehen vor der Armut. Sie haben keine Arbeit oder sie suchen nach ihren verschwundenen Familienangehörigen,

und in der letzten Zeit fliehen sie vor allen Dingen auch vor der Kriminalität, viele werden bedroht. Die Länder in der Region sind nicht sicher. Die Gewalt treibt die Menschen dazu, ihre Heimat zu verlassen, sie suchen nach einem sicheren Ort."[...]
Juana [...] ist unbehelligt über die Grenze gekommen, hat sich durch dornige Büsche geschlagen. Sie hat es bis Tapachula geschafft, eine Stadt im mexikanischen Bundesstaat Chiapas, rund 40 Kilometer von der Grenze entfernt. [...] „Sie haben meinen Rucksack geklaut. Da waren alle meine Dokumente und Papiere drin. Mein Ausweis aus Guatemala. Ich weiß gar nicht, was ich jetzt machen soll. Der Dieb hat mir ins Gesicht geschlagen. Vielleicht dachte er, in dem Rucksack wäre etwas Wertvolles. Das Einzige, was für mich wertvoll war, waren die Fotos meiner Kinder und meine Dokumente, jetzt hab ich nichts mehr."
Die 33-Jährige kommt aus einem kleinen Dorf in Guatemala. Ihre beiden Kinder hat sie zurückgelassen. Auch sie will in die USA, sie braucht Arbeit, um ihren Kindern ein besseres Leben zu ermöglichen – Arbeit, die es in Guatemala nicht gibt. Sie hat ein humanitäres Visum bei der mexikanischen Migrationsbehörde in Tapachula beantragt, damit könnte sie sich ein Jahr lang frei in Mexiko bewegen, um ihre Reise Richtung Norden fortzusetzen.
„Eigentlich hatte ich schon einen Termin bei der Migrationsbehörde, aber ohne meine Papiere wird es auch keinen Termin mehr geben. [...] Sie hofft, dass die Beamten ein Erbarmen haben, sie ihren Antrag trotzdem stellen kann. Sie weiß, dass ihre Chancen schlecht sind.

(Aus: Anne Demmer, Der Deal, der den USA die Migranten fernhält, Deutschlandfunk online vom 08.09.2019, Köln, in: https://www.deutschlandfunk.de/migrationspolitik-der-deal-der-den-usa-die-migranten.724.de.html?dram:article_id=458315, letzter Zugriff: 19.08.2021)

Beispiel 3: Akiieh Cham aus dem Südsudan

„Meine Eltern flohen mit uns aus dem Südsudan. Das war während des zweiten Unabhängigkeitskrieges. Ich war damals erst acht Jahre alt. Sie wollten mich und meine Geschwister in Sicherheit bringen.
Über sieben Jahre lang lebten wir in einem Flüchtlingscamp, bevor wir in dieses Dorf zogen. Meine Eltern haben Freunde hier, die uns sehr geholfen haben. Bis heute sind sie wie meine zweiten Eltern für mich. Die Kinder im Dorf waren aber am Anfang sehr gemein zu mir. Sie ärgerten und beschimpften mich als Flüchtling. Ich hatte keine Freunde. Das ist erst besser geworden, seit Flüchtlinge und Eingesessene gemeinsam einen Kurs besucht haben. Wir lernten dort, wie man ein Geschäft gründet und organisiert, wie die Buchhaltung zu machen ist, wie man kalkuliert und sein Geld zusammenhält.
Ein paar andere junge Frauen und ich haben danach diesen kleinen Laden eröffnet.
Die Dorfbewohner können bei uns Dinge kaufen, für die sie vorher in die Stadt fahren mussten. Seitdem fühle ich mich hier wirklich von allen akzeptiert."

(Aus: Gemeinsam statt einsam, hrsg. von Brot für die Welt, Berlin, Redaktion Kornelia Freier, in: https://www.brot-fuer-die-welt.de/fileadmin/mediapool/50_Fuer-Gemein-den/Schulen/BfdW_Weltkarte_Arbeitsblaetter_AEthiopien.pdf, letzter Zugriff: 19.08.2021)

Juana ist kein Einzelfall. Viele Flüchtlinge stranden unterwegs mittellos auf der Straße, wie auf dem Foto eine junge Frau aus Venezuela in Ecuador.

1. Stelle deinen Fall in der Dreiergruppe vor.

2. Notiert gemeinsam die Migrationsgründe. Unterscheidet dabei zwischen Push-Faktoren (Gründe, die Heimat zu verlassen) und Pull-Faktoren (Gründe, in ein bestimmtes Land zu reisen).

3. Habt ihr Verständnis dafür, dass diese Menschen ihre Heimat verlassen haben? Sprecht darüber und stellt eure Standpunkte in der Klasse vor.

C Migration

1. Was versteht man unter Migration? Erkläre den Begriff.

2. Im zweiten Teil des Textes werden viele Gründe genannt. Erläutere sie.

3. Es gibt Menschen, die der Ansicht sind, dass Migration einem aufnehmenden Land vor allem Nachteile einbringt. Andere betonen die Vorteile und die Bereicherung, die dadurch entstehen können. Wie fällt deine Bewertung aus?

Teil 1: Was ist Migration?

Der Begriff kommt aus der lateinischen Sprache und bedeutet übersetzt „Wanderung". Als Migranten werden Menschen bezeichnet, die ihre Heimat verlassen und für lange Zeit oder gar für immer in einem anderen Land leben. Manche Menschen verlassen freiwillig ihre Heimat, sehr viele jedoch erzwungen, etwa auf der Flucht vor einem Krieg.
Nach Angaben der UNO sind etwa drei Prozent der Weltbevölkerung Migrantinnen und Migranten. Etwa 21 der über 80 Millionen in Deutschland lebenden Menschen haben einen Migrationshintergrund. Das bedeutet, dass sie ihre Wurzeln außerhalb Deutschlands haben oder Kinder von Zuwanderinnen und Zuwanderern sind. Etwa die Hälfte von diesen lebt schon sehr lange hier und hat mittlerweile die deutsche Staatsangehörigkeit.

Teil 2: Migrationsgründe

Die folgenden Gründe werden besonders häufig genannt:

Flucht vor Krieg, Not und Verfolgung

In vielen Ländern der Erde sind die Menschen nicht frei, leiden unter Bürgerkriegen, politischer Verfolgung und großer materieller Not. Sie verlassen ihre Heimat, weil sie um ihr Leben fürchten und nichts zu verlieren haben. Oft flüchten sie nach Europa oder in andere Industriestaaten, weil sie glauben, dass hier das Paradies sei.
In jüngster Zeit flohen Millionen Menschen vor den Bürgerkriegen in Syrien, im Irak und Afghanistan nach Europa und suchten hier Schutz. Wer als Flüchtling anerkannt wird, kann zum Beispiel in Deutschland bleiben, bis der Krieg vorbei ist.
Wer politisch verfolgt wird, kann in Europa und weiteren Ländern einen Asylantrag stellen. Kann jemand nachweisen, dass er in seiner Heimat von staatlichen Organen unterdrückt oder verfolgt wird, darf er auf Dauer im neuen Land bleiben. Diesen Nachweis zu erbringen, gelingt allerdings nur einem kleinen Teil der Geflüchteten.

Arbeit und ein besseres Leben

Schon immer verließen Menschen ihre Heimat, um in einem anderen Land Arbeit zu finden und ein besseres Leben führen zu können. Nach Deutschland kamen zum Beispiel in den 50er-Jahren des letzten Jahrhunderts Menschen aus dem Mittelmeerländern Italien, Spanien, Portugal und der Türkei. Man hatte sie angeworben, weil zu dieser Zeit großer Arbeitskräftemangel in Deutschland herrschte.
Innerhalb der Europäischen Union machen vor allem junge gutausgebildete Menschen von einem Recht Gebrauch, das die Europäische Union ihnen bietet: Jeder Bürger und jede Bürgerin aus einem der 27 Mitgliedstaaten kann seinen/ihren dauerhaften Wohnsitz innerhalb der Gemeinschaft frei wählen.
In Lateinamerika und Afrika verlassen viele Menschen ihre Heimat, weil dort die Arbeitslosigkeit sehr hoch ist, die Löhne nicht zum Lebensunterhalt ausreichen und sie nur schlechte Berufsaussichten haben. Oft wollen sie auch ihren Kindern eine bessere Zukunft in der Fremde ermöglichen.

Viele weitere Gründe

Es gibt viele weitere Gründe, warum Menschen in einem anderen Land leben wollen und diese können genauso verschieden sein, wie die Menschen, die sie in Anspruch nehmen. Man kann aus Abenteuerlust seine Heimat verlassen, der Liebe wegen, weil man sich nach dem Leben in einer ganz bestimmten Region oder Stadt sehnt, weil man sein Leben in einem sonnigen Land verbringen möchte und aus anderen Gründen mehr.

D Was sagen Schaubilder über Migration aus?

S M U H

So könnt ihr bei der Interpretation der Statistiken vorgehen:

1. Wähle zunächst ein Schaubild aus und interpretiere es mithilfe der Vier-Fragen-Deutung: 1. Wovon handelt das Schaubild? 2. Welche Bedeutung haben die Zahlen (Prozent oder absolute Zahlen)? 3. Wer hat die Zahlen zur Verfügung gestellt? 4. Was will ich mir langfristig merken?
2. Sucht euch eine Partnerin oder einen Partner, die/der das gleiche Schaubild bearbeitet hat, und vergleicht eure Ergebnisse.
3. Stellt eure Ergebnisse in der Klasse vor und wertet sie aus.

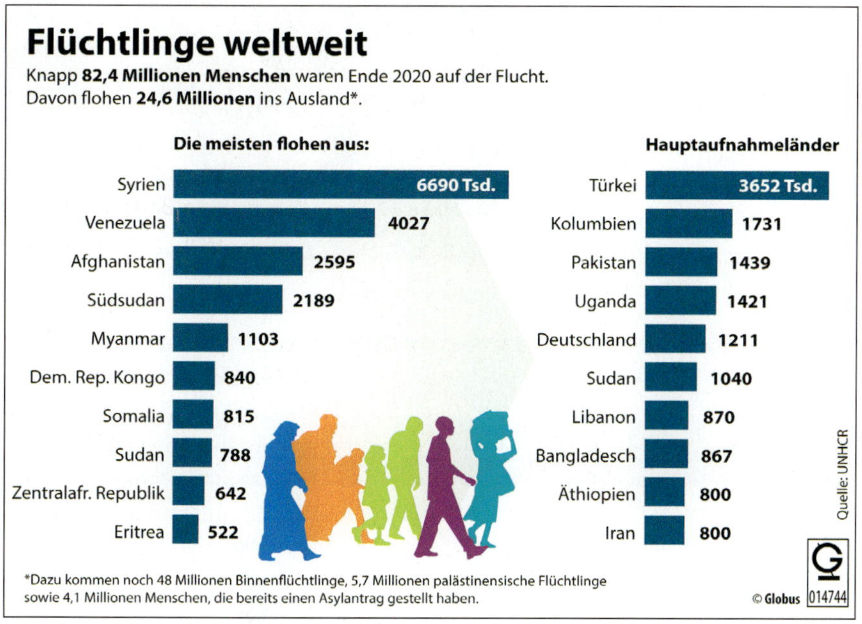

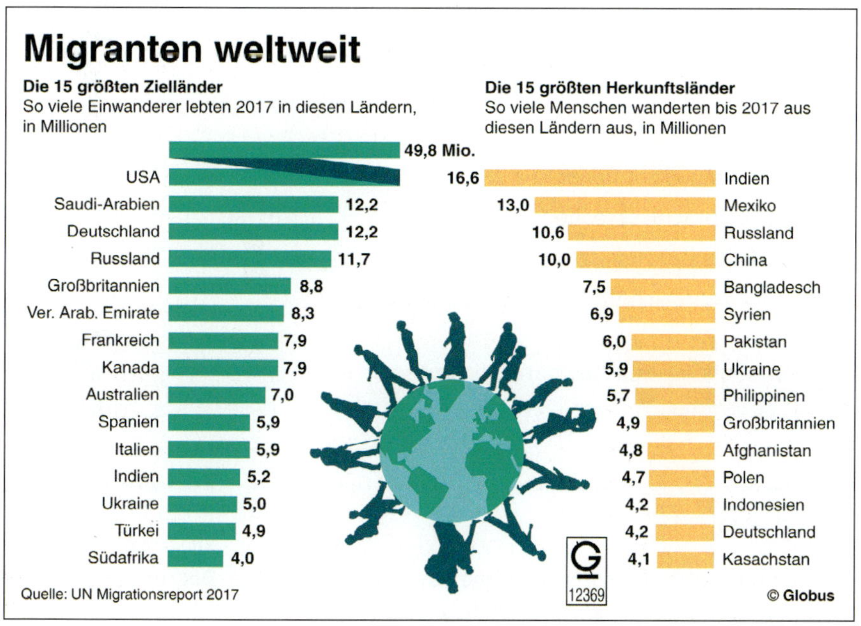

2 Heimisch werden in der Fremde – Herausforderung und Chancen von Migration

Einen Perspektivwechsel vornehmen

A Die eigene Sicht: Wann sind Migrantinnen und Migranten integriert?

Wenn Menschen in ein fremdes Land kommen, finden sie sich in einer für sie fremden Welt wieder mit eigenen Gesetzen und Regeln. Wollen sie langfristig im neuen Land bleiben, wird von ihnen erwartet, dass sie sich in die Gesellschaft eingliedern. Dazu gehört, dass sie möglichst rasch die Sprache erlernen, neue Freunde und Arbeit finden und die Regeln und Werte der neuen Heimat akzeptieren. Diesen Prozess nennt man Integration. Wann ist dieser Zeitpunkt aus eurer Sicht erreicht? Darüber könnt ihr auf dieser Seite nachdenken, verschiedene Kriterien bewerten und in der Klasse diskutieren.

Bestens integriert

Menschen, die in ein anderes Land eingewandert sind, können als integriert gelten, wenn sie …		Bedeutung für eine gelungene Integration		
		sehr wichtig	wichtig	unwichtig
1	… einheimische Speisen kochen.			
2	… einheimische Freunde haben.	?		
3	… sich in der Sprache des neuen Landes in Wort und Schrift verständigen können.			
4	… einen Arbeitsplatz haben.			
5	… das Wahlrecht besitzen und dieses auch ausüben.			?
6	… ausschließlich einheimisches Fernsehen schauen.			
7	… auch andere Religionen als die eigene respektieren.			
8	… die Gleichberechtigung von Mann und Frau akzeptieren.			
9	… auch zu Hause ausschließlich die neue Sprache sprechen.	?		
10	… sich nach einheimischer Art und Weise kleiden.			
11	… bei Fußball-Länderspielen der Nationalmannschaft des neuen Landes die Daumen drücken.			
12	… sich zu den Grundwerten der Gesellschaft wie unantastbare Würde des Menschen, Freiheit und Gleichheit bekennen.			?

1. Bewerte die in der Tabelle genannten Punkte.

2. Bildet Kleingruppen und einigt euch auf höchstens fünf sehr wichtige oder wichtige Punkte. Begründet eure Auswahl und stellt sie in der Klasse vor. Gibt es Punkte, die unverzichtbar sind?

B Neu in der Fremde: Wir wechseln die Perspektive

Möglicherweise seid ihr schon häufiger ins Ausland gereist und habt dort euren Urlaub verbracht. Doch wie erginge es euch, wenn ihr auf Dauer im Ausland leben würdet – als deutsche Migrantinnen und Migranten? Das könnt ihr in einem Gedankenexperiment durchspielen.

Angenommen, dass ...

Du kommst nach Hause und freust dich: Endlich Ferien! Komisch, dass Papa heute schon da ist. „Wir müssen reden!“, empfängt er dich. „Wir werden nach China ziehen – und zwar schon bald. Meine Firma hat eine neue Niederlassung eröffnet und ich werde in Zukunft dort arbeiten.“ Unzählige Gedanken gehen dir gleich durch den Kopf: Was ist mit deinen Freundinnen und Freunden? Kannst du dort auch deine Hobbys ausüben? Wie wird es mit der Schule sein und, und, und ...?

Und dann geht alles ganz schnell: Du sitzt im Flugzeug, in deinem Rucksack die Abschiedsgeschenke deiner Freunde. Schon jetzt hast du Heimweh – doch ein bisschen bist du auch neugierig auf all das Neue, das dich in der Fremde erwartet.

In China empfängt euch eine schwüle Hitze. Meine Güte, ist das unerträglich heiß hier! Auf den Straßen wimmelt es von Menschen. Ohne den Fahrer der Firma würdet ihr euch nie zurechtfinden.

Die ersten Schritte in der neuen Heimat

Nach ein paar Tagen wagst du dich zum ersten Mal allein aus Haus, du sollst einige Sachen im Supermarkt kaufen. Was ist denn das? Du hältst eine komische Frucht in der Hand, die du noch nie gesehen hast. Wie man die wohl isst? Hilfesuchend drehst du dich um. Da drüben stehen einige Jugendlicher zusammen und zeigen mit dem Finger auf dich. Ob sie sich wohl lustig über dich machen? Du lächelst ihnen unsicher zu, da kichern sie. Was sie wohl von dir denken?

Nach der Schule fällst du abends ganz erledigt in dein Bett. Alles ist so anders. Du musst jetzt eine Schuluniform tragen. Deine Lehrerin ist zwar freundlich, doch insgesamt geht es hier viel strenger zu als in Deutschland. Die neuen Mitschülerinnen und Mitschüler beobachten dich neugierig – du fühlst dich furchtbar alleine und ausgeschlossen. Wenn du nur verstehen könntest, was sie sagen! Als dich die Lehrerin das erste Mal aufruft, wirst du vor Verlegenheit ganz rot. Deine Nachbarin bemerkt das natürlich und fängt an zu lachen. Die Lehrerin weist sie sofort zurecht, doch hinter deinem Rücken wird über dich getuschelt, das spürst du. Und du ahnst, dass ein weiter Weg vor dir liegt, bis du dich in deiner neuen Umgebung zu Hause fühlen wirst.

> Ich wünsche mir von meinen Mitschülerinnen und Mitschülern, dass ...
>
> Ich selbst bin bereit, mich in folgenden Punkten anzupassen: ... (zum Beispiel: Sprache, Kleidung, Freizeit und Hobbys, Ernährung, Umgang miteinander)

1. Versuche dich in die beschriebene Situation hineinzuversetzen: Beschreibe, wie du dich fühlen würdest.

2. Verfasse einen kurzen Text. Erläutere darin, welches Verhalten du dir von deiner Umgebung wünschst und was du selbst bereit bist, für deine Integration zu leisten.

3. Vergleicht eure Ergebnisse in Kleingruppen. Wo gibt es Gemeinsamkeiten, wo Unterschiede? Fasst diese zusammen und stellt sie in der Klasse vor.

C Integration als Herausforderung

Auf dieser Doppelseite könnt ihr an zwei Beispielen Stolpersteine bzw. Herausforderungen für die Integration von Migrantinnen und Migranten erarbeiten. Ihr könnt die Materialien arbeitsteilig erarbeiten und euch gegenseitig informieren.

1. Anpassung gefordert

Der Journalist Itai Mushekwe konnte nach einem Lehrgang in Hamburg nicht mehr in seine Heimat Simbabwe zurückkehren, weil ihm dort politische Verfolgung drohte. Im folgenden Text berichtet er über sein Leben in Deutschland:

Vieles verblüffte mich in Deutschland – etwa, dass man Alkohol in der Öffentlichkeit trinken konnte, ohne Ärger mit der Polizei zu bekommen. In Simbabwe ist Trinken in der Öffentlichkeit ein Vergehen, das dir eine Nacht in der Zelle und immense Geldbußen einbringen kann. [...]

Viele kleine kulturelle Unterschiede

Auch beim Abfall, zu dem wir in Afrika eine ganz andere Einstellung haben. Ein Journalistiklehrer in Hamburg erklärte einem Mitstudenten aus Sambia, dass dieser seine leere Kekspackung in den Mülleimer werfen müsse, sonst würde er zu Unordnung und Verschmutzung auf den Straßen beitragen. In Lusaka, wo der Student herkam, ist es überhaupt kein Problem, seinen Abfall hier und dort fallen zu lassen – ebenso wenig in Simbabwe. Es ist wichtig, dass Neuankommende solche Normen beigebracht bekommen.
[...] In Serbien und Ungarn haben sich Bewohner Medienberichten zufolge über das Chaos und die Müllberge beschwert, die die Asylsuchenden auf ihrer Route zurücklassen. Plastikflaschen und Kartons, leere Verpackungen und unangetastete Verbandsmaterialien waren auf den Fotos in den sozialen Medien zu sehen. Sie erzeugten Panik vor hygienischen Problemen.
Es sind die vielen kleinen kulturellen Unterschiede, die nicht übersehen werden dürfen, wenn es darum geht, wie man Flüchtlinge bei der Integration unterstützen kann. [...]

Karikatur: Martin Erl

Unterdrückung von Frauen

Dann gibt es gewichtige Themen wie den Missbrauch von Frauen und häusliche Gewalt. In Asien und Afrika sind Frauen immer noch unterdrückt – und ihren Ehemännern raucht der Kopf beim Gedanken an die Emanzipation und den Schutz der Frauen durch das Gesetz, wenn sie den Westen betreten. So manche Frau, vor allem aus Afrika, meldet ihren Mann nicht bei den Behörden – aus Angst, dass dann die Familie auseinandergerissen wird.
Die Liste geht fast endlos weiter: Flüchtlinge müssen die Kultur der Pünktlichkeit lernen, dass sie in der Öffentlichkeit keinen Lärm machen dürfen oder dass sie nicht grausam zu Tieren sein dürfen, um nur ein paar Punkte zu nennen. Ein enger Freund in Düren wurde an Wochenenden spät abends häufig von der Polizei besucht, weil er sein Radio immer voll aufdrehte zum Ärger seiner Nachbarn. Es dauerte, bis er verstand, dass seine Musik als Belästigung verstanden wurde, etwa für Ältere oder kleine Kinder.
Die Bundesbehörden versuchen ihr Bestes, die Flüchtlinge zu ermutigen, sich zu integrieren und Deutsch zu lernen. Aber es könnte mehr getan werden. [...]
Es dauert lange, bis man es am Ende richtig hinbekommt in Deutschland. Und bis sich eine Gelassenheit einstellt, weil du weißt, dass du nicht länger mehr ein Flegel bist. Bei mir hat es mindestens fünf Jahre gedauert, bis es so weit war.

(Aus: Itai Mushekwe, „Als ob jeder über dich herzieht", Handelsblatt online vom 11.04.2016, in: https://www.handelsblatt.com/politik/deutschland/integration-in-deutschland-als-ob-jeder-ueber-dich-herzieht/13415156-all.html, letzter Zugriff: 19.08.2021)

2. Vorurteile und Rassismus gegenüber Migrantinnen und Migranten

Was es heißt, anders zu sein und damit immer wieder konfrontiert zu werden, weiß die 19-jährige Leila (Name geändert) seit ihrer frühen Kindheit. Als sie drei Jahre alt war, flohen ihre Eltern vor dem Bürgerkrieg in Somalia und begannen im Rhein-Main-Gebiet ein neues Leben. Heute hat Leila einen deutschen Pass und fühlt sich mit ihrer Familie hier zu Hause. Wie eine „Einheimische“ wird sie aber trotzdem nicht immer behandelt. [...]

Beschimpfungen

„Manchmal werde ich blöd angemacht. Einfach so. darin fällt auch mal das böse „N-Wort“. Viele in meinem Alter kennen nämlich gar nicht die negative Bedeutung des Ausdrucks und haben keine Ahnung, dass man Sklaven früher so nannte und beschimpfte. Dann werde ich wütend und sage meine Meinung. Das hat bisher gut funktioniert und ich werde dann in Ruhe gelassen. Vom Wegducken halte ich nichts. Das macht einen nur ängstlich und klein.“ [...]

Falsche Verdächtigungen

Als besonders kränkend empfand Leila vor nicht allzu langer Zeit das unangenehme Ende einer Shoppingtour, bei der sie in einer Filiale einer großen Modekette von einem Detektiv des Diebstahls bezichtigt wurde, obwohl eigentlich keine Verdachtsmomente vorlagen, wie sie sagt: „Auch als die Leute von dem Laden nach gründlicher Durchsuchung nichts in meinen Taschen fanden, musste ich trotzdem noch dableiben und mich bis auf die Unterhose ausziehen, um nachzuweisen, dass ich auch wirklich nichts geklaut hatte. Das war sehr demütigend. Ich fragte mich, ob ich auch so behandelt worden wäre, wenn ich eine andere Hautfarbe hätte.“ [...]

Schubladendenken

Manchmal aber bringt Schubladendenken ihrer Mitbürger Lela auch zum Schmunzeln: „Ich bin mal gefragt worden, ob ich denn noch Afrikanisch sprechen kann. Ich fragte dann zurück, wie es denn so mit der europäischen Sprache läuft. Dann haben die Leute erst gemerkt, wie dumm ihre Frage war. Denn Afrika ist ja kein Land mit einer Sprache, sondern ein riesiger Kontinent. Aber es passiert häufig, dass vieles über einen Kamm geschoren wird. Genauso wenn die meisten nicht glauben wollen, dass ich eine miserable Sängerin bin. Denn für sie gilt: Alle Afrikaner oder Afroamerikaner können natürlich super singen oder auch tanzen. [...]“

(Aus: Nicola Wilbrand-Donzelli, Wie Jugendliche mit Migrationshintergrund Rassismus im Alltag erleben, T-online vom 02.06.2014, in: https://www.t-online.de/leben/familie/erziehung/id_69679298/wie-jugendliche-rassismus-im-alltag-erleben.html, letzter Zugriff: 19.08.2021)

Ähnlich wie Leila ergeht es vielen Jugendlichen mit Migrationshintergrund: Weil sie als „Ausländer“ wahrgenommen werden, haben sie im Alltag mit Rassismus zu kämpfen.

1. Berichtet euch gegenseitig von den Beispielen, die ihr erarbeitet habt.
   a) Welche Erfahrungen hat Itai in seiner ersten Zeit in Deutschland gemacht?
   b) Welchen Vorurteilen begegnet Leila im Alltag?

2. Welches Problem bei der Integration sieht der Karikaturist? Erläutere es.

3. Stelle die Vielzahl der Probleme in den beiden Beispielen grafisch dar, zum Beispiel in einer Mindmap.

4. Entwickelt in der Klasse Ideen, wie die Integration von Migrantinnen und Migranten gefördert werden könnte.

D Migration als Chance: Wer kann davon profitieren?

Die folgenden Texte thematisieren die positiven Seiten von Migration aus verschiedenen Blickwinkeln. Tipp: arbeitsteilige Arbeitsweise.

1. Was wirkt sich Einwanderung auf die Wirtschaft und Arbeitsmärkte aus?

Menschen unterschiedlicher Herkunft arbeiten gemeinsam im Team.

Sie arbeiten in Pflegeheimen und Krankenhäusern, auf Baustellen und Büros, sitzen in den Vorständen börsennotierter Unternehmen oder an der Kasse im Supermarkt – ohne Ausländer geht in vielen Ländern nichts. In vielen Industriestaaten beobachtet man dasselbe Phänomen: dass der Anteil der ausländischen Bevölkerung sukzessive* wächst, während die einheimische Bevölkerung aufgrund des demografischen Wandels in der Tendenz eher schrumpft.

* Merke ✓

sukzessive = nach und nach.

Für die Unternehmen ist die Einwanderung in der Regel ein Segen. Mit jedem hinzugezogenen Menschen im arbeitsfähigen Alter vergrößert sich für sie der Pool an potenziellen Arbeitskräften. Sie haben mehr Auswahl oder, in Zeiten des Fachkräftemangels und der nahenden Vollbeschäftigung, überhaupt eine Chance, einen passenden Kandidaten für ausgeschriebenen Positionen zu finden.

Für die einheimische Bevölkerung sind die Folgen dagegen weniger klar. Einerseits steigern die Neuen die Wirtschaftskraft des Landes, was für Wachstum sorgt und den Wohlstand unterm Strich erhöhen kann. Andererseits vergrößert sich aber auch die Konkurrenz auf dem Arbeitsmarkt.

[...]

Gewinne größer als Kosten

Zumal die Einwanderer mit niedriger Qualifikation oftmals auch bereit sind, für weniger Geld zu arbeiten, was die Löhne der Einheimischen ebenfalls nach unten ziehen kann. Profitieren die Einheimischen also eher von der Migration? Oder wäre es, rein wirtschaftlich gesehen, für sie vielleicht doch besser, sie blieben unter sich?

Um diesen Fragen auf den Grund zu gehen, hat sich ein Forscherteam rund um den Münchner Verteilungsforscher Panu Poutvaara durch die Daten aus insgesamt 20 Industrieländern gewühlt. [...]

Das Ergebnis ihrer gerade erschienenen Studie war eindeutig: In 19 von 20 Ländern führte die Einwanderung dazu, dass es der einheimischen Bevölkerung wirtschaftlich besser ging. Das heißt, die wirtschaftlichen Gewinne waren unterm Strich sichtlich größer als die Kosten, die für die Einheimischen etwa durch den Lohndruck im Niedriglohnsektor, die verschärfte Konkurrenz auf dem Arbeitsmarkt oder durch die Umverteilungsmaßnahmen des jeweiligen Staates entstanden.

(Aus: Maja Brankovic, Was macht die Einwanderung mit unserer Wirtschaft?, FAZ online vom 30.08.2018, in: https://www.faz.net/aktuell/wirtschaft/das-macht-die-einwanderung-mit-unserer-wirtschaft-15763194.html, letzter Zugriff: 19.08.2021)

2. Ohne Migrantinnen und Migranten geht's nicht!

Die Bevölkerung in Industrieländern altert. Inzwischen ist in Deutschland jede zweite Person über 45 Jahre alt. Die Zahl der Menschen im erwerbsfähigen Alter wird in den kommenden Jahren stark sinken.

Der deutsche Arbeitsmarkt braucht einer Studie zufolge mittel- und langfristig jedes Jahr mindestens 260 000 Zuwanderer. Das Angebot an Arbeitskräften werde angesichts der alternden Gesellschaft ohne Migration bis zum Jahr 2060 um etwa 16 Millionen Personen – also um fast ein Drittel – massiv schrumpfen. Das prognostiziert eine Untersuchung im Auftrag der Bertelsmann Stiftung [...]

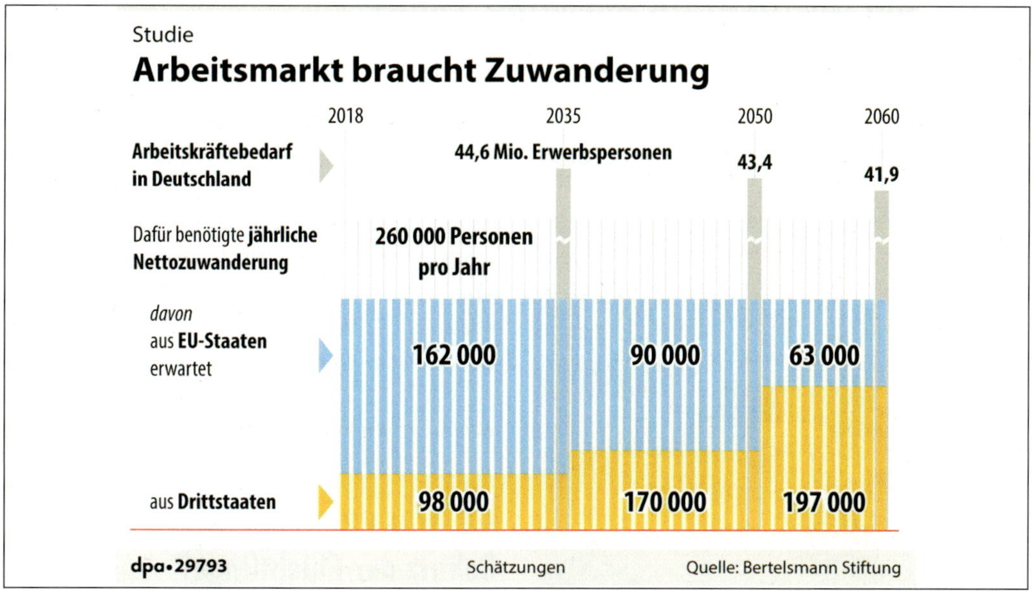

Die Einwanderung aus anderen EU-Ländern werde im Vergleich zu den vergangenen Jahren künftig abnehmen. In Europa näherten sich Wirtschaftskraft und Lebensqualität voraussichtlich allmählich an und der Reiz sinke, einen Job in Deutschland zu suchen. Folglich komme der Zuwanderung aus außereuropäischen Drittstaaten eine wachsende Bedeutung zu.

[...] Der deutschen Wirtschaft fehlen schon jetzt in vielen Regionen und Branchen qualifizierte Arbeitskräfte. Bereits seit Längerem gibt es Forderungen nach Erleichterungen beim Zuzug. Wenn etwa ab 2025 verstärkt die Baby-Boomer in Rente gehen, könnte sich der Mangel erheblich verschärfen. [...] Dräger [einer der Autoren der Studie] betonte, selbst wenn die Rente mit 70 eingeführt oder Frauen gleich viel arbeiteten wie Männer, lasse sich der Fachkräftebedarf mit inländischen Mitteln nicht decken.

(Aus: dpa, Handelsblatt online vom 12.02.2019, in: https://www.handelsblatt.com/politik/deutschland/studie-warum-deutschland-zuwanderer-aus-nicht-eu-laendern-braucht/23975946.html?ticket=ST-7767903-Zgs1Id76bIVbeSR2zpDU-ap3, letzter Zugriff: 19.08.2021)

3. Enorme Beiträge für Gast- und Heimatländer

Migranten leisten enorme Beiträge sowohl für ihre Gast- als auch ihre Herkunftsländer. Indem sie von der lokalen Bevölkerung unbesetzte Stellen füllen, stärken sie die Wirtschaft. Viele der Migranten sind Innovatoren und Unternehmer. Beinahe die Hälfte aller Migranten sind Frauen auf der Suche nach einem besseren Leben und besseren Arbeitsmöglichkeiten.

Migranten leisten außerdem einen entscheidenden Beitrag zur internationalen Entwicklung, indem sie Geld in ihre Heimatländer überweisen. Im vergangenen Jahr lag der Gesamtbetrag dieser Geldtransfers bei 600 Milliarden Euro, dreimal höher als die weltweite Entwicklungshilfe. Die grundlegende Herausforderung ist, die Vorteile dieser ordentlichen, produktiven Migration zu maximieren und gleichzeitig den Missbrauch und die Vorurteile zu verhindern, die das Leben für eine Minderheit von Migranten zur Hölle machen.

(Aus: Antonio Guterres, Generalsekretär der Vereinten Nationen, Vorteile von Migration erkennen, Frankfurter Rundschau online vom 12.01.2018, in: https://www.fr.de/meinung/vorteile-migration-erkennen-11089291.html, letzter Zugriff: 19.08.2021)

1. Arbeite aus dem von dir gewählten Text die Kerngedanken heraus und informiert euch gegenseitig.

2. Begründe anhand des Schaubilds, warum der deutsche Arbeitsmarkt auf Zuwanderung angewiesen ist.

3. Überwiegen für dich die Chancen oder die Herausforderungen von Migration? Formuliere ein abschließendes Urteil und stellt es in der Klasse vor.

3 Brauchen Geflüchtete besseren Schutz?

Eine Meinungsrede zum Thema gestalten

A Sogar Tiere haben mehr Rechte!

Endstation Flüchtlingslager? Millionen Geflüchtete leben weltweit oft für lange Zeit in Flüchtlingslagern, wie hier in Kara Tepe auf der griechischen Insel Lesbos

Die Journalistin Sieglinde Geisel berichtet in einem Kommentar über die Zustände in Kara Tepe:

Was gehen uns die Flüchtlinge an den EU-Außengrenzen an? Muss es uns kümmern, dass Menschen [...] im Schlamm schlafen, ohne sanitäre Anlagen und auch im Winter ohne Heizung oder warme Mahlzeiten? [...]
Die verstörendsten Bilder jedoch erreichen mich eher zufällig: auf den sozialen Medien, auf Youtube oder in Newslettern.
Sie solle Zeltseile, Lammfelle und Wäschekörbe nach Kara Tepe mitbringen, berichtet eine Aktivistin. Babys werden in Felle gewickelt und in Wäschekörbe gelegt, die man dann im Zelt aufhängt, so versuchen die Eltern, die Kleinsten vor Nässe, Kälte und Ratten zu schützen. [...]
Es stimme nicht, dass sie im Lager wie Tiere lebten, schrieben die Geflüchteten in ihrem Weihnachtsaufruf mit bitterer Ironie. „Wir haben die Gesetze zum Schutz der Tiere in Europa studiert und wir haben herausgefunden, dass sogar sie mehr Rechte haben als wir."

(Aus: Sieglinde Geisel, Unsere verlorene Unschuld, Deutschlandfunk Kultur online vom 15.01.2021, Köln, in: https://www.deutschlandfunkkultur.de/zustaende-im-fluechtlingslager-kara-tepe-unsere-verlorene.1005.de.html?dram:article_id=490844, letzter Zugriff: 19.08.2021)

*Merke ✓
monetär = finanziell, Geld betreffend

B Was unternimmt die UNO zum Schutz der Flüchtlinge?

1. Wer oder was ist der UNHCR?

UNHCR steht für „United Nations High Commissioner for Refugees". Der Hohe Flüchtlingskommissar der Vereinten Nationen (UNHCR) schützt und unterstützt Flüchtlinge überall auf der Welt.
Der UNHCR ist sowohl eine Person – Filippo Grandi ist seit 2016 der Hohe Flüchtlingskommissar der Vereinten Nationen – aber zugleich auch eine der größten humanitären Organisationen der Welt. [...]
Mit mehr als 17 000 Mitarbeiter*innen schützt und unterstützt der UNHCR Flüchtlinge, Asylsuchende, Binnenvertriebene sowie Staatenlose und Rückkehrer. Weltweit ist der UNHCR in 135 Ländern aktiv und sorgt jeden Tag für Unterkunft, Nahrung, medizinische Versorgung, Schutz und Bildung.
Für dieses humanitäre Engagement wurde der UNHCR bereits zweimal mit dem Friedensnobelpreis ausgezeichnet. [...]
Der UNHCR finanziert sich hauptsächlich (86 Prozent) durch freiwillige monetäre* Beiträge von Regierungen und der Europäischen Union (EU). Nach den USA ist Deutschland das zweitgrößte Geberland des UNHCR. Weitere zehn Prozent kommen aus dem privaten Sektor. [...] Aufgrund permanent steigender Flüchtlingszahlen, steigt auch jedes Jahr der Finanzbedarf des UNH-

CR an. Doch die Beschaffung ausreichender finanzieller Mittel wird immer schwieriger.

(Aus: UNO online 2021, in: https://www.uno-fluechtlingshilfe.de/ueber-uns/unhcr, letzter Zugriff: 19.08.2021)

2. Der UN-Flüchtlingspakt (2018)

Ziel des „Globalen Pakts für Flüchtlinge" – so der eigentliche Titel der Vereinbarung – ist es, die Last und die Verantwortung beim Umgang mit Geflüchteten ausgewogen zu verteilen: zwischen allen UN-Mitgliedsländern, Organisationen, der Zivilgesellschaft und den Flüchtlingen selbst.

Aus Sicht der Bundesregierung ist der Pakt unter anderem notwendig, „weil bis jetzt 80 Prozent der weltweiten Flüchtlinge in zehn Staaten aufgenommen werden". Regierungssprecher Steffen Seibert betont auch, dass „lediglich 15 Staaten [...] das UN-Flüchtlingskommissariat mit mehr als 20 Millionen US-Dollar" fördern.

Aufnahmeländer wie zum Beispiel Uganda, der Libanon, der Iran oder Jordanien sollen entlastet, die Eigenständigkeit der Geflüchteten gefördert werden. Wer beispielsweise arbeiten darf, wird unabhängiger von Hilfsleistungen. Ein weiteres Ziel beschreibt Martin Rentsch vom UN-Flüchtlingshilfswerk UNHCR:

„Die meisten Flüchtlinge bleiben in der Region, sie wollen irgendwann nach Hause zurückkehren. Das heißt: Bedingungen schaffen, damit Flüchtlinge auch in Sicherheit und Würde nach Hause zurückkehren können."

(Aus: Janina Lückoff, Was ist der Flüchtlingspakt?, Tagesschau online vom 17.12.2018, Hamburg, in: https://www.tagesschau.de/ausland/faq-fluechtlingspakt-101.html, letzter Zugriff: 19.08.2021)

@ | WES-122190-001
Text ausführlicher

C TEAM kontrovers: Muss die UNO mehr für Flüchtlinge tun?

S M U H

Nein!

Das würde die UNO überfordern. Die Probleme in Flüchtlingslagern sollen vor Ort von einzelnen Staaten oder regionalen Organisationen wie der EU gelöst werden. Die UNO kann nicht für alle global auftretenden Probleme zuständig sein. Sie hat genug zu tun mit Friedenssicherung und der Bewältigung des Klimawandels.

Wie sollen sich 193 Staaten auf geeignete Abhilfen einigen, wenn nicht einmal die EU mit 27 Mitgliedern das Flüchtlingsproblem an den Außengrenzen in den Griff bekommt?

Ja!

Zustände wie in Kara Tepe sind eine Schande für die Weltgemeinschaft. Seit Jahren steigen die Flüchtlingszahlen, zuletzt auf über 80 Millionen Menschen pro Jahr. Die Mitgliedstaaten müssen den UNHCR endlich mit genügend Geld und Personal ausstatten, damit er seine Aufgaben erfüllen kann. Es ist unfair, die ganzen Lasten auf einige wenige Länder abzuwälzen. Wenn nichts passiert, bleibt der Flüchtlingspakt ein leeres Versprechen, der den Betroffenen nichts bringt.

1. Wie wirken die Zustände in Kara Tepe auf dich? Beschreibe deine Eindrücke.

2. Erläutere anhand der Beispiele von Material B, was die UNO für Flüchtlinge leistet.

3. Diskutiert in Kleingruppen über die Standpunkte in Material C und stellt die Ergebnisse in der Klasse vor.

Selbstständig weiterlernen mit Medien

- Um die Flüchtlingsarbeit der UNO umfassender beurteilen zu können, empfehlen wir euch, im Internet nach weiteren Informationen zu recherchieren und auf dieser Grundlage einen Kommentar zu verfassen.

Eine Meinungsrede gestalten
Thema: Soll die UNO Geflüchtete besser schützen?

Worum geht es?

In einer Meinungsrede stellt man einem größeren Zuhörerkreis seinen eigenen Standpunkt zu einem Thema vor. Das Ziel besteht darin, das Publikum von der Qualität des eigenen Urteils zu überzeugen. Die Fähigkeit zum Reden vor Publikum fällt dir nicht in den Schoß. Du brauchst dazu die Bereitschaft zum Üben und ein wenig Mut. Der Erfolg einer Rede hängt in hohem Maß von der Qualität der Vorbereitung ab. Die Schritte sind erlernbar.

Wie macht man das?

Vorausgesetzt werden muss, dass du dich mit dem Thema intensiv auseinandergesetzt und dir dein eigenes Urteil gebildet hast. Die Vorbereitung sollte in der Abfolge von vier Schritten geschehen:

1. Analyse der Redesituation

Die Vorbereitung beginnt mit dem Nachdenken über die Situation, in der die Rede stattfinden wird. Dabei beantwortet man für sich selbst die folgenden Fragen:

- In welcher Rolle spreche ich? (zum Beispiel als Schülerin bzw. Schüler)
- Zu wem spreche ich? (in diesem Fall zu den Delegierten vor der UN-Vollversammlung)
- Was ist das Ziel meiner Rede? (zum Beispiel die Mitgliedstaaten zu einem größeren finanziellen und personellen Engagement in der Flüchtlingshilfe zu bewegen)
- Wie lange soll meine Rede dauern? (zum Beispiel fünf bis zehn Minuten)

2. Die Grobplanung der Rede

Menschen, die sich mit der Kunst der Rede beschäftigen, schlagen für Meinungsreden einen Dreischritt vor:

- Was ist das aktuelle Problem?
- Was soll meiner Überzeugung nach die Lösung sein?
- Wie kann das Ziel erreicht werden?

3. Die Feinplanung

Einstieg:

- Begrüßung des Publikums
- Anmerkungen zur eigenen Person und zum Grund für die Rede
- Situativer Einstieg ins Thema (zum Beispiel ein Fallbeispiel, eine Geschichte, ein Foto usw.; etwas, das Aufmerksamkeit beim Publikum erzeugt)

Hauptteil:

- So sehe ich die aktuelle Situation: …
- Das sollte meiner Überzeugung nach das Ziel sein: …
- Das sollte geschehen, damit das Ziel erreicht wird: …

Abschluss:

- Ein letzter Appell, ein besonderer Wunsch, eine Aufforderung an die Zuhörenden
- Dank an das Publikum

4. Üben, bevor es ernst wird

- Fertige einen Stichwortzettel an. Achte auf eine genügend große Schriftgröße.
- Übe deine Rede mit einer Partnerin/einem Partner oder in einer Gruppe.
- Erbitte ein Feedback und eventuell Tipps zur Verbesserung.

D Wir gestalten eine Rede an die Delegierten der UN-Generalversammlung

1. Setzt euch zu zweit oder in Kleingruppen zusammen und stellt euch vor, ihr hättet die Gelegenheit, zur Flüchtlingspolitik vor der Generalversammlung der UNO zu sprechen.
2. Arbeitet gemeinsam eine Rede aus. Dabei könnt ihr euch an dem Stichwortzettel auf dieser Seite orientieren oder auch euren Text frei formulieren.
3. Übt die Rede. Dabei sollte jede/-r von euch einmal in der Gruppe vortragen.
4. Einigt euch darauf, wer von euch die Rede in der Klasse hält.
5. Präsentiert die Meinungsrede in der Klasse. Stellt euch dabei vor, die Klasse sei die UN-Generalversammlung.
6. Wertet den Vortrag in der Klasse aus: War die Rede überzeugend? Was könnten die Vortragenden noch besser machen?

Einleitung:
Sehr geehrte Delegierte,
ich spreche zu Ihnen als Schülerin/als Schüler meiner Schule in ... mit dem Namen ...
Wenn ich an die Situation von Millionen Flüchtlingen denke, die jedes Jahr vor Krieg, Hunger und Verfolgung fliehen, geht mir das folgende Ereignis/die folgende Nachricht/das folgende Bild nicht aus dem Kopf: ...

Hauptteil:
Das Thema Flüchtlingspolitik der UNO halte ich für sehr bedeutsam/weniger bedeutsam, weil ...
Nach meiner Überzeugung sollte das Ziel der UN-Flüchtlingspolitik darin bestehen, ...
Folgende Argumente sprechen dafür: ...
Den Weg zu diesem Ziel stelle ich mir so vor: ...
Von Ihnen als Delegierte von 193 Regierungen erwarten wir Schülerinnen und Schüler ...

Schluss:
Zum Abschluss ist es mir wichtig zu sagen: ...
Ich danke Ihnen für Ihre Aufmerksamkeit.

Was interessiert dich besonders? Was kannst du richtig gut?

Wähle, wie du vorgehen möchtest:
Möglichkeit 1: Ich arbeite individuell und suche mir zwei, drei oder mehr Aufgaben aus.
Möglichkeit 2: Ich arbeite mit einer Partnerin, einem Partner zusammen. Gemeinsam schaffen wir mehr als allein.
Möglichkeit 3: Wir bilden Gruppen, teilen die Aufgaben auf und lösen alles gemeinsam.

Was ich weiß

S M U H

Ich kann …

1. mindestens zwei Gründe für Migration nennen.

2. erläutern, welche Ziele der UN-Flüchtlingspakt hat.

Wozu ich meine Meinung formulieren und begründen kann

S M U H

Ich kann zu folgenden Diskussionspunkten meine Meinung formulieren und diese mit Argumenten begründen.

1. Ist Migration für das aufnehmende Land eine Bereicherung oder bringt es eher Nachteile?

2. Ist es Aufgabe der UNO, für menschenwürdige Zustände in Flüchtlingslagern zu sorgen?

Was ich methodisch gelernt habe

S M U H

Ich kann …

1. erläutern, welches Ziel eine Meinungsrede verfolgt.

2. erklären, in welchen Schritten man bei der Gestaltung einer Rede vorgeht.

Worüber ich mitreden kann

S M U H

Mit ein wenig Nachdenken kann ich (auch zusammen mit anderen) vor der Klasse eine, zwei oder drei Minuten frei sprechen:

1. Was ist Integration, wann ist sie erreicht, welche Herausforderungen und Chancen gibt es?

2. Was leistet die UNO für Flüchtlinge und mit welchen Problemen kämpft sie?

Sechs Merksätze zum Einprägen

1	Migration bedeutet übersetzt …
A	Vorurteil.
B	Integration.
C	Ausländer.
D	Wanderung.

2	Die meisten Geflüchteten verlassen ihre Heimat, …
A	weil sie Verwandte im Ausland haben.
B	weil in ihrer Heimat Krieg und Not herrschen.
C	weil sie reich werden wollen.
D	weil sie abenteuerlustig sind.

3	Die meisten Einwanderinnen und Einwanderer leben in …
A	den USA.
B	Deutschland.
C	Australien.
D	Südafrika.

4	Vorurteile behindern Integration, weil sie …
A	der Wahrheit entsprechen.
B	oft auf unwahren Behauptungen gründen.
C	Gegenstand vieler Diskussionen sind.
D	Migranten und Einheimische anregen, sich besser kennenzulernen.

5	Eine sehr wichtige Voraussetzung für Integration ist …
A	dass man die Namen wichtiger Politiker/-innen der neuen Heimat kennt.
B	dass man einheimische Gerichte kochen kann.
C	dass man die Sprache des neuen Landes erlernt.
D	dass man die Nationalhymne des neuen Landes singen kann.

6	Der UNHCR der Vereinten Nationen hat die Aufgabe, …
A	Unterhaltungsangebote für Geflüchtete zu organisieren.
B	Aufnahmeländer für Geflüchtete zu suchen, in denen sie dauerhaft bleiben können.
C	durch Entwicklungshilfe die Lebensbedingungen in den Herkunftsländern von Geflüchteten zu verbessern.
D	für Unterkunft, Nahrung, medizinische Versorgung von Geflüchteten zu sorgen.

!
- Bei richtiger Lösung kommen A einmal, B zweimal, C einmal und D zweimal vor.
- Übernimm die Merksätze in dein Heft und präge sie dir ein.

Glossar

Algorithmus

Der Begriff Algorithmus lässt sich mit „Rechenvorgang“ übersetzen. Dieser Vorgang besteht aus einer festgelegten Abfolge von Einzelschritten. Computer werden mit Algorithmen programmiert, um bestimmte Aufgaben zu erledigen. Im Navigationsgerät eines Fahrzeugs findet zum Beispiel der programmierte Algorithmus immer den kürzesten Weg von A nach B. Unternehmen nutzen Algorithmen für kundenbezogene Werbung. Algorithmen spielen im Zeitalter der computergesteuerten Wirtschaft eine immer größere Rolle.

Armut

Hier muss man zwischen absoluter und relativer Armut unterscheiden. Weltweit leben über eine Milliarde Menschen in absoluter Armut. Das bedeutet, dass sie nicht genug zu essen, keinen Zugang zu sauberem Trinkwasser und keine menschenwürdige Wohnung haben. Nach Angaben der Vereinten Nationen lebt ein Mensch in absoluter Armut, wenn ihm weniger als 1,9 US Dollar pro Tag zur Verfügung stehen. Auch in Deutschland gibt es viele Menschen, die über wenig Geld verfügen und die sich wenig leisten können. Im Vergleich zur absoluten Armut leben diese Menschen in relativer Armut. Als relativ arm gelten in Deutschland Familien, denen weniger als die Hälfte eines durchschnittlichen Familieneinkommens zur Verfügung steht.

Betriebsrat

Er ist die gewählte Interessenvertretung der Arbeitnehmerinnen und Arbeitnehmer in einem Wirtschaftsbetrieb. Er kann in Betrieben mit einer Mindestzahl von fünf Personen alle vier Jahre gewählt werden. Die wichtigste Aufgabe des Betriebsrates besteht darin, alle Belange der Belegschaft gegenüber der Leitung des Betriebes zu vertreten. Seine Rechte sind im Betriebsverfassungsgesetz geregelt.

Bruttoinlandsprodukt

Den Wert aller in einer Volkswirtschaft erstellten Waren und Dienstleistungen in einem Jahr bezeichnet man als Bruttoinlandsprodukt. Dies wird in einer Geldsumme ausgedrückt. Die Höhe des BIP gilt als Maßstab für den Wohlstand und die wirtschaftliche Leistungsfähigkeit einer Gesellschaft. Nach wie vor ist eines der wichtigsten Ziele der Wirtschaftspolitik, ein hohes und gleichmäßiges Wachstum des Bruttoinlandsproduktes zu erreichen. Früher sprach man vom Bruttosozialprodukt. Der Unterschied besteht darin, dass das Bruttoinlandsprodukt den Wert aller Waren und Dienstleistungen ausdrückt, die im Land erzeugt werden. Dazu zählen auch die von Ausländern im Land erbrachten Leistungen. Das Bruttosozialprodukt berechnete auch die Leistungen, die Deutsche im Ausland erbringen. Mit dem BIP lassen sich Länder besser vergleichen.

Bundeskanzler/-in

Er/Sie wird vom Bundestag gewählt und ist der/die mächtigste Politiker/Politikerin in der Bundesrepublik Deutschland. Er/Sie ist gegenüber dem Parlament für die Politik der gesamten Bundesregierung verantwortlich. Als Chef/-in der Regierung bestimmt er/sie die Richtlinien der Politik. Ihm/ihr steht das Recht zu, die Ministerinnen und Minister zu entlassen und neue zu berufen.

Bundespräsident/-in

Er/Sie ist Staatsoberhaupt der Bundesrepublik Deutschland. Zu seinen/ihren Aufgaben gehört, Deutschland bei Staatsbesuchen im In- und Ausland zu vertreten. Er/sie empfängt die Staatsgäste, unterzeichnet Bundesgesetze und internationale Verträge. Er/Sie wird von der Bundesversammlung für einen Zeitraum von fünf Jahren gewählt und kann sich einmal zur Wiederwahl stellen. Im Vergleich zum Bundeskanzler hat der Bundespräsident wenig direkte Macht. Zu den wirkungsvollsten Mitteln, Einfluss auf die Politik zu nehmen, gehört die öffentliche Rede bei besonderen Anlässen.

Bundesrat

Er ist die politische Vertretung der 16 Bundesländer. Seine Mitglieder werden nicht vom Volk gewählt, sondern von den Landesregierungen der 16 Länder entsendet. Durch den Bundesrat wirken die Länder an der Gesetzgebung des Bundes mit. Alle Bundesgesetze, die die Interessen der Bundesländer betreffen, bedürfen der Zustimmung des Bundesrates, bevor sie in Kraft treten. Bundesrat und Bundestag bilden zusammen das Parlament der Bundesrepublik Deutschland.

Bundesregierung

Sie besteht aus dem Bundeskanzler und den Bundesministern. Die Bundesregierung übt für den Zeitraum zwischen zwei Wahlen die politische Herrschaft im Staate aus. Sie berät und entscheidet darüber, was im eigenen Land geschehen soll. Sie regelt die Beziehungen zu anderen Staaten. Bei ihren Entscheidungen muss sich die Regierung an die Gesetze halten. Sie hat das Recht, Gesetzesvorschläge vorzubereiten und beim Parlament einzureichen.

Bundesstaat (siehe auch Föderalismus)

Das ist ein Staat, der aus mehreren Teilstaaten besteht, die gemeinsam zu einem Bund zusammengeschlossen sind. Die Bundesrepublik Deutschland ist ein solcher Bundesstaat. Sie besteht aus 16 Bundesländern und hat in der Bundeshauptstadt Berlin ein gemeinsames Parlament und eine gemeinsame Regierung.

Bundestag

Der Bundestag ist die gewählte Volksvertretung der Bundesrepublik Deutschland. Er gilt als wichtigste Bundeseinrichtung und als „Herz der Demokratie". Die Abgeordneten zum Deutschen Bundestag werden alle vier Jahre in allgemeiner, unmittelbarer, freier, gleicher und geheimer Wahl gewählt. Zu den wichtigsten Aufgaben des Bundestags gehört die Wahl des Bundeskanzlers, die Überwachung der Bundesregierung, das Recht, über die Einnahmen und die Ausgaben des Bundes zu beschließen, und die Verabschiedung aller Bundesgesetze.

Bundestagswahl

Sie findet alle vier Jahre statt. Bei der Wahl haben die Wählerinnen und Wähler zwei Stimmen. Mit der Erststimme wählen sie nach dem Mehrheitswahlsystem die Abgeordneten in ihren Wahlkreisen. Mit der Zweitstimme wählen sie nach dem Verhältniswahlrecht eine Partei. Für die prozentuale Sitzverteilung der Parteien im Bundestag ist die Zweitstimme entscheidend, deswegen ist sie die wichtigere von beiden. Das Wahlsystem zur Bundestagswahl wird personalisiertes Verhältniswahlrecht genannt.

Bundesverfassungsgericht

Es ist das oberste deutsche Gericht und hat die Aufgabe, zu überwachen, dass das Grundgesetz nicht verletzt wird. Das BVG wird als „Hüterin der Verfassung" bezeichnet. Es kann ein Gesetz, das nach seinem Urteil gegen das Grundgesetz verstößt, außer Kraft setzen. Jeder Bürger/jede Bürgerin der Bundesrepublik Deutschland hat die Möglichkeit, Verfassungsbeschwerde zu erheben, wenn er oder sie sich in den im Grundgesetz festgelegten Grundrechten verletzt fühlt.

Bundesversammlung

Sie tritt in der Regel nur einmal alle fünf Jahre zusammen und hat nur eine Aufgabe: die Wahl des Bundespräsidenten. Sie setzt sich zur Hälfte ihrer Mitglieder aus allen Abgeordneten des Bundestages zusammen und zur anderen Hälfte aus Bürgerinnen und Bürgern, die von den Landtagen in den Bundesländern gewählt werden. Von der Mitgliederzahl her gesehen, ist die Bundesversammlung das größte Staatsorgan in Deutschland.

Bürgerbegehren/Bürgerentscheid

In den meisten Bundesländern in Deutschland sind Bürgerbegehren und Bürgerentscheide als eine Form direkter Demokratie auf der Ebene der Gemeindepolitik vorgesehen. Mit diesem Instrument können sich die Bürger für oder gegen ein Vorhaben einsetzen. Das Verfahren sieht immer zwei Stufen vor: Zunächst müssen die Bürger für ihr Vorhaben ein Begehren durchführen. Dazu müssen zwischen 6 und 10 Prozent der Stimmberechtigten unterschreiben. Lehnt der Rat das Begehren ab, kommt es zur zweiten Stufe: dem Bürgerentscheid. Er gilt als angenommen, wenn die Mehrheit dafür ist. In den meisten Bundesländern ist die Bedingung, dass ein bestimmter Prozentsatz der Stimmberechtigten an der Abstimmung teilgenommen hat (Entscheidungsquorum). (Siehe auch Volksbegehren, Volksentscheid auf Landesebene.)

Bürgerinitiative

Wenn man „initiativ" wird, unternimmt man etwas. Man wehrt sich zum Beispiel gegen eine politisch geplante Maßnahme. Eine Bürgerinitiative ist ein Zusammenschluss von Bürgerinnen und Bürgern, die sich gegen bestimmte Maßnahmen wehren – zum Beispiel gegen den Ausbau von Flughäfen, den Bau von Straßen, Kraftwerken, Fabriken etc. Bürgerinitiativen setzen sich meist für den Schutz der Umwelt, die Verbesserung der Lebens- und Wohnverhältnisse und für die Gleichberechtigung von Frauen und Männern ein. Sie üben mit vielfältigen Mitteln Druck auf die Politiker/-innen, Parteien, Verbände und Wirtschaftsunternehmen aus. Sie sind eine Form spontaner und direkter politischer Aktivität und gelten in einer lebendigen Demokratie als erwünscht.

Bürgermeister

Eine Bürgermeisterin oder ein Bürgermeister ist Leiterin bzw. Leiter einer Gemeinde, ob haupt- oder ehrenamtlich hängt von der Größe der Gemeinde ab. In kreisfreien Städten heißt der Bürgermeister Oberbürgermeister. Bürgermeister führen den Vorsitz in den Gemeinde-, und Stadträten. Ihre Rechte und Pflichten sind in den Gemeindeordnungen festgeschrieben, die von Bundesland zu Bundesland unterschiedlich sind. In fast allen Bundesländern werden die Bürgermeisterinnen und Bürgermeister direkt gewählt.

Datenschutz

Wer einer Freundin oder einem Freund ein Foto von sich schenkt, will nicht, dass es in fremde Hände gelangt, womöglich, damit sich andere darüber lustig machen, das Foto bearbeiten, zur Schau stellen usw. Man will, dass persönliche Daten in besonderer Weise geschützt werden. Aus diesem Wunsch leitet sich ein Recht ab, das als Datenschutz bezeichnet wird. In Deutschland wird es als so wichtig angesehen, dass es den Charakter eines Grundrechtes hat. Man bezeichnet es als das Recht auf informationelle Selbstbestimmung. Danach kann jeder Mensch selbst entscheiden, wem er welche persönlichen Daten zur Verfügung stellt. Die Politik hat die Aufgabe, diesen Schutz zu gewährleisten. Dazu gibt es das Datenschutzgesetz. Mit der zunehmenden Verbreitung des Internets wird es zu einer sehr schwierigen Aufgabe, die Bürgerinnen und Bürger vor einem Datenmissbrauch zu schützen.

Demokratie

Wörtlich übersetzt heißt das aus der griechischen Sprache stammende Wort „Herrschaft des Volkes“. Für unsere moderne Zeit bedeutet Demokratie, dass alle Herrschaft im Staat vom Volk ausgeht. Das Volk wählt seine Vertreter in die Gemeinderäte, die Landtage und in den Bundestag. Weil diese Vertreterinnen und Vertreter das Volk repräsentieren, nennt man unsere Demokratie auch repräsentative Demokratie. Der wichtigste Wert in einer Demokratie ist, dass die Menschen frei sind und gleiche Rechte haben.

Digitalisierung

Vereinfacht ausgedrückt bedeutet Digitalisierung die Umwandlung aller Informationen in eine Sprache, die alle Computer in gleicher Weise verstehen. Wörtlich übersetzt heißt der lateinische Begriff „digitus“ Finger oder auch Zahl. Um den Computer zu füttern, werden alle Daten in Zahlenkombinationen bestehend aus der 0 und der 1 umgewandelt. Die Erfindung der Digitalisierung war die Voraussetzung für die Entwicklung von Computern.

Diktatur

Sie ist das Gegenteil einer Demokratie. Hier sind die Menschen nicht frei. An der Spitze einer Diktatur steht ein Alleinherrscher oder eine Gruppe von Herrschenden, die alle Macht in Händen hält. Die Bevölkerung hat den Befehlen der Mächtigen zu gehorchen. Politisch Andersdenkende werden häufig verfolgt.

Energie/Energiewende

Energie kann man sich als eine Kraft vorstellen, die in etwas steckt. Genau das bedeutet der griechische Ausdruck energos = Wirksamkeit. In der Luft steckt die Kraft der Windenergie, in der Sonne die des Lichts und der Wärme. Auch ein Mensch kann über viel Energie verfügen, wenn in ihm die Kraft steckt, viel zu lernen und zu leisten. Energie kann man von einer Form in eine andere umwandeln. Aus der elektrischen Energie in einer Batterie kann zum Beispiel Bewegungsenergie entstehen, die ein Fahrzeug antreibt.
Mit dem Begriff Energiewende wird die Umwandlung von der Nutzung endlicher Energieträger wie Kohle, Erdöl und Erdgas auf moderne erneuerbare Energien wie Solar-, Wasser- und Windenergie verstanden.

Europäische Union

Die EU ist ein Verbund europäischer Staaten, zu dessen wichtigsten Zielen die Sicherung des Friedens, der Freiheit und die Förderung des wirtschaftlichen Wohlergehens gehört. Seit 2013 gehören 28 Mitgliedstaaten der Europäischen Union (EU) an, seit dem Austritt der Briten 2020 sind es noch 27. Sie haben sich vertraglich verpflichtet, weite Bereiche der Politik gemeinsam zu gestalten und zu einem immer festeren wirtschaftlichen und politischen Bündnis zusammenzuwachsen. Dabei sollen die einzelnen Mitgliedstaaten ihre Selbstständigkeit behalten. Die EU verfügt über gemeinsame „europäische Organe“, die in der Lage sind, verbindliche Entscheidungen für alle Menschen in der EU zu treffen. Dazu gehören das Europäische Parlament, die Europäische Kommission, der Rat der Minister sowie der Rechnungshof und der Europäische Gerichtshof. Mit dem Vertrag von Lissabon, der am 1. Dezember 2009 in Kraft trat, werden die Institutionen der EU modernisiert und ihre Arbeitsmethoden optimiert, um den Herausforderungen der Zukunft gewachsen zu sein.

Europäischer Binnenmarkt

Ein Binnenmarkt ist ein Gebiet ohne Grenzen für alles, was sich im wirtschaftlichen Geschehen von einem Ort zum anderen bewegen soll. Das gesamte wirtschaftliche Geschehen spielt sich im Binnenmarkt nach einheitlichen Regeln und gleichen Bedingungen ab. Der europäische Binnenmarkt umfasst die Mitgliedstaaten der Europäischen Union (EU). Grundlegend gelten vier Freiheiten: 1. Waren können ungehindert in allen Mitgliedstaaten verkauft werden. 2. Personen eines Mitgliedslandes der EU können in jedem anderen EU-Land leben, arbeiten oder eine Ausbildung absolvieren. 3. Dienstleistungen können von jedem EU-Bürger über die nationalen Grenzen hinweg erbracht werden. 4. Geld und Kapital können von jedem Mitgliedsland in ein anderes frei bewegt werden. Zwischen den Mitgliedstaaten des europäischen Binnenmarktes gibt es nur noch Innenhandel und keinen Außenhandel mehr.

Europäisches Parlament

Das Europäische Parlament wird alle fünf Jahre von den Bürgerinnen und Bürgern in der EU gewählt. Es setzt sich zusammen aus 750 Abgeordneten aus den Mitgliedstaaten und dem Parlamentspräsidenten. Die Anzahl der Sitze hängt von der Einwohnerzahl des Landes ab. Deutschland stehen 96 Sitze zu. Das Parlament teilt sich die Aufgabe der Gesetzgebung mit dem Ministerrat. Es besitzt das Haushaltsrecht und entscheidet mit über die Aufnahme neuer Mitgliedstaaten in die EU.

Exekutive

Sie ist die ausführende Gewalt und damit eine der drei klassischen Staatsgewalten. Polizisten sind zum Beispiel Teil der staatlichen Exekutive, weil sie dafür sorgen, dass die Ordnung im Staat aufrechterhalten wird. Auf Bundesebene ist die Bundesregierung das oberste Organ der Exekutive.

Extremismus

Das lateinische Wort bedeutet „außerhalb“. In der Politik sind Extremisten Menschen, die außerhalb der Demokratie stehen. Extremistisch ist eine politische Partei, die die Demokratie ablehnt und das Ziel verfolgt, die Demokratie zu beseitigen. Das Grundgesetz sieht vor, dass extremistische Parteien verboten werden können.

Föderalismus

Das lateinische Wort „födus“ heißt „Bund“. Ein föderalistischer Staat ist ein Staat, in dem mehrere Teilstaaten zu einem Bund zusammengeschlossen sind. Dabei kann man zwischen einem Staatenbund und einem Bundesstaat unterscheiden. Die Bundesrepublik Deutschland ist ein föderalistischer Bundesstaat.

Fraktion

Eine Fraktion ist die Gruppe der Abgeordneten in einem Parlament, die der gleichen Partei angehören. Geleitet wird die Fraktion von einer Fraktionssprecherin bzw. einem Fraktionssprecher.

Freiheit

bezeichnet die Fähigkeit des Menschen, aus eigenem Willen und aus eigener Verantwortung Entscheidungen zu treffen und zwischen mehreren Möglichkeiten auswählen zu können. Man kann frei von etwas sein – also frei von Unterdrückung, Not, Mobbing oder ungerechter Behandlung. Und man kann frei für etwas sein – frei zu tun und zu lassen, was man will, den eigenen Beruf zu wählen, sich für die Demokratie und gegen Fremdenfeindlichkeit einzusetzen und vieles andere mehr. Die Grenzen der eigenen Freiheit liegen immer dort, wo Recht und Gesetz bestimmte Handlungen verbieten und wo die Freiheit anderer Menschen durch die eigene Freiheit verletzt wird.

Gemeinde

Mit diesem Sammelbegriff kann ein Dorf oder auch eine Großstadt bezeichnet werden. Eine Gemeinde hat das Recht, sich selbst zu verwalten und ihre Angelegenheiten selbst zu regeln. Gemeinden sind sogenannte Gebietskörperschaften. Das heißt, sie sind für ihr Gebiet mit bestimmten Aufgaben, Rechten, Pflichten und Einrichtungen ausgestattet. Für Gemeinden verwendet man auch den Begriff Kommunen.

Gerechtigkeit

Schülerinnen und Schüler erwarten von ihren Lehrern, dass sie gerecht handeln. Dazu gehört einerseits, dass diese ihre Sache richtig machen, in dem sie sich an die geltenden Regeln und Gesetze halten und andererseits, dass sie gut handeln, zum Beispiel, indem sie niemanden bevorzugen oder benachteiligen. Gerechtigkeit hat immer damit zu tun, wie wir uns anderen Menschen gegenüber verhalten. Welches Handeln wir als gut empfinden, hängt von unseren eigenen Wertvorstellungen ab. Weil das so ist, unterscheiden sich die Auffassungen von Gerechtigkeit von Mensch zu Mensch. Das gilt auch für die Vorstellungen von einer gerechten Politik. Die einen meinen, es gehe dann gerecht in der Gesellschaft zu, wenn alle etwa gleich viel besitzen, andere meinen, Gerechtigkeit bestehe, wenn alle gleiche Bildungschancen hätten, wieder andere sind davon überzeugt, dass es gerecht ist, wenn diejenigen, die mehr leisten als andere, dadurch auch einen höheren Reichtum erzielen. Verteilungs-, Chancen- und Leistungsgerechtigkeit sind drei Vorstellungen, zwischen denen es zu unterscheiden gilt.

Geschäftsfähigkeit

ist ein Begriff aus dem Bürgerlichen Gesetzbuch (BGB) und bedeutet das Recht, nach eigenem Willen und in eigener Verantwortung Rechtsgeschäfte bzw. Kaufverträge abzuschließen. Die Geschäftsfähigkeit hängt vom Lebensalter ab. Kinder sind bis zur Vollendung des siebten Lebensjahres geschäftsunfähig. Minderjährige gelten als beschränkt geschäftsfähig. Sie können zum Beispiel Kaufverträge abschließen, wenn die Erziehungsberechtigten dazu ausdrücklich ihre Genehmigung erteilt haben. Die volle Geschäftsfähigkeit beginnt mit der Volljährigkeit ab 18 Jahren.

Gesetze

Gesetze sind die aufgeschriebenen und vom Parlament verabschiedeten Regeln, an die sich alle Menschen in einem Staat halten müssen. Damit die Gesetze eingehalten werden, gibt es Strafen für die Nichtbeachtung. In einem Rechtsstaat ist auch der Staat an die Einhaltung der Gesetze gebunden. Im Streitfall entscheiden die Gerichte frei und unabhängig im Rahmen der Gesetze.

Gewaltenteilung

Darunter versteht man die Aufteilung der Macht im Staat auf die drei Gewalten Legislative, Exekutive und Judikative. Die Legislative ist die gesetzgebende Gewalt. Sie wird vom Bundesparlament und den Landesparlamenten wahrgenommen. Die Exekutive ist die ausführende Gewalt, also diejenige, die die Politik für einen begrenzten Zeitraum bestimmt. Diese Aufgabe wird von den Regierungen ausgeübt. Die dritte Staatsgewalt ist die Judikative, also die Rechtsprechung. Sie wird ausgeführt von den unabhängigen Gerichten. Die Staatsgewalten sind geteilt, damit sie sich gegenseitig kontrollieren. Die Teilung soll verhindern, dass zu viel Macht in eine Hand zusammenkommt.

Gewerkschaften

sind Vereinigungen von Arbeitnehmerinnen und Arbeitnehmern, um deren Interessen gegenüber den Arbeitgeberinnen und Arbeitgebern und dem Staat zu vertreten. Sie haben viele Aufgaben, vor allem kümmern sie sich um die Verbesserung der Arbeitsbedingungen, die Sicherung und Erhöhung der Löhne, den Schutz bestehender und die Schaffung neuer Arbeitsplätze und um die Mitbestimmung der Arbeitnehmer in den Betrieben. Die ersten Gewerkschaften entstanden als Arbeitervereine zu Beginn des 19. Jahrhunderts. Über ein Drittel aller Arbeitnehmer/-innen sind in den 16 Einzelgewerkschaften des Deutschen Gewerkschaftsbundes (DGB) organisiert.

Gewissen

Gewissensentscheidungen spielen in der Politik eine große Rolle. Zum Beispiel sind die Abgeordneten des Deutschen Bundestages nach Artikel 38 des Grundgesetzes bei Abstimmungen nur ihrem Gewissen unterworfen und nach Artikel 12a darf niemand gegen sein Gewissen zum Dienst an der Waffe gezwungen werden. Das Gewissen ist der innere Gradmesser, nach dem wir selbst unsere Handlungen bewerten. Es sagt uns, was gut und richtig und was falsch und verwerflich ist. Das Gewissen bildet sich aufgrund von Erfahrungen und erzieherischen Einflüssen heraus. Hinterlässt eine Entscheidung ein gutes Gewissen, fühlt man sich wohl. Entscheidungen, die man mit schlechtem Gewissen trifft, wirken demgegenüber belastend.

Globalisierung

Sie ist ein Prozess der weltweiten Vernetzung der wirtschaftlichen Abläufe und Abhängigkeiten, der technischen Möglichkeiten, der wissenschaftlichen Forschung, der kulturellen Angleichung der Lebensumstände, der Auswirkungen des Lebens auf die Umwelt, der politischen Möglichkeiten, Chancen und Probleme. Der vielschichtige Begriff wird einmal zur Charakterisierung eines neuen Zeitalters verwendet und andererseits als Sammelbegriff für alle Megatrends, die in einem weltweiten Zusammenhang gesehen werden müssen.

Grundrechte

Sie sind die in der Verfassung niedergeschriebenen grundlegenden Menschenrechte. Zu ihnen zählen die Freiheits- und Gleichheitsrechte sowie soziale Grundrechte. Sie sind in erster Linie Schutzrechte des Einzelnen gegenüber dem Staat. In der Bundesrepublik

Deutschland sind die Grundrechte im ersten Abschnitt des Grundgesetzes aufgeführt.

Inflation

heißt Geldentwertung. Von einer Inflation spricht man, wenn die Verbraucherinnen und Verbraucher für die gleiche Menge Geld weniger kaufen können, weil die Waren teurer geworden sind. Die Inflationsrate wird in der Regel mit einer Prozentzahl ausgedrückt. Diese Zahl drückt aus, wie sich die Waren im Vergleich zum Vorjahr durchschnittlich verteuert haben.

Interessenverbände

Sie spielen in der parlamentarischen Demokratie eine große Rolle und sind auf die unterschiedlichsten Arten organisiert. Gemeinsam ist ihnen, dass sich Menschen zusammenschließen, um sich so wirkungsvoller gegenüber der Regierung oder gegenüber anderen Interessengruppen durchsetzen zu können. Interessengruppen versuchen, Druck auf die Politik auszuüben, um die Entscheidungen der Politiker/-innen in ihrem Sinne zu beeinflussen. Das ist rechtlich geregelt und legitim. Allerdings wird der Einfluss mächtiger Interessenverbände auf die politischen Entscheidungen auch häufig als zu groß kritisiert.

Judikative

Wenn jemand gegen die Gesetze verstoßen hat und sich dafür vor Gericht verantworten muss, dann ist er bei der Judikative gelandet. Sie ist die rechtsprechende Gewalt und eine der drei klassischen Staatsgewalten. Sie wird von unabhängigen Gerichten bzw. Richtern ausgeübt, die nur den Gesetzen verpflichtet sind.

Jugendrecht

ist ein Sammelbegriff für alle Rechtsgrundsätze, die speziell für Jugendliche gelten. Dazu gehören das Jugendschutzgesetz, das Jugendarbeitsschutzgesetz und das Jugendstrafrecht. Die Gesetze zum Schutz der Jugend haben die Aufgabe, Jugendliche vor seelischen und körperlichen Gefährdungen zu bewahren und ihnen eine gesunde Entwicklung zu ermöglichen.

Kartell

bedeutet Vereinbarung. In der Wirtschaft wird das Wort oft zur Bezeichnung geheimer Preisabsprachen benutzt, die zwei oder mehr Unternehmen treffen, um die Preise ihrer Produkte untereinander abzusprechen. Solche Preiskartelle haben das Ziel, den Wettbewerb auszuschalten und den Unternehmensgewinn zu sichern. Kartelle sind grundsätzlich verboten und werden mit hohen Geldbußen bestraft.

Koalition

Koalition bedeutet Bündnis oder Zusammenschluss. In der parlamentarischen Demokratie versteht man darunter einen Zusammenschluss von zwei oder mehreren Parteien in einem Parlament zum Zwecke der Regierungsbildung. Koalitionen werden gebildet, wenn keine der in einem Parlament vertretenen Parteien allein in der Lage ist, eine Mehrheit zu bilden. Das gemeinsame Regierungsprogramm einer Koalitionsregierung wird in einem Koalitionsvertrag festgelegt.

Klima

ist die Bezeichnung für die Wetterlage in einem gesamten Gebiet der Erde über einen längeren Zeitraum hinweg. Im Unterschied dazu beschreibt das Wetter einen kurzfristigeren Zustand, der sich von Tag zu Tag ändern kann. Das Klima unterliegt weltweit gewissen Schwankungen. Entscheidend dafür ist der Einfluss der Sonne. Besonders im Blickpunkt ist aktuell die von Menschen verursachte Klimaerwärmung aufgrund der Zunahme der Treibhausgase in der Erdatmosphäre. Dass es neben den natürlichen Ursachen für einen Klimawandel eine von Menschen verursachte gefährliche Klimaerwärmung gibt, gilt mittlerweile in der wissenschaftlichen Forschung als unbestreitbare Tatsache.

Kommunalpolitik

Das ist die Politik, die in den Gemeinden gemacht wird, also in den Stadt- und Landgemeinden. Kommunal heißt „die Gemeinde betreffend“; eine Kommune ist eine Gemeinde. Neben der Bundes- und der Landespolitik ist die Kommunalpolitik die dritte Ebene der nationalen Politik.

Kompromiss

Das lateinische Wort bedeutet „Übereinkunft“ bzw. „Ausgleich“. Der Kompromiss ist eine Art der Entscheidung zwischen Personen oder Gruppen, die unterschiedliche Interessen vertreten und unterschiedlicher Meinung sind, die sich aber irgendwie einigen müssen. In der Demokratie spielen Kompromisse eine große Rolle, weil es fast immer darum geht, verschiedene Interessen so unter einen Hut zu bringen, dass alle Beteiligten eine Entscheidung akzeptieren können. Kompromissfähigkeit gilt als eine Qualifikation, über die jeder demokratische Mensch verfügen sollte.

Konflikt

Das Wort bedeutet „Zusammenstoß". Es bezeichnet eine Auseinandersetzung, die entsteht, wenn Menschen oder Gruppen aufeinandertreffen, die unterschiedliche Interessen vertreten. Die streitenden Parteien versuchen dann mit Argumenten und mit Macht, den Streit siegreich zu beenden. Oft gelten Konflikte als unvermeidbar, zum Beispiel, wenn alljährlich die Vertreter der Arbeitgeber und Arbeitnehmer über die Höhe der Löhne streiten. In der Demokratie gilt der Konflikt nicht als etwas Schlechtes. Wichtig ist, dass die Konflikte mit friedlichen und fairen Mitteln zu einem vernünftigen Ausgleich gebracht werden.

Konsument

ist in der Sprache der Wirtschaft ein anderes Wort für Verbraucher. Konsumenten sind wir alle, wenn wir regelmäßig einkaufen gehen und Wirtschaftsgüter erwerben, die wir verbrauchen oder gebrauchen und von Zeit zu Zeit durch neue ersetzen.

Kredit

Wer einer anderen Person einen Kredit gewährt, leiht dieser in der Regel eine größere Geldsumme, die diese dann zurückzahlen muss. Man spricht von einem Darlehen. Eine häufige Form ist der Ratenkredit. Nimmt zum Beispiel eine Familie einen Kredit auf, um ein Auto oder ein Haus zu finanzieren, so zahlt sie die Summe nicht auf einmal, sondern in vereinbarten Raten zurück. Bei großen Anschaffungen kann sich die Rückzahlung über viele Jahre hinweg hinziehen. Kredit bekommt in der Regel nur, wer sich als kreditwürdig erweist. Das Wort bedeutet glauben und vertrauen. Der Kreditgeber muss darauf vertrauen können, dass der Kreditnehmer zur Rückzahlung in der Lage ist. Banken und Sparkassen vergeben Kredite nicht umsonst. Sie verlangen von Kreditnehmer Zinsen, die der Höhe des Darlehens hinzugerechnet werden.

Kultur

Darunter versteht man die Gesamtheit der Leistungen, die ein Mensch oder eine Gemeinschaft hervorgebracht hat. Wenn wir von Menschen aus anderen Kulturkreisen sprechen, dann meinen wir, dass diese über andere Traditionen, Bräuche und Erfahrungen verfügen. Zur Kultur gehören auch die Sprache, Religion und Philosophie, alle Arten von Kunst und viele andere Errungenschaften mehr. Auch die alltäglichen Gewohnheiten wie die Art zu wohnen, zu essen und miteinander zu leben sind Teil einer Kultur. Angenommen wird, dass die Kultur einen prägenden Einfluss auf das Denken und Handeln von Menschen und Gemeinschaften hat. Die Unterschiedlichkeit der Kulturen zu respektieren, friedlich miteinander zu leben und sich gegenseitig zu bereichern statt andere Kulturen auszugrenzen oder gar zu bekämpfen, gilt als wichtiges Ziel einer interkulturellen Erziehung.

Landtage

sind die von der wahlberechtigten Landesbevölkerung gewählten Parlamente in den Bundesländern. Ein Landtag beschließt die Landesgesetze, also diejenigen, die nur im eigenen Bundesland gelten. Dazu gehören zum Beispiel die Gesetze über das Schul- und das Polizeiwesen. Er wählt die Ministerpräsidentin oder den Ministerpräsidenten und hat die Aufgabe, die Landesregierung zu kontrollieren. Da Deutschland aus 16 Bundesländern besteht, gibt es 16 Landesparlamente.

Legislative

Sie ist die gesetzgebende Gewalt und damit eine der drei klassischen Staatsgewalten. In der Bundesrepublik Deutschland wird sie vom Bundesparlament, bestehend aus dem Bundestag und dem Bundesrat, ausgeübt. Auch die Länderparlamente in den Bundesländern gehören zur Legislative, weil auch sie das Recht haben, Gesetze zu erlassen.

Manipulation

Wörtlich übersetzt bedeutet der Begriff „geschickte Handhabung". Man versteht darunter die Beeinflussung von Menschen, ohne dass diese es merken. Wer andere manipuliert, will sie zu einem ganz bestimmten Fühlen, Denken und Handeln verführen. Der Vorwurf der Manipulation wird oft gegenüber der Werbung erhoben, wenn diese mit raffinierten Mitteln versucht, die Menschen zum Kauf eines bestimmen Produktes zu verführen. Auch Zeitungen und Zeitschriften und die übrigen Massenmedien haben die Macht, Menschen zu manipulieren. Vor Manipulation schützen kann man sich, indem man lernt, die Tricks und Absichten zu durchschauen.

Markt

Ein Markt ist ein Ort des Zusammentreffens von Angebot und Nachfrage nach einem Wirtschaftsgut, auf dem der Preis für eine Ware im Zusammenspiel zwischen den unterschiedlichen Interessen von Anbietern und Käufern gebildet werden. In der modernen Wirtschaft müssen Märkte keine konkreten Orte mehr sein. Im Online-Warenverkehr spielt sich das Marktgeschehen zunehmend in der digitalisierten Computerwelt ab. Gütermarkt, Geldmarkt, Arbeitsmarkt und andere stellen unterschiedliche Marktarten dar.

Mehrheitswahl

Sie ist eine Form der politischen Wahl, bei der das Wahlgebiet in Wahlkreise eingeteilt wird. In den Wahlkreisen haben die Wähler/-innen die Möglichkeit, eine Kandidatin oder einen Kandidaten zu wählen. Gewählt ist, wer die Mehrheit der Stimmen bekommt. In der Regel genügt die relative Mehrheit, also auch weniger als 50 Prozent. Die Stimmen für die unterlegenen Kandidaten fallen bei diesem Wahlrecht unter den Tisch (siehe auch Verhältniswahl).

Menschenrechte

Das sind die grundlegenden Rechte, die jedem Menschen zustehen, und zwar unabhängig von seinem Geschlecht, seiner Sprache, seiner Heimat und Herkunft, seiner religiösen oder politischen Anschauung. Sie gehören sozusagen zur Natur des Menschen und können von niemandem aberkannt werden. Einige Herrschaftssysteme, Staaten und Kulturen zweifeln allerdings den universalen Gültigkeitsanspruch der Menschenrechte an (siehe auch Grundrechte).

Mitbestimmung

Für größere Wirtschaftsbetriebe bedeutet dieser Begriff, dass die Arbeitnehmerinnen und Arbeitnehmer an der Leitung des Betriebes mitbestimmend teilnehmen. Die Unternehmer können zum Beispiel nicht allein darüber entscheiden, wer eingestellt oder wer versetzt wird, wie der Betrieb gestaltet wird usw.

Nachhaltigkeit

Nachhaltig handelt man, wenn man etwas unternimmt, was für lange Zeit wirksam sein wird. Der Begriff wurde aus der Forstwirtschaft übernommen und bedeutete ursprünglich, dass man nicht mehr Holz schlagen darf als nachwachsen kann. Heute gilt „nachhaltige Entwicklung“ (sustainable development) in der Umweltpolitik als international eingeführtes Prinzip. Es bedeutet, dass Eingriffe des Menschen in die Natur die Lebensbedingungen künftiger Generationen nicht gefährden dürfen. Indirekt ist das Prinzip der Nachhaltigkeit unter der Überschrift „Schutz der natürlichen Lebengrundlagen“ in den neu formulierten Artikel 20a des Grundgesetzes aufgenommen worden.

NATO

Das ist die Abkürzung für „North Atlantic Treaty Organization“, auch Nordatlantikpakt genannt. Die NATO wurde 1949 gegründet und ist ein Verteidigungsbündnis. Die 28 Mitgliedstaaten des Bündnisses haben sich zu gegenseitiger Hilfe verpflichtet, falls einer von ihnen mit Waffengewalt angegriffen wird. Seit der Auflösung des Ostblocks hat sich das Aufgabengebiet der NATO verändert. Von 1999 – 2008 wurden 12 Mitgliedstaaten des ehemaligen Ostblocks in die NATO aufgenommen. Auf Bitten Albaniens griff die NATO 1999 im jugoslawischen Kosovo zum Schutz der Kosovo-Albaner mit militärischen Luftangriffen ein. Die NATO versteht diese Militäraktion nicht als Kriegseinsatz, sondern als einen Akt humanitärer Hilfe.

Ökologie

Das Wort stammt aus dem Griechischen. Es bezeichnet die Lehre von den Wechselbeziehungen zwischen Mensch und Umwelt. Wichtigstes Ziel der Ökologie ist es, die Zerstörung der Umwelt zu verhindern und das Gleichgewicht der verschiedenen Kräfte in der Natur zu erhalten. Damit leistet diese Wissenschaft einen wichtigen Beitrag zur Bewahrung der Lebensgrundlagen für die Menschheit.

Ökonomie

(siehe Wirtschaft)

Opposition

Im Parlament besteht die Opposition aus allen Parteien, die nicht an der Regierung beteiligt sind. Das Wort bedeutet Widerspruch, Gegensatz. Die Opposition ist immer die Minderheit, die einer Mehrheit gegenübersteht und die darauf wartet, zum Beispiel bei der nächsten Wahl die Mehrheit zu erlangen. In der Demokratie hat die Opposition zwei entscheidende Aufgaben: Sie soll die Regierung überwachen und kritisieren. Sie soll eigene politische Pläne entwickeln, die eine Alternative zu denen der regierenden Mehrheit darstellen.

Parteien

In den Parteien finden sich Menschen mit gleichen oder ähnlichen politischen Interessen zusammen. Jede Partei versucht, so groß und einflussreich wie möglich zu werden, um allein oder in Zusammenarbeit mit anderen Parteien Macht auszuüben und ihre Ziele durchzusetzen. Nach dem Grundgesetz der Bundesrepublik Deutschland haben die Parteien die Aufgabe, an der politischen Willensbildung der Bevölkerung mitzuwirken (Artikel 21). Jede Bürgerin/jeder Bürger kann Mitglied einer Partei werden. In der Regel werden Mitglieder von Parteien als Abgeordnete in die verschiedenen Parlamente geschickt. Die Parteien spielen im politischen Leben eine sehr große Rolle. Häufig werden der übergroße Einfluss der Parteien und die Art der Parteienfinanzierung kritisiert.

Partizipation

ist ein Schlüsselbegriff für das Zusammenleben in einer lebendigen Demokratie. Der Begriff bedeutet Teilnahme und aktive Mitgestaltung. Partizipation umfasst alle Verhaltensweisen, mit denen Menschen alleine oder in Gruppen Einfluss auf die Entscheidungsprozesse in der Politik nehmen. Die Demokratie versteht sich als eine Form des Zusammenlebens, die nur dann gut funktioniert, wenn möglichst viele Menschen sich für sie engagieren und bereit sind, sich den Feinden der Demokratie entgegenzustellen.

Petition

Wörtlich übersetzt bedeutet Petition Bittschrift oder Beschwerde. Artikel 17 des Grundgesetzes garantiert allen Bürgerinnen und Bürgern, sich mit Bitten und Beschwerden an die dafür zuständigen Stellen zu wenden. Die am häufigsten gewählte Form ist mittlerweile die Online-Petition. Auch Kinder und Jugendliche können vom Petitionsrecht Gebrauch machen und sich mit einer schriftlichen Eingabe an den Bundestag oder an ihr Landesparlament wenden. Die dafür zuständigen Petitionsausschüsse müssen diese Eingaben bearbeiten und beantworten.

Politik

Dieser Begriff leitet sich von dem griechischen Wort „polis“ ab, das man mit „Gemeinschaft“ übersetzen kann. Heute verstehen wir darunter alle Aufgaben und Zukunftsprobleme, die gelöst werden müssen, damit die Menschen im Staat friedlich, frei und in Sicherheit miteinander leben können. Politik wird von einzelnen Personen, vor allem aber auch von Parteien, Bürgerinitiativen und Interessenverbänden gemacht. Zum Wesen demokratischer Politik gehört, dass die Vorstellungen über die Lösung der Zukunftsaufgaben sehr unterschiedlich sein können.

Populismus

Das lateinische Wort „populus“ heißt auf Deutsch „Volk“. Als Populisten werden diejenigen bezeichnet, die davon ausgehen, dass sie in ihren politischen Ansichten die Meinung des gesamten Volkes vertreten. Wer ihre populistischen Ansichten nicht teilt, gehört nicht zum Volk. Diese Form der Ablehnung aller anderen Meinungen widerspricht den Grundwerten der Demokratie.

Rassismus

Rassistinnen und Rassisten glauben, man könne die Menschen in unterschiedliche Rassen einteilen, um daraus abzuleiten, dass die Rasse, der sie scheinbar selbst angehören, allen anderen überlegen ist. Unterschiedliche Rassen gibt es aber nur bei Tieren. Es gibt z. B. Hunde- und Pferderassen. Kein Hund kann Nachkommen mit einem Pferd haben. Jede Frau und jeder Mann auf der Welt können sich lieben und gemeinsame Kinder haben – ganz einfach, weil sie Menschen sind.
Rassismus geht immer mit Fremdenfeindlichkeit und Intoleranz einher und kann niemals mit den Werten einer Demokratie vereinbar sein. Rassisten ignorieren die Freiheit anderer. Sie bedrohen die Demokratie.

Rechtsstaat

Im Rechtsstaat ist alles staatliche Handeln an die bestehenden Gesetze gebunden. Der Rechtsstaat schützt so die Bürger/-innen vor willkürlichen Übergriffen der Staatsgewalt. Kein Gesetz, keine Verordnung, kein Richterspruch darf den in der Verfassung festgelegten Rechtsgrundsätzen widersprechen. Die Aufgaben von Regierung und Parlament sind durch die Verfassung vorgeschrieben. Zur Rechtsstaatlichkeit gehören auch die Garantie der Grundrechte und die Teilung der Staatsgewalt.

Repräsentative Demokratie

Die Bundesrepublik Deutschland ist eine repräsentative Demokratie. Das bedeutet, dass die Staatsgewalt vom Volk ausgeht, dass sie aber nicht direkt vom Volk ausgeübt wird. Zur Ausübung der Staatsgewalt wählt das Volk seine Repräsentanten, die dann für die Dauer einer Wahlperiode die politischen Entscheidungen treffen. Den Repräsentanten, die auch als Abgeordnete bezeichnet werden, wird ein Entscheidungsspielraum zugestanden. Nach dem Grundgesetz sind sie „an Aufträge und Weisungen nicht gebunden und nur ihrem Gewissen verantwortlich“ (Artikel 38, Abs. 1).

Republik

Der Begriff stammt aus dem Lateinischen („res publica") und bedeutet, dass der Staat die Sache des Volkes ist. Von einer Republik sprechen wir, wenn die Macht im Staat vom Volk ausgeht. Die Bundesrepublik Deutschland ist eine Republik, weil das Volk durch Wahlen bestimmt, wer für die Zeit zwischen zwei Wahlen die politische Herrschaft ausüben darf. Republik bedeutet auch, dass es keinen König oder Kaiser geben kann.

Schülervertretung (SV)

Durch die SV wirken die Schülerinnen und Schüler an der Gestaltung des Schullebens mit. Sie hat die Aufgabe, die Interessen der Schüler/-innen zu vertreten. Sie besteht aus den gewählten Klassensprecherinnen und Klassensprechern sowie deren Stellvertretern, aus der Klassensprecherversammlung und den gewählten Schülersprechern. In einigen Bundesländern trägt die Klassensprecherversammlung die Bezeichnung Schülerrat.

Solidarität

Das Wort Solidarität stammt aus dem Lateinischen. Man versteht darunter den engen Zusammenhalt einzelner Personen oder Gruppen. Diese bilden eine Solidargemeinschaft. Man unterstützt sich gegenseitig, kämpft für gemeinsame Interessen und hat gemeinsame Ziele. Das Wesen einer Solidargemeinschaft wird in dem Motto „Einer für alle, alle für einen" deutlich.

Soziale Marktwirtschaft

Nach dem Zweiten Weltkrieg wurde in der Bundesrepublik die soziale Marktwirtschaft eingeführt. In dieser Wirtschaftsordnung ist das Privateigentum auch an Produktionsmitteln garantiert. Die Preise bilden sich auf dem Markt nach Angebot und Nachfrage. Garantiert werden Produktions- und Berufsfreiheit sowie ein freier Kapitalverkehr. Neben diesen marktwirtschaftlichen Elementen erhält die soziale Marktwirtschaft auch sozialpolitische Elemente. Der Staat darf in das Wirtschaftsgeschehen eingreifen, um den Wettbewerb zu sichern. Er übernimmt aber auch eine Schutzfunktion gegenüber seinen Bürgerinnen und Bürgern. Mit einer umfangreichen Sozialgesetzgebung schützt er die Arbeitnehmer/-innen und bewahrt den sozialen Frieden.

Soziale Netzwerke

In sozialen Netzwerken bilden Internetnutzer/-innen Gemeinschaften, um miteinander zu kommunizieren und Kontakte zu pflegen. Immer mehr Menschen nutzen so das Internet als ständigen Begleiter ihres Alltagslebens. Jeder angemeldete Nutzer bildet einen Knoten in diesem Netz, von dem aus er mit allen anderen Knoten in Verbindung steht. Besondere Vorteile bestehen in der Erweiterung der kommunikativen Möglichkeiten jedes einzelnen Menschen. Auf der Negativseite stehen die Gefahren des Datenmissbrauchs, Computersucht und die Verunglimpfung anderer durch Cyber-Mobbing. Das größte soziale Netzwerk ist Facebook mit weit über einer Milliarde Mitgliedern.

Sozialhilfe

Im System der sozialen Sicherung ist in Deutschland die Sozialhilfe das letzte Auffangnetz für alle, die in Not geraten sind. Nach dem Bundessozialhilfegesetz (BSHG) soll die Sozialhilfe den Bedürftigen ein menschenwürdiges Leben ermöglichen und sie befähigen, bald wieder selbst ihren Lebensunterhalt zu verdienen. Die Sozialhilfe ist also in erster Linie als Hilfe zur Selbsthilfe gedacht. Sie umfasst die Hilfen zum Lebensunterhalt, mit der die Grundbedürfnisse (wie Ernährung, Kleidung, Wohnung und Heizung) abgedeckt werden sollen, und die Hilfen in besonderen Lebenslagen für Personen, deren Einkommen oder Vermögen nicht ausreicht, um außerordentliche Notsituationen (wie Krankheit, Behinderung oder Pflegebedürftigkeit) zu bewältigen.

Sozialstaat

Einen Staat, der in seiner Verfassung das Ziel sozialer Gerechtigkeit anstrebt, bezeichnet man als Sozialstaat. Der Sozialstaat hat eine Fürsorgepflicht gegenüber den Schwachen in der Gesellschaft. Er setzt sich das Ziel, allen Bürgerinnen und Bürgern ein Leben zu ermöglichen, das mit der Würde des Menschen vereinbar ist. In der deutschen Geschichte wurde das Sozialstaatsprinzip erstmals im Grundgesetz für die Bundesrepublik Deutschland verankert. Nach Artikel 20 des Grundgesetzes ist die Bundesrepublik ein Sozialstaat. Erstmals haben damit die Bürger/-innen einen Rechtsanspruch auf eine soziale Mindestsicherung. Umgekehrt wird von den leistungsstarken Bürgern erwartet, dass sie durch das Bezahlen von Steuern und Sozialabgaben dazu beitragen, dass der Staat diese Aufgabe erfüllen kann.

Staat

Der Staat ist die Gesamtheit aller Bürgerinnen und Bürger, die zu einem Volk gehören. Übersetzen kann man das Wort aus dem frühen Mittelalter mit „Lebensweise".

Man versteht darunter auch die Organisation, die sich die Menschen in der Gesellschaft gegeben haben, damit sie geregelt und friedlich miteinander leben können. Der Staat fordert von den Menschen, dass sie einen nicht unerheblichen Teil ihres Einkommens in Form von Steuern und Abgaben an ihn entrichten. Er verteilt dieses Geld dann wieder, zum Beispiel an Familien in Form von Kindergeld und zum Bau von Straßen, Schienen, Flugplätzen, Krankenhäusern, Schulen, für die Bundeswehr und für vieles andere mehr.

Staatsgewalt

Wenn man von der Staatsgewalt spricht, versteht man Gewalt im Sinne von Macht. Der Staat, in dem wir leben, übt eine gewisse Macht über uns aus, weil er uns dazu zwingt, die Gesetze einzuhalten, und uns bestraft, wenn wir das nicht tun. In der Demokratie ist der Staat die einzige Macht, welche die politische Herrschaft ausüben darf und die das Recht hat, sie auch mit Gewalt aufrechtzuerhalten. Die Staatsmacht ist unterteilt in die Exekutive, die Legislative und die Judikative (siehe auch dort).

Steuern

Steuern sind Abgaben, die die Bürger an den Staat zahlen. Es besteht Steuerpflicht. Wer sie nicht bezahlt, macht sich strafbar. Mit den Steuern bestreitet der Staat seine Aufgaben. Man unterscheidet direkte und indirekte Steuern. Direkte Steuern werden vom Lohn und Einkommen und dem Besitz der Bürger/-innen bezahlt. Indirekte Steuern werden auf Waren und Dienstleistungen aufgeschlagen. Von der Summe, die die Bürger/-innen für diese Produkte zahlen, wird ein Teil als Steuer an die Staatskasse abgeführt.

Tarifautonomie

Darunter versteht man das Recht der Vertretungen der Arbeitgeber/-innen (Arbeitgeberverbände) und der Vertretungen der Arbeitnehmer/-innen (Gewerkschaften), die Löhne, Arbeitszeiten und die übrigen Arbeitsbedingungen selbst, also autonom, auszuhandeln und in einem Tarifvertrag für eine bestimmte Zeit festzulegen. Die Regierung darf sich grundsätzlich nicht in Tarifverhandlungen einmischen. Die Tarifpartner sind frei in ihren Entscheidungen und selbst dafür verantwortlich.

Vereinte Nationen (UNO)

Die englische Abkürzung bedeutet United Nations Organization. Die Vereinten Nationen wurden 1945 nach dem Ende des Zweiten Weltkriegs gegründet. Ihre wichtigsten Ziele, die Sicherung des Weltfriedens, die Förderung der wirtschaftlichen und sozialen Entwicklung in den armen Ländern der Erde und die Durchsetzung der Menschenrechte, sind in der „Charta der Vereinten Nationen“ festgelegt. Neben der Generalversammlung ist der Weltsicherheitsrat die Einrichtung von großer weltpolitischer Bedeutung. Seine Hauptaufgabe besteht darin, Streitigkeiten zwischen den Staaten auf der Welt beizulegen. Im Jahr 2022 sind 193 Staaten Mitglied der Vereinten Nationen.

Verhältniswahl

Bei dieser Form der politischen Wahl erhalten die Parteien genau den Anteil an Sitzen im Parlament, der ihnen im Verhältnis zur erreichten Stimmenzahl zusteht. Alle Stimmen zählen gleich und haben den gleichen Erfolgswert. Bei Bundestagswahlen findet das System eine Einschränkung darin, dass eine Partei mindestens fünf Prozent der Stimmen erhalten muss, um überhaupt in das Parlament einziehen zu können (Fünf-Prozent-Hürde).

Volksbegehren/Volksentscheid

Viele Landesverfassungen (vor allem auch in den neuen Bundesländern) haben das Mittel des Volksbegehrens und des Volksentscheids als Element direkter Demokratie aufgenommen. In einem Volksbegehren können die Bürgerinnen und Bürger eines Bundeslandes den Landtag dazu zwingen, einem bestimmten Gesetz innerhalb einer festgelegten Frist zuzustimmen. Das Begehren kommt zustande, wenn eine bestimmte Zahl der Wahlberechtigten (z. B. 15 Prozent) das Begehren unterschreibt. Lehnt der Landtag mit seiner Mehrheit dieses Volksbegehren ab, so kommt es zu einem Volksentscheid. Der Landtag stellt dann dem Volk das Gesetz zur Abstimmung. Wenn die Mehrheit der Abstimmenden (mindestens aber eine bestimmte Prozentzahl aller Wahlberechtigten, z. B. ein Drittel) dem Gesetz zustimmt, ist der Volksentscheid angenommen. Bestimmte Themenbereiche, wie z. B. finanzielle Angelegenheiten, sind allerdings von diesen Möglichkeiten ausgenommen.

Vorurteil

heißt urteilen, bevor man etwas weiß. Man bildet sich eine Meinung, ohne sie auf ihren Wahrheitsgehalt zu überprüfen. Oft werden Vorurteile von anderen übernommen. Jemand behauptet zum Beispiel, dass eine bestimmte Schülerin eine Streberin ist und schnell glauben das auch viele andere. Meist sind Vorurteile negativer Art. Sie können aber auch positiv sein, zum Beispiel, wenn es heißt, dass alles super ist, was irgendein Star denkt und macht. Oft fällt es schwer, einmal übernommene Vorurteile wieder aufzugeben. Ein Weg kann sein, sich immer wieder selbst zu prüfen, ob man zu leichtfertig an einer einmal übernommenen Meinung festhält.

Werte

Das sind Grundsätze und Zielvorstellungen, die ein einzelner Mensch oder die gesamte Gesellschaft als erstrebenswert ansieht. Werte beziehen sich oft auf die Art und Weise des Umgangs mit anderen Menschen, zum Beispiel die Gerechtigkeit und die Hilfsbereitschaft. In einer Partnerschaft spielen Werte wie Liebe und Treue eine große Rolle. Eine Gesellschaft braucht ein gewisses Maß von gemeinsamen Werten, die alle Menschen teilen, weil sie sonst nicht funktionieren kann. Dazu gehören zum Beispiel die Ablehnung von Gewalt, die Achtung vor den Gesetzen, die Toleranz gegenüber Andersdenkenden etc. Werte können sich im Laufe der Zeit verändern.

Wettbewerb

bedeutet in der Wirtschaft, dass es für bestimmte Produkte verschiedene Unternehmen gibt, die in Konkurrenz zueinander stehen und um die Gunst der Kundinnen und Kunden werben. Wettbewerb ist ein grundlegendes Element der sozialen Marktwirtschaft. Er begrenzt die Macht einzelner Unternehmen, sorgt für günstige Preise und führt dazu, dass stets neue und oft bessere Produkte entwickelt werden. Die Erhaltung des Wettbewerbs ist eine wichtige Aufgabe staatlicher Wirtschaftspolitik.

Wirtschaft (auch Ökonomie)

Unter Wirtschaft versteht man die Gesamtheit aller menschlichen Tätigkeiten, die sich auf die Produktion und den Verbrauch von Waren und Dienstleistungen beziehen. Die Wirtschaft versorgt uns mit diesen Waren (z. B. Lebensmittel, Kleidung, Autos, Computer) und Dienstleistungen (z. B. ärztliche Versorgung, Haarpflege, Krankenpflege, öffentliche Verwaltungen). In der Wirtschaft sind wir nicht nur Käufer/-innen und Verbraucher/-innen. In der beruflichen Tätigkeit erbringen wir Leistungen, erzielen dafür Einkommen und erstellen die verschiedensten Waren und Dienstleistungen, die wir als Verbraucher/-innen wieder kaufen. Daher sind wir alle Teile in einem großen volkswirtschaftlichen Kreislauf.

Wirtschaftswachstum

Das „Gesetz zur Förderung der Stabilität und des Wachstums in der Wirtschaft" verpflichtet die Bundesregierung zu einer Wirtschaftspolitik, die angemessenes Wirtschaftswachstum zum Ziel hat. Die Vorzüge wirtschaftlichen Wachstums bestehen vor allem in der Schaffung von Arbeitsplätzen und der Verbesserung des gesellschaftlichen Wohlstands. Allerdings wird Wirtschaftswachstum heute kritisch gesehen und dabei wird zwischen dem problematischen quantitativen und dem wünschenswerten qualitativen Wachstum unterschieden. Quantitatives Wachstum ist berechenbar und wird in einer Prozentzahl ausgedrückt. Beträgt das Wachstum der Wirtschaft zwei Prozent, so bedeutet dies, dass der Wert aller Waren und Dienstleistungen in diesem Jahr im Vergleich zum vorherigen Jahr um zwei Prozent gestiegen ist. Diese Zahl sagt jedoch nichts über eine sozial gerechte Verteilung des Wohlstands und erst recht nichts über die Umweltschäden aus. Deshalb ist das Ziel heute ein qualitatives Wirtschaftswachstum. Damit ist gemeint, dass Wachstum mit den Erfordernissen des Schutzes der Umwelt vereinbar sein muss und darüber hinaus der sozial gerechten Verteilung des Wohlstands dient.

Wirtschaftsordnung

In einem großen Staatsgebilde muss es für den Bereich der Wirtschaft einen Ordnungsrahmen geben. Er hat die Aufgabe, die wirtschaftliche Versorgung der Menschen möglichst reibungslos zu garantieren. Dazu greift der Staat mithilfe von Gesetzen ordnend und gestaltend in das Wirtschaftsgeschehen ein. Die Wirtschaftsordnung in der Bundesrepublik Deutschland trägt die Bezeichnung soziale Marktwirtschaft.

Hilfekarten

Seite 18, Aufgabe 3
Gebt dem Tafelbild eine Struktur. Geht gemeinsam die Fälle noch einmal durch. Notiert stichwortartig.

Engagement Jugendlicher	
a) Welche Themen • Waldaufforstung • …	b) Welches Problem? • Klimaschutz • …

Seite 21, Aufgabe 2
Lege eine Tabelle an.

A Pro Freiwilligkeit	**B Pro Verpflichtung**
• Auch Erwachsene engagieren sich freiwillig • …	• … • …

Seite 23, Aufgabe 2
Es geht um deine persönliche Einschätzung (= Werturteil).
Dagegen spricht: Das Thema kann Kinder überfordern.
Dafür spricht: Man kann nicht früh genug mit Maßnahmen gegen Rassismus beginnen.

Seite 28, Aufgabe 4
Gehe in drei Schritten vor:
1. Wo funktioniert Vielfalt gut? Denke hier z.B. an die Vielfalt in deiner Schulklasse, in deinem Freundeskreis, in den unterschiedlichen Ansichten zur Politik. Beschreibe Beispiele.
2. Wo gelingt die Akzeptanz von Vielfalt nicht? Denke an Hasskommentare, Diskriminierung Andersdenkender, Extremismus.
3. Bewerte, indem du positive und negative Erfahrungen gegeneinander abwägst.

Seite 30, Aufgabe 3
Begnüge dich nicht mit einem pauschalen Urteil: „Politik finde ich wichtig, langweilig …“ etc. Unterscheide, welche Themen dich interessieren und welche Art von Politik (und von Politikerinnen und Politikern) du gut findest und welche nicht.

Seite 31, Aufgabe 4
Oft gibt es unterschiedliche Ansichten zu geplanten Baumaßnahmen in der Stadt. So zum Beispiel bei der Planung neuer Einkaufszentren. Überlege für dein gewähltes Beispiel, welche Gruppen daran ein Interesse haben. Das können sein: Wirtschaftsunternehmen, Umweltschützer, Bürgerinitiativen pro und kontra, Erwachsene, Jugendliche, Kinder, Autofahrer/-innen, Fußgänger/-innen und andere mehr. Sammle solche Gruppen und überlege, ob es deren Interesse entspricht, für oder gegen eine geplante Veränderung zu sein.

Seite 43, Aufgabe 2
Lies dazu den Text ein zweites Mal. Notiere dann deine Vorschläge:
Für einen Beruf im Handwerk ist besonders geeignet, wer …
- keine zu lange Ausbildungszeit will,
- lieber praktisch als theoretisch arbeitet,
- …

Seite 55, Aufgabe 3
Gehe bei der Beantwortung von der im Text enthaltenen Definition von *interkultureller Kompetenz* aus. Überlege und beschreibe, wo in der Arbeitswelt dir diese Kompetenz bereits heute immer wieder begegnet (in Restaurants, auf dem Wochenmarkt, im professionellen Sport etc.). Blicke dann in die Zukunft und überlege, warum eine zunehmend globalisierte Arbeitswelt ohne diese Kompetenz nicht funktionieren kann.

Seite 73, Aufgabe 3
Notiere im Zentrum: Rolle der Parteien
Wähle vier Hauptstränge: Definition (Partei), Voraussetzungen für eine Gründung, Aufgaben, Finanzierung.

Seite 83, Aufgabe 3
Deine Chancen und Möglichkeiten als Bundeskanzlerin/Bundeskanzler:
Du bestimmst die Richtlinien der Politik (Artikel 65 Grundgesetz)
Du leitest die Geschäfte.
Du trägst die Verantwortung.
Du kannst also die Richtung vorgeben, welche Entscheidung du für richtig hältst.
Rücksichten:
Denk hierbei daran, dass du keine Alleinherrscherin bzw. kein Alleinherrscher bist.
Beschreibe, wie in es in der Demokratie zu Entscheidungen kommt (Mehrheitsprinzip).
Überlege auch die Rolle der Medien, der Wählerinnen und Wähler etc.

Seite 93, Aufgabe 3
Die vier genannten Institutionen sind immer in vergleichbarer Art und Weise an der Entstehung eines Bundesgesetzes beteiligt. Präge dir daher ihre Rollen anhand des beschriebenen Beispiels ein.

1. Die Bundesregierung:
   erarbeitet Gesetzesvorschläge, bringt sie in den Bundestag ein, informiert den Bundesrat, wirbt und kämpft um die Mehrheit im Bundestag.
2. Der Bundestag: …
3. Der Bundesrat: …
4. Der Bundespräsident: …

Mithilfe von vier Hauptsträngen und dem Zentrum „Das Gesetzgebungsverfahren in der Bundesrepublik Deutschland“ lässt sich der Ablauf besonders anschaulich mithilfe einer Mindmap visualisieren.

Seite 101, Aufgabe 3
Das Grundgesetz trat am 23. Mai 1949 in Kraft, also nur wenige Jahre nach dem Ende der Diktatur im Nationalsozialismus. Die Verfasserinnen und Verfasser des Grundgesetzes standen also noch ganz unter dem Eindruck der Verbrechen und Zerstörungen, welche durch den Machtmissbrauch und die Konzentration der Macht in der Hand eines Diktators geschehen waren. Erläutere mit deinen eigenen Worten, wie und warum das Mittel der Gewaltenteilung in Zukunft Diktatur und Machtmissbrauch verhindern soll.

Seite 105, Aufgabe 5
Was spricht für keine Gefahr?
Die Demokratie ist so stark, dass sie Erscheinungen von Rassismus und Radikalismus aushalten und abwehren kann.
Was spricht für Gefahr?
Die Anzahl und die Schwere rassistischer und extremistischer Gewalt gefährden den gesellschaftlichen Frieden und Bestand der Demokratie.
Entscheide dich zwischen diesen beiden Positionen und begründe sie anhand von Fakten und persönlichen Erfahrungen.

Seite 107, Aufgabe 4
Die Aussage fordert zur Stellungnahme auf. Nazis sind Leute, die rechtsradikales Gedankengut verbreiten und für gut halten. Schildere, wie es dir ergeht, wenn du mit rechtsradikalen, rassistischen und fremdenfeindlichen Äußerungen konfrontiert bist.

Seite 127, Aufgabe 3
Die Karikatur thematisiert die Sensationsgier der Medien. Im Vordergrund sind zwei Reporter abgebildet, die eine Geisel bei einem Banküberfall interviewen wollen.

- Prüfe zunächst, ob dieses Vorhaben die Intimsphäre und die Menschenwürde verletzt.
- Überlege dann, ob die Öffentlichkeit in diesem Fall ein Recht auf Informationen aus dem Mund der Geisel hat.

Fasse dann deine Erkenntnisse zusammen und begründe sie mit den Kriterien.

Seite 133, Aufgabe 3

- Überlege zunächst, was Fake News und Geister gemeinsam haben. Das erklärt, warum der Karikaturist das Symbol des Geistes verwendet.
- Zum Beispiel kommen Geister aus dem Nichts, …
- Die Bildunterschrift ist eine Anspielung auf ein berühmtes Zitat des Dichters Johann Wolfgang von Goethe: „Die Geister, die ich rief, werd ich nun nicht los.“ Überlege, ob das mit Fake News im Internet ähnlich ist.
- Fasse dann deine Ergebnisse zusammen und begründe sie.

Seite 141, Aufgabe 4
Um dir nach dem Kriterium der Verhältnismäßigkeit ein Urteil zu bilden, solltest du prüfen:
- War die Kontaktsperre die einzige Möglichkeit, um das Virus zu bekämpfen?
- Hätte es Alternativen gegeben?
- War die Dauer der Einschränkung der Freiheitsrechte zu lang oder angemessen?

Die Antwort auf diese Fragen kann unterschiedlich ausfallen – je nach persönlichem Standpunkt.

Seite 142, Aufgabe 3
Zur Begründung kannst du Artikel 1 und 2 Absatz 2 heranziehen. Übersetze die Artikel zunächst in eigene Worte. Daraus kannst du dann die Begründung für das Folterverbot und das Verbot der Todesstrafe ableiten.

Seite 153, Aufgabe 3
Als Kriterien kannst du die nationalen und internationalen Auswirkungen sowie die weltweite Durchsetzung der Menschenrechte heranziehen. Arbeite sowohl positive als auch negative Aspekte heraus und formuliere dann auf der Grundlage dieser Erkenntnisse ein zusammenfassendes Urteil.

Seite 161, Aufgabe 3
Übt hier zu zweit ein Rollenspiel ein. Eine(r) von euch beiden kann behaupten: „Ich habe mit dem Sozialstaat nichts am Hut!“ „Der Sozialstaat kümmert sich nicht um die Jugendlichen.“ „Wer wenig Geld hat, hat auch keine Chance, später einmal zu studieren!“ etc. Die Partnerin bzw. der Partner informiert anhand der Fakten. Übt das Rollenspiel einmal, bevor ihr es präsentiert.

Seite 162, Aufgabe 3
Der Fall von Nesrin beleuchtet dazu die positive und die negative Seite:
Positiv: Viele Betriebe stellen immer bereitwilliger Menschen mit Behinderung ein.
Negativ: Nesrin musste sehr lange suchen, bis sie einen Ausbildungsplatz fand.
Überlege selbst, welche positiven und negativen Seiten dir bekannt sind (in der Schule, im Sport, im Bekanntenkreis). Urteile möglichst differenziert.

Seite 169, Aufgabe 3
Gehe dazu die Texte A und B mit dem Blick auf die darin genannten Probleme und Chancen noch einmal durch. Lege eine Tabelle an und notiere stichwortartig.

Probleme	Chancen
• Finanzierung zukünftiger Renten • …	• Gesund leben bis ins hohe Alter • …

Seite 172, Aufgabe 3
Nutze zur Beantwortung die in der Methodenkarte 4 auf der Seite 94 genannten Kriterien und beantworte die Fragen:
Wie wichtig ist das Thema des Gesetzes?
Wie gut löst es das Problem?
Wem hilft es?
Haben ich und meine Familie etwas damit zu tun?
Formuliere zusammenfassend deine Gesamtbewertung.

Seite 179, Aufgabe 4
Überlegt, warum eine gute schulische und berufliche Ausbildung oft als Schutz vor Armut bezeichnet wird. Tauscht euch darüber aus, was ihr selbst und andere von heute an dazu tun könnt. Denkt darüber nach, welche Rolle Lern- und Leistungsbereitschaft, Durchhaltevermögen und Vorsorge in eurem Leben spielen sollen.

Seite 191, Aufgabe 4
- Überlege zunächst, nach welchen Kriterien du die beiden Unternehmensarten vergleichen willst.
- Möglich Kriterien: Aufbau und Abteilung, Unternehmensziele, Unabhängigkeit der Geschäftsleitung, Art der Beschäftigung (Teilzeit/Vollzeit), Geschäftsfähigkeit, Ausstattung mit Eigenkapital, Kundenkreis usw.
- Erstelle in einer Tabelle einen Vergleich nach den gewählten Kriterien.
- Ermittle anhand der Tabelle Gemeinsamkeiten und Unterschiede und fasse das Ergebnis zusammen.

Seite 200, Aufgabe 4

1. Ermittle zunächst für jede Rechtsform Vor- und Nachteile.
   Beispiel: Einzelunternehmen
   Vorteile: kann alleine alle unternehmerischen Entscheidungen treffen, bekommt wegen alleiniger Haftung leichter Kredite bei Banken usw.
   Nachteile: kann bei Verlusten oder einer Pleite sein privates Vermögen verlieren usw.
2. Gewichte die einzelnen Vor- und Nachteile aus der Sicht eines Unternehmers.
3. Triff eine Entscheidung und begründe diese.

Seite 203, Aufgabe 3

Eine Software-Firma bietet eine Dienstleistung an und entwickelt für Kunden Programme.

Beschaffung: 1. Kauf von Laptops oder Tablets für die Beschäftigten; 2. …

Produktion: 1. Individuelle Beratung von Kunden; 2. …

Absatz: 1. Pflege der eigenen Website; 2. …

Seite 208, Aufgabe 3

Überlege, welche Faktoren sich neben der Qualität von Produkten noch auf den Erfolg eines Unternehmens auswirken, zum Beispiel Bekanntheit, Image usw.

Seite 214, Aufgabe 3

- Ein mögliches Kriterium für die Beurteilung kann die Frage nach den Auswirkungen/Folgen dieser Aussage bzw. Einstellung sein.
- Prüfe in diesem Fall die Auswirkungen auf das Image des Unternehmens in der Öffentlichkeit, die Wettbewerbsfähigkeit, die Gewinnung neuer Kunden und auf die Kosten im Unternehmen.

Seite 224, Aufgabe 2

Der Text (Material A) beschreibt die Kriterien der Jury. Lies ihn ein zweites Mal. Notiere Schritt für Schritt: Saerbeck …

- handelt vorbildlich in Sachen Klima- und Ressourcenschutz,
- kümmert sich um Umweltbildung,
- usw.

Seite 225, Aufgabe 3

Der Text (B) enthält mehrere Definitionen von Nachhaltigkeit. Notiere stichwortartig:

- In erster Linie: Ökologische Verantwortung, achtsamer Umgang mit vorhandenen Ressourcen
- Brundtland-Report 1987: …
- Rat für nachhaltige Entwicklung: …

Keine davon ist falsch. Wähle die aus, die du dir am besten einprägen kannst, Beispiel:
Kindern und Enkeln eine ökologisch, sozial und ökonomisch lebenswerte Welt hinterlassen

Seite 231, Aufgabe 5

Zu dieser Frage gibt es kein Richtig oder Falsch, sondern unterschiedliche Ansichten. Kläre zunächst, welche Art von Wirtschaftswachstum du ablehnst und/oder welche Art dir als vertretbar erscheint (Verzicht auf Wachstum, quantitatives, qualitatives oder inklusives Wachstum).
Wissen sollte man dazu, dass der Staat per Gesetz dazu verpflichtet ist, für ein „angemessenes und stetiges Wirtschaftswachstum" zu sorgen (siehe Stabilitätsgesetz auf Seite 234). Überlege, was dir als „angemessen" erscheint.

Seite 233, Aufgabe 4

Nachhaltig ist das Lieferkettengesetz, wenn es langfristig positive Auswirkungen auf die Umwelt, die Wirtschaft und die sozialen Verhältnisse hat. Überprüfe es anhand dieser drei Kriterien.
Lieferkettengesetz

- Auswirkungen auf die Wirtschaft: …
- Auf die Umwelt: …
- Auf die Menschen: …

Fasse dann dein Urteil in einem abschließenden Satz zusammen.

Seite 234, Aufgabe 3
Gehe von der Definition im Text aus: Es bedarf der Kunst eines Magiers, alle Ziele gleichzeitig zu erreichen. Das bedeutet, dass die Ziele sich zum Teil widersprechen.
Erläutern kannst du das am Beispiel „Angemessenes Wirtschaftswachstum – Schutz der natürlichen Umwelt“ oder „Wirtschaftswachstum – stabiles Preisniveau“ (weil Wachstum in der Regel zu mehr Nachfrage und damit auch zu Preissteigerungen führt).

Seite 243, Aufgabe 4
Der Einzelhandel erhält 50 %, die Fabrik im Billiglohnland 13 % vom Preis einer Jeans. Bei der Bewertung kannst du das Kriterium der Angemessenheit zugrunde legen. Frage dich: Ist dieser Anteil nach deinem Rechtsempfinden gerecht, gemessen an den Leistungen der beiden Akteure?

Seite 251, Aufgabe 6
Kriterium für die Beurteilung kann die Effektivität der jeweiligen Maßnahme sein: Was bewirken sie jeweils für die Bevölkerung? Kann damit das Ziel erreicht werden, die Wirtschaft des Landes zu stabilisieren?

Seite 259, Aufgabe 5
Frage dich hier zunächst: Welche Probleme sollen mit der Energiewende gelöst werden? Sind diese Probleme auf nationaler Ebene zu lösen? Falls das nicht der Fall ist, kann auch die Energiewende als Lösung nicht nur auf nationaler Ebene erfolgen.

Seite 276, Aufgabe 2
Denke bei deiner Antwort an drei wichtige Bereiche: Jeder Mensch braucht sauberes Wasser, saubere Luft, sichere Lebensmittel.
Erkläre dann, was die EU dazu leistet.

Seite 289, Aufgabe 5
Schreibe in das Zentrum deiner Mindmap „Der europäische Binnenmarkt“. Füge folgende Hauptstränge hinzu: Freiheiten, Vorteile, Gewinner, Verlierer. Ordne die Informationen aus den Materialien D, E und F den Strängen zu. Entwickle auch Nebenstränge – zum Beispiel zu den Vorteilen je einen Nebenstrang für Verbraucher/-innen, Arbeitnehmer/-innen.
Fasse deine Ergebnisse mithilfe deiner Mindmap mündlich zusammen.

Seite 290, Was auch noch interessant sein kann
Die genannte Richtlinie 2005/36/EG ist sehr umfangreich. Besonders wichtig daraus ist im Fall von Marie der Artikel 24, Abschnitt 2. Hier ein Textauszug daraus: „Die ärztliche Grundausbildung umfasst mindestens fünf Jahre (kann zusätzlich in der entsprechenden Anzahl von ECTS-Punkten ausgedrückt werden) und besteht aus mindestens 5500 Stunden theoretischer und praktischer Ausbildung an einer Universität oder unter Aufsicht einer Universität.“

Seite 314, Aufgabe 3
- Hier sind deine Geschichtskenntnisse gefragt.
- Überlege, was die Juden in der Zeit zwischen 1933 und 1945 in Deutschland erdulden mussten.
- Falls du nicht weiterkommst, kannst du im Internet zu diesem Stichwort recherchieren.
- Welche Auswirkungen haben diese Ereignisse auf die Verantwortung Deutschlands in diesem Konflikt?

Seite 335, Aufgabe 3
Die Bundeswehr ist als Armee im Bündnis gegründet worden und versteht sich auch heute noch so. Überlege, welche Auswirkungen diese Tatsache auf die Aufgaben und den Aktionsradius der Bundeswehr haben.

Register

Altersarmut 178 f.
Antisemitismus 107
Arbeitslosenversicherung 165
Arbeitswelt 54 ff.
Armut 178 ff., 254 f.
Ausbildungswege 40 ff.

Berufswahl 36 ff.
Berufswahlmappe 38 f.
Berufswegplanung 50 ff.
Betriebliche Mitbestimmung 210 f.
Betriebliche Organisationsformen 202 ff.
Betriebserkundung 205
Brainstorming 71
Bundeskanzler 78, 82fff.
Bundespräsident 79
Bundesrat 79
Bundesregierung 78
Bundestag 78
Bundestagswahl 86 ff.
Bundesverfassungsgericht 80, 103
Bundeswehr 332 ff.
Bürgerbeteiligung 64 ff.
Bürgerentscheid 68
Bürgerinitiative 64 f.

Datenschutz 148 f.
Demografischer Wandel 168 ff.
Demokratie 26 ff., 32 f., 62 ff.
Demokratiedefizit 297
Demokratiefeindlichkeit 104 ff.
Diktatur 101
Diskriminierung 28, 144
Diversität 28

Eigenverantwortlichkeit 163
Einkommensteuer 175 f.
Energiewende 258 ff.
Engagement 16 ff.
Erststimme 88
EU-Erweiterung 302 f.
EU-Gesetze 293
Europäische Kommission 292, 259
Europäische Union 272 ff.
Europäische Währungsunion 285
Europäische Zentralbank 285
Europäischer Binnenmarkt 287 ff.
Europäischer Einigungsprozess 284
Europäischer Gerichtshof 292, 259
Europäischer Rat 292, 259
Europäischer Regionalfonds 275
Europäischer Sozialfonds 275
Europäisches Parlament 292, 259
Europapolitik 290 ff.
Exekutive 100
Expertenbefragung 195
Extremismus 104 ff.

Fake News 132 ff.
Fallanalyse 146
Fallstudie 182 ff.
Fraktionszwang 98 f.
Freihandel 250 ff.
Frieden 312
Friedenspolitik 310 ff.
Friedenssicherung 308 ff.
Fünfprozentsperrklausel 89

Geflüchtete 350 f.
Gernerationenvertrag 168 f.
Gesetzgebung 92 ff.
Gewaltenteilung 100 ff.
Global Player 242 f.
Globalisierung 240 ff.
Green Economy 214, 221
Grundrechte 138 ff.
Grundrechtsgarantien 145
Grundsicherung 172 f.

Inklusives Wirtschaftswachstum 231
Integration 346 f.

Judikative 100
Jugendliche 14 ff.

Kinderarbeit 254 f.
Kinderarmut 180 ff.
Klimaschutz 212 ff., 258 ff.
Klimawandel 266 ff., 298 f.
Konfliktanalyse 315 ff.
Krankenversicherung 165

Legislative 100

Linksextremismus 106

Machtkontrolle 100 ff.
Markt 242 ff.
Medien 112 ff.
Medienfunktion 122 ff.
Mehrheitswahl 86 f.
Meinungsrede 352
Menschenrechte 138 ff., 150 ff.
Menschenrechtsorganisationen 155
Menschenrechtsverletzungen 150 ff.
Menschenwürde 142
Migration 338 ff.
Ministerrat 292, 259

Nachhaltigkeit 214, 224 f.
Nahostkonflikt 314 ff.
NATO 322 ff.
Netzwerkdurchsetzungsgesetz 92 ff.
Nichtregierungsorgansiationen 320 ff.

Ökologie 220 ff.
Ökonomie 220 ff.
Online-Medien 116 ff.
Opposition 102

Parteien 70 ff.
Parteiendemokratie 72 f.
Personalisiertes Verhältniswahlrecht 88
Pflegeversicherung 165
Politikinteresse 30 ff.
Politikzyklus 97
Populismus 107
Portfolio 278 f.
Praktikum 44 ff.
Pressefreiheit 126 ff.
Protektionismus 250 f.

Qualitatives Wirtschaftswachstum 230
Quantitatives Wirtschaftswachstum 230

Rassismus 22 ff., 104 ff.
Rechtsextremismus 106
Rentenversicherung 165, 168

Schaubilderstellung 166
Schaubildrallye 226
Schülerfirmen 190 ff.
Soft Skills 55
Solidarität 163
Soziale Gerechtigkeit 174 ff.
Soziale Medien 114 f. f.
Soziale Sicherung 158 ff.
Sozialstaat 160 ff.
Sozialversicherung 164 ff.
Steuergerechtigkeit 174 ff.
Steuerpolitik 175
Subsidiarität 163
Szenario 268 f.

Teilhabechancengesetz 172
Toleranz 28

Überhangmandate 89
Umweltpolitik 232 ff.
Umweltschutz 212 ff., 218 ff.
Unfallversicherung 165
Unionsbürgerschaft 283
UN-Menschenrechtscharta 153
UNO 325 ff.
Unternehmen 188 ff., 196 ff.
Unternehmensformen 200 f.
Unternehmensgründung 192 ff.
Unternehmensziele 206 ff.
Urteilsfähigkeit 94

Verfassungsorgane 76 ff.
Verhältniswahl 86 f.
Videoanalyse 119
Volksentscheid 68

Wahlrechtsgrundsätze 91
Welthandel 242 ff.
Welthandelsorganisation 253
Weltsicherheitsrat 330 f.
Wertschöpfungskette 204
Wirtschaft 188 ff., 218 ff., 240 ff.
Wirtschaftliche Globalisierung 244 ff.
Wirtschaftspolitik 232 ff.
Wirtschaftswachstum 229 f.

Zweitstimme 88

Bildquellenverzeichnis

|action press, Hamburg: Wallrath, Michael 145.2. |Alamy Stock Photo, Abingdon/Oxfordshire: LianeM 6.2, 218.1. |Alamy Stock Photo (RMB), Abingdon/Oxfordshire: age fotostock 207.1; Bildagentur-online/Ohde 92.1; Bildagentur-online/Schoening 299.1; Boethling, Joerg 261.1; Cultura RM 206.2; Gilbert, Jeff 82.1; Panther Media GmbH 31.1; Shields, Martin 220.2; Tack, Jochen 7.2, 272.1; Zoonar GmbH 299.2. |Baaske Cartoons, Müllheim: Mester, Gerhard 127.1, 257.1; Mohr, Burkhard 123.1, 257.4; Plaßmann, Thomas 121.1, 134.1, 168.1, 257.2. |Bergmoser + Höller Verlag AG, Aachen: 169.1, 234.1. |Bertelsmann Stiftung, Gütersloh: Foto: Thomas Kunsch 67.1. |Bitkom, Berlin: 114.1. |Bundesagentur für Arbeit (BA), Nürnberg: Lexikon der Ausbildungsberufe, BERUF AKTUELL, Ausgabe 2021/2022 53.1. |Bundeskoordination Schule ohne Rassismus - Schule mit Courage, Berlin: 22.1; Foto: Aris Papadopoulos 23.1. |Bundeswehr, Berlin: Tom Twardy 332.1. |BÜNDNIS 90/DIE GRÜNEN/gruene.de, Berlin: 70.5, 74.3. |Campus Verlag GmbH, Frankfurt/Main: Gulder, Angelika: Finde den Job, der dich glücklich macht, 3. Auflage 2013 52.1. |CDU Deutschlands, Berlin: 70.2, 74.1. |CSU - Christlich-Soziale Union in Bayern e.V., München: 70.3. |DIE LINKE, Berlin: 70.6, 75.1. |Domke, Franz-Josef, Wunstorf: 20.1, 97.1, 106.1, 124.1, 124.2, 142.1, 200.1, 204.1, 242.1, 245.1, 247.1, 247.2, 247.3, 258.1, 268.1, 283.1, 284.1, 286.1; Europäische Kommission / © European Union, 2020 298.1; Quelle: Shell Jugendstudie 2019 32.1. |Europäische Kommission, Berlin: 215.1. |fotolia.com, New York: Agence DER 160.2; Arcurs, Yuri 176.7; contrastwerkstatt 160.1; highwaystarz 347.1; jemastock 13.1, 19.2; Marcito 78.3; Miklo, Jiri 176.3; Monkey Business 39.1; Pawlowska, Edyta 290.1; Pfluegl, Franz 344.1; photocreo 76.2, 79.2; piamuc 225.1; Voronin, Vladimir 235.1. |Fotostudio Henke, Paderborn: 10.1, 279.3, 286.2. |Freie Demokratische Partei e.V., Berlin: 70.4, 74.4. |Getty Images, München: AFP/Gobet, Georges 292.1. |Greser & Lenz, Aschaffenburg: 131.1. |Haitzinger, Horst, München: 133.1, 244.1. |Hoppe, Thomas - Schülerkarriere GmbH, Hannover: © Thomas Hoppe 194.1. |Hüter, Michael, Bochum: Quelle: Stiftung Jugend und Bildung 115.1. |Imago, Berlin: masterpress 3.2, 36.1. |Initiative WiduLand e.V., Vlotho-Exter: Dirk Schitthelm 65.1. |INNOVA-Agentur - Graphik & Design, Borchen: 72.1, 80.1, 96.1. |Interfoto, München: Sammlung Rauch 81.1, 101.1. |iStockphoto.com, Calgary: amriphoto 26.1; AzmanJaka 212.1; AzmanL 43.1; Bojan89 178.1; oculo 222.1; smartboy10 28.1; Specht, Glenn 341.1. |Janson, Jürgen, Landau: 318.1. |JFF - Institut für Medienpädagogik in Forschung und Praxis, München: 130.1. |Kampagne für Saubere Kleidung - www.saubere-kleidung.de, Dortmund: Clean Clothes Campaign Germany 243.1. |Kassing, Reinhild, Kassel: 12.1, 13.2, 19.1, 24.1, 29.1, 29.2, 29.3, 30.1, 35.1, 35.2, 35.3, 35.4, 35.5, 35.6, 35.7, 44.1, 44.2, 44.3, 44.4, 46.1, 47.1, 47.2, 47.3, 48.1, 61.1, 61.2, 61.3, 61.4, 61.5, 61.6, 61.7, 71.1, 77.1, 84.1, 86.1, 86.2, 86.3, 87.1, 88.1, 91.1, 91.2, 94.1, 94.2, 96.2, 98.1, 102.1, 102.3, 103.2, 111.1, 111.2, 111.3, 111.4, 111.5, 119.1, 137.1, 137.2, 137.3, 137.4, 137.5, 137.6, 157.1, 157.2, 157.3, 157.4, 157.5, 163.1, 174.1, 187.1, 187.2, 187.3, 187.4, 187.5, 193.1, 197.1, 200.2, 200.3, 201.1, 201.2, 202.1, 205.1, 205.2, 205.3, 206.1, 209.1, 210.1, 217.1, 217.2, 217.3, 217.4, 217.5, 226.1, 226.2, 228.1, 228.2, 228.3, 228.4, 229.1, 231.1, 236.1, 237.1, 237.2, 239.1, 239.2, 239.3, 239.4, 239.5, 248.1, 250.1, 251.1, 262.1, 271.1, 271.2, 271.3, 271.4, 271.5, 277.1, 294.1, 295.1, 295.2, 295.3, 295.4, 295.5, 295.6, 307.1, 307.2, 307.3, 307.4, 307.5, 315.1, 337.1, 337.2, 337.3, 337.4, 337.5, 342.1, 345.1, 355.1, 355.2, 355.3, 355.4, 355.5. |Landtag von Baden-Württemberg, Stuttgart: 4.1, 62.1. |Matern Architekten, Paderborn: 54.1. |Mattes, Wolfgang, Trier: 54.3, 279.1, 279.2, 304.1. |mauritius images GmbH (RF), Mittenwald: Umstätter, Uwe 199.1. |Medienpädagogischer Forschungsverbund Südwest (mpfs), Stuttgart: JIM-Studie 2020 117.2. |Natur- und Umweltschutz-Akademie NRW (NUA), Recklinghausen: www.sdz.nrw.de 191.1. |nelcartoons.de, Erfurt: 327.1. |Nelson-Mandela-Gesamtschule Greven, Greven: 190.1. |Picture-Alliance GmbH, Frankfurt a.M.: AA/Chowdhury, Zakir Hossain 8.2, 338.1; ANP/van Weel, Koen 353.1; AP Photo/Logghe, Yves 323.2; AP Photo/Lynch, Justin 321.1; Baumgarten, Ulrich 76.5, 79.1, 180.1, 196.6; dieKLEINERT.de/Koufogiorgos, Kostas 109.2, 109.3, 334.1; dieKLEINERT.de/Schwarwel 109.1; dpa Themendienst/Kalaene, Jens 172.1; dpa-infografik 56.1, 73.1, 89.1, 154.1, 166.1, 166.2, 166.3, 170.1, 170.2, 170.3, 173.1, 175.1, 179.1, 192.1, 223.1, 226.3, 226.4, 227.1, 227.2, 227.3, 227.4, 230.1, 246.1, 246.2, 246.3, 249.1, 259.1, 266.1, 280.1, 282.1, 288.1, 302.1, 305.1, 311.1, 316.1, 323.1, 325.1, 333.1, 335.1, 343.1, 343.2, 349.1; dpa-Zentralbild/Stache, Soeren 289.1; dpa/AFP 317.1; dpa/AP Pool/Seco, Francisco 296.1; dpa/APA/Hochmuth, Georg 152.1; dpa/Assanimoghaddam, Mohssen 132.1; dpa/Bätz, Jürgen 254.1, 254.2; dpa/Breloer, Gero 196.1; dpa/Carstensen, Jörg 117.1; dpa/Deck, Uli 76.3, 80.2, 103.1; dpa/epa Hoslet 292.2; dpa/EPA/Ali, Ali 153.1; dpa/epa/Azubel, Diego 196.3; dpa/epa/Badarneh 314.1; dpa/Frey, Thomas 292.5; dpa/Haid, Rolf 281.1; dpa/Hanschke, Michael 145.1; dpa/Hase, Tobias

196.4; dpa/Hoppe, Sven 27.1; dpa/Hormann, Frank 16.1; dpa/K M Asad 233.1; dpa/Kappeler, Michael 76.1, 78.2; dpa/Killig, Oliver 312.1; dpa/Kumm, Wolfgang 148.1; dpa/Lübke, Jochen 180.2; dpa/Mauder, Ulf 151.1; dpa/MAXPPP/Azzouz, Johan Ben 287.1; dpa/Maxppp/Marchi, Alexandre 292.4; dpa/Nietfeld, Kay 66.1; dpa/Novopashina, Alina 68.1; dpa/Price, Stuart 326.1; dpa/Schmidt, Christoph 53.2; dpa/Seeger, Patrick 57.1; dpa/Settnik, Bernd 102.2; dpa/von Jutrczenka, Bernd 4.2, 112.1; dpa/Zinken, Paul 5.1, 138.1; Foto Huebner 64.1; foto2press/Zimmermann, Oliver 104.1; HMB Media/Mueller, Oliver 3.1, 14.1; JOKER/Hengesbach, Martina 340.1; JOKER/Petersen, Gudrun 144.1; JOKER/Steuer, Petra 18.1; newscom/Hill, Debbie 320.1; NurPhoto/Fernandez, Romy Arroyo 155.1; NurPhoto/Siamidis, Grigoris 350.1; Oberhäuser, Rupert 232.1; Pacific Press/Lima, Luiz Roberto 330.1; Photoshot 292.3; prisma/Blum, Bruno 150.1; REUTERS/Mustafa, Ibraheem Abu 310.1; Simon, Sven 196.2; SOPA Images via ZUMA Wire/Mukhamadeeva, Lidia 107.1; SULUPRESS.DE/Vorwerk, Marc 220.1; Sven Simon/Hilse, Annegret 76.4, 78.1, 90.1; Westend61/Moxter, Martin 285.1; ZB/euroluftbild.de/Grahn, Robert 6.1, 188.1; ZB/Wiedl, Hans 196.5. |RABE-Karikatur, Bad Liebenstein: 140.1. |Reporter ohne Grenzen, Berlin: 129.1. |Robert Bosch GmbH, Gerlingen-Schillerhöhe: 54.4. |Saerbecker Energiewelten, Saerbeck: Klimakommune Saerbeck 224.1. |Sakurai, Heiko, Köln: 105.1. |Schulwerkstatt-Verlag, Karlsruhe: Finde raus, was DU drauf hast! Der persönliche Berufs-Check-up für Jugendliche 52.2. |Seemann, Christoph: 57.2. |SPD-Parteivorstand, Berlin: 70.1, 74.2. |Steuerberatungsgesellschaft mbH, Trier: 54.2. |stock.adobe.com, Dublin: akf 177.1; alex.pin 176.4; Anatoliy 348.1; Arcansél 135.1; AYAimages 116.1; Biebel, Harald 88.2; contrastwerkstatt 50.1; dudlajzov 275.3; Duplass, Jaimie 59.1; elaborah 125.1; Fabio 223.2; goodluz 198.1; Gvozdikov, Anton 352.1; Haak, Volker 317.2; industrieblick 160.3; JackF 17.1; Kanareva, Raisa 185.1; Lantelme, Jörg 58.2; Lund, Jacob 176.6; Mattoff 274.2; mimagephotos 223.3; mitifoto 274.1; mrvisual 275.1; New Africa 164.1; phaisarnwong2517 7.1, 240.1; Photoagriculture 122.1; Photographee.eu 38.1; pict rider 8.1, 308.1; Picture-Factory 176.2; Pixel62 275.2; pressmaster 195.1; Production Perig 176.5; Race, Dan 177.2; Racle Fotodesign 59.2; Rawf8 253.1; samuel 185.2; seventyfour 176.1; Steidi 291.1; Sunrise Team 58.1; tanaonte 126.1; vandame 5.2, 158.1; VRD 215.2; weyo 276.1. |Stuttmann, Klaus, Berlin: 324.1. |toonpool.com, Berlin, Castrop-Rauxel: Erl 346.1; Mandzel 257.3. |ullstein bild, Berlin: 101.2. |Vodafone Stiftung Deutschland gGmbH, Düsseldorf: Grafik aus: www.klickwinkel.de, einem Projekt der Vodafone Stiftung Deutschland gGmbH 133.2. |Windwärts Energie GmbH, Hannover: Windwärts, Stand: REN21 (2020) 260.1. |© Bundeszentrale für politische Bildung/www.bpb.de, Bonn: Illustrator: Andreas Piehl 100.1.